兵庫近代文学事典

編
日本近代文学会関西支部
兵庫近代文学事典編集委員会

和泉書院

はしがき

二〇〇〇年春に、日本近代文学会関西支部は、当時の役員であった浅田隆・浦西和彦・太田登・西尾宣明らの発案で、支部事業として関西府県別近代文学事典の刊行を企画した。浦西を編集委員長とする『大阪近代文学事典』（05・5・20）、九名の委員を編集委員とする『滋賀近代文学事典』（08・11・20）はすでに刊行されており、『京都近代文学事典』（田中励儀編集委員長）、『兵庫近代文学事典』（西尾宣明編集委員長）がこのたび刊行されることにより、日本近代文学会関西支部のこの事業は、十年以上の年月を経てようやく完成することとなった。

兵庫には、摂津・丹波・但馬・播磨・淡路とさまざまな地域がある。中心となる神戸は、地理的には海と山が隣接する狭隘な空間で、中世以降の港湾都市としての歴史を受け継ぎながら、明治以降に時代に呼応しつつその姿を変化させてきた。兵庫はその発展の中で戦災や震災も経験した。ここを舞台とした作品も、執筆された時代や描かれる地域によって多様な要素や特徴が認められる。『兵庫近代文学事典』では、作家そのものの履歴はもちろんのことではあるが、むしろ、作家や作品とそのような兵庫との関わりを中心に記載することに主眼を置いた。また、地域で活躍する作家をとりあげることや、文学を広く捉え兵庫出身の文化人や漫画家もできるだけ紹介することに留意した。

和泉書院の深い理解を得て刊行された『兵庫近代文学事典』が、多くの人々に読まれ、兵庫の文学や地域文化研究の深化に寄与することを祈っている。

二〇一一年九月吉日

日本近代文学会関西支部
兵庫近代文学事典編集委員会

●兵庫近代文学事典編集委員

大橋　毅彦
杣谷　英紀
田口　道昭
西尾　宣明
信時　哲郎
三品　理絵

●執筆者一覧

青木　京子
青木　稔弥
青木　亮人
明里　千章
浅野　洋
浅見　洋子
足立　直子
足立　匡敏
天野　勝重
天野　知幸
荒井真理亜
有田　和臣
安藤　香苗
飯田　祐子
池川　敬司
石上　敏
石橋　紀俊
出原　隆俊
一條　孝夫
出光　公治
稲垣　裕子
岩見　幸恵
梅本　宣之
浦谷　一弘
浦西　和彦
越前谷　宏
太田　登
大田　正紀
太田　路枝
大橋　毅彦
岡﨑　昌宏
岡村　知子
荻原　桂子
尾添　陽平
尾西　康充
笠井　秋生
上總　朋子
勝田真由子
金岡　直子
叶　真紀
川畑　和成
菅　紀子
北川扶生子
木田　隆文
木谷真紀子
木村　一信
木村　小夜
木村　功
木村　洋
國末　泰平
國中　治
久保田恭子
久保　明恵
熊谷　昭宏
黒田　大河
小谷口　綾
權藤　愛順
齋藤　勝
佐伯　順子
坂井二三絵
笹尾　佳代
佐藤　和夫
佐藤　淳
佐藤　良太
澤田由紀子
島村　健司
清水　康次
真銅　正宏
申　福貞
杉田　智美
杉本　優
鈴木　暁世
須田　千里
諏訪　彩子
関　肇
杣谷　英紀
髙阪　薫
高橋　和幸
高橋　博美
田口　道昭
竹内　友美
竹松　良明
田中　葵
田中　励儀

谷口　慎次
田村　修一
槌賀　七代
椿井　里子
坪内　稔典
東口　昌央
頭根　都

外村　彰
友田　義行
鳥居真知子
内藤　由直
永井　敦子
永栄　啓伸
中尾　務

仲谷　知之
中谷　美紀
中谷　元宣
中田　睦美
中野登志美
長濵　拓磨
長原しのぶ

永渕　朋枝
生井　知子
奈良﨑英穂
西尾　宣明
西尾　元伸
西川　貴子
西村　将洋

西村真由美
西本　匡克
野田　直恵
信時　哲郎
野村幸一郎
硲　香文
橋本　正志

畠山　兆子
畑　裕哉
花﨑　育代
馬場　舞子
日高　佳紀
杲　由美
日比　嘉高

舩井　春奈
古田　雄佑
細江　光
細川　正義
堀部　功夫
洪　明嬉
前田　貞昭

槙山　朋子
増田明日香
増田　周子
松枝　誠
松永　直子
松本　陽子
三品　理絵

水川布美子
水野亜紀子
水野　洋
箕野　聡子
宮川　康
宮薗　美佳
宮山　昌治

村田　好哉
室　鈴香
森鼻　香織
森本　智子
森本　秀樹
諸岡　知徳
安森　敏隆

山口　直孝
山﨑　義光
山田　哲久
山内　祥史
山本　欣司
吉岡由紀彦
吉川　望

吉川　仁子
吉本　弥生
林原　純生
渡辺　順子
渡邊　浩史
渡邊　ルリ

目次

凡例

＊本事典は、兵庫に関わる近代文学的事項を対象とする事典である。また、漫画作品も広く文学ジャンルに含め、そうした事項も対象とした。
＊人名項目には、兵庫出身者、及び、居住・滞在者、訪問者、あるいは兵庫に関わる作品を著した文学者を、五十音順に収録した。
＊人名項目は、人名の読み方、生没年月日、活動分野、出身地、本名、筆名、雅号、略歴などで構成した。生没年月日などが未詳の場合、「未詳」とした。
＊枝項目（作品名）は、その文学者の代表作を紹介するのではなく、兵庫を題材、もしくは舞台とした作品に限り、小説・戯曲・評論・随筆・詩・短歌・俳句・川柳・漫画などのジャンルを対象とした。
＊枝項目は、作品名、読み方、ジャンル、〔初出〕雑誌・新聞名、発行年月（日）、〔初収〕書名、刊行年月、出版社名、などを記述し、◇印以下に作品内容を要約した。
＊各項目については、執筆者の記述に従ったが、事典の性格上、最小限の表現の統一を図った。
＊解説文は、原則として新漢字・現代仮名遣いとし、引用文は原文の仮名遣い・送り仮名を尊重した。
＊年代表記は元号（和暦）を用い、年号が繰り返される場合には、適宜、元号を省略した。生没年に限り西暦を並記した。
＊雑誌名・新聞名・作品名は「　」で、単行本名は『　』で記した。
＊数字の表記は漢数字とし、（　）内はアラビア数字を用いた。
＊引用文中の「／」（斜線）で原文における改行を示した。引用の短歌・俳句・川柳などは〈　〉で示した。
＊本事典では、いくつかのテーマを立てた「コラム」欄を設け、巻末に「枝項目（作品名）索引」「兵庫県内文学館・美術館案内」「兵庫県の文学賞・文化賞」を付載した。

兵庫近代文学事典

【あ】

相生垣瓜人 あいおいがき・かじん

明治三十一年八月十四日～昭和六十年二月七日（1898～1985）。俳人。兵庫県加古郡（現・高砂市）高砂町南渡海町に生まれる。本名貫二。別号双瓜庵。東京美術学校（現・東京芸術大学）製版科卒業。大正九年から昭和三十年まで浜松工業高等学校教師。昭和五年、「ホトトギス」に投句。六年に水原秋桜子とともに「ホトトギス」を去る。八年、「馬酔木」俳壇で初めて自選同人制がしかれ第一期同人となる。二十二年、「あやめ」に参加。二十五年、親友の百合山羽公と「海坂」を創刊、主宰。三十年に『微茫集』（7月、近藤書店）を刊行。三十六年に馬酔木賞を受賞。五十一年には『明治草』（昭和50年12月、海坂発行所）により第十回蛇笏賞受賞。俳句とともに瓜人俳画を形成。平成十八年に『相生垣瓜人全句集』（12月、角川書店）。〈七夕と云へば雨夜も匂ふらし〉〈わが目にも真に迫らぬ案山子立つ〉。

（青木京子）

相生垣秋津 あいおいがき・しゅうしん

明治二十九年四月二十九日～昭和四十二年四月二十七日（1896～1967）。俳人、俳画家。兵庫県加古郡（現・高砂市）高砂町に生まれる。本名三次。高等小学校卒業後、川端画学校に入る。「ホトトギス」「玉藻」「かつらぎ」「九年母」各同人。川合玉堂門下として絵画を学ぶが、関東大震災により挫折。帰郷後家業を継ぐ傍ら、俳句・俳画に親しむ。昭和二年、永田耕衣と「桃源」を創刊するも、三号で廃刊。『白毫帖』（昭和15年7月、出口一男）、『山野抄』（昭和16年、出口一男）ほかがある。

（青木京子）

饗庭孝男 あえば・たかお

昭和五年一月二十七日～（1930～）。文芸評論家、仏文学者。滋賀県滋賀郡膳所町（現・大津市膳所《ぜぜ》）に生まれる。南山大学文学部卒業。昭和四十二年、フランス国立高等研究院に留学。青山学院大学名誉教授。五十九年より甲南女子大学文学部教授。平成七年三月退職。『戦後文学論』（昭和41年11月、審美社）で評論家として注目され、巻頭の「反日常性の文学」では近代文学派の「政治と文学」理論を批判し、戦後文学の存在論的な面に光をあてた。他に『経験と超越―日本近代の思考―』（昭和60年10月、小沢書店）など、多数の著書がある。

（渡邊浩史）

葵徳三 あおい・とくぞう

明治三十六年三月二日～昭和五十二年一月十七日（1903～1977）。川柳作家。神戸市に生まれる。本名青石武雄。年少時より川柳に関心を抱き、昭和四年、創刊直後の「ふあうすと」に参加。十一年にふあうすと川柳社同人となり、旺盛に作品を発表する。神戸の自由律専門誌「視野」、大阪の「せんば」等にも寄稿し、晩年まで幅広く活動した。〈錠剤を掌に置き雲を見ぬ二日〉。

（青木亮人）

青木はるみ あおき・はるみ

昭和八年八月四日～（1933～）。詩人。神戸市に生まれる。本名春美。昭和二十六年、兵庫県立西宮高等学校卒業。結婚後、小野十三郎に師事して詩作を始め、四十七年に大阪文学学校研究科を修了。五十三年九月刊行の第一詩集『ダイバーズクラブ』（思潮社）で注目され、第二詩集『鯨のアタマが立っていた』（昭和56年11月、思潮社）で五十七年度第三十二回H氏賞を受賞。「歴程」「たうろす」同人。他に注目すべき詩集として『大和路のまつり』（昭和58年10月、思潮社）もある。

（大橋毅彦）

青木光恵《あおき・みつえ》

昭和四十四年二月二十四日〜（1969〜）。漫画家。兵庫県尼崎市に生まれる。夫は編集者の小形克宏。夙川学院高等学校美術科在学中、同人誌活動を始める。平成元年、夙川学院短期大学デザイン科を卒業。大学在学中の昭和六十三年頃、コミックマーケットに参加中、編集者に声を掛けられ、写真誌「PinkHouse」でデビュー。以後、短編のギャグ漫画や四コマ作品、エッセイを多く執筆。近年は持病により一部の作品を休止しつつも、「フィール・ヤング」や、山本直樹がスーパーバイザーを務める「マンガ・エロティクス・エフ」で長編を発表している。代表作に、主人公を大阪人に設定した『小梅ちゃんが行く!!』（平成5年1月〜8年8月、竹書房）、『女の子が好き』（平成7年12月、ぶんか社）、まんがエッセイ『みつえ雑記』（平成19年8月、宙出版）などがある。可愛くてグラマーな女の子を描くのを得意としている。

（森本智子）

阿尾時男《あお・ときお》

昭和十五年二月二十九日〜（1940〜）。小説家、日本近代文学研究者。兵庫県小野市に生まれる。筆名蒼龍一。昭和三十九年、北海道大学文学部卒業。高校教諭等を務めた後、四十三年から四十六年までアメリカ大陸を放浪。帰国後は、東大寺学園教諭等を経て奈良産業大学教授。五十四年、『自由と正義の水たまり』で第三回神戸文学賞を受賞。著書に『あきしの川』（平成3年3月、新潮社）、『エル・コンドル・パサ』（平成15年9月、日本文学館）などがある。

（足立匡敏）

青山光二《あおやま・こうじ》

大正二年二月二十三日〜平成二十年十月二十九日（1913〜2008）。小説家。神戸市に生まれる。兵庫県立第二神戸中学校（現・県立兵庫高等学校）から第三高等学校（現・京都大学）に進み、三高で一級下の織田作之助を知る。東京帝国大学在学中、織田、柴野方彦、深谷宏、白崎礼三、瀬川健一郎らと同人誌「海風」（昭和10年12月〜16年7月）を創刊。戦後は「文芸時代」（昭和23年1月〜24年7月）、「近代文学」等に拠って創作活動を続け、『修羅の人』（昭和40年11月、講談社）により、第十三回小説新潮賞を受賞。『闘いの構図』（昭和54年7月、新潮社）で第八回平林たい子文学賞を受賞。任侠小説の分野で新境地を開く。平成十五年、認知症の妻を介護する夫の妻への愛を描いた「吾妹子哀し」（「新潮」平成14年8月）で第二十九回川端康成文学賞を受賞。神戸を舞台としたものには盛り場の裏側を描いた「福原心中」（「週刊小説」昭和47年7月）、「黄金の牝」（「小説ファン」昭和51年7月）など。「無限回廊」（『吾妹子哀し』平成15年6月、新潮社）では、認知症の妻を伴い鵯越墓苑へ墓参りに訪れた際、モザイクガーデンの夜景を望むメリケンパークのホテルで、妻の徘徊を気遣う夫が描かれる。

（吉川仁子）

赤井花城《あかい・かじょう》

昭和九年二月三日〜（1934〜）。川柳作家。神戸市兵庫区大開通に生まれる。本名二郎。昭和三十四年、神戸市立神戸市外国語大学英米学科卒業。翌三十五年、ふあうすと川柳社の同人であった小林一歩の知遇を得、神戸港湾職域川柳サークルのきゃびん川柳会に入会。三十六年には、椙元紋太、中村東角等の推挙により、ふあうすと川柳社同人となる。平成四年にふあうすと賞を受賞。

（岡村知子）

赤尾恵以 あかお・えい

昭和五年三月六日～（1930～）。俳人。兵庫県西宮市に生まれる。本名治子。旧姓中原。母は「天狼」同人の中原冴女。松蔭高等女学校、神戸女学院大学卒業。東灘区在住。昭和五十六年、夫の赤尾兜子が急逝したことにより、俳誌「渦」（神戸市東灘区御影山手）の代表となり継承、平成七年より主宰。句集に『マズルカ』（昭和54年12月、湯川書房）、『秋扇』（昭和63年6月、富士見書房）、『春意』（平成9年8月、花神社）、『春隣』（平成16年3月、梅里書房）など。阪神・淡路大震災を詠んだ秀句がある。〈水仙に津波の来るといふしらせ〉。兜子館カルチャーサロンを運営。ひょうご俳句フェスティバル選者。

（青木稔弥）

赤尾兜子 あかお・とうし

大正十四年二月二十八日～昭和五十六年三月十七日（1925～1981）。俳人。兵庫県揖保郡網干町新在家（現・姫路市網干区新在家）、播磨灘の海岸近くの材木問屋に生まれる。本名俊郎。網干尋常小学校、兵庫県立龍野中学校（現・県立龍野高等学校）、大阪外国語学校（現・大阪大学外国語学部）、京都大学文学部卒業。句集に『蛇』（昭和34年9月、俳句研究社）、『虚像』（昭和40年9月、創元社）、『歳華集』（昭和50年、角川書店）、『稚年記』（昭和52年10月、湯川書房）があり、『赤尾兜子全句集』（昭和57年3月、立風書房）には未刊句集『玄玄』を収める。師を持たず、「俳句の凝縮表現方法として」の「第三イメージ」（『虚像』「あとがき」）を持論とした。昭和十九年、俳誌「火星」の岡本圭岳を迎えての、神戸市矢部町の堀葦男宅での句会に参加。二十四年、兵庫県庁社会教育課に勤務、垂水区に居住。二十五年、毎日新聞社に入社して神戸支局に勤務、須磨区に転居。二十八年、神戸市民同友会俳句講座講師、会誌「いちまいの手帖」を創刊。同誌は俳誌「坂」（昭和30年創刊）を生み、主宰する俳誌「渦」（昭和35年創刊）へと繋がる。三十年、須磨俳話会設立。三十一年、「毎日新聞」神戸版俳句欄選者。三十六年、中原恵以と結婚、第九回現代俳句協会賞受賞、東灘区に転居。三十九年、共著『京都・大阪・神戸うまい店二〇〇店』刊行。四十一年、兵庫県の文化団体半どんの会の現代芸術（文学）賞受賞。四十二年、共著『京阪神いい店うまい店』刊行。四十四年、「毎日新聞」兵庫文芸俳句選者。四十七年、「点字毎日」俳壇選者、神戸市文化行政専門委員。四十九年、神戸市のあじさい賞受賞。五十年、神戸市民文芸集「ともづな」俳句選者。五十三年、神戸市文化賞受賞。五十六年、自宅付近の神戸市東灘区御影町の阪急電車踏切にて急逝。「関西の俳句」の一番の特徴は「バイタリティー」（「〈座談会〉関西の俳句 現状と将来」「俳句研究」昭和40年4月）だと述べる。最も早い時期の句を収めた『稚年記』に「姫路駅頭にて」「姫路城周辺」の句があり、処女句集『蛇』は『学問』『愛』『坂』の三部にわかれ、時代的には大阪、京都、神戸となる」（「後記」）。『歳華集』に、四十二年、神戸での「七月豪雨、わが家に帰ると妻子は避難、家は宙にかろうじてあった」際の句があり、『玄玄』には「播磨・室津にて」「播磨・龍野にて」「生田神社観月祭」の句がある。〈凩や天守も我もともに聳《た》つ〉（「姫路城周辺」）。

（青木稔弥）

明石海人 あかし・かいじん

明治三十四年七月五日～昭和十四年六月九

日（1901～1939）。歌人、詩人、画家。静岡県駿東郡片浜村西間門（現・沼津市）に生まれる。本名野田勝太郎。他の筆名・雅号に、明石大二・無明・清明・明海音・野田青明がある。静岡師範学校（現・静岡大学教育学部）本科第二部を卒業後、県内の小学校に勤務していたが、大正十五年、ハンセン病を発病する。昭和二年、兵庫県明石市の明石楽生病院に入院。七年、国立癩療養所長島愛生園に移る。十四年、歌集『白猫』（昭和14年2月、改造社）を発表するが、同年、腸結核のため死去。『明石海人全集』上下（昭和16年1月、3月、改造社）、『明石海人全歌集』（内田守人編、昭和53年8月、短歌新聞社）がある。

（川畑和成）

赤松啓介 あかまつ・けいすけ

明治四十二年三月四日～平成十二年三月二十六日（1909～2000）。民俗学者、考古学者。兵庫県加西郡下里村（現・加西市）に生まれる。本名栗田一夫。小学校高等科を卒業後、証券業の給仕を振り出しに丁稚奉公などをした。昭和二年、郷里で結核の療養生活を送るかたわら、考古学・民俗調査を始めた。六年夏にプロレタリア科学研究所、十一月には日本戦闘的無神論者同盟に入会。近畿地方農村調査を始めて、九年から翌年にかけて民俗学・考古学の本格的論考を次々と発表した。十二年二月、雑誌「兵庫県郷土研究」を創刊。十四年十一月唯物論研究会事件によって、治安維持法違反の疑いで検挙され、戦争末期に満期釈放された。戦後は、民主主義科学者協会神戸支部事務局長を経て、三十三年から神戸市史編集委員、四十六年から神戸市埋蔵文化財調査嘱託を務めた。赤松は柳田國男が性とやくざと天皇を扱わないことに対し、柳田存命中からそれを果敢に批判した数少ない異端の民俗学者だった。フィールドワークを中心とした研究方法で、「非常民」の民俗学を研究し続けた。戦前の著作に、『東洋古代史講話』（昭和11年8月、白揚社）、『民俗学』（昭和13年5月、三笠書房）、戦後の著書に『天皇制起源神話の研究』（昭和23年9月、未知書林）、『結婚と恋愛の歴史』（昭和25年7月、三一書房）、『一揆―兵庫県農民騒擾史』（昭和31年10月、庶民評論社）、『神戸財界開拓者伝』（昭和55年7月、太陽出版）などがある。昭和六十一年七月に発表された『非常民の民俗文化―生活民俗と差別昔話―』（明石書店）は、民俗学はもとより、隣接する日本の人文科学、歴史学・女性学・教育学などにも大きな衝撃をもって迎えられ、赤松再評価のきっかけとなった。その後、『非常民の民俗境界―村落社会の民俗と差別』（昭和63年10月、明石書店）、『乱国乱世の民俗誌』（平成元年8月、明石書店）、『古代聚落の形成と発展過程』（平成2年12月、明石書店）、『非常民の性民俗』（平成3年4月、明石書店）、『村落共同体と性的規範』（平成5年2月、言叢社）、『夜這いの民俗学』（平成6年1月、明石書店）、『夜這いの性愛論』（平成6年7月、明石書店）、『民謡・猥歌の民俗学』（平成6年11月、明石書店）、『差別の民俗学』（平成7年6月、明石書店）、上野千鶴子との対談『猥談―近代日本の下半身』（平成7年6月、現代書館）、『宗教と性の民俗学』（平成7年7月、明石書店）など多くの著書を残した。阪神・淡路大震災後、岩田重則編『赤松啓介民俗学撰集』全六巻、別巻（平成9年9月～16年3月、明石書店）が刊行され、『非常民の民俗文化』以後の主著も、ちくま学芸文庫で刊行されている。

（吉岡由紀彦）

赤松徳治 あかまつ・とくじ

昭和十年八月二日～（1935～）。詩人、ロ

シア文学者。兵庫県川西市に生まれる。神戸市外国語大学大学院修了後、同大学等でロシア語・ロシア文学の講師を務める。弱者や少数者の視点からの詩作を続け、詩集『怒り遠くまで』（昭和41年3月、輪の会）、『痛み遠くまで』（昭和54年10月、第三紀層の会）などを刊行。また、『神戸愛生園詩集』（昭和63年6月、神戸愛生園出版部）の監修者を務めた。平成十六年、神戸市文化活動功労賞受賞。（足立匡敏）

亜騎保　あき・たもつ

大正四年（月日未詳）～（1915～）。詩人。神戸市兵庫区に生まれる。昭和七年、詩誌「青騎兵」に拠り、詩を発表する。十年、百田宗治主宰の「椎の木」に属す。「新領土」にも参加する。シュールレアリスムの詩誌「神戸詩人」を発行して、神戸モダニズムを主導する立場にあったことから、十五年に神戸詩人事件に連座して、二年間拘禁された。シュールレアリスムはコミュニズムと関係があるというのがその理由であった。検挙された亜騎の家族の世話をしていた古本屋店主の八木猛は戦後、湊川で古本屋ロマン書房を開き、小林武雄や亜騎を中心に神戸詩人たちが結集して創刊した同人誌「火の鳥」（昭和21年）の発行所になった。富田砕花、竹中郁、井上靖、池田昌夫、米田透、青木重雄らも参加。三十三年、亜騎は戦前から交友のあった足立巻夫ら文化人たちと詩誌「天秤」を発行し、詩を中心にした活動を始める。亜騎が発行人で、天秤発行所は宝塚市にあった。詩集には『動物の舌』（昭和36年、天秤）がある。（明里千章）

秋浜悟史　あきはま・さとし

昭和九年三月二十日～平成十七年七月三十一日（1934～2005）。劇作家、演出家。岩手県岩手郡渋民村（現・盛岡市玉山区）に生まれる。昭和三十三年、早稲田大学第一文学部演劇科卒業。岩波映画製作所に入社し、助監督を経てシナリオライターになる（昭和41年退社）。四十二年、代表を務める劇団三十人会公演『ほらんばか』（作・演出）により第一回紀伊国屋演劇賞個人賞を受賞。四十四年、『幼児たちの後の祭り』により第十四回岸田國士戯曲賞を受賞。四十八年、劇団三十人会解散後、関西に移住。五十四年、大阪芸術大学舞台芸術科で教鞭をとりはじめ、平成十二年に舞台芸術科科長退任。昭和五十八年、全国初の公立の演劇学校である兵庫県立ピッコロ演劇学校の講師になる。六十年創設の兵庫県立宝塚北高等学校演劇科科長に就任（平成15年に退任）。平成三年、兵庫県文化賞を受賞。六年創立の、全国初の県立劇団である兵庫県立ピッコロ劇団では劇団代表を務め、十五年退任。劇団の旗揚げ公演は兵庫にちなんだ戯曲『海を山に』を書き下ろし、演出した。七年一月、阪神・淡路大震災に遭ったとき、「こんなときこそ、プロの劇団、俳優としての自覚を持て」と劇団員を励まし、震災直後の二月から三ヵ月、劇団を二組に分け、阪神間を中心に五十二ヵ所で『ももたろう』と『大きなカブ』を公演し県民の心を癒した。九年に演出した『わたしの夢は舞う―會津八一博士の恋―』（清水邦夫作）が第三十二回文化庁芸術祭賞演劇部門優秀賞、第五十二回紀伊国屋演劇賞団体賞をダブル受賞する。これに対して「関西は役者の宝庫。こんなに見せたがりが多いところはありません」（「朝日新聞」大阪版「ひと」、平成9年12月29日朝刊）と語った。十二年に文部科学省地域文化功労者として表彰される。関西における大学、高校、劇団での長年にわたる演劇教育や指導をとおして、現代の演劇界をリードする多彩で有

能な演劇人を多く育てた功績は大きい。作品集『しらけおばけ：秋浜悟史作品集』（昭和45年9月、晶文社）など。（明里千章）

秋原秀夫《あきはら・ひでお》

大正十三年六月（日未詳）～平成十八年（月日未詳）（1924～2006）。詩人。台湾に生まれる。熊本県玉名郡三加和町（現・和水町）で少年期を過ごし、旧制熊本商業学校（現・県立熊本商業高等学校）卒業。「裸人」同人。神戸の同人誌「天秤」に所属し、詩集『若い客』（昭和36年7月、岡本書房）、『放す』（昭和43年9月、天秤発行社）を刊行。その他の詩集として『海との対話』（昭和31年5月、スコルピオン社）、『脱出』（昭和34年3月、白雲書房）、『樹』（黄土社）、『秋原秀夫詩集』（昭和57年3月、芸術書院）、少年詩集『風の記憶』（昭和60年12月、教育出版センター）、『地球のうた』（平成5年7月、教育出版センター）、エッセイ集『現代川柳を読む続』（平成9年1月、詩歌文学刊行会）、『現代川柳を読む続々』（平成11年1月、同）等がある。日本現代詩人会、日本児童文学者協会会員。兵庫県神戸市岡本、千葉県市川市に居住。（青木京子）

秋吉好《あきよし・こう》

昭和十九年（月日未詳）～（1944～）。小説家。旧大連市（現中国遼寧省）に生まれる。本名大槻顕義。京都大学文学部哲学科を卒業。大阪市教育委員会勤務を経て執筆活動を始める。小説集『恋死』（昭和59年12月、近代文芸社）、『棄身』（平成10年2月、葦書房）等の作品を発表。『恋死』に収録された「福原」は神戸のタウン誌「神戸っ子」（昭和55年7～12月）に掲載された。他に同人誌「鈍」「作家」「白鴉」等に作品を発表。文学表現と思想の会を主催。大阪文学学校講師。（木村　洋）

阿久悠《あく・ゆう》

昭和十二年二月七日～平成十九年八月一日（1937～2007）。作詞家、小説家。兵庫県津名郡鮎原村（現・洲本市五色町鮎原）にて兵庫県警巡査の父友義、母ヨシノの次男として生まれる。本名深田公之。筆名多夢星人。幼少期から父の転勤に伴い、淡路島内の佐野、志筑、都志、江井、鳥飼を転々とする。兵庫県立洲本高等学校を経て、昭和三十年明治大学卒業。三十四年、広告代理店宣弘社入社、「月光仮面」などのテレビ番組やCM制作に携わり、この頃劇画家上村一夫に出会う。三十九年結婚。同じ頃「阿久悠」として社外の仕事を請け負う人気作家となり、四十年には放送作家として独立。「モンキー・ダンス」（ザ・スパイダース）を作詞したが、公称の作詞家デビューは四十二年五月の「朝まで待てない」（ザ・モップス）。四十五年、一音に一語振り当てた斬新な早口で話題となった「白い蝶のサンバ」（森山加代子）、物語性ある「ざんげの値打ちもない」（北原ミレイ）の作詞によって世に認められる。以後、作詞した曲はポップス、演歌、童謡、アニメソングなど五千曲以上、通算セールス六千八百枚以上。「時代の飢餓感にボールを投げ」（『書き下ろし歌謡曲』平成9年8月、岩波新書）込んだ詞によって沢田研二、フィンガーファイブらをスターダムにのし上げた。また自身が企画書を書き、審査員も務めた公開オーディション番組「スター誕生！」（日本テレビ）によって森昌子、岩崎宏美など実力派歌手を見出し育成。五十一年夏から社会現象を巻き起こしたピンクレディーもこの番組で発掘された原石である。四十六年からレコード大賞受賞五回、同作詞賞受賞八回。その他日本作詞大賞受賞八回、日本歌謡大賞受賞六回により名実共に一九七

○年代歌謡曲を牽引した。五十一年には個人雑誌「月刊ｙｏｕ」（全四十七号、昭和51年9月〜55年8月、発行部数七千部）を創刊。毎月対談を掲載し、自身の時代認識を観察しようとした。著作も多く、長編小説『ゴリラの首の懸賞金』（昭和53年2月、スポニチ出版）を皮切りに、第二回横溝正史ミステリ大賞受賞の『殺人狂時代ユリエ』（昭和57年3月、角川書店）、非家族を描く『家族の晩餐』（昭和57年12月、講談社）、男女を描く『詩小説』（平成12年1月、中央公論新社）、『もどりの春』（平成13年6月、中央公論新社）の他、少年期から青年期までの自伝的小説、阪神タイガースを忠臣蔵に絡めた空想野球小説『球心蔵』（平成9年12月、河出書房新社）など多彩。昭和五十四年には『瀬戸内少年野球団』、六十三年『喝采』他一作、平成元年『墨ぬり少年オペラ』にてそれぞれ直木賞候補となる。また、歌謡曲歳時記『文楽 歌謡曲春夏秋冬』（平成12年5月、河出書房新社）、貴重な昭和風俗の証言集として『愛すべき名歌たち―私的歌謡曲史―』（「朝日新聞」平成9年4月〜11年4月。平成11年7月、岩波新書）、『昭和のおもちゃ箱』（平成15年2月、産経新聞社）、自伝『生きっぱなしの記』（「日本経済新聞」平成15年5月。平成16年5月、日本経済新聞社）、『歌謡曲の時代 歌もよう人もよう』（平成16年9月、新潮社）なども見逃せない。九年、第四十五回菊池寛賞受賞。十一年、紫綬褒章、旭日小綬章受章。

＊瀬戸内少年野球団《せとうちしょうねんやきゅうだん》 長編小説。〔初出〕「月刊ｙｏｕ」昭和53年2月〜54年10月。〔初版〕昭和54年11月、文芸春秋。◇第八十二回直木賞候補作。淡路島に住む小学生足柄竜太と、その祖父母、友人、町内の人々が終戦直後から三年間の思想転換期をどのように生きていたかを、戦後風俗に寄せて描く自伝的小説。阿久悠が国民学校二年生から小学校六年生までを過ごした都志町（現・洲本市五色町）が舞台である。戦後の混乱に乗じて横行する犯罪や夫の戦死などで崩壊する家族形態を伝えるものの、筆致はどこかコミカルである。その明るさは阿久悠自身がモデルであろう少国民たちの戦争責任の軽さと、彼らの戦後文化受容の息吹を伝えるが、五十五年に映画化（監督篠田正浩、脚本田村孟）されたときには、原作にはない悲劇的要素が盛り込まれている。続編に『紅顔期』（昭和56年6月、文芸春秋）。同じく淡路島での少年時代を懐古した小説に『ちりめんじゃこの詩』（昭和61年11月、文春文庫）、『墨ぬり少年オペラ』（「オール読物」昭和62年4月〜63年7月。平成元年1月、文芸春秋）、『ラヂオ』（平成12年7月、日本放送出版協会）などがある。

＊飢餓旅行《きがりょこう》 長編小説。〔初版〕平成2年4月、講談社。書き下ろし。◇志願兵となり戦死した長男の遺骨を本籍地で供養しようと、昭和二十一年の動乱期に一家五人で宮崎県までの旅に出た実体験を描く自伝的小説。淡路島から乗換地の神戸まで出てきた一家の目の前にひろがるのは、二十年三月の神戸空襲によって想像以上に〈廃墟〉と化し、無法地帯となったかつての繁華街で、「瓦礫の街に砂埃が黄砂のように舞い、六甲山の吹き下ろしと、海からの風がぶつかるのか、ところどころで、小さな竜巻を作っていた。そんな風景の中で人間は、生れては消える小さな竜巻以下の存在に見えた。瓦礫のように蹲り、砂塵のように風に運ばれていた」と描写されている。

＊あこがれ《あこがれ》 長編小説。〔初版〕平成7年11月、河出書房新社。書き下ろし。◇ニューヨークから始まった五十一歳の高見良平と二十歳の芹沢真希の恋愛をそれぞれの独白で描く。物語の結末、すべてに疲弊し

自殺しようとしていた真希は、テレビに映し出された壊滅的状況を見て神戸行きを決意。絶望からの再生を託した。「あとがき」では本作執筆直前に阪神・淡路大震災を知ったことが述べられており、同年四月発表の震災復興キャンペーンソング「美し都〜がんばろや We love KOBE〜」（平松愛理）を手がける阿久悠の震災への率直な想いを知ることができる。（金岡直子）

浅黄斑 あさぎ・まだら

昭和二十一年三月三十一日〜（1946〜）。小説家。神戸市に生まれる。本名外本次男《そともとつぎお》。関西大学工学部を卒業後、十年間、産業機器メーカーに勤務。その後、大阪に転居し、プロ作家を目指して執筆活動に専念する。本名で同人雑誌に発表した作品を集めて『風について』（平成2年4月、海風社）を出版。本格的なデビューは、平成四年、第十四回小説推理新人賞に浅黄斑名義で応募した短編「雨中の客」（「小説推理」平成4年8月）である。長編処女作は、『死者からの手紙 4＋1の告発』（平成5年6月、講談社。のちに『能登の海 殺人回廊』と改題）で、七年に「死んだ息子の定期券」（「小説NON」平成7年4月）、「海豹亭の客」（「小説推理」平成6年3月）で第四回日本文芸家クラブ大賞を受賞した。シリーズものとしては、神奈川県警・篝《かがり》警部補シリーズの『富士六湖まぼろしの柩』（平成5年9月、光文社。のちに『富士六湖殺人水脈』と改題）、『金沢・八丈まぼろしの19分』（平成6年7月、光文社。のちに『金沢・八丈」殺人水脈』と改題）、『鎌倉・ユガ洞まぼろしの誘拐』（平成8年3月、光文社。のちに『鎌倉・ユガ洞殺人水脈』と改題）などがある。ほかに兵庫県警・馬部警部補シリーズの『霧の悲劇』（平成5年7月、双葉社）、『星の悲劇』（平成6年1月、双葉社）もある。兵庫県を舞台にしたものとしては、『墓に登る死体』（平成12年3月、光文社）、『十五の喪章 神戸「雀の宿」の殺人』（平成12年4月、角川春樹事務所）、『神戸・真夏の雪祭り殺人事件』（平成15年8月、有楽出版社）など。蝶の収集を趣味としており、筆名も南方系の大型蝶の名からつけられている。昆虫を事件の重要な鍵として描いたものに、『死《し》蛍《ほたる》』（平成9年7月、祥伝社）、『骸蝉』（平成10年10月、有楽出版社）などがある。時代小説も書いており、無茶の勘兵衛日月録の『山峡の城』（平成18年4月、二見書房）、『火蛾の舞』（平成18年10月、二見書房）などが好評を博す。また、歴史上の人物を主人公とした作品として、井原西鶴を主人公とした『ちょんがれ西鶴』（平成13年1月、双葉社）、若き日の黒岩涙香（周六）が主人公の『かしくのかじか—明治なんぎ屋探偵録』（平成16年2月、祥伝社）、若き日の松尾芭蕉が主人公の『芭蕉隠密伝 執心浅からず』（平成17年1月、角川春樹事務所）などがある。（浦谷一弘）

浅倉一矢 あさくら・かずや

昭和二十二年（月日未詳）〜（1947〜）。小説家。兵庫県に生まれる。本名未詳。広告代理店に勤め、翻訳家やライターとしても活動。伝奇小説『魔宮殿』の二部作（第一部・昭和62年4月、第二部・昭和63年4月、角川書店）でデビュー。のち時代小説に転じ、『豊臣家の黄金』（平成2年12月、祥伝社）、『家康の野望』（平成3年9月、祥伝社）のほか、黒田如水や出雲阿国との出会いを軸に戦国武将後藤又兵衛の生涯を描いた『一本槍疾風録』（平成6年6月、祥伝社）や『小西行長』（平成9年4月、光文社）、『吉良上野介』（平成10年11月、PHP文庫）などがある。（浅野 洋）

浅暮三文 あさぐれ・みつふみ

昭和三十四年三月二十一日～（1959～）。推理小説作家、SF作家。兵庫県西宮市に生まれる。本名非公開。関西大学経済学部卒業後、広告代理店に就職、コピーライターとして多くの広告賞を受賞。小説教室に学び、平成十年、『ダブ（エ）ストン街道』（平成10年8月、講談社）で第八回メフィスト賞受賞、作家専業となる。十五年、『石の中の蜘蛛』（平成14年2月、集英社）で第五十六回日本推理作家協会賞を受賞。他に青春ファンタジー『10センチの空』（平成15年6月、徳間書店）など、著書多数。

（浅野　洋）

浅田彰 あさだ・あきら

昭和三十二年三月二十三日～（1957～）。経済学者、評論家。神戸市に生まれる。京都大学経済学部卒業、同大学院博士課程中退。同大学人文科学研究所助手、同大学経済研究所准教授、近畿大学国際人文科学研究所客員教授などを歴任、現在京都造形芸術大学大学院長。フランスのポスト構造主義の理論を自在に取り込んだ『構造と力―記号論を超えて』（昭和58年9月、勁草書房）や、現代の様々な〈逃走〉現象を近代の偏執（パラノ）型神話を打破する分裂（スキゾ）型タイプと捉えた『逃走論 スキゾ・キッズの冒険』（昭和59年3月、筑摩書房）で、ニュー・アカデミズムの旗手と目された。『ヘルメスの音楽』（昭和60年1月、筑摩書房）、『ダブルバインドを超えて』（昭和60年11月、南想社）、『映画の世紀末』（平成12年4月、新潮社）のほか、共著『表象文化研究―文化と芸術表象』（平成14年3月、放送大学教育振興会）、対談集『「歴史の終わり」と世紀末の世界』（平成6年3月、小学館）、『20世紀文化の臨界』（平成12年5月、青土社）など、訳書や共著多数。

（浅野　洋）

麻野微笑子 あさの・びしょうし

明治二十五年三月一日～昭和三十六年七月一日（1892～1961）。俳人。兵庫県西宮市本町に生まれる。本名武一郎、のちに恵三と改名。中世史研究者の脇田晴子は、第七子。十六、七歳ごろから作句。河東碧梧桐に教えを乞い門下となる。明治四十四年、早稲田大学英文科に入学、中塚一碧楼と「試作」を出し、「層雲」「蝸牛」などに作品を発表。素封家として、碧梧桐の活動の経済的な支援も行った。著書に『明治俳壇埋蔵資料』（昭和47年3月、大学堂書店）、『麻野微笑子覚書』（麻野隆平編、昭和57年12月、私家版）がある。

（渡辺順子）

浅野孟府 あさの・もうふ

明治三十三年一月四日～昭和五十九年四月十六日（1900～1984）。彫刻家。東京市に生まれる。本名猛夫。大正七年、東京美術学校（現・東京芸術大学）に入学し、未来派美術協会を結成する。以後、アクション、三科会、造型、日本プロレタリア美術家同盟などを結成、参加した。神戸市との関係は深く、岡本唐貴と神戸で出会い、後に東京で共同生活を営むが、十二年の関東大震災後、神戸市に移り、岡本とともに前衛美術運動に身を投じている。彫刻の他にも、坂本遼『たんぽぽ』（昭和2年9月、銅鑼社）の表紙や、大阪戦旗座公演「装甲列車」（昭和6年）の舞台装置、アーノルド・ファンク、伊丹万作共同監督「新しき土」（昭和12年）の特殊撮影なども手掛けた。

（畑　裕哉）

浅雛美智子 あさひな・みちこ

昭和十年（月日未詳）～（1935～）。川柳作家。大阪市に生まれる。兵庫県芦屋市在住。昭和六十年に芦屋市市民センター主催の川柳講座を受講、川柳を作り始める。平成三年九月、番傘川柳本社同人となる。六年芦屋番傘川柳会を設立、会長を勤める。

（槌賀七代）

浅見淵　あさみ・ふかし

明治三十二年六月二十四日～昭和四十八年三月二十八日（1899～1973）。小説家、評論家。神戸市生田区（現・中央区）に生まれる。兵庫県立第二中学校（現・県立兵庫高等学校）在学時より浅見夕煙の名で、「文章世界」等に詩・短歌などを投稿。早稲田大学国文科在学中の大正十四年、同人誌「朝」に参加。六甲山を舞台とする短編小説「山」を発表し、「文芸時代」の誌上発表会で評価を受ける。十五年早稲田大学卒業。同年十月の「新潮」新人号に「アルバム」を発表。以後、「新正統派」「文芸都市」「世紀」「文学生活」といった同人雑誌に参加。創作・評論を多く発表し、文壇の事情通として名を馳せた。昭和十年には砂子屋書房の創業に参加。十一年九月『現代作家研究』（砂小屋書房）を刊行。また、太宰治の作品集『晩年』（昭和11年6月、砂子屋書房）の出版企画に参加した。戦争中は、海軍報道班員としてマニラに滞在。戦後も旺盛な批評活動を展開し、代表作『昭和文壇側面史』（昭和43年2月、講談社）は文壇事情通の眼から見た昭和文学史として評価される。一方、「文学界」同人雑誌評で石原慎太郎の処女作「灰色の教室」をいち早く認めて世に送り出すなど、新人作家発掘にも力を注いだ。

（槌賀七代）

浅山しづ子　あさやま・しづこ

昭和元年（月日未詳）～（1926～）。川柳作家。兵庫県に生まれる。大阪逓信講習所普通科卒業。西宮郵便局、新明和工業、全日空整備会社などに勤務。昭和五十六年頃から「朝日新聞」に投句を始める。その後、時の川柳社同人となる。五十九年四月一日の「あさひ川柳」の欄に〈催促をするかのように報らせ来る〉という作品が掲載され、選者卜部晴美によって評価された。時の川柳社発行「時の川柳」にも六十年から平成十七年までコンスタントに投句を続けている。

（足立直子）

芦田恵之助　あしだ・えのすけ

明治六年一月八日～昭和二十六年十二月九日（1873～1951）。随筆家、教育家。兵庫県氷上郡竹田村（現・丹波市市島町）に生まれる。号恵雨。明治三十四年、国学院選科修了。三十七年、東京高等師範学校（現・筑波大学）附属小学校訓導となる。樋口勘次郎や岡田虎二郎に学ぶ。大正二年に『綴り方教授』で随意選題という綴り方教育を、五年に『読み方教授』で読みと思考を中心とした読み方教育を唱え、国語教育に多大な影響を与えた。著書に『恵雨自伝』（昭和25年11月、開顕社）等がある。（洪　明嬉）

芦塚孝四　あしづか・たかし

大正九年（月日未詳）～昭和四十四年七月二十八日（1920～1969）。詩人。兵庫県相生市に生まれる。本名副島敏郎。昭和十二年に兵庫県立姫路商業学校（現・県立姫路商業高等学校）を卒業後、中桐雅夫、田村隆一等と「LUNA」同人となり、詩作活動を開始。モダニズムの影響が強い詩を得意としていた。また翌十三年には「新領土」にも参加、精力的に詩作に励む。二十一年、神戸の詩人集団火の鳥に参加、戦争によって中断していた詩作を再開する。遺稿集として二百五十部の限定出版である『詩集・愛の歌』（広田善緒編、昭和45年2月、輪の会）がある。

（天野勝重）

あ

あずまきよひこ　あずま・きよひこ

昭和四十三年五月二十七日～（1968～）。漫画家。兵庫県高砂市に生まれる。本名東清彦。兵庫県立加古川東高等学校卒業。大阪芸術大学芸術学部映像学科に入学するものの一年で中退。個性的な女子高校生たちの日常を描いた四コマ漫画「あずまんが大王」（「月刊コミック電撃大王」平成11年2月～14年5月、メディアワークス）で脚光を浴び、同作品はテレビアニメ化（全26話、平成14年4月～9月、テレビ東京）もされた。平成十五年には「よつばと！」を「月刊コミック電撃大王」に連載開始。前作とは違い、ほぼストーリー漫画の形式をとっている。「よつばと！」は文化庁が十八年に発表した日本のメディア芸術百選で「あずまんが大王」と共に選出され、同年十二月十五日には、文化庁メディア芸術祭マンガ部門においても優秀賞を受賞した。主著に『あずまんが大王』全四巻（平成12年2月～14年6月、メディアワークス）、『よつばと！』一巻～十巻（平成15年8月～22年11月、以下続巻、メディアワークス）がある。

（勝田真由子）

東秀三　あずま・しゅうぞう

昭和八年七月十四日～平成七年九月二十八日（1933～1995）。編集者、小説家。神戸市に生まれる。昭和三十三年、関西学院大学を卒業、六月社に入社。在学中「関学文芸」「VIKING」に参加。三十二年、「白球のはて」を「デイリースポーツ」学生小説に応募し、佳作入選。三十五年一月、創元社に転じ、村山リウ『源氏物語』、高橋和巳『漢詩鑑賞入門』、山口誓子『俳句鑑賞入門』など多数の刊行を手掛けた。六十三年八月に創元社役員に就任したが、平成三年、定年を待たずに退社、作家活動に入る。昭和三十七年、「文学雑誌」、平成二年、「別冊関学文芸」同人となる。三年、「中之島三丁目」、「天満老松町」で第二回小島輝正文学賞を受賞。著書に編集工房ノアから刊行した『淀川』（平成元年七月）、『中之島』（平成3年7月）、『大阪文学地図』（平成5年5月）、『神戸』（平成6年8月）、『足立巻一』（平成7年8月）がある。

（浦西和彦）

あせごのまん　あせご・のまん

昭和三十七年九月十二日～（1962～）。小説家。高知県に生まれる。本名未公開。関西学院大学大学院文学研究科修了、関西学院大学、プール学院大学、佛教大学、大阪産業大学の非常勤講師。大阪府高槻市在住。三十代後半になって小説執筆に取り組み、平成十七年、「余は如何にして服部ヒロシとなりしか」で第十二回日本ホラー大賞短編賞を受賞。受賞作を含む作品集『余は如何にして服部ヒロシとなりしか』（平成17年11月、角川書店）所収の「克美さんがいる」は、第五十九回（平成18年度）日本推理作家協会賞短編部門候補となった。第二創作集『エピタフ』（平成18年11月、角川書店）のほか、「まじないや　野老《ところ》」（「野性時代」平成19年8月）、「まじないや　河童」（「野性時代」、平成19年10月）がある。

（杣谷英紀）

足立巻一　あだち・けんいち

大正二年六月二十九日～昭和六十年八月十四日（1913～1985）。小説家、詩人、エッセイスト。東京市神田区（現・東京都千代田区）に生まれる。父は足立靖一（菰川）、母は政代。「巻一」の名は漢詩人だった祖父足立清三（敬亭）が「論語」巻一からつけた。生後間もなく父と死別、母が再婚したため、祖父母に育てられる。大正九年、戸塚第一小学校に入学するも、七月に祖母ヒデが急死。祖父清三と共に東京、長崎を流浪。翌年六月、清三も死去、長崎の遠縁を転々としたが、十一年夏、神戸の生田神社近くで薬局を営む母方の伯父堀内利一郎にようやく引き取られ、諏訪山尋常小学校（現・市立こうべ小学校）二年に編入した。「少年倶楽部」「赤い鳥」に詩歌などを投稿、関西学院中等部入学後は、国語教諭で歌人でもあった池部宗七（筆名石川乙馬）に短歌の教えを受けた。昭和七年三月、池部の母校、神宮皇学館（現・皇学館大学）を受験するが失敗。九年、三度目の受験で合格、本居春庭を知る。十三年、神宮皇学館本科国漢科卒業後、兵庫県立第二神戸商業学校（現・県立長田商業高等学校）、同第二神戸高等女学校（現・県立夢野台高等学校）教授嘱託となるが、同年応召。十七年、召集解除で神戸市立第一神港商業学校（現・市立神港高等学校）教諭となり、西田淑と結婚。十九年、再び応召、翌年復員。二十一年、新大阪新聞社に勤務。学芸部長、社会部長等を歴任、三十一年退社。この間、子供の詩雑誌「きりん」編集に参加、竹中郁、井上靖らと親交を持つ。退社後は幅広く執筆活動を続け、のち大阪芸術大学、神戸女子大学の教授となる。三十六年、本籍を長崎から神戸市須磨区に移す。五十年、盲目の国学者本居春庭を描いた評伝『やちまた』（昭和49年11月、河出書房新社）で第二十回芸術選奨文部大臣賞受賞。五十七年、祖父敬亭を描いた『虹滅記』（昭和57年4月、朝日新聞社）で日本エッセイストクラブ賞受賞。「評伝竹中郁覚え書き」執筆途中の六十年、急性心筋梗塞で倒れ、神戸市立中央市民病院で死去。詩集に『石をたずねる旅』（昭和37年4月、鉄道弘報社）などがある。

（三品理絵）

足立重刀士　あだち・しげとし

明治三十六年十二月二十四日～昭和五十七年六月四日（1903～1982）。俳人。兵庫県氷上郡氷上町横田村（現・丹波市氷上町横田）に生まれる。本名清一。はじめ青木月斗に学び、その後会沢秋邨に師事する。昭和二十二年一月から五十二年六月までの約三十年間、月刊俳句雑誌「雷鳥」を主宰。三十三年に京都俳句作家協会設立に尽力し、幹事、代表幹事に選ばれ運営に参加。三十九年に「読売新聞」京都版の「よみうり俳壇」選者を委嘱される。没後に『足立重刀士句文集』（竹村文一編、昭和59年6月、雷鳥俳句会）が刊行された。

（天野勝重）

我孫子武丸　あびこ・たけまる

昭和三十七年十月七日～（1962～）。小説家。兵庫県西宮市に生まれる。本名鈴木哲。ペンネームは島田荘司の命名。京都大学文学部哲学科中退。京都大学推理小説研究会に丸六年所属する。速水警部補とその弟と妹が8の字型の屋敷で起こる不可解な連続殺人に挑む『8の殺人』（平成元年3月、講談社ノベルス）でデビュー。当時、島田荘司は我孫子を綾辻行人ら新しく登場した推理小説作家の一人として、強く世間にアピールした。島田は「本格ミステリー宣言」（『8の殺人』解説、平成4年3月、講談社文庫）で「ユーモア風の筆致を得意とするところ」とその特徴を述べる。そのほか『人形は眠れない』（平成3年9月、角川書店）を始めとする人形シリーズなど、作品は数多い。井上夢人（元・岡嶋二人）を中心とする作家集団e-NOVELSに所属し、作品の電子販売も実践している。

（天野知幸）

阿部知二　あべ・ともじ

明治三十六年六月二十六日～昭和四十八年四月二十三日（1903～1973）。小説家、英文学者。岡山県勝田郡湯郷村大字中山（現・

美作市中山）に生まれる。幼時を中学校の教員だった父の任地出雲で過ごし、大正二年、父の兵庫県立姫路中学校（現・県立姫路西高等学校）への転任と共に姫路市坊主町に移る。九年、姫路中学校を卒業して第八高等学校（現・名古屋大学）文科甲類に入学、兄の指導で短歌を作り「校友会雑誌」に詩・短歌を発表する。十三年、東京帝国大学英文科に入学、同人誌「朱門」に処女作「化生《かせい》」（大正14年10月）他を発表、また「青空」に参加。昭和二年に大学を卒業、以後主として「文芸都市」に小説・評論を発表。五年、「日独対抗競技」（「新潮」昭和5年1月）が世評高く、知的な味をもつモダニズム作家として新興芸術派の一翼を担う。代表作となった十一年十二月の『冬の宿』（第一書房）以降は困難な時代に直面する知識人の生態を、長編『幸福』（昭和12年11月、河出書房）、『北京』（昭和13年4月、第一書房）、『街』（昭和14年1月、新潮社）、『風雪』（昭和14年9月、創元社）他に描き、戦後の代表作に『城―田舎からの手紙』（昭和24年8月、創元社）、『日月《じつげつ》の窓』（昭和34年4月、講談社）、『白い塔』（昭和38年10月、岩波書店）、『捕囚』（昭和48年7月、河出書房新社）他がある。第八高等学校の「校友会雑誌」（15周年記念臨時増刊「詩歌号」、大正12年5月）には、阿部が幼い頃から朝夕見上げた姫路城を歌った「城」という詩が掲載されている。〈古い城の屋根のむれが／空に描くふしぎな模様。／大きな鳥の翼のやうで　みな／唐草のやうにやはらかに反り／さきがかすかに上に向つて消える。／これはそらの羊皮紙に刻み残された／むかしの願望のきずあとである。（略）〉。初期作品では「樹の話」（「青空」昭和2年2月）、「愛のない風景」（「文芸都市」昭和3年5月）、「彼等の幸福」（「文芸都市」昭和4年4月）に明らかに姫路と思われる街が描かれている。ほぼ共通して姫路城らしき城が描かれ、「樹の話」の主人公は都会で喀血して故郷に戻り城の番人になる。城は「広い暗闇のなかに、太い柱が人間の体の骨のやうに組合はされて、しづかに呼吸してゐるやうです。くらい隅々にはとりかへしのつかない事を話し合つてゐる昔の人間の声が、ともすればはつきりときこえるやうです」と描写されている。「愛のない風景」でも主人公が城を訪れる場面があり、「その窓―（私はSによつて想ひ出したのだ。古にこの城の一角に日輪と月輪に象つた窓のある一室のあることを。子供のときから兄と私とはときどきその部屋に来た。兄はこの窓からの城の庭の展望を画に描いたことさへあつた）」と記されたこの窓は、後の長編『日月の窓』のタイトルに使われている。「彼等の幸福」は東京で社会主義者になりそこねた主人公が父の住む故郷の町を訪れる話だが、坊主町の堀端の阿部家を「夕方、この花の匂ひのする町にかへつて来た。（略）水の音が、風の音が、むかしのままだつた。かれは、ジアン・クリストフの中に、あらゆる家が、その容貌のやうに、各々特別な音響をもつといふ言葉があるのを想ひ出した。この家の壁にあたる風の音と、林の樹の音と、水の音は、幼年の時のままだつた。水からは薄い霧が立ちはじめた」という抒情的な筆致で描いている。阿部は敗戦の年の十一月から二十五年八月まで姫路に在住し、この町を背景とする連作短編を「窓の眺め」（「新文学」昭和23年5月、初出題は「無名草堂記」）以降各雑誌に発表、「信教」「暮春」「暴民」「民謡」「秋草図」「城」「失楽園」「銀色の女」の九作品を収めた『城―田舎からの手紙』を刊行した。町のモデルは明らかに姫路だが、「後記」には「もし私のこの一連の作品が、何か特定個別の人や事を、報告記録風に書いたもの、という印象を与えるならば」遺憾なことであり、「私の意図は、戦後の日本国の風景、日本人の風景、そして戦後の私の心内の風景を描くところにあったのだから」と述べている。「信教」では復興の気運に沸く姫路の一大催し〈春の花祭〉の顛末を、民主主義化や文化運動を交えて賑やかに描き、「窓の眺め」には復員青年の憂鬱を素人演劇コンクールと絡めて描出、「暮春」「暴民」では江戸期のこの町の一儒学者の事績を考証しつつ過去の姫路の歴史に触れ、小説的結構として儒学者の末裔に当たる〈小唄の師匠〉で、主人公の〈ぼく〉も子供の頃には知っていた一女性との再会が書き込まれる。「民謡」「秋草図」では裕福な茶商の一家との交際を通してこの地方の古い民謡の紹介や歴史的挿話を記し、「城」には憑かれたように姫路城を描き続ける画家の話と城にまつわる昔話がある。「失楽園」では正義感に燃える小新聞社主が展開する競馬場設置反対運動を描き、「銀色の女」で再び〈小唄の師匠〉のその後に触れ、芸事を心の支えに独身を貫いてきたこの女性の、魔がさしたような恋愛と突然の病死が哀切に語られる。「窓の眺め」というタイトルは、この連作の主人公〈ぼく〉の基本的な視座が、坊主町の家の「二階の部屋の窓ぎわの机」に位置されていることを示唆している。そこからの眺めは「まず、この窓の下を細い道が通っているが、それは見えない。その道ばたは桜の並木になっていて、いまは葉桜の梢が、窓外の風にゆれている。その向うは、古い城の、大きな濠だ。底がいちめんに深い腐植土になりさまざまの藻の類が生えているためか、水の色は、青とも緑とも黄とも泥色とも形容しがたい、暗くて光沢のない色によどみながら、それが朝、昼、夜、とたえず変化して行く」と書かれている。「失楽園」では競馬場予定地である旧練兵場の「赤松山や禿山や草山をうしろにした」風景を、「山と旧兵舎とうつりあって、まるで大陸のどこかの野、という感じを起させる。ぼくが、ときどきここに散歩にくるのは、子供のときにはじめてみた高石浩波の飛行機とか、スミスの宙返り飛行とか、またはここに騎兵たちが馬を走らせていた光景とか、というものの想出をなつかしむというよりは、この一郭の特殊な風景に、はるかな旅情のようなものをそそられたからでもあろうか」と述べている。このような阿部の半自伝的内容が時折片影を見せる場面は他にもあり、「信教」では「フランス人の神父」が住んでいた「昔のカトリック教会の跡」を訪れ、「ぼくが、かつてここに立っていた古びた薄暗い邸に何度か訪ねてきたのは、もはや二十五年、いや三十年近くの昔、この街の中学を出て、よその土地の学校に入っていたころだから、十九か二十の時だったろう」「こういっても、ぼくが、そのころ教を求めて行ったのだと考えてくれては困る。フランス語を習うつもりだったのだ」と回想している。姫路の城北シロトピア記念公園には、「城」の一節を刻んだ文学碑が平成三年に建てられた。他に兵庫県を舞台とした作品として、室の津の港の風雅なたたずまいを描いた「春の日」（「文芸春秋」昭和15年7月）や、姫路市の英賀《あが》神社を舞台に大工業地帯の進出から歴史的神域を守ろうとする神主の姿を描いた「煙雨」（「中央公論」昭和16年5月）があり、境内には阿部の詠んだ短歌の碑が建てられている。また、姫路の夢前《ゆめさき》川の上流に位置する「雪ケ峯」という〈名山〉にまつわる挿話を語った「山鳴り」（「改造」昭和25年4月）があり、この山のモデルは播磨北辺にある雪彦山と思われる。

（竹松良明）

尼子騒兵衛 あまこ・そうべえ

昭和三十三年（月日未詳）～（1958～）。漫画家。兵庫県尼崎市に生まれる。本名片根紀子。昭和五十二年県立尼崎小田高等学校卒業。仏教大学史学科卒業。卒論には肥後の武将竹崎季長をとりあげた。住友精密工業、電通に勤務、平成五年にはクリエーティブ局開発部開発課副参事。学生時代から漫画を書き始め、昭和五十八年「田舎押領使一家」（「別冊マーガレット」、集英社）でデビュー。代表作「落第忍者乱太郎」（「朝日小学生新聞」昭和61年～）は、平成五年、NHK教育TVにて「忍たま乱太郎」としてアニメ化される。六年電通を退社、漫画家として独立。八年『はむこ参る！』（秋田書店）を発表、同作品もアニメ化され、同年劇場アニメ「映画忍たま乱太郎」（監督・脚本やすみ哲夫）が松竹系で公開される。（監督小林常夫）、「はむこ参る！」（監督・「忍たま乱太郎」のキャラクターを生かした絵本等も多数出版。キャラクターは尼崎信用金庫のCMにも使用される。他に『よくわかる愛媛の野菜　おいしい野菜は、修業してでも探せの段』（愛媛県青果物消費拡大協議会、平成12年）、岡本和明と共著『らくご長屋』（平成16年～、ポプラ社）がある。

（澤田由紀子）

尼崎安四 あまさき・やすし

大正二年七月二十六日～昭和二十七年五月五日（1913～1952）。詩人。本姓尼ヶ崎。大阪市西天下茶屋（現・西成区）に生まれる。大正十五年、兵庫県立第一神戸中学校（現・県立神戸高等学校）入学、プロレタリア文芸を志した兄の影響で文学に触れる。昭和十二年に京都帝国大学文学部に入学するも卒業を放棄。十六年、入営し加古川の高射砲隊に入る。二十一年、愛媛県西条市に居住、同人誌「地の塩」を始める。二十七年、骨髄性白血病で亡くなる。初めて刊行された詩集は、『定本尼崎安四詩集』（昭和54年7月、彌生書房）。

（杣谷英紀）

天田愚庵 あまだ・ぐあん

嘉永七年年七月二十日～明治三十七年一月十七日（1854～1904）。歌人。磐城国平（現・福島県いわき市）に生まれる。本姓甘田。通称五郎。戊辰戦争で行方不明となった家族を捜し求めて各地を放浪。山岡鉄舟の紹介で一時清水次郎長の養子となり、『東海遊俠伝』（明治17年4月、与論社）をまとめる。明治二十年に出家。二十五年には京都清水の産寧坂に庵を結び、愚庵と号した。その万葉調の歌は正岡子規に影響を与えた。二十六年、愚庵は兵庫を訪れ、摩耶山、須磨、書写山などについての感想を〈播磨路や夢幸川の夢にあらで尋ぬる人をうつゝにも見ん〉などの歌とともに『巡礼日記』（明治27年、日本新聞社。のち『愚庵全集』昭和3年1月、政教社所収）に残している。また、転地療養のため、明治二十八年の新年を須磨で迎えているほか、淡路島の福良から鳴門の渦潮を見に訪れたときの歌群「鳴門観濤歌」十四首がある。〈時つ風福良の浦ゆ船出して鳴門渦潮我は見に来し〉。

（田口道昭）

綾見謙 あやみ・けん

大正十年九月二十五日～平成八年五月（日未詳）（1921～1996）。詩人。神戸市に生まれる。昭和十八年に召集されて中国へ。戦地で詩を書き続け、復員後は社会党兵庫県連の常任書記を経て小学校教論、高等学校教論を勤める。詩誌「兵庫詩人」「文学思潮」などの編集及び発行を手がけ、小説も多数発表した。詩集に『白い渓流』（昭和17年12月、詩文学研究会）、『綾見謙遺稿集』（平成13年4月、尾崎恵美子）など。

（青木亮人）

新哲実 あらた・さとみ

昭和二十三年九月九日～（1948～）。詩人。神戸市灘区に生まれる。関西学院大学文学部日本文学科卒業。日本詩人クラブ所属。この地上においてもっとも大切なものは何か、よく生きるとはどういうことか、を追求。著作には詩集『橋の上から』（平成7年9月、竹林館）、『賛歌』（平成8年11月、竹林館）、『迷子の羊』（平成9年10月、竹林館）、『影と実体』（平成11年2月、竹林館）、『形象《かたち》なきものを—生の祈りの現出としての「彫ること」もしくは「奏でること」—』（平成12年9月、土曜美術社出版販売）、『キクロス 名付けられないものに寄す』（平成16年11月、アテネ社）、『アダムの手』（平成18年2月、アテネ社）、『海のシャコンヌ』（平成19年11月、アテネ社）などがある。

（明里千章）

有川浩 ありかわ・ひろ

昭和四十七年六月九日～（1972～）。小説家。高知県に生まれる。兵庫県宝塚市在住。平成十五年の第十回電撃小説大賞の受賞作『塩の町 wish on my precious』（平成16年2月、メディアワークス）で作家デビュー。ライトノベルと呼ばれるキャラクターを駆使したSF小説を数多く執筆している。代表作に、アニメ化もされた『図書館戦争』（平成18年3月、メディアワークス）、『三匹のおっさん』（平成21年3月、文芸春秋）など。『阪急電車』（平成20年1月、幻冬舎）で、阪急今津線の西宮北口駅から宝塚駅までの八駅を舞台に繰り広げられる恋愛など若者の日常風景を、軽妙な筆致で描いている。有川もこの沿線の住人である。

（西尾宣明）

有本芳水 ありもと・ほうすい

明治十九年三月三日～昭和五十一年一月二十一日（1886～1976）。詩人。兵庫県飾東郡飾磨津田町（現・姫路市飾磨区玉地）に生まれる。本名歓之助。家は造り酒屋で、回船業も営んでいた。明治二十八年に父が死去し、家運が傾き、破産。三十三年に岡山の叔母に引き取られ、私立関西《かんぜい》中学校（現・関西高等学校）に入学。在学中、「文庫」「新声」「白百合」「小国民」などに、短歌や小説などを投稿した。また、「鷺城新聞」に設けられていた「鷺城文壇」に三十九年一月、三木露風とともに、長詩「白鷺城回想の賦」を共作した。同年、早稲田大学高等予科に入学。若山牧水や北原白秋らと交流する。四十三年、実業之日本社に入社、翌年「日本少年」の編集長となり、少年向けの詩を書いた。大正三年三月、「日本少年」に発表した詩や小曲を集めて『芳水詩集』（実業之日本社）を出版。装丁は竹久夢二による。七五調のリズムを基本にし、物語的で旅愁や郷愁を誘う点が、少年たちの心をとらえ大きな反響をよんだ。続けて、実業之日本社から第二詩集『旅人』（大正6年1月）、第三詩集『ふる郷』（大正7年3月）、詩歌集『悲しき笛』（大正8年1月）、詩歌集『海の国』（大正10年5月）を刊行。昭和十六年実業之日本社を退社。二十年岡山県に疎開、二十一年四月より岡山大学や岡山商科大学等の講師となる。四十六年三月、文壇交遊録『笛鳴りやまず—ある日の作家たち』（日本教文社）出版。五十一年肺ガンのため死去。兵庫県を舞台にした詩作品としては、「淡路島」「播磨灘」「濱の家」（『芳水詩集』）、「ふる里の海」（『旅人』）、「明石にて」「須磨にて」「播磨より」（『ふる郷』）などがある。「播磨より」の一節〈播磨はわれの父の国／播磨はわれの母の国〉と、「ふる郷の海」の〈飾磨の海にともる灯の／その色見れば涙ながるる〉を合わせた詩碑が、飾磨恵美酒神社の前に建っている。

（田口道昭）

阿波野青畝 あわの・せいほ

明治三十二年二月十日～平成四年十二月二十二日（1899～1992）。俳人。奈良県高市郡高取町に長治、かね夫妻の四男として生まれる。本名敏雄。旧姓橋本。奈良県立畝傍中学校（現・県立畝傍高等学校）卒業。在学中に奈良県郡山中学校（現・県立郡山高等学校）教師原田浜人に勧められて句作を始める。幼少の頃に耳の疾患により難聴となるが、大正六年に原田宅で催された句会で高浜虚子と出会い、同じ難聴の村上鬼城を例にして激励され、これ以後虚子に師事するようになる。七年に八木銀行（現・南都銀行）に入行。十一年に野村泊月の「山茶花」に投句。昭和四年に奈良県高市郡八木町（現・橿原市）の俳人が中心となって「かつらぎ」を創刊した際には、主宰者および選者になる。同年「ホトトギス」同人。山口誓子、高野素十、水原秋桜子とともに「ホトトギス」の四Sと呼ばれた。六年四月に第一句集『万両』（青畝句集刊行会）を出版。十五年十月に句集『花下微笑』（三省堂）を、十七年十月に句集『国原』（天理時報社）を出版。二十年三月に大阪市西区京町堀上通りの自宅を空襲で焼失、兵庫県西宮市甲子園に転居する。二十一年、それまで戦時下で他誌と合併し「飛鳥」となっていた「かつらぎ」を復刊、同誌発行人になる。二十二年にカトリック夙川教会で洗礼を受け、洗礼名を「アシジの聖フランシスコ」と名乗る。同二十二年七月、句集『定本青畝句集』（宝書房）を出版。四十七年十二月に句集『甲子園』（角川書店）を出版。俳人協会顧問、俳人協会関西支部長、国際俳句交流協会顧問を歴任。平成二年に「かつらぎ」の主宰を森田峠に譲って名誉主宰になる。四年十二月二十二日に心不全により逝去（享年九十三）。夙川教会にて葬儀ミサがおこなわれた。句集は他に『春の鳶』（昭和27年12月、書林新甲鳥）、『紅葉の賀』（昭和37年1月、かつらぎ発行所）、『旅塵を払ふ』（昭和52年10月、東京美術）、『不勝簪』（昭和55年2月、角川書店）、『あなたこなた』（昭和58年12月、白夜書房）、『除夜』（昭和61年11月、白夜書房）、『西湖』（平成3年4月、青畝句集刊行会）、『宇宙』（平成5年11月、青畝句集刊行会）など。第七回蛇笏賞（昭和48年）、大阪府芸術賞、西宮市民賞、日本詩歌文学館賞を受賞する。昭和五十年勲四等瑞宝章受章。

（尾西康充）

安西篤子 あんざい・あつこ

昭和二年八月十一日～（1927～）。小説家。神戸市に生まれる。昭和二十年に神奈川県立横浜第一高等女学校（現・県立横浜平沼高等学校）卒業。それまでにドイツで七年、中国で同じく七年の時を過ごす。中山義秀に学び、同人誌「新誌」「南北」に作品を発表。中国の歴史に対する知識と興味をもとに「新誌」に発表した「張少子の話」（「オール読物」昭和40年4月に再掲）で第五十二回直木賞を受賞する。さらに、「黒鳥」（「新潮」昭和56年6月）で第三十二回女流文学賞を受賞。『家康の母』（昭和58年10月、読売新聞社）、「菅原十郎兵衛の母」（「歴史ピープル」平成8年初夏号）、「おふく変身」（『卑弥呼狂乱』昭和57年1月、光風社出版）など、時代小説を得意とする安西は、時代小説では中心人物として描かれにくい女性に光を当て、激動の時代のなかで生きる女性の個人史を数多く記した。「菅原十郎兵衛の母」では、幾度も子を婚家に残して別離を強いられた、徳川家康の母方の祖母華陽院お富の方の生涯を、また、「おふく変身」では、徳川家光の乳母であった春日局の生涯を、さらに「生晒しの女」（後掲『壇の浦残花抄』所収）では、幕末維新期に活躍し、幕末から明治にかけての動乱期を生きた村山たかの数奇で不可解な人生が記される。兵庫を舞台にした時代小説には、屋島の合戦と平家の滅亡の時代を背景に玉虫の前を描いた「壇の浦残花抄」（『壇の浦残花抄』平成元年6月、読売新聞社）がある。「生晒しの女」が、彼女が愛した井伊直弼、長野主膳ではなく、村山たかの一生の歴史として語られるように、それらは女性の生の軌跡の物語である。同じく村山たか、井伊直弼、長野主膳の三角関係を描きながらも、井伊直弼に焦点が当てられた舟橋聖一『花の生涯』（昭和28年6月、新潮社）と比較すると、それは明瞭だろう。様々な制度のなかで翻弄され、束縛や苦難を余儀なくされる女性の生と、周囲の状況はもとより歴史の行方に大きく関わる女性の姿の両方が、数々の作品のなかで描かれ、江戸、幕末、明治といった時代状況を背景に女性個人の歴史が浮き彫りにされるものが多い。

（天野知幸）

安藤礼二郎　あんどう・れいじろう

大正十一年七月七日〜平成四年四月七日（1922〜1992）。詩人、郷土史研究家。姫路市に生まれる。本名柳井秀一《ひでいち》。筆名柳井秀。戦後、大塚徹らの「新濤」に参加し、詩人集団ＩＯＭ同盟を結成。叙情を排した即物形象主義を掲げた。『詩集　どびんご』（昭和52年、姫路文学人会議）、『定本柳井秀詩集』（平成5年、青娥書房）がある。一方、『西播民衆運動史』上下（昭和58年8月、姫路文学人会議）で第十九回姫路文化賞（郷土史研究）を受賞した。

（有田和臣）

アンドレ・マルロー　あんどれ・まるろー（André Malraux）

明治三十四年十一月三日〜昭和五十一年十一月二十三日（1901〜1976）。小説家、評論家、政治家。パリのダンレモン街に生まれる。コンドルセ高等中学校卒業。一九二一年（大正10）四月、シュルレアリスム風の作品を収めた最初の本『紙の月』を自費出版。考古学や美術に対する関心も強く、大正十二年にはフランス領インドシナに渡って遺跡を発掘するが、そこでの体験は後の小説『王道』（昭和5年、グラッセ書店）で生かされた。十四年にも同地に赴き、安南解放運動の活動家と接触、さらにゼネストが勃発した香港にも立ち寄り、『征服者』（昭和3年9月、グラッセ書店）執筆に向かう着想を得た。この小説は日本では、新居格の訳で『熱風』と題されて昭和五年九月に先進社から刊行された。帰国後、パリのガリマール書店で美術部主任となった彼を小松清が訪ね、両者の親密な交際が始まる。昭和六年春に妻クララとともにパリを出発、アジア各地を回って十月に神戸に入港、日本の地を初めて踏む。小松の案内で舞子海岸を訪れた後、京都、奈良、大阪を回って古刹や文楽を観賞した。滞在中にマルローは、次の長編についての構想を小松に告げたが、それは八年に『人間の条件』として出版され、同年のゴンクール賞を受賞した。同作品は小松と新庄嘉章の訳により、十三年七月に大陸文学叢書の一巻として『上海の嵐―人間の条件―』の題で改造社から刊行された。昭和二年の上海で蔣介石が起こしたクーデターを背景とし、「動乱の支那にひき起された外的悲劇と、人間が負はされてゐる諸条件から生れた内的悲劇とが、渾然と一つに融合された一大叙事詩」（同書「あとがき」）たる性格を持つこの小説の結末では、春の光が降り注ぐ神戸を舞台に、革命運動の途上で自ら命を絶った混血児清《キヨ》の父ジゾオルと、清の妻でモスコーへ行こうとするメイとの束の間の再会と別れが描かれている。一方、美術評論家マルローに関する紹介も、小松が主宰して八年六月に神戸で創刊された「新日本美術」で行われている。十年、文化擁護国際作家大会を提唱してパリで開催、十一年のスペイン内乱では共和派を支持し、自ら戦闘に参加した。第二次世界大戦勃発に際しても従軍し、反ファシズムの抵抗運動を身をもって実践した。戦後はド・ゴールと政治的活動をともにし、日本にも三度訪れ、日仏文化交流に貢献するとともに、奈良、京都の寺院や博物館を歴訪、熊野、那智の地を踏んで日本に対する造詣を深くした。

（大橋毅彦）

【い】

五十嵐播水　いがらし・ばんすい

明治三十二年一月十日～平成十二年四月二十三日（1899～2000）。俳人。本名久雄。兵庫県姫路市鍛冶町出身。兵庫県立姫路中学校（現・県立姫路西高等学校）、第三高等学校（現・京都大学）を経て、大正十二年、京都帝国大学医学部を卒業。神戸市立中央市民病院に勤め、内科部長、院長を務めた。昭和三十六年に五十嵐内科を開業。大正九年より句作をはじめ、高浜虚子に師事。昭和五年、「九年母」の選者となり、九年には主宰。七年より「ホトトギス」同人。句集に『播水句集』（昭和6年2月、京鹿子発行所）、『石蕗《つわぶき》の花』（昭和28年12月、創元社）、『老鶯』（昭和46年2月、新樹社）などがある。また、随筆に『兵庫歳時記』（昭和43年10月、新樹社）『虚子門に五十余年』（昭和52年4月、新樹社）などがある。〈寒念仏《かんねぶつ》移民を送る人の中に〉〈夜寒の灯波止は娼婦をゆかしむる〉（メリケン波止場）、〈大方は華僑の寄進午祭《うままつり》〉（諏訪神社）、〈神饌の昆布《こぶ》切りはげむ師走巫女〉（西宮戎神社）など、神戸や兵庫県を舞台に詠んだ句は多い。兵庫県文化賞（昭和43年）、神戸市文化賞（昭和48年）などを受賞。

（田口道昭）

生島治郎　いくしま・じろう

昭和八年一月二十五日～平成十五年三月二日（1933～2003）。小説家。上海に生まれる。本名小泉太郎。終戦真近の、昭和二十年二月に帰国、長崎、金沢、横浜で中学時代を送った。青木雨彦と同期であった横浜翠嵐高等学校時代に小説を書き始める。二十六年、早稲田大学文学部英文科入学。同級に小林信彦がいた。在学中、青木や高井有一らとともに文芸同人誌「文学奔流」に所属。三十年に卒業後、早川書房入社。三十一年創刊の「エラリー・クイーンズ・ミステリ・マガジン（ＥＱＭＭ）」編集に携わり、のち編集長となる。三十八年退社後、文筆活動に専念。書き下ろし『傷痕の街』（昭和39年、講談社）で作家デビューした。元兵庫県警刑事志田司郎が神戸を拠点とする広域暴力団に挑む『追いつめる』（昭和42年4月、光文社）で第五十七回直木賞を受賞し、以後シリーズ化する。日本のハードボイルド小説の基礎を築いた。日本ペンクラブに所属。日本推理作家協会理事長（平成元年～5年）。

（有田和臣）

生田春月　いくた・しゅんげつ

明治二十五年三月十二日～昭和五年五月十九日（1892～1930）。詩人、翻訳家。鳥取県米子に生まれる。本名清平。醸造業を営む生家が破産したため、角盤高等小学校を中退。家族とともに朝鮮に移住し、釜山・

鳥取・大阪との間を行き来しながら苦闘の少年時代を過ごす。文学への関心は早くからあり、「新声」「文庫」「文章世界」にさかんに詩文を投稿、当時神戸で出ていた「新潮《にいじお》」（明治39年創刊）にも短歌を寄せている。明治四十一年単身上京、生田長江宅に一時寄寓、その世話で生計を立てながら、その後知遇を得た小林愛雄に詩才を認められ、詩の発表舞台を「帝国文学」にも広げる。夜学に通ってドイツ語の習得にも努めた。大正三年、「青鞜」同人の西崎花世と結婚。すでにツルゲーネフの『散文詩』（大正6年6月、新潮社）をはじめとする翻訳は世に問うていたが、六年十二月、第一詩集『霊魂の秋』を新潮社より刊行。翌年十月にも第二詩集『感傷の春』を同社より刊行して詩人としての声価を高めた。その後、創作の域を散文にも広げて小説小品集『漂泊と夢想』（大正9年12月、新潮社）や長編小説『相寄る魂』（第一巻・大正10年9月、第二巻・大正10年12月、後編・大正13年1月、新潮社）などを刊行、「文芸通報」（大正10年8月創刊）、「詩と人生」（大正12月3月創刊）を主宰した。さらに、ハイネの紹介や研究の面でも『ハイネ全集』全三巻（大正14年7月～15年11月、春秋社）という注目すべき書を著した。時代の激しい変化や、義弟の急死、妻以外の女性との恋愛に直面した春月は、昭和三年三月から四月にかけて芦屋海岸や六甲の苦楽園に滞在。「芦屋にて」「影は夢みる—死と恋を、女を春を—」「影の備忘録」と題した感想を残すが、そこには個人対社会の相克を超えるための悲劇的生命感を希求する感情が溢れている。五年五月十九日深夜、大阪発別府行菫丸船上より播磨灘に投身。遺骸は小豆島に漂着した。同年六月、遺稿詩集『象徴の烏賊』が第一書房より刊行。

（大橋毅彦）

以倉紘平　いくら・こうへい

昭和十五年四月八日～（1940～）。詩人、国文学者。大阪府南河内郡磯長《しなが》村（現・太子町）に生まれる。神戸大学文学部国文科卒業。同大学助手を経て、昭和四十年、大阪府立今宮工業高等学校定時制の国語科教員となる。傍ら大阪市立大学大学院に学び修士課程修了。定時制高等学校での三十有余年に及ぶ教育体験が、精緻で彫りの深い作風の形成に大きく関与した。端正で格調高い語りには古典的教養の支えがある。平成十年、近畿大学文芸学部講師となる。十六年、教授。昭和五十八年、詩誌「アリゼ」創刊。詩集に『二月のテーブル』（昭和55年3月、かもめ社）、『日の門』（昭和61年10月、詩学社、福田正夫賞受賞）、『地球の水辺』（平成4年10月、湯川書房、H氏賞受賞）、『沙羅鎮魂』（平成4年12月、湯川書房）、『プシュパ・ブリシュティ』（平成12年12月、湯川書房、現代詩人賞受賞）。評論集に『朝霧に架かる橋—平家・蕪村・現代詩』（平成12年12月、編集工房ノア）、エッセイ集に『心と言葉』（平成15年12月、編集工房ノア）、『夜学生』（平成15年12月、編集工房ノア）がある。

（國中　治）

池内紀　いけうち・おさむ

昭和十五年十一月二十五日～（1940～）。ドイツ文学者、文芸評論家。兵庫県姫路市に生まれる。兵庫県立姫路西高等学校卒業、東京外国語大学外国語学部卒業、東京大学大学院修了。神戸大学、東京都立大学（現・首都大学東京）、東京大学文学部で教鞭をとる。ドイツ、オーストリアの世紀末文学の研究をはじめ、幅広く文芸評論、翻訳の分野で活躍を続けている。『風刺の文学』（昭和53年12月、白水社）で第十一回亀井勝一郎賞、ゲーテ『ファウスト』の全訳

（平成11年10月〜12年1月、集英社）で第五十四回毎日出版文化賞、『ゲーテさんこんばんは』（平成13年9月、集英社）で第五回桑原武夫学芸賞、『カフカ小説全集』全六巻（平成12年11月〜14年8月、白水社）で第三十九回日本翻訳文化賞など、受賞多数。（飯田祐子）

池内了 いけうち・さとる

昭和十九年十二月十四日〜（1944〜）。天文学者、宇宙物理学者。兵庫県姫路市に生まれる。兄に池内紀。京都大学理学部卒業、京都大学大学院修了。理学博士（京都大学）。北海道大学、大阪大学、名古屋大学などで教鞭をとる。名古屋大学名誉教授。総合研究大学院大学理事。宇宙の起源と深化などについて、独創的な理論を展開している。『寺田寅彦と現代 等身大の科学をもとめて』（平成17年1月、みすず書房）など、科学者のあり方についての執筆も多い。『科学の考え方・学び方』（平成8年6月、岩波書店）で第十三回講談社出版文化賞受賞。（飯田祐子）

池田蘭子 いけだ・らんこ

明治二十六年九月十日〜昭和五十一年一月四日（1896〜1976）。小説家。愛媛県今治市に生まれる。祖母は講釈師玉田玉秀斎（二代目）との駆け落ちで知られる山田敬。この事件で離縁された母寧《やす》は敬をたよって蘭子とともに今治から大阪へ移住。十七歳で池田美雄と結婚、叔父の遺児を引き取って養子とする。梅花女学校（現・梅花高等学校）時代に立川文庫の原稿を書き始める。敬の連れ子山田阿鉄（酔神）らと共に、兵庫県揖東郡（現・姫路市）出身の立川熊次郎が創刊した立川文庫を、速筆・多作によって支えた。その後、東京から長崎までを点々とするが、大正十四年、大阪にミスマル美粧院を開き、矢沢孝子を介して「明星」に参加、歌の世界に入る。川田順らと交友し、半生の記『女紋』（昭和35年1月、河出書房新社）を執筆。『女紋』は菊田一夫によって東宝時代劇に脚色・上演される。立川文庫の集団制作を描いて話題となり、菊田や柴田錬三郎らの抗議を喚起した。昭和五十一年一月没、享年八十二歳。（石上　敏）

池田龍眠 いけだ・りゅうみん

明治二十八年十二月十八日〜昭和八年四月四日（1895〜1933）。俳人。兵庫県揖保郡網干町（現・姫路市）に生まれる。本名英夫。兵庫県立姫路中学校（現・県立姫路西高等学校）を健康上の理由で退学。その後父百松の経営する木材商に勤務。大正七年、結婚後間もなく喀血、十年、離婚。病床に臥したことをきっかけに句作を始める。荻原井泉水の革新的な俳論に共鳴し、十四年「層雲」に参加。句集に『池田龍眠句集 陽を浴びて』（昭和7年12月、層雲社）がある。（石橋紀俊）

池永治雄 いけなが・はるお

明治四十一年三月二十七日〜平成四年十二月二十八日（1908〜1992）。詩人。大阪府野里村（現・大阪市西淀川区野里町）に生まれる。号釈寂然《しやくじやくねん》。大正十四年、早稲田大学商学部卒業。昭和二年に「詩集」の同人となり、詞華集『航海』（昭和3年11月、詩集社）に執筆参加した。大阪市役所や大阪市立美術館に勤務する。八年から「日本詩壇」の編集同人。詩集に『空の感情』（昭和4年10月、詩集社）などがあり、「六甲山によせて」や「武庫川渓流」、「石仏兵庫県北条にて」などの詩作品もある。（浦谷一弘）

去来川巨城《いさがわ・きょじょう》

大正四年七月二十一日～平成十八年六月二日（1915～2006）。川柳作家。兵庫県神崎郡福崎町に生まれる。戦時中、徴用先で増井不二也と出会い、川柳に開眼。昭和二十三年、はなびし川柳会設立。同年、ふあうすと同人。五十二年、鈴木九葉を継いで主幹となる。六十三年、主幹を辞し会長。ふあうすと川柳社顧問、平成柳多留（全日本川柳協会編）選者、兵庫県川柳協会理事長、全日本川柳協会理事などを勤める。句集に『さんれい抄』（平成3年4月、ふあうすと川柳社）がある。〈名を捨てて一つの机ひとつの書〉〈一字書けば一字滅びるわが炎〉〈信じあうただそれだけでよい夫婦〉〈まちの灯に明日あることを信じきり〉。

（石上　敏）

伊佐次無成《いさじ・むせい》

昭和三年九月九日～平成十七年七月八日（1928～2005）。川柳作家。東京市日本橋区（現・東京都中央区日本橋）馬喰町に生まれる。本名幸一。関西電力に勤務しながら、ふあうすと川柳社（神戸市中央区）同人として創作に従事。昭和五十五年、全日本川柳大会第四回岡山大会で文部大臣奨励賞を受賞。受賞作は〈昨日の皿に昨日が残るパンの耳〉。「パンの耳」というフレーズが話題となった。その他、〈沈黙の僕を支える一樹あり〉など多数。

（石橋紀俊）

井沢義雄《いさわ・よしお》

大正十二年十二月二十日～平成八年十二月十四日（1923～1996）。仏文学者、評論家。兵庫県に生まれる。昭和二十五年、東京大学文学部仏文科を卒業した後、神戸大学教養部教授（フランス語担当）。主な著書としてはアランの『人間論』（昭和38年1月、角川書店）等の翻訳が挙げられるが、『石川淳』（昭和36年6月、弥生書房）、『石川淳の小説』（平成4年5月、岩波書店）など石川淳関連の著作も多い。

（天野勝重）

石井冬魚《いしい・とうぎょ》

大正十四年（月日未詳）～（1925～）。川柳作家。神戸市に生まれる。三重県立医学専門学校（現・三重大学医学部）卒業。その後、兵庫県内の製鉄所で産業医として勤務、川崎製鉄川柳会に加わる。昭和三十六年、時の川柳社同人となる。五十五年、第十回紋太忌ふあうすと年間賞発表川柳大会にて神戸市長賞受賞。平成十四年、第十四回兵庫県ふれあいの祭典にて県会議長賞受賞。句集に『句寿籠』（平成13年、西宮プリントセンター）がある。

（西村真由美）

石上玄一郎《いしがみ・げんいちろう》

明治四十三年三月二十七日～平成二十一年十月五日（1910～2009）。小説家。札幌市に生まれる。神戸市東灘区に居住した。本名上田重彦。三歳で母を、五歳で父を喪う。六歳で父の郷里の盛岡市へ移り、祖母に育てられる。岩手県立盛岡中学校（現・県立盛岡第一高等学校）を卒業後、昭和二年、旧制弘前高等学校（現・弘前大学）文科乙類（ドイツ語専攻）に入学、同学年に太宰治（文科甲類英語専攻）がいた。五年、左翼運動で弘前警察署に検挙される。放校処分を受け、上京を決意。以後、放浪、窮乏、逮捕を繰り返す。九年一月、共産党スパイ・リンチ事件を機に左翼運動から距離を置く。後にこの一連の経験を「発作」（「中央公論」昭和32年5月）に描いている。昭和十年、同人誌「大鴉」に参加。十四年三月、石上玄一郎の名義で「針」を「日本評論」に発表し、文壇デビューを果たす。翌年「絵姿」（「中央公論」新人特集号、昭和15年2月）を発表、作家としての地位を確立。十七年十月「中央公論」発表の出世作「精神病学教室」が当時の社会情勢から問題視される。十九年四月、上海に渡り、中日文化協会に就職、武田泰淳、堀田善衛らと交流を持つ。上海滞在経験に材をとったものに「鵲」（発表誌未詳、昭和23年）、「気まぐれな神」（「文学界」昭和25年6月）、『彷徨えるユダヤ人』（昭和49年10月、人文書院）等がある。昭和二十二年一月に引き揚げ、東京世田谷に居を構える。戦後の第一作目は戦争の傷あとと罪意識をテーマとした「氷河期」（「中央公論」昭和23年2月）、以後「日蝕」（「潮流」昭和23年7月～9月）、旧友太宰治の自殺が執筆動機となった「自殺案内者」（「文学界」昭和25年10月、12月に前編を「蛆」という題名で発表、26年8月、後編発表を機に「自殺案内者」と改題）、「黄金分割」（「群像」昭和28年7月～9月）等を次々と発表。二十七年三月には同人誌「現象」を創刊し、「即意識の文学」を提唱する。仏教への傾倒を強め、三十年三月より宗教総合誌「大法輪」に仏教説話を連載。その執筆活動は、『太平洋の橋―新渡戸稲造伝』（昭和43年10月、講談社）、『悪魔の道程』（昭和47年7月、冬樹社）、『エジプトの死者の書』（昭和55年7月、人文書院）など多岐にわたる。昭和三十一年四月より平成十一年三月まで大阪成蹊女子短期大学にて国文学を担当。神戸ユダヤ文化研究会理事。昭和五十二年、神戸市より文化賞（芸術）を贈られる。『石上玄一郎小説作品集成』全三巻（平成20年2月～20年5月、未知谷）がある。

（松本陽子）

石川達三　いしかわ・たつぞう

明治三十八年七月二日～昭和六十年一月三十一日（1905～1985）。小説家。秋田県平鹿郡横手町（現・横手市）に生まれる。少年期には家庭の事情で東京市、岡山県などに数回住まいを替えている。早稲田大学文学部英文科中退。昭和三年五月、国民時論社に入社。五年三月、国民時論社を退職の形にしてもらい、退職金六百円ほどをうけ、神戸から移民船に乗りブラジルへ渡航。サント・アントニオ農場の日本人農家で一ヵ月ほど働き、後一ヵ月ほどはサン・パウロ市に滞在し、結婚のためという口実で八月末に帰国した。このときの見聞を「国民時論」に「最近南米往来記」として発表し、六年二月、昭文閣より刊行。七年に国民時論社を退職後、半年ほど「モダン・ダンス」誌の編集のかたわら、「国民時論」に寄稿しながら「蒼氓《そうぼう》」を書く。八年の改造懸賞小説に応募し選外佳作になったものに手を入れ、十年四月、同人雑誌「星座」創刊号に「蒼氓」を発表。八月、素材の目新しさが評価され、第一回芥川賞を受賞し、「文芸春秋」九月号に再録される。十月、短編集『蒼氓』を改造社より刊行。それ以降、旺盛な作家活動を始める。十二年十二月、中央公論社特派員として従軍した折の見聞が反映された作品「生きてゐる兵隊」（昭和13年3月、「中央公論」）が筆禍事件をおこす。発表と同時に発禁処分を受け、新聞紙法により禁固四ヵ月執行猶予三年の判決が下された。四十四年、第十七回菊池寛賞受賞。日本ペンクラブ第七代会長（昭和50年～52年）を務める。また、日本文芸家協会理事長、日本文芸著作権保護同盟会長、A・A作家会議東京大会会長を歴任。社会性の強い題材を扱い、社会的正義感を前面に出した作風で多くの作品を生み出し、幾つかの小説の題名はそのまま当時の流行語となった。

＊蒼氓《そうぼう》　中編小説。〔初出〕「星座」昭和10年4月。〔初収〕『蒼氓』昭和10年10月、改造社。◇第一回芥川賞受賞作品。昭和五年頃のブラジル移民集団の姿を描いた作品。

後に本作品を第一部「蒼氓」とし、第二部「南海航路」（長編文庫、昭和14年4月、三笠書房）、第三部「声なき民」（長編文庫、昭和14年7月、三笠書房）を合わせ三部作として、十四年八月、新潮社から『蒼氓』として刊行した。第一部にあたる「蒼氓」は、神戸の国立移民収容所で移民たちが生活し出航するまでの風景を描く。（安藤香苗）

石田梢香 いしだ・しょうか

大正十四年三月三十一日〜平成四年四月十二日（1925〜1992）。俳人。兵庫県西宮市寿町に生まれる。本名正義。昭和十九年、陸軍に入隊。復員後、大同生命に勤務のかたわら「俳句作家」「俳句人」「聚」などに投句。五十二年より関西俳誌連盟委員となり、同連盟事務局次長、大阪俳人クラブ理事などを歴任。『反戦反核詩歌句集』（昭和57年12月〜63年8月、核戦争に反対する関西文学者の会）に収載の句のほか、俳人の妻香枝子の選による「石田梢香遺作五〇句」（「俳句人」平成4年11月）がある。（一條孝夫）

石原慎太郎 いしはら・しんたろう

昭和七年九月三十日〜（1932〜）。小説家、政治家。神戸市須磨区大手町に生まれる。一橋大学在学中に「太陽の季節」（「文学界」昭和30年7月）で文学界新人賞受賞。昭和三十一年、同作品で芥川賞を受賞。四十三年、参議院選挙全国区に立候補しトップ当選。自民党に入党し、衆議院に移籍後の平成七年に辞職。その間『化石の森』上・下（昭和45年9月、45年10月、新潮社）などを発表。十一年、東京都知事となり現在に至る。エッセイに『価値紊乱者の光栄』（昭和33年11月、風書房）、『弟』（平成8年7月、幻冬舎）などがある。（一條孝夫）

泉鏡花 いずみ・きょうか

明治六年十一月四日〜昭和十四年九月七日（1873〜1939）。小説家。石川県金沢町下新町に、彫金師の父清次、母すずの長男として生まれる。本名鏡太郎。尾崎紅葉の弟子となり、「夜行巡査」（「文芸倶楽部」明治28年4月）、「外科室」（「文芸倶楽部」明治28年6月）などの観念小説が出世作となる。幼時に死別した母への慕情や、年上の女性の庇護、〈魔〉的存在への関心などが、生涯を通じて作品のモチーフとなった。主な作品に、「照葉狂言」（「読売新聞」明治29年11月14日〜12月23日）、『湯島詣』（明治32年11月、春陽堂）、「高野聖」（「新小説」明治33年2月）、「婦系図」（「やまと新聞」明治40年1月1日〜4月28日）、「春昼」「春昼後刻」（「新小説」明治39年11月、12月）、『草迷宮』（明治41年1月、春陽堂）、「歌行燈」（「新小説」明治43年1月）、『日本橋』（大正3年9月、千章館）、「眉かくしの霊」（「苦楽」大正13年5月）など。花柳小説、芸道小説のほか、怪異・幻想文学の代表的作家として名高い。『鏡花全集』全二十八巻別巻一（昭和61年9月〜平成元年1月、岩波書店）がある。釈迦の生母摩《ま》耶《や》夫人像を安置する摩耶山忉利《とうり》天上《てんじょう》寺（現・神戸市灘区摩耶山町）を舞台とした「峰茶屋心中」（「新小説」大正6年4月）は、鏡花の摩耶夫人信仰をモチーフとした贖罪の物語である。鏡花戯曲の傑作とされる「天守物語」（「新小説」大正6年9月）は、姫路城（現・姫路市本町）の天守閣第五重が舞台。魔界の主富姫《とみひめ》と、人間界から逃れてきた姫川図書之助との恋を描く。これらは、現地の友人からの情報や吉田東伍『大日本地名辞書』（明治40年10月、冨山房）などに依拠しており、鏡花の現地踏査は確認できないが、紀行「玉造日記」（「大阪朝日新聞」大正13年7月20日〜9月6日夕刊）、小品「鎧」（「写真報知」大正14年2月）、「城崎を憶ふ」（「文芸春秋」大正15年4月）では、大正十三年五月、プラトン社の後援で梅田から出雲路を旅した際の見聞が生かされている。「玉造日記」は、福知山線道《どう》場《じょう》駅（現・神戸市北区道場町生野）くらいまでで中絶しているが、「鎧」では、余《あま》部《るべ》（現・美方郡香美町香住区鎧）の陸橋を渡るさまが「居ながら青天を飛ぶ」とたとえられ、「城崎を憶ふ」でも、一泊した城崎（現・豊岡市城崎町）のみずみずしい初夏の風物が目に浮かぶように描かれている。（須田千里）

泉比呂史　いずみ・ひろし

昭和七年一月二日～平成十八年一月六日（1932～2006）。川柳作家。大阪市港区（現・大正区）南恩加島町に父寛、母利重（号泉梨花女）の長男として生まれる。本名毅《つよし》。昭和二十一年、逓信講習所兵庫支所に奉職。二十二年、母の指導で川柳を始める。二十六年、川柳誌「ふあうすと」同人。二十七年、母と網干川柳同好会を興す。四十九年、「近畿郵政だより」の川柳欄創設、以後二十年間選者。六十二年、神戸刑務所篤志面接委員に委嘱、被収容者に川柳指導。平成八年、神戸高丸郵便局長を最後に退官。十一年、「ふあうすと」主幹。十二年、兵庫川柳協会理事長。十三年、全日本川柳協会理事。兵庫県功労者表彰受賞。十五年、「毎日新聞」兵庫文芸川柳欄担当。十六年、NHK学院講師。川柳集に『比呂史の川柳』（平成14年6月、丸善）がある。（岩見幸恵）

伊勢田史郎　いせだ・しろう

昭和四年三月十九日～（1929～）。詩人、文筆家。神戸市に生まれる。日本現代詩人会会員。詩誌「輪」の会の編集同人。「階段」「柵」同人。神戸新聞文化センターの講師や、NHK「兵庫史を歩く」の講師。詩集として、「わたしの詩が、わたし自身のなかで、どのような位置を、どの程度の部分を占めているのか」という自問を確認するために刊行した『幻影とともに』（昭和34年6月、創元社）や、『錯綜とした道』（昭和43年、国文社）、『山の遠近』（昭和54年12月、日東館出版）、熊野徒渉の見聞に基づく『熊野詩集』（平成3年2月、詩画工房）などがある。地方史に関する単著『船場物語』（昭和57年3月、現代創造社）、共著として『兵庫史を歩く』『続兵庫史を歩く』『兵庫史を歩く第三集』（昭和56年、58年、62年11月、神戸新聞出版センター）刊行。他に、『おもかじいっぱあい』（昭和57年9月、現代創造社）など共著の児童詩集があり、エッセイ集の編著などもある。（池川敬司）

板井れんたろう　いたい・れんたろう

昭和十一年（月日未詳）～（1936～）。漫画家。兵庫県芦屋市に生まれる。本名錬太郎。別名に板井たけお、板井太郎など。中学時代、手塚治虫に感動し、日本大学第二高等学校時代には「漫画少年」等に投稿。昭和三十年、日本大学商学部に入学後、時代劇『関が原の決戦』（曙出版）を発表。卒業後は園山俊二らの学漫グループに属し、『ポテト大将』『おらあグズラだど』『ドタマジン太』『遠山の金ちゃん』『六助くん』等のギャグ漫画を描いている。（水川布美子）

板垣鋭太郎　いたがき・えいたろう

大正八年二月二十一日～（1919～）。俳人。神戸市に生まれる。昭和九年ごろより作句。日野草城、神生彩史門下。「白堊」を主宰する。六十三年、現代俳句協会幹事。句集に『駅』（昭和49年9月、白堊俳句会）、『景』（昭和57年4月、俳句研究新社）、『盛陳花果』（平成元年2月、白塋俳句会）、『傘』（平成12年7月、白塋俳句会）など。〈地蟲あわてる二月いちにち多ければ〉〈鈴虫よあとを歩くは年長者〉。『盛陳花果』には散文も収録。（梅本宣之）

板倉栄三　いたくら・えいぞう

明治三十九年一月十一日～昭和五十四年四月二十四日（1906～1979）。詩人。兵庫県明石市に生まれる。本名栄蔵。昭和二年、同人誌「戦線詩人」を林喜芳と創刊、続いて「裸人」を出す。五年、林・竹森一男らと「魔貌」創刊。職業遍歴を重ねた後、易者として半生を過ごす。脳出血で晩年は不自由な生活を続けた。林らの尽力で詩集『歯抜けのそうめん』（昭和51年1月、「少年」発行所）が刊行された。（杉本　優）

伊田耕三　いだ・こうぞう

明治四十五年（月日未詳）～（1912～）。詩人。東京に生まれる。神戸市の商業学校（兵庫県立第一神戸商業学校か）を卒業。昭和十年前後に「吃水線」「水族館」「神戸詩人」の同人となる。十六年、結婚式のため上海より帰国。神戸詩人事件により小林武雄らが検挙されているのを知り驚愕。戦後、「火の鳥」「天秤」「少年の会」「現代詩神戸」同人。三十七年四月、紺綬褒章受章。五十三年十二月、神戸モダニズム派の詩人として郷土詩壇の啓発に貢献したために、文化団体半どんの会現代芸術賞受賞。詩集に『梅』（昭和49年11月、天秤発行所）、『イチとつう』（昭和53年9月、天秤発行所）、『羊の溜息』（平成4年12月、近代文芸社）などがある。詩集『神戸市街図』（昭和61年1月、ジュンク堂書店）に「神戸港第一突堤」が収録される。（越前谷宏）

伊丹公子　いたみ・きみこ

大正十四年四月二十二日～（1925～）。俳人、詩人。高知市に生まれる。本名岩田きみ子。兵庫県立豊岡高等女学校（現・県立豊岡高等学校）を経て、兵庫県立伊丹高等女学校（現・県立伊丹高等学校）卒業。伊丹三樹彦、日野草城に師事。「まるめろ」「青玄」同人。句集に『メキシコ貝』（昭和40年6月、琅玕洞）〈メキシコ貝もらう海賊の眼の少年から〉、『陶器天使』（昭和50年1月、牧羊社）、『沿海』（昭和52年12月、沖積舎）、『時間紀行』（昭和54年）、『ドリアンの棘』（昭和57年6月、牧羊社）〈永遠は掌《て》に乗るでしょうか　花梨《かりん》の庭〉、『ガルーダ』（昭和58年11月、現代俳句協会）、『私の手紙』（平成19年6月、沖積舎）など。四十七年、第十九回現代俳句協会賞受賞。村野四郎、伊藤信吉らに私淑。詩集に『通過儀礼』（昭和45年12月、求龍堂）、『空間彩色』（昭和51年、冬樹社）、『赤道都市』（昭和58年12月、冬樹社）、『黒い聖母』（平成16年7月、沖積舎）など。（大田正紀）

伊丹啓子　いたみ・けいこ

昭和二十三年二月二十五日～（1948～）。俳人。伊丹市に伊丹三樹彦と公子の長女として生まれる。関西学院大学文学部日本文学科卒業。在学中から作句を始め、三樹彦に師事、「青玄」に学ぶ。〈膝つき合わす君らギターの反戦歌〉。卒業後、十年間「オール関西」編集部に勤務。著書に伊丹三樹彦伝『軒破れたる』（平成3年6月、ビレッジプレス）、『日野草城伝』（平成9年2月、沖積舎）、俳句・俳景『愛坊主』（平成11年7月、沖積舎）、句集『ドッグ・ウッド』（平成16年5月、沖積舎）〈移住家族　ドッグウッドの香を纏い〉。（大田正紀）

伊丹三樹彦　いたみ・みきひこ

大正九年二月三日（戸籍上の誕生日は三月

五日）～（1920～）。俳人。兵庫県川辺郡伊丹町高畑（現・伊丹市）に生まれる。本名岩田秀雄。別号写俳亭。昭和十二年、兵庫県立工業学校（現・県立兵庫工業高等学校）卒業。俳誌「旗艦」へ投句を始める。神戸市役所に勤務。〈長き夜の楽器かたまりゐて鳴らず〉（昭和13年）は、神戸市鯉川筋にあった楽器店の風景という。十四年、徴用され、二十年、召集解除。伊丹市宮ノ前筋に古書店「伊丹文庫」を開業。〈柩車過ぎまた古町の春の昼〉（昭和20年）と宮ノ前筋を詠む。二十二年、伊東きみ子と結婚。二十四年、日野草城主宰の俳誌「青玄」に加わる。〈軒破れたる正月の　ざんざ降り〉（昭和25年）は、伊丹市湊町（現・伊丹一丁目）にあった両親の家での句である。三十一年、草城没後「青玄」主宰者となる。「①定型を活かす②季を超える③現代語を働かす④分かち書きを施す」の四主張（④は三十四年から）で作句を進める。〈古仏より噴き出す千手　遠くでテロ〉（昭和35年、浅沼稲次郎刺殺事件）のような深重から、〈林檎　まだ　青いぞ　固いぞ　馬蹄音〉のような軽快までを、視野に入れる。四十三年、尼崎市民芸術賞を受ける。四十四年から、写真撮影に興味を強め、写俳と称して取り組む。戦前の作をまとめた第一句集『仏恋』（昭和50年年7月、ぬ書房）、三十歳代までの作をまとめた第二句集『人中』（昭和51年9月、ぬ書房）、西方志向時の作をまとめた第三句集『神戸・長崎・欧羅巴』（昭和53年6月、沖積舎）、海路志向時の作をまとめた第四句集『島嶼派』（昭和54年8月、牧羊社）を刊行。五十五年、兵庫県文化賞を受ける。花尽くしの作をまとめた第五句集『夢見沙羅』（昭和56年5月、現代俳句協会）、北方志向時の作をまとめた第六句集『磁針彷徨』（昭和56年10月、牧羊社）、第一写俳集『隣人ＡＳＩＡＮ』（昭和59年6月、角川書店）、四十歳代までの作をまとめた第七句集『樹冠』（昭和60年8月、牧羊社）、第二写俳集『隣人有彩』（昭和60年12月、牧羊社）、第三写俳集『隣人洋島』（昭和62年11月、牧羊社）を刊行。六十三年、大阪市文化功労賞を受ける。第四写俳集『巴里パリ』（平成元年10月、ビレッジプレス）、第五写俳集『天竺五大』（平成2年6月、ビレッジプレス）、第六写俳集『ナマステ　ネパーリ』（平成3年2月、ビレッジプレス）、『伊丹三樹彦全句集』（平成4年11月、沖積舎）を刊行。平成十五年、現代俳句大賞を受ける。十八年一月、「青玄」終刊。七十歳代後半の作をまとめた句集『一気』（平成18年1月、角川書店）を刊行。

（堀部功夫）

一橋文哉　いちはし・ふみや

生年月日未詳。ノンフィクション作家。平成七年、「ドキュメント『かい人21面相』の正体」（「新潮45」平成7年3月～4月）でデビュー。同年、雑誌ジャーナリズム賞受賞。著書に『三億円事件』（平成11年7月、新潮社）、『オウム帝国の正体』（平成12年7月、新潮社）、『宮崎勤事件—塗り潰されたシナリオ』（平成13年6月、新潮社）などがある。『闇に消えた怪人—グリコ・森永事件の真相—』（平成8年7月、新潮社）には、一連の犯行と関わる土地として兵庫県の西宮市や神戸市東灘区が登場する。

（奈良﨑英穂）

樹なつみ　いつき・なつみ

昭和三十五年二月五日～（1960～）。漫画家。神戸市に生まれる。昭和五十三年「緑《グリー》の館《ハウス》の住人たち」で第三回ＬＭＳ（ララまんが家スカウトコース）六位初入選、五十四年「フェアリー★ガゼール」で第十一回ＬＭＳトップ賞を受賞。同年、「めぐみちゃんに捧げるコメディ」（「LaLa」4月）でデビュー。初の連載作品「マルチェロ物語」（「LaLa」昭和56年4月～60年5月）で人気を得る。SF『OZ』全五巻（平成2年3月～4年9月、白泉社）で新境地を開く。平成五年、同作で第二十四回星雲賞コミック部門を受賞。また、同作は、四年にOVA（オリジナル・ビデオ・アニメーション）化、十七年にスタジオライフにより舞台化された。また、古代と現代を結ぶ七つの刀をめぐる伝奇ロマン『八雲立つ』全十九巻（平成4年10月～14年11月、白泉社）で、第二十一回講談社漫画賞を受賞。なお、同作は平成九年にOVA化されている。その他、代表作に『花咲ける青少年』全十二巻（平成2年1月～6年11月、白泉社）など。

（森本智子）

五木寛之　いつき・ひろゆき

昭和七年九月三十日～（1932～）。小説家。福岡県八女市に教員の父松延新蔵、母カシエの子として生まれる。朝鮮半島に渡り、昭和二十二年、日本に引き揚げる。二十七年、早稲田大学第一文学部露文科に入学するが、三十二年、学費未納により除籍となる（のちに未納学費を納入し中退となる）。放送作家、作詞家等の仕事をする。四十年、岡玲子と結婚後、北欧を旅する。五木姓を名乗る。旧ソビエト連邦、北欧を旅する。「さらばモスクワ愚連隊」（「小説現代」昭和41年6月）で第六回小説現代新人賞受賞。「蒼ざめた馬を見よ」（「別冊文芸春秋」98号、昭和42年1月）で第五十六回直木賞受賞。『青春の門・筑豊編』（昭和50年11月、講談社）で第十回吉川英治文学賞受賞。執筆を一時休止して、五十六年から四年間、浄土真宗本願寺派の龍谷大学で聴講生として仏教史を学ぶ。以後、『生きるヒント』（平成5年4月、文化出版社）、『蓮如　聖俗具有の人間像』（平成6年7月、岩波書店）、『蓮如―われ深き淵より―』（平成7年4月、中央公論社）、『大河の一滴』（平成10年4月、幻冬舎）、『他力　大乱世を生きる一〇〇のヒント』（平成10年11月、講談社）と宗教色の強い話題作が続いた。平成十四年に第五十回菊池寛賞を、十六年に仏教を多くの人に伝えたことから第三十八回仏教伝道文化賞を受賞した。『百寺巡礼第六巻　関西』（平成16年9月、講談社）では、「勇ましい聖徳太子と愛らしい聖観音」の寺として、播磨の法隆寺と称せられる、加古川市にある刀田山鶴林寺（天台宗）を、「往時の宗教都市の面影が生きる寺」として、また蓮如が建立した姫路市にある霊亀山亀山本徳寺（浄土真宗本願寺派別格本山）を取り上げている。

（明里千章）

一色次郎　いっしき・じろう

大正五年五月一日～昭和六十三年五月二十五日（1916～1988）。小説家。鹿児島県沖《おき》永良部《のえらぶ》島に生まれる。本名大屋典一。父は獄中で結核のため死亡。佐佐木茂索の知遇を得、「冬の旅」（「三田文学」昭和24年8月）が直木賞候補となり注目される。「青幻記」（「展望」昭和42年8月）で第三回太宰治賞受賞。神戸を舞台とする『海の聖童女』（昭和42年12月、筑摩書房）は受賞後第一作。主人公中釜内市は、沖永良部島出身で神戸製鋼所に勤務していた。彼は、鹿児島県大島郡の奄美大島以下、喜界島、徳之島、沖永良部島、与論島等から、職を求めて神戸、尼崎に移住した離島者のひとりである。運良く職を得たものの、昭和二十年六月の神戸大空襲で妻と家を失う。内市は妻が命をかけて守ろうとした幼い娘カナを伴い、故郷の島へ帰ろうとする。作品の末尾に、著者は「「太陽と鎖」（引用者注、昭和39年5月、河出書房新社）で父を書き、

「青幻記」で母を書いた私は、今度は、私自身が、自分の子供にどんな気持を持っているかを答えなければならない立場に立たされた。答えようと決心した」と記している。（太田路枝）

一色醒川　いっしき・せいせん

明治十年七月七日～四十三年十二月二日（1877～1910）。詩人。播州姫路（現・兵庫県姫路市）に生まれる。本名義朗。別号に、白浪、夢涯。代々酒井家の典医だったが維新の変で一家が没落し、神戸に移住した。幼少の頃から喘息に悩まされ、十三歳で高等小学校を中退する。以後独学で漢学国文を修め、「少年園」「文庫」などに詩、散文を寄せるようになる。明治三十年、神戸に関西青年文学会神戸支会が設立されると同時に入会、その機関誌「よしあし草」の刊行に参画する。三十三年には神戸教会で洗礼を受ける。この時期の作品を集めた宗教詩集『頌栄《しょうえい》』（明治39年11月、京華堂書店）がある。（浅見洋子）

伊藤昭子　いとう・あきこ

昭和二年一月五日～（1927～）。詩人。千葉県に生まれる。兵庫県明石市在住。兵庫県志筑高等女学校（現・県立津名高等学校）卒業。二十歳を過ぎてから詩を書き始める。東海現代詩人会所属。日本詩人クラブ会員。「灌木」「原始林」同人。第五回灌木賞受賞。詩集に『蝶・胡蝶』（昭和51年5月、蜘蛛出版社）、『伊藤昭子詩集』（日本現代女流詩人叢書、昭和58年11月、芸風書院）、『碧い小鳥』（昭和61年7月、海風社）、『きつねのかみそり』（平成3年4月、蜘蛛出版社）などがある。（杣谷英紀）

伊藤重夫　いとう・しげお

昭和二十五年（月日未詳）～（1950～）。漫画家、挿絵画家。神戸市に生まれる。兵庫県立工業高等学校デザイン科卒業。昭和四十六年、三宅政吉らと漫画同人誌「跋折羅」を創刊。雑誌「夜行」などに作品を発表。単行本に『チョコレートスフィンクス考』（昭和58年8月、跋折羅社）、『踊るミシン』（昭和61年11月、北冬書房）などがある。現在は三宮にスタジオを設立。多くの児童文学の挿絵のほか、つげ義春など北冬書房系作家の装丁などを手がけている。（木田隆文）

伊藤整　いとう・せい

明治三十八年一月十七日～昭和四十四年十一月十五日（1905～1969）。詩人、小説家、評論家。北海道松前郡炭焼沢村（現・松前町白神）に生まれる。本名整《ひとし》。『ユリシイズ』（昭和6年12月、9年5月、第一書房）の翻訳、『新心理主義文学』（昭和7年4月、厚生閣）を提唱。「週刊朝日」連載の「日本拝見」で「淡路島―日本の縮図」（昭和30年11月13日）を執筆。また「変容」（「世界」昭和42年1月～43年5月）で老年の性を扱い、主な舞台として姫路市が「泉川市」として描かれている。（水川布美子）

伊藤太一　いとう・たいち

昭和十年八月（日未詳）～（1935～）。彫画家、漫画家。神戸市兵庫区に生まれる。明石市在住。漫画を独学、ケント紙をカッターナイフではぎ、絵を刻む彫画の技法を考案。著書に『絵草紙・兵庫のさかな』（昭和51年11月、神戸新聞出版センター）、『ふなっ子のうた 兵庫の遊び』（昭和51年12月、中外書房）、『絵本・わたしの沿線風景』（平成3年12月、神戸新聞総合出版センター）、『絵のある風景 太陽と緑の道』（平成4年、神戸市市民局文化振興課）等がある。画に添えられた文章も滋味豊かである。「震災を描いた作家たち展」（平成16年1月、於そごう神戸）に「野島断層」出展。（太田路枝）

伊藤貴麿 いとう・たかまろ

明治二十六年九月五日～昭和四十二年十月三十日（1893～1967）。小説家、翻訳家。神戸市に生まれる。早稲田大学英文科卒業。「早稲田文学」「文芸春秋」「文芸時代」などに加わり、短編集『カステラ』（大正13年6月、春陽堂）を出版する。大正時代の童話全盛時代の波を受け、「赤い鳥」（大正12年6月）に「水面亭の仙人」を書き、中国童話の翻訳に力を注ぐ。昭和に入ると、同人誌「童話文学」に伝記文学を発表した。翻訳に『アクリスの剣』（昭和5年、童話春秋社）、『新譯西遊記』（昭和16年、童話春秋社）がある。（畑　裕哉）

伊藤たかみ いとう・たかみ

昭和四十六年四月五日～（1971～）。小説家。神戸市に生まれる。本名学。三重県立上野高等学校から早稲田大学政治経済学部を卒業。大学在籍中の平成七年、『助手席にて、グルグル・ダンスを踊って』（平成8年1月、河出書房新社）で第三十二回文芸賞を受賞して小説家デビュー。十二年に『ミカ!』（平成11年11月、理論社）で第四十九回小学館児童出版文化賞受賞。十八年に『ぎぶそん』（平成17年5月、ポプラ社）で第二十一回坪田譲治文学賞、『八月の路上に捨てる』（平成18年8月、文芸春秋社）で第一三五回芥川賞を受賞。（信時哲郎）

井床芦蘭 いとこ・ろらん

大正十二年三月十四日～（1923～）。川柳作家。兵庫県芦屋市に生まれる。昭和十八年十二月、同志社大学より学徒動員。二十年九月、復員復学。二十一年より映画館や劇場に勤務、番組編成等に携わる。三十七年、一ヵ月間のアメリカ旅行。その手土産として、関西では初となるボウリング場を企画、成功させる。六十年、中山川柳会にて川柳を始め、六十一年、「時の川柳」同人。川柳句集に『無冠の城』（平成4年10月、丸善神戸出版センター）がある。（西尾元伸）

稲岡長 いなおか・ひさし

昭和十一年七月二十四日～（1936～）。俳人。兵庫県に生まれる。昭和三十九年、大阪大学医学部医学科卒業。専門は神経内科。阪大助手、講師、大阪第二警察病院、関西労災病院勤務を経て、平成元年、稲岡クリニックを開業。昭和五十六年、稲畑汀子に出会う機会を得て、師事する。「ホトトギス」同人、日本伝統俳句協会副会長、理事。句集『金の暈』（平成10年2月、日本伝統俳句協会）がある。（岡﨑昌宏）

稲垣足穂 いながき・たるほ

明治三十三年十二月二十六日～昭和五十二年十月二十五日（1900～1977）。小説家。大阪船場に生まれる。小学生時代に兵庫県明石郡明石町（現・明石市）に移り住み、大正三年、関西学院普通部に入学、在学中に「飛行画報」という同人誌を作ったという。八年に同校を卒業、上京し飛行家をめざすが果たせず、神戸へ戻って複葉機の製作にたずさわった。足穂文学のモチーフの一つとなる飛行機への関心がここで育まれた。十年に再度上京、佐藤春夫の家に下宿する。十一年、「婦人公論」に「チヨコレツト」（3月）、「星を造る人」（10月）を発表、翌十二年一月には『一千一秒物語』（金星堂）を出版。十三年から、「ゲエ・ギムギガム・プルルル・ギムゲム」「文芸時代」「虚無思想」の同人誌に参加、また

『星を売る店』（大正15年2月、金星堂）、『第三半球物語』（昭和2年3月、金星堂）、『天体嗜好症』（昭和3年5月、春陽堂）を刊行。この頃、江戸川乱歩、石川淳、伊藤整らと交友を持つようになった。昭和六年に酒と煙草の中毒が悪化し、明石に帰郷。十一年に再び上京し、戦時中には『山風蠱《さんぷうこ》』（昭和15年6月、昭森社）がある。戦後『弥勒』（昭和21年8月、小山書店）、『彼等』（昭和23年11月、桜井書店）等を次々に発表して活動を活発化。二十五年には篠原志代と結婚し、京都に移っている。この頃から雑誌「作家」に拠り、これまでに発表した作品の改稿を積極的に行い、再発表していく。三十三年から『稲垣足穂全集』（書肆ユリイカ）の刊行開始、これは中絶したものの、『少年愛の美学』（昭和43年5月、徳間書店）ごろから再評価の気運が高まる。四十四年～四十五年にかけて現代思潮社から出版した『稲垣足穂大全』全六巻は系統別に作品を分類して編集したものであり、宇宙、飛行機、A感覚など足穂文学のキーワードが並ぶ。なお自作解説と目される作品として『タルホ・コスモロジー』（昭和46年4月、文芸春秋）がある。天体や機械、同性愛、少年愛、スカトロジー等々、マイナー嗜好とその文体とにより、現在も熱心なファンをもつ。『稲垣足穂全集』全十三巻（平成12年10月～13年10月、筑摩書房）がある。五十二年十月二十五日、結腸癌で死去。

＊星を造る人《ほしをつくるひと》　短編小説。〔初出〕「婦人公論」大正11年10月。〔初収〕『星を売る店』大正15年2月、金星堂。◇神戸を舞台に謎の魔術師シクハード氏が起こす幻術の数々を描く短編。四月のある夜、元町通りのショーウィンドウの前を歩いていたとき、私はその魔術師の噂をはじめて聞いた。最初は笑って受け流した私も、新聞がそれを取り上げるのを読み、友人とその魔術師が起こす不思議を求めて街へ繰り出す。街は噂に煽られたのか人出が多くなっている。しかし、数日経っても私たちはなかなか不思議な出来事には出会えない。が、ついに私は「花屋の如露のように雨を撒いていた真黒な空が、目ざめるばかりの米国星条旗《スタースパンクルドバナー》に一変」する怪事に出会する。次第に街の騒ぎは大きくなり、ついに警察までも仕掛け手を追うことになる。ある朝、友人が急いで持ち来たった新聞が、ついにその魔術師の素性を明らかにする。その彼―シクハード・ハインツェル・フォンナジー氏は、日本を去るにあたり、「諏訪山金星台の上空一帯に、宝石のごとく光り輝く星のイルミネーションを造ろう」としていると新聞は報じていた。果たしてその壮大な「星造りの花火」は、おびただしい神戸の群衆の頭上に「途轍もない蛍合戦」を幻出する。足穂の「星を造る人」は、むろん奇想譚だ。だがその奇想は、「東遊園地」「南京街」「明石町」「英国領事館」「トアホテル」等々といった神戸の街の名と無関係ではない。むしろ、異国の「魔術王」が紛れ込み悪戯を仕掛けて去っていくという本作の幻想は、大正末の神戸がもっていた開放的かつ混淆的な海港の気配をこそ、その苗床にしていたというべきだろう。

＊明石《あかし》　長編随筆・考証。〔初版〕『明石』昭和23年4月、小山書店。◇小山書店の新風土記叢書の第六編として刊行された。このシリーズは宇野浩二の『大阪』（昭和11年4月）、佐藤春夫の『熊野路』（11年4月）、青野季吉の『佐渡』（17年11月）、太宰治の『津軽』（19年11月）等を含む企画であった。足穂の『明石』は太宰の『津軽』の前に出されたものだが、完成間際に空襲にあい、ほとんどを焼かれてしまったという（中野嘉一「足穂と明石―風土記『明石』

について」『稲垣足穂の世界』昭和59年6月、宝文館出版）。その後足穂は残された本をもとに書き直し、昭和三十四年九月～十一月に雑誌「作家」へ連載した。「赤い石」「明石城」「柿本人丸神社」「「明石の上」の館はどこにあったか?」「桜鯛」「茶わん屋娘の唄」の全六章からなる。みずからが歩いてゆく道筋を追いながら叙述するという体裁を取り入れながらも、地形を描き出して説明する地誌、故事や寺社の縁起あるいは地名などに関わる考証、ゆかりのある詩歌や物語を参照・引用し鑑賞を行う文学誌、また鯛や蛸、カマボコ、竹輪などの味覚、さらに方言についての考察等がなされている。足穂自身は『明石』について、「自分の仕事だとは到底いえない。ともに、資料物を出ないからだ」（『タルホ・コスモロジー』昭和46年4月、文芸春秋）と述べているが、作家の個人史から見ても、歴史地理的な側面から見ても、興味深い作品である。なお、冒頭にはエピグラフ「海波洋々、マラルメが牧神の午後の一詩を想起せしむ。江湾一帯の風光、古来人の絶賞するところに背かず。―永井荷風・罹災日録」という一節が掲げられている。（日比嘉高）

稲畑廣太郎 いなはた・こうたろう

昭和三十二年五月二十日～（1957～）。俳人。兵庫県芦屋市に生まれる。甲南大学経済学部卒業。高浜虚子の曾孫であり、高浜年尾の孫、稲畑汀子の長男として幼少期より俳句に親しみ、昭和六十三年より「ホトトギス」の編集長を務める。句集に『廣太郎句集』（平成12年1月、花神社）、『半分』（平成14年5月、朝日新聞社）、著書に『曾祖父虚子の一句』（平成14年9月、ふらんす堂）等があり、共編書に『現代一〇〇名句集』一～十（平成16年6月～17年5月、東京四季出版）がある。兵庫を詠んだ句には〈削られて削られて六甲山笑ふ〉〈芦屋マダム自転車で来し夏館〉（いずれも『半分』）などがある。（信時哲郎）

稲畑汀子 いなはた・ていこ

昭和六年一月八日～（1931～）。俳人、随筆家。横浜市に父高浜年尾、母喜美子の次女として生まれる。昭和十年、兵庫県芦屋に転居。小学校の頃から祖父高浜虚子、父年尾について俳句を学ぶ。二十四年、小林聖心女子学院英語専攻科を病のため中退。これを機に本格的に俳句に取り組む。三十一年五月、稲畑順三と結婚し二男一女をもうける。四十年、「ホトトギス」の同人となる。五十二年、父が病に倒れたため八月号より「ホトトギス」の雑詠選を代理、五十四年十月、年尾の死去により主宰を引き継ぐ。平成十七年五月号より長男廣太郎が雑詠選を担当している。昭和五十五年に夫順三と死別するが、俳句、選句への熱意は衰えず五十七年には、朝日俳壇選者になる。五十八年、芦屋市民文化賞受賞。六十二年四月、日本伝統俳句協会を設立し会長に就任する。平成三年、大阪市民文化功労賞を受賞。四年六月、地球ボランティア協会を設立し、五年三月から会長を務め、発展途上国農村での医療、栄養改善活動などに携わる。平成四年十月より芦屋市教育委員、六年十月から一年間芦屋市教育委員長を務める。六年から八年まで、NHK俳壇の講師・選者となる。七年、兵庫県文化賞受賞。十二年三月、兵庫県芦屋市の自宅の隣に虚子記念館を設立し、理事長となる。日本伝統俳句協会、日本ペンクラブ、日本文芸家協会に所属。『汀子句集』（昭和51年1月、新樹社）、『汀子第二句集』（昭和60年4月、永田書房）、『汀子第三句集』（平成元年3月、日本伝統俳句協会）、『障子明り』（平成8年9月、角川書店）、『さゆらぎ』（平成13年9月、朝日新聞出版）などの句集のほか、『自然と語りあうやさしい俳句』（昭和53年4月、新樹社）、『舞ひやまざるは』（昭和59年2月、創元社）、『俳句に親しむ』（昭和60年10月、アサヒカルチャーブックス大阪書籍）、『俳句表現の方法』（平成9年3月、角川書店）、『俳句入門―初級から中級へ』（平成10年6月、ＰＨＰ研究所）などの著書がある。平成七年一月十七日に起こった阪神・淡路大震災について、「朝日新聞」「阪神大震災を詠む」に「災害といふ枷のなほ春隣」の句と小文（2月26日）を掲載。「ホトトギス」にも震災の句を数多く掲載するなど、人間も自然の一部であると捉え、季節の循環の中で起こる全てのことを〈流れ〉とみている。（竹内友美）

犬養孝 いぬかい・たかし

明治四十年四月一日～平成十年十月三日（1907～1998）。万葉学者。東京都に生まれる。万葉集に登場する土地を踏査し、「万葉風土学」を確立。著書多数。また、万葉旅行の会を昭和二十六年から没年まで続け、のべ四万三千人が参加した。「声に出してこそ万葉の心はわかる」とし、独自の朗唱が〈犬養節〉として親しまれた。兵庫県西宮市に住み、市内の西田公園に万葉植物苑を設置した。大阪大学および甲南女子大学名誉教授。文化功労者。（細江　光）

井上勤 いのうえ・つとむ

嘉永三年九月十五日～昭和三年十月二十二日（1850～1928）。翻訳家。徳島藩士井上不鳴の長男として阿波国（現・徳島県）に生まれる。号春泉。七歳でオランダ人に英語を学び、慶応元年、十六歳の時に神戸に出て居留地四番館にあったドイツ領事館に入り、通訳として勤める。明治十三年、大阪の三木書楼からリットン『開港驚奇竜動《ロンドン》鬼談』、ヴェルヌ『九十七時二十分間月世界旅行』の翻訳書を出版したのをきっかけに上京。大蔵省、文部省などに勤務しながら、ヴェルヌ『月世界一周』（明治16年7月、博文社）、シェイクスピア『西洋珍談人肉質入裁判』（明治16年10月、今古堂）、デフォー『絶世奇談魯敏孫漂流記』（明治16年10月、長尾景弼刊）など十数点の外国文学の翻訳書を出した。二十三年十月に官界を去った後は、神戸市葺合区（現・中央区）布引町に転住。住居の一部に温室を設けて西洋草花を栽培、神戸に入港する外国艦船向けの商売を手がけ、「朝日新聞」などへ翻訳を寄せたりした。（大橋毅彦）

井上輝夫 いのうえ・てるお

昭和十五年一月一日～（1940～）。詩人。兵庫県西宮市に生まれる。慶応義塾大学文学部仏文科でフランス近代詩、中でもボードレールを研究した。昭和三十八年に卒業し、ニース大学に留学、博士号を取得した。四十八年、慶大大学院を修了。慶大教授を経て、中部大学教授となる。また、詩人としても活躍し、『旅の薔薇窓』（昭和50年11月、書肆山田）などの詩集を刊行している。（荒井真理亜）

井上増吉 いのうえ・ますきち

明治三十一年十二月十六日～没年月日未詳（1898～?）。詩人。神戸市葺合区（現・中央区）吾妻通に生まれる。関西学院中等部を経て神戸神学校に進む。『貧民詩歌史論 第一巻 貧民詩訳論』（大正13年12月、八光社）で英米独仏の貧民に関する詩を訳して論評を試み、ついで大正十五年十二月に第一詩集『貧民窟詩集 日輪は再び昇る』を警醒社書店から刊行した。百三十編の収録作品中のかなりの部分は、詩人が出生以来三十年近く生活してきた新川スラムで接してきた人たちの暮らしやそこで見聞きした出来事を題材としている。自らが信じるキリスト教主義の精神に拠って苛酷な生を担わされた彼らの姿を映し出す一方、貧困を生みだす文明への呪詛やそれに対する破壊衝動が吐露された作品もある。同詩集には賀川豊彦、生田春月らが序文を寄せた。昭和五年十二月には第二詩集『おゝ嵐に進む人間の群よ 貧民窟詩集』（警醒社）を刊行した。

（大橋毅彦）

井上美地 いのうえ・みち

昭和三年八月十四日～（1928～）。歌人。兵庫県西宮市夙川に生まれる。本名浅尾充子。京都府立女子専門学校（現・京都府立大学）国語科卒業。加藤順三、高安国世を師と仰ぐ。昭和二十六年「未来」、平成元年「綱手」、共に創刊に参加。第一歌集は『遥かなる』（昭和43年、白玉書房）。第六歌集『一瞬ののち』（平成10年1月、短歌新聞社）第一部では生地を襲った阪神・淡路大震災の犠牲者を鎮魂する歌を収録する。現代歌人協会会員。

（菅 紀子）

井上通泰 いのうえ・みちやす

慶応二年十二月二十一日～昭和十六年七月十四日（1866～1941）。桂園派歌人、国文学者、眼科医。播磨国姫路（現・兵庫県姫路市）元塩町に生まれる。名はツウタイと通称。幼名泰蔵。別号南天荘。父祖の志をついで医を業としたが、約斎と号し、儒学や国文学にも造詣深く、後に姫路において町塾熊川舎の師範をつとめた姫路藩藩儒・松岡操の三男。明治十年、医師井上碩平の養子となる。養子に行ったのは、明治になり漢学を学ぶ人も少なくなり、生地の辻川に居を移した操が学者の常として生活の事など余り考えず、極めて困窮していたことも一因と言われる。十三年、東京大学医学部予科に入学。香川景樹に傾倒し桂園派の和歌を学ぶ。森鷗外と交友を結び、二十二年に、鷗外、落合直文らとともに新声社を結成。それによる訳詩集『於母影』を「国民之友」に掲載、新体詩の水準を一気に高め、後の島崎藤村『若菜集』（明治30年8月、春陽堂）へとつながるものとなった。二十三年、大学卒業と同時に医科大学付属病院眼科助手となり、二年後には姫路病院眼科医長に転出。さらに岡山医学専門学校（現・岡山大学）教授となって、三十五年まで岡山にいたが、同年冬、辞職してふたたび上京し、鷗外らとの交友が復活し観潮楼歌会などに出席。医業の傍ら作歌、万葉集の研究などを続けた。三十九年、鷗外、賀古鶴所、佐佐木信綱らと歌会常磐会を結成して、その中心的なメンバーとなる。四十年以降、御歌所寄人。旧派の歌人だが、清新な家風を旨とした。大正五年、『明治天皇御集』の編纂に従事。九年、宮中顧問官。十五年には還暦を迎え、医を廃し、歌と風土記研究に没頭するようになる。歌集としては『南天荘家集』（昭和3年、古今書院）などがあり、近代的な風土記研究の先鞭となった『播磨風土記新考』（昭和6年、大岡山書店）、明治初の万葉集全歌注となる大作『万葉集新考』八冊（昭和3年～4年、国民図書会社）を発刊。実兄は松岡鼎、実弟に柳田國男、松岡静雄（言語学者）、松岡映丘（日本画家）がいる。

（出原隆俊）

井上靖 いのうえ・やすし

明治四十年五月六日～平成三年一月二十九日（1907～1991）。詩人、小説家。北海道上川郡旭川町（現・旭川市）に、父隼雄、母やゑの長男として生まれる。本籍地は、静岡県田方郡上狩野村（現・伊豆市）湯ヶ島。幼少期、両親と離れ、曾祖父潔の妾で、戸籍上は祖母であるかのと共に、土蔵の中で育った。静岡県立沼津中学校、第四高等学校（現・金沢大学）を卒業し、昭和五年、九州帝国大学法文学部英文科に入学。七年、九大を中退して京都帝国大学文学部哲学科に入学、美学を専攻する。在学中、「サンデー毎日」の懸賞小説に応募し、いくつかの作品が入選、また、舞台の脚本も書く。十年、解剖学者として著名な京大教授足立文太郎の長女ふみと結婚。翌十一年、京大を卒業。卒業論文は、「ヴァレリー純粋詩」。この年、「サンデー毎日」の長編大衆文芸に応募した「流転」が入選、千葉亀雄賞を受ける。これが機縁となって、毎日新聞大阪本社に入社。兵庫県西宮市香櫨園《こうろえん》に居を構えた。十二年、日中戦争勃発のため召集を受け、中国北部地方へ送られたが、病いを得て応召四ヵ月で内地送還となり、除隊。大阪府三島郡茨木町（現・茨木市）に転居。毎日新聞社では学芸部に所属し、宗教・美術を担当した。十三年、ふみは第二子を神戸の病院にて出産したが、早産で発育が悪く、七日目に死亡。後年、短編小説「墓地とえび芋」（「別冊文芸春秋」昭和39年12月）の中で、死児の〈加代〉を抱いて神戸から京都へと電車で移動した折の自身の心情を述べている。昭和二十年、大阪や神戸への米軍による空襲が激しさを増したため、家族を鳥取県日野郡福栄村（現・日南町）へ疎開させた。この家族の疎開に関しては、「闘牛」（「文学界」昭和24年12月）、「通夜の客」（「別冊文芸春秋」昭和24年12月）、その他の作品に形を変えて使われている。二十年八月十五日、終戦記事「玉音ラジオに拝して」を「毎日新聞」社会面に執筆、「新聞記者として最も感銘深い仕事であった」と、のち「自筆年譜」に記している。二十二年、「人間」の新人小説に応じた「闘牛」が、選外佳作となる。「闘牛」の主人公津上は、大阪にある新興の新聞社の編輯局長をつとめている。津上には、郷里の鳥取に疎開させたままにしている妻と二人の子供がいるが、一方、戦死した友人の妻さき子と三年越しの不倫関係を続けている。彼は、仕事や恋愛に対して、自らのうちに「どこか燃えきらない芯」を感じていた。その津上のもとに、社の事業企画として闘牛大会開催の話がもちこまれ、何事にも「酔う」ことのできなかった彼は、ふと「賭け」てみようと思う。闘牛大会の開かれる場所は、作中では西宮市の「阪神球場」となっていて、これは元の西宮球場（現・阪急西宮ガーデンズ）とみなせる。事実としては、二十二年一月に、西宮球場で、新大阪新聞主催による「南予闘牛大会」が開催されており、井上は、それについて津上のモデルとした小谷正一（当時、新大阪新聞報道部長）に取材して作品を書いている。闘牛大会開催に「賭け」る津上は、この小谷に、井上自身の思惑や心情が加えられて造型されていよう。さき子との恋愛には、『花過ぎ―井上靖覚え書』（平成5年5月、紅書房）の著者白神喜美子と井上のそれが影をおとしている。この「闘牛」により、井上は、昭和二十五年、第二十二回芥川賞を受賞。「闘牛」より少し前に発表された「猟銃」（「文学界」昭和24年10月）とあわせて、ここに井上の作家的出発がなされた。執筆の順序からは、「闘牛」のあとになる「猟銃」は、白神によれば、彼女の知人が作中の〈彩子〉のモデルである。神戸女学院の英文科出身で芦屋に在住のある女性の恋愛を井上に話したことから構想がなされたと言う。作品中に、空襲で「阪神間が火の海のようになった、八月六日の夜」の出来事が「彩子の手紙」に記されている。これは、白神が十九年八月五日から六日にかけての西宮空襲を経験し、母とともに焼け出された事実があり、それが使われている。いずれにしても、物語の主たる舞台が阪神問にあることがわかる。さらに、白神は戦後、毎日新聞社を退社し、一時期、ダンサーとして働いていたことがあり、その折に知り合った「神戸三の宮の不良仲間」の一少女が、井上作品にしばしば描出される。「色は黒く、女豹のような精悍さに、きらりと光る大きな瞳は野性的で、美しかった」（『花過ぎ』）というこの少女は、白神に連れられて茨木の井上の家にも訪れ、井上は、その体験などを聞きとったという。「その人の名は言えない」（「夕刊新大阪」昭和25年5月）、「星の屑たち」（「文学界」昭和25年9月）、「三ノ宮炎上」（「文学界」昭和26年8月）、「春の風」（「小説新潮」昭和27年1月）、「あすなろ物語」（「オール読物」昭和28年1月）などの作品にこの少女のイメージが点綴される。作家として出立した頃の井上にとって、阪神間（西宮、浜芦屋）に住み、彼のもとに足繁く通ってきていた白神喜美子の存在は、〈兵庫〉に関わる事項から言っても、ある重みを持つことは確かである。

＊三ノ宮炎上《さんのみやえんじょう》 短編小説。〔初出〕「小説新潮」昭和26年8月。〔初収〕『傍観者』昭和26年12月、新潮社。◇主人公のオミツが、「三ノ宮の不良の仲間入り」をしたのは、女学校を卒業する前年、昭和十八年の夏である。物語は、このオミツとそのまわりに集まる十代から二十代初めにかけての不良少女たち、それに神戸・明石・加古川・姫路といった地域の男の不良たちの、戦時下における生態が描かれている。神戸の空襲のありさまや、その空襲下を逃げまどう人々の姿、また、敗戦後の三の宮のすっかり変わってしまう様など、一少女の体験と眼を通して語られている。オミツは、父を幼くして亡くし、長兄・次兄もそれぞれ獄中や戦地で亡くなっている。戦争下の、不良といっても特別犯罪をおかすわけではない青年男女の生活ぶりは、一つの貴重な記録ともなっていよう。三の宮の焼亡と敗戦への道行きは、オミツの秋野への思いが遂げられない悲しみと重ねあわされ、喪失の深さが余韻となって残る。作品の末尾に、オミツの「今でもわたしは三ノ宮を焼いた炎の舌の美しさを時々憶い出す。あんな美しく焼けるものの中には、やはりあの暗い時代に、美しいと呼ぶことを許されていい何かが詰まっていたのではなかったか」と語られる感慨は、初期の井上文学に通底する思いでもあろう。

（木村一信）

井上由美子 いのうえ・ゆみこ

昭和三十六年六月二十四日～（1961～）。脚本家。神戸市に生まれる。兵庫県立夢野台高等学校を経て、立命館大学文学部中国文学専攻卒業。テレビ東京勤務。その後脚本家として活躍、代表作も多数。オリジナル脚本では「ひまわり」（平成8年、NHK朝の連続テレビ小説）、「ギフト」（平成9年、フジテレビ）、「GOOD LUCK!!」（平成15年、TBS）、「マチベン」（平成18年、NHK、向田邦子賞受賞）、「14才の母」（平成18年、日本テレビ）。原作付き脚本にも定評があり、郷田マモラ原作「きらきらひかる」（平成10年、フジテレビ）は二度にわたりスペシャル版も制作されたヒット作。山崎豊子原作「白い巨塔」（平成15年、フジテレビ）では芸術選奨文部科学大臣賞を受賞した。

（金岡直子）

井上祐美子 いのうえ・ゆみこ

昭和三十三年十一月四日～（1958～）。小説家。兵庫県姫路市に生まれる。神戸大学教育学部卒業。同人雑誌等での活躍を経て、『虹の瞳きらめいて』（平成2年4月、双葉社）を出版。代表的作品に、『長安異神伝』（平成3年1月、徳間書店）、『五王戦国志』

一～八（平成4年10月～10年7月、中央公論社）など。作品は、唐、宋、清代などの中国に題材を得た伝奇的な作風を特色とする。最近の作品に『朱唇』（平成19年2月、中央公論新社）他がある。

（西尾宣明）

井上良雄《いのうえ・よしお》

明治四十年九月二十五日～平成十五年六月十日（1907～2003）。文芸評論家、神学者。兵庫県西宮に生まれる。昭和五年京都帝国大学文学部独文科卒業。雑誌「磁場」（昭和6年9月～7年4月）の編集兼発行人で、同誌上で芥川龍之介、横光利一、梶井基次郎などの同時代の文芸作品を批評対象とした。特に「芥川龍之介と志賀直哉」（「磁場」第6号、昭和7年4月）は、後に平野謙が『現代日本文学史』（昭和30年4月、筑摩書房）において、高く評価するところとなった。しかし、文芸評論家として活躍したのは、五年から十三年までの足掛け九年であり、以後評論家としての筆を折る。戦時中に受洗し、二十四年から四十六年にかけて東京神学大学で教授を務める。カール・バルト『和解論』の翻訳、キリスト者平和の会での活動、ブルームハルト父子の神学の研究など、神学の領域で大きな足跡を残す。文芸評論集として『井上良雄評論集』（梶木剛編、昭和46年11月、国文社）があり、神学の著書は『神の国の証人 ブルームハルト父子 待ちつつ急ぎつつ』（昭和57年3月、新教出版）など多数。

（杣谷英紀）

猪野謙二《いの・けんじ》

大正二年四月二日～平成九年九月十一日（1913～1997）。文芸評論家、国文学者。仙台市に生まれる。東京で育ち、第一高等学校（現・東京大学）を経て東京帝国大学国文科卒業。在学中、立原道造、杉浦民平、寺田透らと創刊した同人誌「未成年」で活躍。戦時中は徴兵され内地で勤務。戦後、歴史社会学派の立場から近代文学の研究に携わり、文学史を重層的にとらえていく手法で新境地を開く。昭和三十三年八月、神戸大学へ赴任。新制神戸大学の草創期を担い、以後、五十年に学習院大学に転任するまでの十七年間、近現代国文学の専門家として研究と教育に携わった。この間、神戸赴任前年から八年にわたる柳田泉、勝本清一郎らとの座談会の記録『座談会明治文学史』（昭和36年6月）、『座談会大正文学史』（昭和40年4月）や、在任中の研究論考をまとめた『明治の作家』（昭和41年11月）を岩波書店から刊行、戦後の近代文学研究に多大な影響を与えた。著書はほかに『近代文学の指標』（昭和23年11月、丹波書林）、『近代日本文学史研究』（昭和29年1月、未来社）など。日本近代文学会代表理事を務めた。

（三品理絵）

井伏鱒二《いぶせ・ますじ》

明治三十一年二月十五日～平成五年七月十日（1898～1993）。小説家。広島県深安郡加茂村（現・福山市）に生まれる。本名満寿二。大正六年三月、広島県立福山中学校（現・県立福山誠之館高等学校）卒業。九月、早稲田大学高等予科に編入学。十一年、片上伸教授との軋轢から早稲田大学を中退。十二年七月、「世紀」創刊号に「幽閉」（後の「山椒魚」の原型）を発表。昭和三年三月、「文芸都市」第二号より同人となる。翌四年、「谷間」（「文芸都市」昭和4年1月～4月）、「朽助のゐる谷間」（「創作月刊」昭和4年3月）にて新人作家として認められる。十二年十一月、『ジョン万次郎漂流記』（河出書房）を刊行、これにより第六回直木賞受賞。十三年四月、『さざなみ軍記』（河出書房）を刊行。平家の公達が福原で源氏勢を迎え撃とうとするが、三草山、一ノ谷の両合戦に敗れ、敗走する時の日記という体裁の歴史小説。三十一年、『七つの街道』（昭和32年11月、文芸春秋新社）の取材で、京から一ノ谷へと急行軍した義経の跡を辿って、京都・亀岡から立杭焼窯元を見学し、篠山へと至る。兵庫県篠山市二階町の潯陽楼に宿泊。翌日、篠山城趾を見学（「ささやま街道」）。また、「備前街道」の取材では、岡山から日生《ひなせ》（現・備前市）に立ち寄り、播州赤穂へ。御崎に宿泊し、赤穂城と大石神社を見学。三十四年、『釣師・釣場』（昭和35年2月、新潮社）の最終回取材で、淡路島の由良を訪問。鯛釣の名人柏木秀次郎の釣を見学する。四十一年十月、『黒い雨』（新潮社）を刊行。同年十一月、文化勲章受章。

（越前谷宏）

今井林太郎　いまい・りんたろう

明治四十三年（月日未詳）～平成十五年九月八日（1910～2003）。小説家。大阪市に生まれる。神戸大学名誉教授、日本古代中世史専門。西宮市で死去。『兵庫県の地名』（OD版、昭和63年、平凡社）、『日本荘園制論復刻版』（平成元年2月、臨川書店）、『石田三成』（平成元年12月、吉川弘文館）、『織田信長』（平成3年6月、朝日新聞出版局）の他、史学雑誌「今井林太郎先生喜寿記念国史学論集」がある。

（菅　紀子）

井本木綿子　いもと・ゆうこ

大正十五年九月二十八日～（1926～）。詩人。大阪市に生まれる。本名井本澄子。大阪経済大学を卒業。現代詩人会会員。詩誌「地球」同人。詩集には『雨蛙色のマント』（昭和58年8月、百鬼界）、『放埒な夏』（平成元年7月、百鬼界）、『風の珊瑚』（平成3年8月、私家版）、『最果』（平成9年2月、思潮社）など。詩誌「馬」「沈黙」を発行している。

（尾西康充）

伊良子清白　いらこ・せいはく

明治十年十月四日～昭和二十一年一月十日（1877～1946）。詩人。鳥取県八上郡曳田村（現・鳥取県鳥取市河原町曳田）に生まれる。本名暉造。明治三十四年に「清白」の雅号を用いるまでは、主に「すゞしろのや」の筆名で発表していた。京都医学校（現・京都府立医科大学）卒業後、生命保険会社に診査医として勤務するかたわら、詩作に励み、河井酔茗、横瀬夜雨とともに「文庫」の中心的な人物となる。詩以外にも、三十七年五月には播州に客遊した時の消息「播磨だより」などを「文庫」に寄稿している。代表作である詩集『孔雀船』（明治39年5月、左久良書房）は清白の詩の精髄ともいえ、浪漫主義的要素とともに古典主義を思わせる詩風となっている。同集には〈清涼の里いでゝ／松に行き松に去る／大海のすなどりは／ちぎれたり絵巻物／鳴門の子海の幸／魚の腹を胸肉に／おしあてゝ見よ十人／同音のぼり来る〉と、淡路の様子を五五調でリズミカルに詠った「淡路にて」（総題「夕蘭集」、「文庫」明治38年9月）が収録されている。

（西川貴子）

伊良子序　いらこ・はじめ

昭和二十四年（月日未詳）～（1949～）。作家、映画評論家。鳥取市に生まれる。筆名因幡新平。関西学院大学卒業後、神戸新聞社に入社。映画担当記者として映画評を執筆。神戸新聞情報ネットワークセンター副センター長。また論説委員として朝刊コラム「正平調」を執筆（火、水、金、土曜日担当）。著作に『スリーマイル島への旅』（平成元年4月、星雲社）、『孤高のフロンティア魂 ジョン・フォード』（平成4年9月、メディアファクトリー）。平成五年、小説「橋／サドンデス」で第四回マリン文

学賞受賞。八年よりNPO神戸100年映画祭の総合プロデューサーをつとめ二十年から顧問就任。（上總朋子）

岩木躑躅　いわき・つつじ

明治十四年七月二十六日～昭和四十六年十一月四日（1881～1971）。俳人。兵庫県津名郡生穂村（現・淡路市）に生まれる。本名喜市。生家は三代続いた接骨医。兵庫県立第一神戸中学校（現・県立神戸高等学校）中退後に、東京医学専門学校（現・東京医科大学）済生舎に入学し、俳句を知る。明治三十六年以降は高浜虚子に師事（「躑躅」は虚子の命名）。三十九年に神戸へ戻り、家業の接骨医を継ぐ。「進むべき俳句の道」（「ホトトギス」大正6年6月）で虚子に賞讃され、大正十年に「ホトトギス」同人となった。十四年頃には高浜年尾（虚子の長男）が躑躅の隣家に住んでいる。昭和七年～十三年に俳誌「摩耶」主宰となり、また二十年の神戸大空襲では淡路島に一時避難した。二十六年に兵庫県文化賞受賞。句集に『虚子選躑躅句集』（大正7年6月、想樹会）がある。〈鳴門見て早き泊りや桜鯛〉〈摩耶味噌を点じて淡し瓜の味〉〈秋風や古机を抱へて須磨電車〉。（青木亮人）

岩阪恵子　いわさか・けいこ

昭和二十一年六月十七日～（1946～）。小説家。奈良県宇智郡阪合部村（現・五條市）に生まれる。本姓清岡。関西学院大学史学科卒業。高校時代から詩作をはじめ、大学時代に詩集『ジョヴァンニ』を自費出版。二十三歳で東京へ移り、詩人の清岡卓行と結婚。「蟬の声がして」（「群像」昭和46年5月）で注目される。『ミモザの林を』（昭和61年8月、講談社）で第八回野間文芸新人賞を受賞。大阪を舞台にした短編集『淀川にちかい町から』（平成5年10月、講談社）で第四十四回芸術選奨文部大臣賞、第四回紫式部賞を受賞。エッセイ『台所の詩人たち』（平成13年8月、岩波書店）に、母方の実家である西宮の甲山や大学時代の思い出（「上ヶ原」）や、阪神・淡路大震災当時の思い出を綴る。（佐藤　淳）

岩崎爾郎　いわさき・じろう

大正十年六月（日未詳）～（1921～）。世相史・風俗史研究家。神戸市に生まれる。昭和十八年、東京外国語大学中国語部卒業。終戦時、海軍中尉。三十二年まで、日本放送出版協会、NHKサービスセンターで編集に従事した後、フリーライターとして世相・風俗史に関する執筆活動を行う。著書に『物価の世相100年』（昭和57年7月、読売新聞社）、『明治大正風刺漫画と世相風俗年表』（共著、昭和57年6月、自由国民社）、『昭和の風刺漫画と世相風俗年表』（共著、昭和59年10月、自由国民社）等がある。（木村　洋）

岩崎風子　いわさき・ふうこ

昭和二十八年一月八日～（1953～）。詩人、書家。鳥取県岩美郡岩美町に生まれる。平成五年、詩集『砂の港』（平成5年6月、書肆山田）で及川記念賞を、九年、詩集『弓弦の森―岩崎風子詩集』（平成9年9月、思潮社）でブルーメル賞を、十六年、富田砕花賞候補にもあがった詩集『イボン』（平成15年9月、思潮社）で神戸ナビール賞を受賞した。詩誌「輪」（平成18年6月終刊）に参加、兵庫県現代詩協会所属。書と詩語のコラボによる活動も行う。随想「阪神淡路大震災の体験者として」（「現代詩手帖」平成20年8月）などもある。（浅野　洋）

岩谷時子　いわたに・ときこ

大正五年三月二十八日～（1916～）。作詞

〈コラム〉神戸の新聞、出版社、書店

新聞　神戸の新聞に関しては、宮崎修二朗、伊吹順隆の仕事がある。二人の仕事は『神戸市史』第三集（昭和40年11月）に収められているが、このうち、宮崎の仕事のあらましは、市史刊行以前『神戸文学史夜話』（昭和39年11月、天秤発行所）に収録されている。

ふたりの仕事を眺めていると、地元新聞の県内における競合という豊かさがいかに実現しがたいかということが、よく分かる。明治初年以来、港町にふさわしいキリスト教系のものを含めて数多くの新聞が発行されるが、明治十七年に創刊された「神戸又新日報」が中心的存在になり、その後、三十一年創刊の「神戸新聞」が急追、「神戸又新日報」をしのぎ、昭和十六年、一県一紙とする統制で一般紙一紙、業界紙一紙となり、十七年末には「神戸新聞」一紙となった。無論、これは強権によるものであるが、その前に、「神戸新聞」と「神戸又新日報」との差がひらき競合関係が成立しなくなっていたことも事実である。

戦後、GHQがプレス・コードを交付、新興新聞台頭を奨励、新聞乱立時代をむかえる。主なものを挙げると、二十一年、「神港夕刊」（のち「兵庫新聞」）、二十三年、「デーリー・スポーツ」、二十四年、「日刊スポーツ」「夕刊神戸」が、創刊されている。

伊吹順隆は、明治前期の新聞の「短命に終っ」た「原因の一つに大阪紙の神戸進出をあげることができる」としているが、大阪紙＝全国紙とみるなら、戦後の乱立時代から競合関係なしの時代という推移についても同様のことがいえるかもしれない。

出版社　神戸の出版事情については、「歴史と神戸」第十七巻第五号（昭和53年9月）の「特集・神戸図書出版史」、同誌第十八巻第一号（昭和54年2月）の「特集・神戸図書出版史2昭和期（戦後）」が詳しく、読みごたえもある。以下、主にこの二特集に導かれての記述である。

明治初年代創業の熊谷久栄堂（鳩居堂）、十年代創業の船井弘文堂。このあと、印刷会社を母体とする明輝社、書籍小売商を母体とする日東館、吉岡宝文館（宝文館神戸支店）などがつづき、三十年代には、光村写真部が創業される。この光村写真部は、「光村弥兵衛の子利藻がその道楽からはじめた写真凸版作製の技術をもって、美術出版に雄飛」と前記特集で紹介されている。

大正初年、海文堂が賀集書店として開業（大正末年に海文堂と改称）、一般図書販売とともに海事図書を出版した（のち、昭和四十年に出版活動のすべてを東京の海文堂出版に吸収される）。また、川瀬日進堂は、大正十年代、ほかの書店とはかって工学関係図書出版のパワー社（東京本社）を設立した。

昭和期戦前で特筆したいのは、伊藤長蔵の積極的な動き。伊藤は神戸高等商業学校（現・神戸大学）卒業後、東京高等商業学校（現・一橋大学）専攻科を経て貿易商伊藤長商店を設立。大正十年、ゴルフドム刊行会（のち日本ゴルフドム社）から月刊誌「ゴルフドム」を創刊。十五年、ぐろりあ・そさえてを設立。

同社は、もともとゴルフ関係書や海外の新聞雑誌の輸入などを中心とする会社であったが、ゴルフ関係は日本ゴルフドム社に吸収、出版専門の会社になった。日本ゴルフドム社とぐろりあ・そさえての二社は、はじめ明石町（現・中央区）の明海ビルにあったが、のち拠点を東京に移す。棟方志功装丁「新ぐろりあ叢書」をはじめとして、ぐろりあ・そさえて本はいまも愛書家を楽しませている。伊藤長蔵の趣味はゴルフ、書物蒐集であったという。明治期の光村写真部、昭和期のぐろりあ・そさえて、このふたつの出版活動を眺めていると、世にいう道楽仕事という語にプラスの評価を与えたくなってくるのである。このいい意味での道楽ということでは、昭和十年代、京都ぷろふいる社をたたんだ熊谷市郎が春日野道に熊谷書房を開業、ほそぼそとではあるが探偵小説を出していたこともいっておきたい。

戦後では、のじぎく文庫が神戸の特色をみせている。この文庫は、昭和三十年代、郷土振興調査会を母体とする会員制組織として出発。五十年以降は神戸新聞出版センターから出されているが、この会員制地域出版は全国的にみてもユニークなものといえる。また、郷土ものの出版社としては、印刷会社を母体とする中外書房があった。

神戸には書籍小売店を基礎にした出版社という伝統的な流れがあるが、戦後の代表的なものとしてコーベブックスがあげられる。

「たったひとりの出版社」としては、コーベブックスにいた渡辺一考がはじめた南柯書局、広政かおるの奢灞都館《さばとやかた》、君本昌久の蜘蛛出版社などがあげられる。このうち、生田耕作の影響のもとに制作された奢灞都館本は内容だけでなく造本にも特色があり古書目録でも人気をよんでいる。地元詩人の自費出版を中心に活動をはじめた蜘蛛出版社は、昭和五十年代から、『楠田一郎詩集』（昭和52年3月）など戦前のモダニズムの軌跡をたどる出版をはじめているが、近年、季村敏夫、扉野良人がこういった蜘蛛出版社の仕事を見なおそうとしているのは、注目されるところ。マイナーな方向に傾斜したが、その方向でつづけるなら、同人誌による出版組織として、「天秤パブリックス」を出している天秤発行所、「ヴァイキングシリーズ」を出しているヴァイキング・クラブがあり、この二組織は、戦前の竹中郁ら「羅針」の海港詩人倶楽部を想起させるのである。

書店　ここでは、斉藤一朗の「兵庫・神戸市三宮―競争の前にまず復興」（『列島書店地図―激戦地を行く』平成10年11月、遊友出版）をもとに、震災前後の状況を、ながめるにとどめたい。

「書棚が倒れ、スプリンクラーが始動して水びたしになった」（ジュンク堂書店三宮店）。「書棚は倒れて折れてしまった。仕方なく棚の上部二段をすべて切り落として使用している」（ジュンク堂書店ブックセンター）。

斉藤の文章で興味深いのは、震災の二ヵ月前に三宮センタープラザ東館に進出の決まっていた駸々堂が、震災後の出店の是非について社内で揺れるなか、復興と活性化のためにという地元の声にこたえて震災の年の九月に出店する経緯。のちの駸々堂倒産にこの出店がどの程度かかわっているのか気になるところである。

（中尾　務）

家。京城（現・韓国ソウル）に生まれる。神戸女学院大学部英文科卒業後、昭和十四年、宝塚歌劇団出版部に就職。越路吹雪との出会いをきっかけとして、二十六年、宝塚歌劇団を退団し、歌手となった越路のマネージャーを務める。一方で作詞家として活躍し、「ウナセラ・ディ東京」「夜明けの歌」でレコード大賞作詞賞（昭和39年）、「逢いたくて」「君といつまでも」で二度目のレコード大賞作詞賞（昭和41年）を受賞。その他、第五回菊田一夫演劇賞特別賞など受賞多数。平成二年、文化功労者に選ばれる。

（木村　洋）

岩成達也　いわなり・たつや

昭和八年四月十日～（1933～）。詩人。京都市に生まれる。兵庫県立神戸高等学校を経て、昭和二十七年に三重県立四日市高等学校を卒業後、東京大学理学部数学科を卒業。生命保険会社の保険数理部門に勤めた後、大和銀行（現・りそな銀行）に入行。昭和三十三年に入沢康夫たちと同人誌「あもるふ」を創刊。五十六年に『中型製氷器についての連続するメモ』（昭和55年10月、書肆山田）で歴程賞、平成二年に『フレベヴリイ・ヒツポポウタムスの唄』（平成元年10月、思潮社）で高見順賞を受賞する。詩集に『レオナルドの船に関する断片補足』（昭和44年4月、思潮社）、『燃焼に関する三つの断片』（昭和46年3月、書肆山田）、『現代詩文庫 岩成達也』（昭和49年10月、思潮社）など。宝塚市在住。

（有田和臣・尾西康充）

岩野泡鳴　いわの・ほうめい

明治六年一月二十日～大正九年五月九日（1873～1920）。小説家、詩人、評論家、劇作家。兵庫県津名郡洲本町（現・洲本市）に生まれる。本名美衛《よしえ》。筆名阿波寺鳴門左衛門など。泡鳴は、阿波の鳴門をもじったものである。岩野家は代々阿波蜂須賀家の江戸詰直参であったが、泡鳴の祖父のときに淡路へ移住した。岩野さととその婿養子で、洲本警察署の巡査となった直夫との第二子（長男）。明治十七年に、日進小学校（現・洲本第二小学校）を卒業。二十年に大阪の組合教会派系の泰西学館に入学。洗礼を受ける。翌年、父の上京に伴って明治学院普通学部本科（現・明治学院大学）に入学。翌二十二年、専修学校（現・専修大学）に入学、経済学を学ぶ。二十三年には「文壇」にエマーソン論や新体詩を発表する。その後、押川方義を慕って仙台に行き、二十四年に東北学院に編入。さまざまな書物に接した。二十七年の春に帰京。「ハムレット」や「ファウスト」の影響を受けた戯曲「魂迷月中刃《たまはまようげっちゅうのやいば》」を「女学雑誌」に発表する。二十八年に小学校教員竹腰幸と結婚。翌年、長女喜代誕生。三十一年に肺結核となり、翌年四月に療養をかねて大津市上平蔵町（現・松本）に移住、県警本部の通訳と巡査教習所の英語教師を兼ねた。三十四年四月に滋賀県立第二中学校（現・県立膳所高等学校）の英語教師となる。八月、第一詩集『露じも』（無天詩窟）を出版。三十五年九月に東京に戻り、大倉商業学校（現・東京経済大学）の英語教師となる。「明星」に参加し、詩や詩論を発表する。三十六年十一月に相馬御風らと「白百合」を創刊。三十七年十二月に第二詩集『夕潮』（日高夕倫堂）を出版した。この頃、柳田國男、田山花袋、国木田独歩らの龍土会に参加。三十八年六月に第三詩集『悲恋悲歌』（日高夕倫堂）を出版し、付録として「叙事小曲脱営兵」がある。「悲哀」「憂愁」「苦悶」などという言葉とともに「わが日の本」というものも見られる。三十九年三月に初めての小説「芸者小竹」を「新古文林」に発表した。この年六月には、十年来、「はじめは自然哲学と称し、なか頃空霊哲学と唱へ、終に表象哲学と名づけるに至つた思想」を展開したとする、評論『神秘的半獣主義』も左久良書房から出版。長谷川天渓、島村抱月などの評論活動も意識しつつ、メーテルリンクやエマーソンなどの神秘主義の影響を受け、生命、恋愛、国家問題、刹那的文芸観などに及んだ。文中に「暗く光る琵琶湖のおもてを渡つて、今撞き出した三井寺の鐘が響くのは、歴史から云ふと、もう、何千世紀も以前の地獄で、一たび魔鬼のこゝろを驚かした声である」という記述がある。四十一年十月には評論集『新自然主義』を日高有倫堂より出版。『神秘的半獣主義』の続編のようなものだが、そこから「神秘的な口述を」取り去りたいとする。長谷川天渓、島村抱月や後藤宙外などに反論する部分が多い。三十九年の実体験をもとに、芸者を女優にしようとした男が、その女が梅毒にかかったことなどから混迷を極めた経緯を描いた『耽溺』を「新小説」（明治42年2月）に発表、四十三年二月には易風社から出版。四十年五月に下宿屋を経営していた父が死去、そのあとを継ぐことになり、下宿人の女性との関係などで家庭内に混乱が起こる。経済的な行き詰まりを打破するためもあって、樺太でカニの缶詰の事業を起こそうとして、四十二年六月に樺太に渡るが、軌道に乗らず、先の女性との縺れもあって、帰京。年末に「青鞜」の同人遠藤清子と同棲をはじめ、話題となる。四十三年七月には、樺太などの経験に基づいた『放浪』を東雲堂から刊行、いわゆる泡鳴五部作の端緒となった。四十四年四月、大阪府池田市に移り「大阪新報」に「発展」を発表。大正元年九月に帰京、翌二年二月、二番目の妻となった清子を入籍。清子とのいきさつを「毒薬を飲む女」（「中央公論」大正3年6月）などに作品化した。また、二年三月に「純粋の大阪物」という「ぼんち」を「中央公論」に発表した。別の女性との関係から、〈姦通事件〉といわれるものを引き起こしたこともあった。刹那主義、実効即芸術や小説における描写論について独自の主張をした。洲本市立淡路文化史料館には岩野泡鳴自筆の手紙などが展示され、また泡鳴の詩碑がある。泡鳴生誕百十年にあたり泡鳴の三男岩野眞雄氏が来館したのを機に建立した。〈みやこ遠く立ちいで／帰り来てしふるさと／ふるきことの思ひで／爰に忍ぶ橋あと。／嘗ッて千鳥にさそわれ／いづる月のちらちら。／むねも散りし小ながれ／いまに残る木ばしら〉（「故郷の秋」）。

＊日高十勝の記憶《ひだかとかちのきおく》　紀行文。〔初出〕「趣味」明治43年7月。◇明治四十二年六月下旬に樺太に渡り十一月上旬に帰京した。その時点で「樺太通信」などを「東京二六新聞」に寄稿した。日高・十勝は十月三日に道会議員に随行して訪れており、その際に淡路人集落に立ち寄った。それに基づいて書かれた。　（出原隆俊）

岩淵欽哉　いわぶち・きんや

昭和十一年八月二十一日～平成十年四月十日（1936～1998）。詩人。兵庫県に生まれる。著書に『見えない工場 岩淵欽哉詩集』（昭和50年9月、第三紀層の会出版センター）、『サバイバルゲーム』（昭和61年11月、詩学社）がある。『サバイバルゲーム』は岩淵自身の旧満洲からの引き揚げ体験を通した詩集で、第二十回小熊秀雄賞（昭和62年）を受賞。　（天野勝重）

巌本善治　いわもと・よしはる

文久三年六月十五日～昭和十八年十月六日（1863～1943）。女子教育家、評論家。但馬

国出石町（現・兵庫県豊岡市）に出石藩士井上藤平と律の次男として生まれる。慶応四年、六歳の時に鳥取藩士巌本範治の養子となり、故郷を去る。農学者津田仙の学農社で学び、その影響でキリスト教に入信、キリスト教主義による女子教育、婦人解放に貢献した。明治十七年六月、「女学新誌」を創刊（18年5月まで、月2回発行）、さらに十八年七月、「女学雑誌」を創刊し、以後ほぼ毎号にわたって社説を中心に執筆する。「女学雑誌」は、最初の婦人雑誌の一つであるばかりではなく、北村透谷や島崎藤村らの「文学界」（明治26年創刊）の母胎となった。二十年から明治女学校（明治41年に廃校）の教頭となり直接教育に携わり、社会的に活躍した多くの優れた女性を育てた。巌本は「女学雑誌」（明治21年）の社説「日本の家族」で、自らをふりかえって、幼くして養子となったため実父母の「撫育を蒙ること」がなく、他人に「厳格窮屈」で狭量な人間になったと述べている。母なるものへの憧憬が巌本を婦人解放運動へと向かわせたのかもしれない。（杣谷英紀）

【う】

上阪高生　うえさか・たかお

大正十五年十二月二十日～（1926～）。小説家、児童文学作家。兵庫県城崎郡（現・豊岡市）日高町に生まれる。昭和二十四年、兵庫師範学校（現・神戸大学）本科を卒業、早稲田大学文学部中退。兵庫県西宮市や横浜市で公立小学校の教師を三十三年間務める傍ら、小説を執筆する。現在横浜市旭区に在住。文芸同人誌「碑《いしぶみ》」の編集発行責任者。二十九年、「みち潮」で第一回小説新潮賞受賞。『伸彦と新しい仲間たち』（昭和50年8月、童心社）以降、児童文学の領域でも健筆をふるう。五十二年『あかりのない部屋』（昭和52年7月、童心社）で第四回ジュニア・ノンフィクション賞受賞。平成十三年、第七回横浜文学賞受賞。『賞の通知』（平成16年9月、武蔵野書房）所収の小説「清書」に「出身地の西宮市に帰り、安井小学校というのに職を得た。三年のち、昇格してきた権威的な校長と相入れず、四月のはじめ、辞表を叩きつけて、上京した。（略）朝鮮戦争が終わって、不景気になっていた」という作者の回想を思わせる記述がある。『冬型気圧配置』（昭和50年10月、栄光出版社）所収の「冬型気圧配置」は、父の葬儀のために兵庫県豊岡市の江原駅に降り立った男が久しぶりに帰郷する物語である。『緋の衣』（平成8年8月、武蔵野書房）所収の「緋の衣」は、阪神・淡路大震災に被災した老教授の見舞いで三十数年ぶりに鎌倉を訪れて、古い友人たちとの交流が描かれた作品。ほか、兵庫県を舞台にした小説として『箱根降路但馬焰夏』（平成12年10月、沖積舎）所収の「但馬焰夏」などがある。なお、創作以外の著作として『近代建築のパイオニア　防災建築にうちこんだ遠藤於菟』（昭和58年3月、ＰＨＰ研究所）、『有馬頼義と丹羽文雄の周辺「石の会」と「文学者」』（平成7年6月、武蔵野書房）がある。（杣谷英紀）

植田紳爾　うえだ・しんじ

昭和八年一月一日～（1933～）。演出家、劇作家。本名山村紳爾。大阪市に生まれる。早稲田大学文学部演劇科第一期の卒業。昭和三十二年、宝塚歌劇団に入団。同年十二月、「舞い込んだ神様」でデビュー。四十九年八月初演の、池田理代子の漫画を脚本化、長谷川一夫と共同演出した「ベルサイユのばら」が日本演劇史上空前のヒット作品となった。五十二年三月初演の、「風と共に去りぬ」（潤色・脚本・演出）も大ヒットし、「ベルばら」と共に繰り返し上演された。平成六年宝塚クリエイティブアーツ社長、文芸音楽室長、八年宝塚歌劇団理事長、阪急電鉄取締役に就任。平成五年第十四回松尾芸能賞（優秀賞）、八年紫綬褒章、十四年第二十七回菊田一夫演劇賞（特別賞）を受ける。著書に『植田紳爾脚本』（平成2年12月、8年2月、宝塚歌劇団）、『宝塚、わがタカラヅカ』（平成9年10月、白水社）、『あさきゆめみし宝塚写真絵巻』（平成12年3月、講談社）がある。

（浦西和彦）

上田英夫《うえだ・ひでお》

明治二十七年一月五日～昭和五十三年六月二十日（1894～1978）。歌人、国文学者。兵庫県氷上郡大路村（現・丹波市）に生まれる。明治四十三年、前田夕暮の白日社に入った後、石井直三郎のいる「水甕」に移り同人となる。歌集に『早春』（昭和40年9月、日本文芸社）があり、「丹波に帰りて」「丹波の夏」などの歌が収録されている。大正十五年、第五高等学校（現・熊本大学）教授、のち熊本大学教授、同名誉教授となる。万葉集の研究でも有名。

（西川貴子）

上田敏《うえだ・びん》

明治七年十月三十日～大正五年七月九日（1874～1916）。詩人、評論家、英文学者、翻訳家。東京に生まれる。号柳村。第一高等学校（現・東京大学）在学中に「文学界」の同人となる。明治三十年、東京帝国大学英文科卒業。同大学在学中には「帝国文学」創刊（明治28年）に参加。同大学院では講師をしていた小泉八雲に師事する。恩師である小泉八雲が神戸に移住した後も、交際は続いた。主著に、日本に象徴詩の概念をはじめて明確にもたらした訳詩集『海潮音』（明治38年10月、本郷書院）がある。エッセイ「神戸」（『畿内見物・大阪之巻』明治45年7月、金尾文淵堂）では、「或夜トア・ホテルに音楽を聴いて、その儘そこへ泊つた時、楼上の一室から月夜の神戸港を望み、翌朝早く山手を散歩して香の高いパルマの菫を買つた事を記憶する。すべて山手のかたは海の風が青葉に漉されて、去来するから自然爽快の気を人に与へて、都会の住居地としては、日本一だらう。やゝこゝに似てゐる東京の高輪あたりより遥かに優れてゐると思ふ」と書いている。

（松永直子）

上田富丈《うえだ・ふじょう》

明治三十二年一月二十二日～昭和五十三年二月十日（1899～1978）。俳人。神戸市元町（現・中央区）に生まれる。本名上太郎。木版彫刻と共に、大正十三年頃より一志の号で投句を始める。昭和七年、俳号を富丈と改め、翌年「新興俳句」を発刊、主宰。空襲で一時、兵庫県姫路に疎開。戦後は神戸俳人協会の設立に与り終身理事を務める。〈船が出て輪タクのつぶやき／焚火に燃える〉など、戦後神戸の風俗を吟じた。神戸の口語俳句・俳壇を支え、版画「姫路城」は姫路市に寄贈される。

（佐藤　淳）

上田文子《うえだ・ふみこ》

明治四十二年（月日未詳）～（1909～）。俳人。神戸市中山手通（現・中央区）に生まれる。大正十四年、塩原高等技芸学校（現・神戸第一高等学校）卒業。昭和三年、上田富丈と結婚し、十七年頃より俳句を作り始める。「枯野」「新日本俳句」を経て、口語俳句協会「天の川」「ギンガ」同人。三十三年、京都第四回口語俳句大会で感動律俳句会賞受賞。以後各地を歩き、〈潮の匂い汗のにおい磯着干された貝殻路地〉〈ひとり佇んで島の夕日に染まる〉（淡路、『上田文子句帖』昭和52年9月、創文社）など口語俳句を吟じた。（佐藤　淳）

上田真　うえだ・まこと

昭和六年五月二十日～（1931～）。日本文学研究者。兵庫県に生まれる。神戸大学文学部卒業後、ネブラスカ大学大学院修了、ワシントン大学大学院比較文学博士。カナダのトロント大学を経てスタンフォード大学に赴任、現在名誉教授。専門は日本の詩歌。著書に、正岡子規から金子兜太までの俳句を英訳した『現代日本俳句選集』（昭和51年、東京大学出版会・トロント大学出版部同時発行）、欧米での俳句解釈の実例を紹介した『蛙飛びこむ―世界文学のなかの俳句』（昭和54年5月、明治書院）などがある。（三品理絵）

上田三四二　うえだ・みよじ

大正十二年七月二十一日～平成元年一月八日（1923～1989）。歌人。評論家、小説家。兵庫県加東郡市場村字樫山（現・小野市樫山町）に生まれる。後年、「来し方の追憶」（「蘭」昭和54年5月）に「松の生えた低い山はよく拓かれた平地の田と諧和して、村落もまたそういう風景に融け込んでいた」と書き、そこで育ったことによって「親和的な自然観」が身についたと書いている。昭和五年、市場小学校に入学。十年、小学校教員の父勇二が川辺郡東谷村（現・川西市）黒川小学校校長となったため、東谷小学校に転校した。十一年、兵庫県立伊丹中学校（現・県立伊丹高等学校）に入学。十四年、父が氷上郡新井村（現・丹波市）新井小学校校長に転じ、学校と敷地つづきの公舎に入るとともに、兵庫県立柏原中学校（現・県立柏原高等学校）に転校。十六年、第三高等学校（現・京都大学）理科甲類、十九年、京都帝国大学医学部に入学、二十三年に大学を卒業し、医師となった。二十四年、山本牧彦に就き歌誌「新月」に入会。三十年二月、第一歌集『黙契』（新月短歌社）を刊行。三十七年、東京に転勤。四十一年五月、結腸癌を病み、入院、手術を受けた。死に直面した体験が、〈死はそこに抗ひがたく立つゆゑに生きてゐる一日《ひとひ》一日はいづみ〉〈ちる花はかずかぎりなしことごとく光をひきて谷にゆくかも〉（『湧井』昭和50年3月、角川書店）など、生と死、自然への思索をめぐらした作品を生み出すこととなった。五十年、第三歌集『湧井』により、第九回迢空賞受賞。五十三年、宮中歌会始選者となる。翌年六月、評論『うつしみ　この内なる自然』（昭和53年11月、平凡社）により第七回平林たい子賞受賞。五十六年五月、小説集『深んど』（平凡社）を刊行。「転校」「片居」など、兵庫県内での少年時代を描いた作品を収めている。それらの作品の基調は「ただ懐かしいというのではない。むしろ苛烈で悲哀の色に染まった情景が浮び上がる」（「深んど」）というったもので、現在の生から照射されたものとなっている。五十八年、第四歌集『遊行』（昭和57年7月、短歌研究社）により第十回日本歌人クラブ賞受賞。五十九年、前立腺腫瘍により大手術、以後、入退院を繰り返す。同年九月、第五歌集『照徑』（短歌研究社）を刊行。六十年、紫綬褒章受章、第四十三回日本芸術院賞を受ける。平成元年一月八日、永眠。他の著作に『上田三四二全歌集』（平成2年7月、短歌研究社）、評論『斎藤茂吉論』（昭和39年7月、筑摩書房）、『この世　この生』（昭和59年9月、新潮社）、小説集『花衣』（昭和57年3月、新潮社）、『祝婚』（平成元年1月、新潮社）

などがある。〈幼童のわがあこがれし秋の実の山のあけびを執りてなげかふ〉。（田口道昭）

上田美和《うえだ・みわ》

（生年未詳）九月二十九日～。少女漫画家。兵庫県に生まれる。「桃色媚薬」で第一六二回別フレ賞を受賞。同作が昭和六十年五月「Juliet」（講談社）に掲載されデビュー作となる。六十一年から「別冊フレンド」（講談社）に限定し、短編を定期的に発表。「G1戦場のマリア」（昭和62年10月～12月）、「イミテーション◆ゴールド」（昭和63年3月～8月）、「サインコサイン恋♥サイン」（平成元年10月～2年10月）、「ジーザス・クライスト！」（平成2年11月、3年1月～6月）の短期集中連載を経て「Oh！my ダーリン♥」（平成3年9月～6年2月）にて人気を博す。十一年、「ピーチガール」（平成9年10月～16年1月）にて第二十三回講談社漫画賞を受賞。同作は台湾でテレビドラマ化（平成13年）、日本でテレビアニメ化（平成17年1月～6月）もされた代表作。続編として「裏ピーチガール」（平成16年10月～）がある。このほか「パピヨン」（平成18年8月～21年11月）も人気作。

なお、作品中には作者が在住している兵庫県についての表象はみられない。（金岡直子）

植原繁市《うえはら・しげいち》

明治四十一年三月十三日～昭和四十六年三月二十日（1908～1971）。詩人。兵庫県印南郡（現・加古川市）志方町横大路に生まれる。大正十五年、「文章倶楽部」に詩を投稿し入選。以後生田春月や西条八十に私淑し、「愛踊」はじめ播州地方の同人誌に詩作を発表。「愛踊」廃刊後は、横山青娥の「昭和詩人」に拠った。生涯志方町の職員として勤務、昭和四十五年、加古川市制二十周年記念には「新加古川音頭」の歌詞を提供している。長楽寺（加古川市志方町永室）境内に繁市の歌碑が建立され、唯一の詩集に『花と流星』（昭和9年7月、神戸詩人協会）がある。（佐藤　淳）

植松寿樹《うえまつ・ひさき》

明治二十三年二月十六日～昭和三十九年三月二十六日（1890～1964）。歌人。東京市四谷舟町（現・東京都新宿区）に生まれる。大正三年、窪田空穂の「国民文学」に参加。六年、慶応義塾大学理財科を卒業、十年まで大阪で勤務。戦後、「沃野」を創刊した。歌集『庭燎』（大正10年8月、紅玉堂）に、淡路島、六甲山、室津を訪れた折の歌が収録されている。〈島びとが愛《をし》みてつくる淡《あは》路《ち》米《よね》とぼし米《よね》はも味《あぢはひ》よしちふ〉。（田口道昭）

植村銀歩《うえむら・ぎんぽ》

大正三年一月五日～平成七年四月二十五日（1914～1995）。俳人。神戸市に生まれる。本名正夫。兵庫県立第一神戸商業学校（現・県立神戸商業高等学校）を卒業後、第一銀行（現・みずほ銀行）に入行。昭和五年、室積徂春主宰の「ゆく春」に入会する。その後、「東風」「虚実」を経て、三十一年「胴」の発刊に参加する。麦作家賞受賞。句集に、『夏代』（昭和48年2月、胴の会）などがある。（北川扶生子）

上村多恵子《うえむら・たえこ》

昭和二十八年（月日未詳）～（1953～）。詩人、文筆家。京都市下京区に生まれる。甲南大学文学部卒業。昭和四十九年、父の跡を継いで、大学三年で京南倉庫社長に就任。企業家としての活動とともに、詩や随筆、小説などの執筆活動を行う。詩集に『無数の苛テーション』（平成元年11月、檸檬社）、『鏡には映らなかった』（平成4年

8月、土曜美術社出版販売）がある。（飯田祐子）

植村孝 うえむら・たかし

昭和十五年十一月二十五日～（1940～）。詩人。兵庫県姫路市に生まれる。詩集は、『摂氏300度の願望から』（昭和45年9月、黄塵社）、『野心の旅人』（昭和56年7月、待夢社）、『水の悲哀』（昭和62年12月、蜘蛛出版社）、『水の誕生日』（平成2年6月、ひまわり書房）、希望と挫折をメイン・テーマに、詩に近いショート・ストーリーにまとめた『夢の葬式』（平成10年11月、土曜美術社）などがあり、孤高な姿勢を貫く詩人である。（池川敬司）

上村武男 うえむら・たけお

昭和十八年（月日未詳）～（1943～）。小説家、文芸評論家、詩人、歌人。兵庫県尼崎市に生まれる。宮司で俳人だった父の影響で短歌を詠み始める。昭和四十一年、『帰命―上村武男詩集』を私家版で出版。四十四年、国学院大学文学部中退。尼崎市水堂町の水堂須佐男神社の宮司を務める。四十五年、詩集『帰巣者の悲しみ』（私家版）を刊行。その後、評伝『吉本隆明手稿』（昭和53年3月、弓立社）、創作集『少年のたそがれ』（昭和58年3月、私家版）、哲学エッセイ『〈気配〉論』（昭和61年10月、白地社）、歌集『伝記する歌』（昭和62年7月、白地社）、評論『梶井基次郎 落日の比喩』（昭和63年1月、編集工房ノア）、紀行『山陰を旅する人たち 山川登美子から種田山頭火まで』（平成3年10月、編集工房ノア）などを、次々と刊行。幅広いジャンルにわたる作品を、旺盛に発表している。阪神・淡路大震災では須佐男神社の拝殿が崩壊する被害を受け、その被災と復興を記した『須佐男神社震災復興記念誌』（平成11年7月、私家版）もある。また、『尼崎の今昔・保存版』（平成21年3月、郷土出版社）を監修した。（北川扶生子）

植村直己 うえむら・なおみ

昭和十六年二月十一日～昭和五十九年二月十三日（1941～1984）。冒険家。兵庫県城崎郡国府村上郷（現・豊岡市日高町）に生まれる。兵庫県立豊岡高等学校卒業後、昭和三十九年、明治大学農学部農産製造学科に進学。卒業後、渡仏し、四十一年から四十五年まで五年間をかけて、世界初の五大陸最高峰（モンブラン・キリマンジャロ・アコンカグア・エベレスト・マッキンリー）の登頂を達成。その後、極地犬ぞり単独行に活動の中心を移す。五十九年、世界初のマッキンリー冬期単独登頂に成功後、消息を絶ち、今日に至っている。植村は『北極圏一万二千キロ』（昭和51年9月、文芸春秋）、『北極点グリーンランド単独行』（昭和53年10月、文芸春秋）など、何冊かの冒険記や登山記録を残しているが、『青春を山に賭けて』（昭和46年3月、毎日新聞社）では、巻頭近くで、豊岡時代の少年期の思い出を微笑ましいエピソードとともに書き記している。（野村幸一郎）

魚住折蘆 うおずみ・せつろ

明治十六年一月二十七日～四十三年十二月九日（1883～1910）。評論家。兵庫県加古郡母里村ノ内野寺村（現・加古郡稲美町野寺）に生まれる。本名影雄。父逸春は、兵庫県会議員や衆議院議員を務めた。明治二十九年、兵庫県立姫路尋常中学校（現・県立姫路西高等学校）に入学。回覧雑誌「操《そう》觚《こ》園」に上級生の専制圧迫に対する批判文を投稿し、上級生から鉄拳制裁を加えられようとするが、友人の仲裁により事なきを得る。このことをきっかけに「自由の束縛、個性の圧迫」（「二十年のおもひで」『折蘆遺稿』安倍能成編、大正3年12月、岩波書店）ということを強く意識するようになる。この頃、内村鑑三の思想に心酔した。三十二年三月、父の兵庫県立神戸病院入院に伴い、姫路中学を中退して父につきそう。この間、「考へる」ことの「最初の味にふるゝ機会を得た」という（「二十年のおもひで」）。十二月、父死去。翌年四月、姫路中学に復学、校友会の改革を訴える。十二月に退学し、上京。三十四年四月、私立京北中学校（現・京北高等学校）に入学。藤村操を知るが、藤村は三十六年に自殺。「藤村操君の死を悼みて」（「新人」明治36年7月）を発表。同年、第一高等学校（現・東京大学）に入学。翌年、安倍能成らとともに文芸部委員に選ばれ、校友会雑誌の編集に当たる。同誌に「自殺論」（明治37年5月）、「個人主義に就て」（同年12月）などを発表、「個人主義の見地に立ちて方今の校風問題を解釈し進んで皆寄宿制度の廃止に論及す」（明治38年10月）は、全校に物議をかもした。三十九年、東京帝国大学文科大学に入学。四十二年哲学科を卒業、大学院に入学。「東京朝日新聞」に「真を求めたる結果」（明治42年12月17日～18日）を発表、以後、同紙を中心に評論活動を展開。「自然主義は窮せしや」（明治43年6月3日～4日）、「自己主張の思想としての自然主義」（同年8月22日～23日）、「歓楽を追はざる心」（同年10月9日～10日）、「穏健なる自由思想家」（同年10月20日、22日）を発表。「自己主張の思想としての自然主義」は、石川啄木の評論「時代閉塞の現状」に影響を与えた。また、「ホトトギス」などで、小説、評論に関する時評を発表した。しかし、十二月にチフスと尿毒症のため急逝。没後、友人らの協力により『折蘆遺稿』が刊行された。ほかに『折蘆書簡集』（昭和52年6月、岩波書店）がある。

（田口道昭）

鵜崎鷺城　うざき・ろじょう

明治六年十一月一日～昭和九年十月二十八日（1873～1934）。新聞記者、評論家。飾《しか》磨《ま》県飾東《しきとう》郡中村（現・兵庫県姫路市龍野町）に生まれる。本名熊吉。別名一畝。東京専門学校（現・早稲田大学）卒業後、日清及び日露戦争の従軍記者を経て東京日日新聞へ入社。明治四十三年、立憲国民党に参加し犬養毅の下で護憲運動に力を尽くした。四十五年、『朝野の五大閥』（東亜堂書房）を刊行。鳥谷部春汀と並ぶ人物評論の第一人者として一家を成した。

（内藤由直）

内田愃　うちだ・けん

昭和八年十二月二日～（1933～）。詩人。神戸市に生まれ、福岡県宗像市で育つ。本名愃于《ひろゆき》。九州大学法学部卒業。後に、活動の場を千葉に移す。詩集に『航海』（昭和48年10月、薔薇十字社）、『素描集１９７８～１９８４』（昭和49年5月、現代文学刊行会）、『蛇と薔薇』（昭和54年2月、牧神社）、『影像 IMAGO』（平成14年4月、現代文学刊行会）がある。

（木谷真紀子）

内田樹　うちだ・たつる

昭和二十五年九月三十日～（1950～）。思想家、翻訳家。東京都大田区下丸子に生まれる。東京都立日比谷高等学校中退、東京大学文学部仏文科卒業。東京都立大学（現・首都大学東京）大学院修了。東京都立大学助手を経て、平成二年より二十三年まで神戸女学院大学で教鞭をとる。レヴィナスを中心にしたフランス現代思想をはじめ、幅広く現代文化について批評を展開している。また、合気道六段などの武道家であり、神戸女学院大学合気道部、甲南合気会にて、合気道の指導を行っている。武道的身体感覚を、現代思想の緻密な理論を経由して言語化した身体論は、それぞれの批評の基盤となっている。映画論やコミュニケーション論、教育論など、執筆の領域は多岐にわたり、『私家版・ユダヤ文化論』（平成18年7月、文芸春秋）で、第六回小林秀雄賞受賞。（飯田祐子）

内田豊清 うちだ・とよきよ

昭和三年四月（日未詳）～（1928～）。詩人。神戸市に生まれる。戦後から「錆」「詩学」「日本未来派」など数々の詩誌に作品を発表し、昭和二十九年には、「錆」同人らと『錆詩集』（8月、錆同盟詩社）を上梓。同年、「三田文学」の新進詩人コンクールに入選。五十二年六月、初の詩集『動く密室』（高田屋書店）、翌年『影の歩み』（昭和53年10月、高田屋書店）を発行している。（木谷真紀子）

内田百閒 うちだ・ひゃっけん

明治二十二年五月二十九日～昭和四十六年四月二十日（1889～1971）。小説家、随筆家。岡山市古京町に生まれる。本名栄造。明治四十四年二月、漱石を病床に見舞ってより師事。「明石の漱石先生」（初出『漱石全集』月報16号、昭和4年6月、岩波書店）によると、夏季休暇で岡山へ帰省中に漱石が明石で講演をすることを知り、四十四年八月十三日、明石市の衝濤館に宿泊していた漱石を訪ね、午後から中崎公会堂の落成記念講演会で「道楽と職業」を聞いた。「公会堂は、（略）西日がかんかん照りつけて、実に暑かつたのです。しかし、演壇に向かつて、右手の直ぐ下は明石海峡で、開け拡げた広間の天井には、波の色が映つてゐました。海の向うには、淡路島の翠巒が鏡にうつした景色の様に美しく空を限つて居りました」と記す。大正五年から陸軍士官学校、海軍機関学校、法政大学などでドイツ語の教鞭を執る。十一年二月、『冥途』（稲門堂書店）を刊行。十二年、陸軍砲工学校附陸軍教授に任命される。昭和八年随筆集『百鬼園随筆』（三笠書房）がベストセラーになる。九年、法政大学騒動で法政大学を辞職し、以後文筆活動に専念した。二十八年三月、京都―博多間の山陽本線を走る特別急行列車「かもめ」で列車の旅をする。「春光山陽特別阿房列車」（「小説新潮」昭和28年8月）には三宮駅ホームの様子について、「一分停車だから、三ノ宮はすぐに出たが、その短かい一分の間、ホームは大変な騒ぎであつた。小学校の生徒を引率して来たのか、孤児院の子供が狩り出されたのか知らないが、人ごみの中に、踏み潰されさうな小さな子が旗を持つて堵列し、大人も幟や花を持つて、右往左往に騒ぎ立てた。ホームの天井裏につるした万国旗の間には、特急停車期成同盟と書いた紙がひらひらしてゐる」と紹介している。この特急列車が、下り線は三宮停車、神戸駅通過、上り線は神戸駅停車、三宮駅通過とされていることについて、「東海道本線の終点、山陽本線の起点である神戸駅を、片道だけにしろ通過駅に扱つたのは、鉄道と云ふものの姿から考へてよろしくない」と苦情を述べた。四十二年、芸術院会員に推されたが、辞退。四十六年四月二十日夕刻、急逝。『新輯内田百閒全集』全三十三巻（昭和61年11月～平成元年10月、福武書店）がある。（木村　功）

内田康夫 うちだ・やすお

昭和九年十一月十五日～（1934～）。小説家。東京都北区西ケ原に生まれる。東洋大学文学部中退。コピーライター、CM制作会社経営を経て、長編ミステリー『死者の木霊』（昭和55年12月、栄光出版社）を自費出版。昭和五十七年から著作に専念し、翌年五月より軽井沢に在住。『後鳥羽伝説殺人事件』（昭和57年2月、広済堂）に初めて登場した浅見光彦の人物像と名探偵ぶりが人気を博し、平成二年以降は全ての長編の主人公となる。五年、軽井沢に浅見光彦倶楽部を設立。七年、第五回日本文芸家クラブ大賞特別賞を受賞。日本各地の風物・伝説・社会問題を背景とする得意の旅情ミステリーでは、兵庫県を舞台とする『城崎殺人事件』（平成元年2月、徳間書店）、『神戸殺人事件』（平成元年11月、光文社）、『「須磨明石」殺人事件』（平成4年11月、徳間書店）などがある。ほかに自作解説『浅見光彦のミステリー紀行』全九集、番外編二（平成4年9月〜17年12月、光文社）、エッセイ集『存在証明』（平成10年2月、角川書店）などがある。

（一條孝夫）

内橋克人《うちはし・かつと》

昭和七年七月二日〜（1932〜）。ノンフィクション作家、経済評論家。神戸市に生まれる。昭和三十二年、神戸商科大学（現・兵庫県立大学）商経学部卒業。神戸新聞、マッキャンエリクソン博報堂を経て、四十二年、フリーライターとなる。企業と人間の接点領域に焦点を当て、『匠の時代』（昭和53年9月、サンケイ出版）をはじめ著書多数。『大震災　復興への警鐘』（鎌田慧と共著、平成7年4月、岩波書店）など。

（谷口慎次）

内海昭《うつみ・あきら》

生没年月日未詳。画家、文筆家。兵庫県龍野市（現・たつの市）に内海泡沫（信之）の子として生まれる。学生時代に映画批評「支那は生きている」（「野火」昭和13年1月）や評論「啄木とツルゲネーフ」（「短歌時代」昭和13年6月）を発表。昭和十四年春、同志社大学経済科卒業後、上京し就職。水守亀之助の紹介で「やまと新聞」に随筆を連載。父信之の文学的足跡を『花と反戦の詩人・内海信之の生涯』（昭和58年6月、日貿出版社）として刊行。

（太田　登）

内海重典《うつみ・しげのり》

大正四年十一月十日〜平成十一年三月一日（1915〜1999）。脚本・演出家、プロデューサー。大阪市に生まれる。旧制関西学院中学部卒業。関西大学専門部（現・関西大学文学部）中退。昭和十四年に宝塚少女歌劇団（現・宝塚歌劇団）に入団し、脚本・演出を約百二十本手がける。白井鐵造、高木史朗とともに〈御三家〉と呼ばれ、宝塚歌劇の認知度をあげ、レビューの地位向上を成し遂げた。宝塚歌劇団名誉理事。代表作は、「ミモザの花」（昭和21年6月、花組初演）、「南の哀愁」（昭和22年6月、雪組初演）等。西宮球場（現・阪急西宮ガーデンズ）での「春の吹奏楽」（昭和36年〜）（現・京セラドーム大阪での「3000人の吹奏楽」）、兵庫県「ふれあいの祭典」（平成元年〜）、大阪市「御堂筋パレード」（昭和58年〜）などの構成・演出を引き受けたのをはじめとし、日本万国博覧会（昭和45年）の開会式、神戸ポートピア博覧会（昭和56年）や神戸ユニバーシアード（昭和60年）の開閉会式を演出するなど、イベント制作は六、七百本にも上る。ドライアイスを使ったスモークの演出をはじめて考案した。昭和四十八年度兵庫県文化賞、昭和六十二年度勲四等瑞宝章、平成元年第四十三回神戸新聞平和賞、平成五年第三十三回西宮市民文化賞を受ける。

（箕野聡子）

内海繁《うつみ・しげる》

明治四十二年三月二十九日〜昭和六十一年

五月一日（1909～1986）。歌人、文芸評論家。兵庫県龍野市揖西《いっさい》町（現・たつの市）に内海泡沫（信之）の二男として生まれる。兵庫県立龍野中学校（現・県立龍野高等学校）、第六高等学校（現・岡山大学）を経て、昭和四年に京都帝国大学法学部入学。卒業後は帰郷し、「詩精神」「短歌評論」「啄木研究」に南龍夫の筆名で啄木に関する評論や短歌を発表。十四年から姫路に居住。十七年秋、検挙される。戦後は新日本文学会、新日本歌人協会に参加し、二十年十月、阿部知二を会長とする姫路文化連盟の結成に参画。三十九年、姫路地方文化団体連合協議会を結成、後年、姫路文学人会議会長をつとめる。六十年度の芸術文化大賞を姫路市文化振興財団から授与される。『内海信之・人と作品』（昭和45年11月、田畑書店）、歌集『北を指す針』（昭和54年4月、刊行委員会）、『播州平野にて―内海繁文学評論集』（昭和58年6月、未来社）、『短歌短言』（昭和61年8月、素人社）などがある。（太田　登）

内海泡沫 うつみ・ほうまつ

明治十七年八月三十日～昭和四十三年六月十四日（1884～1968）。詩人。兵庫県桑原村（現・たつの市）に生まれる。本名信之。明治三十五年、新詩社に入り、「明星」「文庫」に新体詩を発表。日露戦争時にトルストイの影響をうけて書いた「北光」「なさけ」「あはれみ」などの反戦詩は、戦後に『硝煙』（昭和36年4月、硝煙刊行会）によって明治の反戦詩人として再評価された。四十三年春、喀血で倒れ、死を覚悟し形見として、詩集『淡影』（明治43年10月、以文館）を三木露風の友情によって刊行。大正期は犬養毅を知り、憲政擁護運動に奔走、『高人犬養木堂』（大正13年6月、文正堂）を著し、小木堂と称された。戦中の昭和十七年から戦後にかけて揖西村《いっさいむら》（現・たつの市）の村長をつとめた。二十五年十二月、一一八編の花の詩を収めた詩集『花』を刊行。二十八年十一月、龍野公園に詩碑「高嶺の花」が建てられた。三十四年に龍野市名誉市民の称号が授与された。四十一年七月、八月に「わが心の自叙伝」を「神戸新聞」に連載。（太田　登）

宇野浩二 うの・こうじ

明治二十四年七月二十六日～昭和三十六年九月二十一日（1891～1961）。小説家。福岡市南湊町（現・中央区荒戸町）に生まれる。本名格次郎。三歳で父を失い、父の従弟で、明治燐寸株式会社経営の本多幾知を頼り神戸市湊町（現・兵庫区）に移る。父の遺産は父の亡姉の夫、入江寛司に預けられた。入江家は、兵庫県川辺郡の旧家であったが、のち家業が傾き、宇野家の遺産も全てなくなった。その後大阪市に移転、南区（現・中央区）宗右衛門町で少年時代を過ごした。明治三十七年、大阪府立天王寺中学校（現・府立天王寺高等学校）入学。文学を志し、回覧雑誌を作ったり、校友会雑誌「桃陰」に度々小品を発表していた。卒業後は奈良で代用教員をしたが、また従弟から学資が出ることになり、四十三年、早稲田大学英文科予科に入学、多くの知己を得た。四十五年、「短檠」創刊号に「清二郎の記憶」を発表、友人青木精一郎の父の出資で「しれえね」を創刊、戯曲や小品を発表する。大正二年、処女著作『清二郎夢見る子』（4月、白羊社）を刊行。四年、卒業を前に中退し、上京した母と住むが、生活は苦しく、広津和郎の紹介で翻訳の分担訳をした。七月に童話「揺籃の唄の思ひ出」を「少女の友」に発表、初めて原稿料を得、以後童話を熱心に書いた。八年四月「蔵の中」（「文章世界」）、九月「苦の世界」

（「解放」）が注目を浴び、新進作家としての地位を確立する。人間生活の苦悩を軽妙な語り口で描きユーモアやペーソスがにじむ小説は、多くの読者を魅了した。毎年十作もの作品を発表していたが、昭和二年に大病を患い、生死も危ぶまれた。八年一月、「枯木のある風景」（「改造」）で奇跡的に文壇復帰を果たす。世評高く、後期の作風を樹立する作品となった。以後三月「枯野の夢」（「中央公論」）、七月「子の来歴」（「経済往来」）と次々に発表。十月川端康成、広津和郎、小林秀雄らと「文学界」創刊に参加。十四年、第二回菊池寛賞を受賞。文芸評論、随筆、児童文学など多岐にわたり活躍。『嘉村磯多全集』全三巻（昭和9年5月〜9月、白水社）や『牧野信一全集』（昭和12年3月〜14年5月、第一書房）などの編纂も行い、芥川賞の選考委員も長く務めた。他の作家らとも交流が多く、日曜会などで文学論を戦わせた。二十四年には芸術院会員に選ばれ、二十六年、『思ひ川』（昭和26年1月、中央公論社）で第二回読売文学賞受賞。『芥川龍之介』（昭和28年5月、文芸春秋新社）、『独断的作家論』（昭和33年1月、文芸春秋新社）など著書多数。『宇野浩二全集』全十二巻（昭和43年7月〜44年8月、中央公論社）。

＊枯木のある風景《かれきのあるふうけい》　短編小説。〔初出〕「改造」昭和8年1月。〔初収〕『枯木のある風景』昭和9年3月、白水社。◇浪華洋画研究所の島木は、奈良への写生旅行の間中、「只者ではない」友人古泉のことを考え続けていた。同じ研究所の八田と入井も奈良へ写生に出かけ、古泉の芸術について語り合った。奇しくも彼等はみな「郊外の風景」と同じ構図の「枯木のある風景」の凄さに驚嘆していたのである。その晩古泉の訃報を別々に受け取り三人は古泉の自宅に駆けつける。そこには未完の「裸婦写生図」があり、その構図に異常な敬意を払ったのであった。古泉は小出楢重、島木は鍋井克之、八田は黒田重太郎、入井は国枝金三をモデルとし、著者は肉体は滅びても芸術は永遠だと説いている。（増田周子）

馬田亮　うまだ・りょう

大正十一年七月三日〜（1922〜）。思想家。神戸市に生まれる。東京帝国大学法学部卒業後、東洋紡績勤務。『虚構の絶対神』（昭和58年5月、朝日カルチャーセンター出版部、以下の三作も同じ）、『続・虚構の絶対神』（昭和59年7月）、『背理の思想』（昭和62年2月）、『相対の真実』（平成2年10月）、『幸福論』（平成7年7月、近代文芸社）で、絶対性に対する相対性の優位を諸思想に鑑みて説く。兵庫県明石市在住。（木村小夜）

梅田寛　うめだ・かん

明治三十年二月十三日〜昭和四十四年一月九日（1897〜1969）。ロシア文学者、翻訳家。兵庫県に生まれる。本名寛三郎。大正十二年、早稲田大学露文科卒業後、ロシア文学翻訳者となり、『ドストイェフスキイ全集』（大正15年、全集刊行会）等の翻訳に携わる。また、トルストイ、プーシキン、その他ロシア文学以外の少年少女向きの翻訳の仕事も多い。著書に『文芸の本質とその鑑賞』（昭和6年、文教書院）等がある。（木村小夜）

梅村光明　うめむら・みつあき

昭和二十六年八月十二日〜（1951〜）。詩人、連句作家。神戸市に生まれる。昭和四十八年、大阪経済大学経済学部中退。詩集に『破流智塹《バルチザン》』（昭和53年2月、蜘蛛出版社）、『君は時代のバックコーラス』（昭和58年8月、蜘蛛出版社）がある。詩誌「ア・テンポ」を主な舞台とし、連句においては、鈴木漠、三木英治、永田圭介らと共に海市の会を結成し活動。連句協会理事。

（佐藤良太）

卜部晴美　うらべ・はるみ

大正十三年（月日未詳）～（1924～）。川柳作家。神戸市に生まれる。昭和二十九年、白川川柳会に入門。四十七年、川柳ひらの会を設立し代表に就任。五十一年より兵庫県川柳協会会員となり、のちに常任理事をつとめる。五十二年、神戸芸術文化会議委員。五十七年、「朝日新聞」第二兵庫版「あさひ川柳」の選者となる。作品に句集『起伏』（昭和54年、神戸創文社）等がある。代表句〈抗うた父が切ないほど恋し〉。

（佐藤良太）

浦山桐郎　うらやま・きりお

昭和五年十二月十四日～昭和六十年十月二十日（1930～1985）。映画監督。兵庫県赤穂郡相生町（現・相生市）に生まれる。鋳物工場と造船所のある街で育つ。相生尋常小学校を主席で通し、昭和二十二年に兵庫県立姫路中学校（現・県立姫路西高等学校）四年修了、兵庫県立姫路高等学校に入学。須川栄三に誘われ映画部に所属、姫路の新制高校を回って映画連盟を組織した。二十四年、父が自宅裏の磯際山から飛び降り自殺する。二十九年、日活入社。八家《やか》でロケした監督作「太陽の子・てだのふあ」（昭和55年、原作灰谷健次郎）は、沖縄出身の夫婦が営む神戸の食堂が舞台。父を自殺で亡くす主人公の姿は監督自身と重なる。「キューポラのある街」（昭和37年、原作早船ちよ）にも故郷の風景と在日朝鮮人との交友の記憶が刻まれている。遺作「夢千代日記」（昭和60年）は美方郡湯村（現・新温泉町）を舞台に胎内被曝の問題を描く。平成六年、相生で〈映画監督浦山桐郎の世界展〉が開催された。

（友田義行）

瓜生卓造　うりゅう・たくぞう

大正九年一月六日～昭和五十七年六月一日（1920～1982）。小説家、随筆家。神戸市に生まれる。早稲田大学政経学部卒業。学生時代スキー選手として活躍。登山・探検を題材とした作品多数。昭和二十九年「南緯八十度」が芥川賞候補、三十年「北極海流」、三十二年「単独登攀」で直木賞候補となるが未受賞。五十二年、『檜原村紀聞』（昭和52年6月、東京書籍）で第二十九回読売文学賞随筆・紀行賞を受賞。

（佐藤良太）

海野十三　うんの・じゅうざ

明治三十年十二月二十六日～昭和二十四年五月十七日（1897～1949）。小説家。徳島市徳島本町に生まれる。本名佐野昌一。別名丘丘十郎。九歳から神戸に住む。兵庫県立第一神戸中学校（現・県立神戸高等学校）を経て、大正十二年、早稲田大学理工学部電気工学科卒業。逓信省電気試験所勤務のかたわら小説を執筆。昭和三年四月、「電気風呂の怪死事件」を「新青年」に発表し、文壇デビュー。以後、昭和六年に「人造人間殺害事件」（「新青年」1月）、「振動魔」（「新青年」11月）などを次々に発表、科学の素養を探偵小説に生かし、日本のSF小説の先駆者となる。「少年倶楽部」にも執筆し、雑誌の表看板になった。十年から文筆活動に専念。『深夜の市長』（昭和11年7月、春秋社）、『地球盗難』（昭和12年4月、ラヂオ科学社）、『地球要塞』（昭和16年3月、偕成社）など多数を刊行。十七年、海軍報道班員として従軍するが、病気で帰国。コントや短編を発表する。『海野十三全集』全十三巻別巻二巻（昭和63年6月～平成5年1月、三一書房）。

（増田周子）

【え】

江上剛 えがみ・ごう

昭和二十九年一月七日～（1954～）。小説家。兵庫県氷上郡山南町（現・丹波市）に生まれる。本名小畠晴喜。昭和五十二年、早稲田大学政治経済学部政治学科卒業。第一勧業銀行（現・みずほ銀行）に入行。梅田、芝支店を経て本部の企画・人事部門に勤務。平成十四年、築地支店長在職中、『非情銀行』（平成14年3月、新潮社）を発表。翌年『起死回生』（平成15年3月、新潮社）発表直後、みずほ銀行を退社。その後も精力的に執筆活動をつづけている。また報道番組のコメンテーター等も務めている。（佐藤良太）

江川虹村 えがわ・こうそん

昭和四年七月二十八日～（1929～）。俳人。兵庫県伊丹市に生まれる。本名良一《りょういち》。京都大学文学部卒業。昭和二十二年、後藤夜半に入門し、花鳥会に加わる。五十一年、夜半が死去し、後藤比奈夫に師事。「諷詠」同人として、六十二年に編集担当、平成十年から副主宰・発行人・編集人を兼任。俳人協会理事、国際俳句交流協会評議員、大阪俳人クラブ常任理事、兵庫県俳句協会常任理事などを務める。句集に『江川虹村集』（平成10年2月、俳人協会）、『武庫泊《むこのとまり》』（平成18年3月、角川書店）などがある。（熊谷昭宏）

江口節 えぐち・せつ

昭和二十五年（月日未詳）～（1950～）。詩人。広島市に生まれる。神戸市在住。「叢書」「地球」「輪」同人。詩集に『日本現代女流詩人叢書Ⅱ』第九集（昭和59年5月、芸風書院）、『詩集 木精の街で』（平成7年4月、手帖舎）など。『溜めていく』（平成8年6月、鳥語社）では、阪神・淡路大震災の記憶をうたう。「あとがき」には、「たまたまこちら側に遺った者が問うてきた距離の、とりあえずの記録であり、祈りでもある」と記されている。（天野知幸）

榎島沙丘 えじま・さきゅう

明治四十年六月十二日～平成三年九月三十日（1907～1991）。俳人。鹿児島市に生まれる。本名指宿俊徳。第七高等学校（現・鹿児島大学）から京都帝国大学法学部に進む。卒業後、昭和六年から神戸市役所に勤務。日野草城に師事。神戸の「ひよどり」、草城が創刊した「旗艦」などに加わり、一貫して新興俳句運動に参加した。三十七年、「街路樹」を創刊、主宰。句集に『港都』（昭和48年4月、俳句評論社）、『秋径』（昭和49年5月、俳句評論社）などがある。（熊谷昭宏）

頴田島一二郎 えたじま・いちじろう

明治三十四年四月二十三日～平成五年一月十九日（1901～1993）。歌人。東京市神田三崎町（現・東京都千代田区）に生まれる。本名内田虎之助。三歳のとき朝鮮の釜山へ移住。大正三年、京城中学校入学。十一年、小泉苳三、百瀬千尋の京城での「ポトナム」創刊に参加。第一歌集『仙魚集』（昭和6年12月、ポトナム叢書）から第五歌集『いのちの器』（平成3年4月、短歌新聞社）までの他に『頴田島一二郎全歌集』（平成6年8月、短歌新聞社）、『仙魚回游』（昭和55年10月、短歌新聞社）がある。小説も「大阪朝日新聞」の懸賞小説で一等になった「踊る幻影」（昭和5年）他がある。昭和二十一年より平成四年まで兵庫県尼崎市に住む。〈紙吹雪の五色が水にかたよれり祭はきのふ 時雨かすぎし時雨かすぎ

し〉（『祭は昨日』）の歌碑が、尼崎市役所東隣橘公園の東南部にある。（國末泰平）

榎本栄一 えのもと・えいいち

明治三十六年十月（日未詳）～平成十年十月十二日（1903～1998）。詩人。兵庫県淡路島の三原郡阿万村（現・南あわじ市）に生まれる。五歳で大阪市西区に移る。高等小学校卒業の年、小間物化粧品店を営んでいた父が死亡。結核と胃病に悩まされつつ、十九歳の頃から家業を手伝う。この頃内村鑑三に共鳴し宗教に関心を深める。また、生田春月の詩誌「詩と人生」に投稿、その後生田に師事。戦後、化粧品店を営みながら詩作し、念仏詩に独自の境地を開く。詩集に『群生海』（昭和49年7月、東本願寺難波別院）など。平成六年、仏教伝道文化賞受賞。（石橋紀俊）

江見水蔭 えみ・すいいん

明治二年八月十二日～昭和九年十一月三日（1869～1934）。小説家、紀行文家、劇作家。岡山に生まれる。本名忠功《ただかつ》。明治十四年、軍人を志して上京。共立学校（現・開成中学・高等学校）、東京英語学校（現・東京大学）を経て、十八年、称好塾に入り巌谷小波、大町桂月と知り合う。二十一年、尾崎紅葉を訪ねて硯友社に加わり、本格的に文筆活動を開始。二十五年、江水社を起こし、十一月には雑誌「小桜縅《こざくらおどし》」を創刊した。二十七年、中央新聞に入り、日清戦争時には多くの軍事小説を連載。その後退廃的な生活を続け、三十一年、紅葉や小波の仲立ちで神戸新聞社に入社し、二月十一日の創刊号発行前から文芸記事に関する問題を中心に編集に参加し、創刊後は小説も発表。月曜附録として東京在住の作家からも投稿を募る「神港文学」を発行するという試みも行った。三十二年八月下旬には、西日本を襲った台風の被害状況を報告するため被災地を訪れ、惨状を伝える記事を書いた。ところが同年、小説「鉱夫の恋」の掲載に際して組み間違いが起こり、再掲載をめぐって社と対立して、神戸新聞社を去る。三十二年十二月、大橋乙羽の斡旋で博文館に入社し、東京に戻った。三十三年には週刊新聞「太平洋」の主筆、そしてドイツに渡る小波に代わって「少年世界」の主筆も務めた。三十七年一月、二六新報社に移り、日露開戦後は軍事小説を同紙に多数発表。四十一年十一月には成功雑誌社の「探検世界」主筆となる。観念小説、深刻小説が流行していた時期に発表した、人情を軸にした小説「女房殺し」（「文芸倶楽部」明治28年10月）などが同時代では評価された。明治三十年代に入るとそのような小説に加えて冒険小説や探検記的な紀行文を多く発表するようになり、日露戦争後には探検記の作家という評価が一般的になり、次第に過去の作家とみなされていった。「実地探検」と称する探検記や冒険小説を集めたものに『実地探検奇窟怪嶽』（明治40年9月、本郷書院）などがある。また劇作家としての一面も持つ。神戸時代には関西青年文学会に所属する青年文学者らとも交流し、三十二年二月には神戸で開かれた支部の例会に出席して一色白浪や小林天眠らと顔を合わせている。神戸時代に発表した小説の一部は『恋』（明治33年4月、博文館）などに収められている。相撲や遺跡の発掘にも強い関心を持ち、趣味に関する文章も多い。晩年の回想録である『自己中心明治文壇史』（昭和2年10月、博文館）は、明治文壇を知るための貴重な資料となっている。（熊谷昭宏）

円地文子 えんち・ふみこ

明治三十八年十月二日～昭和六十一年十一月十四日（1905～1986）。小説家、劇作家。

東京市浅草区向柳原町（現・東京都台東区浅草橋）に生まれる。本名富美。東京帝国大学国語学教授上田万年の次女。明治四十五年、東京高等師範学校（現・筑波大学）付属小学校に入学。大正七年、日本女子大学付属高等女学校に入学、学風が合わず十一年、退学。以後、英語や仏語、漢文の個人教授を受けた。古今の文学作品を読み耽る少女時代を過ごし、ことに戯曲に興味を持つ。十五年、演劇雑誌「歌舞伎」の脚本懸賞に戯曲「ふるさと」を応募し当選。以後、小山内薫主宰「劇と評論」などに、戯曲を発表する。昭和五年、東京日日新聞記者円地与四松と結婚。十年、戯曲集『惜春』（4月、岩波書店）刊行。また「日暦」の同人となり、小説の執筆を始める。十三年、結核性乳腺炎を患い、手術。十四年には、小説集『風の如き言葉』（2月、竹村書房）、小説戯曲集『女の冬』（9月、春陽堂書店）など四著書を刊行。戦前の単著は、他に、書き下ろし長編小説二冊がある。二十一年、子宮癌の手術を受ける。この頃、少女小説を多数執筆、本格的な小説の執筆を望みながらも発表の機会に恵まれない時期を過ごす。二十九年、「ひもじい月日」（「中央公論」昭和28年12月）で、第六回女流文学者賞を受賞、文壇に場所を得た。これ以後は晩年に至るまで、小説、戯曲ともに、精力的な執筆を続けた。ことに古典的素養を生かした作品を多数執筆している。姫路を舞台にした「千姫春秋記」（「小説現代」昭和39年1月～40年6月）も、そうした作品の中の一つ。豊臣秀頼の死後、千姫が播州姫路の本田忠刻に嫁いだ後を語る。豊臣から徳川へ移る転換期の悲劇を生きた千姫に生々しい二面性が与えられ、一方に、死を共に出来なかった秀頼に対して真摯で深い悔悟を抱く聖女の側面を、もう一方に、忠刻に嫁ぎながら、かつて秀頼の小姓であった菅野長三郎との密通に耽る妖女の側面を描いた。三十八年四月には、「婦人公論」の講演会で、姫路を訪れている。また、五十二年六月、四幕八場の芝居として再筆され、新橋演舞場で上演された。演出今日出海、主演坂東玉三郎。パンフレットには、戯曲では小説と異なり「史実を無視して、劇としての効果に重点を置いた」とあり、千姫が毒酒をあおって自死する結末が用意された。

（飯田祐子）

遠藤周作　えんどう・しゅうさく

大正十二年三月二十七日～平成八年九月二十九日（1923～1996）。小説家。東京府豊島郡西巣鴨町（現・東京都豊島区北大塚）に父常久、母郁の次男として生まれる。大正十五年、銀行員の父の転勤に従い満洲（中国の東北地方）の大連市に移る。昭和四年四月、大連市の大広場小学校に入学。八年の夏、父母の離婚により、母に連れられて兄正介とともに帰国。神戸市六甲の伯母（母の姉）の関川家にしばらく同居した後、兵庫県西宮市のカトリック夙川教会の近くに転居し、二学期より神戸市立六甲小学校に転入学する。熱心なカトリック信者の伯母の勧めで、母とともにカトリック夙川教会に通う。十年四月、私立灘中学校に入学。この年の五月に受洗した母の命に従い、六月二十三日に兄とともに受洗、洗礼名ポール。十四年頃、西宮市仁川《にがわ》に転居。十五年三月、灘中学校を卒業、卒業時の席次は一八三人中の一四一番であった。第三高等学校（現・京都大学）を受験したが失敗したため、仁川で浪人生活を送る。遠藤は「阪神の夏」（「毎日新聞」昭和39年8月20日夕刊）のなかで「私にとって事実上の故郷というのは関西なのだが、本籍が東京であるために、いかにも東京出身の作家のように思われてはなはだ残念である」と語り、「六甲、夙川、仁川と転々として住んだが、一番ながく一番思い出ふかいのは、やはり仁川である」と書いている。十六年四月、上智大学予科甲類（ドイツ語クラス）に入学。十七年二月、上智大学予科を退学し、仁川と東京の父の家（世田谷区経堂）で受験勉強を続け、十八年四月、慶応義塾大学文学部予科に入学。しかし父の命じた医学部を受験しなかったため勘当され、カトリック学生寮白鳩寮（聖フィリッポ寮）に入り大学生活を始める。この寮の舎監はカトリック哲学者吉満義彦で、吉満の影響で日本人とキリスト教の問題を考えるようになる。十九年の二月末か三月初め頃、吉満の紹介で杉並の成宗に住む堀辰雄を訪ね、以後肺結核のため信濃追分に移った堀のもとに月一度ほど通い、その影響も受けた。この年、文科の学生の徴兵猶予制が撤廃されたため、本籍地の鳥取県東伯郡倉吉町（現・倉吉市）で徴兵検査を受けるが、肋膜炎を起こした後のため第一乙種で入隊が一年延期となる。戦局苛烈のため授業はほとんどなく、勤労動員学生として川崎の軍需工場で働く。この頃、たまたま下北沢の古本屋で買い求めた佐藤朔の『フランス文学素描』を読み、独文科進学をやめて仏文科進学を決意してフランス語を独習する。二十年四月、慶応義塾大学仏文科に進学。佐藤朔の影響で次第にモーリヤックやベルナノスなどのフランスの現代カトリック文学への関心を深めた。終戦の少し前、仁川の母の家に帰省した折、近くの川西航空機宝塚制作所をB29が襲うのを目撃する。二十二年、一神論と汎神論の問題を論じた「神々と神と」が神西清に認められ、十二月、「四季」（第五号）に掲載された。続いて「カトリック作家の問題」（「三田文学」昭和22年12月）、「堀辰雄論覚書」（「高原」昭和23年3月、7月、10月）などを発表して評論活動を開始。二十三年三月、慶応大学を卒業し、カトリック・ダイジェスト社、鎌倉文庫などの出版社に勤務しながら「フランソワ・モーリヤック」（「近代文学」昭和25年1月）を始めとする多くの評論を書く。なお、二十三年仁川に帰省中、母が音楽教師をしていた小林聖心女子学院から依頼されて戯曲「サウロ」を執筆した。二十五年六月四日、戦後最初のフランス留学生として渡仏。フランスの現代カトリック文学研究を目的とした留学であるが、批評家から小説家に転身するためのものでもあった。十月、リヨン国立大学の大学院に入学。しかし肺結核のため、二年九ヵ月後の二十八年二月、帰国。『作家の日記』（昭和55年9月、作品社）にはこの留学生活が克明に記されている。帰国後はもっぱら健康の回復に努めつつ、最初のエッセイ集『フランスの大学生』（昭和28年7月、早川書房）を刊行、二十九年には大学の先輩である安岡章太郎を通して構想の会に入り、吉行淳之介、庄野潤三、小島信夫らを知る。同年、最初の小説「アデンまで」（「三田文学」昭和29年11月）を発表、翌三十年「白い人」（「近代文学」昭和30年5月、6月）で第三十三回芥川賞を受賞。以後、「黄色い人」（「群像」昭和30年11月）、「海と毒薬」（「文学界」昭和32年6月、8月、10月）などを発表し、独自なキリスト教作家としての地歩を築く。三十五年四月、肺結核が再発したため入院。肺手術を三回もするという死に瀕する病床生活を送り、三十七年五月に退院した。しばらく療養生活を送った後、活発な創作活動を再開し、四十一年三月には、長編小説『沈黙』（新潮社）を刊行して高い評価を受け、第二回谷崎潤一郎賞を受賞した。『沈黙』には踏絵の中のイエスの顔に託して遠藤のイエス像が語られているが、これこそ日本人の感覚に向くイエス像だとの確信のもとに以後の創作活動が聖書研究とともに進められ、やがてそれは、人間の永遠の同伴者イエスの像を具体的に描く『死海のほとり』（昭和48年6月、新潮社）や『イエスの生涯』（昭和48年10月、新潮社）、『キリストの誕生』（昭和53年9月、新潮社）などの評伝として結実した。その後、みずからの半生の魂の軌跡を描いた『侍』（昭和55年4月、新潮社）で第三十三回野間文芸賞を受賞し、翌五十六年に芸術院会員に選ばれ、六十年六月、日本ペンクラブ会長となり、その翌年『スキャンダル』（昭和61年3月、新潮社）を発表して作風の転換を図る。平成五年より腎臓病を患い、闘病生活を送りながら、遠藤文学の集大成とも言うべき『深い河《ディープ・リバー》』（平成5年6月、講談社）を完成させ、毎日芸術賞を受賞。阪神・淡路大震災のあった七年の十一月には文化勲章を受章。八年四月、腎臓病治療のため入院するが、九月二十九日、肺炎による呼吸不全のため死去。十二年、『沈黙』の舞台となった長崎県西彼杵郡外海《そとめ》町（現・長崎市東出津町）に遠藤周作文学館が開館した。

＊**黄色い《きいろい》人《ひと》**　短編小説。〔初出〕「群像」昭和30年11月。〔初収〕『白い人・黄色い人』昭和30年12月、講談社。◇遠藤が少年時代を過ごした彼の故郷ともいうべき西宮市の仁川を舞台にした小説。主人公の千葉は東京の大学の医学部に籍を置く学生で、肺結核のために休学し戦時下の郷里仁川で静養している。友人佐伯の婚約者である糸子という女子学生と不倫関係にありながらも、良心の呵責も罪の恐怖も感じないと告白する。もう一人の主人公ジュランは昭和八年に仁川の教会に赴任してきた神父だが、十二年の大水害で両親と妹を失い自殺を図った二十歳年下の日本人女性キミコと憐憫の情から姦淫の罪を犯してしまう。そのため教会を追われ、犯した罪のために日夜地獄の苦しみを舐め、その苦しみから逃れるために自殺まで決意する。黄色い人の千葉と白い人のジュランとの間には罪の意識をめぐって大きな距離が存在しているが、何故にこのような距離が生じるかを追究した作品。

（笠井秋生）

【お】

及川英雄　おいかわ・ひでお

明治四十年一月（日未詳）～昭和五十年六月（日未詳）（1907～1975）。小説家。兵庫県赤穂郡上郡町に生まれる。関西学院大学神学部卒業。神戸市垂水区に居住。昭和五年、中山義秀、石川達三らの「新早稲田文学」に所属。二十八年、小林武雄らと兵庫県の芸術文化振興団体、半どんの会を起こす。著書に『主備え給う』（昭和40年10月、博愛社）、『愛は惜しみなく』（昭和44年8月、日本公論社）、『創作集・観覧車』（昭和48年2月、みるめ書房）などがある。

（黒田大河）

大内兵衛　おおうち・ひょうえ

明治二十一年八月二十九日～昭和五十五年五月一日（1888～1980）。経済学者。兵庫県三原郡西淡町（現・南あわじ市）に生まれる。淡路島は高知の幸徳秋水の影響から自由民権運動が盛んであり、大阪・神戸の郊外として文化的にも進んでいた、と大内は回想する。兵庫県立洲本中学校（現・県立洲本高等学校）から第五高等学校（現・熊本大学）、東京帝国大学法科へと進み、大正二年卒業。大蔵省書記官を経て、八年、東京帝国大学助教授。九年、森戸事件に連座。昭和十三年、教授グループ事件（第二次人民戦線事件）で検挙。主著に『財政学大綱』（昭和5年6月、岩波書店）などがある。

（黒田大河）

大岡昇平 おおおか・しょうへい

明治四十二年三月六日～昭和六十三年十二月二十五日（1909～1988）。小説家、評論家、フランス文学者。東京市牛込区新小川町（現・東京都新宿区）に貞三郎、つるの長男として生まれる。成城高等学校を経て、昭和七年、京都帝国大学文学部卒業。「作品」などに批評を掲載し始めるが、満洲事変後の家計不如意を経た父が死去した翌十三年、神戸市神戸区（現・中央区）の日仏合弁の帝国酸素株式会社に入社。帝国酸素は成城高等学校時代からの友人加藤英倫の義弟である鈴木崧が当時の神戸支社長。同年十一月、初出社。西宮市相生町（夙川）、神戸市葺合区（現・中央区）、兵庫区、灘区に住む。十二月には社内同人誌「鞦韆《ぶらんこ》—BLANCO—」を創刊、スタンダール「有名なる作曲家ハイドンに関する手紙」の訳載などを行う。十四年十月、帝国酸素に勤務していた神戸市兵庫区在住の上村春枝と結婚。十八年二月、戦況と共に帝国酸素内部で日仏の対立が深まり、フランス側を支持した鈴木崧が罷免され、大岡も六月に退社。「酸素」（「文学界」昭和27年1月～28年7月。30年7月、新潮社）は、大岡が神戸在住の昭和十五年の京阪神を舞台として、この経緯に取材した作品。昭和十三年七月の大水害の爪痕が所々に描出されているだけでなく、主人公の良吉との恋愛感情が示される既婚者頼子は、自身の、神戸に馴染まぬ生活から「天と地の間に釣り下げられたような」不安定感をもつが、その居住空間である「青谷川」辺の住居が「空にとまっているような錯覚」を覚えさせるとされており、神戸の地が心理描出を増幅させる効果を有している。十八年十一月、川崎重工業に入社。十九年六月、臨時召集、一兵卒としてフィリピンに赴き、暗号手としてミンドロ島勤務。二十年一月、米軍襲撃を受け、昏倒中を米兵に発見され俘虜となり、レイテ島で俘虜生活。二十年十二月帰還、明石郡大久保町（現・明石市）の家族の疎開先で二十三年の上京まで疎開生活を送る。戦場、俘虜生活を材に、高度な思索的戦争小説『俘虜記』（「文学界」他、昭和23年2月～26年1月。合本は昭和27年12月、創元社）、『野火』（「文体」昭和23年12月、24年7月、「展望」昭和26年1月～8月。昭和27年2月、創元社）が発表されたが、『武蔵野夫人』（「群像」昭和25年1月～9月、8月は休載。昭和25年11月、講談社）なども含めた原構想は「疎開日記」（「群像」昭和28年9月）にみるように、明石で育まれた。他にこの時代については「わが復員」（「小説公園」昭和25年8月）、「妻」（「別冊文芸春秋」昭和25年10月）、「ゴルフ旅行」（「風報」昭和32年7月）など。その他、『堺港攘夷始末』（「中央公論文芸特集」昭和59年秋季（10月）～昭和63年冬期（12月）、未完。平成元年12月、中央公論社）でも、土佐藩の「憤怒の材料」として、慶応四年、備前藩兵が神戸三宮で外国人を負傷させた神戸事件に言及している。他に『レイテ戦記』（「中央公論」昭和42年1月～44年7月。昭和47年8月、中央公論社）、『常識的文学論』（「群像」昭和36年1月～12月。昭和37年1月、講談社）、漱石・鷗外論、中原中也伝、スタンダール作品の翻訳などがある。

（花﨑育代）

大熊純三 おおくま・じゅんぞう

大正十五年（月日未詳）～（1926～）。川柳作家。大阪市生野区に生まれる。三歳の時に福岡市へ移住し、中学修猷館（現・福岡県立修猷館高等学校）、陸軍経理学校、旧制福岡高等学校（現・九州大学）を経て、九州大学工学部応用化学科に進学。卒業後、日本ペイント株式会社に入社し、大阪市に移転。昭和五十年、兵庫県西宮市に転居。満六十歳で定年退職後、平成七年より毎日新聞川柳教室に参加、川柳の作句を開始する。八年、神戸市に拠点を構えるふあうすと川柳社の同人となり、現在に至る。九年、ふあうすと川柳社の運営委員理事となり、「ふあうすと」誌の編集に従事。その後、兵庫県川柳協会常任理事、神戸川柳協会理事を歴任。十三年、ふあうすと大会にて兵庫県知事賞を受賞、十四年には、ふあうすと賞準賞を受賞している。（西村真由美）

太田育子 おおた・いくこ
明治三十九年十月三日〜平成二年七月十七日（1906〜1990）。俳人。石川県河北郡七塚町（現・かほく市）木津に生まれる。旧姓高橋民子。伯父に西田幾太郎。石川県立第一高等女学校卒業、東京女子大学高等学部卒業。昭和二年太田三郎と結婚。四十一年、「ホトトギス」同人、伝統俳句の研鑽に勤しむ。四十八年より金沢の俳誌「あらうみ」の選者。還暦時に二十二年からの作品を『ふるさと』（昭和40年9月、書林三余舎）に、その後『続ふるさと』（昭和51年10月、書林三余舎）、『育子抄』（昭和59年3月、東京美術）、『育子帖』（昭和60年10月、あらうみ会）刊行。〈姉似とてなつかしがられ旅の秋〉。（齋藤　勝）

太田宇之助 おおた・うのすけ
明治二十四年十月八日〜昭和六十一年九月二日（1891〜1986）。新聞記者。兵庫県姫路市に生まれる。大正六年七月、早稲田大学政治経済科卒業後、大阪朝日新聞入社。同年九月北京通信部、上海、北京特派員として、専ら支邦関係の言論を行う。昭和十四年論説委員。著作に『済南事変の真相』（昭和3年、東京朝日新聞）、『新支邦を説く』（昭和11年、第百書房）、『新支邦の誕生』（昭和12年、日本評論社）等のほか、『支邦の知識』（昭和12年、青年書房）にも『アジア問題講座』（昭和14年、創元社）や時局関係を論述。平成二年、太田記念館が建設され、中国留学生の便宜を図っていたが、十四年度から受け入れ範囲をアジア諸国都市出身者に拡大、東京都が管理している。（齋藤　勝）

大谷晃一 おおたに・こういち
大正十二年十一月二十五日〜（1923〜）。随筆家、評論家。大阪市に生まれる。伊丹市在住。関西学院大学法文学部卒業後、京都新聞社、朝日新聞社に勤務、社会部を経て学芸部に所属。昭和五十四年、帝塚山学院大学に迎えられる。学長などを歴任した後、現在同大学名誉教授。歴史上の人物に関する著作として、『楠木正成』（昭和58年6月、河出書房新社）、『上田秋成』（昭和62年6月、トレヴィル社）、『井原西鶴』（平成4年7月、河出書房新社）等があり、近代作家に関しては、『生き愛し書いた―織田作之助伝』（昭和48年10月、講談社）、『評伝梶井基次郎』（昭和53年3月、河出書房新社）、『評伝武田麟太郎』（昭和57年10月、河出書房新社）、『仮面の谷崎潤一郎』（昭和59年11月、創元社）等、関西に縁の深い作家を主な対象として、作品、書簡、日記、周辺資料、聞き書き等に基づいて独自な視点から精緻な評伝を著している。『関西名作の風土』（昭和43年3月、創元社）で日本エッセイスト・クラブ賞を受賞。（梅本宣之）

大谷雅彦 おおたに・まさひこ
昭和三十三年九月二十七日〜（1958〜）。

歌人。兵庫県氷上郡山南町（現・丹波市）に生まれる。立命館大学経営学部卒業。兵庫県立柏原高等学校時代、同校の短歌会に入会し作歌活動を始める。昭和五十年、「水甕」に加わり、「ヤママユ」を経て、現在は「短歌人」に所属する。五十一年、十七歳のとき「白き路」で第二十二回角川短歌賞を受賞。平成七年五月、第一歌集『白き路』（邑書林）を刊行する。〈あらくさの最中に光る泉あり春のひかりの在処と思ふ〉（『白き路』）。

（水野　洋）

太田水穂 おおた・みずほ

明治九年十二月九日～昭和三十年一月一日（1876～1955）。歌人。長野県東筑摩郡広丘村（現・塩尻市）に生まれる。本名貞一。長野師範学校（現・信州大学）卒業。短歌誌「潮音」（大正4年7月創刊）を主宰、象徴風を展開し、当時歌壇を制圧していたアララギ派の写生調と対立した。歌集『冬菜』（昭和2年4月、共立社）には「山陰旅情　城崎四首」「明石、須磨」を収める。〈湯げむりの湯の香にしみて雨のふる夕べの町に入りきたりたり〉（『城崎四首』）。

（水野　洋）

太田ユミ子 おおた・ゆみこ

昭和三十二年五月二十八日～（1957～）。作家。奈良県大和郡山市塩町に生まれる。本名坂本ユミ子。大阪成蹊女子短期大学を卒業。平成十六年、第三回 みちと近畿をテーマにしたショートストーリーコンテストにて、「命の道」で最優秀賞となる。「命の道」は、阪神・淡路大震災を乗り越えた夫妻の回想を軸とする短編小説。その回想を通じて、今後も歩むであろう二人の道のりを、妻は充たされた気持ちで再認識する。

（稲垣裕子）

大塚徹 おおつか・とおる

明治四十一年十二月（日未詳）～（1908～）。詩人。兵庫県姫路市堺町に生まれる。初号牛歩。古物商・煙草商。兵庫県立姫路中学校（現・県立姫路西高等学校）在学中の大正十二年に、水泳中の脊椎の捻挫からカリエスとなる。その後中学を中退し、詩、民謡、俳句を作りながら家業の時計商を手伝う。この頃、竹内武夫に誘われ共産主義に目覚め、街頭細胞として活動する。昭和二年、市場春風らと民謡雑誌「ばく」を創刊し、主宰した。四年、姫路手をつなぐ会を結成し、民謡雑誌「北海の蟹」を創刊する。西条八十からその作品を推奨され、八十主宰の「愛誦」の推薦投稿家となる。六年三月ごろ、川会主計を中心とする播磨芸術家協会に加入し、機関誌「風ト雑草」の編集に携わる。川会と弓削昌三らにより協会は左翼化する。神戸商科大学の学生と連絡をとり、戦旗社姫路支局を結成し、意識分子の指導や連絡にあたる。こうした活動中に検挙される。十年、小林武雄・小松原繁雄らと「ばく」を復刊。二十一年三月、詩雑誌「新濤」創刊、さらに「姫路文学」「指紋」の同人となり、「歌謡タイムス」も発刊した。民謡「姫津双六」の作詞もしている。

（森本秀樹）

大西隆志 おおにし・たかし

昭和二十九年三月十四日～（1954～）。詩人。兵庫県加古川市加古川町木村に生まれる。兵庫県立東播工業高等学校卒業、大阪文学学校出身。加古川市職員の傍ら、昭和五十二年、個人詩誌「泊《とまり》」を創刊。詩誌「ガルシア」「蒼穹」「空、地、」「ペルレス」「采」「漿」に参加。詩集に『綽名で呼ばれた場所』（昭和53年9月、紫陽社）、『近距離の色』（昭和54年9月、紫陽社）、『祭儀に寄せる引用』（昭和57年4月、風羅堂）、社）、『サヨウナラ、トキ』（昭和61年10月、紫陽社）、『オン・ザ・ブリッジ』（平成6年9月、思潮社）などがある。　（國中　治）

大西泰世　おおにし・やすよ
昭和二十四年二月二十五日～（1949～）。川柳作家。兵庫県姫路市に生まれる。兵庫県立姫路工業高等学校デザイン科を卒業。二十代半ばで川柳を始め、昭和五十八年十二月、第一句集『椿事』（砂子屋書房）を刊行。〈声だすとほどけてしまう紐がある〉〈火柱の中にわたしの駅がある〉〈すこしだけ椿の赤に近くなる〉など、鮮烈な表現で脚光を浴びる。六十三年、スナック「文庫ヤ」を開業。その後、神戸山手女子短期大学の非常勤講師となり、「スナックのママが大学の講師に」と話題を呼んだ。平成元年五月、第二句集『世紀末の小町』（砂子屋書房）刊行。〈なにほどの快楽《けらく》か大樹揺れやまず〉〈形而上の象はときどき水を飲む〉〈現身へほろりと溶ける沈丁花〉。その既成概念にとらわれない句風が俳句界からも注目され、七年五月に刊行した第三句集『こいびとになってくださいますか』（立風書房）は、翌年、第一回中新田俳句大賞を受賞した。〈身を反らすたびにあやめの咲きにけり〉〈わが死後の植物図鑑きっと雨〉〈屋根裏の曼珠沙華ならまっさかり〉。共編著に『短歌 俳句 川柳101年 1892～1992』（「新潮」臨時増刊、平成5年10月）ほかがある。関西学院大学、兵庫県立大学非常勤講師。カルチャースクールなどでも講師を務める。俳誌「豈」「未定」同人。日本ペンクラブ会員。　（関　肇）

大橋真弓　おおはし・まゆみ
明治三十八年十二月二十日～昭和十六年六月九日（1905～1941）。詩人。神戸市に生まれる。本名正巳。大正十三年、関西学院高等商業学部に入学。在学中から詩作に励み、十四年七月には文芸雑誌「玄魚」を、昭和二年には十川巌らとともに詩誌「制作」を創刊。四年、日本生命保険株式会社に入社。その後も、「関西詩集」の編纂に加わるなど詩作を続けた。友人らの手によって編まれた遺稿集『蓼鶸《たでひわ》』（昭和17年6月、大橋真弓遺稿集刊行会）がある。　（笹尾佳代）

大町桂月　おおまち・けいげつ
明治二年一月二十四日～大正十四年六月十日（1869～1925）。随筆家。土佐国（現・高知市）に生まれる。本名芳衛。明治二十九年、東京帝国大学卒業。三十三年、出雲へ妻子を迎える途次、山陽鉄道で兵庫県を通過（「迎妻紀行」）。のち雑誌「太陽」「学生」等に多くの文章を発表する。「近畿の旅」（明治45年）中に六甲山・有馬温泉紀行を含む。大正十一年～十二年、桂月全集刊行会により『桂月全集』全十二巻が刊行される。

＊**虚無僧**《こむそう》　短編小説。〔初出〕「帝国文学」明治28年6月。◇旅行中の「われ」は、須磨で一人の虚無僧と出会う。虚無僧は元某藩藩士。維新時、自分たちの主張を、交替の同僚が実行した。後日それが大殿様の意向と違ったため、同僚は処刑されてしまう。それを見て無常を感じ発心に至ったという。語り終えると虚無僧は姿を消す。のち「須磨の一夜」と改題、『花紅葉』（明治29年12月、博文館）に収録。美文の一代表作となる。　（堀部功夫）

大森一甲　おおもり・いっこう
昭和十一年七月十三日～（1936～）。川柳作家。兵庫県姫路市に生まれる。本名一宏。神戸川柳協会の設立に参画し、昭和五十六年、同協会の理事に就任、平成十二年には同協会理事長となるなど、協会の発展と川柳の振興に大きく貢献する。中道川柳を唱える時の川柳社に所属し、選句や批評を通じて川柳家の育成に努めた。平成十九年度神戸市文化活動功労賞受賞。著書に、『風に吹かれて―川柳で綴る四国遍路』（平成14年6月、木戸製本所）がある。（笹尾佳代）

大森一樹《おおもり・かずき》

昭和二十七年三月三日～（1952～）。映画監督、脚本家。大阪市に生まれる。芦屋市立宮川小学校へ四年生から転入。芦屋市立精道中学校に進学した頃から街に一軒だけあった映画館「芦屋会館」、通称アシカンへ通い詰めるようになった。また少年時代、イギリス映画「007」のロケを知り神戸港に撮影現場を見に行った経験も映画作りへの興味を高めたという。六甲高等学校時代には八ミリカメラで映画を撮り始める。京都府立医科大学医学部卒業。昭和五十八年医師免許取得。大学には映研がなかったので神戸の友人と自主映画を制作し、勉学の傍ら作成した十六ミリ映画で頭角を現す。五十二年、「オレンジロード急行」、「ロング・グッドバイ 夏子と、長いお別れ」で第三回城戸賞を受賞、翌五十三年、同映画でメジャー映画監督デビューを果たす。五十六年「風の歌を聴け」（ＡＴＧ）では村上春樹のデビュー小説を原作とし、脚本・監督を手掛ける。同作は兵庫県西宮市出身の原作者の経験を基に、東京の大学生が神戸に帰省し、馴染みのジャズバーを訪れ、友らと過ごす姿を描く。六十一年、「恋する女たち」（東宝）で文化庁優秀映画賞、第十一回日本アカデミー賞優秀脚本賞・優秀監督賞を受賞。六十二年、「トットチャンネル」（東宝）で文部大臣新人賞受賞。六十三年文部省芸術選奨新人賞受賞。平成八年、「わが心の銀河鉄道―宮沢賢治物語」（東映）にて第二十回日本アカデミー賞優秀監督賞受賞。主な著書として『MAKING OF オレンジロード急行』（昭和53年4月、ぴあ出版）、『虹を渡れない少年たちよ』（昭和56年10月、ＰＨＰ）、『星よりひそかに 大森一樹の作った本』（昭和61年4月、東宝出版事業室）、一本の自作映画のクランクインからクランクアップまでを日記風に記録した『映画物語』（平成元年6月、筑摩書房）、『The script and making of Emergency call 緊急呼出し』（平成7年10月、ノヴァ・エンタープライズ）、阪神・淡路大震災を一家で被災した経験を語る『震災ファミリー』（平成10年3月、平凡社）、新聞紙上の身の上相談『あなたの人生案内』（平成13年1月、平凡社）、『Ｔ・Ｒ・Ｙ』（平成17年7月、ポニーキャニオン）などがある。兵庫県芦屋市在住。大阪電気通信大学総合情報学部メディア情報文化学科教授を経て大阪芸術大学芸術学部映像学科教授。名古屋学芸大学メディア映像学科非常勤講師。（菅　紀子）

大屋達治《おおや・たつはる》

昭和二十七年（月日未詳）～（1952～）。俳人。兵庫県芦屋市に生まれる。東京大学法学部卒業。十一歳より作句。山口青邨・高柳重信に師事。昭和五十六年、「豈」同人。平成二年、「天為」創刊に参画、現在、編集委員無鑑査同人。句集に『自解100句選大屋達治集』（昭和62年7月、牧羊社）、『龍宮』（平成6年3月、富士見書房）などがあり、『寛海』（平成11年7月、角川書店）で第二十三回俳人協会新人賞受賞。ほかに『俳句なんでもQ&A』（平成14年2月、日本放送出版会）がある。（杣谷英紀）

大山郁夫《おおやま・いくお》

明治十三年九月二十日～昭和三十年十一月三十日（1880～1955）。評論家、政治学者。

兵庫県赤穂郡狭野村（現・相生市）に生まれる。十七歳の時、大山姓から養家の福本姓となる。早稲田大学政治経済学部卒業。大正四年、早稲田大学教授となる。六年、朝日新聞社記者となるが、翌年、白虹事件で退社。八年、長谷川如是閑らと雑誌「我等」を創刊、評論活動を行う。十年、再び早稲田大学教授となるも、昭和二年、大山事件で辞職。四年、新労農党を結成し書記長に就任、翌年の普通第二回総選挙で、東京五区から当選。戦争中はアメリカで過ごす。二十二年帰国し、二十五年、京都選挙区より参議院議員に当選し、在職中の三十年に死去した。昭和二十六年十二月、第二回スターリン国際平和賞を受賞するなど、左翼的な評論家、政治家として活躍した。（西尾宣明）

大山竹二《おおやま・たけじ》

明治四十一年二月十四日～昭和三十七年十一月五日（1908～1962）。川柳作家。神戸市荒田町（現・兵庫区荒田町）に生まれる。本名竹治。別号に一狂、双竹亭。三菱銀行（現・三菱東京UFJ銀行）に勤める傍ら、大正十二年頃から作句をはじめる。昭和三年に番傘川柳社神戸支部幹事となった。その後、岸本水府の了解を得て、八年にふあうすと川柳社同人となる。独特のリリシズムを醸す大山の句は〈竹二調〉と呼ばれた。「神港新聞」やラジオ神戸、「神戸新聞」、「ふあうすと」誌などで選者を務める。没後『川柳 大山竹二句集』（昭和39年1月、竹二句集刊行会）がまとめられた。（島村健司）

大和田建樹《おおわだ・たけき》

安政四年四月二十九日～明治四十三年十月一日（1857～1910）。国文学者、歌人、唱歌作者。伊予国宇和島（現・愛媛県宇和島市）に生まれる。明治十二年上京。十七年、東京大学古典科の講師となるが、二十四年、官を辞す。全国を旅し、作歌や紀行文等の著作、国文学の啓蒙書の編集などに従事した。詞華集『雪月花』（明治30年9月、博文館）、国文学入門書『歌まなび』（明治34年4月、博文館）ほか数多くの著作があるが、『鉄道唱歌』全五集（明治33年5月～11月）がもっとも有名。その第一集は東海道編で、東京新橋から神戸に及び、第二集は山陽・九州編で、神戸から長崎に至る。〈神戸は五港の一つにて／あつまる汽船のかずかずは／海の西より東より／瀬戸内がよいも交じりたり〉（第一集）。なお、「鉄道唱歌」の経緯については、中島幸三郎『汽笛一声新橋を―決定版・鉄道唱歌物語―』（昭和43年8月、佑啓社）が詳しい。（清水康次）

丘あつし《おか・あつし》

昭和十七年八月六日～平成十四年三月三十日（1942～2002）。漫画家。神戸市に生まれる。本名高岡胖。兵庫県立長田高等学校卒業。神戸市役所勤務を経て、昭和四十七年に漫画家となる。同年から約二年間「神戸新聞」に連載された「街道をたどる」で挿絵を担当。以後、田辺真人編『長田の民話』（昭和58年3月、神戸市長田区）をはじめ、主に兵庫県下で刊行される出版物に多数の漫画、イラストを発表した。またエッセイ等にも筆をふるい、雑誌「歴史と神戸」（37巻1号、平成10年2月）に「震災後の今―長田の街角から」を、姫路市文化振興財団発行の雑誌「Ban Cul」（36号、平成12年）にも「播磨は釣りのパラダイス」をイラストと共に執筆している。その他神戸市選挙管理委員会主催の「明るい選挙をすすめるマンガコンクール」の審査員を務めるなど常に兵庫と密着した活動を行った。

他に橋本武著『イラスト古典全訳 伊勢物語』（平成7年1月、日栄社）の挿絵も担当。（木田隆文）

岡田指月 おかだ・しげつ

明治二十三年二月二十二日〜昭和五十年十一月二十七日（1890〜1975）。俳人。東京に生まれる。本名幾。叔父南一介を養父とし、俳句を習い、俳号指月を襲名した。内外紡績綿業に勤める岡田源太郎と結婚。夫の赴任地上海に明治四十四年から昭和三年まで在住し、帰国して兵庫県宝塚に居住する。九条武子没後、大乗社で活躍した。そのころの著書に『灰に書く』（昭和10年12月、大乗社）などがある。のち芦田秋窓と俳画院を設立し、二十七年八月に「白扇」を発刊。二十九年には宝塚市初代市長代理となり、その後、兵庫県文化賞を受賞した。句集に『無為』（昭和56年2月、白扇社）、回忌集として『秋窓・指月両師遺墨集』（平成10年9月、白扇社）、さらに平成十二年九月にはその続刊がまとめられている。〈紫雲山の鐘霞むなり歓喜光〉。（島村健司）

岡田淳 おかだ・じゅん

昭和二十二年一月十六日〜（1947〜）。児童文学作家。兵庫県西宮市に生まれる。神戸大学教育学部美術科卒業。平成十九年まで西宮市の小学校の図工専任教師として勤めながら執筆を続ける。時代を映じた子どもの問題を、子どもの視点で考えさせるテーマを据えた、ファンタジー分野の児童文学を発表。挿絵も自ら担当する作品が多い。昭和五十六年、自身の教員生活を題材にした『放課後の時間割』（昭和55年7月、偕成社）で第十四回日本児童文学者協会新人賞を受賞したのをはじめとし、五十九年『雨やどりはすべり台の下で』（昭和58年10月、偕成社）で第三十一回サンケイ児童出版文化賞、六十年『二分間の冒険』（昭和60年4月、偕成社）で第二回うつのみやこども賞、六十二年『学校うさぎをつかまえろ』（昭和61年12月、偕成社）で第二十七回日本児童文学者協会賞、六十三年『扉のむこうの物語』（昭和62年7月、理論社）で第十八回赤い鳥文学賞、平成五年『びりっかすの神様』（昭和63年11月、偕成社）、『星モグラサンジの伝説』（平成2年12月、理論社）で第十五回路傍の石幼少年文学賞、十三年『こそあどの森の物語⑥ はじまりの樹の神話』（平成13年4月、理論社）で第十八回うつのみやこども賞を受賞している。『こそあどの森の物語』シリーズの①〜③（平成6年12月〜平成7年7月、理論社）は、七年第三十三回野間児童文芸賞を受賞後、一九八八年度国際アンデルセン賞のオナーリストにも選定された。デビュー作となる『ムンジャクンジュは毛虫じゃない』（昭和54年8月、偕成社）で、会話に関西弁を使って以来、作品に郷土色がでることはなかったが、『竜退治の騎士になる方法』（平成15年10月、偕成社）においてはじめて明確に舞台を関西（兵庫県）とし郷土色をだすことで作品の流れを作りだした。作品が脚色上演されることも多く、兵庫県立ピッコロ劇団は、阪神・淡路大震災被災地激励活動として『学校ウサギをつかまえろ』（平成7年10月初演）を、またファミリー劇場として『二分間の冒険』（平成7年8月初演）、『選ばなかった冒険』（平成9年4月、偕成社、平成12年8月初演）、『放課後の時間割』（「長ぐつをはいたネズミ、あるいは放課後の時間割」改題、平成16年8月初演）を原作としてとりあげた。（箕野聡子）

岡田徳次郎 おかだ・とくじろう

明治三十九年（月日未詳）〜昭和五十五年

（月日未詳）（1906～1980）。詩人、小説家。兵庫県明石市魚町に生まれる。高等小学校を卒業後、独学で研鑽を積み、日本国有鉄道（現・JR）大阪管理局に勤務。昭和八年三月結婚。この頃から麻生路郎主催の川柳会に参加。また、同郷の稲垣足穂の知遇を得る。二十年、義兄の俳人古賀晨生を頼り、大分県日田市に疎開。十二月より日田市役所勤務。同人誌「九州文学」「作家」「詩文化」「評論新聞」などに詩や小説を発表。代表作に詩「山中煩悶」（昭和22年3月）、三十年第三十三回芥川賞候補作の「銀杏物語」（「作家」昭和30年5月）などがある。

（杉田智美）

岡田美知代 おかだ・みちよ

明治十八年四月十日～昭和四十三年一月十九日（1885～1968）。小説家。広島県甲奴《こうぬ》郡上下町（現・府中市）に、岡田胖十郎とミナの長女として生まれる。第一高等学校（現・東京大学）の夏目漱石後任教授となった実麿は兄。明治三十七年二月に神戸女学院を中退し上京。田山花袋に師事。私小説の祖とされる花袋「蒲団」（「新小説」明治40年9月）で、神戸女学院出身のハイカラな女弟子として描かれた横山芳子のモデル。作品に「戦死長屋」（「文章世界」明治39年3月）など。

（高橋博美）

岡田兆功 おかだ・よしのり

昭和六年二月四日～（1931～）。詩人。広島県に生まれる。広島県立尾道中学校（現・県立尾道北高等学校）卒業。雑誌「海」を神戸市で創刊。昭和三十一年三月刊行の『ドレミファ練習』（ONLY ONE詩人グループ）をはじめとして『うた・連珠』（昭和39年6月、海の会）が刊行されている。なお『ふぉーぬ抄』（昭和42年2月、海の会）は奥付に「限定130部非売」とあり、知人に頒布するための出版と思われる。岡田の詩には女性の身体や妊娠をモチーフにした作品が散見する。「現代詩手帖」（平成14年12月）のアンケート「本年度（昨年十一月から本年十月まで）に刊行された詩集のうち、印象にのこる詩集」において、新井豊美は、石牟礼道子『はにかみの国』、清岡卓行『一瞬』、入沢康夫『遐い宴楽』とともに、岡田の『光景その他の断片』を支持している。『岡田兆功詩集』（昭和47年、審美社）のほかに、『戦後詩大系1』（昭和45年、三一書房）にも収録されている。

（杉田智美）

岡田利兵衛 おかだ・りへえ

明治二十五年八月二十七日～昭和五十七年六月五日（1892～1982）。俳文学者。兵庫県伊丹の酒造業岡田家の長男として生まれ、大正八年二十二代目当主として利兵衛を襲名。幼名真三《しんぞう》。号柿衞《かきもり》。京都帝国大学文学部国文科卒業。梅花女子専門学校（現・梅花女子大学）、聖心女子大学などで教鞭を執る。伊丹町長、伊丹市長を歴任、最初の伊丹名誉市民となる。地元俳人鬼貫《おにつら》の顕彰とともに伊丹風俳諧研究、並びに芭蕉の筆蹟研究の礎を築いた。岡田家伝来の俳諧史料に自身の収集史料を加え、それらを伊丹市に寄贈、財団法人柿衞文庫が設立された。また洋鳥の研究家としても知られる。『鬼貫全集』（昭和43年3月、角川書店）、『俳画の美 蕪村・月渓』（昭和48年4月、豊書房）、『芭蕉の筆蹟』（昭和43年6月、春秋社、文部大臣奨励賞受賞）他多数。

（渡辺順子）

岡部伊都子 おかべ・いつこ

大正十二年三月六日～平成二十年四月二十九日（1923～2008）。随筆家。大阪市西区立売堀に生まれる。昭和十年四月、相愛高等女学校（現・相愛女子大学）入学、十一

年、結核に感染する。十三年、姉が神戸の男性と結婚、兄博も神戸の三菱造船の設計部に勤務することとなり、兄と兵庫県尼崎市立花の借家に転地療養する。十五年、三月から七月まで大阪府高石市の高師浜療養所に入院、相愛高等女学校を退学する。十七年一月、兄戦死。十八年一月、大阪八連隊にいた木村邦夫と婚約する。二十年三月十四日、大阪大空襲で自宅全焼。五月、木村邦夫、沖縄本島において自決による戦死。二十一年、十三歳年上の藤本種雄と「愛からではない結婚に身をゆだね」、翌年岡部家が破産し、二十八年に離婚。この年から原稿依頼が来るようになる。同年の暮れ、神戸住吉の姉の家に移っていた母と合流。『おむすびの味』（昭和31年5月、創元社）刊行。三十三年九月、神戸市東灘区本山に家が完成、三十九年八月に京都右京区の鳴滝に転居するまで六年間住む。この時期に執筆された『「いとはん、さいなら」』（昭和32年3月、創元社）、『ずいひつ白』（昭和34年9月、新潮社）などに当時の神戸の面影がうかびあがる。以後、日本の伝統、美術、歴史などへの美を繊細な筆致で追求する一方、炭鉱労働者、ハンセン病患者、沖縄といった差別や反戦、環境破壊の問題に力強い筆で問題提起しつづけた。著書は一三〇冊を数える。『沖縄からの出発　わが心を見つめて』（平成4年10月、講談社現代新書）、『岡部伊都子集』全五巻（平成8年4月〜8月、岩波書店）など。

＊加害の女から《かがいのおんなから》―兄と婚約者へ《あにとこんやくしゃへ》　随筆。〔初出〕『生きる　こだま』（平成4年8月）岩波書店。◇神戸の三菱造船所に勤務していた兄博の戦死に際しても、「天皇陛下のおん為に」の空気にすり込まれて、「よろこんで死ぬ」気持ちを当然としていたことへの悔恨の情。そして、「天皇陛下のためなんかに、死ぬのはいやだ。国のためとか、君のためなら、よろこんで死ぬけれども」という婚約者の言葉に対して、「わたしなら、よろこんで死ぬけれども」と突き放して答えてしまったことへの悔やみきれぬつらさ。自らを悲劇のヒロインにするのではなく、「加害の女」として責めるところからの戦後の日本人女性としての思索が紡がれている。（杣谷英紀）

岡部桂一郎　おかべ・けいいちろう

大正四年（月日未詳）〜（1915〜）。歌人。神戸市に生まれる。熊本薬科専門学校（現・熊本大学薬学部）在学中の二十二歳で短歌を始め、間もなく結核で療養生活を経験。戦争で弟を亡くす。戦前は短歌結社誌「一路」に拠ったが、戦後の昭和二十三年、「結社の通弊を排す」と訴えて、放浪の歌人と呼ばれた山崎方代らと同人誌「工人」を創刊。結社を横断した泥の会にも参加した。第四歌集『一点鐘』（平成14年11月、青磁社）で第三十六回迢空賞を受賞。歌集『竹叢《たかむら》』（『岡部桂一郎全歌集』平成19年10月、青磁社所収）にて第五十九年読売文学賞詩歌俳句賞を受賞。（上總朋子）

岡見裕輔　おかみ・ゆうすけ

昭和四年四月三十日〜（1929〜）。詩人。神戸市垂水区に生まれる。兵庫県西宮市在住。神戸市外国語大学中退。島尾敏雄に師事する。エールフランスなどに勤務。神戸学院女子短期大学非常勤講師も務める。詩集に『サラリーマン』（昭和47年9月、日東館出版）、『続・サラリーマン』（昭和54年11月、日東館出版）、『サラリーマン・定年前後』（平成2年3月、編集工房ノア）など。平成二年度半どんの会文化賞、第十四回（平成4年）兵庫詩人賞を受賞。タクラマカン文学同人会、輪の会（平成18年7月で解散）、現代詩神戸研究会に所属して

お

いる。（西尾宣明）

岡本帰一 おかもと・きいち

明治二十一年六月十三日～昭和五年二月二十九日（1888～1930）。画家。淡路島に生まれる。明治二十二年、父甚の北海道毎日新聞社への転勤により、一家で北海道に転居する。三十九年に第一東京市立中学校（現・都立九段高等学校）を卒業後、黒田清輝主宰の白馬会葵橋洋画研究所に入学。後に白樺派の柳敬助、武者小路実篤らに知遇を得る。大正三年、結婚し四谷舟町（現・新宿区）に転居、楠山正雄、島村抱月、秋田雨雀らと知り合い、翌年『模範家庭文庫』の装幀、挿絵に関わる。八年、「金の船」（大正8年11月～昭和4年7月、のちの「金の星」）の表紙と全ての挿画を担当した。十一年、「子供之友」の絵本主任、十二年、関東大震災後の「少女倶楽部」など、ロマンティックな画風で大正期児童向け童話雑誌の中心的存在となる。昭和二年、アルスの「日本児童文庫」にも参加した。村山知義らにも高く評価され、晩年まで児童向け雑誌に関わる。死後『コドモノクニ岡本帰一傑作集』（昭和6年5月、東京社）が刊行される。（杉田智美）

岡本倶伎羅 おかもと・くきら

明治十年二月三日～明治四十年二月十日（1877～1907）。歌人、医師。兵庫県飾東町谷内八重畑（現・姫路市）に生まれる。本名常増。二十六歳の時、伊藤左千夫主宰の「馬酔木《あしび》」に投稿をはじめ、長塚節に師事した（倶伎羅はホトトギスの異名）。神戸市葺合区（現・中央区）雲井通に開業したが、病を得て、播磨沖の家島で療養。左千夫は病の岡本について記し、節も見舞った。〈万堂嶺ゆふりさけ見れば飾磨津や家島の浦を白帆ゆくなり〉等、郷里を詠んだ歌は多い。（高橋和幸）

岡本春人 おかもと・しゅんじん

明治四十三年四月一日～平成四年十月十一日（1910～1992）。俳人。大阪市に生まれる。本名隆。兵庫県西宮市二見町に居住。昭和三年、父の松浜につき俳句をはじめる。十年、阿波野青畝に師事。二十三年、「通信かつらぎ」（のち「連句かつらぎ」を経て、平成2年「俳諧接心」と改称）を主宰。二十八年「かつらぎ」同人。連句懇話会特別賞を受賞。著書に『連句の魅力』（昭和54年10月、角川書店）、句集に『四月馬鹿』（昭和55年10月、白夜書房）などがある。（浦西和彦）

岡本唐貴 おかもと・とうき

明治三十六年十二月三日～昭和六十一年三月二十八日（1903～1986）。洋画家。岡山県麻口郡連島町（現・倉敷市）に生まれる。本名登喜男。大正九年、画家を志し、神戸を経て上京。神戸で浅野孟府と知り合い一緒に東京に出る。十一年、東京美術学校（現・東京芸術大学）入学。同年の作品に神戸を描いた「神戸灘風景」がある。十二年、第四回中央美術展、第十回二科展入選。関東大震災で神戸に移住、三宮のカフェ・ガスを拠点に前衛美術運動を始動。十三年に前衛美術集団アクションに参加、第二回展に出品した「失題」はキリコの画集と神戸のエキゾチズムに触発された作。のち三科造形美術協会創立会員となり、十四年グループ造型を結成。昭和四年日本プロレタリア美術家同盟の結成に参加。戦後は日本美術会などに参加。四十三年創作画人協会を結成するが退会、旧作の復元に精力を傾けた。著書に『プロレタリア美術とは何か』（昭和5年5月、アトリエ社）などがある。（永井敦子）

尾川正二 おがわ・まさつぐ

大正六年四月二十八日～平成二十一年三月五日（1917～2009）。作家、文学者。朝鮮に生まれる。京城帝国大学国文科卒業。広島大学大学院国文研究科修了。関西学院大学・桃山学院大学・梅花女子短期大学教授を歴任。昭和四十五年、戦争という極限の状況下の人間の姿を描いた『極限のなかの人間―極楽鳥の島』（昭和44年5月、国際日本研究所）で第一回大宅壮一ノンフィクション賞を受賞。論文に「日本的感性覚書き」（「梅花短大国語国文」一巻、昭和63年7月）、著書に『野哭《やこく》―ニューギニア戦記』（昭和47年10月、創元社）、『文章表現入門』（昭和49年1月、創元社）等がある。

（中野登志美）

小川正己 おがわ・まさみ

大正六年四月十八日～（1917～）。詩人、ドイツ文学者。兵庫県立第三神戸中学校（現・県立長田高等学校）、第三高等学校（現・京都大学）に学び、昭和十六年三月、東京帝国大学文学部を卒業。二十五年～五十八年、神戸市外国語大学で教員を務める。学生時代から、同人誌「海風」「VIKING」に散文や詩を発表。T・S・エリオット、井口浩、田木繁などに影響を受ける。詩集に『世界と私』（昭和49年5月、蜘蛛出版社）、『一つの軌跡』（昭和57年2月、自費出版）がある。

（高橋博美）

小川洋子 おがわ・ようこ

昭和三十七年三月三十日～（1962～）。小説家。岡山市に生まれる。旧姓本郷。倉敷市の川崎医科大学の秘書室に勤めるが、結婚を機に退職し、小説の執筆に取り組む。昭和六十三年、「揚羽蝶が壊れる時」（「海燕」昭和63年11月）で第七回海燕新人文学賞を受賞。平成元年から「完璧な病室」（「海燕」平成元年3月）、「ダイヴィング・プール」（「海燕」平成元年12月）、「冷めない紅茶」（「海燕」平成2年5月）で三回連続芥川賞候補となり、三年「妊娠カレンダー」（「文学界」平成2年9月）で第一〇四回芥川賞を受賞した。同年、岡山県文化奨励賞も受賞。十四年に、夫の転勤のため兵庫県芦屋市に転居。以来、長編小説制作が活発化し、次々に受賞している。十六年には、「博士の愛した数式」（「新潮」平成15年7月）で、第五十五回読売文学賞と第一回本屋大賞とを受賞。登場人物が阪神タイガースを応援する場面が描かれたこの作品が発表された十五年には、阪神タイガースがリーグ優勝を果たし、話題に拍車をかけた。同十六年、「ブラフマンの埋葬」（「群像」平成12年1月～2月）で第三十二回泉鏡花文学賞を受賞。十八年には、「ミーナの行進」（「読売新聞」平成17年2月12日～12月24日）で第四十二回谷崎潤一郎賞を受賞した。十九年から芥川賞選考委員に加わり、二十年から三島由紀夫賞選考委員を、また二十一年から太宰治賞選考委員を務めている。

＊ミーナの行進《みーなのこうしん》 長編小説。〔初出〕「読売新聞」平成17年2月12日～12月24日。〔初収〕『ミーナの行進』平成18年4月、中央公論新社。◇小川が初めて実在の街を舞台にした小説である。昭和47年、父を亡くした中学一年生の朋子は、母が生活の見込みをたてるまで、兵庫県芦屋市に住む伯母夫婦に預けられることになる。ミーナと呼ばれるひとつ年下の従妹は、病弱であるがゆえに家の外に出ることは少ない。彼女の代わりに街に出ていく朋子の視点で、作品には当時の芦屋の風景が丹念に描かれた。ミーナの家は、神戸に現存するスパニッシュ様式の古い洋館をモデルに、また、庭の動物園は、芦屋市の広報誌に載った製薬会

社社長の私設動物園の実話を参考に描かれたという（小川洋子「文化薫る阪神」「朝日新聞 別刷り特集」平成18年7月13日）。フランスのクレープ菓子をいち早く取り入れた洋菓子店や洋食を自宅まで出張して作ってくれるホテルなど、常に多様な文化を内に取り込もうとしてきた阪神文化の特徴も、時代とともに描かれている。（箕野聡子）

荻野アンナ おぎの・あんな

昭和三十一年十一月七日～（1956～）。小説家、フランス文学者。横浜市に生まれる。本名荻野杏奈。旧姓名は、アンナ・ガイヤール。母は洋画家の江見絹子。父はフランス系アメリカ人。十歳の時日本へ帰化し、荻野姓となる。フェリス女学院高等学校から慶応義塾大学文学部仏文科に入学。卒業後パリ第四大学に留学、ラブレーと坂口安吾を研究。昭和六十三年五月、「文学界」に「片翼のペガサス―安吾をめぐる戯作的私評論の試み」を発表した。小説では、平成三年、「背負い水」（「文学界」平成3年6月）で第一〇五回芥川賞を受賞。十三年、故郷を離れた男が神戸で母と出会うまでを描く自伝的長編『ホラ吹きアンリの冒険』（平成13年1月、文芸春秋）で読売文学賞受賞。翌十四年、慶応大学教授就任。「蟹と彼と私」（「すばる」平成17年4月～18年11月）は、恋人を看取った実体験を軸に、芥川やヴィヨンとなって紡ぐ幻視、関西弁を交えた癌細胞（＝蟹）たちの饒舌な会話が混交する、ユーモラスで痛切な生と死の物語である。（三品理絵）

沖野岩三郎 おきの・いわさぶろう

明治九年一月五日～昭和三十一年一月三十一日（1876～1956）。牧師、作家。和歌山県日高郡寒川村（現・日高川町）に生まれる。明治二十六年、和歌山師範学校（現・和歌山大学教育学部）に入学。二十九年、同校を卒業し和歌山県内の小学校で教員を勤める。三十一年に結婚。翌三十二年、長男が生まれたが急性脳膜炎のため死亡。このことが契機となり宗教に接近する。当初は天理教に入信したが、三十五年に日本基督教会和歌山教会にて受洗。三十七年に明治学院大学神学部に入学し、四十年に卒業、新宮教会に赴任した。ここで大石誠之助と出会う。四十三年、大逆事件に関連して捜査を受けるも逮捕は免れる。このときの体験を元に小説「宿命」を執筆、これが「大阪朝日新聞」の懸賞小説の二等として入選し、大正七年に同紙に連載された。九年、牧師を辞任し作家活動に専念するが、昭和三十年に日本基督教団に復帰し、その翌年に死去した。「宿命」以外にも児童文学作品や評論を残している。兵庫との関連では、賀川豊彦の小説『死線を越えて』（大正9年10月、改造社）の登場人物「音無信次」は、沖野がモデルだといわれている。（川畑和成）

荻原井泉水 おぎわら・せいせんすい

明治十七年六月十六日～昭和五十一年五月二十日（1884～1976）。俳人。東京に生まれる。本名藤吉。幼名幾太郎。旧号愛桜。東京帝国大学言語学科卒業。昭和三十年から昭和女子大学教授。俳句は中学時代、老鼠堂永機『俳諧自在』によって作り始め、尾崎紅葉選「読売俳句欄」に投稿。第一高等学校（現・東京大学）時代は正岡子規の日本派に傾倒。柴浅茅、松下紫人らと一高俳句会を起こす。河東碧梧桐を中心とした新傾向俳句運動に参加。明治四十四年には新傾向派の機関紙「層雲」を創刊するが、季題無用論を唱えたため碧梧桐は去り、井泉水主宰となる。印象詩としての俳句を唱え、自由律俳句を実践し、句に光と力の必要性をのべた。門下に尾崎放哉、種田山頭火やプロレタリア俳人栗林一石路がいる。層雲俳句選集に『生命の木』（大正6年12月、層雲社）などがあり、句集に『源泉』（昭和35年6月、井泉水喜寿祝賀会）などがある。俳論、俳画集を含め著書多数。兵庫県三田《さんだ》市南が丘、三田学園高校校舎前に句碑がある。（荻原桂子）

奥田雀草　おくだ・じゃくそう

明治三十二年七月二十九日～昭和六十三年十二月十三日（1899～1988）。俳人。兵庫県津名郡遠田村（現・淡路市）に生まれる。本名奥田哲良。現代語俳句、俳画において独自の世界を作り、「高原」などを主催するほか、須磨俳句学校などを設立。京都府知事だった蜷川虎三の俳句の師でもあり、二人の発案による原爆忌全国俳句大会では、長く委員長を務めた。句集には、昭和七年六月に出版した『自像』（青螺社）をはじめ、『望郷』（昭和10年4月、青螺社）、『濤に佇つ』（昭和12年4月、青螺社）等がある。（信時哲郎）

奥田みつ子　おくだ・みつこ

昭和七年（月日未詳）～（1937～）。川柳作家。広島県生まれ、兵庫県在住。昭和五十六年に朝日カルチャーセンター川柳教室にて川柳を始め、西宮北口川柳会入会。五十八年から川柳塔社同人。平成七年から全日本川柳協会常任幹事。同年より朝日カルチャーセンター通信添削等の講師も務める。川柳句集に『白い梅』（平成11年1月、川柳塔社）、『遠き人へ』（平成18年3月、美研インターナショナル）、『ピンチにはうつむかないで空を見る』（平成19年1月、美研インターナショナル）がある。（信時哲郎）

小口みち子　おぐち・みちこ

明治十六年二月八日～昭和三十七年七月二十七日（1883～1962）。歌人、婦人運動家。兵庫県加東郡社町（現・加東市）に生まれる。旧姓寺本。美留藻《みるも》と号して短歌や俳句を発表。教員、店員を経て美顔術研究家となる。平民社、売文社に関係し、「へちまの花」などに寄稿する。作品に小説「丸い目の女の生活」（「へちまの花」大正3年11月）などがある。また、明治三十七年頃より初期の婦人選挙権獲得運動に活躍し、戦後婦選運動の年長者の一人として讃えられた。〈あるにあらず無きにもあらぬ思出や、言はで別れし木犀の宿〉などの歌がある。（田口道昭）

巨椋修　おぐら・おさむ

昭和三十六年一月二十六日～（1961～）。漫画家、小説家、映画監督。神戸市に生まれる。おぐらおさむ名義で、ギャグ漫画「おいらは北の海」（「デラックスマーガレット」昭和57年3月）でデビュー。以後、劇画、四コマ漫画、イラストなどの創作活動を続ける。平成八年十二月、小説『実戦！ケンカ空手家烈伝』（福昌堂）を発表。十五年には、編著書である『不登校の真実』（平成13年9月、きんのくわがた社）を題材にした映画「不登校の真実」を監督する。（松枝　誠）

尾崎放哉　おざき・ほうさい

明治十八年一月二十日～大正十五年四月七日（1885～1926）。俳人。鳥取県邑美郡（現・鳥取市）に尾崎信三の次男として生まれる。本名秀雄。明治三十五年、第一高等学校（現・東京大学）文科に入学、一年上級の荻原井泉水らと一高俳句会を創設した。東京帝国大学法学部入学後、芳哉（後に放哉）の俳号で「国民新聞」「ホトトギス」などに投句。大学卒業後、東洋生命保険会社に入り、重役コースを辿って朝鮮火災海上保険会社の支配人にまで昇進したが、病気と酒のため辞職、心機一転して無一物の真実に生きるべく大正十二年、京都の一燈園に入り、須磨寺の大師堂の堂守をはじめ、各地の寺を転々とした後、香川県小豆島の蓮華院西光寺の南郷庵《みなんごあん》に入り、貧しい生活の中から独自の自由律俳句を詠み続け、十五年、同地で没す。晩年の著名な句として〈咳をしても一人〉〈入れものが無い両手で受ける〉〈足のうら洗へば白くなる〉などがある。須磨寺での作として、〈一日物云はず蝶の影さす〉〈こんなよい月を一人で見て寝る〉などがあり、一見無技巧ななかに孤独な自己の姿と、折に触れて揺れ動く心境を見事に詠み得ている。（梅本宣之）

尾崎昌躬 おざき・まさみ

昭和十八年九月三十日～（1943～）。作家、フリーライター。神戸市に生まれる。本名福本昌躬。尾崎耕之助の筆名もある。龍谷大学文学部卒業。昭和六十二年、第六十四回文学界新人賞受賞作品『東明の浜』が、第九十七回芥川賞にノミネートされる。五十年より東京新宿でスナック経営。（杣谷英紀）

大佛次郎 おさらぎ・じろう

明治三十年十月九日～昭和四十八年四月三十日（1897～1973）。小説家。横浜市英町（現・中区）に生まれる。本名野尻清彦。大正十年六月、東京帝国大学法学部卒業。在学中は浪人会事件で吉野作造教授を応援するなど大正デモクラシーの洗礼を受けた。鎌倉高等女学校（現・鎌倉女学院高等学校）の教師、外務省条約局嘱託を経て、十二年九月一日の関東大震災の鎌倉での被災体験を契機に娯楽小説執筆に転ずる。十三年、大佛次郎の筆名で「隼の源次」（「ポケット」3月）、「魁傑鞍馬天狗　第一話鬼面の老女」（「ポケット」5月）を発表、翌年には「鞍馬天狗」が映画化された。このシリーズは、昭和四十年まで四十年以上の間に四十七作品が発表され、現在も日本人のヒーローの原型としてテレビドラマ化されるなど大衆に広く支持されている。大佛は、日本における大衆文学の確立者であるといえる。昭和三十五年三月、日本芸術院会員、三十九年十一月、文化勲章を受章。代表作に『幕末秘史　鞍馬天狗』（大正14年1月、博文館）、『帰郷』（昭和24年5月、苦楽社）、作者の死により中絶した『天皇の世紀』一～十（昭和44年2月～49年7月、朝日新聞社）他がある。

＊赤穂浪士《あこうろうし》　長編小説。〔初出〕「東京日日新聞」昭和2年5月14日～3年11月9日。〔初収〕上・昭和3年10月、中・3年11月、下・4年8月、改造社。◇江戸城松の廊下での吉良義央への刃傷事件により赤穂藩主浅野長矩が切腹に処され、播州浅野家は断絶する。大石内蔵助を中心とする赤穂の浪士・四十七士《しじゅうしちし》が、元禄十五年十二月十四日、吉良邸に討ち入り主君の遺恨をはらす物語である。この小説では、四十七士は義士ではなく浪士であることが強調され、大石は幕藩体制に対する批判者として描かれている。昭和二年頃の失業者の多い金融恐慌の時代背景が作品に投影されているのである。また、大石と上杉家の家老千坂兵部との争いや、架空の剣士堀田隼人や怪盗蜘蛛の陣十郎を登場させるなど人物造形も巧みである。「忠臣蔵」を題材とする代表的な小説である。（西尾宣明）

織田喜久子 おだ・きくこ

大正四年五月五日～平成十二年十二月三十日（1915～2000）。詩人。京都府に生まれる。京都府立第一高等女学校（現・府立鴨沂高等学校）、東京女子高等師範学校（現・

お茶の水女子大学）を卒業後、昭和十一年に兵庫県芦屋に移り住む。十二年、大阪の金蘭会高等女学校（現・金蘭会中学校・高等学校）の教諭となる。二十一年に阪急電鉄の事業部に勤める。浜名与志春らの「大阪詩人」に入り、岩佐東一郎編集の「文芸汎論」に作品が掲載されたりした。詩集『遺跡』（昭和50年1月、文童社）などがある。

（田中　葵）

織田正吉《おだ・しょうきち》

昭和六年（月日未詳）～（1931～）。小説家。神戸市に生まれる。神戸大学法学部卒業。関西を中心としたラジオ・テレビ番組の作、構成を多く手がける。日本笑い学会名誉会員、関西演芸作家協会顧問。作品に、『笑いとユーモア』（昭和54年1月、筑摩書房）、『絢爛たる暗号―百人一首の謎を解く―』（昭和53年3月、集英社）、『古今和歌集』（平成12年9月、講談社選書メチエ）などがある。

（田中　葵）

小田慎次《おだ・しんじ》

大正十三年十月四日～平成十四年五月二十九日（1924～2002）。俳人。神戸市林田区（現・長田区）菅原通に生まれる。学徒動員中の昭和十九年、俳句を始める。国立療養所春霞園で療養中の二十五年、日野草城主宰（のち伊丹三樹彦が主宰継承）「青玄」に参加。三十一年、「青玄」同人。三十三年より三木市民病院に臨床検査技師として勤務。のち三木市金物資料館の館長。句集に『戸守』（昭和47年10月、青玄俳句会）、『盆地』（昭和56年12月、青玄三光会出版部）がある。

（田村修一）

小田実《おだ・まこと》

昭和七年六月二日～平成十九年七月三十日（1932～2007）。小説家、評論家、市民運動家。大阪市福島区に生まれる。東京大学文学部卒業。小学校時代に空襲、疎開を経験し、後の活動の原点となる。高校時代から小説家を目指し、『明後日の手記』（昭和26年5月、河出書房）を刊行、昭和二十七年に東京大学教養学部に入学。在学中に『わが人生の時』（昭和31年7月、河出書房新社）を刊行するが、行き詰まりを覚える中で、三十二年、東京大学大学院に入学。翌年、「フルブライト基金」によりハーバード大学大学院に留学。この留学中の経験がベストセラーとなった旅行記『何でも見てやろう』（昭和36年2月、河出書房新社）に結実、世界と対峙する姿勢を示す。三十七年には自身の「アメリカ」と「日本」を描く『アメリカ』（昭和37年11月、河出書房新社）などの小説や、『日本を考える』（昭和38年2月、河出書房新社）、『戦後を拓く思想』（昭和40年5月、講談社）などの評論集で精力的に社会問題に言及し、世界を意識した作家としての立場を鮮明にする。また、四十年には「ベトナムに平和を！市民連合（べ平連）を産み出す契機となる「難死の思想」（「展望」1月）を発表、市民運動での積極的な活動を始め、逃走米兵の支援を目的とする団体ＪＡＴＥＣ（反戦脱走米兵援助日本技術委員会）でも活動する。べ平連は、四十九年のパリ会談によりベトナム戦争が終結し、「アジア人会議」のため世界を旅していた小田の不在中に解散している。この運動中に、書き下ろし長編『現代史』上・下（昭和43年11月、12月、河出書房新社）を発表するなど、創作意欲は旺盛であった。四十四年には、「冷え物」（「文芸」7月）が部落問題研究会から「差別小説」と出版中止を要求されるが、「ある手紙」（「人間として」昭和47年9月）により総括し、後に出版している。同年、べ平連から「週刊アンポ」を、翌四十五年には真継伸彦、高橋和巳らと季刊同人誌「人間として」を発刊。そして、『世直しの倫理と論理』上・下（昭和47年1月〜2月、岩波書店）において、市民の政治行動のあり方を示し、韓国の詩人金芝河の救援活動から韓国民主化支援、金大中救出などの運動に発展拡大する。五十四年春から野間宏、井上光晴らと季刊同人誌「使者」を刊行（昭和57年冬号で終刊）。五十六年六月には『HIROSHIMA』（講談社）を発表し、この作品で六十三年にロータス賞を受賞する。六十年には「民岩太閤記」（「月刊社会党」昭和60年4月〜平成元年12月）の連載を始めるとともに、西ドイツ政府の文化交流基金を受け、西ベルリンに一年間滞在。日独文学者シンポジウムを開催し、日独平和フォーラムをつくり、ベルリンの壁崩壊以前を描いた「ベルリン物語」（「すばる」昭和62年8月）などを発表する。平成元年にはベトナムを訪問し、「ベトナムから遠く離れて」（「群像」昭和55年8月〜平成元年9月）を完結させる。四年からメルボルン大学研究員としてメルボルンに滞在後、六年までニューヨーク州立大学で客員教授として教える。ドイツからの帰国後は兵庫県西宮に居住し、サンテレビの報道番組のキャスターになるなど地元に密着した活動を行い、『西宮から日本を見る 世界を見る』（平成5年1月、話の特集）を発行。七年一月十七日の阪神・淡路大震災により被災した経験に基づき『被災の思想 難死の思想』（平成8年4月、朝日新聞社）をまとめ、被災者への公的援助を求め活動し、被災者生活再建支援法を成立させる契機を生む。また「『アボジ』を踏む」（「群像」平成8年10月）により、九年に川端康成文学賞を受賞。十六年には大江健三郎らと九条の会を立ち上げ、日本の護憲派知識人・文化人らを集めて日本国憲法第九条を守る活動も行った。十九年七月三十日に胃癌により逝去。死後も維持されている公式ＨＰ（http://www.odamakoto.com/jp/index-.html）の最終更新日は、同年六月十日である。『小田実全仕事』全十一巻（昭和45年6月〜53年3月、河出書房新社）、『小田実全小説』（平成4年9月〜未完結、第三書館）、『小田実評論撰』全四巻（平成12年10月〜14年7月、筑摩書房）がある。

（東口昌央）

小田原ドラゴン　おだわら・どらごん

昭和四十五年九月二十三日〜（1970〜）。漫画家。兵庫県明石市に生まれる。平成九年五月、「ヤングマガジン増刊号赤ＢＵＴＡ」（講談社）に「僕はスノーボードに行きたいのか?」を発表してデビュー。ペンネームはブルースリーにあやかったとされる。二十七歳までフリーターをしていたが、漫画家を目指そうと思い立ち、三〇〇日で雑誌デビューを果たしたという逸話は有名。十三年に『コギャル寿司1』（平成12年9月、講談社）で、第四十七回文芸春秋漫画賞を受賞。もてない童貞の男性が主人公となる作品が多く、『おやすみなさい。』（平成11年1月〜14年12月、集英社）ではアイドル・オタクの若者が、『チェリーナイツ』（平成18年2月〜19年4月、講談社）には童貞喪失を目指す二人の男が登場する。他に『小田原ドラゴンくえすと!』（平成17年5月〜11月、小学館）、『ホスト一番星』（平成18年7月〜19年4月、集英社）、『桜田ファミリア』（平成20年4月、集英社）などがある。

（西村将洋）

尾上柴舟　おのえ・さいしゅう

明治九年八月二十日〜昭和三十二年一月十日（1876〜1957）。歌人、書家。岡山県苫田郡津山町（現・津山市）に生まれる。本

名八郎。津山藩士北郷《きたごう》直衛の三男。同藩の尾上勁の養子となる。津山小学校高等科を卒業後、父の転勤で兵庫県龍野（現・たつの市）に移住する。東京府尋常中学校（現・都立日比谷高等学校）、第一高等学校（現・東京大学）を経て、東京帝国大学文科大学国文科卒業。哲学館（現・東洋大学）、早稲田大学などで講師。明治四十一年から女子学習院（現・学習院女子大学）教授。『平安朝草仮名の研究』（大正15年9月、雄山閣）で、学位を得、昭和十二年には書家として帝国芸術院会員になる。二十一年に東京女子高等師範学校（現・お茶の水女子大学）名誉教授。中学校の頃は、大口鯛二につき和歌を学ぶ。一高時代に落合直文に教わり、明治二十六年二月、あさ香社に金子薫園らと参加。三十一年、久保猪之吉らといかづち会（明治31年12月～33年4月）を創立して「明星」の浪漫主義に対抗する（これを母胎として、大正3年4月「水甕」創刊）。四十三年、「短歌滅亡私論」（「創作」10月）を発表して、歌壇をはじめ日本の文壇の反響をうる。昭和二十四年に歌会始選者。歌集『銀鈴』（明治37年11月、新潮社）、『永日』（明治42年8月、弘道館）、『日記の端より』（大正2年1月、辰文館）、『朝ぐもり』（大正14年5月、紅玉堂書店）などの他に、訳詩『ハイネノ詩』（明治37年11月、新声社）、歌文集『行きつゝ歌ひつゝ』（昭和5年8月、雄山閣）があり、その他、書画を描いたものも多く見られる。兵庫県加東市下滝野の「いしぶみの丘」には次の歌碑が建っている。〈ゆうもやはあをく木立をつつみたり思へば今日は安かりしかな〉。

（安森敏隆）

小野十三郎 おの・とおざぶろう

明治三十六年七月二十七日～平成八年十月八日（1903～1996）。詩人、詩論家。大阪市南区難波新地（現・中央区）の母方の家で生まれる。本名藤三郎。大阪市会議員の父藤七と芸妓の母松野ヒサの、三男二女の次男。義母ユウの奈良郡山の親戚で暮らすが、後大阪へ戻る。大正十年大阪府立天王寺中学校（現・府立天王寺高等学校）を卒業。第三高等学校（現・京都大学）受験に失敗し上京。東洋大学文化学科に入学。八ヵ月で退学。十一年二月、崎山猶逸らと「黒猫」創刊（大正13年4月、6号で終刊）。アナキズムに接近し、翌十二年、岡本潤、壺井繁治、萩原恭次郎らの「赤と黒」の創刊を知り共鳴。十三年六月、終刊となる「赤と黒」号外に参加し作品を掲載。十一月、高橋新吉、恭次郎らと「赤と黒」を継承する「ダムダム」を創刊するが一号で終刊。その頃、C・サンドバーグの『シカゴ詩集』を知る。第一詩集『半分開いた窓』（大正15年11月、太平洋詩人協会）を刊行し、独自のアナキズムを提示。昭和五年二月、秋山清とアナキズム詩誌「弾道」を創刊（昭和6年5月、7号で終刊）。七月、熊谷寿枝子と同棲。第二次「弾道」創刊（昭和8年4月、5号で終刊）。八年四月、妻・娘二人と帰阪。翌年、アナキズムをより鮮明にした第二詩集『古き世界の上に』（昭和9年4月、解放文化連盟出版部）刊行。この頃から工場地帯、葦の原を彷徨。十年十一月、アナキスト検挙で阿倍野署に留置されるが翌月解放。工業化し物質化する戦時下の現実を、第三詩集『大阪』（昭和14年4月、赤塚書房）として提示。十八年七月の徴用令で配属された造船所で敗戦。二十一年四月、「コスモス」創刊、責任編集。二十二年六月、池田克己との交友で「日本未来派」に参加、編集同人。八月刊行の『詩論』（真善美社）は、注目され論議を呼んだ（昭和23年11月、大阪府民文化賞受賞）。二十三年八月、「詩文化」を創刊し竹中郁、安西冬衛らが参加。二十五年三月、現代詩人会創立会員。二十七年四月、帝塚山学院短期大学講師。『火呑む欅』（昭和27年11月、三一書房）に収録された、〈その野は／いつまでもいつまでも／窓の外につづいた／海のようだった。〉に始まる「播州平野」は、詩人の特異な空間把握で、夜の車窓を占める〈大きな暗い空間〉であり、〈美麗なる暗黒〉と捉えられている。二十八年十一月に、新版『大阪』（昭和28年6月、創元社）で大阪府民文化賞受賞。三十一年四月、『重油富士』（東京創元社）刊行。三十八年二月、大阪文学協会を発足し、八月、機関紙「新文学」創刊。翌年六月、自伝『奇妙な本棚—詩についての自伝的考察』（第一書店）刊行。四十五年四月、京都文学学校開講。翌年十一月、文学学校の活動で大阪市民文化賞受賞。四十九年五月の『拒絶の木』（思潮社）で第二十六回読売文学賞受賞（昭和50年2月）。五十年七月、『自伝　空想旅行　日は過ぎ去らず』（朝日選書41）に収録した「葦原の痕跡」の中で、十三郎詩の根源といっていい場として、「新淀川の彼岸、姫島、杭瀬、大物、尼崎の海岸よりにかけては、まさに『葦の地方』そのものといってよい大葦原が荒漠としてひろがっていた」と述懐している。五十二年八月、日本現代詩人会会長。『小野十三郎全詩集』（限定版・昭和53年11月、普及版・昭和54年9月、立風書房）刊行。『小野十三郎著作集』全三巻（平成2年9月～3年2月、筑摩書房）刊行。平成八年十月八日、老衰のため阿倍野区の自宅で死去。十一年、社団法人大阪文学協会が小野十三郎賞を設置。

（池川敬司）

小野松二　おの・まつじ

明治三十四年五月二日～昭和四十五年四月九日（1901～1970）。編集者。大阪に生まれる。京都帝国大学文学部英文学科卒業。学生の頃、同人誌「玄耀」、ついで「1928」「1929」で活動した。作品社に入社し、深田久弥、堀辰雄、井伏鱒二、神西清、小林秀雄、今日出海、永井龍男らが名前を揃えた文芸雑誌「作品」の編集に当たった。「作品」に掲載された小説には、堀辰雄「ルウベンスの偽絵」（昭和5年5月）、井伏鱒二「逃亡記」（昭和5年6月～6年10月、昭和13年刊の『さざなみ軍記』の一部）、梶井基次郎「交尾」（昭和6年1月）、石川淳「普賢」（昭和11年6月～9月）などがある。「作品」編集長としての小野については、井伏鱒二が「風貌・姿勢」（「作品」昭和5年11月）、「「作品」の会合」（「都新聞」昭和6年1月6日）で触れている。また、J・ジョイス『若き日の芸術家の肖像』（昭和7年10月、創元社）の翻訳、小説集『十年』（昭和15年9月、作品社）がある。

（尾添陽平）

遠地輝武　おんち・てるたけ

明治三十四年四月二十一日～昭和四十二年六月十四日（1901～1967）。詩人、文学評論家、美術評論家。兵庫県飾磨《しかま》郡八幡村（現・姫路市広畑区）才《さい》に生まれる。本名木村重夫《しげお》。初期はダダ（ダダイスム）詩を書くも、その後プロレタリア文学で活躍。詩集に『遠地輝武詩集』（昭和61年10月、新日本詩人社）など。評伝に市川宏三編著『夢前川《ゆめさきがわ》の河童』（平成6年6月、神戸新聞総合出版センター）がある。

（谷口慎次）

【か】

海音寺潮五郎　かいおんじ・ちょうごろう

明治三十四年十一月五日（戸籍上は三月十三日）～昭和五十二年十二月一日（1901～

1977）。小説家。鹿児島県伊佐郡大口村（現・大口市）に生まれる。本名末富東作。大正十五年、国学院大学卒業。京都府立第二中学校（現・府立鳥羽高等学校）などの教師となる（昭和9年3月に退職）。昭和四年「サンデー毎日」の小説募集に海音寺潮五郎の筆名で「うたかた草紙」を投稿し当選する。千利休と娘お吟との人生を描いた『天正女合戦』（昭和11年8月、春秋社）と『武道伝来記』（昭和16年5月、教育社）で、第三回直木賞を受賞し、歴史小説家としての地位を確立した。代表的作品に、『平将門』上・中・下（昭和30年8月、10月、32年1月、講談社）、上杉謙信の生涯をテーマとする『天と地と』上・下（昭和37年5月、7月、朝日新聞社）などがある。いずれも、NHKの大河ドラマの原作となったことでも知られる。四十八年には、文化功労者に推挙された。「武将列伝」（「オール読物」昭和34年1月〜35年12月）の中に兵庫に関する記述が見られる。「平清盛」では福原、「源義経」では一ノ谷、「楠木正成」では湊川、「豊臣秀吉」では播州攻略について記されている。また「黒田如水」は、播州姫路を中心に兵庫を主たる舞台として描いた作品である。如水を中心に小寺政職や、後に黒田家の家老となる栗山善助などの来歴が播州の歴史や戦国期の播磨、摂津の様相とともに記されている。そして秀吉との関係や、荒木村重の信長への謀反に際しての伊丹城での如水幽閉の場面などが描かれる。海音寺は、その類まれな才能に比して「如水を不運の人である」と定義し、その才能ゆえに秀吉や家康に警戒されたことを強調している。そして「ぼくは史記の列伝の人物では陸賈が一番好きだ」とし、如水についてその識見や進退の見事さを高く評価し、陸賈になぞらえてその人物像を描出している。

（西尾宣明）

各務豊和 かがみ・とよかず

昭和四年（月日未詳）〜（1929〜）。詩人。神戸市に生まれる。昭和三十二年、伊勢田史郎、灰谷健次郎らの詩誌「輪」に参加。児童詩集に、ともに伊勢田史郎との共編で『たてぶえ家族』（昭和55年4月、日東館出版）と『おもかじいっぱあい』（昭和57年9月、現代創造社）がある。近年は神戸周辺の自然保護運動の代表としても活動している。

（橋本正志）

香川進 かがわ・すすむ

明治四十三年七月十五日〜平成十年十月十三日（1910〜1998）。歌人。香川県仲多度郡多度津町に生まれる。昭和三年、神戸高等商業学校（現・神戸大学）に入学、塩屋（現・神戸市垂水区）に下宿した。後年、この時代を回顧して〈神戸市が刀のごとく光るみえかしこに育ちし日もはるかなり〉と詠んでいる。四年、前田夕暮の白日社に入る。六年に入学した神戸商業大学（現・神戸大学経済学部）で「詩歌」同好会をつくり、白日社神戸支社を設立した。学生時代には、塩屋のほかに南京町に下宿したこともある。九年大学卒業後、三菱商事に入社（神戸支店肥料部）。翌十年応召。十五年召集解除、三菱商事東京本社に帰属する。十六年六月、第一歌集『太陽のある風景』（白日社）を刊行。〈研究室の机に彼がのこした文字、そのまま空席となり、冬が来た〉など、学生生活をうたった作品にはじまり、兵隊としての体験が口語自由律でうたわれた。同年、再び応召。十八年、白日社の短歌が定型に復帰したのを受け、定型短歌の指導を受ける。終戦後、三菱商事東京本社に復帰。二十二年から「詩歌」の編集にかかわるとともに、新歌人集団にも参加した。

二十三年、財閥解体令により、新会社を創立。二十七年一月、歌集『氷原』（長谷川書房）を刊行。代表歌〈花もてる夏樹の上をああ「時」がじいんじいんと過ぎてゆくなり〉を収録する。敗戦の体験を口語のニュアンスを活かした新しい語り口で詠んだ。二十八年「地中海」を創刊。二十九年、木下商店（のちの木下産商）に入社。東南アジアに二度の長期出張をしたり、訪ソ経済使節団の一員として、ソビエト連邦（現・ロシア連邦）をはじめ東欧諸国を歴訪するなど経済人としても活躍した。三十九年には、内外炉工業KK社長に転出し、四十五年まで勤めた。三十二年、第四歌集『湾』（昭和32年2月、赤堤社）により日本歌人クラブ賞受賞。四十八年、第七歌集『甲虫村落』（昭和48年1月、角川書店）で第七回迢空賞受賞。五十年から宮中歌会始選者をつとめた。平成三年七月、『香川進全歌集』（短歌新聞社）を刊行、現代短歌大賞受賞。〈殺されて一人だにいぬアプオリジン言葉を残せり湖《うみ》の名として〉（『甲虫村落』）など、経済人として海外での見聞や戦後の復興のありようなど、大きな視点と幅広い関心で歌をよんだ。歌集はほかに『印度の門』（昭和36年5月、桜楓社）、『山麓にて』（昭和60年9月、短歌新聞社）など。また、歌書『前田夕暮の秀歌』（昭和50年10月、短歌新聞社）、随筆『人間放浪記』（昭和57年7月、友朋社）など。神戸大学、加古郡稲美町、洲本市に歌碑がある。

（田口道昭）

賀川豊彦　かがわ・とよひこ

明治二十一年七月十日～昭和三十五年四月二十三日（1888～1960）。牧師、社会運動家、著述家。神戸区島上町（現・兵庫区島上町）に賀川純一と徳島の芸者菅生かめ（益栄《ますえ》）の次男として生まれる。四歳で賀川回漕店主の父を赤痢で、五歳で母を産褥で失い、姉栄《さかえ》とともに徳島県板野郡堀江村（現・鳴門市）の大庄屋の本家に移り、正妻みちに養育された。妾の子として酷く扱われた。徳島県徳島中学校（現・県立城南高等学校）に在学中、米国南長老教会宣教師C・A・ローガンに英語と「キリスト伝」を学ぶ。十五歳の時、長兄端一の放蕩で家業が破産したため、徳島の豪商の叔父森六兵衛の家に引き取られる。十六歳でH・W・マヤス宣教師から洗礼を受け、「一生伝道者の業《わざ》をいたします」と神に誓う。安部磯雄、木下尚江の著作に感化を受け、キリスト教社会主義に傾き、トルストイの平和主義に共鳴した。マヤスが米国の牧師や信徒と基金を作り、明治学院高等学部神学予科（現・明治学院大学）への進学をかなえた。無類の読書家で「本の虫」と渾名される。十八歳の時、資本主義は帝国主義と植民地主義の源であり、キリスト教社会主義こそが平和を創り出すとの「世界平和論」を、「徳島毎日新聞」に連載。明治四十年、教科書問題で明治学院と袂を分かった南長老教会は、S・P・フルトン、W・C・ブキャナン、マヤス博士を迎え、神戸神学校（後の中央神学校）を開校した。賀川は、転校を決め、開講まで岡崎や豊橋の教会で伝道を手伝った。賀川は、貧乏にあえぎながらも、貧しい人びとに仕える岡崎教会の長尾巻牧師の姿にイエスの愛を見た。路傍伝道で喀血し、四ヵ月入院。肺結核のため三河蒲郡で九ヵ月の療養生活を送る。この間『死線を越えて』（大正9年10月、改造社）の草稿「鳩の真似」の執筆を開始し、一部を携え、島崎藤村の許を訪ねたところ、暫し筐底に置くよう諭された。神学校に復学したが、死の恐怖と人生の無意味性に苦悶する。神が自らの位を捨てて、ナザレの労働者イエスとして、人間世界に入り、人に仕えた「贖罪愛」を実践したいと、四十二年九月、神戸の新川地区（現・中央区）に入り開拓伝道を始め、クリスマス前日には寄宿舎を出て、葺合区北本町の長屋に移り住んだ。新川には、日雇い労働者家族一万一千人が住み、浮浪者、博徒、売春婦、アルコール中毒者も多く、人身売買や貰い子殺しもあった。早朝礼拝、夜間私塾を開き、無宿者を泊めた。四十四年、日本基督教会より伝道師の准允を受け、神学校を卒業したが、なお新川に留まり、伝道と救貧・隣保活動に励んだ。大正二年、信者の芝はると結婚し、翌三年には、留守を武内勝に託し、米国プリンストン大学、同神学校に留学した。「実験心理学」でM・Aの単位、神学学士の学位を受け、六年に帰国した。留学中、ニューヨークで洋裁職工組合のデモ行進を見、貧困問題の解決策に労働組合があることを知る。大正四年、『貧民心理の研究』（警醒社）刊行。横山源之助の『日本之下層社会』（明治32年4月、教文社）に並ぶ書で、人種や遺伝を「科学」視する誤謬や偏見が見られるが、「貧苦と精神の衝突」を究明している。はるは留学期間中に横浜の共立女子神学校（現・横浜共立学園高等学校）を卒業し、夫妻は再び新川に入った。八年、日本基督教会より牧師按手を受けた。賀川は松沢教会の晩年十年間を除き、「イエスの友会」や「神の国運動」、戦後の「新日本建設キリスト運動」など、超教派の伝道者として生きた。社会的活動は多岐に亘る。ユニテリアンの鈴木文治率いる友愛会（後の日本労働総同盟）に接触し、大正七年には友愛会関西労働同盟会理事長に就任。神戸三菱造船所、川崎造船所の歴史的大争議を非暴力の無抵抗主義で指揮したが、敗北。急進派が台頭し、以後、農民組合運動に軸足を移し、杉山元治郎らと日本農民組合を結成。農村福音学校や農村センターを設立。九年、大阪に購買組合共益社、神戸に神戸購買組合（現・コープこうべ）を組織、協同組合運動を展開。医療生協・学生生協にも先鞭。文筆活動の分野では、大正八年、詩集『涙の二等分』（福永書店）を刊行。与謝野晶子は序文で、芸術を解する稀な社会改革者と絶賛。『永遠の乳房』（大正14年、福永書店）ほか詩集五冊。九年、自伝小説『死線を越えて』（改造社）を刊行、未曾有のベストセラーとなる。印税十万円は全額、ストライキ基金や農民組合など社会事業に寄付。自伝小説は三部作『死線を越えて』、『太陽を射るもの』（大正10年11月、改造社）、『壁の声きく時』（大正13年12月、改造社）のほか『キリスト』（昭和13年11月、改造社）、『石の枕を立てて』（昭和14年3月、実業之日本社）がある。辻橋三郎は三部作の主題を、イエス主義者賀川の「自己確立」「貧民問題との対決」「資本主義との対決」とする。小説は他に『傾ける大地』（昭和3年8月、金尾文淵堂）、『偶像の支配するところ』（昭和4年、新潮社）、『一粒の麦』（昭和6年2月、大日本雄弁講談社）ほか二十一冊。キリスト教関連書は『基督伝論争史』（大正2年12月、福音舎書店）、『宇宙の目的』（昭和33年6月、毎日新聞社）ほか百余点。戦後「キリスト新聞」を発刊。海外伝道・講演活動として、アメリカ、カナダ、ノルウェー、フィリピン、オーストラリア、タイ、ブラジルなどを訪れている。植民地伝道は、黒田四郎らと満洲、中国、台湾に。復帰前の沖縄伝道も。世界連邦運動としてアジア会議を広島、京都で開催した。また、ボランティア活動として関東大震災では神戸で救援隊を組織し、山城丸に救援物資を積み、罹災者救援活動を行った。これを機に東京市本所（現・東京都墨田区）に移住。一時期、兵庫県武庫郡瓦木村（現・西宮市）に戻ったが、昭和四年、再び上京し、東京市外松沢村（現・東京都世田谷区）に永住。昭和三年、全国非戦同盟を組織し、十五年戦争開始当初は、中国のキリスト者への深い謝罪の意を表明するなどしていた。だが、反戦・反軍的言説で特高や憲兵に検挙を繰り返される中、大東亜共栄圏構想に賛同、愛国キリスト教を唱えた。植民地伝道で中国戦線での日本軍の残虐行為を知りながら黙認したこと、朝鮮・国内の殉教がありながら国民儀礼としての神社参拝を容認したことは、預言者として問題は残る。しかし、この過誤は、戦時下の日本キリスト教会の問題でもある。終生質素な生活を続け、肺結核・トラコーマ・結核性痔疾・腎臓病・心臓病など多くの病を負いながら、貧困・病気・差別・天災・戦禍などで苦しむ者の傍らに立ち、人間としての尊厳を回復するために働いた賀川の一生は、イエスの「愛と社会的正義を追い求めた生涯」（ロバート・シルジェン）といえる。

（大田正紀）

香川紘子　かがわ・ひろこ

昭和十年一月三日～（1935～）。詩人。兵庫県姫路市飾磨町に生まれる。本名汎《ひろ》。生後まもなく脳性麻痺となり就学を免除。十五歳より詩作を始め、十七歳で詩誌「時間」最年少同人となる。「想像」「言葉」を経て「ｇｕｉ」「嶺」同人。詩集に『方舟』（昭和33年7月、書肆オリオン）、第四回丸山薫賞受賞作『ＤＮＡのパスポート』（平成8年7月、あざみ書房）、『香川紘子詩集』（平成20年8月、土曜美術社出版販売）などがある。日本現代詩人会会員。松山市在住。

（橋本正志）

笠原静堂　かさはら・せいどう

大正二年三月三日～昭和二十二年五月三十一日（1913～1947）。俳人。香川県に生まれる。本名正雄。日野草城に師事。神戸新開地のガスビル等で勤務の傍ら、新興俳句運動の中心誌「旗艦」の同人として活動した。昭和十六年、戦時下の俳誌統合により「旗艦」はほか二誌と合併し、「琥珀」創刊。水谷砕壺と共に「琥珀」の運営を担い、多くの新興俳人を輩出した。第二次大戦後は「太陽系」同人。句集に『窓』（昭和12年7月、旗艦発行所）がある。

（田村修一）

風巻景次郎　かざまき・けいじろう

明治三十五年五月二十二日～昭和三十五年一月四日（1902～1960）。国文学者。兵庫県川辺郡に生まれる。一歳のとき、母の次弟夫婦の養子となる。大正十五年三月、東京帝国大学国文学科卒業。大阪府立女子専門学校（現・大阪府立大学）、北京輔仁大学、北海道大学などを経て、昭和三十三年、関西大学に転任。教授在職中に病没したため、三十五年十月発行の関西大学国文学会「国文学」は追悼号となっている。主として中世文学、文学史の研究に業績を残した。それは、文学研究がはらむ前近代性を否定し、現代および現代人の感覚による、「主観的」な文学史の構築を志向したものである。『新古今時代』（昭和11年7月、人文書院）、『中世の文学伝統』（昭和15年2月、日本放送出版協会）、『日本文学史の構想』（昭和17年11月、昭森社）、『日本文学史の周辺』（昭和28年7月、塙書房）などがある。没後『風巻景次郎全集』全十巻（昭和44年6月～46年10月、桜楓社）が刊行された。

（田中　葵）

梶井基次郎　かじい・もとじろう

明治三十四年二月十七日～昭和七年三月二十四日（1901～1932）。小説家。大阪市西区土佐堀通に生まれる。肋膜炎、結核を患い、終生この病に苦しむ。東京、三重、大阪、京都と住し、静岡県湯ヶ島温泉にも独

〈コラム〉神戸の港湾と労働

京都・大阪という大都市と西国とを繋ぐ中継地として古くから発達してきた神戸は、近代以降、国際貿易港としてはもちろん、沿岸部に重工業地帯を擁する工業都市としての役割も担ってきた。ところが、そのためには急峻な六甲山と大阪湾に挟まれた狭い市街地に労働力を抱え込まなければならない。市域拡大などの都市基盤の整備は急激な人口増加の勢いに追いつかなかった。たとえば、『神戸都市計画調査概要』（大正10年、神戸市役所都市計画部）にあげられた、神戸市中央部の人口密度を示す「一人当三、五坪」という数字は六大都市の中でも突出しており、さらに同調査では「死亡率ノ大ナルコト六大都市中の首位ヲ占ムルモ亦故ナキニアラズ」とさえ報告されている。性急な近代化の代償は、市に居住する労働者の生活にのしかかることになった。では、文学作品は港湾都市神戸の現実をどのように捉えたのだろうか。

明治四十二年の末、賀川豊彦は当時日本でも一、二を争う神戸最大の都市スラムに救済活動のために移り住んだ。今は姿を消したが、その地域には木賃宿をのぞいて七五〇〇人が住んでいた。港湾、工場労働者などの不熟練労働者が多かったという。賀川の自伝的小説である『死線を越えて』（大正9年10月、改造社）には、実体験に基づく厳しい生活や伝染病に対する恐怖、貧民窟（スラム）に住む子供たちの過酷な状況などがリアルに描かれている。やがて、賀川は慈善運動による貧富問題の解決に限界を感じ、労働運動に力を入れるようになる。『死線を越えて』の続続編にあたる『壁の声きく時』（大正13年12月、改造社）では、賀川も指導者として参加した、戦前最大の労働争議である川崎三菱労働争議を内側から捉えた。大正十年夏、四十五日間にわたって繰り広げられたこの争議では、かつてない三万人という大規模な大示威行動が行われ、一時は軍隊が出動し、死者三名、負傷者数十名、検束者三〇〇名を数えるという大事件となった。なお、武田芳一は戦後、この争議を詳しく調査して小説風に描き、『熱い港 大正十年・川崎三菱大争議』（昭和54年4月、太陽出版）を発表している。

賀川を改造社に紹介した大阪毎日新聞社の村嶋歸之《よりゆき》は、賀川と共に労働組合友愛会・関西同盟の発足に関わり、川崎造船所で日本初の大規模サボタージュを指導した運動家でもあった。村嶋の著述家としての仕事には、労働争議の具体的な方法をまとめた『労働争議の実際知識』（大正14年、科学思想普及会）のほか、労働者や〈貧困階級〉のルポルタージュである『生活不安』（大正8年6月、文雅堂）がある。ここで村嶋は、大阪・神戸・東京を中心に「腰弁」から「淫売婦」「乞食」に至る各労働者階級の消費生活を詳細に報告している。また、村嶋は『わが新開地』（大正11年11月、文化書院）で、神戸の労働者にとっての新開地の意義を強調している。村嶋によれば、神戸最大の歓楽街として知られた新開地を訪れる人々は、活動写真を見るだけではなく、簡単な食事を取り、安価な日用品を購入することも多かったという。新開地は神戸の労働者にとって生活の場でもあった。

昭和に入ると、戦前戦後を通して、神戸の労働を描いた文学作品は多く見られない。賀川と同じく〈貧民窟〉に住んだ詩人井上増吉『おゝ嵐に進む人間の群よ 貧民窟詩集』（昭和5年12月、警醒社）やプロレタリア作家の小坂多喜子「日華製粉神戸工場」（「プロレタリア文学」昭和7年5月）などがあるが、特に戦後の港湾荷役関係は少ない。それは、港湾荷役が前近代的な親方・子方制である〈組〉制度によって成立していたからであろう。米騒動以来、神戸の港湾荷役労働は、山口組が支配してきた。敗戦後、その状況を憂慮した連合国軍最高司令官総司令部（GHQ）は、港湾における前近代的な労働関係を解体し、労働組合を組織、港湾を民主化することに着手したが、朝鮮戦争の勃発により方向を一八〇度転換した。左翼の労働組合を抑制するために組を利用しようとしたのである。

　港湾で扱われる貨物は、季節や景気によって大きく変動するため、その調整弁として日雇労働者があてがわれていた。「アンコ」と呼ばれる日雇の港湾荷役労働者を調達するのが「手配師」である。その「手配師」と暴力団との関係が新聞を賑わすことになっていた時代に、神戸港湾の暗黒部を迫真の筆致で再現したハードボイルド小説の傑作が生まれた。第五十七回直木賞受賞作の生島治郎『追いつめる』（昭和42年4月、光文社）である。同僚を誤射したことにより、全てを失った元刑事。その眼に映った港湾では、港湾労働者に労働運動が浸透するのをふせぐために浜内組がつくった公益団体が港湾荷役全般を実質的に掌握していた。当時の警察による広域暴力団の取り締まり強化をモデルにしているとの指摘を、生島は後に否定しているが、港湾労働組織の実質を穿っているのは間違いない。

漁師を生業とする川端長一郎の警察小説『港の死角』（昭和39年10月、のじぎく文庫）は、昭和三十年以降の港湾労働の実態を生々しく伝えている作品である。日雇いの港湾労働者である前島の「わしも先々月は四、五十日分働いた。それもぶっ通しの徹夜つづきですぜ。家へ帰って（略）そのままぶっ倒れて二十四時間まるまる死んだように寝て、目がさめたら、仕事だからと鮫川の野郎が耳をひっぱってきやがる」といった言説から、「手配師」が港湾労働者をその就労だけではなく住居という内側からも管理していたことが看取できる。

　陳舜臣の「港がらす」（「小説エース」昭和44年5月）は、「重油のにおいの混じった潮風を吸わないことには生きているかんじがしない」という「港にしか住めない男」が主人公である。そんな男が負傷して港湾での仕事ができなくなり、女主人公「アパッチのお秋」の下に身を寄せる。これまでの強い男が主流だった神戸港湾の物語では異彩を放っている。時を経て港湾荷役がコンテナ中心へと移り、また時流と共に国際貿易港としての勢いを失ってからは、神戸の波止場から労働者の姿も活気も失われていく。陳舜臣の描いた港湾に生きる男の姿は、その兆しであったのかもしれない。

（杣谷英紀）

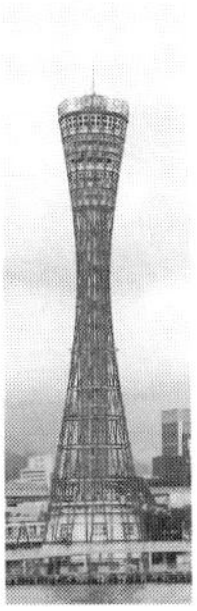

り静養する。昭和五年五月、兵庫県川辺郡伊丹町字堀越（現・伊丹市）の兄謙一宅に住む。九月、兄一家とともに兵庫県川辺郡稲野村字千僧（現・伊丹市）に移る。「檸檬」（「青空」大正14年1月）、「のんきな患者」（「中央公論」昭和7年1月）などがある。（中谷元宣）

梶子節《かじ・しせつ》

明治十四年六月（日未詳）～昭和三十四年一月三日（1881～1959）。俳人。兵庫県姫路柿山伏（現・姫路市柿山伏）に生まれる。本名慧。兄は漢詩人の八木蓑香、弟は詩人の梶御夢。銀行員で、嶺南と号して漢詩を作る。のち白鷺会に入り俳句を専らとし、号を子節と改める。明治三十七年、日露戦争に応召、三十九年二月に帰還。その前後白鷺会を主宰、「鷺城文壇」に紀行文等を投稿。句集に『鷺の足』（昭和31年9月、私家版非売品）。姫路城西の丸に、句碑〈千姫の春や昔の夢の跡〉（昭和8年建立）がある。（椿井里子）

鹿島和夫《かしま・かずお》

昭和十年十一月二十四日～（1935～）。児童文学者。大阪府泉佐野市に生まれる。神戸大学教育学部卒業後、神戸市の小学校教員として勤務。作文指導を中心とした学級づくりをし、「あのねちょう」を通した表現活動の実践で知られる。その後に太陽の子保育園園長も勤める。編著書に『一年一組せんせいあのね』全四冊（昭和56年2月～平成6年11月、理論社）がある。著書には『がんばれ剛君、笑って由子ちゃん。』（平成7年1月、ＰＨＰ研究所）や『ダックス先生物語』（平成10年12月、法蔵館）、『ぼくの保育園日誌』（平成14年3月、法蔵館）など多数。（信時哲郎）

嘉治隆一《かじ・りゅういち》

明治二十九年八月三日～昭和五十三年五月十九日（1896～1978）。評論家。兵庫県伊丹市に生まれる。兵庫県立第一神戸中学校（現・県立神戸高等学校）、第一高等学校（現・東京大学）を経て、大正九年、東京帝国大学法学部を卒業。南満洲鉄道東京支社の東亜経済調査局に勤め、ソビエト連邦の経済分析を担当。のち、東京朝日新聞社に入社、昭和二十年論説主幹、二十二年出版局長となる。その後、文部省大学設置審議会委員、東京市政調査会評議員などを歴任。中江兆民、田口卯吉らの研究にも功績を残す。（椿井里子）

上代皓三《かじろ・こうぞう》

明治三十年二月二日～昭和六十年五月二十二日（1897～1985）。歌人。兵庫県佐用郡久崎村（現・佐用町）に医師の次男として生まれる。石黒醇は初期のペンネーム。九州帝国大学医学部在籍時から「アララギ」に歌を発表し、後に中村憲吉、土屋文明に師事する。昭和四十年、日本医科大学を定年退職後、岡山山陽学園創始者で養母の上代淑の後継として学園の発展に努める。山陽学園短期大学初代学長。歌集に『石黒醇歌集』（昭和33年11月、白玉書房）、『石神井』（昭和47年9月、白玉書房）などがある。（東口昌央）

柏木博《かしわぎ・ひろし》

昭和二十一年七月六日～（1946～）。デザイン評論家。神戸市に生まれる。武蔵野美術大学造形学部を卒業。東京造形大学助教授を経て、平成八年四月より武蔵野美術大学教授。専門は近代デザイン史。モノのデザインのあり方から近代の思考様式を捉え直している。著書に『近代日本の産業デザイン思想』（昭和54年9月、晶文社）、『日

用品の文化誌』（平成11年6月、岩波書店）、『「しきり」の文化論』（平成16年5月、講談社）などがある。 （橋本正志）

柏田道夫 かしわだ・みちお

昭和二十八年十一月十八日〜（1953〜）。劇作家。東京都八王子市に生まれる。兵庫県城崎郡（現・豊岡市）日高町および鹿児島市で育つ。青山学院大学日本文学科卒業。雑誌編集者を経て、シナリオセンター講師、フリーライターとなる。平成七年に「二万三千日の幽霊」で第三十四回オール読物推理小説新人賞を受賞。また、『桃鬼城伝記』（平成7年9月、学習研究社）で第二回歴史群像大賞を受賞。その他、戯曲創作も行い、活動の場は幅広い。 （天野知幸）

梶原サナヱ かじわら・さなえ

昭和八年（月日未詳）〜（1933〜）。川柳作家。神戸市に生まれる。昭和五十九年より川柳を始め、時の川柳社に入門、六十一年に時の川柳社同人となる。平成二年より兵庫県立リハビリテーション病院にて患者に川柳の指導を始め、社会保険センターや朝日カルチャーでも後進の育成に努める。十三年、須磨浦会代表。現在、兵庫県川柳協会、神戸川柳協会理事。十二年、十四年に全日本川柳大会にて大会賞受賞。個人句集『一椀の詩』（平成16年4月、友月書房）がある。 （東口昌央）

片岡鉄兵 かたおか・てっぺい

明治二十七年二月二日〜昭和十九年十二月二十五日（1894〜1944）。小説家。岡山県に生まれる。山陽新報社、大阪時事新報社の記者を勤める。神戸支局、大阪朝日新聞社大正十三年十月、横光利一と共に「文芸時代」を創刊し新感覚派の中心的論客として活躍したが、その後左傾。ナップに加盟した昭和三年には、関西学院文学会主催の文芸講演会やナップの地方巡回文芸講演の講師として来神、それと並行して「綾里村快挙録」（「改造」昭和4年2月）等を発表する。昭和五年に第三次関西共産党事件で検挙され、大阪刑務所に下獄。獄中で転向を声明して、八年十月に出獄。以後大衆小説を多く書くようになる。時代の動きに敏感に即応した作家人生であった。十九年、旅先の和歌山県で肝硬変のため死去。「尼寺の記」（「文芸春秋」昭和19年9月）が絶筆となる。 （中野登志美）

片山かおる かたやま・かおる

昭和二十九年三月三日〜（1954〜）。作家、翻訳家。兵庫県に生まれる。上智大学外国語学部フランス語学科卒業後、アパレルメーカー、国際羊毛事務局に勤務する。平成二年からフリー。本名の実川元子《じつかわもとこ》で翻訳を多数出版。片山かおる名義では、私立学校受験模様を書いた『お受験』（平成10年3月、文芸春秋）や、『建てて、納得！』（平成13年3月、文芸春秋）のように、娘の受験や自宅建設といった自身の体験を出発点としたルポルタージュがある。 （前田貞昭）

片山桃史 かたやま・とうし

大正元年八月二十三日〜昭和十九年一月二十一日（1912〜1944）。俳人。兵庫県氷上郡春日町（現・丹波市）に生まれる。本名隆雄。兵庫県立柏原中学校（現・県立柏原高等学校）卒業後、鴻池銀行（現・三菱東京ＵＦＪ銀行）に入行。中学時代から作句活動を始める。はじめ「ホトトギス」に投句するも、のちに日野草城の「旗艦」に活躍の場を換える。昭和十二年八月応召、中国大陸から南方戦線へ転戦、東部ニューギニアにて戦死。『片山桃史集』（宇多喜代子

編、昭和59年10月、南方社）がある。（渡辺順子）

桂信子 かつら・のぶこ

大正三年十一月一日〜平成十六年十二月十六日（1914〜2004）。俳人。大阪市東区（現・中央区）に生まれる。旧姓丹羽。数少ない新興俳句出身の女性俳人。昭和八年、大阪府立大手前高等女学校（現・府立大手前高等学校）を卒業し、堂ビル花嫁学校に通う。九年、日野草城の「ミヤコ・ホテル」を読み、その新しさに驚く。翌年作句を始め、十三年、「旗艦」に初投句。十四年、桂七十七郎と結婚し、神戸市東灘区に住む。十六年、夫が急逝、実家に帰る。十九年、神戸経済大学（現・神戸大学）予科図書課に勤務。二十一年に退職し、近畿車輛に勤務。二十四年、「青玄」同人。四十五年、「草苑」を創刊、主宰。平成十一年、第十一回現代俳句協会大賞受賞。十五年、西宮市に転居。十六年、市内の病院で逝去。句集に『月光抄』（昭和24年3月、星雲社）、『女身』（昭和30年11月、琅玕洞）、『樹影』（平成3年12月、立風書房、第二十六回蛇笏賞受賞）、『草影』（平成15年6月、ふらんす堂、毎日芸術賞受賞）などがある。〈山を視る山に陽あたり夫あらず〉〈海を視る海は平らにたゞ青き〉（『月光抄』「神戸二句」）。（足立匡敏）

桂文珍 かつら・ぶんちん

昭和二十三年十二月十日〜（1948〜）。落語家。兵庫県多紀郡篠山町（現・篠山市）に生まれる。神戸市灘区在住。本名西田勤。大阪産業大学を卒業。昭和四十四年十月、三代目桂小文枝に入門。五十七年より年に一度の独演会を開催。五十八年上方お笑い大賞受賞。六十三年より関西大学文学部で非常勤講師として十五年間「伝統芸能」を教える。平成三年から十七年まで、読売テレビでキャスターを務める。七年の阪神・淡路大震災で神戸市の自宅は被災し、改装したガレージでの暮らしは五年間続いた。エッセイの出版も多く、『文珍流・落語への招待』（平成12年10月、日本放送協会）など。（杣谷英紀）

桂米朝 かつら・べいちょう

大正十四年十一月六日〜（1925〜）。落語家。満洲（中国東北部）の関東州普蘭店会福寿街（現・大連市）に生まれる。本名中川清。昭和五年、父が神職を継ぐために一家で兵庫県姫路に帰郷。十八年、上京して大東文化学院（現・大東文化大学）に入学し、寄席文化研究家で作家の正岡容に師事した。二十年、姫路十師団に入隊するも、病を得たまま敗戦を迎え、大学も中退する。二十二年、神戸の会社勤めの傍ら、四代目桂米団治に入門。三代目桂米朝を名乗る。大看板が相次いで世を去る上方落語の衰退期に、すたれていた古典を次々に整理、肉付けして復活させた。代表作は「地獄八景亡者戯《じごくばっけいもうじゃのたわむれ》」。小松左京と組んだ「題名のない番組」など、ラジオ・テレビでも活躍した。四十九年には米朝事務所を設立し、枝雀・ざこばら多くの門人を育てる。平成八年、重要無形文化財保持者（人間国宝）に認定され、二十一年には文化勲章を受章。著書多数。『桂米朝上方落語大全集』全二十三集（昭和48年3月〜53年3月、東芝ＥＭＩ）には、播州高砂を舞台とした「花筏《はないかだ》」も収録されている。（田中励儀）

加藤泰 かとう・たい

大正五年八月二十四日〜昭和六十年六月十七日（1916〜1985）。映画監督、脚本家。神戸市葺合区（現・中央区）に生まれる。本名泰通。昭和十二年、叔父山中貞雄を頼

り東宝入社。理研科学映画、満洲映画協会、大映などを移籍しながら、主に娯楽時代劇で名作を残した。兵庫を舞台とした監督作に「日本侠花伝」（昭和48年）、脚本に「まぼろし大名・完結篇」（昭和35年）などがある。（友田義行）

加藤弘之　かとう・ひろゆき

天保七年六月二十三日～大正五年二月九日（1836～1916）。啓蒙思想家。但馬国出石郡出石城下表谷山町《おもてたにやま》（単に谷山町とも。現・兵庫県豊岡市出石町下谷《しもたに》）に、出石藩兵学者の家の長男として生まれる。藩校弘道館に学んだ後、嘉永五年（1852）、江戸に出て西洋兵学・砲学・蘭学を修める。万延元年（1860）、蕃書調所教授手伝に任用されたのを機に英・独・仏の諸学、特にドイツの哲学・法学に関心を持つ。文久元年（1861）、本邦初の立憲政体論と自負する「隣草」（写本で流布）を著し、また、天賦人権論に基づいた『真政大意』（明治3年7月、谷山楼）や『国体新論』（明治7年12月、谷山楼）を公刊し、明六社発足にも加わったが、明治十二年頃に立場を翻し、十四年には前記二著を絶版とする。以後、社会的ダーウィニズムの見地から、『人権新説』（明治15年10月、私家版）、『強者の権利の競争』（明治26年11月、哲学書院）、『道徳法律之進歩』（明治27年2月、敬業社）などを発表した。明治政府に重用され、東京大学総理、帝国大学総長、貴族院議員、帝国学士院院長などを歴任。（前田貞昭）

加藤文太郎　かとう・ぶんたろう

明治三十八年三月十一日～昭和十一年一月初旬（1905～1936）。登山家。兵庫県美方郡浜坂町浜坂（現・新温泉町）に生まれる。浜坂尋常高等小学校高等科を卒業後、神戸市の三菱内燃機神戸製作所（現・三菱神戸造船所）に製図研修生として入社。設計課員として成功するかたわら、兵庫県立工業学校別科（現・県立兵庫工業高等学校）、神戸工業高等専修学校電気科を卒業。登山は大正十二年からはじめ、昭和三年頃から単独行を重ね、積雪期の八ヶ岳、槍ヶ岳、立山、穂高岳、黒部五郎岳、笠ヶ岳、槍ヶ岳の単独登頂に成功している。十一年槍ヶ岳北鎌尾根で遭難死。新田次郎「孤高の人」（「山と渓谷」昭和36年6月～43年5月）のモデルとしてもよく知られる。加藤が執筆した山行記録を編集した遺稿集『単独行』は十一年、故加藤文太郎遺稿刊行会から出版されている。兵庫県の山々に寄せる加藤の思いも同書にはつづられ、故郷の山々を加藤は「兵庫アルプス」と呼び、愛情を込めて語っている。なお、新温泉町には、文太郎を顕彰するため建てられた町立加藤文太郎記念図書館があり、遺品や資料を展示している。（野村幸一郎）

加藤三七子　かとう・みなこ

大正十四年四月二十七日～平成十七年四月五日（1925～2005）。俳人。兵庫県龍野市（現・たつの市）に生まれる。兵庫県立龍野高等女学校（現・県立龍野高等学校）を卒業。阿波野青畝に師事する。昭和五十二年、俳誌「黄鐘《おうじき》」を創刊主宰、弟子の育成に力を注ぐ。句集『朧銀集』（平成9年10月、花神社）で平成十一年度俳人協会賞受賞。青畝の作風にならった写生とかるみを受け継ぐ『加藤三七子句集 無言詣』（平成18年3月、角川学芸出版）の上梓途中で急逝、遺作集となる。句集『花神俳句館 加藤三七子』（平成9年4月、花神社）、随筆『愛日記』（平成18年3月、角川書店）などがある。（中田睦美）

金沢星子 かなざわ・ほしこ

昭和二年二月十日～（1927～）。詩人。兵庫県に生まれる。頌栄保育専攻学校（現・頌栄短期大学）卒業。昭和三十五年頃から詩作を始める。「中部日本詩人」「地球」「野獣」「浜松詩人」「亀卜」「遠州灘」「孔雀船」等に詩を発表。「龍」同人。詩集に『ありか』（昭和39年3月、宇宙時代社）、『夜の国』（昭和43年、現代詩工房）、『花を踏む死者』（昭和50年9月、地球社）、『五月の動物園』（昭和60年1月、国文社）、『離郷』（平成13年10月、国文社）などがある。（岩見幸恵）

金子兜太 かねこ・とうた

大正八年九月二十三日～（1919～）。俳人。埼玉県比企郡小川町に生まれる。東京帝国大学経済学部卒業。医師であった父元春は「秩父音頭」の継承者であり、俳人（俳号伊昔紅《いせきこう》）でもあった。水原秋桜子の新興俳句に共感していた父の影響を受け、昭和十二年、茨城県立水戸高等学校（現・茨城大学）在学中に句作開始。十六年、加藤楸邨に師事。十八年、日本銀行入行。翌年、海軍主計大尉としてトラック島に出征し、同地にて終戦。捕虜生活を経て、二十一年に復員、翌年日本銀行に復職。二十二年、塩谷皆子と結婚。二十四年、日銀の労働組合事務局長となり日銀近代化の先頭に立ったため、出世コースを外され地方転勤を余儀なくされた。福島を経て、二十八年に神戸に転勤、岡本の家族寮に入る。ここで四年余を過ごす間に俳句専念を決意。「社会性俳句」の旗手として俳句の改革を志す。三十年十月、二十一歳から三十六歳までの作品を収めた第一句集『少年』を風発行所より刊行。神戸時代の作品〈原爆許すまじ蟹かつかつと瓦礫あゆむ〉などを収録（翌年、第五回現代俳句協会賞受賞）。三十一年に伊丹三樹彦や赤尾兜子ら関西俳人有志による新俳句懇話会に参加。さらに翌三十二年、橋閒石、永田耕衣、兜子ら神戸の俳人と、現代俳句の会を結成、前衛俳句運動を関西から発信する。また、「朝日新聞」阪神版の俳壇選者となる。その後、長崎転勤を経て東京に戻る。三十六年、「造型俳句六章」（「俳句」1月より6回連載）を発表。この俳論で兜太は「造型」という詩法を提唱し、近代俳句的な主客の二項対立を排除し、「創る自分」という高次の主体を仮定することで、暗喩としての俳句作品の創造を目指した。同年七月、第二句集『金子兜太句集』（風発行所）を刊行。三十七年、林田紀音夫、堀葦男らと「海程」を創刊。四十九年、日銀を定年退職し、上武大学教授に就任。五十八年、現代俳句協会会長。六十一年、「朝日新聞」俳壇選者。六十三年、紫綬褒章受章。平成八年、第十二句集『両神』（立風書房）で日本詩歌文学館賞受賞。翌年、ＮＨＫ放送文化賞受賞。十四年、第十三句集『東国抄』（花神社）で第三十六回蛇笏賞受賞。十六年、芸術院賞受賞。

＊**金子兜太句集**《かねことうたくしゅう》 句集。〔初版〕昭和36年7月、風発行所。◇神戸時代の代表句〈朝はじまる海に突込む鷗の死〉〈銀行員等朝より蛍光す烏賊のごとく〉を収めた第二句集。神戸特有のモダニズム感覚が活きた、暗喩的俳句の可能性を示している。社会性俳句の代表作である〈彎曲し火傷し爆心地のマラソン〉も収録。（鈴木暁世）

金子光晴 かねこ・みつはる

明治二十八年十二月二十五日～昭和五十年六月三十日（1895～1975）。詩人。愛知県海東《かいとう》郡越治村（現・津島市下切町）に、父大鹿和吉、母りゃうの三男として生まれる。本名安和。弟に秀三（詩人、小説家の大鹿卓）、妹に捨子（社会党代議士の河野密夫人）がいる。明治三十年、父が事業に失敗し、名古屋に転居。口減らしのため、建築業清水組名古屋出張店主任をしていた金子荘太郎の養子となる。三十九年、養父の東京転任に伴って銀座の祖父の家に移る。虚弱な体質だったが、十四歳の時、夏休みに徒歩で房州を横断旅行。老子思想や江戸文学に惹かれる。また、古本屋を漁り、数千冊の小説類を蒐集し、小説家になろうと決意する。大正三年、早稲田大学高等予科文科に入学するも、翌年二月退学。同年四月に東京美術学校（現・東京芸術大学）日本画科に入学するが、八月退学。同年九月に慶応義塾大学文学部予科に入学したが、肺尖カタルで休学、そのまま翌五年六月に退学。八年一月、処女詩集『赤土の家』（麗文社）を刊行後、二月十一日、神戸港より佐渡丸にて渡欧。ロンドン、ベルギー、パリで学び、十年一月末、神戸着。滞欧中の作品を『こがね虫』（大正12年7月、新潮社）にまとめて発表した。十三年、小説家志望の森三千代と結婚し、翌年には長男乾《けん》が誕生する。困窮した生活を送りながら、昭和三年、三千代と土方定一との恋愛問題打破のため、三千代と約五年間にわたってアジア・ヨーロッパを放浪し、七年五月、光晴は単身神戸に帰る。また戦時下には、乾を意図的に気管支喘息に近い状態にして召集を免れさせたり、文学者に向かって戦争非協力を呼びかけるなどアナーキー的立場から反戦の意志をうち出した。五十年六月三十日、自宅にて気管支喘息による急性心不全により死去。未完詩編「六道」が絶筆となる。主な詩集に『鮫』（昭和12年8月、人民社）、『落下傘』（昭和23年4月、日本未来派発行所）、『鬼の児の唄』（昭和24年12月、十字屋書店）、評論集に『日本人の悲劇』（昭和42年2月、富士書院）などがある。

（叶　真紀）

兼高かおる　かねたか・かおる

昭和三年二月二十八日〜（1928〜）。旅行家、評論家。神戸市に生まれる。本名ローズ。香蘭女学校卒業。昭和二十九年、単身渡米しロサンゼルス市立大学へ留学。三十二年、休暇を利用して帰国、そのまま病気療養のため学業を中断。健康を回復後、フリーランサーとして活動し、三十三年、スカンジナビア航空が主催したプロペラ機による世界一周早周り記録更新に挑戦。東京―マニラ―バンコク―カラチ―ローマ―チューリッヒ―デュッセルドルフ―コペンハーゲン―アンカレッジ―東京を73時間9分35秒で移動して、七月二十七日に新記録を達成し大きな話題となった（世界で二十四人目の記録更新者、日本人では初めての更新）。翌三十四年十二月十三日から平成二年九月三十日までの約三十一年間、「兼高かおる世界の旅」（初期のタイトルは「兼高かおる世界飛び歩き」）をTBS系列のテレビで毎週日曜日に放映（全一五八六回）。海外百六十ヵ国以上を自ら現地取材し、ナレーター・プロデューサー・ディレクターの一人三役をこなした。昭和四十七年には南極点へ、平成元年には番組放送三十周年記念企画で北極点へも訪れている。また、サルバドール・ダリ、J・F・ケネディやシュバイツアーなど各国の著名人とも多数会談した（『兼高かおる旅のアルバム』昭和60年5月、講談社）。昭和三十四年、留学中の経験や旅行記などをまとめた『世界とびある記』（光書房）を出版。六十年、世界各地から持ち帰った民芸品を展示する「兼高かおる旅の資料館」（兵庫県淡路市、ワールドパーク ONOKORO 内）が開館し、同館の名誉館長に就任する。六十一年には、「横浜人形の家」（横浜市中区）初代館長に就任（平成18年4月まで）。平成二年、旅番組の功績が評価され、第三十八回菊池寛賞を受賞。翌三年、旅番組の記録をまとめた『動物たちの大自然 地球180周の取材ノート』『民族の色彩 160ヵ国の旅日記』『世界の祭り 721万キロの紀行文』（いずれも、平成3年11月、ソニー・マガジンズ）を刊行した。また同年には、紫綬褒章を受章。十九年、日本旅行作家協会会長に就任。

（内藤由直）

加納暁 かのう・あかつき

明治二十六年三月十日～昭和五年二月六日（1893～1930）。歌人。兵庫県氷上郡柏原町（現・丹波市柏原町）に生まれる。本名巳《み》三雄《きお》。大正四年三月、早稲田大学在学中に斎藤茂吉を訪ね「アララギ」に入会。島木赤彦、中村憲吉らに兄事。五年十二月、父の仕事（貿易商）を助けるため大学を中退し、須磨に戻る。昭和二年十月、「アララギ」選者となるが、肺結核のため早逝。没後、『加納暁歌集』（昭和6年4月、古今書院）が刊行された。〈微風《そよかぜ》に埃立つ見ゆ居留地の街樹かすかに芽ぐまむとせり〉（大正六年「居留地」、『加納暁歌集』）。

（中谷美紀）

神尾和寿 かみお・かずとし

昭和三十三年四月十七日～（1958～）。詩人。埼玉県本庄市に生まれる。京都大学大学院文学研究科博士課程単位取得退学。在学中に詩集『神聖である』（昭和59年7月、文童社）を刊行。平成二年、神戸在住の高階杞一とともに詩誌「ガーネット」を創刊。『モンローな夜』（平成9年2月、思潮社）、『七福神通り』（平成15年6月、思潮社）など、〈歴史上の人物〉を呼び出した諧謔味を帯びた作品を発表。流通科学大学に勤め、ハイデッガー研究に従事している。

（田中励儀）

神生彩史 かみお・さいし

明治四十四年五月十日～昭和四十一年四月十七日（1911～1966）。俳人。東京市に生まれる。本名村林秀郎。旧号硯生子《けんせいし》。神戸市立第三神港商業学校（現・六甲アイランド高等学校）を卒業後、神栄生糸、大林組に勤務。新しい筆名の「神生」は、勤務していた会社の名前に由来する。日野草城に師事し、「旗艦」「青玄」等に拠って新興俳句運動を推し進めた。『深淵』（昭和27年6月、白堊俳句会）に収録されている〈秋の昼ぼろんぼろんと艀ども〉は、神戸港の艀《はしけ》を詠んだものだという。

（信時哲郎）

上司小剣 かみつかさ・しょうけん

明治七年十二月十五日～昭和二十二年九月二日（1874～1947）。小説家。奈良市水門町に生まれる。本名延貴。上司家の本姓は紀氏で、代々東大寺八幡宮（現・手向山八幡宮）の神主を務めていたが、父延美は三男であったため、分家して摂津多田神社の社司となる。ゆえに上司小剣は兵庫県川西市多田院で育つ。小学校を卒業後、母方の叔父を頼って、学業のため大阪に出た。しかし、父延美が亡くなり、学業を廃して多田に戻った。神主を務める傍ら、小学校の代用教員となる。明治三十年、堺利彦に勧められて上京し、読売新聞社に入社した。堺利彦を通じて幸徳秋水を知り、社会主義思想に関心を持つ一方で、読売新聞社を通じて自然主義文学者たちとも交流を深めていった。四十一年八月、「神主」を「新小説」に発表し、文壇に登場。大正三年一月「ホトトギス」に発表した「鱧の皮」で、文壇における作家的地位を確立した。「東光院」（「文章世界」大正3年1月）や「兵隊の宿」（「中央公論」大正4年1月）などの京阪情緒を描いた作品で注目された。また一方で、「生存を拒絶する人」（「新小説」大正6年1月）などの社会小説や思想小説も手がける。新聞社を退くと、かねてからの構想に従って、長編小説「東京」の執筆に着手。昭和期には、歴史小説や歴史エッセイなどを次々に発表し、『伴林光平』（昭和17年10月、厚生閣）で第五回菊池寛賞を受賞した。摂津多田神社時代を題材にした自伝的な作品として、「寺の客」（「新小説」明治34年4月）、「天満宮」（「中央公論」大正3年9月）、「父の婚礼」（「ホトトギス」大正4年1月）、「太政官」（「太陽」大正4年4月）、「第三の母」（「文章世界」大正5年4月）、「狐火」（「太陽」大正6年4月）、「恋枕」（「中央公論」昭和15年5月）などがある。

＊石合戦《いしがっせん》　短編小説。〔初出〕「中央公論」昭和13年5月。〔初収〕『平和主義者上司小剣選集Ⅰ』昭和22年11月、育英出版。◇「猪名川は多田を流るるときには、多田川と呼ばれるのであった」。多田川を挟んで多田院村と西多田村の子どもたちは遊泳場を奪い合い、そのたびに石合戦が起きる。多田神社の神職の息子・竹丸もそれに加わるが、弱虫の竹丸は敵からも味方からも相手にされない。次々に敵を撃退していく勝公や栄次の強さを、竹丸は羨ましく思う。「強い人になつておくれ」と病気の母に言われ、竹丸は神殿に上がり、明神に祈念する。昭和三十年、日活で映画化された。

（荒井真理亜）

亀井一成　かめい・いっせい

昭和五年三月三日～平成二十二年九月十一日（1930～2010）。元神戸王子動物園飼育技師、学芸員。神戸市に生まれる。昭和二十五年、神戸市中央区諏訪山でゾウ（摩耶子と諏訪子）の飼育係となり、二十六年に王子動物園が開園すると、極地ペンギンの飼育、チンパンジーの人工飼育等に携わる。『ぼくはチンパンジーと話ができる』（昭和51年9月、PHP研究所）、『ゾウさんの遺言』（昭和55年6月、ポプラ社）、『ぼくの動物園日記』（昭和55年11月、PHP研究所）など著書多数。

（信時哲郎）

亀井糸游　かめい・しゅう

明治四十年九月二十二日～平成十年十二月三十一日（1907～1998）。俳人。兵庫県有馬郡広野村沢谷（現・三田市）に生まれる。本名則雄。育英商業学校（現・育英高等学校）を卒業。昭和八年、皆吉爽雨を選者とする「うまや」創刊。雪解俳句賞受賞（昭和37年、46年）。句集に『山鉾』（昭和24年6月、さかの書房）、『芒種』（昭和59年10月、うまや発行所）、『高層』（平成元年6月、うまや発行所）、『楡』（平成7年3月、うまや発行所）などがある。

（中谷元宣）

亀山勝　かめやま・まさる

明治三十六年十一月二十三日～没年月日未詳（1903～？）詩人。新潟県高田市に生まれる。父は軍人、のち土木技師。三歳の時父を喪う。新潟県立高田中学校（現・県立高田高等学校）を経て彦根高等商業学校（現・滋賀大学経済学部）を卒業。神戸市電気局に勤務しながら、モダニズム詩人の竹中郁と共にジャン・コクトーなどを学ぶ。雑誌「改造」「詩と詩論」などに詩や翻訳を発表する。詩にはモダニズムの影響が大きい。詩集に『青葦』（昭和5年6月、海港詩人倶楽部）などがある。

（長濵拓磨）

鴨居まさね　かもい・まさね

昭和四十四年四月三日～（1969～）。漫画家。神戸市に生まれる。筆名は、鴨居玲（画家）と津嘉山正種（俳優・声優）から命名。大阪の服飾関係の会社でデザイナーとして勤務。漫画家を目指し退職。平成五年、「SEEDS OF LOVE」が「YOUNG

YOU」新人まんが大賞（シルバー賞）を受賞しデビュー。主に二十代後半～三十代の女性が、仕事・恋愛・結婚に悩む姿を、リアルに且つコミカルに描く。美与子とマコトが立ち上げたオリジナル・ウエディング制作会社で繰り広げられる、様々な人間ドラマを描いた『SWEETデリバリー』全七巻（平成9年10月～16年5月、集英社）が、「ウエディングプランナー」として、テレビドラマ化された。主な作品に、『雲の上のキスケさん』全五巻（平成10年12月～16年3月、集英社）、『金魚のうろこ 田辺聖子原作シリーズ』（平成19年2月、集英社）、『鏡をみてはいけません 田辺聖子原作シリーズ2』（平成20年1月、集英社）。エッセイ漫画に『家出のじかん』（平成18年5月、集英社）がある。

（中谷美紀）

鴨居玲　かもい・れい

昭和三年二月三日～昭和六十年九月七日（1928～1985）。洋画家。金沢市に生まれる。ただし、昭和二年十月三日に大阪府豊中市で生まれたともいう。金沢美術工芸専門学校（現・金沢美術工芸大学）卒業。阪神間を拠点にしながら、ブラジルやフランス、スペインでの滞在も長い。四十三年に描いた「静止した刻」にて、翌年の安井賞を受賞。「1982年 私」（昭和57年）や「酔って候」（昭和59年）などで知られる。六十年、神戸の自宅にて死去。狭心症のためとも排気ガスによる自殺であるとも言われる。

（信時哲郎）

香山雅代　かやま・まさよ

昭和八年三月一日～（1933～）。詩人。兵庫県に生まれる。兵庫県立第三神戸高等女学校（現・県立御影高等学校）、大阪市立衛生研究所附設栄養専門学校卒業。能楽にも精通し、日本歌曲の作詞も手掛ける等、詩作以外にも幅広い活躍をする。西宮市に在住し、西宮芸術文化協会、こうべ芸術文化会議、兵庫県現代詩協会、関西詩人協会に所属する。詩集に『雪の天庭』（平成11年6月、銅林社）、『風韻』（平成13年12月、湯川書房）、また詩論集に『露の拍子 Essays』（平成12年9月、書肆青樹社）などがある。

（長濱拓磨）

柄谷行人　からたに・こうじん

昭和十六年八月六日～（1941～）。評論家。兵庫県尼崎市に生まれる。本名善男。東京大学経済学部卒業、同大学院英文科修士課程修了。法政大学教授、イェール大学やコロンビア大学客員教授、近畿大学大学院教授、同国際人文科学研究所所長（平成18年3月まで）を歴任。昭和四十四年、「意識と自然―漱石試論」で第十二回群像新人文学賞評論部門受賞。第一評論集『畏怖する人間』（昭和47年2月、冬樹社）や『意味という病』（昭和50年2月、河出書房新社）で評論家として出発。『マルクスその可能性の中心』（昭和53年7月、講談社）で第十回亀井勝一郎賞受賞、外在的イデオロギーを排して『資本論』自体の読みに徹し、商品・価値形態の本質を発見したマルクスの価値形態論が西欧の伝統的形而上学の否定に発するとした。『日本近代文学の起源』（昭和55年8月、講談社）では、「内面」や自己の先験性を否定、それらは「言文一致」などの制度の確立から生まれたとし、その歴史的な起源を隠蔽する認識の転倒が「文学史」を形成したとする。『反文学論』（昭和54年4月、冬樹社）、中上健次との共著『小林秀雄をこえて』（昭和54年9月、冬樹社）、『隠喩としての建築』（昭和58年3月、講談社）、『内省と遡行』（昭和60年5月、講談社）、『探究Ⅰ』（昭和61年12月、講談社）、『探究Ⅱ』（昭和64年5月、講談社）

など。浅田彰と雑誌「批評空間」（平成3年3月、福武書店）を主宰・創刊、平成十二年六月、資本と国家に対抗するネットの運動体NAMを結成（平成15年1月解散）。『トランスクリティーク カントとマルクス』（平成13年9月、批評空間社、英語版『Transcritique：On Kant and Marx』平成15年7月、MIT出版）や『世界共和国へ』（平成18年4月、岩波新書）のほか、『定本柄谷行人全集』全五巻（平成16年1月～9月、岩波書店）が刊行されている。著書の多くは文庫となり、諸外国語に翻訳されてもいる。（浅野 洋）

河井酔茗 かわい・すいめい

明治七年五月七日～昭和四十年一月十七日（1874～1965）。詩人。堺県北旅籠町（現・堺市堺区）に生まれる。本名又平。幼名幸三郎。実家は呉服商を営んでいたが、若くして父、弟、母を亡くし、十六歳のときから祖母と二人暮らしの生活となった。祖母が摂津国三田《さんだ》の人だった関係で、少年の頃に神戸市の元町通りにあった祖母の親戚の家に寄寓したこともある。周囲からは家業を継ぐことを期待されていたが、文学に対する関心を強め「少年文庫」「いらつめ」「千紫万紅」などの雑誌に詩歌や小説を投書し、いくつかの作品が掲載された。明治二十八年には「文庫」（8月に「少年文庫」から改題）記者に招かれ詩欄を担当、以後「文庫」の中心的な存在となり、直接間接に多くの後輩を指導、北原白秋、三木露風、川路柳虹など詩人を多数育てた。地元大阪においても高須芳次郎（梅渓）、小林政治（天眠）ら浪華青年文学会との交流も始まり、三十二年一月から同会が発行する「よしあし草」の詩欄を担当した。また、神戸にもしばしば足を運び、三十二年四月、垂水海岸で開かれた関西文学同好会にも参加している。第一詩集『無弦弓』（明治34年1月、内外出版協会）、つづく『塔影』（明治38年6月、金尾文淵堂）では平明温雅な古典的浪漫詩風をしめし、『霧』（明治43年5月、東雲堂）では当時詩壇の話題を集めていた口語詩をいち早く導入した。四十年五月に「文庫」を退いた後も、多くの雑誌の詩の選評をうけもち、『酔茗詩話』（大正12年10月、人文書院）、『明治代表詩人』（昭和12年4月、第一書房）などの評論やエッセイを著すなどして、生涯近代詩発展のために尽力した。第一詩集『無弦弓』では菟原処女《うないおとめ》伝説について〈かへりみすれば大伴の／高師のはまは遠にして／月に湧くなる八百汐の／淡路をはてかちぬの海／／宇奈比男とあひきそひ／妻とひしけんますらをの／はやち吹捲く汐さるに／ふなのりしけむ渚かも（略）〉と表現した「ちぬの海」を収める。（水野 洋）

河合隼雄 かわい・はやお

昭和三年六月二十三日～平成十九年七月十九日（1928～2007）。心理学者、評論家。兵庫県多紀郡篠山町（現・篠山市）に生まれる。京都大学理学部を卒業。昭和三十七年から四十年までスイスのユング研究所に留学。帰国後、ユング派心理学の紹介に努める。天理大学教授を経て、五十年一月に京都大学教授。五十七年、神話研究を通じて日本人の心性に迫った『昔話と日本人の心』（昭和57年2月、岩波書店）で第九回大佛次郎賞を受賞。日本文化全般にわたって独創的な業績を残し、幅広い分野で発言した。平成七年五月から十三年五月まで国際日本文化研究センター所長。十二年十一月、文化功労者。十四年一月から十九年一月まで文化庁長官。著書に『子どもの宇宙』（昭和62年9月、岩波書店）、『とりかへばや、男と女』（平成3年1月、新潮社）、『こころの処方箋』（平成4年1月、新潮社）

など多数。著作集に『河合隼雄著作集』全十四巻（平成6年1月～7年2月、岩波書店）、『河合隼雄著作集』第Ⅱ期全十一巻（平成13年12月～16年2月、岩波書店）がある。

（橋本正志）

河合雅雄 かわい・まさお

大正十三年一月二日～（1924～）。児童文学作家、霊長類学者。兵庫県多紀郡篠山町（現・篠山市）北新町に生まれる。京都大学理学部動物学科卒業。日本モンキーセンター（愛知県犬山市）に設立時から勤務。その後、京都大学霊長類研究所教授、所長などを歴任。同大学退官後は、愛知大学や日本福祉大学の教授、日本モンキーセンター所長を務める。兵庫県立人と自然の博物館名誉館長、京都大学名誉教授、兵庫県立丹波の森公苑長ほか。児童文学作家としての顔も持ち、草山万兎《くさやままと》というペンネームで文筆活動を行うこともある。主な著作に『サバンナの二つの星』（昭和57年6月、福音館書店）、『ジャングル・タイム』（昭和60年2月、理論社）、ほか多数。『少年動物誌』（昭和51年5月、福音館書店）は、昭和五十一年第十四回野間児童文芸賞新人賞を受賞。前半部に篠山町で育った著者自身の少年時代の思い出が描かれている。『小さな博物誌』（平成3年11月、筑摩書房）は平成四年サンケイ児童出版文化賞を、『人間の由来』（平成4年3月、小学館）は毎日出版文化賞を受賞。また、各種文芸賞を受賞するほか、紫綬褒章（平成2年）、勲三等旭日中綬章（平成7年）受章、篠山市名誉市民（平成14年）、兵庫県勢高揚功労者表彰（平成15年）ほか。

（船井春奈）

河内厚郎 かわうち・あつろう

昭和二十七年十月（日未詳）～（1952～）。文芸・演劇評論家。兵庫県西宮市に生まれる。甲陽学院高等学校を経て、一橋大学法学部を卒業。のち舞台芸術院卒業後、劇評を中心に執筆活動を始め、「演劇界」の歌舞伎劇評募集で佳作となり、執筆業に入る。東京でショーシアター運動に参加したあと、昭和五十八年、関西に拠点を移す。「日本経済新聞」舞台評や、時事通信「上方芸能地図」等の連載などを担当。六十二年から五年間、月刊「関西文学」編集長をつとめ、平成十三年から夙川学院短期大学教授となる。平成元年十二月から二年五月までNHK大阪放送局のラジオ番組「こんにちはきんき・土曜サロン『河内厚郎の関西弁探検』」を担当、これをもとに桂米朝など著名人との対談集『関西弁探検』（平成5年7月、東方出版）を発行。昭和六十三年、大手前女子大学から公開市民大学のプログラム作成を依頼され、かねてから構想していた〈阪神学〉を設立、平成三年、〈阪神学事始〉にふみきる。単一のまとまりを持つ都市文化として認識されていなかった阪神間の地域学を統合し、江戸東京学に対する摂津阪神学を打ち立て、『阪神観』（共著、平成5年12月、東方出版）、『阪神学事始』（編著、平成6年11月、神戸新聞総合出版センター）などを刊行した。一方で近畿各自治体の文化行政に関わる。宝塚市文化振興財団が催したフォーラム「手塚治虫と宝塚歌劇」のコーディネーターを務め、その様子に手塚治虫と阪神間文化や宝塚歌劇との関連を加えてまとめた、『手塚治虫のふるさと・宝塚』（編著、平成8年12月、神戸新聞総合出版センター）を刊行。さらに十二年、宝塚映画祭の実行委員長となり開催に尽力、その過程と阪神間の映像文化を著した『宝塚映画製作所』（共著、平成13年11月、神戸新聞総合出版センター）を刊行。他にも自治体の演劇・文化プロデュースを多数手がけ、平成四年に文化プロデユーサーとして大阪市から第九回咲くやこの花賞を受賞。また、十六年には宝塚市から市制五十周年記念功労賞（文化功労）が授与された。兵庫にかかわる著書として、阪神・淡路大震災で大きな被害を受けた神戸市に、都市開発への警鐘を呈示した『神戸からの伝言』（編著、平成8年2月、東方出版）、阪神間ゆかりの芸術家たちを取り上げた『もうひとつの文士録』（平成12年11月、沖積舎）などがある。（永井敦子）

河上徹太郎 かわかみ・てつたろう
明治三十五年一月八日～昭和五十五年九月二十二日（1902～1980）。文芸評論家。長崎市に生まれる。本籍は山口県岩国市。河上肇（経済学者）は親類。父の転勤に伴い明治四十一年、神戸に転居。四月、神戸市立諏訪山小学校に入学。大正三年、兵庫県立第一神戸中学校（現・県立神戸高等学校）に入学。同窓に今日出海、白洲次郎らがいた。柳田國男、和辻哲郎、阿部知二、島尾敏雄、遠藤周作、椎名麟三、谷崎の関西礼讃、岩野泡鳴などに関する評論多数。（高橋和幸）

川上博 かわかみ・ひろし
大正八年十月一日～平成十七年十一月三日（1919～2005）。著述家。朝鮮黄海道に生まれる。中央大学卒業。総理府を経て、昭和二十年六月、川崎汽船に入社。関係会社役員、顧問を経て退任。昭和四年頃、東京でふるさと会を結成し、「ふるさと」誌を創刊。『転心』『柳の下』などの私家版がある。保久良登山会相談役などをつとめ、神戸背山の歴史や地理等を著した『神戸背山風土記』（昭和63年7月、ふるさと文庫）がある。（永井敦子）

川口敏男 かわぐち・としお
明治四十三年五月三日～平成元年七月十六日（1910～1989）。詩人。兵庫県姫路市に生まれる。十七歳ごろから詩作を始め、法政大学英文科卒業。後に百田宗治に師事して「椎の木」同人となる。「木欒」主宰。また昭和十二年に阪本越郎らと「純粋詩」を創刊。「風」同人。主な詩集に『花にながれる水』（昭和13年、昭森社）、『アケビの掌』（昭和37年7月、ネプチューンシリーズ刊行会）、『幻の花』（昭和54年5月、芦書房）、『蔓のむこうへ』（昭和58年10月、芦書房）、『新編川口敏男全詩集』（昭和61年10月、宝文館出版）など。（梅本宣之）

川口尚輝 かわぐち・なおてる
明治三十二年七月二十二日～昭和四年六月七日（1899～1929）。演出家、劇作家。神戸市に生まれる。大正十三年、早稲田大学独文科卒業後、早稲田大学大学院に進学、中退。坪内士行に師事。大学在学中に「舞台芸術」同人となり、カール・マンチウスの演劇史を翻訳する。友人に井伏鱒二、青木南八がいる。十四年、演劇雑誌「劇」を創刊。戯曲に「帰宅前後」（『演劇学会戯曲集2』大正11年11月、稲門堂書店）、「三角波」（「舞台芸術」大正10年11月）、「騎帝踊る」（「劇」大正15年8月）がある。（中谷美紀）

川口登 かわぐち・のぼる
大正七年二月七日～（1918～）。俳人。兵庫県播磨郡夢前町（現・姫路市夢前町）に生まれる。姫路国立病院入院のおり、作句を始める。昭和三十六年十月、「七曜」姫路支部結成に参加。橋本多佳子、堀内薫に師事する。四十六年十月、七曜兵庫県四支部合同句集『花鬘』を編集発行。五十五年三月、兵庫県西播俳人協会創立、同副会長。『句集書写』（昭和56年5月、七曜俳句会）の句集

名は、書写山圓教寺からとられている。〈初乗りのゴンドラ神へ一直線〉。（室　鈴香）

川崎ゆきお　かわさき・ゆきお

昭和二十六年三月三十一日～（1951～）。漫画家。兵庫県伊丹市に生まれる。「うらぶれ夜風」が「ガロ」（昭和46年10月）に掲載されてデビュー。以降、「猟奇王」シリーズを「ガロ」に発表し、カルトな人気がある。明石市の幻堂出版より『川崎ゆきお全集』全八巻（平成11年11月～15年12月）が出版されている。自身の運営する「川崎サイト」（http://kawasakiyukio.com/）では、自作のマンガや小説、エッセイ等を公開している他、オンラインで漫画通信講座を続けている。（信時哲郎）

川路柳虹　かわじ・りゅうこう

明治二十一年七月九日～昭和三十四年四月十七日（1888-1959）。詩人、美術評論家。東京に生まれる。本名誠。兵庫県津名郡三原郡組合立淡路高等女学校（現・兵庫県立洲本高等学校）初代校長で、開明校長として有名な川路太郎の長子である。父太郎の仕事の関係上、小学校、中学校時代を淡路で過ごす。島村抱月の「言文一致と将来の詩」（「文章世界」明治39年6月）に端を発した議論を経て、初めての口語自由詩の実作となる「塵溜《はきだめ》」（「詩人」明治40年9月）を発表。詩集『路傍の花』（明治43年10月、東雲堂書店）他、多くの詩集や、詩や美術の評論集など著書多数。（松永直子）

川田順　かわた・じゅん

明治十五年一月十五日～昭和四十一年一月二十二日（1882～1966）。歌人。東京の下谷三味線堀（現・東京都台東区）に宮中顧問官で文学博士川田剛の三男として生まれる。東京都立城北中学校（現・都立戸山高等学校）の在学中に、佐佐木信綱に入門、明治三十一年二月、「心の花」創刊に参加、同人となる。三十二年、第一高等学校（現・東京大学）文科に入学、シェークスピアと近松を耽読する一方、島崎藤村や薄田泣菫の感化で新体詩をつくる。三十五年、東京帝国大学英文学科に入学、小泉八雲や夏目漱石の講義を受け、文学熱を高める。文学は生活の糧にあらずという信念から「文科大学を去るも文学を捨てず」と声明して法科に転学する。四十年に大学を卒業、八月末に住友総本店に入社、大阪に移住。四十三年三月、河原林和子と結婚。大阪に移住して十年の歳月が過ぎても関西の風俗言語に馴染めず、〈横堀の柳芽を吹き春は来ぬ少しは我の大阪じみよ〉と歌う。大正七年三月、第一歌集『伎藝天』（竹柏会出版部）刊行。十一年一月、第三歌集『山海経』（東雲堂書店）刊行。十二年八月、兵庫県武庫郡御影町字掛田（現・神戸市東灘区）の新居に転居。九月、高等学校いらいの親友である武林無想庵が関東大震災に遭い一時寄寓する。十三年四月、反「アララギ」を標榜する「日光」の創刊に木下利玄らと参画、同人となる。昭和四年八月、六甲山上や舞子海岸での月見に興じる。歌集『青淵』（昭和5年5月、竹柏会）には、兵庫県城崎郡香住町（現・美方郡香美町）の岡見山（御神山ともいう）にある八坂神社に参詣した折の、〈磯山の出鼻に立てば海つばめ脚の下から飛び来る飛び来る〉〈さかさまに舞ひくだる燕なほし見ゆ真下の淵の遠きことかも〉などの歌がある。十一年五月、常務理事であったが、突如として住友本社を退社。以後は古典研究を中心とした文筆活動に専念。十五年一月に転居した京都北白川の自宅で終戦を迎えた。二十一年二月から皇太子の作歌指導役を拝命、毎月一度上京する。二十三年、宮中歌会始《うたかいはじめ》選者。この頃、元京都大学教授夫人で歌の弟子であった鈴鹿俊子との恋愛関係が深まり、二十三年十一月三十日、谷崎潤一郎、吉井勇らに遺書を送り、京都東山法然院の川田家墓所で自殺を図る。しかし未遂に終わり、「老いらくの恋」事件として大きな社会問題になる。二十四年三月二十三日、俊子と京都平野神社で結婚式を挙げ、翌二十四日、俊子とともに神奈川県小田原市国府津に帰住する。二十七年六月、『川田順全歌集』（中央公論社）を刊行し、その年の十一月に藤沢市辻堂に転居。四十一年一月二十二日、全身性動脈硬化症で満八十四歳の生涯を閉じる。（太田　登）

川田靖子　かわだ・やすこ

昭和九年十二月十六日～（1934～）。詩人、フランス文学研究者。神戸市に生まれる。京都大学大学院修了。元玉川大学教授。昭和四十年、フランス政府の給費留学生として一年間パリへ留学。『十七世紀フランスのサロン』（平成2年4月、大修館書店）、『詩集 北方沙漠』（昭和46年7月、思潮社）で、第五回小熊秀雄賞受賞。他の詩集に『詩集 オーロラを見に』（昭和49年10月、思潮社）、『立っている青い子供』（平成元年11月、芸林書房）、『わたしの庭はわたしに似ている』（平成18年11月、水声社）などがある。「山の樹」「桃花鳥」「木々」同人。パルム・アカデミック騎士勲章受章。（越前谷宏）

かわちゆかり　かわち・ゆかり

（生年未詳）三月三十日～（?～）。漫画家。兵庫県西宮市に生まれる。本名河内由加里。昭和六十一年第一回少女フレンドまんが賞に入選し、「少女フレンド」に「めげない子物語」でデビューを飾る。デビューから数年はラブコメディやファンタジー作品を描いていたが、『あなたに追いつけない』（平成8年6月、講談社）以降はシリアスなラブストーリーを作風の中心としている。また、「ゴージャス・ママシリーズ」や『はじめてママになれた日』（平成18年9月、講談社）等、母親を描いた作品も多い。現在は主に「デザート」を活動の場としている。代表作に、『フェアリー』全二巻（昭和63年6月～8月、講談社）、『7200秒のロマンス』全三巻（平成2年10月～3年5月、講談社）、『途中下車』（平成14年6月、講談社）、自身で後に小説化した『忘れられない』（平成7年10月、講談社）など。また、共著に『初めてママになるあなたへ～8％の奇跡』（平成19年9月、講談社）がある。（森本智子）

川並秀雄　かわなみ・ひでお

明治三十四年四月九日～昭和五十九年一月二十四日（1901～1984）。比較文学研究者。愛知県に生まれる。関西学院高等商業学部を経て関西大学経済学部卒業後、同大学院修了。大正十年から啄木の研究文献を蒐集し、啄木の遺族や親友と交渉。昭和初期から西宮市に居住、関西大学、関西学院大学、大阪商業大学で教鞭をとりながら啄木の実証的研究を進める。『啄木晩年の社会思想』（昭和22年3月、時論社）、『啄木の作品と女性』（昭和29年10月、理想社）、『石川啄木新研究』（昭和47年4月、冬樹社）、『啄木秘話』（昭和54年10月、冬樹社）、『啄木覚書』（昭和57年1月、洋々社）など啄木研究に関する著作多数。なお啄木資料など七〇〇〇点が「川並秀雄文庫」として日本近代文学館に寄贈された。（太田　登）

川西和露　かわにし・わろ

明治八年四月二十日～昭和二十年四月一日（1875～1945）。俳人。神戸市兵庫区東出町

に生まれる。本名徳三郎。兵庫県立神戸高等商業学校（現・兵庫県立大学）卒業。鉄材商。河東碧梧桐に師事し、またパトロン的役割を果たした。俳書蒐集家としても知られ、昭和十九年、江戸期までの俳書を天理図書館に、明治以降の俳書及び俳誌を神戸市立中央図書館に寄贈。句集に『和露句集Ⅰ』（大正3年11月、川西和露荘）など。（青木亮人）

川野彰子 かわの・しょうこ

昭和二年二月十八日～昭和三十九年九月十一日（1927～1964）。小説家。鹿児島県の徳之島（現・大島郡徳之島町）に生まれる。本名美代子。立命館大学在学中の昭和二十五年十二月、「VIKING」同人（昭和27年6月まで。35年7月復帰）となる。神戸市兵庫区荒田町に移住。「凋落」（昭和38年1月）が第六回群像新人賞候補、「色模様」（「VIKING」昭和37年1月）、「廓育ち」（「新潮」昭和38年7月）がそれぞれ第四十七回、第五十回の直木賞候補となる。「廓育ち」は、翌年映画化。著書に『廓育ち』（昭和39年3月、文芸春秋新社）、『廓景色』（昭和39年5月、講談社）がある。田辺聖子の夫川野純夫の前妻。（室　鈴香）

川端千枝 かわばた・ちえ

明治二十年八月九日～昭和八年七月四日（1887～1933）。歌人。神戸市下山手（現・中央区）に生まれる。本名川畑ちゑ。親和高等女学校（現・親和女子高等学校）卒業後、洲本の親類から洋裁学校に通学。十八歳で結婚、長女を出産、夫とは結婚四年目に死別。その後作歌をはじめ、亡夫の友人の勧めで前田夕暮の主宰する白日社の社友となる。千枝の歌がはじめて「詩歌」に載ったのは大正二年、以後歌人としての地位を着実に歩む。時の婦人解放運動で自我に目覚め十年上京、前田夕暮の指導を受け中央歌壇で抒情歌人として活躍。のち「香蘭」同人。歌集に『白い扇』（昭和7年3月、泰文館）などがある。代表歌に〈物置の白壁に照る陽はあつし 夾竹桃のかげあざやかに〉〈（明石なる母の家に） 海越えて遠く来ませる君のため鳴門みかんをもぐ雨の中〉などがある。（佐藤和夫）

川端裕人 かわばた・ひろと

昭和三十九年七月二十六日～（1964～）。小説家。兵庫県明石市に生まれ、千葉市で育つ。東京大学教養学部科学史・科学哲学専攻卒業。平成元年から九年まで日本テレビ記者として科学技術庁や気象庁を担当し、南極などで取材を行った。第十五回サントリーミステリー大賞（優秀作品賞）受賞作『夏のロケット』（平成10年10月、文芸春秋）で小説家デビュー。「非流行系物書き」として自然・科学・人間の関係を追究している。（野田直恵）

河原枇杷男 かわはら・びわお

昭和五年四月二十八日～（1930～）。俳人。兵庫県良元村小林（現・宝塚市）に生まれる。本名田中良人。龍谷大学文学部卒業後、兵庫県西宮市に就職。退職前には西宮市大谷記念美術館事務局長を務めた。昭和二十九年、永田耕衣に師事し、「琴座」同人となる。三十三年、「俳句評論」同人、四十二年には第三回俳句評論賞を受賞する。同誌廃刊後は「序曲」を創刊、主宰、二十四号まで編集発行人を務めた。主な句集に『鳥宙論』（昭和43年9月、俳句評論社）、『閻浮提考』（昭和46年6月、序曲社）、『流灌頂』（昭和50年4月、俳句評論社）などがあり、評論集には『西風の方法』（昭和58年9月、序曲社）がある。自身で「俳句を書くとは、人間と自然が深く照応しながら、言葉を拠りどころとして、宇宙の深秘に迫らんとするわりなき試み」というように、作風は形而上的、密教的な思惟を形象化した特色を持つ。作品は『河原枇杷男全句集』（平成15年9月、序曲社）にまとめられた。（木田隆文）

河東碧梧桐 かわひがし・へきごとう

明治六年二月二十六日～昭和十二年二月一日（1873～1937）。俳人。伊予国松山（現・愛媛県松山市）に生まれる。本名秉五《へいご》郎《ろう》。漢学者河東坤（号静渓）、せいの五男。碧梧桐の号は正岡子規により名付けられたが、別号に青桐、海紅堂主人など。明治二十年、伊予尋常中学校（現・愛媛県立松山東高等学校）に入学、高浜虚子と知り合い、第三高等学校（現・京都大学）入学、学制の変改で仙台の第二高等学校（現・東北大学）へ転校、退学と道を同じくする。退学後は東京に居を構え、子規、虚子らとともに新聞「日本」俳句欄、俳誌「ほととぎす（後にホトトギス）」などで活躍。子規の死後は新聞「日本」俳句欄の選者を引き継いだ。三十九年から四十四年に掛けて全国を巡る行脚（第一次、第二次）に出発、その足跡は北海道から沖縄に至った。その間の四十二年頃、新傾向俳句運動を展開。さらに無季・自由律へ転向、また活字のルビを使った表現へと変貌、自らそれらの作品を短詩と呼んだ。昭和七年、自らの限界を感じたとして「優退辞」を新聞紙上に発表。翌年、俳壇引退。十二年、腸チブスによる敗血症により死去。碧梧桐と兵庫県の関わりは明治二十八年、日清戦争に記者として従軍していた子規が危篤状態となり県立神戸病院に入院、その看護に虚子とともに当たったことに始まる。四十二年には全国行脚（第二次）の途次、但馬城崎で新傾向俳句運動の曙光をみた。妻の兄青木月斗が在大阪、また碧梧桐を支える川西和露、麻野微笑子などが阪神間に居住していたこともあり、たびたび来県滞在している。大正八年には大阪で設立された「大正日日新聞」の社会部長として招聘され、一時は東京から芦屋へ居を移したが、翌九年に新聞社は解散、再び東京に戻った。その年の末、心機一転を期して訪欧米を企図、その渡航のため乗船したのもまた神戸港だった。句集に『日本俳句鈔』第一集上下・第二集（明治42年5月、大正2年3月、政教社）、『新傾向句集』（大正4年1月、日月社）。現在『碧梧桐全句集』（平成4年4月、蝸牛社）がある。評論に『新傾向句の研究』（大正4年6月、籾山書店）、紀行文に『三千里』（明治43年12月、金尾文淵堂）、『続三千里（上）』（大正3年1月、金尾文淵堂）、随想に『子規の回想』（昭和9年6月、昭南書房）他。その執筆活動は多岐膨大。画家中村不折とともに六朝書を紹介し、書家としても知られる。（渡辺順子）

川富士立夏 かわふじ・りっか

昭和三十四年六月三日～（1959～）。漫画原作者、小説家。兵庫県宝塚市に生まれる。本名高田郁。中央大学法学部卒業。平成五年九月、「YOU」スペシャル（集英社レディスコミック）に「背中を押す人」で漫画原作者としてデビューする。『モーニン!』（漫画・黒沢明世、平成16年12月、集英社YOUコミックス）では葬儀屋に就職した主人公が葬儀屋業界で成長していく姿を描き話題となった。人気漫画「ラブ★コン」の関連本として『ラブ★コン大阪大好きBOOK』（漫画・中原アヤ、平成18年7月、創美社、MARGARET RAINBOW COMICS）があるほか、『Still Alive—まだ生きている』（漫画・奈良郁子、平成10年3月、集英社YOUコミックス）、『ME-DIA—メディア—』（イラスト・みなみなつみ、平成11年4月、集英社YOUコミックス)、『神様の手 Therapy dog story』(漫画・小塚敦子、平成11年12月、集英社YOUコミックス)、ほか女性漫画家と組み、その原作を手がける。また、兵庫県立美術館・神戸新聞社主宰の展覧会「震災と美術—1・17から生まれたもの」(平成12年1月15日~3月20日)に加わり、カタログに「HYOGO AID '95 by ART」のメンバーとして参加している。十九年、高田郁の名で発表した『出世花』(平成20年6月、祥伝社)は小説家としてのデビュー作で、娘を連れ妻の敵討ちの旅にでた男が死後、三昧聖によって湯灌で清められ浄土へ旅立つという時代小説。同年、この作品で第二回小説NON短編時代小説賞奨励賞を受賞した。また、二十年十月、大阪天満を舞台に糸寒天と格闘する主人公を書いた「銀二貫」が第二回日経小説大賞の最終選考まで残り、話題となった。（杉田智美）

川村信治 かわむら・しんじ

昭和二十七年十二月八日~(1952~)。詩人。福井県に生まれる。昭和五十二年、神戸大学大学院理学研究科修了。福井県立高等学校教諭。ミュージカル劇団ドラゴン・ファミリー代表。「山陰詩人クラブ」を経て、現在「日本海作家」同人。抑制されたリリシズムの内省的な散文詩集『季節の空地』(昭和54年4月、VAN書房)でデビュー。『返す地図を届けるために』(昭和60年3月、自費出版)、『僕の場所で』(平成2年11月、近代文芸社)。『書置への返事』(平成8年9月、能登印刷)で詩風は一変し、家族と若人への澄明な祈りの詩編。『季節季節の朝が静かに開かれ』(平成10年9月、能登印刷)では、自己解体も恐れず、再び世界の不条理に果敢に向き合う。『誕生日の詩集』(平成14年3月、能登印刷)。（大田正紀）

神吉晴夫 かんき・はるお

明治三十四年二月十五日~昭和五十二年一月二十四日(1901~1977)。出版人。兵庫県印南《いんなみ》郡西神吉村(現・加古川市)に生まれる。大正十一年、東京外国語学校(現・東京外国語大学)卒業。昭和二年に東京帝国大学を中退し、講談社で宣伝部門を担当する。二十年に光文社創立に参加。編集局長を経て四十年から四十五年まで社長。〈カッパ・ブックス〉の生みの親となる。著書に『カッパ軍団をひきいて』(昭和51年5月、学陽書房)などがある。（野田直恵）

管耕一郎 かん・こういちろう

昭和二十四年(月日未詳)~(1949~)。詩人、写真家。淡路島に生まれる。昭和四十七年、早稲田大学第二文学部卒業。日常風景を写した写真に一行詩を添えた『写真集 陽気な骨 旅の記憶1978~1992』(平成4年9月、彩流社)、『写真集 菅氏の喜び 1992~1996』(平成9年7月、彩流社)等の著書がある。（信時哲郎）

神坂一 かんざか・はじめ

昭和三十九年七月十七日~(1964~)。小説家。兵庫県に生まれる。本名は非公表。平成元年、富士見書房主催の第一回ファンタジア長編小説大賞に「スレイヤーズ!」が準入選。二年一月、富士見ファンタジア文庫から『スレイヤーズ』出版。美少女魔導士リナの快活な語りや、物語の世界設定の巧みさで人気シリーズとなり、十五年五月には全十五巻となる。アニメ、漫画、ゲームとメディアミックス展開、一九九〇年代のライトノベルとビジネスモデルに一つの歴史を築いた。（椿井里子）

神崎清《かんざき・きよし》

明治三十七年八月三十一日〜昭和五十四年三月二日（1904〜1979）。評論家。香川県高松市東瓦町の河野家に生まれる。二歳で同市琴平町の神崎家の養子となり神戸市に転居。兵庫県立第二神戸中学校（現・県立兵庫高等学校）、大阪高等学校（現・大阪大学）を経て、昭和三年、東京帝国大学国文科卒業。同人誌「辻馬車」（大正14年、大阪で創刊）、「大学左派」（昭和3年創刊）、また「明治文学研究」（昭和9年創刊）で創作・評論活動の後、一時期は島本志津夫の名で女学生生活を描く小説を書き、戦後は売春等の社会問題研究家となる。「辻馬車」所載「汽車まで」（大正15年1月）「星条旗に関する前篇」（大正15年11月）に神戸を描く。（竹松良明）

かんべむさし《かんべ・むさし》

昭和二十三年一月十六日〜（1948〜）。小説家、エッセイスト。金沢市に生まれる。本名阪上順。昭和四十五年、関西学院大学社会学部を卒業。その後は、広告代理店に六年間勤めて、製作や販促企画の仕事をする。四十九年、早川書房「SFマガジン」コンテストに、「決戦・日本シリーズ」で応募、選外佳作となって同誌に掲載される。また、それをきっかけに、作家活動に入る。また、小説作法の勉強のために筒井康隆主宰のSF同人誌「ネオ・ヌル」に参加。五十年末より作家専業となる。五十二年、国外の反日連合軍に対し、日本人の中から無作為な方法によって選ばれた特攻隊によって日本の危機を乗り切る『サイコロ特攻隊』（昭和51年7月、早川書房）で、第八回星雲賞受賞。六十一年、笑いの道を極めたい三人の男たちが〈笑い宇宙〉に落ち込んで、笑いについての分析に終始する『笑い宇宙の旅芸人』（昭和61年9月、徳間書店）で第七回日本SF大賞受賞。近年は、『課長の厄年』（平成4年6月、光文社）など、軽妙な笑いの中にも風刺を込めたサラリーマン小説が多い。なお、エッセイとしては、『むさしキャンパス記』（昭和54年11月、角川書店）の新版である、『上ヶ原・爆笑大学』（平成10年4月、ヒューマガジン）には関西学院大学在学時のことが書かれたものがあり、これは「お笑い」青春記であると同時に、大学紛争など当時の世相が窺える内容ともなっている。また、『理屈は理屈神は神』（平成17年4月、講談社）においては、自らの金光教への入信をカミングアウトし、信心体験記がユーモラスに綴られている。デビュー当時から一貫して既成のSFの枠組みに捉われない、ギャグ、風刺、推理、怪奇、幻想など幅広い領域において創作活動を展開している。

＊決戦・日本シリーズ《けっせん・にほんしりーず》　短編小説。〔初出〕「SFマガジン」昭和50年1月。〔初収〕『決戦・日本シリーズ』昭和51年6月、早川書房。◇兵庫県西宮市に本拠地を置く二つの球団、阪急ブレーブス（現・オリックス・バファローズ、元本拠地・西宮球場）と阪神タイガース（本拠地・阪神甲子園球場）が日本シリーズで戦うという設定をめぐっての人々の興奮と熱狂が描かれる。結末は、それぞれのチームが優勝した場合の二通りのパターンが示されており、その結末の描かれ方の違いも含めて、阪急沿線と阪神沿線における人々の気質や文化の違いがユーモラスに誇張されて描かれている。（足立直子）

【き】

菊田一夫《きくた・かずお》

明治四十一年三月一日〜昭和四十八年四月

四日（1908～1973）。劇作家。横浜市西戸部町（現・西区戸部町）に生まれる。本名数男。両親の離婚後、転々と他人の手によって育てられ、五歳で菊田家の養子となる。十二歳で大阪の薬種問屋に丁稚奉公に出され、神戸でも年季奉公をしながら神戸市立商科実業学校（夜学。昼間は神戸市立女子商業学校、現・神戸市立神港高等学校）に通う。上京後、詩人サトウ・ハチローの世話で芝居の世界に入り、ラジオドラマ「鐘の鳴る丘」（昭和22年～25年）、「君の名は」（昭和27年～29年）が一世を風靡した。神戸を舞台にした自伝作品「がしんたれ」（昭和35年初演）は「週刊朝日」（昭和33年5月11日～34年2月1日）に連載した同名の小説を劇化したもの。『菊田一夫戯曲選集』全三巻（昭和40年5月～42年5月、演劇出版社）。

（槙山朋子）

菊池幽芳《きくち・ゆうほう》

明治三年十月二十七日～昭和二十二年七月二十一日（1870～1947）。小説家。常陸国（現・茨城県）水戸に生まれる。本名清。別号あきしく。水戸藩士の父庸、母きくの長男。明治二十一年、茨城県立水戸中学校（現・県立水戸第一高等学校）卒業。水戸の新聞に小説を発表か。二十四年、渡辺治に見出されて、大阪毎日新聞に入り、小説を連載する。三十年、文芸部主任。三十二年、「己が罪」（前編・8月17日～10月21日、後編・明治33年1月1日～5月20日）で大ヒットを飛ばし、家庭小説の代表的作家と大方から認められる。三十六年、Bertha M. Clayの「Dora Thorne」を翻案した「乳姉妹」（「大阪毎日新聞」明治36年8月24日～12月26日）を発表。その冒頭に、飾磨風景を取り入れる。四十一年～四十四年、新聞事業視察のため渡欧。黒頭巾「関西芸壇の二大勢力」（「演芸画報」明治45年2月）は幽芳と渡辺霞亭との二人を併論するが、「阪神電車の沿線で紳士村と大阪人に云はれてゐる西の宮夙川で、電車を下りて夙川に沿ひ大林芳五郎といふ成金の別荘前を通り真直に行つた海岸に近い処で、門を入ると先づヴアイオリンの音が聞える」幽芳宅訪問記事を含む。大正四年当時、兵庫県西宮町（現・西宮市）に居住か。六年～七年には、兵庫県武庫郡精通村芦屋（現・芦屋市）字平田に居住か。大正末年まで、「大阪毎日新聞」に小説を連載し続け、大正十三年、著作を『幽芳全集』全十五巻（国民図書）に集成。大阪毎日新聞社取締役となる。十五年、辞任、以後社友。昭和十三年当時の居住地は兵庫県武庫郡本山村森（現・神戸市東灘区）と確認できた。晩年は菊作りと作歌に専念する。二十二年、死亡。斎藤茂吉は〈菊つくる翁とこそは思ひしが人麿も知らぬ菊の歌あり〉と悼む。

（堀部功夫）

樹崎聖《きさき・たかし》

昭和四十年二月一日～（1965～）。漫画家。兵庫県西宮市に生まれる。本名畑崎佳敏。大阪芸術大学デザイン科在学中に大学の先輩にあたる漫画家、克・亜樹のアシスタントとなる。昭和六十二年、「週刊少年ジャンプ」（集英社）掲載の「ff（フォルテシモ）」でデビュー。同作は「週刊少年ジャンプ」の月例新人賞「ホップ☆ステップ賞」に入選した。代表作に『交通事故鑑定人環倫一郎《たまきりんいちろう》』（原作梶研吾、平成8年8月～13年12月、集英社）がある。

（西村将洋）

岸上大作《きしがみ・だいさく》

昭和十四年十月二十一日～昭和三十五年十二月五日（1939～1960）。歌人。兵庫県神崎郡田原村（現・福崎町）に生まれる。父繁一、母まさゑの長男。昭和二十一年、出征中の父が戦病死。生活は貧しかったが終生母を敬愛。田原中学校（現・福崎東中学校）時代から社会主義思想に親しむ。三十年に兵庫県立福崎高等学校入学後、短歌を詠み始め、九月、窪田章一郎創刊の「まひる野」に入会（～昭和34年12月）。翌年から文芸部の機関誌「れいめい」や地元の結社誌「文学圏」にも寄稿。高校二年時の作〈母とゆく沈黙は重くたえがたくオリオンはあれと指さして言う〉〈ただひとつ君につながる悔ありて春寒の夜の灯は消しがたく〉などから、後年の社会詠の背景に、繊細な神経と内省的な抒情がたたえられてあったことが認められる。三十三年上京し、国学院大学文学部文学科に入学。短歌研究会に入会し、旧知の高瀬隆和らと同人誌「汎」や「具象」を発行。三十四年四月、「国学院短歌」編集委員となり、十二月から角川書店の「短歌」に投稿。翌年「短歌研究」九月号に、安保闘争を題材にした「意志表示」四十首が第三回短歌研究新人賞推薦作となり掲載され、恋と革命をうたう学生歌人として注目を浴びる。早すぎる晩年の絶唱〈血と雨にワイシャツ濡れている無援ひとりへの愛うつくしくする〉等、六十年安保の緊張を静かに表出する作品群からは、真摯に自らの行動と向きあおうとした、痛々しい誠意が伝わってくる。十一月には「短歌」に「寺山修司論」を発表したが、失恋の孤立感を胸に抱え「ぼくのためのノート」を書き服毒縊死、享年二十一歳。彼の死は尖鋭化された時代の象徴ともみなされた。没後、友人たちの手で『岸上大作作品集 意志表示』（昭和36年6月、白玉書房）や『もうひとつの意志表示 岸上大作日記大学時代その死まで』（昭和48年12月、大和書房）、『青春以前の記 岸上大作日記高校生活から』（昭和49年6月、大和書房）等が刊行される。四十六年九月、墓碑〈意志表示せまり声なきこえを背にただ掌の中にマッチ擦るのみ〉が、また平成六年十月、福崎高校に歌碑〈かがまりてこんろに赤き火をおこす母と二人の夢作るため〉が建立された。『岸上大作全集』全一巻（昭和45年12月、思潮社）がある。

（外村　彰）

喜志邦三　きし・くにぞう

明治三十一年三月一日～昭和五十八年五月三日（1898～1983）。詩人。大阪府堺市に生まれる。大正八年、早稲田大学文学部英文学科卒業。大阪時事新報記者を経て神戸女学院大学教授、名誉教授。三木露風の第三次「未来」に参加し、麦雨と号して叙情詩を発表した。のちに人間精神の内面追求へと作風が深化する。詩集に『堕天馬』（昭和5年9月、交蘭社）、『雪を踏む跫音』（昭和8年8月、東北書院）、『沙翁風呂』（昭和15年12月、交蘭社）など。他に詩論、翻訳、作詞も手がけた。昭和二十四年から「交替詩派」（昭和28年より「灌木」）を主宰し、後進の育成にも努めた。

（杲　由美）

岸田辰彌　きしだ・たつや

明治二十五年九月三十日～昭和十九年十月十六日（1892～1944）。劇作家、演出家、俳優。東京市京橋区（現・東京都中央区）銀座に生まれる。父は明治の先覚者岸田吟香、兄は洋画家の岸田劉生。大正元年、新劇団とりで社に参加、東京高等師範学校附属中学校（現・筑波大学附属高等学校）時代の仲間である村田実発行の演劇美術雑誌「とりで」（大正元年9月創刊）にも加わる。八年五月、伊庭孝の新星歌舞劇団の結成にも関わったが、翌月退団し、小林一三の招きに応じて宝塚少女歌劇団及び宝塚音楽歌劇学校の教師となる。十五年一月から翌昭和二年五月まで、欧米の演劇界を視察した。

帰国後の九月に発表した「モン・パリ」は自らの海外での経験を元にしたもので、音楽を基盤に、歌・ダンス・ドラマなど様々な要素を含んだ新形式の音楽劇〈レビュー〉は大きな反響を呼び、以後の宝塚歌劇の公演形態として定着した。翌三年にも新作レビュー「イタリヤーナ」「ハレムの宮殿」を発表し、レビュー時代のさきがけとなった。宝塚歌劇団（昭和15年10月に改称）では六十三年に、「モン・パリ」初演の初日を記念して九月一日をレビュー記念日と名づけ、毎年催しを行うことに決める。（杲　由美）

岸本康弘　きしもと・やすひろ

昭和十二年（月日未詳）～（1937～）。詩人。兵庫県尼崎市に生まれる。昭和三十三年、現代詩文芸研修会を主宰する。四十三年、大阪文学学校卒業。詩劇なども開催。脳性小児麻痺を患い、阪神・淡路大震災後、麻痺が進行し手術を受けるが術後は思わしくない。詩作のかたわら、世界中を旅してまわり、ネパールに学校を建設する。平成六年、関西文学賞詩部門を受賞。十年、シチズン・オブ・ザ・イヤー賞を受賞。現在、ネパールのポカラにある岸本学舎の校長。詩集に『人間やめんとこ』（昭和47年5月、地帯社）、『地球のへりあたりで』（昭和52年3月、二十一世紀社）などがある。（荻原桂子）

貴志祐介　きし・ゆうすけ

昭和三十四年一月三日～（1959～）。小説家。大阪府に生まれる。京都大学経済学部卒業。朝日生命保険に入社し上京するが、三十歳で退社、関西に戻って執筆活動に専念する。平成八年にようやく、「ISOLA」が第三回日本ホラー小説長編賞佳作に選ばれた。貴志の阪神・淡路大震災体験を背景にした同作は、他人の感情を読み取ることができるエンパス・賀茂由香里が、多重人格障害で西宮の病院に入院中の少女と出会ったことから始まる。改稿の上『十三番目の人格《ペルソナ》―ISOLA』（平成8年4月、角川書店）として出版、デビュー作となった。九年、保険不正請求に題材を得た「黒い家」で第四回日本ホラー小説大賞を受賞、同作（平成9年6月、角川書店）はベストセラーとなる。本格ミステリーの領域でも、瑞々しい青春の感性が企む完全犯罪を描いた『青の炎』（平成11年10月、角川書店）、第五十八回日本推理作家協会賞を得た本格密室作品『硝子のハンマー』（平成16年4月、角川書店）などがある。（前田貞昭）

喜多内十三造　きたうち・とみぞう

昭和二年八月十八日～（1927～）。放送作家、詩人、イベントプロデューサー。京都市に生まれる。本名冨造。神戸経済大学（現・神戸大学）を卒業後、児童劇団を主宰。その後イベント会社を設立する。著書に『太鼓叩いて人生行脚　喜多内十三造詩集』（平成5年5月、朱鷺書房）、エッセイ集『ビールな生活』（平成6年4月、リブロ社）などがある。テレビドラマ主題歌、校歌、社歌等の作詞もしている。（日比嘉高）

北尾鐐之助　きたお・りょうのすけ

明治十七年三月九日～昭和四十五年九月六日（1884～1970）。紀行文学家、写真評論家。愛知県に生まれる。東京高等商業学校（現・一橋大学）中退後、毎日新聞社に入社。印刷、写真、映画など幅広い分野で活躍。定年退社後、海外諸国や国内の各地、特に近畿一円を中心にめぐり歩き、『日本山岳巡礼』（昭和2年6月、創元社）、『近畿景観』全九編（昭和4年12月～17年4月、創元社）、『国立公園紀行』全八編（昭和29

年6月～31年7月、毎日新聞社）などのすぐれた写真紀行集を著して「景観子」「風景居士」の異名を取る。モダンで斬新な感性に基づくその仕事は、没後二十年近くたって再評価され、『近畿景観』の第三編『近代大阪』が平成元年に復刊された。そのほか、兵庫県ゆかりの著書も多く、『武庫野物語』（昭和23年11月、宝書房）、『兵庫県郷土グラフ』（昭和24年10月、兵庫県観光連盟）、『清荒神　清澄寺縁起』（昭和33年9月、三光社）、『工場散歩　播磨海岸工業地帯』（昭和35年12月、神戸近代社）などがある。昭和二十九年、兵庫県文化賞受賞。（三品理絵）

北崎拓　きたざき・たく

昭和四十一年七月二十七日～（1966～）。漫画家。兵庫県芦屋市に生まれる。昭和五十九年、「少年ビッグコミック」掲載の「英雄行進曲」（『北崎拓選集（1）—むく毛のアン』昭和60年12月、小学館）でデビュー。デビューに前後してバンダイ発行の模型情報誌「模型情報」や「B—CLUB」でも、北崎拓美・北崎ひろみのペンネームでイラストや漫画を執筆する。六十年に「少年ビッグコミック」で青春コメディー『空色みーな』全五巻（昭和61年1月～62年5月、少年ビッグコミックス、小学館）の連載をスタートして人気を獲得、漫画家としての飛躍の基となった。デビュー前後はSF色の強い作品も多かったが、時代劇作品『ますらお～秘本義経記～』全八巻（平成6年10月～8年3月、少年サンデーコミックススペシャル、小学館）やハードアクションなどさまざまなジャンルの作品を発表している。その後は恋愛ものを中心に作品を発表し、平成十八年十月には『クピドの悪戯　虹玉』全七巻（平成17年3月～18年6月、ヤングサンデーコミックス、小学館）がテレビ東京系でドラマ化された。アシスタントには、曾田正人・乃木坂太郎がいた。兵庫県を舞台としているものとしては、『ますらお～秘本義経記～』七巻、八巻に「一の谷の戦い」の描写がある。（森鼻香織）

喜多青子　きた・せいし

明治四十二年十月二十七日～昭和十年十一月二十一日（1909～1935）。俳人。神戸市港東区荒田町（現・兵庫区）に生まれる。本名喜一《よしかず》。昭和五年、兵庫県立神戸商業学校（現・県立神戸商業高等学校）を卒業、第三八銀行（現・三井住友銀行）に入行。昭和三年頃より「ぬかご」「ホトトギス」「水明」などに投句。七年には「かつらぎ」「馬酔木」に投句、翌八年「ひよどり」創刊。十年には「旗艦」の創刊同人となったが、肋膜炎を発病して死去。遺句集『噴水』（昭和11年12月、旗艦発行所）。（渡辺順子）

喜谷繁暉　きたに・しげき

昭和三年十二月二十九日～（1928～）。詩人、画家。兵庫県加西郡北条町栗田（現・加西市）に生まれる。京都市立美術専門学校（現・京都市立芸術大学）洋画科卒業。詩誌「時間」「片」「龍」などの同人となる一方、神戸画廊プロデュース等、多くの美術展、特に具体美術展への参加や個展を経験。また、11PMや、ラジオドラマに出演など、詩作以外での活動も盛んである。詩集に『三輪山』（昭和53年3月、編集工房ノア）、『喜谷繁暉詩集』（平成16年12月、編集工房ノア）などがある。（渡邊浩史）

北野勇作　きたの・ゆうさく

昭和三十七年三月二十二日～（1962～）。小説家、落語作家。兵庫県高砂市曾根町に生まれる。「SFアドベンチャー」（徳間書房）の常連投稿者を経て、平成四年、『昔、火星のあった場所』（平成4年12月、新潮社）で第四回日本ファンタジーノベル大賞優秀賞を受賞し、作家デビュー。十一年『かめくん』（平成11年1月、徳間デュアル文庫）で、第二十二回日本SF大賞受賞。劇団「虚構船団パラメトリックオーケストラ」所属の役者でもある。（小谷口綾）

北原白秋 きたはら・はくしゅう

明治十八年一月二十五日～昭和十七年十一月二日（1885～1942）。詩人、歌人。福岡県山門《やまと》郡沖端《おきのはた》村大字沖端町（現・柳川市）に生まれる。本名隆吉。明治四十二年三月に詩集『邪宗門』（易風社）によって詩壇に出た後、日本象徴詩の系譜を継いで象徴的で官能的な新風を開く。また『桐の花』（大正2年1月、東雲堂書店）で歌人としての位置を定める。短歌・童謡・民謡等各方面にも多大な影響を残す。その他に山田耕筰（作曲）と合作で、耕筰の出身校である関西学院大学をはじめとする校歌も多く手懸けた。神戸の女流歌人の集まりである「珠藻の会」に講師として招かれたこともある。文業は多岐にわたり、『白秋全集』全四十巻（昭和59年12月～昭和63年8月、岩波書店）がある。（中野登志美）

北原文雄 きたはら・ふみお

昭和二十年（月日未詳）～（1945～）。小説家。兵庫県に生まれる。法政大学文学部卒業。兵庫県立淡路農業高等学校（現・県立淡路高等学校）、県立洲本高等学校の教諭を務めつつ小説を執筆。昭和四十八年、文芸淡路同人会を設立し、代表となる。平成十一年「日本農業新聞」に連載した長編小説『島の春』（平成12年12月、武蔵野書房）は、津名郡北淡町（現・淡路市）の農村を舞台に、近代化に揺れ、阪神・淡路大震災被災から復興へと立ち上がる島の共同体の様子を描いた力作である。著書はほかに『田植え舞』（平成7年2月、編集工房ノア、農民文学賞受賞）など。十八年の定年以後も、意欲的に執筆に取り組んでいる。洲本市在住。（三品理絵）

北村薫 きたむら・かおる

昭和二十四年十二月二十八日～（1949～）。小説家。埼玉県に生まれる。本名宮本和男。早稲田大学文学部卒業。母校の埼玉県立春日部高等学校で教員をしながら、平成元年三月に『空飛ぶ馬』（東京創元社）で覆面作家としてデビュー。『リセット』（平成13年1月、新潮社）は、友人の従兄弟に淡い恋心を抱く女学生の、時を隔てた思いを描く物語。戦前・戦中の芦屋や神戸が舞台となっており、作者によれば甲南高等女学校（現・甲南女子高等学校）や川西航空機甲南製作所がモデルになっているという。平成二十一年、『鷺と雪』（平成21年4月、文芸春秋）で第一四一回直木賞受賞。（信時哲郎）

北村真 きたむら・しん

昭和三十二年（月日未詳）～（1957～）。詩人。兵庫県に生まれる。本名和泉昇。平成十三年、詩集『始祖鳥』（平成12年8月、視点社）により第一回現代詩平和賞受賞。ほかの詩集に『群居』（昭和63年8月、視点社）、『休日の戦場』（平成6年1月、視点社）、『穴のある風景』（平成17年12月、ジャンクション・ハーベスト）がある。（杣谷英紀）

北康利 きた・やすとし

昭和三十五年十二月二十四日～（1960～）。小説家、郷土史家。愛知県に生まれる。別号司亮一。父は兵庫県三田《さんだ》市の三田《さんだ》学園を卒業、母も三田市の出身で、そのため北も幼少期から三田に親しみを持って育つ。大阪府立天王寺高等学校、東京大学法学部卒業。卒業後、富士銀行（現・みずほ銀行）に入行。フィレンツェ大学留学後、銀行系証券会社に勤務。ファイナンス理論を専門とし中央大学大学院客員教授なども務める。平成十年の父の死をきっかけに、両親の故郷三田市の郷土史家としても活動を開始。父の三回忌に合わせて『北摂三田の歴史』（平成12年8月、六甲タイムス社）の刊行を果たした後は、『白洲次郎 占領を背負った男』（平成17年7月、講談社、山本七平賞受賞）、『男爵《バロン》九鬼隆一 明治のドンジュアンたち』（司亮一名義、平成15年4月、神戸新聞総合出版センター）、『蘭学者 川本幸民』（平成20年6月、PHP研究所）など、三田ゆかりの人々について、綿密に調査し丹念に掘り下げた著書を刊行している。（三品理絵）

北山修 きたやま・おさむ

昭和二十一年六月十九日～（1946～）。精神科医、音楽家。兵庫県淡路島に生まれ、ほどなく京都に移る。京都府立医科大学医学部卒業。在学中、「ザ・フォーク・クルセダーズ」を結成、「帰って来たヨッパライ」「イムジン河」が話題となり、関西フォークソング界を牽引。「あの素晴らしい愛をもう一度」「戦争を知らない子供たち」「風」「花嫁」などヒット曲を作詞、エッセイ集なども刊行。ロンドン大学医学研究所留学後、北山医院開設、心理カウンセリングを行う。平成十年、九州大学に奉職、同大学院人間環境学研究院教授。十八年より日本精神分析学会会長。精神医学関係の著書、訳書多数。（浅野　洋）

北義人 きた・よしと

大正五年七月二十日～平成五年五月三十一日（1916～1993）。歌人。兵庫県武庫郡大庄村（現・尼崎市平左衛門町）に生まれる。昭和十三年、短歌雑誌「走火」に入り並木秋人に師事する。二十三年に尼崎歌人連盟（現・尼崎歌人クラブ）を創立。三十四年、尼崎短歌会を結成し「ささはら」創刊。五十四年から「くさぶえ」を主宰。五十五年、尼崎市文化功労賞受賞。尼崎の短歌界隆盛の基礎を築いた第一人者である。〈川筋の街果てむまで歩みきて佇ちゐる我に及ぶ残照〉（『光る樹林』昭和43年12月、山光書房）。（槇山朋子）

橘高薫風 きったか・くんぷう

大正十五年七月十一日～平成十七年四月二十四日（1926～2005）。川柳作家。兵庫県尼崎市に生まれる。本名薫。昭和三十二年、麻生路郎《じろう》に師事、「川柳雑誌」編集部に入る。四十年、川柳塔社の創立委員となり「川柳塔」を発行、四十五年に編集長。平成五年、香川県大川郡白鳥町（現・東かがわ市）に句碑〈島ひとつ買うて暮せば涼しかろ〉を建立。六年、川柳塔社主幹。句集に『有情』（昭和37年9月、川柳雑誌社）、『檸檬』（昭和40年7月、川柳雑誌社）、『古稀薫風』（平成7年11月、沖積舎）や、集大成としての『橘高薫風川柳句集』（平成13年9月、沖積舎）等がある。（槇山朋子）

鬼内仙次 きない・せんじ

大正十五年（月日未詳）～（1926～）。小説家。兵庫県に生まれる。関西学院大学を卒業後、昭和二十六年、朝日放送に入社し、プロデューサーを務める。『大阪動物誌』（昭和40年9月、牧羊社）は、当時東京で生活を送っていた著者が、「大阪と私の故郷である加古川を懐しん」で執筆したものである。やまなし文学賞を受賞した『灯籠流し』（平成5年7月、山梨日日新聞社）

は、幼い娘をなくした播州を郷里とする夫婦の三十年の歳月を描いている。（松枝　誠）

衣巻省三　きぬまき・せいぞう

明治三十三年二月二十五日～昭和五十三年八月十四日（1900～1978）。詩人、小説家。兵庫県朝来郡粟鹿村之内柴村（現・朝来市山東町）に生まれる。関西学院中学部卒業、早稲田大学英文科中退。大正末から本格的に文学活動を開始し、佐藤惣之助主宰の「詩の家」にも同人として参加したが、昭和三年七月、詩集『こわれた街』を詩之家出版部より刊行した。表紙カバーには弟で洋画家となった衣巻寅四郎描くところの洋風のコートをまとったモダンな女性像とともに、この詩集に「序」や「跋文」を寄せた佐藤春夫、萩原朔太郎、稲垣足穂（関西学院中学部で同級）、佐藤惣之助の言葉が〝HE COMES FROM KOME〟（足穂）、「丘の上のお月様、空の孤独のエトランヂエ、死むで生きてるセメンダル・ムツシユ・キヌマキの詩に於ける国際主義だ」（惣之助）といった具合に記され、そこに収録された六十六編の詩の風合いを指し示している。八年七月に小松清、坂本越郎たちとともに同人雑誌「翰林」を創刊。同誌に発表した小説「けしかけられた男」（昭和9年10月～10年5月）は、恋愛小説としての清新さが認められて第一回芥川賞候補作となった。ついで十年十月号の「文芸春秋」に発表された小説「黄昏学校」は、神戸とおぼしき外国汽船の停泊する港が見渡せる丘陵に建つミッションスクール「新月女学院」を舞台として、自らの青春の時を終えようとする女教師岸裕子と、回覧雑誌の中で自分の通う学校を〈黄昏学校《ツアイライトスクール》〉と命名した、病的に美しくしかも哀切な心情を湛えた少女里子との心の触れあいを、里子の死と裕子の結婚にいたるまで描いたもの。女主人公裕子の心の移りゆくさまが、黄昏の持つ華やかにして寂しい雰囲気さながらのものとなって伝わってくる。版画荘文庫の一冊『黄昏学校』（昭和12年8月、版画荘）にも収録された。ほかに単行本となったものとして、小説集『パラピンの聖母』（昭和8年4月、金星堂）や詩集『足風琴』（昭和9年8月、ボン書店）がある。（大橋毅彦）

木下杢太郎　きのした・もくたろう

明治十八年八月一日～昭和二十年十月十五日（1885～1945）。劇作家、小説家、詩人、美術研究家、医学者。静岡県加茂郡湯川村（現・伊東市湯川）に生まれる。本名太田正雄。筆名に地下一尺生、葱南《そうなん》など。実家は雑貨の卸売商（米惣《こめそう》）の旧家。第一高等学校（現・東京大学）より東京帝国大学医学部に進み皮膚科を専攻。大学時代、長編小説「夕日の宮」を執筆。明治四十年「明星」の同人となり、散文や詩を発表して文壇に登場。以降雑誌「スバル」「三田文学」「アララギ」「中央公論」「文章世界」等に戯曲、詩や美術評論等を発表し、その詩風は、南蛮情緒的、キリシタン趣味、耽美享楽的などと呼ばれた。その後、森鷗外の影響もあり、医者と文学者という二つの道を歩む。大正五年、医師として中国の奉天（現・瀋陽）に赴任（南満医学堂教授兼奉天医院皮膚科部長）。十年ヨーロッパに留学、パリのソルボンヌとサン・ルイ病院で研究。帰国後、東大医学部教授となる。昭和十六年に日仏交換教授としてハノイ大学などで講演、フランス政府よりレジオンドヌール勲章を受ける。神戸との関連では、「京阪聞見録」（「三田文学」明治43年5月）によれば、作者は京都から神戸へ入り「異人館」のハイカラな光景について触れている。作品としては、戯曲に『和泉屋染物店』

（明治45年7月、東雲堂）、『南蛮寺門前』（大正3年7月、春陽堂）、小説集に『唐草表紙』（大正4年2月、正確堂）、詩集に『食後の唄』（大正8年12月、アララギ発行所）、評論に『日本切支丹史鈔』（昭和18年10月、中央公論社）等がある。（西本匡克）

木下利玄　きのした・りげん

明治十九年一月一日～大正十四年二月十五日（1886～1925）。歌人。岡山県の足守《あしもり》（現・岡山市）に旧藩主木下利恭の弟利永の次男として生まれる。明治二十三年、伯父の跡を襲い、家督を相続、子爵家の当主となる。学習院の初等・中等・高等科を経て、東京帝国大学国文科卒業。中等科時代から佐佐木信綱の門に入る。学習院時代の友人、武者小路実篤・志賀直哉・正親町公和と文学活動を開始、四十三年には雑誌「白樺」を創刊。四十四年に横尾照子と結婚するが、翌年生まれた長男利公は生後五日で死亡、大正三年三月に生まれた次男も翌四年末に死亡するなど、家庭運には恵まれなかった。照子の慰藉のため、五年六月、長途の旅に出て、城崎温泉で夏を送り、山陰道を経て年末には別府に到着、仮寓を設けた。だが、六年六月に生まれた長女夏子も年末に死亡、兵庫県武庫郡住吉村（現・神戸市東灘区）に移り、八年一月に鎌倉に移住するまで滞在した。歌集に『銀』（大正3年5月、洛陽堂）、『紅玉』（大正8年7月、玄文社）、『一路』（大正13年12月、竹柏会）がある。（生井知子）

木辺弘児　きべ・こうじ

昭和六年十二月二日～平成二十年二月二日（1931～2008）。小説家。神戸市に生まれる。本名住田晴幹。大阪大学理学部を卒業し、ミノルタカメラ（現・コニカミノルタホールディングス）に入社、技術者として研究開発を行う。昭和五十二年に大阪文学学校に入学し、詩や小説を書き始める。阪神・淡路大震災に遭遇し、その被災・復興体験をもとに描いた『廃墟のパースペクティブ』（平成9年1月、葦書房）、『無明銀河』（平成10年10月、編集工房ノア）等を著している。（松枝　誠）

君本昌久　きみもと・まさひさ

昭和三年十月十二日～平成九年三月二十二日（1928～1997）。詩人。大阪府に生まれる。立命館大学文学部哲学科卒業。昭和三十一年三月に第一詩集『贋の破片』を神戸市灘区のONLY・ONE詩人グループより刊行。以後「クワルテット」「蜘蛛」「めらんじゅ」などの同人詩誌に拠って詩作を続け、『ぼくの第九』（平成4年5月、蜘蛛出版社）まで合わせて九冊の詩集を出した。それと並行して神戸の地域社会に根差した文化活動に積極的にかかわる。とくに昭和二十三年に創設された市民同友会に対しては二十八年に参加した後、事務局長、理事長を務める一方、市民の学校での現代詩の講義、雑誌「文学塹壕」の出版（昭和46年8月創刊）と編集、神戸空襲を記録する会の世話人と、精力的に活動した。詩論集『詩人をめぐる旅』（昭和57年10月、太陽出版）や安水稔和との共編『明治・大正・昭和詩集成　兵庫の詩人たち』（昭和60年12月、神戸新聞出版センター）があるほか、神戸空襲記録に名を残さぬ犠牲者を取り上げた『いろまち燃えた―福原遊廓戦災ノート』（昭和58年3月、三省堂）もある。（大橋毅彦）

木村曙　きむら・あけぼの

明治五年三月三日～明治二十三年十月十九日（1872～1890）。小説家。神戸栄町（現・神戸市中央区）に生まれる。本名栄子、生まれた町の名に因んで名付けられた。父は牛肉料理店「いろは」の経営で知られる豪商木村荘平。母政子は当初は正妻でなかったために、曙も長く母方の岡本姓を名乗った。異母弟に、作家木村荘太《そうた》、画家荘八《しょうはち》、映画監督荘十二らがいる。東京に移住後、三田南海学校を経て、明治十七年、東京高等女学校（現・お茶の水女子大学）に入学。早くから、英仏二ヵ国語に通じたという。卒業後、織物・刺繍などの貿易事業を構想し、手芸制作技術修得のために海外留学を希望するが荘平の許しを得られずに断念。母とともに「いろは」第十支店をとりしきりながら文学を志した。この頃、千葉東金《とうがね》の豪商の家から養子が迎えられたが、夫の不品行などによって早々に離別。二十二年、饗庭篁村の推薦を受けて、「読売新聞」に「婦女の鑑《かがみ》」を発表する。女性作家による日本最初の新聞連載小説として、一月三日の年頭号から二月二十八日まで断続的に連載された。この小説の主人公吉川秀子は、単身イギリスに渡ってケンブリッジに学び、その後さらにアメリカに渡って手芸工場で技術を学ぶ。帰国後は貧民救済のための工場を創立するなど、先進的な女性として描かれていた。その姿は、留学を断念せざるを得なかった曙自身の理想、夢が織りなされたものだろう。他の作品に、「勇み肌」（「江戸新聞」明治22年5月23日〜29日）、「曙染梅新型」（「貴女の友」明治22年7月〜9月）、「操くらべ」（「読売新聞」明治22年10月6日〜8日）、「わか松」（「読売新聞」明治23年1月3日〜20日）がある。これら諸作品の舞台は、執筆当時の曙が生活を送っていた東京近辺にとどまらず、遠くはイギリス、アメリカ、日本国内でも、京都、彦根（滋賀）、博多（福岡）、唐津（佐賀）と、様々な土地にとられている。船旅が多く描かれるといった特質は、曙が港町神戸に生まれ育ったことを想起させるものであるだろう。博多への船旅が物語の展開上重要な役割を果たす「わか松」には、神戸港の記述がみられる。

（笹尾佳代）

木村栄次　きむら・えいじ

明治三十八年九月二十七日〜（1905〜）。歌人、書店経営者。兵庫県明石市に生まれる。大正十一年、秦皮《とねりこ》詩社の同人となる。昭和六年、「水甕」に入会、松田常憲に師事。常憲没後、選者、相談役となる。二十一年、兵庫県歌人クラブの発起人となり、二十七年、代表となる。歌集に『軽塵』（昭和25年、木村書店）、『推移』（昭和42年、水甕社）、『余喘の歳月』（昭和61年1月、雪華社）。また、兵庫県の文学碑を追った『いしぶみ文学紀行』（昭和41年3月、のじぎく文庫）がある。〈人丸山を二分《ふたわけ》なして位置しむる東柿本神社西月照寺〉。

（田口道昭）

木村紺　きむら・こん

生年月日未詳〜。漫画家。出生地非公表。平成九年、漫画雑誌「月刊アフタヌーン」（講談社）の新人賞である「四季賞 冬」に入賞。翌年「神戸在住」（サブタイトル「fromKOBE」）を同誌六月号から連載開始。十八年五月号での連載終了まで本作のみを発表し、ベタ塗り、スクリーントーンを極力使用せず、手描きの描線を活かした叙情的な作風で注目を浴びる。十四年に本作にて第三十一回日本漫画家協会賞新人賞受賞後も、「月刊アフタヌーン」に精力的に作品を発表。焼き鳥屋女性店長ジョーの破天荒な行状を描く「巨娘」（平成16年11月〜）では既存の読者を見事に裏切った作風に転じる。また、自身が〈多感な時期を過ごした〉京都・洛東の四季を背景に、名門女子高校柔道部の群像を描く「からん」（平成20年5月〜）でも繊細な女性視点は健在。

＊神戸在住《こうべざいじゅう》　長編漫画。〔初出〕「月刊アフタヌーン」平成10年6月～18年5月。◇阪神・淡路大震災後に転居してきた東京出身の女子大学生、辰木桂の目を通して震災以後の神戸の日常が描かれる。震災についての直截的描写は第二十三話から第二十五話に集中。震災被害者でありながらボランティアに従事する在日中国人青年の体験談として語られ、情報が寸断された神戸の寒く長い一日を伝える。（金岡直子）

季村敏夫　きむら・としお

昭和二十三年九月五日～（1948～）。詩人。京都市に生まれ、神戸市長田区で育つ。同志社大学経済学部中退。詩集に『冬と木霊』（昭和49年10月、国文社）、『つむぎ唄、泳げ』（昭和57年4月、砂子屋書房）等のほか、阪神・淡路大震災をテーマにした『日々の、すみか』（平成8年4月、書肆山田）がある。また、共編著に『生者と死者のほとり―阪神大震災・記憶のための試み』（平成9年11月、人文書院）。平成十五年、瀧克則、間村俊一らと文芸雑誌「たまや」を創刊。十六年八月に刊行した『木端微塵』（書肆山田）で第五回山本健吉文学賞を受賞。戦前・戦後の神戸、姫路で刊行された雑誌を探索して神戸モダニズムの再検討を迫った『山上の蜘蛛―神戸モダニズムと海港都市ノート』（平成21年9月、みずのわ出版）もある。（田口道昭）

木山捷平　きやま・しょうへい

明治三十七年三月二十六日～昭和四十三年八月二十三日（1904～1968）。小説家、詩人。岡山県小田郡新山村（現・笠岡市）に父静太、母為の長男として生まれる。大正十一年、兵庫県姫路師範学校（現・神戸大学）第二部に入学（修業年限一年）。十二年、教員としての義務年限である二年間、兵庫県出石町立弘道尋常高等小学校（現・豊岡市立弘道小学校）に正規の教員として奉職する。十四年、東洋大学文化学部に入学。昭和二年、病を得て郷里と姫路で療養。姫路では小学校教員をしながら、個人詩誌「野人」を発行。年末に姫路連隊に入営した坂本遼とその後しばしば語らう。四年、再び上京し、処女詩集『野』（昭和4年5月、抒情詩社）を自費出版。七年八月、中国・四国地方を旅行、兵庫県出石町に立ち寄り、「出石」執筆の契機となる。八年、太宰治、古谷綱武らとともに同人誌「海豹」を創刊、創刊号に「出石」（「海豹」昭和8年3月）を発表、作家としての道を歩み始める。この時期に、「一昔」（「作品」昭和9年5月）、「出石」を改作・改題した「出石城崎」（「世紀」昭和9年9月）、「掌痕」（「文芸」昭和10年5月）など、出石町での教員体験を素材にした作品を発表している。長編『大陸の細道』（昭和37年7月、新潮社）が、三十八年三月に第十三回芸術選奨文部大臣賞を受賞。『木山捷平全集』全八巻（昭和53年10月～54年6月、講談社）がある。（杣谷英紀）

京極杞陽　きょうごく・きよう

明治四十一年二月二十日～昭和五十六年十一月八日（1908～1981）。俳人。東京市に生まれる。本名高光。但馬国豊岡藩第十四代当主、子爵。十五歳の時に関東大震災で姉一人を除く家族全員を失う。東京帝国大学文学部を卒業後に外遊し、昭和十一年、渡欧中の高浜虚子とベルリンで出会う。その時の句会で作った〈美しく木の芽の如くつつましく〉が虚子に認められたことより、俳句の道に入る。十二年から宮内省式部官。十九年には教育召集を受けるが翌年に除隊。敗戦後は宮内省を退職し、二十一年豊岡に帰郷。「木兎《もくと》」を再刊して主宰。句集に『くくたち』上・下（昭和21年5月、22年4月、青柿社）、『但馬住』（昭和36年6月、白玉書房）、遺句集『さめぬなり』（昭和57年11月、東京美術）などがあり、兵庫で詠まれた句に〈妻いつもわれに幼し吹雪く夜も〉（『但馬住』）などがある。（信時哲郎）

京都伸夫 きょうと・のぶお

大正三年三月三日～平成十六年十一月二十八日（1914～2004）。放送劇作家。徳島県に生まれる。本名長篠義臣。京都帝国大学卒業後、宝塚映画創設時の脚本（昭和14年～16年）、宝塚歌劇の脚本（昭和17年9月～10月、花組）を担当した。戦後は大阪NJB（毎日放送）やラジオ神戸（現・ラジオ関西）の開局に尽力する。日活や大映にも所属し、映画の原作・脚本を多数担当した。五十五歳で停筆して、以後地域（宝塚）の読書サークルや劇団の活動を支え、宝塚市立図書館協議会委員長を務めた。平成五年度兵庫県文化賞受賞。（箕野聡子）

旭堂南陵 きょくどう・なんりょう

昭和二十四年九月四日～（1949～）。講談師、演芸研究家。大阪府堺市に生まれる。本名西野康雄。昭和四十三年大阪府立泉陽高等学校卒業。四十七年近畿大学農学部卒業。四十九年大阪府立大学大学院修了（農学修士）。近畿大では落語講談研究会に所属し、四十三年、顧問であった三代目旭堂南陵に入門し、四十七年、旭堂南右を名乗る。五十三年、真打ちに昇進し、三代目旭堂小南陵を襲名する。平成十八年には四代目旭堂南陵を襲名する。講談の傍ら俳優としても活躍。平成元年からは、参議院議員（兵庫選挙区、社会党のち平和・市民所属）を一期務める。十三年、文化庁芸術祭優秀賞、十六年、大阪文化祭賞グランプリ受賞。大阪芸術大学及び羽衣国際大学客員教授、日本芸能実演家団体協議会理事を務める。兵庫県西宮市在住。著書に明治期演芸の速記本を蒐集精査した『明治期大阪の演芸速記本基礎研究』正・続（平成6年8月、12年5月、たる出版）、共著書にCD本『よみがえる講談の世界 全三巻 水戸黄門漫遊記、安倍晴明、番町皿屋敷』（平成18年4月、6月、8月、国書刊行会）がある。（村田好哉）

【く】

九鬼次郎 くき・じろう

大正三年三月三十日～昭和十五年八月二十一日（1914～1940）。詩人、歌人。神戸市葺合区国香通（現・中央区）に生まれる。本名松田末雄。少年時に結核性腹膜炎、脊椎カリエスに罹って〈奇形〉となり、苦難の生涯を送った。詩歌に光を求め、「現代文芸」「蠟人形」「愛誦」「詩神」等に詩を投じ、詩友地良田稠《じらだしげし》と親しんだ。昭和六年歌誌「香蘭」に入会して杉浦翠《すい》子の選を受け、「あさなぎ」の歌会にも参加して足立巻一を識る。詩作にも励み、悲傷の魂を詠んで「神戸詩人」「青騎兵」等に掲載されたが、八年杉浦翠子の「短歌至上主義」創刊に参加後は、歌作に専念し、長編「自伝」歌を詠み続けた。（山内祥史）

久坂部羊 くさかべ・よう

昭和三十年（月日未詳）～（1955～）。医師、小説家。大阪府に生まれる。大阪大学医学部卒業。『廃用身』（平成15年5月、幻冬舎）でデビュー。神戸で老人医療にあたる医師が、廃用身（脳梗塞などにより麻痺して動かなくなった手足）を切断する療法を推進した結果、マスコミの報道に追いつめられて行き場を失うまでの物語。第三作目の『無痛』（平成18年4月、幻冬舎）でも神戸が描かれる。『大学病院のウラは墓場　医学部が患者を殺す』（平成18年11月、幻冬舎新書）などのノンフィクションも手がける。

（信時哲郎）

久坂葉子　くさか・ようこ

昭和六年三月二十七日～昭和二十七年十二月三十一日（1931～1952）。小説家。神戸市生田区（現・中央区）中山手通に、父芳熊（男爵川崎芳太郎の次男、川崎重工業専務取締役）、母久子（子爵の娘）の次女として生まれる。父方の曾祖父は川崎造船所（現・川崎重工業）創設者川崎正蔵である。本名川崎澄子。昭和九年、三歳の時、兄が生まれつき体が弱かったので、紀州に別荘を借り兄弟や姉と楽しく生活していたが、教育のためには田舎は良くないという親の意見で帰神。十二年、諏訪山尋常小学校（現・神戸市立こうべ小学校）入学。この頃は秩序を嫌い、二年生では算数に嫌悪感と恐怖を抱く。三年生の時は相馬御風、小林一茶、良寛、西行法師、清水次郎長など愛読。四年生の頃は演劇に興味を持ち、死の世界についても考える。十六年十二月八日太平洋戦争勃発、この五年生の頃から恋愛小説を読み始め初恋をする。六年生の折、父の戦争悲観説とは反対に学校で教え込まれる戦争必勝説に強く感化される。南無阿弥陀仏に心ひかれ数珠を手にし尼僧に憧れる。十八年、神戸山手高等女学校（現・神戸山手女子高等学校）入学。四年生の頃から「鳥と私」「紅白の折鶴」「水仙」などの詩を書きはじめる。五年生の頃詩を読み耽り、特に萩原朔太郎に心酔、学校をさぼって京都の寺院などを訪ね歩く。死の衝動にかられる。同校卒業間際の二十二年、親の意見で、相愛女子専門学校（現・相愛大学）音楽部ピアノ科に入学するが、冬休みと同時に中退。その後上京するが、流暢な東京弁のアクセントになじめず帰神、その後就職したりして一人詩作に耽る。最初の自殺未遂。以後自殺未遂三回。作品発表のきっかけは二十四年の夏、自らの作品「港街風景」を手に、友人に誘われて阪急六甲にある島尾敏雄の自宅を訪れたことである。彼の紹介で「入梅」が大阪のガリ版刷りの小さな同人雑誌「ＶＩＫＩＮＧ」に掲載される。この作品は久坂葉子が小説家としてスタートを切った記念すべきものである。夫の戦死で未亡人となった資産家の私が、自分の環境の変化にも負けずに一人息子と共に力強く生きる姿と女の性《さが》が見事に描出されている。これは戦後文学の既成概念からすればやや時代遅れのようでもあるが、実は自分の身辺に題材を求めたすぐれた私小説でもある。構成もすぐれ物語全体が静かな変化に富みしっとりとした趣があり、梅雨の合間のスケッチのようでとても味わいの深い作品であり、十八歳の手によるものとは思えない出来栄えである。この時期の日記に「太宰が死んだ。彼にふれた彼に感じた。萩原朔太郎をうんと愛した。詩をよくよんだ。彼にひかれた」（昭和24年12月30日）と両者への傾倒を記している。以後「ＶＩＫＩＮＧ」の同人となり富士正晴に師事、同誌に「猫」（昭和24年10月）「晩照」「終熄」（昭和24年10月）「落ちてゆく世界」（昭和25年1月）「愛撫」（昭和25年6月）などを発表。この「落ちてゆく世界」が作品社の編集者八木岡英治の目にとまり、彼の要請で数回改作され「ドミノのお告げ」と改題（題名は若杉慧がつけた）の上、「作品」春夏号（昭和25年5月）に掲載され、二十五年八月、芥川賞候補になったが受賞には至らなかった。このことが彼女の人生を大きく左右した。丹羽文雄の「チャーチル会の女優の静物画の程度である」（「文芸春秋」昭和25年8月）という「選後感」に対し「皮膚でもって字づらだけで作品をみている」と久坂は怒りをあらわにしている。これを機に次々と作品を発表する。「灰色の記憶」はかなりの自信をもって自分の半生を自伝的に書いた作品であるが「綴り方教室だ」（『久坂葉子の誕生と死亡』（初出・昭和27年8月、『新編 久坂葉子作品集』昭和55年4月、構想社）と酷評を受けＶＩＫＩＮＧを脱退。「ふたつの花」（「ＶＩＫＩＮＧ」44号・昭和27年9月）は同性愛の破局を描いたものであるが久坂葉子の新分野への挑戦であろう。「華々しき瞬間」は「ＶＩＬＬＯＮ」（「ＶＩＫＩＮＧ」ＣＬＵＢ・「ＶＩＬＬＯＮ」ＣＬＵＢ共同発行、創刊号、昭和27年11月）に掲載された。その執筆動機を「わたしは、プールブオワールの招かれた女をよんでいた。彼女の小説はある意味で私の創作の方向をたかめてくれたように思われた。一つの存在の価値は、他の存在によってはじめて認められるのだということを、私は華々しき瞬間に於いて試みたのだ」（前掲書）と語る久坂のいわば作家人生の総決算でもあった。この後「ＶＩＫＩＮＧ」に復帰。「ＶＩＫＩＮＧ」は編集方針などから富士正晴と島尾敏雄とが対立し、島尾が脱会、第二次三十号で終結。一年後二次解散、第三次は三ヵ月で終刊。キャプテンは富士正晴から小島輝正に移行し第四次発足。富士は大阪で「ＶＩＬＬＯＮ」創刊。富士は久坂葉子を「ＶＩＫＩＮＧ」から「ＶＩＬＬＯＮ」へ移籍させようと試みるが小島に抵抗され、久坂も富士と共に「ＶＩＫＩＮＧ」と「ＶＩＬＬＯＮ」の両方に在籍。このため「幾度目の最期」（昭和28年3月）は両誌合同の追悼号となった。これ以後も「ＶＩＫＩＮＧ」は様々な問題を抱えていた。遺稿となった「幾度目かの最期」は三人の愛に苦しむ自分の胸中を如実に語ったものである。久坂葉子の作品は二十四年に「入梅」を発表以来「幾度目かの最期」迄の三年間で、小説六十二（未発表十六）編、随筆三十二編、詩九十七編、「春が来る時」（未発表・昭和23年5月）「女達」（未発表・昭和27年5月）「流れ雲」（未発表・昭和27年7月）などの戯曲十編。これらは、『久坂葉子全集』（平成15年12月、鼎書房）に収録された。また、「小ばなし」など十七編が、「神戸新聞」夕刊等に掲載された。他に掲載紙誌不明のコント・随筆八編がある。俳句も十八句残している。特にコントはユニークでユーモアに溢れ筆致も年齢からしては考えられないほど老成したものである。短い文学活動からすれば久坂はかなり多作の部類に入る。「さえぎられた光線」（昭和27年）は男女の愛の様相を斬新な方法で描いた密度の濃い作品である。小説や戯曲の中には荒削りのものや技法上の難点も見られるが「あらゆる角度から女を解剖してみようと考えた」（前掲書）の片鱗は彼女の作品群の随所に感じられる。また、作中のヒロインは常に感受性が強く自意識過剰気味で、必死に生きようとすればするほど背負いきれないほどの重荷に締め付けられてゆく。「あなたは一体、私達が何処にいると思っているの、社会じゃないのよ、肩書きもない。地位もない。名誉もない、職歴もない。虚栄もない、とこなのよ」。（「霊界の抱擁」、昭和52年・前掲全集に収録）という世界に限りない憧れを抱きながら、一方ではどうしても名門という勲章を捨て切れずに苦しむ自己への嫌悪感、焦燥感、絶望感が彼女の文学を形成しているとも言える。二十七年十二月三十一日、「幾度目かの最期」を書き上げたその夜、午後九時四十五分、京阪急行（現・阪急電鉄）六甲駅で三宮発梅田行特急電車に飛び込み、二十一歳の人生を自ら閉じた。娘の死後三十数年を経て、母は「若すぎて才能を認められたことが、重荷になり、創作に行き詰まりを感じたためと思う」（「毎日新聞」昭和55年2月27日夕刊）と自殺の動機を語る。それは思うように書けずにもがき苦しんでいる娘の様子を目のあたりにしながら、何の手助けも出来なかった母の無念さを如実に物語っている。と同時になまじ芥川賞候補になんかにならなければと思う母の姿でもある。久坂葉子はその短い生涯の中で孤独と寂しさを胸に秘め、文学にも恋にも懸命に生き、そして散った。その前向きな姿勢が彼女の真の姿ともいえよう。井上靖は「久坂葉子は背後に光芒をひいて飛び去った一個の流星に似ている。光芒は彼女を知っている人々の目から長い間消えないであろう」（「帯文」『久坂葉子作品集 女』昭和53年12月、六興出版）と評す。自殺の場所が阪急六甲、即ち島尾敏雄の家のあった所である。作家として出発した思い出の地でもある。久坂葉子と島尾敏雄は、二人にしか理解しえない何か特別な感情をお互いに抱いていたのではないかとさえ思える。島尾敏雄には「死人の訪れ」（「新潮」昭和28年2月）という久坂葉子をモデルにした作品がある。

（佐藤和夫）

草野心平 くさの・しんぺい

明治三十六年五月十二日～昭和六十三年十一月十二日（1903～1988）。詩人。福島県石城郡上小川村大字上小川（現・いわき市小川町）に生まれる。福島県立磐城中学校（現・県立磐城高等学校）を中退して上京、編入した慶応義塾普通部も半年ほどで辞めた後、大正十年二月に中国広州に渡る。九月に同地にある嶺南大学に入学したが、留学の折に携えてきた亡兄民平の制作ノートや、寄宿舎生活を通じて知り合った新文学運動に目ざめた中国人の友人たちからの刺激を受けて、詩作を開始する。徴兵検査のため一時帰国した十二年夏に、亡兄民平との合著詩集『廃園の喇叭』を郷里で編むが、広州への帰途立ち寄った京都で、関西学院生小松一朗を発行人とする雑誌「想苑」の存在を知り、同誌の主要な寄稿者である竹内勝太郎を訪問した。これが機縁となって同年の「想苑」十月号には「赤い夕月とまつてゐる」、十三年一月の新年特別号には「虫よ」「まんだらな夕景」と題する心平の詩が掲載され、彼と関西学院系文学雑誌やその関係者との交流が始まった。とくに十四年四月に心平が広州で創刊した詩誌「銅鑼」の三号から同人として加わった坂本遼との間には、六月に生じた沙基事件に遭遇して帰国を余儀なくされた心平が、兵庫県加東郡の坂本の実家に寄寓して彼とともに「銅鑼」七号の編集を行ったり、坂本の詩集『たんぽぽ』（昭和2年9月、銅鑼社）に「序」を寄せたりという、強い結びつきが保たれていった。昭和二年六月に創刊された折、坂本が作品を載せていた関西学院文学部詩人倶楽部発行「木曜島」の第二巻第三号（昭和3年3月）と第五号（昭和3年5月）にも、心平は「山崎重蔵に与ふ」「靴」と題する詩をそれぞれ寄せている。三年十一月、詩集『第百階級』を銅鑼社より刊行、生命力とアナーキーな活力に満ちた詩風をもって昭和初年代の詩壇に新風を送り込んだ。以後、「学校」（昭和3年12月創刊）や「歴程」（昭和10年5月創刊）といった詩誌を主宰して多くの詩人を糾合するとともに、戦前は『蛙』（昭和13年12月、三和書房）、『絶景』（昭和15年9月、八雲書林）、『富士山』（昭和18年7月、昭森社）、戦後は『日本沙漠』（昭和23年5月、青磁社）、『定本 蛙』（昭和23年11月、大地書房）、『マンモスの牙』（昭和41年6月、思潮社）などの詩集を刊行、終始旺盛な創作姿勢を貫いた。宮沢賢治最初の全集（全3巻、昭和9年10月～10年9月、文圃堂）の編纂者としても知られ、ほかに多くの評伝、随筆集、紀行も残した。昭和六十三年十一月十二日、急性心不全のため死去。（大橋毅彦）

九条武子 くじょう・たけこ

明治二十年十月二十日～昭和三年二月七日（1887～1928）。歌人。大谷光尊の次女として京都西本願寺に生まれる。佐佐木信綱に師事。明治三十八年に仏教婦人会本部長となり、兵庫県を大正二年、五年、昭和二年に伝道巡回した。大正十四年三月には六甲に遊んだ。歌集に『金鈴』（大正9年6月、竹柏会）、『薫染』（昭和3年11月、実業之日本社）他。歌文集『無憂華』（昭和2年7月、実業之日本社）には「六甲山上の夏」が収録されている。〈落日は巨人の魂かわが魂か炎のごとく血汐の如し〉。（橋本正志）

樟位正 くすい・ただし

昭和五年八月二十日～（1930～）。詩人。岡山県高梁市に生まれる。本名中元正。佐賀師範学校（現・佐賀大学）予科中退。神戸市在住。昭和四十一年、「塔への道」が河出書房の第四回文芸賞選外佳作となる。以降、詩壇に属さず、自身の内的世界の振幅をストーリー性のある散文詩などに表現している。詩集に『内部の鳥』（平成9年4月、日本図書刊行会）、『ひき攣《つ》った家神《いえがみ》』（平成11年4月、文芸社）、『原語の鳥』（平成15年9月、文芸社）、『柘榴石』（平成20年6月、文芸書房）等七冊がある。（外村 彰）

楠見朋彦 くすみ・ともひこ

昭和四十七年十月十日～（1972～）。歌人、小説家。大阪市に生まれる。立命館大学文学部哲学科卒業後、塚本邦雄創刊の歌誌「玲瓏」会員として活動。小説『零歳の詩人』（「すばる」平成11年11月。平成12年1月、集英社）で第二十三回すばる文学賞受賞。平成十二年、『マルコポーロと私』（「すばる」平成12年5月。平成12年7月、集英社）で咲くやこの花賞受賞。一年前に香櫨園に引っ越してきた、洋画好きの高校三年生みずほの日常を洋画のシーンを織り交ぜながら描いた小説『ジャンヌ、裁かる る』（平成15年3月、講談社）がある。（宮薗美佳）

楠本憲吉 くすもと・けんきち

大正十一年十二月十九日～昭和六十三年十二月十七日（1922～1988）。俳人。大阪市東区（現・中央区）北浜に、老舗の料亭「灘萬」の長男として生まれる。小学校二年より兵庫県武庫郡本山村（現・神戸市東灘区本山）の別宅へ移り、私立灘中学校（現・灘高等学校）に進学。昭和十六年、慶応義塾大学法学部予科に入り、十八年、学徒出陣。軍隊で伊丹三樹彦と出会い、句作を始める。復員後、日野草城に師事し、まるめろ俳句会結成。慶応義塾大学俳句会を設立し、機関紙「慶大俳句」を創刊。大学卒業後短期間ながら灘高の国語講師を務めた。「太陽系」「火山系」「弔旗」「青玄」同人。二十六年四月、第一句集『隠花植物』（隠花植物刊行会）刊行。「出郷」と詞書された〈あきかぜの山脈おのが影いだく〉がある。三十六年、現代俳句協会分裂を機に脱会、四十四年、俳誌「野の会」を創刊。五十年十一月、第二句集『孤客』（永田書房）刊行。六十年九月、現代俳句協会に顧問として復帰。六十一年九月、『楠本憲吉

全句集』（沖積舎）。（宮川　康）

国広博子　くにひろ・ひろこ

昭和八年（月日未詳）～（1933～）。詩人。神戸市に生まれる。昭和二十年三月、神戸空襲に遭う。神戸女学院大学英文科卒業。国際基督教大学修士課程修了。喜志邦三に師事し、「灌木」「灌木」（第二次）同人となる。第二十七、二十八回横浜市民文芸祭特別賞を連続受賞。日本詩人クラブ会員。玉川大学、鶴見大学非常勤講師も務めた。詩集に『時間を越えて』（昭和49年、公共事業通信社）、『国広博子詩集』（昭和54年、四海社）、『何故 人間が』（昭和60年、中央公論事業出版）、『生と死』（平成元年、檸檬社）、『鏡井戸』（平成6年、土曜美術社出版販売）。『鏡井戸』には、神戸空襲を描いた「昭和二十年 なお近く」が収録されている。（金岡直子）

窪田空穂　くぼた・うつぼ

明治十年六月八日～昭和四十二年四月十二日（1877～1967）。歌人、国文学者。長野県東筑摩郡和田村（現・松本市）に生まれる。本名通治。東京専門学校（現・早稲田大学）を卒業。太田水穂を知って作歌を始め、与謝野鉄幹の「明星」への参加を経て、「山比古」や「国民文学」を創刊。自然主義文学の影響を受け、小説を書いた後、歌人として、自己の内部生活を散文的、現実主義的にとらえた境涯詠、社会詠を詠んだ。大正九年より早稲田大学で教鞭を執る。主な歌集に『まひる野』（明治38年9月、鹿鳴社）、『濁れる川』（大正4年5月、国民文学社）、『土を眺めて』（大正7年12月、国民文学社）があるほか、『新古今和歌集評釈』上・下（昭和32年11月、33年12月、東京堂）など、国文学関係の著作も多い。大正八年、松村英一と加賀越前から奈良・京都に遊んだ折、大阪で川田順・植松寿樹らと会い、六甲山に登った。このときの歌が、歌集『青水沫』（大正10年3月、日本評論社）に残されている。〈海のかぜ南より吹けば六甲の高根の草はみな花となれり〉。（田口道昭）

倉地与年子　くらち・よねこ

明治四十三年七月三十一日～平成二十年八月二十四日（1910～2008）。歌人。神戸市に生まれる。本名与年《よね》。兵庫県立第一神戸高等女学校（現・県立神戸高等学校）卒業。短歌雑誌「潮音」に加わり、太田水穂に師事。結婚五年で夫と死別。第一歌集『白き征矢』（昭和17年12月、鶴書房）は〈夫《つま》恋い〉の歌集。第二歌集『乾燥季』（昭和36年8月、やしま書房）で現代歌人協会賞受賞。第四歌集『素心蘭』（平成2年11月、短歌新聞社）で日本歌人クラブ賞受賞。〈六甲の葡萄の新酒わが古りし咽喉を洗ふとこくこくと鳴る〉等、兵庫にちなんだ歌も多い。（宮川　康）

倉本四郎　くらもと・しろう

昭和十八年八月三十日～平成十五年八月二十三日（1943～2003）。小説家、評論家。神戸市灘区鹿の下通町に生まれる。三歳から熊本県天草で育ち、昭和三十六年熊本国立電波高等学校を卒業。南日本新聞広告部や雑誌「若い生活」編集長を経て独立。五十一年から平成九年まで「週刊ポスト」に三ページ書評「ポスト・ブックレビュー」を長期連載する。小説に『海の火』（平成元年10月、講談社）、『往生日和』（平成14年9月、講談社）、『招待』（平成16年2月、講談社）。評論に『鬼の宇宙誌』（昭和48年4月、講談社）、『ポスト・ブックレビューの時代 倉本四郎書評集』上下（平成20年7月、22

年4月、右文書院）がある。（村田好哉）

車谷長吉　くるまたに・ちょうきつ
昭和二十年七月一日～（1945～）。小説家。兵庫県飾磨市（現・姫路市飾磨区）下野田に生まれる。本名車谷嘉彦《しゃたによしひこ》。昭和四十三年、慶応義塾大学文学部独文科卒。大学在学中より小説を書きはじめるが、卒業後の約二年間、東京日本橋の広告代理店に勤務した後、会社を辞め本格的に作家を志す。短編「なんまんだあ絵」（「新潮」昭和47年3月）を発表してデビュー。その後二作を発表するが、三十歳の時、東京での作家生活が破綻し故郷へ戻る。以後、下足番、料理屋の下働きなどをしながら、関西各地を転々とする。編集者による再三の説得を受け、その生活の終わり頃に書いた「萬蔵の場合」（「新潮」昭和56年8月）が芥川賞候補となる。五十八年、再び作家となる覚悟を決め上京。約九年間の放浪体験にもとづく下層庶民的な生活感を、播州地方の方言を織り交ぜながら描き、近代性と自己のあり方に疑問を投げかけた。四十七歳で上梓した初の作品集『鹽壺《しおつぼ》の匙《さじ》』（平成4年10月、新潮社）で、第四十三回芸術選奨文部大臣新人賞と第六回三島由紀夫賞を受賞。その後も、『漂流物』（平成8年12月、新潮社）で第二十回平林たい子賞、『赤目四十八瀧心中未遂』（平成10年1月、文芸春秋）で第一一九回直木賞、「武蔵丸」（「新潮」平成12年2月）で第二十七回川端康成文学賞など、数々の文学賞を受賞。〈反時代的毒虫〉としての〈私小説家〉を標榜する。平成十六年四月、私小説「刑務所の裏」（「新潮」平成16年1月）で事実と異なることを書かれ名誉を傷つけられたとして俳人の齋藤慎爾に提訴された。十二月、謝罪して和解するも、これを契機に私小説作家廃業を宣言、『飄風《ひょうふう》』（平成17年2月、講談社）を最後の私小説とした。以後、私小説に代わる〈聞き書き小説〉を提唱、『灘の男』（平成18年5月、文芸春秋）で表題作ほかの三連作をまとめた。創作以外では、文学評論として『文士の魂』（平成13年11月、新潮社）、エッセイ集に『錢金について』（平成14年4月、朝日新聞社）、『雲雀の巣を捜した日』（平成17年12月、講談社）など。また、紀行文『世界一周恐怖航海記』（平成18年7月、文芸春秋）では、妻の高橋順子（詩人）らとともに出かけた旅の体験をまとめた。他に著作多数。『赤目四十八瀧心中未遂』は平成十五年に荒戸源次郎監督によって映画化された。（日高佳紀）

呉エイジ　くれ・えいじ
昭和四十四年五月二十七日～（1969～）。作家。兵庫県姫路市に生まれる。「呉エイジ」は学生時代に漫画を描いていた頃からのペンネーム。姫路市の県営住宅の三階に妻と三人の子どもと住んでいた会社員が、平成八年、ホームページを開設。自作の漫画やエッセイ、妻に秘密でパソコンにかける費用と家計の負担をめぐる「我が妻との闘争」を公開。これが雑誌編集者の目にとまり、十一年七月からパソコン雑誌「マックピープル」に連載。十四年十一月、アスキーから単行本として出版。続刊もあり。（椿井里子）

黒岩重吾　くろいわ・じゅうご
大正十三年二月二十五日～平成十五年三月七日（1924～2003）。小説家。大阪市此花区（現・西区）に生まれる。昭和五年、大阪市立長池小学校に入学するが、身体虚弱と腕白のため、十年五月から十月まで、大阪市の経営する六甲郊外学園へ入れられる。十一年に長池小学校を卒業、大阪府立堺中学校（現・府立三国丘高等学校）を受験したが失敗、一年間を小学生浪人として過ごす。後年黒岩は「深い傷」(『黒岩重吾全集』第二十二巻、昭和59年3月、中央公論社)のなかで、当時反抗的な「腕白少年」であった息子の「性格を叩きなおそう」と考えた父が、自分を六甲の郊外学園へ送り込んだのだと述べ、小学生浪人とともに、この郊外学園を「私が作家になった一番の原点」かもしれないと書いている。郊外学園に触れたものに「暗い春の歌」(「オール読物」昭和46年8月)、「小学生浪人」(「小説現代」昭和49年6月)がある。十二年奈良県立宇陀中学校(現・県立大宇陀高等学校)、十六年に同志社大学予科に入学。十九年三月卒業後、法科に入学するも、学徒出陣により中国東北部へ送られる。二十年、ソ連・満洲国境より帰還。翌年二月、同志社大学法経学部法科に復学、二十二年九月卒業。二十三年四月日本勧業証券会社に入社。翌二十四年九月、「北満病棟記」が「週刊朝日」の記録文学の募集に入選する。同年、尊敬していた源氏鶏太と会う。その後、証券新報創立への参加、小児麻痺の発病と三年間に及ぶ入院、釜ヶ崎のドヤ街での生活、キャバレー勤務などを経て、三十三年、水道産業新聞編集長となる。同年十月「サンデー毎日」大衆文芸に「ネオンと三角帽子」が入選。三十四年、「近代説話」同人になる。三十六年一月、『背徳のメス』(昭和35年11月、中央公論社)で第四十四回直木賞を受賞。新聞社を辞め、以後、小説に専念する。その執筆活動は、社会派推理小説、自伝的小説、歴史小説など多彩である。五十五年、『天の川の太陽』(昭和54年10月、中央公論社)で第十四回吉川英治文学賞受賞。五十八年、大阪府堺市から兵庫県西宮市に転居。平成三年紫綬褒章受賞。四年菊池寛賞受賞。『黒岩重吾全集』全三十巻(昭和57年11月～昭和60年3月、中央公論社)。兵庫を舞台にした小説に『女の樹林』(昭和45年5月、サンケイ新聞社出版局)がある。

(岡崎昌宏)

黒崎緑 くろさき・みどり

昭和三十三年六月二十六日～(1958～)。小説家。兵庫県尼崎市に生まれる。本名三輪緑。同志社大学文学部英文学科卒業。大学時代、推理小説研究会に所属。有栖川有栖や夫の白峰良介は当時の仲間。卒業後、村田機械に入社、昭和五十九年結婚退職、推理小説を書き始める。平成元年「ワイングラスは殺意に満ちて」で第七回サントリーミステリー大賞読者賞を受賞。神戸の女子学園が舞台の『聖なる死の塔』(平成元年11月、講談社ノベルズ)や、関西弁の会話で成り立つ「しゃべくり探偵シリーズ」などがある。

(椿井里子)

黒沢清 くろさわ・きよし

昭和三十年七月十九日～(1955～)。映画監督。神戸市に生まれる。昭和五十年、立教大学社会学部に入学。映画製作サークルに入部。五十六年にピアフィルム・フェスティバル一般公募部門に入賞。卒業後は長谷川和彦、相米慎二に師事。五十八年、「神田川淫乱戦争」で商業映画デビュー。六十年に公開された「ドレミファ娘の血は騒ぐ」で注目される。「地獄の警備員」(平成4年)など、独特のホラー映画を発表、「CURE」(平成9年)は、サイコ・スリラーとでもいうべき快作。平成十二年公開の「回路」でカンヌ国際映画祭国際批評家連盟賞受賞。その後、「アカルイミライ」(平成14年)、「ドッペルゲンガー」(平成15年)などを発表。一方、「勝手にしやがれ」シリーズなど、B級ヴァイオレンスの作品もある。「トウキョウ・ソナタ」(平成20年)は、現代の家族を描いて、カンヌ国際映画祭「ある視点」部門審査員賞を受賞した。著書に『映像のカリスマ』（平成4年、フィルムアート社）、『映画はおそろしい』（平成13年2月、青土社）などがある。（田口道昭）

黒部亨 くろべ・とおる

昭和四年一月二十七日～（1929～）。小説家。鳥取県に生まれる。鳥取師範学校（現・鳥取大学）卒業。元明石市教育委員長。昭和四十年、「砂の関係」（「群像」昭和40年5月）で第八回群像新人文学賞を受ける。四十六年には「片思慕の竹」で第二回サンデー毎日新人賞を受ける。他に『兵庫県人』（昭和51年1月、新人物往来社）、「明石桜」（「小説現代」昭和44年7月）、『播磨妖刀伝』（昭和61年10月、講談社）、『荒木村重惜命記』（昭和63年11月、講談社）など。日本文芸家協会所属。（森本秀樹）

畔柳二美 くろやなぎ・ふみ

明治四十五年一月十四日～昭和四十年一月十三日（1912～1965）。小説家。北海道千歳に生まれる。旧姓遠藤。北海高等女学校（現・札幌大谷高等学校）卒業。佐多稲子の「キャラメル工場から」（「プロレタリア芸術」昭和3年2月）に影響され、二十歳から交流を持つ。昭和八年に上京し畔柳貞造と結婚したが、二十三年、夫の戦死を知り、その傷を癒すべく創作に専念する。「限りなき困惑」（「人間」昭和26年7月）では、聴覚障害を持つ貞夫の入営に驚く妻れい子の様が書かれるが、二人が住んでいたのは「阪神沿線の甲子園」とある。二十四年「夫婦とは」（「女人芸術」昭和24年1月）を発表、二十九年には「姉妹《きょうだい》」（「近代文学」昭和28年7月）で第八回毎日出版文化賞受賞。他に『こぶしの花の咲くころ』（昭和31年6月、講談社）など。（森本秀樹）

桑島玄二 くわしま・げんじ

大正十三年五月一日～平成四年五月三十一日（1924～1992）。詩人。香川県大川郡白鳥町（現・東かがわ市）に生まれる。本名丸山玄二。中学校時代から詩を愛好し、日本浪漫派を通じてドイツ・ロマン派に憧れる。高松高等商業学校（現・香川大学）卒業後、応召。戦後結婚して、兵庫県尼崎に居住。この頃足立巻一らと知り合う。その後、職を転々としつつ詩作を続ける。昭和五十九年第六回兵庫詩人賞を受賞。著作に、詩集『目測について』（昭和27年、巨離社）、詩論集『兵士の詩＝戦中詩人論』（昭和48年、理論社）、児童文学『つばめの教室』（昭和53年9月、理論社）などがある。（諸岡知徳）

【け】

軒上泊 けんじょう・はく

昭和二十三年六月十日～（1948～）。小説家。兵庫県加東郡滝野町（現・加東市）に生まれる。本名丸山良三。神戸市役所職員として勤務するかたわら、神戸大学経営学部第二課程を経て、昭和四十八年同学を卒業。その後、播磨少年院で法務教官として勤務。五十二年「九月の町」（「オール読物」昭和52年6月）によって、第五十回オール読物新人賞を受賞。その半年後に法務教官を退職し、文筆活動に専念する。翌五十三年には「九月の町」が「サード」（監督東陽一、脚本寺山修司）として映画化された。以降多数の作品を発表しているが、なかでも法務教官時代の体験をもとにした『九月の町』（昭和58年11月、みみずくぷれす）や『鉄格子の中へどうぞ』（昭和60年6月、集英社）などに特徴がある。また、『甲子園らばい』全二巻（平成元年、双葉社）など神戸を中心とした阪神地域を舞台とする作品も多い。そのなかで代表的な作品は『べっぴんの町』（昭和60年6月、集英社）。異国情緒あふれる神戸を舞台にして、かつて少年院の法務教官だった男が行方不明の少女を捜すという物語だが、平成元年に監督原隆仁、主演柴田恭兵・田中美佐子で映画化されている。また、『ウェルター』（昭和61年10月、集英社）が監督村上修によって映画化、『八月の濡れたボール』（昭和62年5月、双葉社）が、平成二年に設定を大幅に変更され「スクールウォーズ2」としてテレビドラマ化されている。その他『心の戦場』（昭和59年4月、みみずくぷれす）、『またふたたびの冬』（昭和61年4月、集英社）、『君こそ心ときめく』（昭和63年2月、集英社）、『恋の終りはベッドが似合う』（昭和63年7月、祥伝社）、『光の町へ』（平成4年3月、徳間書店）、『君が殺された街』（平成7年4月、中央公論社）、『仮死法廷』（平成11年6月、国書刊行会）などの著作がある。

（諸岡知徳）

原理充雄 げんり・みちお

明治四十年二月十九日〜昭和七年六月三十日（1907〜1932）。詩人。大阪府西成郡鷺洲村（現・大阪市西淀川区浦江町）に生まれる。本名岡田政治郎。鷺洲尋常高等小学校高等科（現・大阪市立鷺洲小学校）終了後、大阪郵便局に勤務。詩人としての活動は、関西学院文学部文科研究会の機関雑誌として出発した「想苑」（大正11年6月創刊）に浪漫的な抒情詩を発表した大正十二年頃から始まるが、やがてこの雑誌を介して知り合った草野心平に誘われ、十四年四月創刊の「銅鑼」同人となり、積極的に作品を発表。筆名として原理充雄を用い、その詩想にもアナーキズム的傾向が現れはじめた。さらに自身の思想的立場をマルキシズムへと転換させてからは「銅鑼」を離れて、同人坂本遼との関係から関西学院の詩人グループに近づき、文学部詩人倶楽部発行の「木曜島」（昭和2年6月創刊）に鱶十治の筆名で「「アナアキスト」へのノート」（第1巻第3号、昭和2年12月）、「木曜島の緊急なる問題」（第2巻第3号、昭和3年3月）などの先鋭な評論を発表、同誌の左傾化を促した。それと並行して実践運動にも参加、日本プロレタリア作家同盟第三回大会（昭和6年5月）で作家同盟員に推されたが、その前月にビラ撒きにより逮捕されており、未決を出て一ヵ月足らずで衰弱死した。

（大橋毅彦）

【こ】

小池真理子 こいけ・まりこ

昭和二十七年十月二十八日〜（1952〜）。小説家。東京都中野区に生まれる。昭和四十年、父の転勤で兵庫県西宮市に転居。武庫川近くの畑を見渡せる二階家に住んだ。私立甲子園学院中等部に入学。この頃から、父の書棚にあった本を読み始め、『チャタレイ夫人の恋人』を読んでいるのを見つかり、まだ早いと叱られたという。四十二年、甲子園学院中等部から西宮市立瓦木中学校に編入。翌年、兵庫県立鳴尾高等学校に入学するが、同年九月に父の転勤で宮城県仙台市に転居。成蹊大学文学部英米文学科卒業。出版社勤務後、フリーの編集者、ライターとなり、『知的悪女のすすめ』（昭和53年7月、角川文庫）でデビュー。三島由紀夫の影響を受けた作品も多い。「妻の女友達」（『あなたに捧げる犯罪』平成元年2月、双葉社）で第四十二回日本推理作家協会賞（短編部門）、『恋』（平成7年10月、早川書房）で第一一四回直木賞、『欲望』（平成9年7月、新潮社）で第五回島清恋愛文学賞、『虹の彼方』（平成18年4月、毎日新聞社）で第十九回柴田錬三郎賞を受賞する。夫は直木賞作家の藤田宜永。

（西川貴子）

小泉苳三　こいずみ・とうぞう

明治二十七年四月四日～昭和三十一年十一月二十七日（1894～1956）。歌人、国文学者。横浜市戸塚矢部町（現・横浜市戸塚区）に、父藤治、母ヨネの長男として生まれる。本名藤造。大正三年三月、東洋大学専門部二科に入学。同年歌誌「水甕」創刊に参加。大正十一年四月、百瀬千尋や潁田島一二郎らと「ポトナム」を創刊し、発行所を東京、京都と転々とさせながら、その後、兵庫の潁田島宅を母胎とし、会員を増やし発展させた。（「ポトナム」は平成21年8月で1000号）。昭和八年、「ポトナム」一月号誌上に「現実的新抒情主義の短歌の提唱」を発表し、以降、ポトナムの勢力を京城（現・ソウル）、樺太、相模、新潟の他に神戸、京都、大阪に結集するべく支部活動を活性化する。昭和七年九月、立命館大学専門学部文学科教授となり、北京師範大学教授を兼任する。九年一月、「立命館文学」を創刊。十一年一月、立命館短歌会が発会し、顧問となる。当時学生であった岡本彦一、伊藤実美（山広柴江）、牧野静（白川静）らが集まり、後、国崎望久太郎、和田周三、上島志朗らも加わり毎月のように歌会を開き活動を始めたが、太平洋戦争が激烈の度を加えた十八年に活動を停止した。小泉苳三の業績は、次の三点にしぼることができる。一つは、『明治歌論資料集成』（昭和15年6月、立命館出版部）、『明治大正歌書総覧』（昭和16年3月、立命館出版部）、『明治大正短歌大年表』（昭和17年4月、立命館出版部）の『明治大正短歌史料大成』全三巻にまとめられた近代短歌関係の資料の蒐集にある。これらの基礎資料は「白楊荘文庫」として現在、立命館大学の図書館で閲覧できるようになっている。二つは、近代短歌史の礎になった『近代短歌史 明治篇』（昭和30年6月、白楊荘社）という八百ページに及ぶ大著と近代短歌に関する多くの論考である。三つは、歌人として『夕潮』（大正11年8月、水甕社）、『くさふじ』（昭和8年4月、立命館出版）そして『従軍歌集 山西《サンシー》前線』（昭和15年5月、立命館出版）に収められた歌の数々である。特に、『従軍歌集 山西前線』は、最後の〈東亜の民族ここに闘へりふたたびはかかる戦争なからしめ〉の解釈をめぐって批判も受けたが、人間性豊かな苳三のヒューマニズム精神はそれらの情況をつきぬけたところにあり、「ポトナム」の「現実的新抒情主義」の実践があった。昭和二十二年六月、政令六二号第三号第一項（教職不適格）により、立命館大学の職を解かれる。二十七年十一月、「明治和歌史の研究」により、文学博士（東洋大学）の学位を受ける。二十八年四月、関西学院大学教授に就任。三十一年十一月二十七日、急逝。享年六十二歳。洛東の法然院に葬る。〈関西学院大学〉上ケ原に登り行くバスに揺られをり春日のなかに花の散り行く〉。

（安森敏隆）

小泉八雲　こいずみ・やくも

ラフカディオ・ハーン（Lafcadio Hearn）嘉永三年六月二十七日～明治三十七年九月二十六日（1850～1904）。小説家、随筆家、評論家。ギリシャに生まれる。父はイギリス軍医。一八六三年、ローマ旧教の学校に入学。一八六九年、アメリカのシンシナティに行き、文筆修業を始める。数社の新聞記者を経て明治二十三年（1890）来日。島根県立松江中学校（現・県立松江北高等学校）に赴任する。日本文化への関心を深め、西洋への日本文化の紹介の道を拓く。同年、小泉セツと結婚し、日本理解を一層深めていく。翌二十四年、熊本の第五高等中学校（現・熊本大学）に転任、本格的に学究と作家の道へと進む。二十七年、琴平を訪ねた後、十月、神戸クロニクルに入社、主に論説・短信を担当。神戸市下山手通四丁目へ移る。二十八年一月、神戸クロニクル退社。三月、『東の国から』(Out of the East)をホートン・ミフリン社から出版。四月、京都へ旅行。七月、帰化の決心をして英国領事館へ行く。下山手通六丁目へ移る。十一月、帰化の真意を確かめるため役人来訪。十二月、東京帝国大学より招聘の連絡あり。同月、中山手通七丁目へ移る。二十九年二月十日、帰化手続きが完了し、小泉八雲と改名。三月、『心』（Kokoro）をホートン・ミフリン社から出版。九月八日、辞令を受け取り、東京帝国大学文科大学講師となり、英文学を講じ始める。三十六年、大学を辞職。三十七年、東京専門学校（現・早稲田大学）の講師となったが、九月二十六日、急逝、雑司ヶ谷に葬られる。八雲は日本における英文学研究の礎を築いた一方で、自らは日本人の日常生活に研究材料を得ながら日本研究を進め、欧米人の異国趣味に彩られない日本の実像を紹介することに尽力した。神戸時代に出版した『東の国から』は、紀行文の体裁をとっている文章もあるが、主題は日欧比較文化論であり、東西両文明の相違と相互理解の困難さ、日本的美の価値などを主張している。また、『心』では、日本人の生活の外面よりむしろ内面を重視し、庶民が見せる高い精神性に注目して、彼らの心を支えているのが神道と仏教であることなどを指摘した。いずれも、日本に深い理解をもつ八雲ならではの創見に満ちた書物である。

（梅本宣之）

小磯良平 こいそ・りょうへい

明治三十六年七月二十五日～昭和六十三年十二月十六日（1903～1988）。洋画家。神戸市神戸区中山手通（現・中央区）に生まれる。旧三田九鬼藩の旧家で、貿易業に携わる岸上文吉、こまつの八人兄弟姉妹の次男。旧姓岸上。洋館の立ち並ぶ街で、典型的な暖かいクリスチャンの家庭環境のもとに育ったため、幼少から〈西洋的な雰囲気〉を自然に身につけていた。大正六年、兵庫県立第二神戸中学校（現・県立兵庫高等学校）に入学。生涯の友となった詩人・竹中郁と親交を結ぶ。成績はトップクラスであったが、無口で人見知りの性格であった。この頃から画家をめざし、画を描いては校内の絵画展に出品していた。十年、竹中郁と雪の残る倉敷の、現代フランス名画作品展覧会に一番乗りをして非常に感動し、翌年東京美術学校（現・東京芸術大学）西洋画科に入学。猪熊弦一郎、岡田謙三、荻須高徳など多士済々の面々と肩を並べて学んだ。藤島武二につき、十四年には帝国美術院第六回美術展覧会（帝展）に「兄妹」が初入選。この年父文吉が死亡、かねてからの親族の希望にそって、祖母の姪にあたる小磯家の養子となる。十五年、第七回帝展で「T嬢の像」が特選となる。美術学校在学中の帝展特選は、異例というほど珍しいことであった。昭和二年、卒業制作に竹中郁をモデルとした「彼の休息」と「自画像」を提出、美術学校を首席で卒業。牛島憲之、荻須高徳、藤岡一、山口長男等と上社会結成、九月に第一回展を開催。翌三年、竹中郁とともにフランス留学、美術館や画廊巡りをし、後年小磯の特徴とも言われる古典主義をしっかり身につけたという。欧州各地を旅行し、画集や複製を多数収集した。四年、サロン・ドートンヌに「肩掛けの女」

〈コラム〉阪神間文化

いわゆる「阪神間文化」の舞台となった「阪神間」とは、大阪と神戸という関西の二大都市に挟まれた六甲山南麓を指す。明治時代の鉄道の開通とともに大阪商人らの別荘地、あるいは郊外住宅地としてめざましい発展を遂げ、大正～昭和初期にかけて西洋文化の浸透と相まって新しいライフスタイルを築き上げた地域である。

大正九年、阪神急行電鉄（現・阪急電鉄）は、大阪梅田と神戸上筒井間の路線を開業した。すでに国有鉄道（現・JR）と阪神電鉄が走っている区間に、さらにもう一本の線路を走らせたわけだが、国鉄が平地の中央部を通り、阪神が浜側の昔ながらの街中を通ったのに対し、この新しい路線は山の手の山麓を掘削して、ほとんど直線の線路を通したのである。阪急は鉄道を敷きながらその両端にデパートや行楽地をつくり、その間の沿線を宅地開発して駅ごとに売り出した。私鉄経営のモデルケースとなるような、鉄道敷設と宅地造成の組み合わせによる沿線開発であった。

交通網の発達と居住地の開発にともなって、阪神間の沿線には近代的な生活文化を中心にした独特な文化圏が形成された。建築をはじめとする衣食住の西洋化といってよいものであったが、西洋に直接つながる港湾都市神戸および商業都市大阪とほぼ等距離に位置するという地勢的特性がそれを支えていたことは言うまでもない。この地域には、関西学院、小林聖心女子学院、甲南、松蔭女子学院など多くの私立の学校が栄え、居住する資産家たちの子弟が教育を受けた。また、香櫨園《こうろえん》や打出浜、甲子園などには海水浴場やヨットハーバー、スポーツ施設などのアミューズメント施設が造成され、そのリゾート地としての側面が、自由な文化的環境を支えていた。もともと明治期から豪商階級の邸宅が住吉村（現・神戸市東灘区）あたりに多く作られていたが、大正期の地域開発を契機に、新興のインテリサラリーマン層の住宅地としても発展したのである。

経済的・文化的環境が整備されたことで、芸術家や文化人も移り住むようになった。殊にその状況に拍車がかかったのは、大正十二年九月一日に起きた関東大震災に伴う、文化人の関西移住という事態である。その後二十年にもわたってこの地に居住した谷崎潤一郎はその代表格といってよいが、彼と画家の小出楢重との交遊などに見られるような文化人ネットワークが形成されたのである。

沿線住民をターゲットにした「山容水態」（阪急電鉄、大正2年創刊）、「郊外生活」（阪神電鉄、大正3年創刊）などの発行、初の本格的なファッション月刊誌「ファッシヨン」（芦屋で昭和8年に創刊）などに見られるように、大阪の豪商たちの財力に支えられた富裕層の夫人や令嬢たち、いわゆる有閑マダムが阪神間文化を成熟させた担い手であった。すなわち、日常的な仕事の空間としての大阪・神戸に対して、居住空間としての阪神間といったイメージの定着である。たとえば谷崎の「卍（まんじ）」（「改造」昭和3年3月～5年4月）の語り手である園子の住む香櫨園の家は、「海岸の波打ち際」にあって「たいへんに見晴らし」がよく、さらには海水浴場のすぐそばで「夏はほんまに賑やか」な場所として設定されている。園子と同性愛関係となる光子は、初めて訪れた際に「部屋中見回しながら、「うちも結婚したら、こんな寝室持ちたいわ」などゝ云ふ」わけだが、まさにこの場面の直後に、園子夫婦の寝室で二人の秘められた関係が始まるのである。ここには、居住地とリゾート地が渾然一体となった阪神間の空間的特性が描き出されている。それはまた、外部への開放性と私的空間の密室性といった両面のせめぎ合う場でもあったのだ。

　同じく谷崎の代表作『細雪』（昭和18年〜23年）は、阪神間文化の諸相が物語の要素として取り込まれた作品である。谷崎の妻、松子の四姉妹を、作中の中心を占める蒔岡家四姉妹のモデルとしたことをはじめ、周辺の実在の人物が作品に採り入れられている。芦屋に分家した次女蒔岡幸子（松子夫人がモデル）の家庭を中心に、大阪上本町の本家からやって来ては居候のようなかたちで過ごす三女雪子と四女妙子を取り巻くエピソードが物語の中心的な筋を成している。幸子は「阪神間の代表的な奥さん」として造型され、上本町の蒔岡家と芦屋の蒔岡家を新旧対照的な位置に配しながら、阪神間の風俗や文化、さらには隣人のドイツ人一家や亡命ロシア人家族など西洋人との交流が、雪子の見合いと妙子の奔放な生活ぶりの背景にリアルに描き込まれている。

　当初この物語は、「卍」と同様に、阪神間に居住するような関西の上層階級の生活の「廃退した方面」を描き出そうとする構想が立てられていたが、時局の問題から変更を余儀なくされたという。その代わりに選ばれたのが、蒔岡家の三女雪子の縁談と、それを取り巻く「月並み」な風俗を書くことだった。「細雪」には、女性の価値と家の価値とが同時に評価される「結婚」という事態が物語化されているのだが、それは六年間という作中の時間において繰り返される年中行事と同じく再確認され続けられるものとして設定されている。しかし、それは同時にまた、若さの喪失という、ゆるやかな崩壊を予感させられるものでもある。こうした設定は、時局によって変化を余儀なくされていく阪神間文化それ自体にも通じていたであろう。戦中に書きつづけられ、戦後になって発表された「細雪」はベストセラーとなる。そこで出会った読者たちにとって、その物語世界は、かつて夢見たモダンへの郷愁をかき立てられるものであったに違いない。

（日高佳紀）

が入選。五年、神戸に帰国すると、山本通に二十坪余のアトリエを建て、本格的に活動を始める。七年、初めての個展を神戸で開催、「裁縫女」が第十三回帝展で特選となる。この年萩原貞江と結婚する。穏やかな典型的な家庭の中で、新聞雑誌等にも好評で、アトリエには絶えず人が溢れるほどであった。十年には帝展改組に反対し、旧帝展無鑑査の有志と第二部会を結成し、第一回展に「日本髪の女」を出品。翌年、第二部会の文展参加に反対し、猪熊弦一郎、内田巌らと新制作派協会を結成、第一回展開催。十三年、陸軍報道部の委嘱により、戦争記録画制作のため上海に渡り、その後陸軍派遣画家に選ばれる。十五年、「南京中華門の戦闘」により第十一回朝日文化賞を受賞。翌年、「斉唱」を第四回新文展に審査員として出品。竹中郁はこれを「小磯の思考は何かへの祈りのようにみえた。（略）女人の姿をかりての何かへのすがりつきのようであった。（略）日本の当時のインテリゲンチャ一般の逐いつめられた立場での発声、運命のようであった」（『小磯良平画集Ⅰ』昭和53年11月）と述べるが、その時代を生きた文化人の宿命でもあろうか。十七年、「娘子関を征く」により第一回芸術院賞を受賞。竹中郁は一連の戦争画を評し、「人間愛がもたらす哀愁」が気品をささえ、「残酷な格闘や屍体というものを避けてあるのも、小磯の自然な自分自身の発露」（前出）と述べている。二十年六月五日の神戸空襲で住居、アトリエを焼失するが、三年余の間借り生活の後、二十四年には武庫郡住吉村（現・神戸市東灘区住吉山手）に住居とアトリエを新築。翌年、東京芸術大学油画科講師となり、二十八年、教授に昇進、四十六年に定年退官するまで後進の指導にあたった。その間神戸でリトグラフ試刷を行ったり、白鶴美術館で神戸新聞社主催の小磯良平自選展を開催するなど活躍を続ける。昭和二十八年、神戸銀行の壁画「働く人々」を完成し、二十九年、第一回現代日本美術展に「三人立像」「二裸婦」などを出品。三十一年、武田薬品の機関誌「武田薬報」の表紙に薬用植物連載を始めるなどの活躍をし、昭和三十年度神戸新聞平和賞第二部門文化賞を受賞する。三十三年、第三回現代日本美術展に出品した「家族」で大衆賞を受賞。京都で舞妓の習作をするかたわら、東京芸大に版画教室を設置するなど様々な分野で仕事を進めていった。三十五年秋、渡欧し、翌年帰国すると、第六回日本国際美術展に「舞妓」を出品。三十九年、第一回銅版画展を神戸で開催、数年来芸大で手がけてきた銅版画を初めて公開する。四十五年、兵庫県立近代美術館（現・兵庫県立美術館）審美委員を委嘱された。翌年、日本聖書協会の「口語聖書」に挿絵を描き、大阪梅田画廊で小磯良平聖画展、兵庫県立近代美術館などで「画業50年 小磯良平展」が開催され、『小磯良平画集』（昭和46年4月、求龍堂）、『薬用植物図譜』（昭和46年10月、武田薬品工業（株））、『小磯良平デッサン集』（昭和47年12月、中外書房）、『小磯良平パステル素描12葉』（昭和48年5月、求龍堂）と相次いで刊行。四十八年、勲三等旭日中綬章を受章。四十九年、前年着手した赤坂迎賓館の壁画「絵画」「音楽」が完成。数十点に及ぶ下絵が各地で特別公開された。五十四年、文化功労者、五十七年、日本芸術院会員となり、五十八年、文化勲章受章、神戸市名誉市民の称号が贈られる。その間親友の竹中郁、妻の貞江を失う。六十三年、肺炎のため死去。他に新聞に連載された石川達三「人間の壁」や川端康成「古都」などの挿絵も多数。生涯清潔で怜悧、静かなしかし只ならざる均衡感のある人物像を多く描いた画家であった。残された作品が神戸市と兵庫県立美術館に寄贈され、平成四年、それらとアトリエをもとに神戸市立小磯記念美術館がオープンした。（増田周子）

小出楢重 こいで・ならしげ

明治二十年十月十三日～昭和六年二月十三日（1887～1931）。洋画家。大阪市南区長堀橋筋（現・中央区）で生まれる。大阪府立市岡中学校（現・府立市岡高等学校）を経て、大正三年、東京美術学校（現・東京芸術大学）洋画科卒業。八年、広津和郎のすすめで、「Nの家族」を二科展に出品、樗牛賞を、翌年「少女於梅の像」で二科賞を相次いで受賞。脚光を浴び、二科会会友に推される。翌十年渡仏。帰国後の十三年、大阪市西区に、鍋井克之、国枝金三、黒田重太郎らと信濃橋洋画研究所を開設、関西洋画壇に貢献した。この年二科展出品の「帽子を冠れる肖像」は好評を博した。十五年には、芦屋にアトリエを新築（現在、芦屋市立美術博物館庭園内に復元）。南仏のような統一感のない街並みなどには不満だったが、芦屋の「明るさ」が南仏ニースに似通っている気がして心地よかったという。以後精力的に制作を続け、「裸女結髪」（昭和2年）、「周秋蘭立像」（昭和3年）、「芦屋風景」（昭和4年）など多数。谷崎潤一郎の「蓼喰ふ虫」の挿絵を描いたり、文筆もよくした。著書に『楢重雑筆』（昭和2年1月、中央美術社）、『めでたき風景』（昭和5年5月、創元社）、『大切な雰囲気』（昭和11年1月、昭森社）がある。（増田周子）

郷田悳 ごうだ・とく

明治三十八年五月二十五日～昭和四十一年七月十八日（1905～1966）。劇作家、演出家。大阪市に生まれる。本名前田徳太郎。大正十二年、大阪貿易語学校（現・開明高等学校）中退。昭和十一年、関西新派公演に「愛執」を執筆。以後、商業演劇の上演脚本二百余を書く。「神戸事件」（『国民皆兵』昭和16年10月、立命館出版部）は、神戸摩耶山道などを舞台に、行列を横切った異国人を槍で突いたため、兄の善三郎が皇国の為と、兵庫南仲町永福寺で割腹することを描いた国策戯曲。（浦西和彦）

幸田露伴 こうだ・ろはん

慶応三年七月二十三日（一説に二十六日、新暦八月二十二日）～昭和二十二年七月三十日（1867～1947）。小説家、考証家。江戸下谷三枚橋横町（現・台東区下谷）、一説には、江戸神田の俗称新屋敷（現・千代田区外神田）に生まれる。本名成行。家は代々幕府の表御坊主衆の家柄。東京英学校（現・青山学院）中退後、明治十六年に電信修技学校の給費生となり、十八年北海道余市の電信技手として赴任するが、義務年限を一年残し、突如職を捨て北海道を脱出。この時の旅は後に「突貫紀行」として書かれる。中国とアメリカを舞台にした寓意小説「露団々」（「都の花」明治22年2月～8月）で文壇に認められ、以後、『風流仏』（「新著百種」明治22年9月、吉岡書籍店）、「五重塔」（「国会」明治24年11月～25年3月）等の職人物や、未完の大作「天うつ浪」（「読売新聞」明治36年9月～38年5月）、史伝「蒲生氏郷」（「改造」大正14年9月）、都市論「一国の首都」（「新小説」明治32年11月、12月、明治34年2月）、修養書『努力論』（明治45年7月、東亜堂書房）、「沙糖」（「雑談」昭和21年5月）等の考証物など、多岐にわたって多くの作品を発表している。厖大な知識に裏づけされた独特の世界観を持ち、日本近代文学において異彩を放った。明治二十三年、第三回内国勧業博覧会が開催され上野が賑わう中、あえて饗庭篁村、中西梅花、高橋太華らと木曾へ旅行した（「乗興記」、「大阪朝日新聞」明治23年5月〜6月）後、露伴は京都に留まり、五月六日に京都から有馬へ向かっている。薬師寺・温泉神社などを巡った後、有馬で民友社に「井原西鶴」（「国民之友」明治23年5月）を書いて送っている。その後、同月十一日に神戸へ行き、さらに四国から九州へ向かっており、この京都から九州の旅の様子を「まき筆日記」（『枕頭山水』明治26年9月、博文館）として発表している。また、宮津の弓術師と、その娘、および門下生たちが登場する、未完の小説「新生田川」（「世界之日本」明治30年7月）では、その冒頭で、但馬国城之崎の湯治場で物語の主要人物が邂逅する場面が描かれている。明治四十一年には京都帝国大学の招きに応じて文科大学の講師に就任するが、わずか一年で職を辞し、東京に帰る。昭和十二年、第一回文化勲章受章。（西川貴子）

上月昭雄 こうづき・あきお

昭和四年十二月十七日〜（1929〜）。歌人。兵庫県姫路市今宿に生まれる。日本国有鉄道（現・JR）職員、小学校助教諭を経た後、東京教育大学理学部数学科に学ぶ。卒業後は県立高校の教師。十七歳の時に初井しづ枝を訪ね、その縁で昭和二十五年に「多磨」に入会、鈴木幸輔に師事。その後、「コスモス」を経て鈴木が創刊した「長風」に参加。清浄な言語表現による硬質な叙情を志向する。歌集に『虹たつ海の時』（昭和34年1月、四季書房）、『水光』（平成5年、短歌新聞社）、鑑賞集に『詞華巡歴』（昭和60年12月、雁書館）、自選歌集に『紅霞亭』（平成18年、短歌新聞社）。代表歌に、〈過ぎて来し愛に苦しむわれとをりつつましく冬花をもつ枇杷一木《ひとき》〉（『虹たつ海の時』）。（鈴木暁世）

上月乙彦 こうづき・おとひこ

明治四十三年五月十一日〜昭和五十四年九月二十日（1910〜1979）。俳人、俳論家。兵庫県姫路市に生まれる。本名宗夫。早稲田大学第一文学部西洋哲学科卒業。報徳商業高等学校教諭、神戸学院女子短期大学教授、明石市立教育研究所所長、同天文科学館館長などを歴任した。俳句は野田別天楼に師事したが、のち俳論に転じた。著書には『芭蕉俳論の周辺』（昭和24年2月、水耀社）、『俳句・この日本の一行詩』（昭和30年11月、学習文庫）、『明石と芭蕉』（黒田義隆・黒部亨と共著、昭和42年4月、木村書店）、『芭蕉と切支丹 らんぷ叢書第十六編』（昭和47年、明石豆本らんぷの会）、『芭蕉俳論の諸相—付・芭蕉と切支丹』（昭和48年4月、柿本人麿奉賛会）、遺稿『「俳諧玉藻集」私記』（昭和56年4月、上月綾子）などがある。（明里千章）

河野閑子 こうの・かんし

大正五年八月四日〜昭和六十年一月十三日（1916〜1985）。俳人。兵庫県尼崎市に生まれる。日野草城に師事、「旗艦」「青玄」で活躍。その後、安住敦に師事して「春燈」に移った。〈啄木忌四五日絶えし妻の文〉〈手を垂れて泪涸れたる貌ばかり〉のような生活感の濃い抒情句が特色。句集に『五月の琴』（昭和42年6月、祭魚書房）、『晩帰』（昭和45年6月、祭魚書房）など。（坪内稔典）

河野慎吾 こうの・しんご

明治二十六年四月十一日〜昭和三十四年一月二十一日（1893〜1959）。歌人。兵庫県赤穂郡赤松村（現・上郡町）に生まれる。大正二年、早稲田大学に入学。三年九月、

こ

北原白秋の主宰した詩歌結社、巡礼詩社の詩誌「地上巡礼」に加わる。その後も「朱欒《ザムボア》」（第二次）の復活に関わるが、大正七年九月に廃刊。十二月に「秦皮《とねりこ》」を創刊し、主宰した。歌集に『雲泉』（昭和16年3月、墨水書房）がある。（山﨑義光）

紅野敏郎 こうの・としろう

大正十一年六月十九日〜平成二十二年十月一日（1922〜2010）。日本近代文学研究者。兵庫県西宮市に生まれる。昭和二十七年、早稲田大学文学部国文学科卒業。京華高等学校に勤務後、早稲田大学専任講師、助教授、教授となり、平成五年退職。早稲田大学名誉教授。白樺派文学の研究から出発、一九一〇・二〇年代文学や昭和文学の研究領域にあって未発掘の文芸雑誌を次々と探索、精査し、幅広い知見と文学史観を示してきた。主な著書として『本の散歩 文学史の森』（昭和54年1月、冬樹社）、『白樺の本 文学史の林』（昭和57年5月、青英舎）、『昭和文学の水脈』（昭和58年1月、講談社）、『増補新編文学史の園—一九一〇年代』（昭和59年9月、青英舎）、『文芸誌譚』（平成12年1月、雄松堂出版）、『「學鐙」を読む』（平成21年1月、雄松堂出版）などがある。これと並行して『日本近代文学大事典』全六巻（昭和52年11月〜53年3月、講談社）や、志賀直哉、北原白秋、徳田秋声をはじめとする個人全集の編集を推進、「読売新聞」文芸欄の細目や「文章世界」総目次・執筆者索引の作成なども行った。日本近代文学会、日本近代文学館、山梨県立文学館の運営にも、会や館の創立当初から様々なかたちで尽力。昭和六十三年第二回物集索引賞受賞。（大橋毅彦）

考橋謙二 こうはし・けんじ

明治四十一年三月十七日〜（1908〜）。俳人。大阪市に生まれる。東京帝国大学中退。妻の八峰は与謝野寛、晶子の長女。昭和十五年十月、『現代俳句作家論』を明治書院から刊行。戦後は現代俳句協会に加入、神戸を中心に関西の俳人らと交友。二十三年、山口誓子の「天狼」創刊に参加。中村草田男の「万緑」にも参加。著書に『与謝野鉄幹』（昭和18年12月、新正堂）、『伝統と進化』昭和40年7月、河出書房新社）などがある。（太田 登）

甲山五一 こうやま・ごいち

明治四十四年五月二十四日〜平成九年八月十一日（1911〜1997）。作家。鳥取県に生まれる。本名遠藤喜博。昭和十八年に大阪の毎日新聞社に入社し、出版部や学芸部などでの勤務を経て、大阪のスポーツニッポン新聞社入社、釣り欄デスクを務める。神戸市東灘区に在住し、記者時代から釣り関係の著書を多数発表する。『川釣り』（昭和46年6月、保育社）、『黒部の弥三太郎』（平成3年12月、アテネ書房）などがある。（岡﨑昌宏）

古賀泰子 こが・やすこ

大正九年五月十七日〜（1920〜）。歌人。神戸市に生まれる。大阪府立女子師範学校（現・大阪教育大学）卒業。土屋文明、高安国世に師事。「アララギ」「高槻」「関西アララギ」を経て、昭和二十九年、「塔」創刊に参加する。現在、塔短歌会編集部顧問・名誉会員。主な歌集に『溝河の四季』（昭和31年11月、白玉書房）、『見知らぬ街』（昭和51年10月、白玉書房）、『野に在るように』（昭和62年7月、石川書房）、『榎の家』（平成5年8月、短歌新聞社）、『木造わが家』（平成12年1月、短歌新聞社）がある。代表歌〈家並みの間あいだに海見ゆる室津の町の真昼を歩

む〉（『木造わが家』）。（稲垣裕子）

古島一雄 こじま・かずお
慶応元年八月一日〜昭和二十七年五月二十六日（1865〜1952）。ジャーナリスト、政党政治家。但馬豊岡藩（現・兵庫県豊岡市）の士族の家に生まれる。号は一念、古一念。新聞人から政治家となり、犬養毅の身近にあって重きをなした。多くの回想記を残す。新聞「日本」を発行していた日本新聞社に在社時代、同紙の姉妹新聞「小日本」の明治二十七年創刊にあたり、子規を編集責任者に推挙し、子規に活動の場を与えたことで知られている。（林原純生）

小島武男 こじま・たけお
明治四十五年十月十二日〜没年月日未詳（1912〜?）。建築学者、俳人。兵庫県の武田尾（現・西宮市）に生まれる。昭和十一年、東京帝国大学工学部建築学科卒業。名古屋高等工業学校、名古屋工業大学を経て、四十年に名古屋大学工学部建築学科に赴任。建築設備講座を開設。五十一年に退官。中学時代に作句をはじめ、西山泊雲の選を受け、大学時代は、山口青邨、中村草田男、水原秋桜子らの指導を受けた。戦後、「早蕨」を主宰していた内藤吐天に師事。句集に『感傷植物』（昭和49年12月、早蕨発行所）がある。〈夜霧染め奥の丹波へバス帰る〉。（田口道昭）

小島輝正 こじま・てるまさ
大正九年一月二十七日〜昭和六十二年五月五日（1920〜1987）。評論家、仏文学者。札幌市大通西（現・中央区）に生まれる。昭和十四年、東京帝国大学文学部仏文学科入学。十六年十月、「かへりみず」（未完）を「新思潮」（第14次の1）に発表。二十五年、神戸大学文理学部講師に赴任。同年、同人雑誌「ＶＩＫＩＮＧ」に入るが、二十八年、研究者仲間たちと集団離脱、「くろおぺす」を創刊。『サルトル文学論』（昭和32年5月、青木書店）、『実存主義』（昭和32年7月、三一書房）を刊行。アラゴン『レ・コミュニスト』全十巻（昭和27年11月〜29年12月、三一書房）を安東次男らと共訳。その後、モダニズム研究に傾斜、『アラゴン・シュルレアリスト』（昭和49年6月、蜘蛛出版社）、『春山行夫ノート』（昭和55年11月、蜘蛛出版社）を上梓する。没後、関西の同人雑誌を詳細に調べた『関西地下文脈』（昭和64年1月、葦書房）、『小島輝正著作集』全五巻（昭和63年5月〜平成元年5月、浮游社）が刊行される。（中尾　務）

こだか和麻 こだか・かずま
昭和四十四年十一月十九日〜（1969〜）。漫画家。神戸市に生まれる。平成元年「せっさ拓磨！」（「週刊少年チャンピオン」）でデビュー。連載終了後、しばらく商業誌活動を休止、同人誌でＢＬ（ボーイズラブ）漫画を発表。平成五年に創刊の「マガジンBE×BOY」で長期連載を担当、ＢＬの草創期を支える。代表作『KIZUNA』（平成4年12月〜20年9月、リブレ出版）は、「せっさ拓磨！」の脇役を主役に据えたＢＬ漫画であり、六年にＯＶＡ（オリジナル・ビデオ・アニメーション）化されている。（森本智子）

木谷恭介 こたに・きょうすけ
昭和二年十一月一日〜（1927〜）。小説家、旅行評論家。大阪市西区本田町に生まれる。本名西村俊一。兵庫県西宮市の私立甲陽学院中学校（旧制）に進学、昭和十九年四月に特別幹部候補生となり、陸軍兵長として敗戦をむかえる。浅草の劇団「新風俗」、三木トリロー文芸部などを経て、週刊誌ライターとして活躍する一方、放送作家としてラジオ番組「小沢昭一的こころ」の台本を執筆。そのかたわら、若者向け旅行ガイドも多数執筆する。五十二年「俺が拾った吉野太夫」で第一回小説CLUB新人賞受賞。これを契機に本格的な作家活動に入り、風俗営業の女性を題材とした小説で注目される。『赤い霧の殺人行』（昭和58年8月、徳間書店）から、現在の旅情ミステリーに専念。『神戸異人坂殺人事件』（平成4年6月、双葉社）などの、警察庁広域捜査官・宮之原昌幸警部シリーズが好評。平成十二年、世界一周クルーズの途中、急病となり帰国、手術を受ける。快復後は執筆ペースが少し落ちたが、著書は百三十冊を越える。静岡県掛川市在住。（山本欣司）

谺健二　こだま・けんじ

昭和三十五年四月十九日〜（1960〜）。小説家、アニメーター。神戸市に生まれる。大阪デザイナー学院卒業。阪神・淡路大震災をモチーフにした『未明の悪夢』（平成9年10月、東京創元社）で、鮎川哲也賞を受賞してデビュー。受賞の言葉として「あの出来事をこのような娯楽読物にすることには当然、批判もあるかと思います。しかしわずか二年半でもう風化が叫ばれている今日、読まれた方が今一度、あの出来事について考えを巡らせてくれれば…と思うのです」と語る。同じく震災をモチーフにした『恋霊館事件』（平成13年4月、光文社）、震災や酒鬼薔薇事件をモチーフにした『赫い月照』（平成15年4月、講談社）も発表している。（信時哲郎）

児玉隆男　こだま・たかお

明治二十八年十二月四日〜昭和二十年七月十六日（1895〜1945）。画家、歌人。別名児玉多歌緒。大阪市東区（現・中央区）に父平助、母いとの長男として生まれる。明治四十年、大阪船場で画師蘆月について、日本画を修業し、草月の号を貰う。祖父の代より木綿問屋を営んでいたが、児玉は家業を継がなかった。友禅染の手描きをはじめ、服飾関係の図案などを手掛ける。大正三年に、田園詩社を興す。十三年、井端なみゑと結婚し、昭和三年八月、長女秋子が生まれる。六年、次女俊子が生まれるも、まもなく死去する。八年一月、「六甲」創刊に参加し、十一年にはその選者となる。十二年、福田菁明の推挙により、光徳寺会館家庭塾の日本画講師となる。十九年六月に、神戸・阪神版「朝日新聞」の歌壇の選者となった。二十年、光徳寺が空襲により炎上し、春日野墓地の西へ移り住む。六月、光徳寺勤務を辞任し、七月十六日、栄養不足による脚気が原因となり、心臓障害で死去した。死後、長女花岡秋子が編集した歌集『繊月』（平成3年2月、みるめ書房）が出版されている。（畑　裕哉）

児玉隆也　こだま・たかや

昭和十二年五月七日〜昭和五十年五月二十二日（1937〜1975）。ジャーナリスト。兵庫県芦屋市に生まれる。芦屋市立芦屋高等学校（廃校）を卒業後、早稲田大学第二政経学部に入学。昭和三十六年、光文社に入り「女性自身」の編集に携わるが、四十五年に退社、フリーとなる。四十九年、「文芸春秋」十一月特別号に、「淋しき越山会の女王」を発表。立花隆の「田中角栄研究」とともに田中首相退陣の引き金となった。（安藤香苗）

児玉兵衛　こだま・ひょうえ

明治四十二年（月日未詳）〜平成七年（月日未詳）（1909〜1995）。小説家。兵庫県豊

岡市に生まれる。中国に十五年、ウラジオストックに一年余り在住。三回目の召集で、終戦時にシベリアに四年間抑留される。その後、新聞記者を経て作家になる。代表作は、新聞連載小説「影ある海峡」、作品集『白い樹海 外七編』（昭和35年12月、中正時報社）、『黒の超高層』（昭和43年6月、大門出版）、『不凍港』（昭和50年4月、日本情報センター）など。第七回双葉賞受賞。

（吉岡由紀彦）

後藤比奈夫 ごとう・ひなお

大正六年四月二十三日～（1917～）。俳人。大阪市に生まれる。本名日奈夫。兵庫県立第一神戸中学校（現・県立神戸高等学校）・第一高等学校（現・東京大学）を経て、昭和十六年大阪大学理学部物理学科卒業。二十七年に父後藤夜半につき俳句入門。三十六年、「ホトトギス」入門。五十一年、「諷詠」主宰。六十二年より、俳人協会副会長。兵庫県文化賞、神戸市文化賞、地域文化功労者文部大臣表彰、ほかを受賞している。句集に『初心』（昭和48年5月、諷詠会）、『金泥』（昭和48年11月、諷詠会）、『祇園守』（昭和52年7月、牧羊社）、『花匂ひ』（昭和57年9月、牧羊社）、『花びら柚子』（昭和62年4月、角川書店）、『紅加茂』（平成4年10月、角川書店）などがある。また俳句の初心者のために『俳句初学作法』（昭和54年9月、角川書店）、『俳句初学入門』（昭和62年8月、富士見書房）なども書いている。〈展望台にて秋空にめぐりあふ〉。

（出光公治）

後藤夜半 ごとう・やはん

明治二十八年一月三十日～昭和五十一年八月二十九日（1895～1976）。俳人。大阪市に生まれる。本名潤。神戸市灘区篠原北町に居住。大正十二年より作句。高浜虚子に師事。昭和六年「蘆火」創刊主宰。二十三年、夜半選「花鳥集」を創刊、二十八年六月、「諷詠」と改題。句集に『翠黛』（昭和15年10月、三省堂）がある。「俳句研究」（昭和52年3月）は「後藤夜半研究特集」。〈銀杏散るかならず大地ゆるやかに〉。

（浦西和彦）

小中陽太郎 こなか・ようたろう

昭和九年（月日未詳）～（1934～）。作家、評論家。神戸市に生まれる。父は大分県臼杵市、母は神戸市出身。東京大学フランス文学科卒業。ＮＨＫテレビディレクターを経て、著述活動に入る。ベトナム戦争中、べ平連（「ベトナムに平和を！」市民連合）を結成、脱走兵救援に奔走する。また昭和四十八年八月、訪日中に拉致された金大中氏の救出にかかわる。その間、歴史・市民運動・教育問題などを題材にノンフィクションを発表する。五十八、五十九年、フルブライト交換教授として、アメリカ各地で教鞭をとる。のちフルブライト同窓会総会委員長。日本ペンクラブ理事、名古屋経済大学短期大学部放送コース客員教授。テレビのコメンテーターとしても、「スマステーション」などで活躍。また、アジア・キリスト教協議会議長、「信徒の友」編集委員長として活動。幼時期に過ごした上海の思い出や戦時中の特異な療養生活、ＮＨＫを経てべ平連に至る半生を、母の手記や日記を織り込んで書いた小説『ラメール母』（平成16年6月、平原社）は、故郷神戸に対する「母」の思いを繰り返し描く。「母」の懐かしむ戦前の神戸として、「毎朝一家で鉄拐山《てつかいやま》に登ったこと、湊川神社前の亀井堂の瓦煎餅の香ばしさ、元町の高砂のきんつばの甘いこと、三輪の丹波牛の佃煮、トーアロードの華やかさ、中山手の異人館の風見鶏がカラカラと鳴ったこと、オリエンタル・ホテルの外人さんたちのこと」など、現在にも続く神戸の名所や名物を描き、その華やかな町並みを髣髴とさせる。

（坂井二三絵）

小西緋紗女 こにし・ひさじょ

大正九年八月十三日～平成十四年一月三日（1920～2002）。俳人。神戸市に生まれる。本名弥生子。俳句誌「閃光」「筧」「海程」にて活動。句集に『銀河無韻』（昭和43年、胴の会）、『夢二の猫』（昭和58年7月、胴の会）などがある。

（森本秀樹）

小林一三 こばやし・いちぞう

明治六年一月三日～昭和三十二年一月二十五日（1873～1957）。実業家、脚本家。山梨県巨摩郡河原部村韮崎宿（現・韮崎市本町）に生まれる。慶応義塾に在学中、寄席や芝居通いに精励。懸賞小説にも入選して「上毛新聞」に掲載されたという。明治二十五年十二月卒業後、小説家志望実現のために新聞社入社を望んだが果たせず、三井銀行に入社。近松や西鶴への憧憬から、二十六年、希望して大阪に転勤した。文楽・歌舞伎・俄狂言に通い、奈良や京都の文学的名所を巡回。四十年、箕面有馬電気軌道会社を設立。大正七年二月、社名を阪神急行（現・阪急）電鉄と改め、田園都市構想を標榜し、九年七月神戸線を開通させ、阪神間文化の向上に資した。一方、大正二年、宝塚唱歌隊が発足し、翌年四月宝塚少女歌劇第一回公演を挙行。発足期から、大正三年には「紅葉狩」、四年には「兎の春」「雛祭」「御田植」「日本武尊」、五年には「竹取物語」「松風村雨」等、六年には「桃色鸚鵡」「大江山」「リザール博士」「夜の巷」等、多くの脚本を執筆し、宝塚少女歌劇発展の礎を築いた。〈宝塚〉を基点として東宝映画や東京宝塚劇場も設立。商工大臣や国務大臣等政府の要職も歴任した。

（山内祥史）

小林逸夢 こばやし・いつむ

明治十七年八月二日～明治三十八年八月十七日（1884～1905）。俳人。兵庫県姫路市中二階町に生まれる。本名省三。明治三十三年、白鷺会に参加し、「ホトトギス」などに投句。将来を嘱望されたが二十三歳で夭逝し、虚子・露石・鳴雪・青々らに惜しまれた。書写山の石燈籠に〈松杉に灯くらき時雨哉〉と落書きし、後年松瀬青々から「逸夢灯籠」と命名された逸話が知られる。没後の四十年八月、梶子節の編により『逸夢遺稿』刊行。

（佐藤　淳）

小林恭二 こばやし・きょうじ

昭和三十二年十一月九日～（1957～）。小説家、俳人。兵庫県西宮市に生まれる。俳号猫鮫。東京大学文学部美学科に入学し、在学中は東大学生俳句会に所属。仲間たちと駒場の喫茶店でよく句会を開いたという。昭和五十六年、同大学を卒業後、学習塾の講師をしながら小説を執筆。五十九年、処女作「電話男」（「海燕」昭和59年11月）で第三回海燕新人文学賞を受賞。続いて、「小説伝」（「海燕」昭和60年8月）が第九十四回芥川賞候補作に、「ゼウスガーデン衰亡史」（「海燕」昭和62年5月）が第一回三島由紀夫賞候補作となり、注目を集める。『荒野論』（平成3年3月、福武書店）、『短篇小説』（平成6年5月、集英社）、『邪悪なる小説集』（平成8年6月、岩波書店）等を刊行。「カブキの日」（「群像」平成10年4月）は、世界座の顔見世、カブキ界の改革派と伝統保守派による勢力争い、〈カブキの魂〉を託された立作者の孫娘蕪と若衆月彦、これらが絡み合い展開してゆく作品で、第十一回三島由紀夫賞を受賞した。「宇田川心中」（「読売新聞」平成14年11月

9日～15年8月23日夕刊）では、宇田川町の交差点ですれ違った少年と少女が惹かれ合う場面から始まり、安政（1854～1860）、承久（1219～1222）年間と時間を超えて巡り合う愛の物語を描いた。小説以外の著作も多く、『春歌―小林恭二初期句集』（平成3年5月、リブロポート）には、主に二十歳から二十三歳までの間に制作された俳句が収められている。その他、俳句という「真剣な遊び」を通してのコミュニケーションを伝える句会録『俳句という遊び』（平成3年4月、岩波新書）、稽古から茶会を開くまでの二年間を描いた茶の湯の入門書ともいえるエッセイ『数寄者日記』（平成9年10月、淡交社）、近松門左衛門「曾根崎心中」を読み解きながら「原心中の真実」に迫る『心中への招待状』（平成17年12月、文春新書）等がある。十六年より専修大学文学部の教授。（久保田恭子）

小林武雄　こばやし・たけお

明治四十五年二月（日未詳）～平成十四年五月六日（1912～2002）。詩人。神戸市兵庫区に生まれる。神戸市北区鈴蘭台に居住。兵庫県立姫路中学校（現・県立姫路西高等学校）中退後、昭和十二年に「神戸詩人」を創刊、シュールレアリスムの作風で活躍した。治安維持法下の十五年三月、モダニズム詩人が弾圧された神戸詩人事件に連座、兵庫県警特高課に検挙され、懲役三年の実刑判決を受けた。戦後いちはやく詩誌「火の鳥」を発行。二十二年、クラルテ文学会を結成し、若い詩人の育成に尽力。二十八年、半どんの会を結成し、県内の文化活動を振興した。五十一年兵庫県文化賞受賞、六十年文化庁地域文化功労者表彰、平成八年勲五等瑞宝章受章。詩集に『否の自動的記述と一箇の料理人』（昭和42年6月、みるめ書房）、「若い蛇」（昭和57年6月、半どんの会）などがある。（杣谷英紀）

小林天眠　こばやし・てんみん

明治十年七月二十七日～昭和三十一年九月十六日（1877～1956）。小説家、実業家。兵庫県加西郡（現・加西市）に生まれる。本名政治《まさはる》。赤穂義士の末裔である叔父の小野寺秀太から医者になるようすすめられて、兵庫県立姫路中学校（現・県立姫路西高等学校）入学。病気で三年時に退学。余儀なく大阪船場の丁稚となり、二十三歳で毛布問屋を開業。その間「少年文集」に短編「難破船」（明治29年4月）はじめ、次々と投稿、入賞する。明治三十年、投稿仲間と浪華青年文学会（のち関西青年文学会と改称）を結成し、機関誌「よしあし草」（のち「関西文学」に改題）創刊に尽力した。また、与謝野鉄幹・晶子夫妻のパトロンとして援助をした。大正七年、天佑社を起こし、出版事業を通して支援したが、関東大震災で瓦解する。実業家として得たものは全て文学の進展に注ぎ込む生涯であった。著書に『四十とせ前』（昭和14年9月、私家版）、『毛布五十年』（昭和19年6月、小林産業株式会社）などがある。（増田周子）

小林幹也　こばやし・みきや

昭和四十五年六月二十六日～（1970～）。歌人。千葉県に生まれる。兵庫県西宮市在住。平成二年、近畿大学文芸学部で塚本邦雄の講義を受け、以後師事。六年より「玲瓏」に所属。八年、同大学大学院文芸学研究科修了後、同大学文芸学部副手を経て、同大学非常勤講師を務める。歌人としての活動とともに、太宰治など主に昭和期の文学研究に従事。十一年、第十回玲瓏賞受賞、十二年、「塚本邦雄と三島事件―身体表現に向かう時代のなかで―」（「短歌研究」平成12年10月）で、第十八回現代短歌評論賞を受賞。歌集に『裸子植物』（平成13年12月、砂子屋書房）『探花』（平成21年11月、砂子屋書房）がある。　（吉川仁子）

小松清　こまつ・きよし

明治三十三年六月十三日～昭和三十七年六月五日（1900～1962）。評論家、仏文学者。神戸市に生まれる。父伊太郎は当時兵庫の盛り場であった算所町で精米店を営んでおり、のち大開通に本店を構えた。兵庫県立神戸商業学校（現・県立神戸商業高等学校）を経て、大正八年神戸高等商業学校（現・神戸大学）入学。米騒動を身をもって体験、校外で発刊された同人雑誌「足跡」に小説「光なきどん底」を発表、社会主義運動への関心を示した。やがてそれを実践に移すべく高商を中退して上京、早稲田大学内にあった建設者同盟に参加した。十年八月に渡仏。パリを皮切りに南仏のニース、アンティヴ、リヨン、エクスなどにも滞留し、青山熊治、東郷青児、三雲祥之助、ユダヤ系ポーランド人クレメンら内外の洋画家や、アンリ・バルビュス、大杉栄らとの出会いや共同生活を体験する。昭和五年の春頃、「征服者」に感動してＮ・Ｒ・Ｆ社を訪問したのを機に、アンドレ・マルローとの出会いを果たし、同社の東洋特派員として六年帰国。その後一年ばかりは須磨、六甲道と居を変えつつ神戸に滞在したが、六年十月のマルロー夫妻来日の折には彼らを出迎え京都、東京への行をともにした。マルローの作品を最初に翻訳した『征服者』（昭和9年12月、改造社）や、彼の文学行動を当時のわが国の文学状況に対置してみせた評論『行動主義文学論』（昭和10年6月、紀伊国屋書店）は、文壇注視の的となっていく。十二年、再度パリに赴きマルローとの再会を果たすとともに、アンドレ・ジッドとも出会う。十五年六月のパリ陥落によって帰国したが、翌年四月には仏領インドシナに赴き四年間滞在した。そこでの経験は戦後、南北に分かれたベトナムの統一を目指した私設大使的な行動に受け継がれた。マルローの翻訳として新庄嘉章との共訳『人間の条件』上・下（昭和25年6月、7月、創元社）をのこしたほか、『沈黙の戦士―戦時下のパリ日記』（昭和15年11月、改造社）、『ヴェトナムの血』（昭和29年7月、河出書房）などがある。　（大橋毅彦）

小松左京　こまつ・さきょう

昭和六年一月二十八日～平成二十三年七月二十六日（1931～2011）。小説家。大阪市西区京町堀に生まれる。本名小松実。父は理化学機械商。昭和十年に兵庫県西宮市夙川に転居。翌年若松町に転居。十二年、夙川の大社小学校に入学するが九月から安井小学校に転校。十八年四月、兵庫県立第一神戸中学校（現・県立神戸高等学校）に入学。学徒動員で川崎重工の潜水艦造船所に通う。この時の神戸の空襲体験や焼け跡の様子などがその後の作品への契機となる。戦後二十二年「神中文芸」に小松憂花の名で小説「成績表」発表。二十三年四月、第三高等学校（現・京都大学）文科甲類（英語）入学。学制改革により翌年三月卒業、九月新制京都大学文学部入学。「京大作家集団」参加、高橋和巳・三浦浩と知己となる。二十九年三月に京都大学卒業後、経済誌「アトム」参加、その後、ニュース漫才の台本等を執筆。三十一年十月、高橋和巳・北川荘平らと同人誌「対話」を創刊。三十四年十二月、三浦浩に「ＳＦマガジン」創刊号を紹介され、以後ＳＦ小説へ。三十六年八月「ＳＦマガジン」主催コンテストに応募した「地には平和を」が選外努力賞受賞。ペンネームは小松左京。同年十月、「ＳＦマガジン」投稿作品「易仙逃里記」

で商業誌デビュー。次々とＳＦ小説を発表、「地には平和を」と「お茶漬の味」の二編が第五十回直木賞（昭和38年度下半期）候補となる。以後『日本アパッチ族』（昭和39年3月、光文社）、『復活の日』（昭和39年9月、早川書房）等、長編ＳＦ小説刊行。日本ＳＦ小説界の牽引者の一人となる。四十八年三月『日本沈没』（光文社）を発表。四百万部を超えるベストセラーとなり、映画（監督森谷司郎）・ＴＶ・劇画・ラジオ化され、第二十七回日本推理作家協会賞、第五回星雲賞受賞。平成七年の阪神・淡路大震災時には作品描写が現実と酷似していると再注目され、十八年七月には『日本沈没第二部』（谷甲州と共著、小学館）を刊行、映画『日本沈没』もリメイク版（監督樋口真嗣）が公開された。阪神・淡路大震災に際しては、その記録を残さねばと「毎日新聞」に「大震災'95として」平成七年四月から連載を開始し、『小松左京の大震災'95』（平成8年6月、毎日新聞社）として刊行。主な作品にＳＦ小説『果しなき流れの果に』（昭和41年7月、早川書房）、『継ぐのは誰か?』（昭和47年5月、早川書房、第2回星雲賞受賞）、『首都喪失』（昭和60年3月、徳間書店、第6回日本ＳＦ大賞受賞）等。映画化された作品も多い。他に歴史小説・芸道小説・幻想小説等がある。文明批評書や『こちら関西』（平成6年6月、文芸春秋）等エッセイも多数。作家活動の一方、昭和四十五年日本万国博覧会（大阪万博）でのテーマ館サブプロデューサーの他、五十九年科学万博「つくば'85」、平成二年、国際花と緑の博覧会にも関わる。『小松左京全集』オンデマンド版（平成12年1月、'85ブックパーク）。平成十三年一月『小松左京マガジン』創刊（継続中）。『小松左京全集完全版』全五十五巻（刊行予定）。（平成18年9月〜、城西国際大学出版会）。『小松左京自伝―実存を求めて』（平成20年2月、日本経済新聞出版社）。

＊くだんのはは《くだんのはは》　短編小説。〔初出〕「話の特集」昭和48年1月。〔初収〕『戦争はなかった』昭和49年5月、新潮社。〔再録〕『くだんのはは』平成11年9月、ハルキ文庫。◇戦時中、神戸の造船所へ動員されていた中学三年の良夫が空襲で焼け出され、身を寄せた屋敷での不可思議な体験を描く怪奇幻想小説。自身の神戸空襲や敗戦体験などが濃厚に反映されている。

＊小松左京の大震災'95《こまつさきょうのだいしんさい》　ルポルタージュ。〔初出〕「毎日新聞」平成7年4月8日〜8年3月30日。〔初収〕平成8年6月、毎日新聞社。◇阪神・淡路大震災の被害の全貌を多面的に集積することで、その記録を災害列島に住む日本人の共有財産とすることを目的としたもの。メディア対応の詳細な記録や科学者との対談等を通じて災害対策の有り様を訴えている。

（澤田由紀子）

小松原爽介　こまつばら・そうすけ

大正十一年十二月二十四日〜（1922〜）。川柳作家。兵庫県西宮市に生まれる。昭和三十二年、時の川柳社会員になる。三條東洋樹に師事し、時の川柳社同人となり、五十五年、主幹に就任。同年、兵庫県川柳協会副理事長、平成四年、全日本川柳協会常任幹事。九年、神戸市文化活動功労賞受賞。十二年、全日本川柳協会理事となる。兵庫県川柳協会顧問。『川柳句集窓あかり』（平成11年2月、葉文館出版）などがある。

（吉本弥生）

小松益喜　こまつ・ますき

明治三十七年十月七日〜平成十四年五月九日（1904〜2002）。画家。高知県土佐郡杓田村（現・高知市旭元町）に生まれる。昭

和五年、東京美術学校（現・東京芸術大学）西洋画科を卒業。美術学校時代に日本プロレタリア美術同盟に加盟し、五年二月、党幹部をかくまったため三十日間の勾留。日本共産党機関紙「赤旗」印刷の仕事に携わるが、過労と極度のストレスで記憶喪失症となる。六年、故郷高知で静養治療し回復。九年八月、再び上京の決意を固め船で出発。上京途中に神戸で妻ときの姉を訪ねて、無計画な東京移住を誡められ、篠原の一角にある住居を提供される。港町神戸の元居留地、海岸通、山手北野の異人館に魅せられ、灘区篠原中町に居住、十二年八月、篠原南町に転居する。平成七年一月の阪神・淡路大震災により東京に転居。神戸グラッシャー邸、キャサリン・アンダーソン邸、もえぎの館など神戸の建造物を中心に多くの作品を描き、後に〈異人館の画家〉と呼ばれる。「英三番館（第八作）」（昭和16年1月）が昭和十五年度最優秀作品として昭和洋画奨励賞を受賞。戦争の激化とともに街頭での写生が厳しく規制され、一時は郊外の田舎家や奈良の寺院を描き、終戦を奈良県宇陀郡室生村（現・宇陀市室生区）でむかえる。二十年三月の神戸大空襲で居留地も被害を受けるが、神戸に対する執着は衰えることなく、「在りし日の居留地風景」（昭和24年10月）、「窓」（グレイの小林邸）（昭和24年10月）など多くの作品を生む。二十六年一月、灘区篠原中町にアトリエが完成し、「神戸山本通風景」（旗の見えるシュエケ邸）（昭和26年1月）、「よろい窓のある風景」（昭和27年9月）、「北野小径A・B」（昭和29年9月）など連日異人館の絵を描き続ける。また、神戸で育った小説家、田宮虎彦との共著『神戸 我が幼き日の…』（昭和33年6月、中外書房）で挿絵を手掛ける。三十四年十一月、兵庫県文化賞を受賞し、神戸大丸にて受賞記念個展「小松益喜神戸回顧と滞欧作品展」を開催。異人館の取り壊しや北野町の荒廃が進む中、北野町異人館の保存活動に乗り出す。平成二年五月、神戸新聞平和賞を受賞する。

（長原しのぶ）

小峰元　こみね・はじめ

大正十年三月二十四日～平成六年五月二十二日（1921～1994）。推理小説作家。神戸市に生まれる。本名広岡澄夫。兵庫県立姫路商業学校（現・県立姫路商業高等学校）、大阪外国語学校（現・大阪大学外国語学部）スペイン語科卒業。昭和十八年、毎日新聞社に入社。大阪本社地方部勤務時代の四十八年、『アルキメデスは手を汚さない』（昭和48年4月、講談社）で第十九回江戸川乱歩賞を受賞。つづいて『ピタゴラス豆畑に死す』（昭和48年8月、講談社）、『ソクラテス最期の弁明』（昭和50年3月、講談社）、『パスカルの鼻は長かった』（昭和50年、講談社）、『ディオゲネスは午前三時に笑う』（昭和51年、講談社）などの推理小説を発表。若者の生態を描写し、青春推理小説のジャンルを開いた。五十一年に退社後も、一貫して長編の作品を書き続けた。「ヘシオドスが種蒔きゃ鴉がほじくる」（「家の光」昭和54年1月～55年12月）では、主人公三人が宝塚の高校生と設定され、宝塚市の宝塚ファミリーランド（平成15年4月7日で閉園）も登場する。

（吉川仁子）

五味康祐　ごみ・やすすけ

大正十年十二月二十日～昭和五十五年四月一日（1921～1980）。小説家。大阪市南区（現・中央区）難波に生まれる。通称康祐《こうすけ》。昭和十七年、早稲田第二高等学院中退。翌年八月の応召まで明治大学文芸科に在籍。敗戦後、花田清輝らの夜の会に関わる。二十四年四月、保田與重郎の媒酌で野沢千鶴子と結婚、神戸市兵庫区矢部町の母親の家に同居。翌年、家計窮迫から妻を実家に戻す。定職を持たず神戸の魔窟街を彷徨し、覚醒剤を用いる。この頃の体験を「麻薬3号」（「別冊文芸春秋」昭和31年3月～32年6月）に描く。二十六年七月、岡山市玉島で入院。十月、退院して神戸に帰り、兵庫区奥平野に住む。妻と元町駅ガード下で「甘党屋」を営むが、資本が続かず二ヵ月で店を譲渡。単身上京するが年末には無一文となり神戸に戻る。翌二十七年再び上京。二十八年、「喪神」（「新潮」昭和27年12月）で第二十八回芥川賞を受賞。剣豪小説、麻雀、オーディオなど多彩な文筆家となる。（黒田大河）

小森香子 こもり・きょうこ

昭和五年（月日未詳）～（1930～）。詩人。東京に生まれる。戦中、関西に一家で移住。戦後、神戸女学院を卒業し、昭和二十八年まで堀瀬美紀の筆名で「新日本文学」などに作品を発表。それらの続編を含めた自伝的小説『陽子』（平成18年12月、かもがわ出版）に、神戸女学院を舞台とする青春時代が描かれている（第二章「青い風のうた」）。昭和三十六年から四年間プラハに住み、帰国後、詩人会議常任運営委員、日本子どもを守る会理事、東京原水協、日本平和委員会理事などで活動。息子小森陽一との対談『青い空は青いままで子どもらに伝えたい』（平成17年9月、五月書房）では、改めて「神戸女学院時代とコミュニズム」を振り返っている。詩集、著書多数。（佐藤　淳）

小山龍太郎 こやま・りゅうたろう

大正七年（月日未詳）～平成七年（月日未詳）（1918～1995）。小説家。兵庫県美方郡浜坂町（現・新温泉町）浜坂に生まれる。十二歳のとき家族と東京に出て、東京府立第九中学校（現・都立北園高等学校）卒業。昭和十四年、詩人の平野威馬雄に師事し詩誌「青宋」に参加、詩人として出発。戦後は雑誌編集長を歴任し、三十四年より本格的に執筆活動にはいり、歴史小説の分野で活躍した。『緋牡丹殺法』（昭和33年、雄文社）、『真説・日本剣豪伝』（昭和39年1月、荒地出版社）などがある。（荻原桂子）

コンタロウ こんたろう

昭和二十六年十二月十一日～（1951～）。漫画家。兵庫県養父郡養父町広谷（現・養父市）に生まれる。本名高階光幸。岡山大学薬学部在学中から「COM」に投稿し、P.本田名義の「一分間の命」は、第二回のCOM競作賞に入選している。昭和四十八年に千葉大学入学のため上京し、漫画家を目指す。四十九年には「週刊少年ジャンプ」のYJ賞に「先生の日」が佳作入選。翌五十年にギャグ漫画の「父帰る」で第二回赤塚賞を受賞し、「週刊少年ジャンプ」に掲載される。元日本兵であった主人公が三十年振りに帰国し、騒動を巻き起こすという同作品は、翌年には、金子一徹という名で高校野球の監督になるという設定で、同誌に「1・2のアッホ!!」（昭和51年10月～53年11月）として連載開始。他に、サラリーマン一年生の奮闘を描いた『いっしょけんめいハジメくん』全十七巻（昭和56年8月～昭和60年9月、集英社）、『夢野さん家はここですか?』（平成4年1月、少年画報社）等がある。（松枝　誠）

近藤憲二 こんどう・けんじ

明治二十八年二月二十二日～昭和四十四年八月六日（1895～1969）。アナーキスト。兵庫県氷上郡前山村（現・丹波市市島町）上竹田に生まれる。明治四十五年、早稲田大学専門部政経科に入学し、大杉栄の『生の闘争』（大正3年10月、新潮社）に感銘を受け、著者に出会う。大正九年、日本社会主義者同盟に入り、十四年に黒色青年連盟を結成するが、間もなく脱退。昭和十三年、堺利彦の娘真柄と結婚。二十一年、石川三四郎らと日本アナキスト同盟を結成。戦後、病床の中で綴った回想やそれまでに書きためたものを集めて『一無政府主義者の回想』（昭和40年6月、平凡社）を出版した。

（杣谷英紀）

今東光 こん・とうこう

明治三十一年三月二十六日～昭和五十二年九月十九日（1898～1977）。小説家。横浜市伊勢町に生まれる。弟に小説家の今日出海。父武平が日本郵船会社の船長だったため、函館、小樽、横浜、大阪、神戸と小学校を転々とした。関西学院中等部、兵庫県立豊岡中学校（現・県立豊岡高等学校）をともに中途退学し、上京する。大正十二年一月、菊池寛の「文芸春秋」に加わり、創刊号（1月）に「放言暦」を発表。十三年十月、横光利一、川端康成、片岡鉄兵らとともに「文芸時代」創刊に参画、創刊号（10月）に「明日の花―創刊の辞に代へて」「現象論としての文学」、十一月号に「軍艦」を発表、新感覚派の代表的作家と嘱目された。十四年十月、創作集『痩せた花嫁』（金星堂）を刊行。昭和五年十月、浅草寺伝法院にて得度、天台宗僧侶となる。二十六年九月、大阪府八尾市の天台院住職を拝命。二十八年六月、個人雑誌「東光」を創刊。三十二年一月、宗教新聞中外日報社社長に就任、同月、「お吟さま」（「淡交」昭和31年1月～12月）で第三十六回直木賞を受賞。二月、「中央公論」に「闘鶏」を発表したのを嚆矢に、以後、河内の歴史、風土、人情に取材したいわゆる〈河内もの〉を百編以上描き連ねていく。三十五年四月から翌年九月まで「週刊朝日」に連載した「悪名」が映画化、大ヒットシリーズとなる。四十年十二月、天台宗東北大本山中尊寺貫主および金色院住職を拝命。四十三年四月、比叡山天台宗務庁から大僧正の呼称を贈られる。七月、参議院議員全国区に第四位で当選した。また、四十八年十一月、瀬戸内晴美の出家に際して師僧を勤め、寂聴の法名を授けたことでも知られる。五十二年四月、『小説河内風土記』全六巻を東邦出版社から刊行（7月完結）。九月十九日、遷化。自伝的小説『悪太郎』（昭和34年12月、中央公論社）には、作者を思わせる主人公紺野東吾の自由奔放な青春が、神戸、淡路島、豊岡を舞台に描かれている。

（中谷元宣）

近藤忠義 こんどう・ただよし

明治三十四年十一月十日～昭和五十一年四月三十日（1901～1976）。国文学者。神戸市花隈（現・中央区）に生まれる。神戸市立神戸小学校（現・こうべ小学校）、兵庫県立第一神戸中学校（現・県立神戸高等学校）、第六高等学校（現・岡山大学）を経て、東京帝国大学文学部国文科に入学、昭和二年卒業。在学中は藤村作に師事して近世文学、特に歌舞伎を専攻し、卒業論文は「歌舞伎劇序説」。妻宮子は藤村作の娘。九年より四十二年まで法政大学に勤める。その間、中世文学の伝統から脱して西鶴を代表とする近世町人文学が登場した歴史的経過を評価し、同じ問題意識から昭和十年前後からの同時代の国文学研究の動向を、文献学の瑣末主義や鑑賞論の主観性に陥っているとして批判して、歴史的・社会的な視野の導入の必要性を主張した。戦後も二十一年六月の日本文学協会の創立と活動に重要な役割を担い、国文学研究におけるいわゆる歴史社会学派の中核となる幅広い研究

さ

教育活動を行った。（林原純生）

今日出海《こん・ひでみ》
明治三十六年十一月六日～昭和五十九年七月三十日（1903～1984）。小説家、評論家、演出家。北海道函館に生まれる。父武平、母アキの三男。長兄は、小説家で平泉中尊寺貫主などをつとめた今東光。父の影響で十八歳の時から菜食主義者となる。父の転勤で幼少期を神戸で送る。大正六年、兵庫県立第一神戸中学校（現・県立神戸高等学校）に入学、吉川幸次郎と同級になるが、病気のため休学し、翌年、東京の暁星中学校（現・暁星高等学校）に転校。旧制浦和高等学校（現・埼玉大学）から、十四年、東京帝国大学文学部仏蘭西文学科に入学。辰野隆、鈴木信太郎らに学ぶ。同期に、小林秀雄、三好達治、中島健蔵らがいた。昭和三年、大学卒業後、美術研究や演劇活動に関わり、のち明治大学文芸科にて教壇に立つ。十六年、徴用を受け、陸軍報道班員としてフィリピンへ赴く。十九年末に再赴任し、ルソン島にて敗走行を体験。戦後、文部省に勤め、二十五年に「天皇の帽子」で第二十三回直木賞を受賞する。のち、初代文化庁長官や国際交流基金理事長をつとめた。幼少期を過ごした神戸については、その当時の父母や兄、街並み、風物などに愛着が深く、エッセイなどに、繰り返し思い出を述べている。（木村一信）

【さ】

雑賀陽平《さいが・ようへい》
昭和二十五年三月八日～平成十七年四月二十五日（1950～2005）。漫画家。神戸市に生まれ、のち西宮市へ移る。本名石井利信。兵庫県立夢野台高等学校卒業。大阪工業大学工業経営科卒業。漫画雑誌「COM」の「我らの時代」（昭和46年10月）で第二十回月例新人賞を獲得し、プロデビュー。東京銀座の「東邦アート」の支店長としても活躍。得意としたのは四コマ漫画、一コマの風刺漫画。同人誌「チャンネルゼロ」や専門誌「漫金超」で、いしいひさいち、大友克洋らと作品を競う。「夕刊フジ」や「神戸新聞」に四コマ漫画を掲載。「週刊朝日」の「デキゴトロジー」を夏目房之介と共に担当。平成十三年八月、寝たきりの母への絵手紙、「夜、帰ってきて　玄関からみると　ええ　月でした」。十七年四月の兵庫県尼崎市JR福知山線の脱線事故で死亡。（森本秀樹）

斎木敏子《さいき・としこ》
昭和三年（月日未詳）～（1928～）。川柳作家。神戸市に生まれる。昭和二十一年から翌二十二年まで神戸市内の貿易商社営業部に勤務。五十三年三條東洋樹に師事し、時の川柳社（神戸市）に入門、五十六年同人となる。時の川柳社主催の交歓川柳大会にて、平成八年五月知事賞受賞、〈流された血と花片は踏むまいぞ〉（兼題「足」）。十年第二十二回全日本川柳山口大会にて文部大臣奨励賞受賞、〈現役を去る日は花の散るように〉。十六年神戸川柳協会賞、十九年神戸市教委賞受賞。二十年十二月兵庫県川柳祭にて明石市教育委員会賞受賞、〈海峡を渡って次頁をひらく〉（兼題「海峡」）。阪神・淡路大震災に関する作品に〈ぬくい言葉もろうて被災地のさくら〉。（渡邊ルリ）

最相葉月《さいしょう・はづき》
昭和三十八年十一月二十六日～（1963～）。ノンフィクションライター、編集者。東京都に生まれ、三歳より神戸市に育つ。昭和六十一年、関西学院大学法学部法律学科卒業。平成二年七月、『高原永伍、「逃げ」て生きた！風の人35年間のバンク・オブ・ドリームズ』（徳間書店）刊行。十三年二月刊行の『絶対音感』（小学館）により、第四回小学館ノンフィクション大賞受賞。十五年四月『あのころの未来 星新一の預言』（新潮社）、十六年六月『なんといふ空』（中央公論新社）刊行。同月刊行の『青いバラ』（新潮社）において、遺伝子操作・バイオテクノロジー等科学技術開発に賭ける人間の夢の行方を精密な文献調査と取材によって追求した。十七年一月『熱烈応援！スポーツ天国』（筑摩書房）、同年十月『いのち 生命科学に言葉はあるか』（文春新書）刊行。十九年三月刊行の『星新一 一〇〇一話をつくった人』（新潮社）により、講談社ノンフィクション大賞、日本SF大賞・日本推理作家協会賞、星雲賞ノンフィクション部門を受賞。同年十一月刊行の『星新一 空想工房へようこそ』（新潮社）監修。（渡邊ルリ）

斎藤功 さいとう・いさお

昭和十二年十一月（日未詳）〜（1937〜）。川柳作家。宮城県玉造郡川渡村（現・大崎市）に生まれる。昭和三十六年東北大学工学部電気工学科卒業。三菱電機株式会社神戸製作所に勤務。平成十一年に「毎日新聞」兵庫文芸川柳教室で坂本須磨代に師事。十二年、ふあうすと川柳社同人。十三年、三菱電機株式会社の関連会社を退職。十五年、ふあうすと川柳社の理事。現在、兵庫県川柳協会理事。神戸市在住。（青木京子）

斎藤栄 さいとう・さかえ

昭和八年一月十四日〜（1933〜）。小説家。東京市蒲田区（現・東京都大田区）に生まれる。東京大学法学部卒業。神奈川県立湘南高等学校在学中、石原慎太郎らと「湘南文芸」を発行。昭和三十年より四十七年まで、横浜市役所に勤務。「女だけの部屋」（「宝石」臨時増刊、昭和37年6月）でデビューし、「機密」（「宝石」臨時増刊、昭和38年7月）で第二回宝石中編賞、『殺人の棋譜』（昭和41年8月、講談社）で第十二回江戸川乱歩賞を受賞。以後、社会派推理の〈魔法陣〉シリーズを経、日本各地を舞台とした推理小説を量産。兵庫県内を舞台にした推理小説として、「姫路城秘話殺人事件」（「小説city」平成3年6月〜9月）、『JR神戸線殺人旅行』（平成3年9月、勁文社）、「タロット日美子の芦屋夫人殺人事件」（「小説推理」平成3年7月〜10月）、「兵庫県の秘密—銀色の殺人」（「斎藤栄長編選集月報」平成3年4月〜4年1月）、『神戸「五重トリック」殺人』（平成6年4月、光文社）、「神戸天童殺人事件—赤い猫の謎—」（「問題小説」平成6年11月、12月）、『宝塚市殺人事件』（平成7年4月、中央公論社）等がある。（木村小夜）

西東三鬼 さいとう・さんき

明治三十三年五月十五日〜昭和三十七年四月一日（1900〜1962）。俳人、随筆家。岡山県苫田郡津山町（現・津山市）に生まれる。本名斎藤敬直。大正七年に上京。日本歯科医学専門学校（現・日本歯科大学）卒業。十四年十二月、長兄在勤のシンガポールへ歯科医院を開業すべく渡航、昭和三年に帰国する。八年、東京神田の共立病院歯科部長に就任、患者にすすめられ三十三歳で俳句に出会う。翌年「走馬燈」同人となり句作に没頭し、一方で新俳話会を設立する。会は「反伝統への一形式」（「俳愚伝」、「俳句」昭和34年4月〜35年3月）を強く求めたもので、新興俳句運動の機運を高めたものでもあった。昭和十五年八月、京大俳句事件により特高警察に検挙されるも起訴猶予となる。十七年十二月、単身東京を離れ神戸に移り、翌年、後に「三鬼館」と呼ばれる、神戸区（現・中央区）山本通の西洋館に転居する。十九年二月、五月の二度の空襲にも「三鬼館」は無事であった。二十三年二月、加古郡別府町（現・加古川市）に移る。十二月、大阪女子医科大学（現・関西医科大学）附属香里病院歯科部長となり、大阪府北河内郡寝屋川町（現・寝屋川市）に移り、三十一年九月、神奈川県三浦郡葉山町に移住する。戦後は、山口誓子主宰「天狼」（昭和23年1月～）の創刊同人としてその編集にあたり、昭和二十七年六月には、主宰誌「断崖」も創刊している。句集に『旗』（昭和15年3月、三省堂）、『夜の桃』（昭和23年9月、七洋社）、『今日』（昭和26年10月、天狼俳句会）、『変身』（昭和37年2月、角川書店）など。戦中期の神戸での体験を綴った「神戸」（「俳句」昭和29年9月～31年6月）、戦後期の逸話を記した「続神戸」（「天狼」昭和34年8月～12月）は、いずれも三鬼の実体験に基づく自伝作品である。神戸在住時の作品に〈雄鶏や落葉の下に何もなき〉〈中年や焚火育つる顔しかめ〉があり、「これが神戸に移ってからの、私の作品の全部である。いつか戦争が終れば、俳句を作る時が来るかも知れない」（「俳愚伝」）と、この時期のことを後に回想している。

＊神戸《こうべ》　自伝的小説。〔初出〕「俳句」昭和29年9月～31年6月。〔初収〕『神戸・続神戸・俳愚伝』昭和50年9月、出帆社。◇昭和十七年から二十一年までの神戸で過ごした体験を描いた自伝的作品である。特に「私」が神戸の中央のホテルに長期滞在客であった、神戸大空襲直前までの逸話がその中心で、第一話「奇妙なエジプト人の話」～第十話「猫きちがいのコキュ」までの十話構成からなる。緊迫した戦中期に「ハキダメの国際ホテル」で生活する人々のエピソードが記され、日本人、白系ロシア人、トルコタタール人、エジプト人、デンマーク人、ドイツ人、台湾人、朝鮮人などが登場するこの作品は、戦前期から様々な国の人々が雑居する神戸という都市の特質を表象している。

＊続神戸《ぞくこうべ》　自伝的小説。〔初出〕「天狼」昭和34年8月～12月。〔初収〕『神戸・続神戸・俳愚伝』昭和50年9月、出帆社。◇戦後の神戸にまつわる逸話を記したもので、「神戸」の続編となる作品である。第一話「マダムのこと」、第二話「三人の娘さん達」、第三話「再び俳句へ」、第四話「サイレンを鳴らす話」、第五話「流々転々」の五話構成で、アメリカ兵が進駐した戦後の混乱した神戸での出来事が中心的内容となる。「戦前のものとはちが」う「私の句」として〈死が近し端より端へ枯野汽車〉の俳句が挿入されている。

（西尾宣明）

斎藤茂吉　さいとう・もきち

明治十五年五月十四日～昭和二十八年二月二十五日（1882～1953）。医師、歌人。山形県南村山郡金瓶村（現・上山市金瓶）に生まれる。号童馬山房主人など。明治四十三年十二月、東京帝国大学医科大学卒業後、巣鴨病院勤務となり、昭和二年四月、養父斎藤紀一にかわって青山脳病院院長に就任、長く勤めた。正岡子規の『子規遺稿第一篇竹の里歌』（明治37年11月、俳書堂）に傾倒し、その門下の伊藤左千夫に師事。「馬酔木」に加わり、「アカネ」を経て「アララギ」創刊に参画する。処女歌集『赤光』（大正2年10月、東雲堂）で盛名をはせ、生涯十七冊の歌集と、昭和十年代後半の『いきほひ』（昭和16年年間）、『とどろき』（昭和17年年間）、『くろがね』（昭和18年年間）などの未刊歌集がある。長崎時代（大正6年12月に長崎医学専門学校に教授として赴任）の大正九年四月より、継続的に「アララギ」誌上に「写生の説」を発表し、「アララギ」の指針を固める。昭和九年から十五年にかけて、柿本人麿臨終の「鴨山」を石見の湯抱の地と定め、途中の城崎温泉、有馬温泉も訪れた。その集約として『柿本人麿』全五巻（昭和9年11月～15年12月、岩波書店）刊行、十五年、帝国学士院賞が授与される。二十六年、文化勲章受章。二十八年二月二十五日午前十一時二十分、心臓喘息のため死去。享年七十一歳。〈ただひとつ惜《を》しみて置きし白桃《しろもも》のゆたけきを吾は食ひをはりけり〉（『白桃』）。（安森敏隆）

最果タヒ さいはて・たひ

昭和六十一年（月日未詳）～（1986～）。詩人。神戸市に生まれる。兵庫県西宮市在住。本名未詳。平成十八年に第四十四回現代詩手帖賞を受賞し、翌年十月、思潮社より『グッドモーニング』を刊行。京都大学在学中の平成二十年二月、山口市主催の第十三回中原中也賞を女性では最年少の二十一歳で受賞。本人によるサイト「全知能」(http://zenchinou.com/) では、森山森子の名でブログを書いている。（信時哲郎）

三枝和子 さえぐさ・かずこ

昭和四年三月三十一日～平成十五年四月二十四日（1929～2003）。小説家。神戸市林田区御屋敷町通り（現・神戸市長田区）に生まれる。父は日本郵船の船員、母はプロテスタント信者で、妹二人と弟一人がいた。兵庫県立社高等女学校（現・県立社高等学校）を経て、昭和二十年、兵庫師範学校（現・神戸大学発達科学部）本科に進学。同校の寮で敗戦を迎える。この間、母の死と父の再婚、川崎航空機工場への学徒動員を経験。二十三年、旧制関西学院大学哲学科に入学、二十五年、関西学院大学大学院修士課程に進学し、ヘーゲルやニーチェの哲学を学んだ。二十六年、大学院を中退、京都大学の哲学研究会で知り合った森川達也（本名三枝洸一）と結婚。いくつかの小・中学校に教員として勤務しながら、同人誌「文芸人」、「無神派文学」を発行、創作に励んだ。二十九年、弟正和が死去。三十八年、森川が実家の五峰山光明寺（兵庫県加東郡滝野町〈現・加東市〉）の住職を継ぐことになり、中京中学校を退職して転居。寺の大黒を務める一方で、東京石神井にある伯母宅を仕事部屋とし、東京と兵庫を行き来する生活を送る。四十四年、短編集『処刑が行われている』（昭和44年12月、審美社）で第十回田村俊子賞を受賞。以後、『八月の修羅』（昭和47年8月、角川書店）、『思いがけず風の蝶』（昭和55年9月、冬樹社）、『隅田川原』（昭和57年6月、集英社）等の野心作を次々と発表。五十八年、『鬼どもの夜は深い』（昭和58年6月、新潮社）で、第十一回泉鏡花文学賞を受賞。同年、初めてギリシャを旅行。以後ギリシャ各地をくり返し訪れ、六十二年にはアテネ近郊に部屋を借りる。『響子微笑』（昭和63年6月、新潮社）に始まる〈響子・四部作〉で生命力溢れる世界を産み出し、『小説 清少納言「諾子の恋」』（昭和63年6月、読売新聞社）に始まる平安期女性作者たちを主人公とするシリーズでも、従来の作家像を一新した。同時に、『恋愛小説の陥穽』（平成3年1月、青土社）、『女性のためのギリシア神話』（平成7年11月、角川書店）、『女の哲学ことはじめ』（平成8年7月、青土社）などで、女性であることを根底に置く評論活動を活発に展開。平成二年に開かれた東西女性作家会議のパネリストや、日本ペンクラブ女性作家小委員会の初代委員長も務めた。九年、同年度の兵庫文化賞、十二年、『薬子の京』（平成11年1月、講談社）

で第十回紫式部文学賞受賞。十五年、亜急性小脳変性症のため、七十四歳で死去。
（北川扶生子）

坂井華渓　さかい・かけい

年月日未詳～昭和三十年四月十六日（?～1955）。俳諧研究者。淡路島に生まれる。神戸市兵庫区楠谷町に居住し、兵庫の俳諧研究に着手。俳誌「ひむろ」を創刊し、その成果を発表したが、昭和十七年、特高警察の弾圧により廃刊。戦後、それらの考証や論文を整理し、兵庫の俳諧研究史『摂西兵庫俳諧史』（昭和34年7月、みるめ書房）をまとめ没後に刊行された。同書収録の「摂西の句碑案内」は、神戸市内の句碑調査の先がけとなった。湊川神社の神官だった俳人高田蝶衣と交友があり、広厳寺に建てられた蝶衣の句碑の銘も書いている。
（田口道昭）

酒井駒子　さかい・こまこ

昭和四十一年（月日未詳）～（1966～）。絵本作家。兵庫県に生まれ、東京在住。東京芸術大学美術部卒業。テキスタイルデザイナーをしながら絵本を制作し始める。講談社絵本新人賞に応募し、佳作に入選、あとさき塾に入る。『リコちゃんのおうち』（平成10年10月、偕成社）で絵本作家としてデビュー、「みじかなものをこつこつとゆっくりつくりつづけていけたら嬉しいです」と述べている。『きつねのかみさま』（ポプラ社）で平成十六年日本絵本賞、『金曜日の砂糖ちゃん』（偕成社）で平成十七年ブラティスラバ世界絵本原画展金牌賞、『ぼく　おかあさんのこと……』（文渓社）で平成十八年PITCHOU賞（フランス）、Zilveren Griffel賞（オランダ）、銀の絵筆賞等を受賞している。その他の作品に『よるくま』（平成12年11月、偕成社）、『よるくま　クリスマスのまえのよる』（平成13年10月、白泉社）、『ロンパーちゃんとふうせん』（平成15年3月、白泉社）等多数ある。
（鳥居真知子）

阪口穣治　さかぐち・じょうじ

昭和三十五年九月二十三日～平成四年八月七日（1960～1992）。詩人。広島市に生まれる。昭和三十七年、脳性小児麻痺と診断される。中学一年生のとき電動タイプライターに出会い、高校一年生から詩を書き始める。五十五年、友生養護学校高等部卒業。五十八年、日本ナザレン教団神戸平野教会で受洗。詩集に『いのちのふるえ』（昭和59年10月、編集工房ノア）などがある。神戸市ユース奨励賞、姫路文学人会議年間賞等受賞。
（北川扶生子）

坂口保　さかぐち・たもつ

明治三十年三月十四日～平成元年二月二日（1897～1989）。歌人、国文学者。三重県多気郡津田村（現・多気町）に生まれる。大正三年、白日社に入社、前田夕暮に師事。京都府立第一中学校（現・府立洛北高等学校）を卒業後、兵庫県下の小学校教員、高等女学校教諭等を歴任、戦後、神戸山手女子短期大学（現・神戸山手短期大学）教授、学長。歌集に『羈旅発思』（昭和37年3月、創元社）、『羈旅陳思』（昭和49年3月、神戸山手女子短期大学日本文学研究室）などがある。また、万葉集の研究者として『相聞の展開』（昭和32年9月、無寸艸社）、『万葉兵庫』（昭和44年5月、半どんの会出版部）などがある。〈ここにして顧みすれば家島は我を離れてしかもけざやか〉。
（田口道昭）

阪田寛夫　さかた・ひろお

大正十四年十月十八日～平成十七年二月二

十二日（1925～2005）。小説家、詩人、放送劇脚本家、合唱曲・童謡作詞家、絵本作家。大阪市住吉区天王寺町（現・阿倍野区松崎町）に生まれる。大阪府立住吉中学校（現・府立住吉高等学校）、旧制高知高等学校（現・高知大学）、東京大学卒業。昭和二十六年朝日放送に入社（昭和37年退社）。童謡「サッちゃん」（昭和34年10月）の作詞者、「土の器」（「文学界」昭和49年10月）による第七十二回芥川賞受賞作家として知られる。少年時代から六甲山麓の「阪急沿線を尊敬」し、宝塚ファンであったという。『わが町』（昭和43年9月、晶文社）の劈頭には、「宝塚」が掲げられ、評伝『わが小林一三』（昭和58年10月、河出書房新社）や『おお宝塚』（平成6年9月、文芸春秋）の著がある。次女は元・宝塚歌劇花組トップスター大浦みずき。（山内祥史）

阪本勝《さかもと・まさる》

明治三十二年十月十五日～昭和五十年三月二十二日（1899～1975）。歌人、文筆家。兵庫県尼ヶ崎町大物町（現・尼崎市）に生まれる。東京帝国大学経済学部卒業。大阪毎日新聞記者を経て兵庫県会議員、衆議院議員、尼崎市長、兵庫県知事を歴任。著書に、『戯曲資本論』（昭和6年6月、日本評論社）、『歌集風塵』（昭和26年3月、市民同友会）、『流氷の記』（昭和44年、朝日新聞社）、『我が牧歌』（昭和46年2月、明石豆本らんぷの会）、『阪本勝著作集』全五巻（昭和54年11月、阪本勝刊行委員会）などがある。（増田明日香）

坂本遼《さかもと・りょう》

明治三十七年九月一日～昭和四十五年五月二十七日（1904～1970）。詩人、児童文学者。兵庫県加東郡上東条村横谷（現・加東市）に生まれる。生家は自作農だが、父は教育者として小・中学校の校長を歴任、それに代わって母が農作業に従事する中で育った。兵庫県立小野中学校（現・県立小野高等学校）を卒業。大正十二年四月、関西学院文学部英文科に入学。同級に竹中郁がいた。十四年二月、詩「お鶴の死と俺」が「日本詩人」第二新詩人号に入選（白鳥省吾選）して以来、詩・小説の制作が活発化する。同年中国広州から帰国した草野心平が刊行した「銅鑼」三号（発行月不明）に「妹よ」「夢を見る母子」を発表して同人となり、以後十三号まで毎号欠かさず作品を発表、「銅鑼」七号（大正15年8月）は上東条村の坂本の家で、彼とそこを訪ねて来た草野の手で編まれた。それと並行して竹中郁が編集する海港詩人倶楽部発行の「羅針」や関西学院英文学会の機関誌「関西文学」、学院初の詩専門誌「木曜島」にも参加し、詩「やいたをたてる母子」（「羅針」4号、大正14年3月）「おかん腹おさえてくれ」（「木曜島」1号、昭和2年6月）や、小説「芋畠の鴉追ひ男」（「関西文学」13号、大正15年2月）などを発表した。昭和二年九月、詩集『たんぽぽ』を銅鑼社より刊行し、農民詩の新たな領域を示すものとして注目された。同じ月、小説集『百姓の話』も私家版として刊行。「先駆」「バリケード」「学校」といったアナーキズム色の濃い詩誌にもたびたび寄稿した。四年、小山婦美子と結婚。六年、朝日新聞社大阪本社に入社、二十三年には同社編集局学芸部次長になる。同年三月創刊の児童誌「きりん」で作文・詩の指導を開始、戦後児童文学運動の有力な担い手となった。その分野での代表作に、昭和三十五年度児童福祉文化賞を受賞した長編童話『きょうも生きて』（昭和34年12月、東都書房）がある。坂本の生家には詩碑と草野揮毫による記念碑が建っている。

*たんぽぽ たんぽぽ 詩集。〔初版〕昭和2年9月、銅鑼社。七章三十一編収録。◇第一詩集。草野心平の序、原理充雄の跋、坂本遼の自序を含み、浅野孟府の装訂より成る。『たんぽぽ』に収められた詩編の多くは、詩人の郷里の農民たちの暮らしに取材し、播磨地方の方言を用いて書かれている。題材的には同時代のプロレタリア農民詩に近いが、その作風は社会正義の念を押し出した闘争的なものではない。冒頭に置かれた「時雨」のように、貧しい者たちの生活感情に寄り添い、それを「あふれこぼる〻質朴」（原理充雄）な情感のうちに汲み上げていく点に、この詩集の新鮮さがある。（大橋毅彦）

茶木ひろみ さき・ひろみ

昭和三十一年四月十六日～（1956～）。漫画家。神戸市に生まれる。ペンネームを茶木宏実としていた時期もある。昭和五十二年、「デラックスマーガレット」に発表した「委員長が変です!?」でデビュー。以後、「週刊マーガレット」を活躍の場としていた。初期の作風はロマンチックコメディが中心だったが、次第に『姫―クラシックガールー』（昭和61年7月、集英社）などの伝奇的な作品や、代表作『銀の鬼』全六巻（昭和61年～63年1月、集英社）のようなホラー・ミステリー色の濃い作風に移行する。『悪徳の栄え』（昭和64年8月、集英社）以後、作品の発表を停止していたが、平成十六年春、『変な探偵』を自費出版（三百部）。その後平成16年3月、日本文学館より出版）し、復帰を果たした。現在は雑誌執筆活動は休止し、自身のホームページで「銀の鬼」シリーズを発表、ブッキングから随時、出版している。（森本智子）

櫻井武次郎 さくらい・たけじろう

昭和十四年四月三日～平成十九年一月二十二日（1939～2007）。俳文学者。大阪府豊能郡（現・豊中市）に生まれる。高野山大学卒業。神戸親和女子大学名誉教授。文学博士。平成八年十一月、松尾芭蕉自筆「奥の細道」を発見。著書に『元禄の大阪俳壇』（昭和54年9月、前田書店）、『連句文芸の流れ』（平成元年2月、和泉書院）など多数あるが、特に『奥の細道の研究』（平成14年5月、和泉書院）は『奥の細道』の成立過程とその文学的意義の集大成というべきものである。（佐藤和夫）

桜井利枝 さくらい・としえ

昭和十二年二月（日未詳）～（1937～）。小説家。兵庫県尼崎市に生まれる。本名利重。昭和三十年、兵庫県立尼崎北高等学校卒業。同年、中小企業金融公庫に勤務し、四十一年三月退職。四十九年から五十八年まで「AMAZON」同人。四十九年、第十八回農民文学賞を受賞。五十三年、第八回ブルーメール賞を受賞。現在、尼崎芸術文化協会に所属。著書に『黎明の女たち』（共著、昭和61年1月、神戸新聞総合出版センター）、『豊竹団司の一世紀』（平成元年3月、ミネルヴァ書房）がある。（青木京子）

座古愛子 ざこ・あいこ

明治十一年十二月三十一日～昭和二十年三月十日（1878～1945）。詩人、随筆家。神戸市東川崎町新田（現・中央区東川崎町）に生まれる。六歳の時、母するゑが座古久兵衛と再婚し、座古姓に。祖母は兵庫教会の信者。愛子自身の受洗は二十三歳。牧師の勧めで和歌や俳句に触れ、自伝的記録や、詩、和歌、俳句などを収めた『伏屋の曙』（明治39年11月、警醒社書店）を刊行。病のため寝台に伏した姿勢で神戸女学院の購買部に勤務しつつ、

伝道に生きた。　（飯田祐子）

酒匂八州夫　さこう・やすお

昭和七年（月日未詳）～（1932～）。小説家、近代文学研究者。神戸市に生まれる。本名田辺匡。立命館大学大学院修士課程修了。大阪府内の中学校や高校で教鞭を執る傍ら、同人誌「天窓」を主催。自伝的小説『すかんぽの詩』（昭和63年1月、近代文芸社）では、昭和二十年六月五日の神戸大空襲で自宅のあった須磨が焼かれ、直撃弾を受けた女性が目前で焼死する姿も描かれる。尚、本名の田辺匡で『有三文学の原点』（平成8年3月、近代文芸社）も出版している。　（信時哲郎）

左近蘭子　さこん・らんこ

昭和三十年（月日未詳）～（1955～）。児童文学者。兵庫県西宮市に生まれる。慶応義塾大学大学院修了。昭和六十年元旦、おもしろいお話を書こうと決心。『かばはかせとたんていがえる』（昭和61年6月、国土社）で、第九回毎日童話新人賞最優秀賞受賞。『シャンプーはかせとリンスちゃん』（平成2年10月、理論社）、島田コージ絵『しましまどろぼう』（平成3年11月、フレーベル館）、フォクシー絵本の翻訳など多数。最新作は『夢のひとつぶ』（平成20年7月、世界文化社）。　（畠山兆子）

佐々木赫子　ささき・かくこ

昭和十四年一月十六日～（1939～）。児童文学者。神戸市に生まれる。岡山大学教育学部卒業。同人誌「子どもの町」に発表の「あしたは雨」（昭和46年）で日本童話会賞受賞。昭和四十八年、『旅しばいのくるところ』（昭和48年11月、偕成社）で児童福祉文化奨励賞受賞。五十八年、『同級生たち』（昭和58年12月、偕成社）で日本児童文学者協会賞受賞。平成二年、『月夜に消える』（昭和63年7月、小峰書店）で小学館児童出版文化賞受賞。十八年二月、『児童文学に見る平和の風景』（てらいんく）を出版。　（畠山兆子）

佐々木すぐる　ささき・すぐる

明治二十五年四月十六日～昭和四十一年一月十三日（1892～1966）。作曲家。兵庫県印南郡阿弥陀村魚橋（現・高砂市）に生まれる。本名英。大正五年、東京音楽学校（現・東京芸術大学音楽部）卒業後、浜松師範学校（現・静岡大学）教諭となる。十一年に上京して音楽活動に専念。レコード会社の専属作曲家として「月の砂漠」「お山の杉の子」など童謡を作曲。県内の数校のほか二十数校の校歌も手がけた。また青い鳥児童合唱団を主宰し、音楽活動に貢献した。　（明里千章）

佐々木マキ　ささき・まき

昭和二十一年十月十八日～（1946～）。漫画家、絵本作家、イラストレーター。神戸市に生まれる。京都市立美術大学（現・京都市立芸術大学）日本画学科中退。「ガロ」に「うみべのまち」（昭和41年11月）を発表し漫画家デビュー。以降「ガロ」や「朝日ジャーナル」誌上に漫画を発表した。絵本作家として『やっぱりおおかみ』（昭和52年10月、福音館書店）などを発表する一方、鶴見俊輔『言葉はひろがる』（平成3年1月、福音館書店）などの挿絵を手がけた。またイラストレーターとして、同じく神戸市出身の作家、村上春樹の著作のカバー装画を手掛ける。『風の歌を聴け』（昭和54年1月、講談社）、『1973年のピンボール』（昭和55年1月、講談社）、『羊をめぐる冒険』（昭和57年10月、講談社）、『カンガルー日和』（昭和58年9月、平凡社）、

『パン屋再襲撃』(昭和61年4月、文芸春秋)、『ダンス・ダンス・ダンス』(昭和63年10月、講談社)などが佐々木の作品である。

(尾添陽平)

笹倉明　ささくら・あきら

昭和二十三年十一月十四日～(1948～)。小説家。兵庫県西脇市に生まれる。早稲田大学文学部文芸科を卒業後、コピーライター、フリーの雑誌記者などを経て小説を書き始める。ロンドンの外国人たちを描いた『海を越えた者たち』(昭和56年1月、集英社)で、すばる文学賞佳作。昭和六十三年、レイプ裁判を扱った法廷推理小説『漂流裁判』(昭和63年7月、文芸春秋)でサントリーミステリー大賞受賞。平成元年、『遠い国からの殺人者』(平成元年4月、文芸春秋)で第一〇一回直木賞を受賞。この作品は、ストリップ劇場の踊り子であったフィリピン人女性が西新宿のマンションで日本人の同居男性を刺殺した事件をめぐって展開する。当時、日本の風俗業に従事する外国人女性たちの劣悪な労働環境が問題化されており、それが作品の背景をなしている。この作品を含め、社会的弱者を主題とする小説が多い。他に、日本・韓国の近現代史に関わる多くの問題を取り入れた『女たちの海峡』(平成3年1月、講談社)、映画化されて話題となった『新・雪国』(平成11年9月、廣済堂出版)等の著作がある。

(木村　洋)

さそうあきら　さそう・あきら

昭和三十六年二月九日～(1961～)。漫画家。兵庫県宝塚市に生まれる。本名佐草晃。早稲田大学第一文学部卒業。大学在学中、早稲田大学漫画研究会に所属。昭和五十九年、「シロイシロイナツヤネン」で第三回講談社ちばてつや大賞を受賞し、デビュー。平成十年、『神童』(平成10年～11年、双葉社)で第二回文化庁メディア芸術祭マンガ部門優秀賞受賞。翌年、同作品で第三回手塚治虫文化賞も受賞。十八年、京都精華大学マンガ学部マンガ学科の専任教員に就任。二十年、『マエストロ』(平成16年～20年、双葉社)が、第十二回文化庁メディア芸術祭マンガ部門優秀賞を受賞。その他の作品に『愛がいそがしい』(平成3年～4年、小学館)、『コドモのコドモ』(平成13年、双葉社)『富士山』(平成14年、小学館)、『子供の情景』(平成15年、双葉社)、などがある。愛、性、死、子供や音楽の世界について、ユーモラスかつ詩的、哲学的に描く。『マエストロ』に阪神・淡路大震災で父母をなくしたヒロインが登場する。『神童』『コドモのコドモ』などが映画化された。

(田口道昭)

佐多稲子　さた・いねこ

明治三十七年六月一日～平成十年十月十二日(1904～1998)。小説家。長崎市八百屋町に生まれる。本名イネ。明治四十四年八月、母死去。大正四年十月、父が三菱合資会社三菱造船所(現・三菱重工業株式会社長崎造船所)を退職し一家で上京するが、父の失職で稲子は十二月から働き始める。窪川いね子名義の処女作「キャラメル工場から」(「プロレタリア芸術」昭和3年2月)は、この時の体験を書いたもの。六年、父は兵庫県赤穂郡相生町(現・相生市)の播磨造船所(現・株式会社IHI)に単身赴任。七年、貧窮により芸者になる旨の手紙を出して相生の父に引き取られ、ひと時の自由な娘時代を送る。九年、単身上京。十二年、関東大震災に遭遇し、父のもとに身を寄せるが再び上京。十三年四月、慶応義塾大学学生で資産家であった小堀槐三と結婚。翌年夫婦で自殺未遂をおこす。妊娠中

さ

であった稲子は相生町の父のもとで、長女を出産。十五年一月、父は播磨造船所退職、上京。三月、駒込動坂町（現・文京区本駒込）のカフェー「紅緑」の女給となり「驢馬」同人らと知り合う。窪川鶴次郎と恋愛、同棲、昭和四年五月に入籍。二人の子供を儲ける。「驢馬」同人が次々に左傾していく中で稲子も次第に階級的視点に目覚めていった。十年五月、戸塚署に検挙される。日本プロレタリア文化連盟（コップ）発行「働く婦人」の編集を理由に起訴され、懲役二年、執行猶予三年の判決を受けた。夫に女性関係が生じ、二十年五月に正式に離婚、十一月より筆名佐多稲子を使用する。二十一年四月に叔父秀実の佐多姓を継ぎ、戸籍上は佐多イネとなる。二十年十二月の新日本文学会創立時には、戦地慰問などの戦中の行為が問われて創立発起人に加えられず、戦争責任の問題に関して自責の念に苦しんだ。婦人民主クラブの創立には宮本百合子らとともに努力し、戦後の民主化運動に貢献した。しかし、二十六年の除名後、三十年に再入党した日本共産党との関係には苦しみ、三九年十月に再び除名。また四十八年四月、日本芸術院恩賜賞内諾を求められたが、辞退している。

＊素足の娘《すあしのむすめ》　長編小説。〔初版〕『素足の娘』昭和15年3月、新潮社。◇昭和十四年十月より箱根湯本の旅館に三ヵ月滞在して執筆した、初めての書き下ろし。貧窮生活の苦しみから逃れ、十四歳から二年間、単身赴任中であった父と過ごした相生での生活が舞台。若くして亡くなった母、女学校や異性への憧れ、継母への親しみなど、少女から娘へと変わりゆく主人公桃代の心情が、父との生活を通して語られる。第一次大戦の造船ブームに沸く相生が背景。三十二年に映画化。相生市中央公園（那波南本町）には小説の一節が書かれた本人自筆の文学碑があり、五十八年十月十六日の除幕式には稲子も訪れた。　（室　鈴香）

貞弘衛　さだひろ・まもる

明治三十九年一月十日〜平成十一年二月七日（1906〜1999）。俳人。神戸市に生まれる。昭和四年、東京商科大学（現・一橋大学）を卒業。キリンビール等に勤める。戦後、中村草田男の「万緑」の創刊に参加。句集に『聖樹』（昭和30年8月、万緑会）、『盛林』（昭和38年4月、刀江書院）、『行路』（昭和53年8月、卯辰山文庫）、『松籟』（平成元年1月、卯辰山文庫）等がある。「須磨寺」と題した〈釣鐘吊つて由来記軽妙秋の風〉（『行路』）がある。　（田口道昭）

佐藤愛子　さとう・あいこ

大正十二年十一月五日（戸籍上は二十五日）〜（1923〜）。小説家。大阪市住吉村に生まれる。父は大衆小説や少年小説の大家佐藤洽六（紅緑）、母しなは元女優の三笠万里子。異母兄四人と同腹の姉一人がいた。長兄は詩人サトウ・ハチロー。大正十四年、兵庫県鳴尾村（現・西宮市）に移住し、昭和五年、鳴尾尋常高等小学校入学。父紅緑に送られてくる「キング」「講談倶楽部」などの恋愛小説を読む一方、「少年倶楽部」で紅緑の少年小説を読む。十六年、甲南高等女学校（現・甲南女子高等学校）を卒業し、上京して兄の家に寄寓。雙葉学園英語科に入学するが、三ヵ月で中退して、帰郷。開戦後、花嫁修業もせず無為に過ごす。十八年、陸軍航空本部勤務の軍人森川弘と見合結婚。二十一年、夫は復員するが、軍隊在職中の病気治療がもとでモルヒネ中毒にかかっていた。二十四年、文学を志すようになり、父の死を契機に東京都の実家に戻る。二十五年、同人雑誌「文芸首都」に参加、処女作「青い果実」（昭和25年12月）

で文芸首都賞受賞。二十六年、別居中の夫と死別、二人の子供は夫の弟の養子となる。二十八年、母親と衝突し自立、聖路加病院で働く。三十一年、「文芸首都」同人の田畑麦彦と結婚、夫婦で作家修業に専念。三十二年、同人雑誌「半世界」を創刊、次々に作品を発表する。「ソクラテスの妻」（「半世界」昭和38年春季号）が三十八年上半期の芥川賞候補、「二人の女」（「文学界」昭和38年10月）が同年下半期の芥川賞候補、「加納大尉夫人」（「文学界」昭和39年8月）が三十九年下半期直木賞候補となる。同年、夫が会社を設立するが、資金繰りに追われ、家計を逼迫、四十二年には、夫の会社が倒産、莫大な借金を負う。四十三年、債権者の取り立てから家族を守るためという夫の提案で協議離婚、そのことを素材にした「戦いすんで日が暮れて」（「別冊小説現代」新秋号）で四十四年七月、第六十一回直木賞受賞。受賞後、原稿の注文が殺到したため借金を完済し、以後ユーモアあふれる作品を次々に刊行した。平成元年七月から「別冊文芸春秋」に連載を開始し十二年の歳月をかけて書かれた『血脈』（上・平成13年1月、中・同年2月、下・同年3月、文芸春秋）は、紅緑、サトウ・ハチローそして自らを中心に佐藤家のそれぞれの人生を描いた大作で、平成十二年、第四十八回菊池寛賞受賞。またエッセイの名手としても知られ、エッセイ集を五十冊以上刊行している。

（柚谷英紀）

佐藤清　さとう・きよし

明治十八年一月十一日～昭和三十五年八月十七日（1885～1960）。詩人、英文学者。仙台市に生まれる。明治四十三年、東京帝国大学英文科卒業。大正二年から十二年まで関西学院で教鞭をとる。その間二年間、イギリスに留学。詩集に『西灘より』（大正3年10月、警醒社出版）、『愛と音楽』（大正8年9月、六合雑誌社）、『海の詩集』（大正12年4月、上田書店）、『雲に鳥』（昭和4年8月、柴田書店）、『折蘆集』（昭和13年8月、作品社）などがある。

（出光公治）

佐藤紅緑　さとう・こうろく

明治七年七月六日～昭和二十四年六月三日（1874～1949）。小説家。青森県第三大区第一小区（現・弘前市親方町）に生まれる。本名洽六《こうろく》。明治二十六年、上京。陸羯南に師事。俳句を子規に学ぶ。新聞記者生活の後、小説・演劇に進出。大正十三年～十四年、兵庫県夙川（現・西宮市）の東亜キネマ映画撮影所所長。一家も震災後の東京を離れ、兵庫県武庫郡鳴尾村西畑（現・西宮市甲子園七番町、西畑公園辺）に移る。「土蔵つき三階建の洽六の借家は、枝川に沿って海岸までつづく土堤の松林の真下にあって、間数は多いが間口の狭い」家であった（佐藤愛子『血脈』上・中・下、平成13年1、2、3月、文芸春秋）。西畑で執筆した立志小説「あゝ玉杯に花うけて」（「少年倶楽部」昭和2年5月～3年4月）が大当たり。小説家全盛期を迎える一方、息子たちの放蕩に悩む。昭和八年八月（南野武衛に拠る）、甲子園五番町（現・甲子園二番町）に妻シナ設計の豪邸を建て、転居。「家はもと松林であった高台にあって、目の下の苺畑の連なりの向うには武庫川の堤」が見えた（佐藤愛子『花はくれない』昭和42年12月、講談社）。競馬に凝り、馬主となる。十一年～十二年、『佐藤紅緑全集』全十六巻、十七冊（アトリヱ社）を刊行。十五年、「少年倶楽部」から原稿書き直しを要求されたことに怒り、講談社と絶縁。再び俳句に専心する。十八年、句集『花紅柳緑』（六人社）を著す。十九年、静岡県へ転居。

（堀部功夫）

佐藤純一《さとう・じゅんいち》

昭和十二年（月日未詳）～（1937～）。川柳作家。東京都大田区に生まれる。兵庫県では長部文治郎商店（大関酒造）に勤務した。父の俳句、母の短歌を見て育ったが、それらには興味を持てず、川柳の道へ入る。趣味の魚釣りとあいまって、「週刊釣りサンデー」の川柳コーナーに投句を初め、当時、選評をしていた番傘の故奥田白虎に指導を受ける。その後、「毎日新聞」兵庫文芸川柳教室を経て、昭和六十二年ふあうすと川柳社同人となる。〈落日の速さへペンを持ち替える〉（槌賀七代）

佐藤雅美《さとう・まさよし》

昭和十六年一月十四日～（1941～）。作家。兵庫県神戸市に生まれる。早稲田大学法学部卒業後、薬品会社等の勤務を経て作家になる。昭和六十年『大君の通貨』（昭和59年9月、講談社）で第四回新田次郎文学賞。平成五年『恵比寿屋喜兵衛手控え』（平成5年10月、講談社）で第一一〇回直木賞受賞。時代小説としては、特殊な職業やジャンルを取り扱い、独自の世界を開拓する。また、時代考証の綿密さにも定評がある。歴史経済小説のジャンルを切り開いたとされ、しかも、社会情勢や経済情勢にさいなまれる個人が、よく描かれている。例えば『恵比寿屋喜兵衛手控え』では、江戸時代の民事訴訟が描かれ、時代背景・訴訟の決まりなどの仕組みと、その訴訟に巻き込まれる個人の状況・生き方が巧みに描かれて興味ぶかい。その他、『幕末住友役員会』（昭和62年8月、講談社）、『主殿の税—田沼意次の経済改革』（昭和63年7月、講談社）、『薩摩藩経済官僚—回天資金を作った幕末テクノクラート』（昭和61年8月、講談社）、連作シリーズ『八州廻り桑山十兵衛』（平成8年5月、文芸春秋）等がある。（槌賀七代）

里見弴《さとみ・とん》

明治二十一年七月十四日～昭和五十八年一月二十一日（1888～1983）。小説家。横浜市月岡町に生まれる。本名山内英夫。母の実家である山内家の養子になるが、生家の有島家で育つ。長兄に武郎、次兄に壬生馬（生馬）がいる。学習院を経て東京帝国大学英文科を中退。学習院時代、志賀直哉らと交わり、明治四十三年四月、「白樺」を創刊。大正三年五月十日、大阪より城崎温泉三木屋旅館に滞在中の志賀直哉に宛て「僕の一番都合のよい出発は十三日午前九時梅田発だ」と葉書を送り、城崎で志賀と落ち合う。それから松江に赴き、市内の殿町に部屋を借りて、志賀とひと夏暮らした。八年十一月、吉井勇や久米正雄らと「人間」を創刊。小説、戯曲、評論など幅広く健筆を振るった。『恋ごころ』（昭和30年9月、文芸春秋新社）で第七回読売文学賞を受賞。昭和三十五年には文化勲章受章。『五代の民』（昭和45年12月、読売新聞社）で再び第二十二回読売文学賞を受賞。（荒井真理亜）

實方清《さねかた・きよし》

明治四十年七月九日～平成五年八月十六日（1907～1993）。国文学者。千葉県山武郡東金町（現・東金市）に生まれる。東北帝国大学で岡崎義恵に中世歌論及び文芸学を学び、昭和十六年四月、関西学院大学法文学部赴任。昭和三十八年十一月に日本文芸学会を創設し、三十年間にわたって会長を務めた。『中世歌論』（昭和16年、弘文堂）『日本文芸学の研究』（昭和45年、桜楓社）など三十数冊の著書がある。関西学院大学では文学部長、図書館長等を歴任し、五十一年三月定年退職。文学博士。（細川正義）

佐野博美　さの・ひろみ

昭和二十三年九月二十七日～（1948～）。詩人。兵庫県西宮市に生まれる。京都女子大学大学院修士課程修了。現在、清泉女学院大学人間学部教授で長野市に在住する。大学では英文学、英米詩、英米児童文学などの講義を担当。主な詩集に『佐野博美詩集―生命の森の風の中―』（昭和61年4月、芸風書院）、『光のコンチェルト』（平成3年5月、近代文芸社）、『午後の紅茶を飲む理由』（平成15年12月、文芸社）、翻訳に『聖職者と詩人―R・S・トマス詩集―』（平成8年7月、松柏社）がある。（木谷真紀子）

サマセット・モーム　さませっと・もーむ　Somerset Maugham

明治七年一月二十五日～昭和四十年十二月十六日（1874～1965）。小説家。駐仏イギリス大使館の顧問弁護士を父としてパリに生まれるが、早くに両親を失い、イギリスの叔父の元で育つ。医者となるが、文学への思いを断ち切れず、劇作家として成功。長短編小説、戯曲、エッセイを書く他、第一次世界大戦中はイギリスの諜報部員としても活躍。『Cosmopolitans』（1936）に収録された短編「A Friend In Need」（邦題「困ったときの友」、龍口直太郎訳）では、ギャンブルと酒で身を持ち崩した男から仕事の世話を頼まれた男が、「（塩屋クラブ）から出発して信号浮標《ビーコン》をまわり、垂水川の口」まで泳いでくることができたら仕事を世話してやろうと持ちかける。（信時哲郎）

寒川猫持　さむかわ・ねこもち

昭和二十八年四月十一日～（1953～）。歌人、随筆家、小説家、眼科医。大阪府池田市に生まれる。本名淳。山本夏彦に師事し、三十七歳から短歌を始める。著書に、歌集『猫とみれんと』（平成8年9月、文芸春秋）、短歌と随筆を収めた『面目ないが』（平成11年2月、新潮社）、昭和三十年代の大阪を舞台とする自伝的中編小説『走馬灯の夜』（平成14年5月、集英社）などがある。兵庫県西宮市在住。（吉川　望）

鮫肌文殊　さめはだ・もんじゅ

昭和四十年（月日未詳）～（1965～）。放送作家。神戸市に生まれる。本名井上英樹。近畿大学卒業。昭和五十九年、高等学校在学中に雑誌「ビックリハウス」主催の第十七回エンピツ賞（小説）を受賞し、同年、第十八回同賞を連続受賞する。十九歳の時、短編小説集『父しぼり』（昭和60年5月、長征社）を発表。その後NHK特集への出演を機に、放送作家活動をスタートし、平成二年に上京する。「進め！電波少年」をはじめ、ヒット番組を多数手掛け、テレビメディアに関するエッセイの執筆、放送作家養成セミナーの講師としても活躍する。著作に『鮫肌文殊の俺テレビ』（平成12年5月、メディアワークス）などがある。（申　福貞）

沢田翔　さわだ・しょう

（生年未詳）十月十日～。漫画家（女性）。兵庫県宝塚市に生まれる。「月刊少年キャプテン」に「超時空学園X」（昭和60年2月～11月）を連載してデビュー。『オラトリオスケープ』一～六（昭和63年11月～平成7年6月、新書館）や『魔狼王烈風伝』一～十（平成6年4月～13年3月、メディアワークス）、『DEATH SCYTHE 悪神狩り』一～三（平成16年2月～17年8月、一迅社）等で、独自のファンタジー世界を展開している。（信時哲郎）

三條東洋樹　さんじょう・とよき

明治三十九年四月二十一日〜昭和五十八年十一月十二日（1906〜1983）。川柳作家。神戸市生田区（現・中央区）元町に生まれる。本名政治。兵庫県立神戸商業学校（現・県立神戸商業高等学校）二年生の頃から川柳を始め「柳太刀」で活躍。昭和二十六年、「朝日新聞」神戸版、兵庫版の柳壇選者となり、三十二年一月には、「時の川柳」を創刊、主幹となる。著書に『ほんとうの私』（昭和32年6月、白鳥川柳会）、『無芸者の芸』（昭和47年3月、明石豆本らんぷの会）などがある。

（足立直子）

【し】

椎名麟三　しいな・りんぞう

明治四十四年十月一日〜昭和四十八年三月二十八日（1911〜1973）。小説家。兵庫県飾磨郡曾左村ノ内書写村（現・姫路市書写）に、父大坪熊次、母みすの長男として生まれる。本名大坪昇。生後三日目に母の鉄道自殺未遂事件があり、母子ともに保護されて父のもとにひきとられた。父熊次が警察や鉱業会社で勤務していた大阪市で幼少期を過ごす。大正七年、大阪市立大江尋常小学校（現・大阪市立大江小学校）に入学。九年十一月、父母不仲で別居、母子四人で姫路に住む。書写尋常高等小学校（現・姫路市立曽左小学校）へ転校。十三年四月、兵庫県立姫路中学校（現・県立姫路西高等学校）へ村からただ一人合格した。十五年六月、父からの送金が途絶え生活が苦しく、大阪の父の家へ交渉に行ったが相手にされず、そのまま家出した。その後、大阪で果物屋の小僧、飲食店の出前持ち、見習いコック等の職を転々とするも、その間、専門学校入学者検定試験（現・高等学校卒業程度認定試験）に合格。またベーベルの『婦人論』を読み、社会主義の方向を決定づけられた。昭和四年春、母が須磨の海へ投身自殺未遂。これを契機に、六月二十七日、宇治川電鉄（現・山陽電鉄）へ入社。見習いを経て本務乗務員となる。間もなく労働運動に参加。六年七月、日本共産党員となり、宇治電細胞キャップとして活躍。八月二十六日、関西中心の一斉検挙にあい、東京へ逃亡。九月、目黒の父の家で検挙され、神戸へ護送された。七年二月、神戸地検から起訴され、懲役四年の判決を受け控訴し、未決囚として神戸・大阪の留置所をたらい回しにされる。この間特高の拷問を受けた。八年四月、父母協議離婚。六月、ニーチェを利用して転向上申書を書き、懲役三年執行猶予五年の判決を受けて刑務所を出た。警察の世話で姫路のマッチ工場で雑役夫として働く。この間、下宿で縊死自殺未遂。八月、父をたよって上京。九年、東京で運送店の配達夫、銀座七丁目のレストラン「ニューパレス」の見習い等をする。祖谷寿美と知り合い、港区佐久間町にて同棲。十年八月、長男一裕生まれる。このころ有機化学の実験に没頭。十三年一月、祖谷寿美との婚姻届を提出。四月、新潟鉄工本社営業第三課に勤務、発明特許を二つ取った。間もなくニーチェに導かれてドストエフスキーの『悪霊』に邂逅、決定的衝撃を受け、文学を志した。十五年、知人の紹介で佐々木翠（のち船山馨夫人）を知り、八月、同人誌「新創作」同人となる。同人に寒川光太郎、船山馨らがいた。以降、戦時中に「家」（「新創作」昭和16年1月）、「或る生への記録」（「新創作」昭和16年4月）、「霊水」（「新創作」昭和16年5月、6月）、「四」（「新創作」昭和16年11月）、「流れの上に」（「新創作」昭和19年4月）などの小説や「ドストエフスキーの作品構成についての瞥見」（「新創作」昭和17年10月）などの評論を発表する。二十年八月、終戦後間もなく貸本屋兼孔版社「創美社」を千歳烏山に開業（翌年倒産）。二十一年七月、小説を書くため船山馨と二人で富山の大牧温泉へこもり「黒い運河」脱稿、「深夜の酒宴」と改題改作して「展望」へ送り、年末、臼井吉見より採用の電報を受け取る。二十二年二月、「深夜の酒宴」が「展望」で発表され、作家としてデビューした。「重き流れのなかに」（「展望」昭和22年6月）、「深尾正治の手記」（「個性」昭和23年1月）、書き下ろし長編『永遠なる序章』（昭和23年6月、河出書房）などにより埴谷雄高、野間宏、梅崎春生、武田泰淳らとともに第一次戦後派と呼ばれる。二十五年十二月二十二日、「太宰治の次に自殺するのは椎名麟三だ」と噂されるほど思想的に行き詰まり、絶望の果てにドストエフスキーに賭けて日本基督教団上原教会（赤岩栄牧師）で受洗した。『邂逅』（昭和27年12月、講談社）あたりから、それまでの暗く晦渋な文体から明るくユーモアのある文体へと作風の変化が見られる。二十八年五月、自伝小説「自由の彼方で」第一部を「新潮」に、九月、第二部を同誌に発表。シナリオを書いた日活映画「煙突の見える場所」（原作「無邪気な人々」）が、ベルリン映画祭で国際平和賞を受賞した。二十九年二月、「自由の彼方で」第三部（完結）を「新潮」に発表後、山陽電鉄（旧宇治川電鉄）に招かれ、二十数年ぶりに旧交をあたためた。これを機に姫路で母と過ごした幼少時代を振り返った「母の像」（「文学界」昭和30年2月）や、大阪での家出体験を描いた「神の道化師」（「文芸」昭和30年3月）、出獄後の東京生活を描いた『運河』（昭和31年5月、新潮社）など自伝的な小説を次々と発表する。なかでも『美しい女』（昭和30年10月、中央公論社）は、宇治川電鉄時代の経験を基に同僚の木村末男をモデルにした小説であり、三十一年三月には『美しい女』とこれまでの仕事に対して、昭和三十年度芸術推奨文部大臣賞が贈られた。エッセイとしては三十二年二月、『私の聖書物語』を中央公論社より刊行。三月から四月、高血圧のため伊豆で静養。八月、川原温泉高山旅館で執筆中、心筋梗塞で倒れる。九月、慶応病院、十一月、東大病院へ入院。三十四年三月、「指」百号記念会で聖書非神話化問題をめぐり赤岩栄との食い違いが表面化した。三十五年三月、教文館遺愛室にて、佐古純一郎・阿部光子・高見沢潤子らとプロテスタント文学集団たねの会結成。三十六年十一月、第五次訪中文学者代表団として、堀田善衛・武田泰淳・中村光夫・木村菊男らと中国を訪問、十二月に帰国。三十九年六月、前年より数回姫路市に滞在し、執筆と演出に没頭してきたミュージカル「姫山物語」（二幕七場）が姫路市厚生会館で上演された。これは姫路城の解体修理工事（昭和の大修理）完成記念でもあった。四十年七月、友人梅崎春生が肝硬変で急逝、葬儀委員長を務めた。四十一年七月、日本基督教団上原教会（赤岩栄牧師）より日本基督教団三鷹教会（石島三郎牧師）へ転会した。同年十一月、赤岩栄が逝去。四十四年八月、『懲役人の告発』を新潮社より刊行。四十七年三月、教文館版『現代キリスト教文学全集』（全十八巻）編集会議に遠藤周作と出席。四月、二時間余りの発作。六月、精密検査のため東大病院へ入院、十月に退院。四十八年三月二十八日午前三時五十分、脳内出血のため自宅二階の書斎で逝去。三十日、日本基督教団三鷹教会にて葬儀（葬儀委員長埴谷雄高）が行われた。

＊自由の彼方で《じゆうのかなたで》 長編小説。〔初出〕「新潮」昭和28年5月、9月、29年2月。

〔初収〕昭和29年3月、講談社。◇椎名の初の本格的な自伝小説。「山田清作」に仮託されているが、旧制中学校中退、家出、宇治川電鉄（現・山陽電鉄）の車掌時代、非合法活動、検挙、入獄、出所、マッチ工場の雑役夫などほぼ作者の履歴がなぞられている。大阪の中里、神戸の西代、姫路など大阪や兵庫県の具体的な地名も登場する。

＊**美しい女**《うつくしいおんな》 長編小説。〔初出〕「中央公論」昭和30年5月～9月。〔初収〕昭和30年10月、中央公論社。◇椎名が勤めていた宇治川電鉄（現・山陽電鉄）の同僚を主人公に、昭和初期の交通労働者の生活を描いた小説。宇治川電鉄は神戸と姫路を結んでおり、三宮など具体的な地名が登場する。電車から眺められる須磨や明石の海浜の風景描写が美しく描かれている。（長濱拓磨）

塩井雨江 しおい・うこう

明治二年一月三日～大正二年二月一日（1869～1913）。詩人、国文学者。但馬国豊岡（現・兵庫県豊岡市）小田井町に生まれる。本名正男。東京帝国大学在学中の明治二十八年、「帝国文学」創刊号に七五調の長詩「深山の美人」を発表、擬古派の詩人として注目される。また、「女鑑」の連載をまとめた『新古今和歌集詳解』全七巻（明治30年11月～41年3月、明治書院）は、明治以降最初の完訳として知られる。武島羽衣・大町桂月共編『雨江全集』全一巻（大正2年11月、博文館）がある。（久保田恭子）

塩田誉之弘 しおだ・よしひろ

大正七年一月十一日～（1918～）。劇作家、演出家。兵庫県に生まれる。多数の芝居の脚本、演出を手がけている。「超えてる社長」（作・演出。昭和46年3月初演、大阪中座）、「大文字の灯」（作・演出。昭和53年8月初演、京都南座）、「必殺女ねずみ小僧」（作。昭和56年8月初演、京都南座）、「流れに咲いた花―悲恋維新の詩」（作・演出。昭和61年7月初演、大阪梅田コマ劇場）など。（天野知幸）

志賀重昂 しが・しげたか

文久三年十一月十五日～昭和二年四月六日（1863～1927）。評論家、地理学者。三河国岡崎康生町（現・愛知県岡崎市）に生まれる。ベストセラーになった代表作『日本風景論』（明治27年10月、政教社）の付録「登山の気風を興作すべし」には「瀬戸内の花崗岩」「畿内の花崗岩」の章があり、前者では馬関から淡路島にいたる瀬戸内海の「瑠璃一碧、大小の島嶼星羅点接す」光景の美しさが描かれ、後者では摂津西南部、すなわち兵庫の鉄拐《てつかい》・再度《ふたたび》・摩耶・六甲・兜・高尾・高取の山について、その風貌と地形の特徴とが記述されている。（三品理絵）

志賀直哉 しが・なおや

明治十六年二月二十日～昭和四十六年十月二十一日（1883～1971）。小説家。宮城県牡鹿郡石巻町（現・石巻市）に生まれる。学習院高等科在学中に小説家を志し、大学進学後、武者小路実篤らと回覧雑誌を作り、相互批評を行う。明治四十三年、東京帝国大学国文科中退。同年四月、学習院の後輩たちの回覧雑誌グループと合流して、同人雑誌「白樺」を創刊。創刊号に「網走まで」を発表して、デビューを果たす。西欧の思想や習慣を身につけた青年の現実生活における摩擦をテーマに、自身を題材とした小説を書き、注目を集めていった。長らく対立状態であった父との関係改善を描いた「和解」（「黒潮」大正6年10月）で、文壇での地位を確立する。大正十年に連載が始まり、完結までに十六年を要した「暗夜行路」は、唯一の長編小説である。祖父と母との間に生まれた時任謙作は、出自や妻の過失に悩まされたが、自然との交感によって安定した境地を獲得するに至る。自意識に打ち克つ主人公を描いた「暗夜行路」は、さまざまな不備を指摘されつつ、近代を代表する作品と評価されている。生活と創作とを連続するものとしてとらえ、自己への信頼から感性と判断との一致が可能とする作者の姿勢は、後続の作家たちにとって畏敬の対象となった。昭和二十四年、文化勲章受章。代表作に「大津順吉」（「中央公論」明治45年9月）、「小僧の神様」（「白樺」大正9年1月）、「焚火」（「改造」大正9年4月）、「灰色の月」（「世界」昭和21年1月）などがある。志賀と兵庫との関わりでまず想起されるのは、「城の崎にて」（「白樺」大正6年5月）であろう。この掌編は、大正二年八月、山の手線の電車にはねられた事故の後養生で、十月に城崎温泉を訪れ、三木屋に逗留した体験に基づく。小動物の観察を通じて、自身を含めた生き物の生死の偶然性を見つめた「城の崎にて」は、心境小説の傑作と言われる。地名こそ登場するものの、場所の固有性が切り捨てられ、「自分」の関心に沿った微細な現象だけが取り上げられる作りは、紀行文の伝統との決定的な断絶を示すものである。城崎温泉は、「暗夜行路」でも謙作が大山に向かう途中で立ち寄る場所として登場し、（「後篇・第四・十一」）「町の如何にも温泉場らしい情緒が彼を楽ませた」と、「城の崎にて」とは異なる感想が記されている。また、謙作は、尾道に行く途中、塩屋・舞子の海岸の美しさを楽しみ（「前篇・第二・一」）、戻る時には姫路に立ち寄り（「前篇・第二・九」）、姫路城を見学している。（山口直孝）

直原弘道　じきはら・ひろみち

昭和五年（月日未詳）～（1930～）。詩人。名古屋市に生まれる。父恒、母万里の三男。昭和十一年、名古屋市立田代小学校に入学、同年、岡山県津山市の男子校に転校。十五年、兵庫県能勢郡川西尋常小学校に転校。十七年、兵庫県立伊丹中学校（現・県立伊丹高等学校）に入学し、二十年、再び岡山県に戻り、岡山県立津山中学校（現・県立津山高等学校）に転校して寮生活を送る。そのころ、文芸同好会誌「余韻」を出す。二十二年、津山中学校を卒業して神戸市立図書館に勤務しながら神戸市専門学校夜間別科に通う。二十三年、灘区役所に転職、二十四年に退職。二十五年、占領政策違反容疑で家宅捜査を受ける。二十六年、岡山の郷里で農業、家事手伝いをする。同年、新日本文学会入会。二十七年、神戸市に戻る。二十九年、北村節子と結婚。三十一年、現代詩神戸研究会結成に参加、また、サークル誌「青い実」を主宰（～昭和34年）。三十二年「輪」同人参加。四十五年、季刊誌「構造改良」を発刊。五十二年、日中協学術文化交流団に参加し、中国を訪問する。五十八年、文脈の会結成、「文脈」発刊（～平成元年）。昭和六十年より日本社会文学会に参加。六十二年、半どんの会文化功労者。六十三年、文芸誌「遅刻」創刊（～平成6年）。平成二年、兵庫県教職員組合文化賞（芸術文化賞）受賞。三年、中野重治の会発起に参加。八年、日本現代詩人会に入会する。九年、兵庫県現代詩協会結成に参加。十二年、神戸市文化賞受賞。十三年、「Oh No! 報復戦争」詩画展に参加し、また、日本詩人クラブ「新・現代詩の会」に入会。詩の他、評論、エッセイを多く手がける。日本現代詩人会、日本詩人クラブ、新日本文学会、兵庫県現代詩協会に所属。詩集に『ひびきのない合図』（昭和42年2月、輪の会）、『日常的風景』（昭和48年9

月、日東館出版)、『中国詩片』(昭和62年10月、浮游社)、『暮れなずむ』(昭和62年10月、浮游社)、『天神筋界隈』(平成2年3月、遅刻の会)、『きざはしに腰をおろして』(平成6年1月、ひょうご芸術文化センター)、『大震災私記(直原弘道の雑記帳)』(平成8年6月、私家版)、『断層地帯』(平成11年3月、編集工房ノア)、『日本現代詩文庫第二期 直原弘道詩集』(平成11年11月、土曜美術社出版販売)などがある。他に『驢馬のいななき』(平成13年3月、浮游社)、『神戸詩史の片隅で 中島正夫(蟹沢悠夫)ノート』(平成19年12月、私家版)など、著書多数。

(田中 葵)

重森孝子 しげもり・たかこ

昭和十四年九月十四日〜(1944〜)。シナリオライター。兵庫県西宮市に生まれる。本名辻本孝子。昭和三十七年、同志社大学文学部を卒業した後、シナリオ研究所を経て山田信夫に師事。四十四年に映画「俺たちの荒野」(東宝、監督出目昌信)でデビュー。小栗康平の初監督作品で宮本輝の同名小説が原作の「泥の河」(自主制作、昭和56年)の脚本を担当し、同年の映画賞を独占した。またテレビドラマでも「都の風」(NHK、昭和61年10月6日〜昭和62年4月4日)など、多数の脚本を手がける。

(天野勝重)

獅子文六 しし・ぶんろく

明治二十六年七月一日〜昭和四十四年十二月十三日(1893〜1969)。小説家、劇作家、演出家。横浜市に生まれる。本名岩田豊雄。明治三十五年七月に父死去。三十八年、慶応義塾普通部に進学。四十三年、文学に興味を持つようになり、回覧雑誌「魔笛」を友人と始める。四十四年、慶応義塾理財科予科に進学、翌年慶応義塾文科予科に転じるも、勉学の意欲起こらず大正二年に退学。十一年、父の遺産でフランスに渡り、パリに滞在。小説よりも演劇に関心を持つようになる。十二年、マリー・ショウミイとパリで結婚。十三年から十四年にかけて演劇研究のため西欧を旅行し、十四年、帰国。昭和二年、ジュウル・ロマン『クノック』を訳し、「フランス近代劇叢書」(4月、白水社)として刊行。岸田國士の勧誘で新劇協会に入り、演出家として世に出たが、菊池寛らと意見を異にしたため、翌年脱退し、岸田國士、関口次郎とともに新劇研究所を創設。七年、妻マリー死去。九年愛媛県人富永シヅ子と結婚。十二年、久保田万太郎、岸田國士と共に文学座をおこす。劇作家、演出家としての活動の傍ら、獅子文六のペンネームで新聞や雑誌に小説を発表。太平洋戦争が勃発すると、十七年、本名で「海軍」を「朝日新聞」(昭和17年7月1日〜12月24日)に連載、これにより、第十四回朝日文化賞を受賞。戦時中は神奈川県足柄下郡吉浜町(現・湯河原町)、のち妻の郷里、愛媛県北宇和郡岩松町(現・宇和島市)に疎開する。戦後一時追放の仮指定を受けたが、二十三年五月、上旬解除される。戦後も新聞や雑誌に数多く小説を連載する。代表作としては、『てんやわんや』(「毎日新聞」昭和23年11月22日〜24年4月14日。昭和24年7月、新潮社)、『自由学校』(「朝日新聞」昭和25年5月26日〜12月11日。昭和26年1月、朝日新聞社)などがある。兵庫に関係する作品としては、女友達サキ子の父貞造に頼まれたことをきっかけに、東京に住む華僑呉天童の息子龍馬が、バナナ輸入のライセンスを得ようと神戸で貿易商を営む叔父呉天源を訪ねる『バナナ』(「読売新聞」昭和34年2月19日〜9月11日。昭和34年12月、中央公論社)、横浜で関東大震災に遭ったエドワードが、神戸へ行って香港上海銀行支店にある預金を引き出すため、アメリカ駆逐艦に乗る決心をする『アンデルさんの記』（『主婦の友』昭和37年1月～38年5月。昭和38年6月、角川書店）等がある。三十八年日本芸術院賞を受賞。三十九年、日本芸術院会員に選出。四十四年、文化勲章受章。（宮薗美佳）

静文夫 しずか・ふみお

明治四十二年二月（日未詳）～平成三年七月二十一日（1909～1991）。詩人。神戸市に生まれる。本名山縣瑛男《やまがたひでお》。有本芳水の詩に影響され詩作を始める。その後、亀山勝、竹中郁、北園克衛らの知遇を得る。「マダムブランシュ」「風神」「天秤」などの詩誌に参加。詩集に『季節』（昭和45年5月、天秤発行社）、『彩民帖』（昭和50年10月、天秤発行社）、没後刊行された『天の罠』（平成4年11月、エルテ出版）など。（谷口慎次）

品川鈴子 しながわ・すずこ

昭和七年二月十九日～（1932～）。俳人。愛媛県に生まれる。神戸女子薬学専門学校（現・神戸薬科大学）卒業。薬剤師。昭和二十六年より橋閒石《かんせき》の「白燕」に所属。三十三年より山口誓子の「天狼」に所属し、五十三年より同人。昭和四十一年、七曜賞受賞。平成元年、現代芸術賞受賞。九年、神戸市文化活動功労賞受賞。昭和六十年、ひよどり連句会主宰。平成六年五月、「ぐろっけ」創刊、主宰。俳人協会評議員、兵庫県俳句協会理事、連句協会副会長。神戸市在住。（有田和臣）

篠田秀幸 しのだ・ひでゆき

昭和三十四年（月日未詳）～（1959～）。推理小説作家。神戸大学法学部卒業。神戸市役所勤務を経て、高校教師（国語科）。デビュー作『蝶たちの迷宮』（平成6年8月、講談社）は、犯人が探偵であり、被害者かつ作家でもあるという、非常にトリッキーな設定で話題となる。代表作は『悪霊館の殺人』（平成11年4月、角川春樹事務所、以降も同じ）。『幻影城の殺人』（平成12年10月）以後、『人形村の殺人』（平成13年6月）『法隆寺の殺人』（平成13年12月）など、探偵弥生原公彦を主人公とした「殺人」シリーズ（古代史探究シリーズ）を続刊。「新本格派第二世代」の一人と呼ばれる。日本推理作家協会会員、本格ミステリ作家クラブ会員。（石上　敏）

柴谷武之祐 しばたに・たけのすけ

明治四十一年一月一日～昭和五十九年五月九日（1908～1984）。歌人。大阪府堺市に生まれる。兵庫県赤穂市元町に居住。日本大学大阪専門部中退。家業は醸造業。大正十五年末、短歌雑誌「アララギ」に入会。岡麓に師事する。昭和二十一年、大村呉楼と「関西アララギ」を創刊。二十四年四月、結核を病み、大阪厚生園で療養生活を送る。歌集に『さびさび唄』（昭和32年3月、関西アララギ発行所）ほか、『水底』（昭和16年、墨水書房）『遠き影』（昭和54年10月、赤穂短歌の会）がある。（浦西和彦）

柴田白葉女 しばた・はくようじょ

明治三十九年九月二十五日～昭和五十九年六月二十四日（1906～1984）。俳人。神戸市に生まれる。本名初子《はつこ》。父は飯田蛇笏《だこつ》門下の井上白嶺で、仙台に赴任した際に蛇笏を知る。東北帝国大学法文学部聴講生を経て入学。昭和五年、父とともに「雲母《うんも》」入会。六年、同大学卒業とともに富山県立女子師範学校（現・富山大学）に赴任。十二年、柴田寛と結婚。二十三年、「雲母」同人となる。二十九年には加藤知世子、殿村菟絲子、池上不二子らと季刊「女性俳句」

を創刊。三十六年、同誌の廃刊に伴い、三十七年、「俳句女園」を刊行し主宰となる。五十八年、句集『月の笛』（昭和57年10月、永田書房）で第十七回蛇笏賞を受賞。単明を尊び、静謐な句作りが特徴であり、また女流俳句の育成に大いに尽力した。句集に『冬椿』（昭和24年10月、飛鳥書房）、『遠い橋』（昭和31年9月、近藤書店）など。〈凍雲のやや焼けて来し遠い橋〉。（谷口慎次）

柴田侑宏　しばた・ゆきひろ

昭和七年一月二十五日～（1932～）。演出家、脚本家。大阪市に生まれる。関西学院大学文学部卒業。昭和三十三年、宝塚歌劇団の脚本公募に入選したのをきっかけに、宝塚歌劇団に入団する。「狐大名」（昭和37年12月）、「夢の三郎」（昭和38年12月）、「小さな花がひらいた―山本周五郎作「ちいさこべ」より―」（昭和46年10月、昭和56年2月再演）、「白い朝―山本周五郎作「さぶ」より―」（昭和49年1月）、「アルジェの男」（昭和49年7月）、「フィレンツェに燃える」（昭和50年2月）、「星影の人」（昭和51年6月）、「誰がために鐘は鳴る」（昭和53年5月）、「アンジェリク」（昭和55年1月）など、六十作以上の脚本を書き、演出した。五十八年に宝塚歌劇団理事に就任し、平成十三年からは同歌劇団顧問となる。十七年、宝塚音楽学校のカリキュラム編成アドバイザー（演劇部門）に就任。著書に『宝塚歌劇柴田侑宏脚本選』一～三、（平成元年8月～4年1月、宝塚歌劇団）がある。（浦西和彦）

司馬遼太郎　しば・りょうたろう

大正十二年八月七日～平成八年二月十二日（1923～1996）。小説家。大阪市浪速区西神田町（現・塩草）に、父福田是定、母直枝の次男として生まれる。本名福田定一。乳児脚気のため三歳まで奈良県北葛城郡今市（現・葛城市当麻町）で養育された。昭和五年、大阪市立難波塩草尋常小学校に入学。十一年、私立上宮中学校に入学。十六年、大阪外国語学校（現・大阪大学外国語学部）蒙古語部に入学。十八年十一月、学生の徴兵猶予停止となり、大阪外国語学校を仮卒業。十二月、臨時徴兵検査により兵庫県加古川市青野ヶ原の戦車第十九連隊に入営。十九年四月、満洲に渡り、陸軍四平戦車学校に入学。九月二十二日、大阪外事専門学校（19年3月に校名改称）蒙古科を卒業。十二月、四平戦車学校を卒業。見習士官として牡丹江省石頭の戦車第一連隊に赴任。二十年五月に帰国し、群馬県相馬ヶ原から栃木県佐野に移駐、そこで敗戦を迎えた。十二月、大阪の新世界新聞社の記者となる。二十一年六月、新日本新聞社（京都本社）に入社。二十三年五月、新日本新聞社が倒産し、翌月に産業経済新聞社に入社。京都支局で大学と宗教を担当。二十八年五月、大阪本社文化部に転勤、文学と美術を担当。三十年九月、本名で『名言随筆サラリーマン』を六月社より刊行。三十一年二月、文化部次長となる。五月、「ペルシャの幻術師」で第八回講談倶楽部賞を受賞。ペンネームを「司馬遷に遼かにおよばぬ」という意味で司馬遼太郎と決める。寺内大吉らと「近代説話」を創刊。三十三年一月、松見みどりと結婚。三十五年一月、文化部長に就任。同月二十一日、『梟の城』で第四十二回直木賞の受賞が決定した。三十六年三月、産経新聞社（33年7月に社名改称）を退職。創作に専念し、忍者物から本格的な歴史小説を書くようになる。四十一年、『竜馬がゆく』（昭和38年7月～41年8月、文芸春秋新社）、『国盗り物語』（昭和40年～41年、新潮社）で第十四回菊池寛賞を、四十二年十月、大阪芸術賞を、四十三年一月、『殉死』（昭和42年11月、文芸春秋）で第九回毎日芸術賞を、四十四年二月、「歴史を紀行する」で第三十回文芸春秋読者賞を、四十七年三月、『世に棲む日日』（後掲）で第六回吉川英治文学賞を、五十一年四月、「空海の風景」（「中央公論」昭和48年1月～50年9月）で昭和五十年度日本芸術院恩賜賞を、五十七年二月、『ひとびとの跫音』上下（ともに昭和56年7月、中央公論社）で第三十三回読売文学賞（小説賞）を、六十二年二月、『ロシアについて』（昭和61年6月、文芸春秋）で第三十八回読売文学賞（随筆・紀行賞）を、六十三年七月、『坂の上の雲』（昭和44年4月～47年9月、文芸春秋）ほかで第十四回明治村賞を、同年十月、『韃靼疾風録』（平成8年10月、平成9年11月、中央公論社）で第十五回大佛次郎賞を受賞した。平成三年十一月、文化功労者に選ばれ、五年十一月に文化勲章を受章。紀行文「街道をゆく」の第五五七～五六二回は「神戸散歩」（「週刊朝日」昭和57年10月15日～11月19日）で、居留地、布引の水、生田川、陳徳仁氏の館長室、西洋佳人の墓、青丘文庫など、貿易船が行き通う神戸が描かれる。『司馬遼太郎全集』（第1期～第3期）全六十八巻（昭和46年9月～平成12年3月、文芸春秋）。平成十三年十一月、東大阪市に司馬遼太郎記念館が開設された。

＊世に棲む日日《よにすむひび》 長編小説。〔初出〕「週刊朝日」昭和44年2月14日～45年12月25日。〔初収〕『世に棲む日日』一～三、昭和46年5月～7月、文芸春秋。◇幕末長州の骨格ともいえる思想を形づくった吉田松陰とその門弟の高杉晋作らを描く。高杉晋作が恋人おうのを連れて西宮港（現在の浜町ポンプ上の東あたり）に上陸する場面が描かれる。晋作が適当に偽造した道中手形を見せ、気魄で番所を通り抜けていく。

＊播磨灘物語《はりまなだものがたり》 長編小説。〔初出〕「読売新聞」昭和48年5月～50年2月。〔初収〕『播磨灘物語』上中下、昭和50年6月～8月、講談社。◇黒田官兵衛は播磨（兵庫県の中西部）の小大名小寺家の、家老の嫡子である。播磨国の他の小大名は毛利氏に従ったが、官兵衛の意見に従って主君小寺家は信長方についた。だが、摂津の荒木村重の謀叛に、村重説得のため伊丹城に乗り込んだ官兵衛は捕らえられ、城内の牢に幽閉される。類《たぐ》い稀な商才も有し、軍師として活躍する黒田官兵衛を描く。

＊菜の花の沖《なのはなのおき》 長編小説。〔初出〕「サンケイ新聞」昭和54年4月1日～57年1月31日。〔初収〕『菜の花の沖』一～六、昭和57年6月～11月、文芸春秋。◇淡路島の西海岸都志村の貧農の子として生まれた高田屋嘉兵衛が主人公である。嘉兵衛は蝦夷交易、択捉航路、漁場の開拓などで成功したが、ロシア海軍に拉致され、カムチャッカに幽閉される。幽閉を解かれた嘉兵衛は日露関係の修復に尽力する。晩年は淡路島で暮らし、その家は小さな野に囲まれており、春には菜の花が野を染めるように咲いていた。

（浦西和彦）

渋谷清視 しぶや・きよし

昭和四年十一月二十一日～（1929～）。児童文学評論家。京都府に生まれ、小学生の頃から兵庫県豊岡で育つ。小学校勤務中に作文教育、文学教育の実践を行う。昭和二十八年、上京。雑誌「教育」（国土社）や「作文と教育」（百合出版）編集部に勤務。主著に『にっぽん子どもの詩』上下（昭和44年3月、鳩の森書房）、『子どもの本と読書を考える』（昭和57年6月、文化書房博文社）、『子どもの発達と児童文化』（昭和59年11月、あゆみ出版）などがある。

（畠山兆子）

島尾伸三《しまお・しんぞう》

昭和二十三年七月九日〜（1948〜）。写真家、文筆家。神戸市灘区篠原北町に生まれる。東京造形大学写真専攻科卒業。小説家島尾敏雄、ミホの長男。妻は写真家潮田登久子、娘は漫画家しまおまほ。神戸から東京へ転居、その後、母ミホの故郷である鹿児島県名瀬市（現・奄美市）で育つ。大学卒業後、フリーカメラマンとして、リトル・ギャラリーでの写真展活動を続ける。著書に、写真集『まほちゃん』（平成13年11月、オシリス）、約半分が写真、半分が文章で構成された『生活』（平成7年11月、みすず書房）、『季節風』（平成7年11月、みすず書房）、自伝的エッセイ集の『月の家族』（平成9年5月、晶文社）、『星の棲む島』（平成10年3月、岩波書店）、『東京〜奄美損なわれた時を求めて』（平成16年3月、河出書房新社）など。家族や庶民生活を撮り、的を射た言葉で神髄をつく。妻潮田登久子との共著に『中国人民生活百貨遊覧』（昭和55年5月、新潮社）、『中国庶民生活誌』（平成6年8月、東京書籍）、『中国庶民生活図引』（平成13年8月・10月・12月、弘文社）などがある。

（増田明日香）

島尾敏雄《しまお・としお》

大正六年四月十八日〜昭和六十一年十一月十二日（1917〜1986）。小説家。横浜市戸部町（現・西区、現・中区の尾上町生まれとする説もある）に父四郎、母トシの長男として生まれる。本籍地は、福島県相馬郡小高町（現・南相馬市）。大正十四年十一月、一家で兵庫県武庫郡西灘村稗田（現・神戸市灘区）に移住し、西灘第二尋常小学校（現・稗田小学校）に通う。昭和四年、神戸市葺合区（現・中央区）八幡通に転居し、神戸尋常小学校（現・こうべ小学校）に転校。この時、若杉慧に綴り方の指導を受けた。五年、兵庫県立第一神戸商業学校（現・県立神戸商業高等学校）入学、金森正典兄弟と「少年研究」（昭和6年11月）、「峠」（昭和8年4月）などの同人誌を創刊する。九年八月、詩集『詞華の花籠』（文芸タイムス社）に詩五編が掲載される。十一年四月、長崎高等商業学校（現・長崎大学）に入学、柔道部に入る。十三年二月、中村健次、川上一雄、金森らと同人雑誌「十四世紀」を創刊し、「おキイの貞操とマコ」を発表するが、出版法第十四条に触れ発禁処分となり長崎警察署の特高室で取り調べを受ける。後に、この作品を改作改題した「お紀枝」は、「科学知識」（昭和14年8月）の懸賞小説佳作となる。長崎時代には、南山手町のCliff Houseに下宿。この木造洋館には亡命ロシア人の何家族かも住んでいた。この時期ドストエフスキーなどロシア文学に熱中する。十四年三月、長崎高商卒業。十月に矢山哲治を中心とする同人雑誌「こおろ」（4号から「こをろ」、昭和19年4月第14号で廃刊）が創刊され、「十四世紀」の同人とともに参加する。他に真鍋呉夫、阿川弘之、那珂太郎なども同人であった。十五年四月、九州帝国大学法文学部経済科に入学するが、翌十六年四月、法文学部文科に再入学し東洋史を専攻。一級下に庄野潤三がいた。十八年夏、庄野と堺の伊東静雄を訪ねる。九月、私家版『幼年記』（こをろ発行所）を七十部限定で刊行。同月末、九州帝国大学を半年繰り上げ卒業（卒業論文は「元代回鶻《ウイグル》人の研究一節」）、十月、海軍予備学生を志願し、旅順海軍予備学生教育部に入る。十九年二月、第一期魚雷艇学生となり横須賀等での訓練を経て、十月、少尉として特攻隊・第十八震洋隊の指揮官となり、十一月、奄美群島加計呂麻《かけろま》島呑之浦に基地を設営。十二月中尉任官、大平家の養女ミホと知り合う（昭和21年3

月に結婚）。二十年八月十三日、特攻出撃命令を受けるが待機のまま十五日の敗戦を迎える。大尉任官後九月六日付けで召集解除となり、神戸の父のもとに帰る。二十一年五月、庄野、林富士馬、大垣国司、三島由紀夫の五人で同人誌「光耀」を創刊し、「はまべのうた」（昭和21年5月）を発表する（同誌は昭和22年8月発行の第3輯で廃刊）。二十二年十月、富士正晴編集「VIKING」同人となる（昭和26年末に脱退）。同年五月に山手女子専門学校（現・神戸山手大学、神戸山手短期大学）の非常勤講師として日本史を担当、七月には神戸市立外事専門学校（昭和25年9月より神戸市外国語大学）助教授となり、史学概論と中国文化史を担当する（昭和27年3月に辞職）。神戸に在住したこの時期に、「摩天楼」（「文学星座」昭和22年8月）、「夢の中での日常」（「総合文化」昭和23年5月）など島尾小説を特色づける作品を発表している。『単独旅行者』（昭和23年10月、真善美社）、『格子の眼』（昭和24年3月、全国書房）、『贋学生』（昭和25年12月、河出書房）も刊行する。二十五年二月には、特攻隊体験を素材とする「出孤島記」（「文芸」昭和24年11月）で第一回戦後文学賞を受賞。こうした点から、小説家島尾の原点は神戸で形成されたといえる。多くの作品に登場する長男伸三、長女マヤも神戸生まれである。また、神戸市外国語大学の学生を主体とした同人誌「タクラマカン」（尾嵜昇他編集）にも随筆などを寄稿している。二十七年三月、東京都江戸川区小岩町に転居。二十九年夏頃から妻ミホの健康がすぐれず、三十年には妻の療養のため佐倉（千葉県）、池袋、市川（千葉県）などに居を移し、十月に奄美大島名瀬市（現・奄美市）に転居する。最初の病妻小説『われ深きふちより』（昭和30年12月、河出書房）刊行。三十一年十二月、名瀬市の聖心教会でカトリックの洗礼を受ける。三十三年一月に奄美郷土研究会を組織し、南島研究に本格的に取り組む。同四月に新設の鹿児島県立図書館奄美分館長に就任。三十五年より、「離脱」「死の棘」（「群像」4月、9月）など後に長編『死の棘』（昭和52年9月、新潮社）として完結する小説を発表し始める。これと並行して『琉球弧の視点から』（昭和44年4月、講談社）などに結実する独自の日本文化論〈ヤポネシア論〉を構想する。また、「出孤島記」からの戦記三部作、「出発は遂に訪れず」（「群像」昭和37年9月）、「その夏の今は」（「群像」昭和42年8月）の完成も奄美在住時である。四十七年十月、第二十六回毎日出版文化賞（『硝子障子のシルエット』昭和47年2月、創樹社）受賞。五十二年九月、神奈川県茅ヶ崎市東海岸に転居。十月に第十三回谷崎潤一郎賞（『日の移ろい』昭和51年11月、中央公論社）、五十三年二月『死の棘』で第二十九回読売文学賞、六月には第十回日本文学大賞を受賞する。『島尾敏雄全集』全十七巻（昭和55年4月〜58年1月、晶文社）を刊行。五十六年十二月、日本芸術院会員となる。五十八年四月、「湾内の入江で」（「新潮」昭和57年3月）で第十回川端康成文学賞受賞。同年十月、鹿児島県始良《あいら》郡加治木町に転居、翌五十九年十二月、鹿児島市吉野町に、六十年十二月、同市宇宿町に転居。『魚雷艇学生』（昭和60年8月、新潮社）刊行。六十一年九月頃から心臓の不調を訴え、十一月十二日、出血性脳梗塞のため死去。死後『震洋発進』（昭和62年7月、潮出版社）が刊行された。神戸をイメージして執筆された小説として、「摩耶たちへの偏見」（「婦人画報」昭25年8月）をはじめ、「勾配のあるラビリンス」（「表現」昭和24年1月）、「唐草」（「個性」昭和24年2月）、「鎮魂記」

(「群像」昭和24年9月)、「ちっぽけなアヴァンチュール」(「新日本文学」昭和25年5月)、摩耶ケーブルが登場する「ケーブルカーのある視野」(「人間」昭和26年4月、後「アスケーティシュ自叙伝」と改題)、久坂葉子を描いた「死人の訪れ」(「新潮」昭和28年4月)などがある。

＊夢の中での日常《ゆめのなかでのにちじょう》 短編小説。〔初出〕「総合文化」昭和23年5月。〔初収〕『単独旅行者』昭和23年10月、真善美社。◇島尾の「夢」を素材とする一連の作品を代表する小説である。焼け跡、混血児など作品世界は戦後的退廃感を濃厚に漂わせている。その空間を神戸だと断定できる根拠は作品内には認められないが、不良少年のビルについて島尾は「神戸外専(外事専門学校)という、(略)あそこの建物なのだけれど」(「島尾敏雄の原風景」、「国文学 解釈と教材の研究」昭和48年10月)と明言している。

＊摩耶たちへの偏見《まやたちへのへんけん》 短編小説。〔初出〕「婦人画報」昭和25年8月。〔初収〕『島尾敏雄作品集』第二巻、昭和36年9月、晶文社。◇交際にと惑い女性を拒絶しようとする男性を描いた小説である。須磨江、摩耶といった神戸を想起させる名前の女性が登場する。語り手「私」は神有電車、阪急、ケーブルカー等にも乗車する。また、垂水、栄町、三宮、北野町、トーア・ロード、湊川、有馬、六甲などの地名が随所に記され、「私」はそこで行動する。島尾作品では、最も明確に神戸が意識された小説である。

(西尾宣明)

島尾ミホ しまお・みほ

大正八年十月二十四日〜平成十九年三月二十五日(1919〜2007)。小説家、歌人。鹿児島県に生まれ、幼少期は奄美群島の加計呂麻島で過ごす。東京の日出高等女学校(現・日出高等学校)を卒業。その後、加計呂麻島に戻り押角国民学校の教師となる。第二次世界大戦末期の昭和十九年、震洋艇の特攻隊長として加計呂麻島に赴任した島尾敏雄と出会う。終戦後の二十一年、神戸で島尾と結婚する。二十七年上京し、島尾の女性関係に悩み心因性反応を患い、島尾の「病妻記」の題材となる。治療のため奄美大島に家族と共に戻る。奄美の民俗色豊かな『海辺の生と死』(昭和49年7月、創樹社)により、五十年、南日本文学賞、田村俊子賞を受賞する。他に五十三年八月に『祭り裏』(中央公論社)を刊行。ミホと兵庫との関わりは、神戸在住時代、歌人の小島清に師事し、短歌同人誌「ポトナム」に発表。『昭和万葉集』六(昭和54年2月、講談社)にも三首が載せられている。島尾は小島の紹介で神戸山手女子専門学校(現・神戸山手短期大学・大学)の非常勤講師となる。またミホは「タクラマカン」の同人でもあり、平成三年「タクラマカン」第二十三号(復刊1号)には「神戸と島尾敏雄のえにし」を寄稿している。

(鳥居真知子)

島京子 しま・きょうこ

大正十五年三月十三日〜(1926〜)。小説家。神戸市兵庫区熊野町に生まれる。昭和二十五年、島尾敏雄の紹介で同人雑誌「VIKING」に参加。翌年、脱退するが、三十二年に復帰。三十五年から翌年にかけて同誌に「保良久五十吉」を連載、高く評価される。四十一年、「渇不飲盗泉水」で第五十四回芥川賞候補、四十三年、「逃げた」で第一回三洋新人文化賞受賞。六十三年、神戸市文化賞受賞。著書に、『母子幻想』(昭和56年1月、構想社)、『瑣事雑々』(昭和57年6月、共立出版)、『世相歳時記』(昭和57年7月、砂子屋書房)、『昼さがりの食卓から』（昭和59年5月、芸立出版）、『竹林童子失せにけり』（平成4年6月、編集工房ノア、以下五作も同じ）、『海さち山さち』（平成7年5月）、『神戸暮らし』（平成12年11月）、『かわいい兎とマルグレーテ』（平成14年5月）、『木曾秋色』（平成17年6月）、『書いたものは残る』（平成19年12月）などがある。

（中尾　務）

島崎藤村　しまざき・とうそん

明治五年二月十七日～昭和十八年八月二十二日（1872～1943）。詩人、小説家。筑摩県第八大区五小区馬籠村（後・長野県木曾郡山口村神坂馬籠、現・岐阜県中津川市馬籠）に生まれる。明治二十五年、明治学院普通部本科（現・明治学院大学）卒業。在学中に受洗。「女学雑誌」（明治18年創刊）に訳文等を寄稿しつつ、明治女学校英語教師となる。二十六年、北村透谷、星野天知と雑誌「文学界」を創刊し、劇詩や随筆を発表。その頃教え子佐藤輔子を愛し、自責の念にかられて棄教し辞職。関西漂泊の旅に出て大津・石山・京都・神戸・須磨・高知・奈良を訪ね、西行・芭蕉の風流を追懐。関西漂泊はその後の執筆活動に大きな影響をもたらした。二十七年東京に戻り復職。同年五月、透谷自殺。これらは『春』（明治41年10月、自費出版）に書かれた。二十九年、仙台の東北学院（現・東北学院大学）に赴任。翌年八月『若菜集』（春陽堂）を発表、三十一年の『一葉舟』（6月、春陽堂）『夏草』（12月、春陽堂）、三十四年の『落梅集』（8月、春陽堂）等で詩人として認められる。その後小諸義塾で教師をしながら詩と別れ、小説家へと転じ、『破戒』（明治39年3月、自費出版）で文壇から自然主義作家として絶賛される。『新生』（大正8年1月、12月、春陽堂）では叔父と姪の関係と複雑な心境が、渡仏時の神戸港風景と共に描かれる。「山陰紀行」（昭和10年）では、夏の城崎・香住の風物が描かれる。代表作に自然主義小説の極北『家』（明治44年11月、自費出版）、長編歴史小説の最高傑作『夜明け前』（第一部・昭和7年1月、第二部・10年11月、新潮社）など。

（髙阪　薫）

島崎英彦　しまざき・ひでひこ

明治四十四年二月二十八日～昭和二十三年六月二十一日（1911～1948）。歌人。兵庫県城崎郡港村（現・豊岡市）に生まれる。本名進美《すすみ》。小学校時代より作句、作歌を始める。兵庫県立豊岡商業学校（現・県立豊岡総合高等学校）卒業後、銀行に就職。この年、詩歌誌「北但詩歌」を創刊し、短歌誌「土筆」に参加。昭和七年、召集されて満洲へ、病気のため半年で帰還。十年、北原白秋創刊の「多磨」に参加。十六年、王山短歌会を創立。歌集に『神水岬』（昭和6年12月、光信社出版部）などがある。

（石橋紀俊）

志摩直人　しま・なおと

大正十三年十一月十六日～平成十八年九月十四日（1924～2006）。詩人、小説家。徳島県に生まれる。関西学院大学文学部英文学科卒業、同大学大学院美学科修了。太平洋戦争中、中河与一に傾倒し、短歌や詩を創る。戦争終了後、小説も執筆するようになり、藤原審爾に兄事する。「関学文芸」を創刊し、「小説」や「ラマンチヤ」などの同人雑誌との関わりを経て、昭和二十九年、大谷晃一らと同人雑誌「神話」を始め、編集に携わる。三十一年九月、第一長編小説『花塵―愛情の喪服』（文泉社）を刊行、不倫と性感染症との不安に揺れる小説家志望の主人公の心理を描く。第二長編の『愛と詩の谷間』（昭和33年10月、文泉社）は、元大学教員の主人公、化粧品会社社長の夫人、社長令嬢との三角関係を扱う。いずれも阪神間が舞台である。ほかに詩集『ふるさとの笛』、エッセイ集『上高地文学登山』（昭和42年9月、大同書院）がある。競馬愛好者であり、『風はその背にたてがみに』（昭和49年2月、科学情報社）はベストセラーとなった。競馬中継の解説を長く務め、寺山修司と共に競馬詩人と称された。（山口直孝）

島村竜三 しまむら・りゅうぞう

生年月日未詳～平成元年四月二十七日（?～1989）。劇作家、演出家。兵庫県に生まれる。本名黒田儀三郎。昭和初期の浅草ムーラン・ルージュやカジノ・フォーリーの創立にたずさわり、カジノ・フォーリーでは文芸部代表も務める。軽演劇の分野で活躍。後には映画界、宝塚などにも活躍の場を広げた。著書に『恋愛都市東京』（昭和11年9月、西東書林）などがある。享年八十四歳。（石橋紀俊）

詩村映二 しむら・えいじ

明治三十三年一月十五日～昭和三十五年八月三十九日（1900～1960）。詩人、随筆家、映画解説者。兵庫県に生まれる。本名織田重兵衛。大阪府立天王寺中学校（現・府立天王寺高等学校）卒業。詩誌「驢馬」を主宰するほか、多くの詩誌に関係。詩集に『海景の距離』（昭和9年4月、神戸詩人協会）。播州加古川の夏の古い習慣を題材にした「精霊流し」や、四季折々の淡路島を詠った「春の淡路島」「八月の淡路」「淡路島の秋」が収められている。「春―／貝殻を焼く淡路島は／女の肌のやうな砂丘を抱いてゐる／／白昼／光る風の中を／手風琴が游いで行く」（「春の淡路島」）。『詩村映二遺稿集 風と雑草』（昭和36年7月、半どんの会刊行、非売品）には、三宮や神戸市周辺での生活を記したエッセイがある。（坂井二三絵）

下中弥三郎 しもなか・やさぶろう

明治十一年六月十二日～昭和三十六年二月二十一日（1878～1961）。出版人。兵庫県多紀郡今田村（現・篠山市）に生まれる。小学校を三年で終え家業を手伝った後、神戸市で小学校の代用教員となる。明治三十五年に上京して、記者や日本女子美術学校講師をしたのち、四十四年から埼玉県師範学校（現・埼玉大学）で教鞭をとった。大正三年に平凡社を創立し、昭和二年頃から『現代大衆文学全集』『世界美術全集』『大百科事典』『大辞典』等、大規模な出版企画を実現させ社の礎を作った。また教育・労働運動家としては、大正八年に日本最初の教員組合と言われる啓明会を結成。その後も農民自治会、新日本国民同盟などに関わった。戦時中は大亜細亜協会、大政翼賛会等にも協力し、戦後公職追放を受けたが、昭和二十六年に解除され平凡社社長に復帰。その後『世界大百科事典』の刊行や日本書籍出版協会会長等の出版事業、世界平和アッピール七人委員会等の平和運動、また国際交流でも活躍した。（日比嘉高）

下畑卓 しもはた・たく

大正五年一月三十日～昭和十九年四月十日（1916～1944）。児童文学者。神戸市に生まれる。昭和八年、兵庫県立尼崎中学校（現・県立尼崎高等学校）を卒業、十一年、朝日新聞大阪本社準社員。大阪童話研究会やYMCA、雑誌「子供と語る」で作品を発表しつつ、同年六月には個人雑誌「TAN」を創刊。発行部数は三十部程度だが、「新児童文学」や「少年倶楽部」にも作品を発表し、生前に編集された第一童話集『煉瓦の煙突』（昭和17年9月、有光社）のほか、

〈コラム〉宝塚文化

昭和五年、宝塚少女歌劇団の振付師であった白井鐵造（1900〜1983）は、パリからの帰国を前に大量の土産物を買いこんでいた。スパンコールや金銀に光る布地や銀色のカツラ、そして大きな羽飾り。どれも現在の宝塚歌劇団（昭和15年に改称）の特徴を彩る小物たちである。帰国第一作であるレビュー「パリゼット」（昭和5年8月初演）に登場した美しく豪華な衣装には、四千人収容の大劇場でも強い印象を与えることのできるこれらの材料がふんだんに使われて多くの観客の目を驚かせた。そして、大舞台いっぱいに繰り広げられた本格的なラインダンスは、フランスで学んだ振付法とタップダンスの技術でセンセーションを巻き起こす。岸田辰彌（1892〜1944）が着手した大劇場文化を完成させたレビュー王、白井鐵造の誕生である。

「パリゼット」公演のポスターには、フランスのレビューの女王、ミスタンゲットの似顔絵が大きく描かれた。「パリゼット」の題も、ミスタンゲットの持ち歌のひとつからつけられた。駝鳥の羽飾りのついた衣装を好み、踊り、演じ、歌えるミスタンゲットは、カンカン踊りで有名であった「ムーラン・ルージュ」の幕間に演じられる軽演劇をレビューとして確立させたスターであった。白井鐵造は、ミスタンゲットの歌をモデルとした多くの主題歌を作り、宝塚歌劇団に音楽による新劇運動の役割を担わせていくのである。

しかし、白井鐵造が作り出した舞台は、西洋文化の最先端の移入であったわけではない。彼がパリにいた昭和三年〜五年は、しだいに映画やラジオなどの新しいメディアの影響が劇場に変化を強要しつつあった時代である。その中で彼は、むしろ衰退しつつあった古き部分に注目したのである。ニューヨークやロンドンの舞台を観た彼は、その原型がパリの舞台にあることに気づく。そこで彼は自分も原型を学び、日本に帰ってからも自分でレビューやオペレッタやミュージカルを創作できるようになろうとしたのであった。

当時フランスでは、画家藤田嗣治（1886〜1968）が、西洋のものまねではない日本人にしか作り出せない独自のスタイルを確立して活躍していた。「パリゼット」のモンパルナスの場面で、「フジタを気取り集まるところ」と歌わせ、藤田嗣治をモデルにした画家を舞台に登場させた白井鐵造もまた、西洋のものまねではない、日本の宝塚という土地でしか作れない独自のスタイルを模索していたのであろう。それゆえ、レビュー一般のイメージとして後に定着していくことになるエロ・グロ・ナンセンスの表象から離れた位置で生まれた宝塚歌劇団の作風は、産業大都市大阪を始発駅とした私鉄の終着駅として、人工的に開発された宝塚という都市の内実を象徴するものともなる。

宝塚文化を考えるということは、宝塚という地域の文化を考察するということであろう。しかし、宝塚文化といえば、宝塚歌劇団の活動そのものを指していうことが多い。宝塚歌劇団は、関西の一私鉄、箕面有馬電気軌道（現・阪急阪神東宝グループに属する阪急電鉄）の小林一三（1873〜1957）の発案によって創設された。大正三年、乗客集めのイベントとして宝塚で開いた婚礼博覧会の余興として宝塚少女歌劇第一回公演を行って以来、劇団は、小林一三の鉄道沿線開発、主に住宅開発・学園誘致・映画演劇産業とともに発展してきたのである。

宝塚歌劇団は、誕生以来本拠地を兵庫県の宝塚市においてきた。専用大劇場（大正13年7月落成〜平成4年。平成5年に現在の大劇場開場）では、専属の脚本演出家による新作の芝居とレビューとの二本立ての舞台が、休むことなく次々と演じられている。宝塚歌劇団が長い歴史を維持できたのは、舞台に必要なものをすべてそろえて活動していくという特有のシステムを劇団がつくってきたからだと思われる。劇団は、舞台に立つ女性を養成する宝塚音楽歌劇学校（現・宝塚音楽学校）を設立（大正8年）し、座付脚本・演出家や振付師を抱え、舞台装置・美術・衣装・照明のスタッフを置き、作曲家と専属指揮者・オーケストラを持った。そして劇団員は、阪急電鉄の社員同様に守られ、宝塚歌劇の舞台にかかわってきたのである。このような仕組みを持った日本の劇団は他にはない。宝塚歌劇団はこの仕組みをフランスから学んだのである。

白井鐵造がパリにいたとき、彼はオペラ座とシャトレ座の学校組織に注目した。歌い手も楽員も皆フランスの官吏となるオペラ座には、専属のバレエ学校があり、踊り手たちは子どもの時からここに入って、バレエと一緒に小学校の課程も教えられていた。また、ミュージカルの劇場であるシャトレ座でもバレエ学校を持っていて、そこで学んだ者たちが舞台を支えていたのである。訓練を重視して卒業まで指導し、その後舞台に立たせる。このシステムを学んだ宝塚歌劇団は、学校と劇団とを昭和十四年に分離した。学校をあくまで学びの場としたのである。そして卒業生を劇団員として舞台に立たせた。そのことにより、音楽学校の入学希望者は、小学校卒業後すぐに職に就きたいと願った少女たちではなく、女学校卒業者が多くを占めるようになっていった。このことがまた、宝塚歌劇団を特徴づけることになったのである。

小林一三は、沿線の住宅経営に成功すると、次に沿線に学校を誘致することに力を入れた。大阪と神戸という二大生産都市の間に位置する阪神という土地柄、つまり労働とは離れた位置で文化と教養とを高めようとしはじめた宝塚とその周辺都市との地域性のなかで、彼は宝塚音楽学校を沿線の学園のひとつとして位置づけようとしたのだ。こうして小林聖心女子学院（大正15年、宝塚市に移転）、関西学院（昭和4年、西宮市に移転）、神戸女学院（昭和8年、西宮市に移転）などの大学及びその付属中学校・高等学校とともに、宝塚音楽学校は、この沿線の学校の中でも歴史の古い格式のある学びの場となったわけである。宝塚歌劇団が本拠地を決して宝塚から動かさなかった理由のひとつがここにある。

東京宝塚劇場の開場時（昭和9年）に、小林一三は、花柳界との癒着や旧来の興行形態からの離脱を目標とし、「清く、正しく、美しく」を宝塚歌劇団のモットーとしてかかげた。住宅地に生まれた伝統ある音楽学校という装置の中で、西洋音楽を積極的に摂取し技術を磨いた宝塚歌劇団は、本拠地宝塚の名を全国に知らしめる劇団へと成長していったのである。

（箕野聡子）

四冊の童話集を残した。

（杉田智美）

下村和子 しもむら・かずこ

昭和七年三月五日～（1932～）。詩人。兵庫県西宮市に生まれる。神戸市外国語大学卒業。文芸誌「原石」発行人。「叢生」「地球」同人。近著『弱さという特性』（平成19年10月、土曜美術社出版販売）まで、多数の詩集を刊行しており、平成十一年には初期の代表的作品を収めた『日本現代詩文庫17 下村和子詩集』（平成11年10月、土曜美術社出版販売）が出版された。他に紀行『神はお急ぎにならない』（平成4年8月、関西書院）など。

（木田隆文）

下村非文 しもむら・ひぶん

明治三十五年二月二日～昭和六十二年八月十三日（1902～1987）。俳人。福岡県築上郡（現・豊前市）に生まれる。本名利雄。東京帝国大学経済学部を卒業後、台湾銀行に勤務。本店支配人より俳句を学ぶ。松本たかしに師事。広東、上海、東京、南京など転々とした後、昭和二十一年に帰国し、証券業界に身を置き、兵庫県尼崎市塚口に居を定める。三十六年に西宮市高塚町に転居。三十九年から「山茶花」を主宰。句集に『猪名野』（昭和48年9月、山茶花発行所）、『千里』（昭和50年9月、山茶花発行所）、『桂花』（昭和57年1月、山茶花発行所）等がある。兵庫を詠んだ句に、〈ケーブルがのぼれば蠍座ものぼる〉〈ふる里の雪を話して杜氏は炉に〉（いずれも『猪名野』）などがある。

（信時哲郎）

十一谷義三郎 じゅういちや・ぎさぶろう

明治三十年十月十四日～昭和十二年四月二日（1897～1937）。小説家。神戸市元町に生まれる。神戸市立尋常小学校に入るが、二年後の明治三十九年に武庫郡御影町（現・神戸市東灘区）に移り御影師範学校附属小学校（現・神戸大学附属住吉小学校）に転校。父親の死に伴い、兵庫県立第一神戸中学校（現・県立神戸高等学校）時代には御影町の酒造家の家僕となって苦学した。卒業後一時神戸で商店の小僧となるが、大正五年に第三高等学校（現・京都大学）に入学、文学志望に傾く。八年、東京帝国大学英文科に入り、三宅幾三郎らと同人誌「行路」を発行。十一年に卒業して東京府立第一中学校（現・都立日比谷高等学校）に勤務する傍ら創作に励み、短編集『静物』（大正12年3月、自然社）を刊行。十三年に文化学院の英語英文学主任となり、また「文芸時代」の創刊に加わるが、新感覚派の中ではやや地味な作風に属し、「青草」（「文芸時代」大正13年12月）や「白樺になる男」（「女性」大正14年10月）など根源的な生の不安を凝視する独自の作品世界を展開した。以後『青草』（大正14年6月、聚芳閣）、『生活の花』（昭和2年4月、金星堂）を経て『唐人お吉』（昭和4年1月、萬里閣書房）で新境地を開き、他に『あの道この道』（昭和4年5月、創元社）、『キャベツの倫理』（昭和5年6月、新潮社）、『ちりがみ文章』（昭和9年4月、厚生閣）、『通百丁目』（昭和9年5月、改造社）などがある。『静物』所収の「五月の記憶」には御影町の酒造家での生活が描かれている。『十一谷義三郎集』（昭和5年1月、平凡社）所収の「街の犬」には「外人連は、日本の槍や甲鎧や陣笠などを買つて来て各商館の玄関に飾り海港民の封建趣味を逆用して、威勢を張つてゐた。だから商館はお屋敷と呼ばれ、お屋敷に勤めてる日本人は、屋敷者と云はれた」というような明治期神戸の開港都市としての気風が活写されている。また『あの道この道』所収の「跫音」には「汽船、小蒸気、猪牙、達磨、艀船など、日光に膨れた三百万坪の水面積の拡がりに泡を立て、そこに、六千人の「裸労働者」のかけ声がひゞき、手許の街々には、若者に自転車が流行だつた。彼等は凸凹の劇しい街筋を、その硬い車輪の上に軽業師のやうに踊りながら、得々と、倉庫へ、工場へ、お屋敷（外人商館）へ駛つた」というように神戸の街をロング・ショットで映し出す鮮やかな描写が数多く見られる。（竹松良明）

十菱愛彦 じゅうびし・よしひこ

明治三十年十一月五日～昭和五十四年九月六日（1897～1979）。劇作家、小説家、神秘学者。神戸市神戸区（現・中央区）栄町通に生まれる。日本大学中退後、アテネフランセに学び、倉田百三の知遇を得る。戯曲『離婚への道』（大正12年6月、創文館）、『小栗上野介の死』（昭和4年3月、第一出版社）のほか、筆禍を招いた小説『処女の門』（大正14年3月、聚芳閣）がある。戦後はトービス星図の名で日本聖星学研究所を主宰し、『神秘学入門』（昭和45年12月、霞ヶ関書房）などがある。（一條孝夫）

寿岳文章 じゅがく・ぶんしょう

明治三十三年三月二十八日～平成四年一月十六日（1900～1992）。英文学者、書誌学者、和紙研究家、随筆家。兵庫県明石郡押部谷村（現・神戸市西区）に生まれる。昭和二年、京都帝国大学文学部英文科卒業。龍谷大学、関西学院大学、甲南大学の教授を歴任。ウィリアム・ブレイク、書物論、和紙などに関する多岐にわたる研究を行う。五十二年、ダンテ『神曲』の完訳（昭和49年1月～昭和51年11月、集英社）で読売文学賞受賞。（足立直子）

小路紫峡 しょうじ・しきょう

大正十五年十二月二十四日～（1926～）。俳人。広島県呉市に生まれる。父は牧師。本名正和。宇部工業専門学校（現・山口大学工学部）卒業。昭和十六年、「ホトトギス」に投句、高浜虚子に師事。二十五年、「かつらぎ」に投句し阿波野青畝に学ぶ。三十年、神戸新人句会を発足、初心者の育成に努力。後、万両句会と改称。三十六年、「ホトトギス」同人。五十五年、「ひいらぎ」主宰。平成十七年、兵庫県俳句協会会長。句集に『風の翼』（平成4年12月、東京四季出版）、『四時随順』（平成6年9月、角川書店）、『遠慶宿縁』（平成12年8月、朝日新聞社）、『石の枕』（平成15年12月、角川書店）、『夏至祭』（平成19年7月、角川書店）などがある。（岩見幸恵）

庄野英二 しょうの・えいじ

大正四年十一月二十日～平成五年十一月二十六日（1915～1993）。児童文学者。山口県萩町（現・萩市）に生まれる。元帝塚山学院大学長。父は帝塚山学院の創立者庄野貞一、弟は小説家の庄野潤三。関西学院大学文学部哲学科卒業。在学中から童話を発表、坪田譲治に師事。昭和十二年に応召、敗戦翌年に復員後は、帝塚山大学で教鞭を執りつつ創作に邁進。三十六年、『ロッテルダムの灯』（昭和35年5月、レグホン舎）で日本エッセイスト・クラブ賞受賞。三十八年、『星の牧場』（昭和38年11月、理論社）で野間児童文芸賞、日本児童文学者協会賞を受賞。戦争で心に傷を負い幻の愛馬を追う青年モミイチと音楽好きの「ジプシー」たちとの交流を描く、庄野の代表作であり、劇団民芸（昭和42年9月初演）のほか、宝塚歌劇（昭和46年星組、主演鳳蘭）でも上演された。五十八年、足立巻一、大谷晃一と三人で同人誌「苜蓿《もくしゅく》」を創刊。平成二年三月刊行の自叙伝『鶏冠詩人伝』（創元社）では、自らを育んだ関西文化圏ののびやかで豊かな雰囲気をみずみずしい筆致で描いている。

（三品理絵）

庄野潤三《しょうの・じゅんぞう》

大正十年二月九日～平成二十一年九月二十一日（1921～2009）。小説家。大阪府東成郡住吉村（現・大阪市住吉区）に生まれる。父貞一、母春慧の三男。次兄は後に童話作家となる英二。父貞一は、大正六年に創立された帝塚山学院の創立者であり校長であった。昭和八年四月、大阪府立住吉中学校（現・府立住吉高等学校）に入学する。十四年四月、大阪外国語学校（現・大阪大学外国語学部）に入学。十六年三月、『現代詩集』（河出書房）で伊東静雄の作品を読み、堺市の伊東宅を訪ねる。十七年四月、九州帝国大学法文学部文科に入学、東洋史を専攻。一年上に島尾敏雄がいた。十九年一月に海軍予備学生隊に入隊、十二月には海軍少尉に任官する。翌年、伊豆半島の海岸にあった基地部隊で敗戦を迎える。大阪に戻り、二十一年五月、島尾敏雄、林富士馬、三島由紀夫らと同人雑誌「光耀」を創刊する（昭和22年8月発行の第3輯で廃刊）。二十六年九月、朝日放送に入社、二十八年九月には東京支社に転勤し、東京都練馬区南田中町に転居する。安岡章太郎、吉行淳之介、阿川弘之、小島信夫、前年に神戸から東京に移っていた島尾敏雄らと交わりを持つ。同年十二月には、兄たちが通学していた西宮市の関西学院大学の学生をその主人公とする青春小説「流木」（「群像」）を発表し、また最初の創作集『愛撫』（新潮社）を刊行する。昭和三十年一月、「プールサイド小景」（「群像」昭和29年12月）で第三十二回芥川賞を受賞。「第三の新人」を代表する作家としての地位を、庄野はこの作品で確立したといえる。三十五年六月、「静物」を「群像」に発表、十月には講談社より作品集『静物』刊行、この作品で、十一月には第七回新潮社文学賞を受けた。四十八年に、『庄野潤三全集』全十巻（昭和48年6月～昭和49年4月、講談社）を刊行する。その後も、家族など庄野自身の日常を素材とする数多くの作品を発表し続けた。神戸を描いた作品として『早春』（昭和57年1月、中央公論社）が著名である。

＊**流木**《りゅうぼく》　短編小説。〔初出〕「群像」昭和28年12月。〔初収〕第一創作集『愛撫』昭和28年12月、新潮社。◇大学の演劇研究会の部長沼四郎は、新入部員の真柄涼子と恋愛する。しかし、卒業後も演劇を志そうとし就職が決まらない沼に、「二度と会いたくない」という手紙を残し涼子は去っていく。沼は加古川の海で自殺を図るが、「流木」のように汀に打ち上げられる。青春の夢と挫折を沼の涼子に寄せる純粋な恋愛感情を軸として描いた秀作である。沼は加古川在住、涼子は六甲在住として設定され、二人の通う大学は西宮市の関西学院大学である。それは、演劇部員たちが校歌「空の翼」を歌う場面などから明白である。

＊**早春**《そうしゅん》　長編小説。〔初出〕「海」昭和55年6月～56年9月。〔初版〕『早春』昭和57年1月、中央公論社。◇大阪を舞台とした『水の都』（昭和53年4月、河出書房新社）と対をなす作品で、神戸を描いた作品である。旧友太地の回想に始まり、貿易商の郭さん、『水の都』にも登場する芦屋に住む叔父夫婦の案内で神戸のさまざまな場所を語り手夫婦が巡り訪ねる物語である。都市と人間との関係が穏やかな筆致で描かれる。須磨、六甲、三宮、阪急西灘駅（現・王子公園駅）界隈など、神戸の風物や風景がその歴史とともに慈愛に満ちたまなざしで語られていく。庄野の聞き語り小説の代表的作品である。

（西尾宣明）

白井鐵造 しらい・てつぞう

明治三十三年四月六日〜昭和五十八年十二月二十二日（1900〜1983）。脚本・演出家。静岡県周智郡犬居村（現・浜松市春野町）に生まれる。本名虎太郎。大正二年九月、尋常小学校を卒業後、浜松の日本形染会社（現・日本形染株式会社）に入社。四年の養成期間の後、本社員となるが、オペラ俳優にあこがれて六年に上京。新星歌舞劇団に参加し、そこで知った岸田辰彌に請われて、十年に宝塚音楽歌劇学校（現・宝塚音楽学校）の助教授に就任し、ダンスの振付をしながら脚本を書いた。宝塚歌劇団元理事長。アメリカ・フランスでの留学経験を活かして作り上げたレビュー「パリゼット」（昭和5年8月、月組初演）からは、現在でも阪急阪神東宝グループの象徴的なテーマ曲となっている「すみれの花咲く頃」が生まれた。この曲は、ドイツ映画の主題歌「白いリラの花咲く頃」がフランスでシャンソン化して歌われていたのを、訳したものである。大階段やラインダンス、羽根飾りの衣装など、現在の宝塚歌劇の舞台特徴の多くを作り上げ、宝塚歌劇のレビューを確立し、〈レビュー王〉と呼ばれる。自伝『宝塚と私』（昭和42年5月、中林出版）は、当時の宝塚文化を知る貴重な資料である。また、阪急学園池田文庫には約一万三千点の蔵書が寄贈されている。昭和三十三年度兵庫県文化賞、昭和三十九年度紫綬褒章、昭和四十五年度勲四等旭日小綬章を受ける。

（箕野聡子）

白井真貫 しらい・まつら

昭和十四年八月十六日〜（1939〜）。俳人。神戸市に生まれる。本名高橋正。関西大学法学部卒業。教壇に立ちながら句作に励み、昭和三十六年、「秋」創刊とともに石原八束に師事し、現在に至る。シルクロードに素材をとった句が多く、句集として『飛天の道』（平成元年4月、雪華社）、『沈黙の塔』（平成13年10月、朝日新聞社）、『天葬の鷹』（平成14年6月、朝日新聞社）、『麦気』（平成18年9月、ウエップ）などがある。

（梅本宣之）

白川渥 しらかわ・あつし

明治四十年七月二十七日〜昭和六十一年二月九日（1907〜1986）。小説家、教育学者。愛媛県新居浜市に生まれる。本名正美。東京高等師範学校（現・筑波大学）国漢科卒業。昭和六年、鳥取師範学校（現・鳥取大学）教諭に就職。十年、兵庫県庁に赴任。横光利一に師事し、同人雑誌「日暦」や「文芸首都」に参加する。十五年十二月、「崖」を「文芸首都」に発表。早くに父が夭逝したために苦労して三人の子を育てた主人公計蔵の母は、姉の婿選びに十年を費やし、三十路前に後家に出した。軍人の兄の嫁選びも慎重を極めた。母のお気に入りの嫁を迎えたにも拘らず、あっけなく長男は戦死した。〈家〉に嫁いだ嫂みねを、母と中国大連に住む姉は、次男計蔵と一緒にさせることに決めた。北海道や東京で教職に就いていた計蔵にも愛人がいたが、孝行することにして須磨の家に戻ってくる。計蔵とみねが互いに遠慮があるうちはよかったが、夫婦然となると、母には許し難い不貞のように映るらしい。翳りのある家族の微妙な心理の動きを掬い取る文体がある。横光利一、小島政二郎らに絶賛され、芥川賞有力候補となるが、転載不可のため落選となる。「村梅記」（「文芸春秋」昭和16年5月）。山梨の村で発達遅滞児紋平の教育に苦闘する青年教師が、紋平の佶屈さのない風骨飄々たる習字に天分を見いだす。故郷四国に近いH市の高等師範をめざしていた私に、終業式の日、合格通知が届く。さらに、隣村の村長を務める紋平の親から、姉との婚約を勧められる。他に「天人」（「文芸春秋」昭和19年1月、紀元社）『山々落暉』（昭和17年4月）などがある。戦後は教職経験を生かし、「風来先生」を主人公とする青春小説を数多く書き、三十一年、「読売新聞」連載の『ここは静かなり』（昭和31年12月、講談社）で作家としての評価を確立。「野猿の言葉」を「キング」（昭和29年1月）に発表、直木賞候補となる。五十五年、『崖：自選初期作品集』を創樹社から刊行。「崖」「村梅記」「柊の庭」「天人」「良寛唱」「落雷」の六短編が収められている。少年小説にも佳作が多く、「少年倶楽部」掲載の「飴玉爺さんこぶ爺さん」（昭和21年1月）、「ふるさとの村」（昭和22年12月）等の短編や、「少年」（光文社）に連載の「海峡をわたる歌」（昭和23年）がある。神戸で戦災孤児となった少年が、一度は父親の里の瀬戸内の小島に引き取られる。が、神戸に戻り、野宿しながら靴磨きをして暮らす。ハーモニカと犬を慰めに、周りの大人や教師の善意によって、希望をもって歩み出す。四十八年から六十一年まで神戸市教育委員長を務める。明石短期大学名誉教授。四十九年、神戸市文化賞受賞。

（大田正紀）

白川淑 しらかわ・よし

昭和九年七月十八日〜（1934〜）。詩人。京都市伏見区に生まれる。本名市村𠮷子。詩集『祇園ばやし』（昭和61年6月、文童社）など、京ことばによる詩、歌曲を多数発表。神戸にも長く住み（昭和50年3月〜52年3月、55年3月〜平成8年12月）、阪神・淡路大震災に被災し、その折にも創作の手を緩めなかった。「鎮魂再生を核として生きてきた祈りの根源に至る彼女の生命力と詩精神を見せられる」（麻生直子、『白川淑詩集』解説、平成11年3月、土曜美術社出版販売）という評がある。

（田村修一）

白洲次郎 しらす・じろう

明治三十五年二月十七日〜昭和六十年十一月二十八日（1902〜1985）。実業家、政治家。兵庫県武庫郡精道村（現・芦屋市）に父文平、母よし子の次男として生まれる。白洲家は三田藩で代々儒官を務めた家柄。川辺郡伊丹町北村（現・伊丹市春日丘）に移り住んだ。兵庫県立第一神戸中学校（現・県立神戸高等学校）に学ぶ。当時の友人に今日出海がいる。大正八年、ケンブリッジ大学クレア・カレッジに留学。昭和三年に帰国し、四年、樺山伯爵家の次女正子と結婚した。墓は、菩提寺である三田市の心月院の白洲家墓域に、正子の墓と並んで建てられている。

（真銅正宏）

白洲正子 しらす・まさこ

明治四十三年一月七日〜平成十年十二月二十六日（1910〜1998）。随筆家。東京市麹町区（現・東京都千代田区）永田町に、父樺山愛輔、母常子の次女として生まれる。父方の祖父は樺山資紀、母方の祖父は川村純義。大正三年、四歳の時、梅若流二代目梅若実について能を習い始める。十三年に渡米し、ニュージャージー州のハートリッジ・スクールに通う。昭和三年に帰国、四年十一月、白洲次郎と結婚。神奈川県大磯に居住。十八年、鶴川村（現・町田市）に移り住んだ。三十九年、『能面』（昭和38年8月、求龍堂）刊行。同書の改訂縮刷版（昭和39年6月、求龍堂）で第十五回読売文学賞、四十七年、『かくれ里』（「芸術新潮」昭和44年1月〜昭和45年12月。昭和46年12月、新潮社）で第二十四回読売文学賞受賞。『巡礼の旅—西国三十三カ所』（昭和40年3月、淡交新社。『西国巡礼』と改題して、昭和49年3月、駸々堂出版）には、宝塚市の中山寺、社町の清水寺、北条町の一乗寺、姫路市の円教寺と、花山院廟のある三田市の菩提寺が扱われている。「白洲正子自伝」（「芸術新潮」平成3年1月〜平成6年8月）には、播磨の清水寺を訪れた際の「想像を絶する景色」を見た感動が書かれている。『謡曲・平家物語紀行』上・下（昭和48年11月、12月、平凡社）にも、「青葉の笛 無官大夫敦盛」「王朝の美女 小宰相の局」「千手の前 三位中将重衡」「船弁慶 新中納言知盛」など、『平家物語』の舞台となった地が描かれる。なお、これを増補した『旅宿の花―謡曲平家物語』（昭和57年5月、平凡社）には、「須磨の埋れ木 武蔵守知章」などが加えられている。この他、「十一面観音巡礼」（「芸術新潮」昭和49年1月〜50年4月）、「西行」（「芸術新潮」昭和61年4月〜62年12月）などがある。墓は白洲家および三田藩主九鬼家の菩提寺である三田市の心月院にあり、約百坪ある墓域の中に、次郎の墓と二基並んでいる。次郎のものは不動明王、正子のものは十一面観音を示す梵字が書かれている。最新の全集に『白洲正子全集』全十五巻（平成13年5月〜平成14年8月、新潮社）がある。

＊西行《さいぎょう》 随筆。〔初出〕「芸術新潮」昭和61年4月〜62年12月。〔初版〕昭和63年10月、新潮社。◇「江口の里」の章にいくつか兵庫に関係する記述が見られる。「江口」自体は現在、大阪市東淀川区に属しているが、「神崎」とともに、「兵庫の津」「播磨の室の津」と概念上連続する。この他、「広田社」や「書写山」などの名が見える。「西行と江口の妙の贈答歌を縦糸に、同じく撰集抄煮在る性空上人の説話を横糸に織りなして、遊女を普賢菩薩に昇華させて行く『江口』の能は、幽玄というより、絢爛豪華な宗教劇のような印象を与える」と書き、謡曲が「性空上人と西行、室の長者と江口の君」を重ね合わせていくことを指摘する。 （真銅正宏）

白鳥省吾 しらとり・しょうご

明治二十三年二月二十七日〜昭和四十八年八月二十七日（1890〜1973）。詩人。宮城県栗原郡築館町（現・栗原市）に生まれる。本名白鳥省吾《しろとりせいご》。早稲田大学英文科を卒業。明治三十九年、宮城県立築館中学校（現・宮城県築館高等学校）在学中より詩作を始め、以後「秀才文壇」「劇と詩」「早稲田文学」などに投稿する。第一詩集『世界の一人』（大正3年6月、象徴詩社）では口語自由詩の方向性を示した。『大地の愛』（大正8年6月、抒情詩社）における反戦詩「殺戮の殿堂」は代表作。「民衆」十一号（大正8年1月）に特集が組まれ、民衆詩派を代表する詩人と目された。一貫して民衆の生活感情を平明な口語によって表現した。大正十一年から翌年にかけて、芸術派の北原白秋と論争を展開、大正詩壇を盛り上げた。昭和八年、吉井勇らと城崎に遊ぶ。現在、地蔵湯前に〈雪の城の崎あの子の髪に溶ける淡雪わがこころ〉の詩碑がある。「しんしんとろりの酒蔵」（『旅情カバン』昭和29年6月、明玄書房）は灘の酒蔵訪問記。童謡、童話、歌謡の方面でも多くの作品を残した。 （橋本正志）

士郎正宗 しろう・まさむね

昭和三十六年十一月二十三日〜（1961〜）。漫画家、イラストレーター。神戸市灘区に生まれる。尼崎市立尼崎高等学校、大阪芸術大学芸術学部美術学科（油絵学科）卒業。神戸の夜間高校で美術教師として勤務した時期もある。大学在学中、同人誌「アトラス」に「ブラックマジック」を発表。昭和六十年、「アップルシード」でデビュー。『ドミニオン』（昭和61年10月、白泉社）、『占術超攻殻ORION』（平成3年12月、青心社）など、サイバーパンク的な世界観とハードSF的な物語展開、リアルなアクション描写により、高い人気を得る。平成七年、『攻殻機動隊 THE GHOST IN THE SHELL』（平成3年10月、講談社）が押井守により「GHOST IN THE SHELL／攻殻機動隊」として映画化され、海外で高い評価を受け、ウォシャスキー兄弟製作の「マトリックス」に多大な影響を与えた。

（杣谷英紀）

城山三郎《しろやま・さぶろう》

昭和二年八月十八日〜平成十九年三月二十二日（1927〜2007）。小説家。名古屋市中区に生まれる。本名杉浦英一。名古屋市立名古屋商業学校（現・名古屋商業高等学校）を経て、愛知県立工業専門学校（現・名古屋工業大学）に入学。昭和二十年五月、海軍に志願入隊し、海軍特別幹部候補生として伏龍部隊に配属。訓練中に敗戦を迎えた。この軍隊での経験は、『大義の末』（昭和34年1月、五月書房）に結実したほか、晩年の個人情報保護法案反対運動など、作家外の活動にも大きな影響を与えた。二十一年、東京商科大学予科に入学。二十七年に一橋大学卒業。愛知学芸大学商業科助手に就任、景気論と経済原理を担当する。後に同大学講師。三十三年、「輸出」で文学界新人賞を受賞し、作家デビュー。翌年、「総会屋錦城」（「別冊文芸春秋」昭和33年10月）で第四十回直木賞を受賞。三十八年六月に愛知学芸大学退職後は作家活動に専念する。『官僚たちの夏』（昭和50年6月、新潮社）、『価格破壊』（昭和54年1月、光文社）、『勇者は語らず』（昭和57年12月、新潮社）などの経済小説を執筆、同分野の開拓者として評価される一方、文官でただ一人、東京裁判で絞首刑に処された広田弘毅を主人公にした『落日燃ゆ』（昭和49年1月、新潮社、毎日出版文化賞受賞）を代表とする伝記小説でも高く評価され、多くの読者の支持を集めた。晩年は日本の右傾化を憂う発言が増え、土井たか子、沢地久枝らとともに、憲法行脚の会を結成。「戦争で得たものは憲法だけだ」と発言、日本国憲法第九条の擁護を訴えた。

＊鼠—鈴木商店焼打ち事件《ねずみ—すずきしょうてんやきうちじけん》 長編小説。〔初出〕「文学界」昭和39年10月〜41年3月。〔初収〕昭和41年4月、文芸春秋。◇ノンフィクション作家の〈私〉が、一介の商人から三井・三菱と並ぶ大商社へと成長した神戸の鈴木商店の栄枯盛衰、および、鈴木商店の大番頭であった金子直吉の生涯を取材していくという形式をとる。取材の過程で〈私〉は、金子と後藤新平との間に親交があったことによって、鈴木商店が後藤と敵対する派閥や後藤と対立関係にあった大阪朝日新聞の攻撃の標的になったことを暴き出していく。この作品はこれまで大正財界の悪役、米騒動の諸悪の根源と認知されてきた鈴木商店並びに金子直吉への再評価につながった作品である。タイトルの「鼠」は金子の俳号「白鼠」に由来する。

（尾添陽平）

神西清《じんざい・きよし》

明治三十六年十一月十五日〜昭和三十二年三月十一日（1903〜1957）。小説家、翻訳家、評論家。東京市牛込区袋町（現・東京都新宿区）に生まれる。内務省の官吏であった父に伴い香川、長野、島根などを転々とした。明治四十五年、父が任地の台湾で死去。大正四年、母の再婚のため伯母（北村寿夫の母）に預けられた。九年、東京府立第四中学校（現・都立戸山高等学校）を四年修了で第一高等学校（現・東京大学）に進学。寮生活で堀辰雄を知る。十四年、一高を中退し東京外国語学校（現・東京外国語大学）露語科に入学。十五年九月、堀らと「箒」（第二号から「虹」と改称）を創刊し、戯曲、小説、詩を発表する。昭和四年、東京外語を卒業後、北海道大学図書館に勤務。その後、ソビエト連邦通商部、東亜研究所等に勤務しながら文筆活動を続け、ツルゲーネフ、プーシキン等の翻訳や短編集『垂水』（昭和17年9月、山本書店）を出版。戦後は鎌倉に落ち着いて文筆生活に入り、「雪の宿り」（「文芸」昭和21年3月・4月合併号）や「春泥」（「新文学」昭和23年1月）等の歴史小説が注目される一方、昭和二十七年にチェーホフ『ワーニャ伯父さん』（河出書房）の翻訳により文部大臣賞を受賞。古今東西の該博な教養に支えられた幅広い活動は、『散文の運命』（昭和32年8月、講談社）等の評論にも及んだ。「垂水」（「セルパン」昭和8年3月。前出『垂水』所収）は、兵庫県の垂水を舞台とした一男爵夫人にまつわる物語。宇佐美英治「『垂水』のことなど」（『神西清全集』第四巻附録、文治堂書店）には、神西からもらった限定本に「この書のモチーフとなった志貴皇子の歌『岩激垂見之上乃左和良女妣乃毛要出春爾成來鴨』が万葉仮名で墨書され」ているとある。「孤独者」（「四季」昭和8年7月）はその続編。また、「失はれたもの」（「文芸通信」昭和11年8月）は、カトリック夙川教会（西宮市）の裏手の家で起きたある事件を描いた作品である。

（槇山朋子）

新谷彰久 しんたに・あきひさ

大正八年十二月十五日～平成十九年四月十七日（1919～2007）。詩人。広島県三次市に生まれる。本名孝昭。大東亜学院卒業。十七歳の頃より童謡を制作、「コドモノクニ」「綴方クラブ」に北野貴麿のペンネームで投稿する。北原白秋の推薦で「綴方クラブ」寄稿同人となる。戦後早く神戸童謡研究会を結成し「童謡詩人」を発行。昭和五十年から個人誌「しごんぼ」を発行する。詩集『鶴が渡る』（昭和55年12月、スワン商事出版部）には、歌曲上演された作品が多数ある。

（永井敦子）

神野洋三 じんの・ようぞう

昭和五年（月日未詳）～（1930～）。小説家。兵庫県に生まれる。新京（現・中国吉林省長春市）順天小学校、北京中学校に学ぶ。終戦後帰国。早稲田大学仏文科卒業。「街」（第二次、昭和28年～32年）同人。小説作品に『小説 家元』（昭和54年11月、日本経済新聞社）、『性的犯罪』（昭和55年10月、作品社）、『弁護士の犯罪』（昭和62年9月、構想社）、『悲劇の深淵』（平成3年7月、構想社）等、ノンフィクションに『祖国はいずこ—韓又傑こと中島成子の生涯』（平成7年12月、作品社）がある。また、「ヒッチコックマガジン」（昭和34年7月～38年7月、宝石社）に、「最上の生贄」（原作ヘンリー・スレッサー&ジェイ・フォルブ、昭和36年1月）等の翻訳を掲載している。

（太田路枝）

新明正道 しんめい・まさみち

明治三十一年二月二十四日～昭和五十九年八月二十日（1898～1984）。社会学者。台湾台北市に生まれる（原籍は石川県金沢市）。大正十年、東京帝国大学政治学科を卒業。吉野作造に師事し、政治学を専攻するが、のちに社会学を研究、総合社会学を樹立する。関西学院第四代院長ベーツ（院長在任、大正9年～昭和15年）と東京の本郷中央会堂で知り合う。キリスト者であり第一級の学者であったことから学問レベル向上のために関西学院社会学科教授として招かれる。学生たちに社会科学の学問と政治問題、ジャーナリズムの領域へ目を開かせることに貢献する。プルードン著『財産とは何ぞや？』（大正10年4月、聚英閣）の翻訳や、『社会学序説』（大正11年11月、大鐙閣）を刊行する。大正十五年四月、東北帝国大学法学部社会学講座の助教授に就任。昭和六年同大学教授に昇格後、公職追放を受けるが、二十六年に復職。二十八年に東北社会学会を創立し、退職する三十六年まで会長を務める。三十四年、関西学院大学より名誉博士号を授与される。退職後は、明治学院大学、中央大学、立正大学、創価大学教授を歴任。著書に『新明正道著作集』全十巻（昭和51年9月～平成5年6月、誠信書房）などがある。

（長原しのぶ）

【す】

須賀敦子 すが・あつこ

昭和四年一月十九日～平成十年三月二十日(1929～1998)。随筆家、翻訳家、イタリア文学者。大阪府に生まれる。少女期を兵庫県武庫郡精道村（現・芦屋市翠ヶ丘町）および西宮市殿山町で過ごす。昭和二十二年聖心女子学院にて受洗。帰郷のたびにカトリック夙川教会に通う。二十六年、聖心女子大学卒業。二十八年からパリに留学、三十三年にはローマに留学し、神学を学んだ。三十五年よりミラノのコルシア書店に勤務。「あたらしい神学」を日本に発信する雑誌「どんぐりのたわごと」を創刊。三十六年書店員ジュゼッペ・リッカと結婚（42年に死去）。四十年日本文学の翻訳集『Narratori giapponesi moderni』（ポンピアーニ社）刊行。四十六年の帰国後は、慶応義塾大学、上智大学で講師を務めながら、「エマウスの家」の活動に取り組む。平成元年上智大学比較文化学部教授に就任。三年に『ミラノ霧の風景』（平成2年12月、白水社）で女流文学賞と講談社エッセイ賞を受賞。『コルシア書店の仲間たち』（平成4年4月、文芸春秋）、『ヴェネツィアの宿』（平成5年10月、文芸春秋）など、ヨーロッパでの生活や西宮で過ごした少女期をつづったエッセイを多数発表。未定稿『アルザスの曲りくねった道』は、宗教の受容を主題とする初の小説作品となるはずであった。訳書に、ギンズブルグ『ある家族の会話』昭和60年12月、白水社）、タブッキ『インド夜想曲』（平成3年1月、白水社）などがある。

（吉川　望）

杉浦正一郎 すぎうら・しょういちろう

明治四十四年二月九日～昭和三十二年二月二十三日（1911～1957）。俳人。神戸市に生まれる。昭和九年、東京帝国大学卒業。雑誌「コギト」創刊に、保田與重郎、田中克己らと参加。一方、京都帝国大学の潁原退蔵に師事。天理高等女学校（現・天理高等学校）、千代田女子専門学校（現・武蔵野大学）、佐賀高等学校（現・佐賀大学）教授。戦後は現代俳句にも関心を持つ。二十三年、北海道大学助教授。二十五年、九州大学に転じ、二十八年教授。在職中に死去。芭蕉の文献研究にも多くの業績を残す。主著に『芭蕉研究』（昭和33年9月、岩波書店）がある。

（池川敬司）

椙元紋太 すぎもと・もんた

明治二十三年十二月六日～昭和四十五年四月十一日（1890～1970）。川柳作家。神戸市生田区（現・中央区）花隈町に菓子卸商を営む父米松、母わさの長男として生まれる。本名文之助。明治四十一年、甘井紋太の筆名で投句を始める。四十五年頃、田中白丈主宰の神戸川柳乙鳥会に参加。大正六年、藤村青明、橋本龍馬の三回忌追悼句会の会報「昼顔」を西田艶笑と編集したのが縁で、同年十月、「柳太刀」を創刊、また結社名を神戸川柳ツバメ会と改めた。紋太は十二年の終刊まで同誌編集の中心となる。以後、「神戸新聞」の柳壇選者や、番傘川柳社、椎の実川柳社、めだま川柳会などの客員も務める。昭和四年六月、神戸の柳人十八名が同人となり「ふあうすと」を創刊、紋太が編集発行人となり自宅にふあうすと川柳社を置く。誌名はゲーテの作品名によるという。戦争中の十八年四月、「もめん」と改題、一時休刊期間を経て、二十一年七月、「ふあうすと」を復刊する。なお同誌は紋太没後も、現在にまで至っている。大正十一年六月、「柳太刀」に評論「川柳は人間である」を発表、以来生涯に何度か同題の文章を執筆し、自らの信条とする。また阪井久良岐、井上剣花坊の活動などを論拠に、川柳明治誕生説を主張する。作品は『椙元紋太川柳集』（昭和24年1月、すげ笠川柳社）、『続・椙元紋太川柳集』（昭和25年1月、すげ笠川柳社）、『わだち（椙元紋太作品集）』（昭和27年3月、ふあうすと川柳社）、『茶の間（紋太作品第二集）』（昭和29年11月、ふあうすと川柳社）などにまとめられ、昭和二十六年十一月、兵庫県文化賞受賞。三十五年八月、神戸市生田区（現・中央区）の生田神社境内に句碑〈よく稼ぐ夫婦にもあるひと休み〉が建立される。三十七年六月、眼底出血、三十八年九月、脳出血をおこし療養生活に入る。『川柳椙元紋太句集』（昭和43年5月、ふあうすと川柳社）を刊行後、四十五年四月十一日死去。享年八十歳。没後、『川柳全集第八巻椙元紋太』（昭和55年1月、構造社出版）、『椙元紋太の川柳と語録』（平成16年4月、新葉館出版）が、いずれもふあうすと川柳社の編集で刊行された。

（杉本　優）

杉山平一　すぎやま・へいいち

大正三年十一月二日～（1914～）。詩人、映画評論家。福島県会津若松市で生まれる。父の転勤で神戸、大阪に移り、大阪府立北野中学校（現・府立北野高等学校）を経て、数学の試験のなかった旧制松江高等学校（現・島根大学）文化甲類に入学した。文学に造詣の深い教授陣の指導を受け、映画館に通い、映画批評を書いたり、絵画研究会で油絵を出品したり楽しい生活を送った。昭和九年、ルットマンの映画「鋼鉄」評が、映画批評家の登竜門である「キネマ旬報」二月号に掲載される。その年、一年先輩の花森安治を追って、東京帝国大学文学部美学美術史学科に入学。秋田実や長沖一らと同じ下宿に住んだ。松江高校出身者を中心に田所太郎等と「貨物列車」を創刊。店頭で「四季」（第二次）創刊を見て、三好達治選に応募し始めるが、不掲載が続く。翌年、十二号に「巷の風」ほか二編が掲載され、同人として活躍。今村太平らと同人誌「映画集団」を発刊、十三年、主婦の友社に入社。織田作之助、青山光二らの「海風」（のち「大阪文学」「文学雑誌」）の同人となる。応召するが、半年で除隊。十四年、父の会社（尼崎精工）に入社、人事係長、人事課長、取締役を経て専務に就任。その間勤務しつつ、詩作に励む。十六年、昼間の労働に疲れた身で夜学にいそしむ少年をいとおしんでうたった「夜学生」で第二回中原中也賞を受賞、『映画評論集』（昭和16年11月、第一芸文社）を刊行。評判よく、ついで『夜学生』（昭和18年1月、第一芸文社）も菱山修三に絶賛された。十七年結婚。十九年、『夜学生』で第十回文芸汎論詩集賞を受賞。詩、小説、童話などを書く。

幼くして逝った長男、次男へのはなむけにと装丁・挿絵ともに自分で行い、童話集『背たかクラブ』（昭和23年12月、京都国際出版）を刊行。人間倫理の重要性を説いた佳作で評価された。父の事業が不振となり、ジェーン台風による福井工場全壊などで資金繰りに難渋、倒産への道を歩む。二十五年、帝塚山学院短期大学で「映画芸術論」を講義し、二十七年、「神港新聞」の詩選者、「毎日新聞」の映画批評などをする。二十七年、『ミラボー橋』（昭和27年9月、審美社）発行。四十一年、帝塚山学院短期大学教授になる。『声を限りに』（昭和42年12月、思潮社）、『映画芸術への招待』（昭和50年8月、講談社）、『ぜぴゅろす』（昭和52年6月、潮流社）、『詩への接近』（昭和55年3月、幻想社）、『詩のこころ・美のかたち』（昭和55年4月、講談社）と次々に刊行。六十年、大阪市民文化賞を、ついで六十二年、大阪芸術賞を受賞。平成元年には兵庫県文化賞を受賞するなど、関西一円で講演活動、詩選者、大阪シナリオ学校校長など種々の分野の文化活動を精力的にこなす。七年の阪神・淡路大震災で自宅は倒壊するが、「神戸新聞」三月二日に〈一月十七日　暁闇／導入部もなく　伏線もなく／いきなりクライマックスがきた／往復ビンタさながら右から左から／何ものかに叩きのめされて／（略）〉を掲載したり、洋画家長尾和が描いた被災地の水彩画に「町」という詩を書き、詩画展を開いたりした。のち『鎮魂と再生のために』（平成8年1月、風来社）として出版。『杉山平一全詩集』上下（平成9年6月、編集工房ノア）など著書多数。

（増田周子）

助川助六　すけがわ・すけろく

大正三年三月二十五日～平成十九年七月二十日（1914～2007）。川柳作家。茨木県多賀郡高鈴村（現・日立市助川町）に生まれる。本名輝武。昭和四十四年、川柳「すみやぐら」の代表となる。五十五年、川柳助六会を結成。明石ペンクラブ顧問、神戸市近代文学館実行委員、明石市市民文芸祭川柳部門審査員などを努める。六十三年の半どんの会文化賞・神戸市文化賞など、受賞多数。句集に『愛 助六の世界』（平成3年12月、編集工房「円」）などがある。

（水野亜紀子）

薄田泣菫　すすきだ・きゅうきん

明治十年五月十九日～昭和二十年十月九日（1877～1945）。詩人、随筆家。岡山県浅口郡大江連島村（現・倉敷市連島町）に生まれる。本名淳介。父篤太郎、母里津の長男。父は村の宗匠格の俳人。明治二十四年、尋常中学校に入学するが学業への不信から二年で退学。独学の道を歩もうと十八歳で上京。塾で数学・英語の助教をし、塾主に漢籍を学びつつ独力で和漢の古典や欧米文学を習得。日本にソネット形式の移入を考える。三十年、総題「花《はな》密《みつにして》蔵《かくれて》難見《みえがたし》」の十三編を「新著月刊」に投稿し、島村抱月や後藤宙外に認められる。徴兵検査で帰郷するが、胸の病で闘病生活に入る。三十二年十一月、処女詩集『暮笛集』（金尾文淵堂）を刊行。与謝野鉄幹の称賛やソネットの試みで詩壇にその名を確立する。集中に、〈横雲峯にたなびきて、／光まばゆきこの夕、／波しづかなる加古川の／澪《みお》に小網《さで》ひく蜑《あま》が子よ。〉を冒頭に置き、一連四行の七連からなる「加古川をすぎて」を収録している。三十三年十月、雑誌「小天地」を創刊し編集名義人。大阪毎日新聞社に入るが翌年退社。三十四年十月、第二詩集『ゆく春』（金尾文淵堂）を刊行。この詩集でも七四を基調とする、岩野泡鳴が八六調と名づけた新詩形を提示した。同年十月、往年知己を得た伝道師の夫人を訪ね、「公孫《こうそん》樹下にたちて」などの長編詩を作る。三十六年一月で「小天地」を休刊。同年八月、京都に移り住む。三十八年五月、第三詩集『二十五弦』（春陽堂）を刊行し、京都や大阪、郷里岡山を題材とした作品を収録。同年六月、詩文集『白玉姫』（金尾文淵堂）刊行。その頃発表した「ああ大和にしあらましかば」や「望郷の歌」が、鉄幹や上田敏に称賛される。三十九年五月、第四詩集『白羊宮』（金尾文淵堂）を刊行し、一般には蒲原有明とともに、象徴詩人と並称された。同年、市川修と結婚するが、詩作が減り小説や随筆を書く。大正元年再び大阪毎日新聞社に入り、四年四月から夕刊に随筆「茶話」を連載。三冊の単行本を出した後に、『茶話全集』上・下（上巻・大正13年5月、下巻・13年10月、大阪毎日新聞社）を刊行し随筆家としての名声を得る。七年に専属作家として、芥川龍之介を獲得し新聞人の才も発揮した。四十歳頃にはパーキンソン病が進行し、十二年に退社。その後も『泣菫詩集』（大正14年2月、大阪毎日新聞社）、『泣菫文集』（大正15年5月、大阪毎日新聞社）を刊行し、口述筆記の随筆集『草木虫魚』（昭和4年1月、創元社）などを刊行。病状は悪化したが、『薄田泣菫全集』全八巻（昭和13年10月～14年7月、創元社）を刊行。しかし戦局が悪化し、岡山県の倉敷そして井原に疎開。最後は郷里に戻り、昭和二十年十月九日、尿毒症で死去。

（池川敬司）

鈴木漠　すずき・ばく

昭和十一年十月十二日～（1936～）。詩人。徳島市籠屋町に生まれる。本名鉄次郎。戦時疎開により祖谷《いや》峡（現・三好市）で過ごすが、北原白秋や塚本邦雄らの影響を受け、十代で詩を書き始める。昭和三十一年、徳島県立池田高等学校を卒業。共正海運株式会社に入社。総務部長などを経て、本四海峡バス株式会社役員となる。第一詩集『星と破船』（昭和33年10月、濁流の会）により、塚本邦雄の知遇を得る。三十四年、詩誌「海」を創刊。以来タイポグラフィー（活字表現）としての詩に関わり、詩集、選句集、連句集（編集）などに熱中。『車輪』（昭和42年11月、海の会）、『鈴木漠詩集』（昭和48年6月、審美社）、『投影風雅』（昭和55年7月、書肆季節社）など次々に刊行。五十六年、『投影風雅』で第十四回日本詩人クラブ賞を受賞。また連句もよくし、連句集『壺中天』（編著、昭和58年11月、書肆季節社）を出版。六十二年には連句同人海市の会をつくり『海市帖』（平成元年12月、書肆季節社）、『虹彩帖』（平成5年11月、書肆季節社）、『風餐帖』（平成9年6月、編集工房ノア）など精力的に刊行。平成三年、第二回連句協会推薦図書表彰され、六年には第十八回井植文化賞（芸術文化部門）を受賞。ＮＨＫ神戸文化センターでおたくさの会を主催し、連句誌「ＯＴＡＫＵＳＡ」を発行している。他に『色彩論』（平成5年7月、書肆季節社）、『続・鈴木漠詩集』（平成9年6月、審美社）、『変容』（平成10年4月、編集工房ノア）など著書多数。

（増田周子）

須藤南翠　すどう・なんすい

安政四年十一月三日（新暦十二月十八日）～大正九年二月四日（1857～1920）。小説家、新聞記者。伊予国（現・愛媛県）宇和島藩士の次男として生まれる。本名光暉。別号に土屋南翠、坎坷山人など。松山師範学校（現・愛媛大学）を卒業後、小学校教師を経て、上京。明治十一年三月の「有喜世新聞」の創刊の際に入社。同紙は立憲改進党との関係を深め、改題した「改進新聞」

では「慨世悲歌照日葵」（明治19年1月6日～4月14日）を書き、政治小説家としての名が高まり、「雨窓漫筆緑蓑談」（明治19年6月1日～8月12日）、未来記物の「一顰一笑新粧之佳人」（明治19年9月30日～12月9日）を発表。饗庭篁村とともに文壇の〈二文星〉と称される。二十二年一月創刊の雑誌「新小説」の編集に篁村らと参加。自身も、「朧月夜」を掲載した。二十五年末に大阪朝日新聞社に迎えられ、関西に移り、大阪の桜の宮に住んだ。「女礼者」、「浮世長者」などを連載。また、26年2月創刊の雑誌「浪華文学」（5号で廃刊）に関わった。二十八年には、「文芸倶楽部」、「太陽」にも小説を発表した。『当世息子』（明治29年11月、駸々堂）では、須磨で海水浴をする場面や神戸港からアメリカに旅立ちする光景が見られる。三十八年三月に大阪朝日新聞社を退社し帰京。

（出原隆俊）

砂川しげひさ　すながわ・しげひさ

昭和十六年十月十一日～（1941～）。漫画家。沖縄県那覇市に生まれる。兵庫県尼崎市に育ち、兵庫県立尼崎高等学校卒業。幼少の頃より漫画家を志望し、東京の通信教育を受けた。昭和三十九年に上京。四十四年から連載された「寄らば斬るド」（「漫画サンデー」実業之日本社）が評価され、四十六年、第十七回文芸春秋漫画賞を受賞。漫画家としての地歩を固めた。「ニッポン剣豪列伝」（「別冊小説現代」昭和47年～49年）、「しのび姫」（「別冊小説新潮」昭和53年～平成5年）、「おんな武蔵」（「小説現代」昭和55年～平成6年）など、独特の作風と作画が人気を集めた。平成八年より「Mr.ボォ」を「朝日新聞」夕刊に連載開始、十二年に「ワガハイ」に代わり、十五年まで連載。十九年には「タマちゃんとチビ丸」他一連の作品が評価され、日本漫画家協会賞大賞を受賞した。クラシック音楽についての著作も多く、『なんたってクラシック』（昭和59年7月、光文社）、『聴け聴けクラシック』（平成5年12月、朝日新聞社）など、音楽ファンにも愛読者が多い。

（田村修一）

隅田葉吉　すみだ・ようきち

明治三十一年七月二十四日～昭和三十九年一月九日（1898～1964）。歌人。神戸市奥平野（現・兵庫区平野町）に生まれる。本名秀雄。父の転勤にともない、各地を転々とした。中学四年の時に肋骨カリエスを病み、療養生活の中で窪田空穂に作歌を学んだ。大正九年、攻玉社工学校（現・攻玉社高等学校）卒業。同年、「国民文学」に入る。横須賀市水道局などを経て、東京市土木局に勤務した。歌集に『野鳥詠草』（昭和18年6月、日新書院）、没後刊行の『隅田葉吉歌集』（昭和44年1月、国民文学社）がある。〈海を越え淡路へ渡る蝶いくつ高く舞ひ上る船のゆく時〉。

（田口道昭）

【せ】

清涼院流水　せいりょういん・りゅうすい

昭和四十九年八月九日～（1974～）。小説家。兵庫県西宮市に生まれる。本名金井英貴。甲陽学院高等学校を経て、平成五年京都大学経済学部に入学（平成13年中退）、推理小説研究会に所属する。高校在学中から創作を始め、大学ではのちのＪＤＣシリーズの基となる短編を会誌に発表する。平成八年、第二回メフィスト賞を受賞した『コズミック』（平成8年9月、講談社）でデビュー。一二〇〇人の密室殺人を行う密室卿に日本探偵倶楽部（ＪＤＣ）の探偵たちが挑む物語で、世界観、ストーリー、言語遊戯、結末の奇抜さが賛否両論を呼び、舞城王太郎、西尾維新ら後続の作家に大きな影響を与えた。著書に『ジョーカー』（平成9年1月、講談社）、『カーニバル・イヴ』（平成9年12月、講談社）のＪＤＣシリーズのほか、『19《ジューク》ボックス』（平成9年7月、講談社）に始まる木村彰一シリーズ、全十二冊の「パーフェクト・ワールド」シリーズなどがある。原作を担当した漫画『探偵儀式Ⅳ』（作画箸井地図、平成19年5月、角川書店）は、阪神・淡路大震災を題材にし、ポートアイランドでの無差別殺人が描かれる。（山口直孝）

瀬尾光世　せお・みつよ

明治四十四年九月二十六日～没年月日不詳（1911～？）。アニメーション作家。兵庫県姫路市飾磨町（現・飾磨区）に生まれる。本名徳一。昭和五年、画家を目指して上京した際、漫画映画制作の魅力に触れ、七年、政岡映画製作所に入社。芸術映画社で作った「アリチャン」（昭和16年）は、持永只仁《もちながただひと》が開発した日本初の四段多層式マルチプレーンを使用した秀作。十八年の「桃太郎の海鷲」は、海軍省の戦意昂揚映画だが、日本初の長編漫画映画となった。しかし、同年ディズニーの「白雪姫」等にショックを受けた瀬尾は、芸術映画社を退社。松竹に移って二十年に作り上げた海軍省の「桃太郎・海の神兵」は、当時は話題にならなかったが、戦中最後の大作で、手塚治虫がこれを見てアニメーション制作を志すなど、その評価は高い。戦後は、二十三年に日本漫画映画社で「王様のしっぽ」を完成させたが、以後は瀬尾太郎のペンネームで、子供漫画家・絵本作家に転身した。（細江　光）

関口存男　せきぐち・つぎお

明治二十七年一月二十一日～昭和三十三年七月二十五日（1894～1958）。翻訳家、ドイツ語学者。兵庫県姫路市に生まれる。上智大学哲学科卒業。在学中アテネ・フランセでフランス語、ラテン語を学ぶ。昭和八年から十八年まで法政大学文学部教授。新劇運動にも参加する。『新ドイツ語文法教程』（昭和30年、三省堂）を出版し、「関口文法」を確立する。著書に『初等ドイツ語講座』（昭和30年、三修社）がある。（荻原桂子）

摂津幸彦　せっつ・ゆきひこ

昭和二十二年一月二十八日～平成八年十月十三日（1947～1996）。俳人。兵庫県養父郡（現・養父市）八鹿《ようか》町に生まれ、西宮市で育った。関西学院大学在学中に作句を開始。同人誌「日時計」に参加して関西の若い俳人たちと知り合う。大学卒業後、東京の広告会社に就職、埼玉県に居住。昭和四十九年から二年間は同人誌「黄金海岸」に拠り、五十五年には自らが中心になって同人誌「豈《あに》」を創刊、死去するまでこの同人誌のリーダーだった。ノンセンスともいうべきイメージと呪文的なリズムを駆使、一貫して反写生の俳句を作り続けた。〈ひとみ元消化器なりし冬青空〉〈南国に死して御恩の南風〉〈階段を濡らして昼が来てゐたり〉などが話題作。句集に『鳥子』（昭和51年4月、ぬ書房）、『鳥屋』（昭和61年10月、冨岡書房）、『陸々集』（平成4年5月、弘栄堂書店）、『摂津幸彦全句集』（平成18年9月、沖積舎）など。（坪内稔典）

妹尾河童　せのお・かっぱ

昭和五年六月二十三日～（1930～）。グラフィックデザイナー、舞台美術家、エッセイスト、小説家。神戸市長田区に生まれる。もとの名は肇《はじめ》。昭和四十五年にデビュー当時のあだ名「河童」を、本名に改名した。

昭和二十二年、兵庫県立第二神戸中学校（現・県立兵庫高等学校）卒業。神戸トアロード近くの看板屋で働きながら、同校の先輩にあたる洋画家の小磯良平に師事。小磯の紹介により、大阪の劇場でグラフィックデザイナーの仕事につく。この時舞台の作り方も学んだ。オペラ歌手藤原義江にポスターを認められ、二十七年上京。藤原宅に居候し、藤原オペラの舞台装置を手がけるなど、舞台裏で働きながら独学で舞台美術デザインを習得。二十九年、オペラ「トスカ」で舞台美術家としてデビュー。三十三年、フジテレビに入社、「夜のヒットスタジオ」などの映像美術を担当。五十五年独立。五十六年にサントリー音楽賞、六十二年に伊藤熹《き》朔《さく》賞舞台部門を受賞。現在も舞台や映像デザインなど様々な分野で幅広く活躍を続けている。その一方で、『河童が覗いたニッポン』（昭和55年7月、話の特集）など、次々に刊行される細密なイラスト入りのエッセイ〈河童が覗いた〉シリーズも息の長い人気を博している。阪神・淡路大震災の起きた平成七年一月は、その当日の二日前まで新神戸オリエンタル劇場で仕事をしていた。帰京の翌日、震災のニュースに接して衝撃を受ける。二年後の九年、被災した神戸に戦時中の神戸を重ねつつ執筆した半自伝的小説『少年H』を、神戸の人々へのエールを込めて、震災の起こった一月十七日に講談社から刊行した。太平洋戦争時を神戸で体験した少年の目で描き、全編あわせて五十編のエピソードの集成で構成されたこの小説は、その記述の正確さなどをめぐって山中恒らの厳しい批判があったものの、上下巻をあわせて三百万部以上の大ベストセラーとなり、毎日出版文化賞特別賞を受賞した。同年、兵庫県文化賞受賞。ほかに、野坂昭如との共著『少年Hと少年A』（平成10年8月、PHP研究所）がある。

（三品理絵）

妹尾健　せのお・けん

昭和二十三年十月二十六日～（1948～）。俳人。兵庫県伊丹市に生まれる。龍谷大学大学院修士課程修了。学部在学中に龍大俳句会に参加。二十七歳のころ、友人三浦健龍の起こした「鷺」の同人となり、「草苑」「翔臨」などでも活動。句集に『綴喜野』（平成15年3月、天満書房）などがある。また活発な評論活動を展開、それらは『俳句との遭遇』（昭和62年4月、白地社）、『詩美と魂魄』（平成7年8月、白地社）などにまとめられている。

（木田隆文）

芹田鳳車　せりた・ほうしゃ

明治十八年十月二十八日～昭和二十九年六月十一日（1885～1954）。俳人。兵庫県揖東郡津市場（現・姫路市網干区）に生まれる。本名誠治。旧姓児島。神戸高等商業学校（現・神戸大学）中退。日本大学商科卒業。明治四十五年より横浜生命保険会社（のち板谷生命と改称）に勤務。四十四年、「層雲」創刊を機に荻原井泉水に師事、「層雲」の第一線の俳人として活躍した。句集に『雲の音』（大正5年9月、現代通報社）、『生ある限り』（大正9年12月、現代通報社）、『自画像の顔』（昭和29年10月、層雲社）がある。脳溢血のため死去した。〈おれを見ている自画像の顔を塗つている〉。

（木村　洋）

【た】

醍醐志万子　だいご・しまこ

大正十五年三月十三日～平成二十年九月十七日（1926～2008）。歌人、書家。兵庫県多紀郡岡野村（現・篠山市）に生まれる。

本名シマ子。兵庫県立篠山高等女学校（現・兵庫県立篠山鳳鳴高等学校）を卒業。昭和二十二年から歌人小島清に師事して作歌を始め、「六甲」に発表。二十四年七月、くさふぢ短歌会（現・ポトナム短歌会）に入会する。二十六年には、女人短歌会に入会。四十六年より「ポトナム」選者。五十七年四月、「風景」を創刊。自他のありようを真摯に見つめ、日常の一瞬を率直に掬いあげる歌風に特色がある。歌集に『花文』（昭和33年9月、ポトナム社）、『木草』（昭和42年6月、初音書房）、『霜天の星』（昭和56年4月、初音書房）、『玄圃梨』（平成5年9月、不識書院）、『伐折羅』（平成10年6月、短歌新聞社）など。自選歌集に『塩と薔薇』（平成19年1月、短歌新聞社）がある。〈人の負ひ目やすやす衝ける幼子を幼子のゆゑわれはゆるさず〉〈これがこの丹波の寒さ正月の客の去にたる庭に来てゐる〉。

（橋本正志）

たいらまさお　たいら・まさお

昭和十年四月五日～（1935～）。ドラマ構成作家、作詞家。神戸市に生まれる。本名平正夫。早稲田大学文学部演劇学専修を卒業。早稲田大学附属演劇博物館の学芸員を経てフリーライターとなり、主として放送作品を執筆。テレビ作品「下北能舞伝承」で青森放送地方の時代賞グランプリと映像コンクール大賞を受賞。ラジオ作品には「誰も乗らない汽車ぽっぽ」（文化放送）や「スペース・ファンタジー」（TOKYO FM）などがある。日本放送作家協会会員。東映アニメーション研究所講師。学研「よいこのくに」「よいこのがくしゅう」などの幼児向け誌に絵本作品を発表し、児童書『折り鶴の少女 原爆症とたたかった佐々木禎子さんと〈原爆の子の像〉の話』（昭和63年7月、偕成社）を出版。近年では『がん病棟周章狼狽記』（平成4年11月、偕成社）を執筆。

（尾西康充）

平龍生　たいら・りゅうせい

生年月日未詳。小説家。神戸市に生まれる。早稲田大学文学部卒業。『脱獄情死行』（昭和58年5月、角川書店）で第四十回オール読物新人賞、『真夜中の少年』で第二回横溝正史ミステリ大賞を受賞。犯罪、伝奇推理、膨大なアダルト小説の他、ドキュメント『男と女 エロスの犯罪』（昭和60年7月、東京法制出版）がある。共著『超葬儀』（平成7年12月、太田出版）では死への旅立ちを紹介する。

（菅　紀子）

田岡嶺雲　たおか・れいうん

明治三年十一月二十一日～大正元年九月七日（1870～1912）。評論家、中国文学者。土佐国土佐郡井口村（現・高知市）に生まれる。本名佐代治、別号栩々生など。自由民権運動の地元で、その影響を強く受ける。明治二十七年、帝国大学（現・東京大学）文科大学漢文選科卒業。翌二十八年二月、雑誌「青年文」の創刊に参画、同誌の「時文」欄に文壇の沈滞を批判し、貧困を始めとする社会問題を視野に入れた評論を発表して気鋭の論客として認められる。三十八年の三度目の中国滞在の頃から健康を害し、四十年に帰国して、八月、神戸長田の兄の家に寄寓。同年九月から一ヵ月間、転地療養と「女子解放論」の執筆のために、淡路島の洲本の海岸にある旅館四州園に単身滞在。その時の自然や洲本の街と日々の感懐を日録風に書き記した「孤島の秋」（掲載誌未詳）が、嶺雲の最後の著作となった『病中放浪』（明治43年7月、玄黄社）に収録されている。

（林原純生）

高尾慶子　たかお・けいこ

昭和十七年（月日未詳）～（1942～）。エッセイスト。兵庫県姫路市北条口に生まれる。私立播磨高等学校卒業後、調理師専門学校にすすみ、卒業。昭和三十八年より、神戸カトリック国際病院、海星病院に調理師として勤務。のち京都のカトリック系身体障害児童施設を経て、四十七年に渡英し、イギリス人音楽家と結婚。五十一年帰国後、京都で暮らす。五十七年離婚。六十三年に再び渡英し、ロンドンでウェイトレス、映画監督リドリー・スコット邸のハウスキーパーなどで生活をたてる。平成十年以降、『イギリス人はおかしい　日本人ハウスキーパーが見た階級社会の素顔』（平成10年1月、文芸春秋）、『イギリス人はかなしい　女ひとりワーキングクラスとして暮らす』（平成10年10月、展望社）、『わたしのイギリス、あなたのニッポン』（平成13年1月、展望社）など、多くのエッセイ集を刊行。現在ロンドンで、日本人女性でただ一人のイギリスのハウスキーパーとしてエージェンシーに登録されている。（杣谷英紀）

高木彬光　たかぎ・あきみつ

大正九年九月二十五日～平成七年九月九日（1920～1995）。小説家。青森市に生まれる。本名誠一。京都帝国大学卒業後、中島飛行機（現・富士重工業）に就職するが敗戦により職を失う。骨相師の勧めにより小説家を志し、『刺青殺人事件』（昭和23年5月、岩谷書店）が、江戸川乱歩に認められてデビューを果たす。「グズ茂」こと近松茂道検事の登場する『波止場の捜査検事』（昭和41年2月、光文社カッパ・ノベルス、以下もすべて同じ）、『偽装工作』（昭和41年4月）、『最後の自白』（昭和42年7月）、『霧の罠』（昭和43年3月）、『追われる刑事』（昭和44年4月）等では、神戸が舞台となっている。（信時哲郎）

高階杞一　たかしな・きいち

昭和二十六年九月二十日～（1951～）。詩人。大阪市に生まれる。本名中井和成。昭和五十年、大阪府立大学農学部園芸農学科卒業。在学中から詩作を始め、『さよなら—高階杞一詩集』（昭和58年8月、鳥影社）などの詩集を刊行する。五十八年、戯曲「ムジナ」で第一回キャビン戯曲賞入賞。平成二年、『キリンの洗濯』（平成2年3月、あざみ書房）で第四十回H氏賞を受賞。以後、『早く家《うち》へ帰りたい』（平成7年11月、偕成社）、『春ing《はりんぐ》』（平成9年6月、思潮社）、『夜にいっぱいやってくる』（平成11年4月、思潮社）等次々に刊行する。十二年には『空への質問』（平成11年11月、大日本図書）で第四回三越左千夫少年詩賞を受賞。現在、神戸在住。（増田周子）

高島菊子　たかしま・きくこ

生年月日未詳～。詩人。島根県に生まれる。神戸市東灘区在住。「日本未来派」「月曜日」同人。詩集に『花形株』（昭和30年1月、月曜詩会）、『パセリと葬式』（昭和34年1月、的場書房）がある。（杣谷英紀）

高嶋健一　たかしま・けんいち

昭和四年四月十四日～平成十五年五月十八日（1929～2003）。歌人。神戸市に生まれる。昭和二十一年、短歌雑誌「水甕」に入社。二十六年、正式に同人となる。二十八年、広島文理科大学教育学科卒業。翌二十九年に大阪府池田市教育研究所員。三十一年に兵庫県立湊川高等学校教諭。三十二年に静岡女子短期大学講師。四十二年に静岡女子大学助教授、後に静岡県立大学教授。専門は教育心理学で、短歌以外の著書として『探求学習における〈発問と応答〉』（高原博と共著、昭和49年、明治図書出版）などがある。五十二年から「水甕」選者になるなど、「水甕」運営において中心的役割をつとめる。歌集に『方嚮』（昭和53年9月、不識書院）、『草の快楽』（昭和57年2月、不識書院）、『揺蕩』（平成16年2月、短歌研究社、水甕叢書第757編）などがある。『草の快楽』において第十回日本歌人クラブ賞（昭和58年）を、「日常」二十首において第三十六回短歌研究賞（平成12年）を受賞。

（天野勝重）

高嶋哲夫 たかしま・てつお

昭和二十四年七月七日～（1949～）。小説家。岡山県玉野市に生まれる。慶応義塾大学工学部卒業後、同大学院工学研究科修士課程を修了。通商産業省（現・経済産業省）電子技術総合研究所、日本原子力研究所で核融合のための研究に携わる。昭和五十三年、カリフォルニア大学大学院に留学し、アメリカ滞在中には現地の日本語補習校、あさひ園で教鞭を執った。五十六年に帰国し、神戸で学習塾を経営しながら執筆活動を開始する。平成七年一月十七日、阪神・淡路大震災に垂水の自宅にて被災。神戸を舞台にした『フレンズ―シックスティーン』（平成12年10月、角川春樹事務所）を発表。その後、震災の被災経験を元に主要な登場人物が全員阪神・淡路大震災経験者という設定の災害パニック小説『M8《エムエイト》』（平成16年8月、集英社）を著す。また震災関係の著書には、執筆者の一人として『「体験者が明かす」巨大地震のあとに襲ってきたこと！』（平成17年10月、宝島社）、『巨大地震の日』（平成18年3月、集英社）がある。

（森鼻香織）

高島俊男 たかしま・としお

昭和十二年一月十六日～（1937～）。中国文学研究者、エッセイスト。兵庫県相生市に生まれる。兵庫県立姫路東高等学校、東京大学経済学部を卒業。銀行に五年勤めた後、東京大学大学院人文科学研究科中国文学科に入り、専攻は中国文学・中国語学。岡山大学助教授になるも、母親の介護のため辞職し、以後、在野の研究者。『水滸伝の世界』（昭和62年10月、大修館書店）が丸谷才一に絶賛され、以後、中国文学関連以外の一般向けのエッセイなども執筆、広く読者を獲得する。平成三年に、『水滸伝』を論じた『水滸伝と日本人 江戸から昭和まで』（平成3年2月、大修館書店）で第五回大衆文学研究賞受賞。七年に、『本が好き、悪口言うのはもっと好き』（平成7年2月、大和書房）で第十一回講談社エッセイ賞受賞。十三年には、夏目漱石が漢文で書いた旅行記「木屑録」を解読した『漱石の夏やすみ 房総紀行『木屑録』』（平成12年2月、朔北社）で、第五十二回読売文学賞随筆・紀行賞を受賞。その他、エッセイ集など著作多数。

（杣谷英紀）

高島洋 たかしま・よう

大正五年十一月十七日～平成七年一月十三日（1916～1995）。詩人。兵庫県武庫郡本庄村（現・神戸市東灘区深江町）に生まれる。本名徳市郎。昭和七年、報徳商業学校（現・報徳学園）を退学し、家業の仕出し屋「たか宇」を手伝う。復員後の二十一年、神戸大丸百貨店保安課に就職。憲兵だった時の罪を意識し、機械的な管理、摘発を内容とする保安の仕事に悩む。自分自身の判断基準としての思想を磨くべきことを考え、詩に興味を持ちはじめる。二十二年、クラルテ文学会、IOM同盟に参加し、詩誌「クラルテ」「イオム」に、労働と戦争を題材にした作品を発表する。二十四年、日新製鋼尼崎工場に守衛係として入社。労働組合の専従となり、副組合長、さらに鉄鋼労連本部中央執行委員を務める。その間も詩作をつづけ、三十二年、秋山清主宰の「コスモス」同人となる。三十六年、労組役員を降り、神戸アナキズム研究会を主催。三十九年頃から市民運動に活発にかかわり、ARF（大阪アナキスト労働学生連合）に加入。反戦、反安保闘争のデモに再三参加するようになる。『日本反戦詩集』（昭和44年、太平出版社）に「路傍のベトナム」収載。また、『われらの内なる反国家』（昭和45年、太平出版社）に、体験を詩とともに振り返りながら、現今の労組運動の問題を指摘する評論「労働者の苦闘の中から」を掲載。四十六年の日新製鋼を定年退職後は、五十六年まで下水処理場管理会社に勤務し、『高島洋詩集』（昭和47年8月、コスモス社）、『虚しい河』（昭和62年9月、摩耶出版社）、『揺れる煙突』（昭和63年8月、コスモス社）の、三冊の詩集を刊行した。「資本の擬似生産機構や、そこで働かざるをえない労働者の擬似労働ぶりの告発と暴露―そういう意味では現代の新しいプロレタリア運動を切り拓くプロレタリア詩」（IOM同人向井孝）と評される労働詩も、戦場の悲惨をまざまざと描いた戦争詩も、原点にあるのは自身の戦時の過ちに対する悔恨や憤りである。すなわちその詩世界は、現実をよく懐疑、認識し、自分の意志で判断することよって平和への道を歩いて行きたいという強い思いを背景に、自らが身を置いた現場をあくまでも具体的な言葉で実直に語るものとなっている。回顧録として、「わが愚なる半生―生かされて過ちを犯すより自分の意志で生きること―」（「発言60号」昭和59年）がある。

（吉川　望）

高須光聖　たかす・みつよし

昭和三十八年十二月二十四日〜（1963〜）。放送作家。兵庫県尼崎市に生まれる。幼少より漫才コンビであるダウンタウンの浜田雅功と松本人志と親交があり、大学卒業後彼らに誘われ、「4時ですよ〜だ」（昭和62年〜平成元年、毎日放送）で放送作家としてデビューした。「ガキの使いやあらへんで！」（平成元年、日本テレビ）に参加するなど、ダウンタウンの番組を数多く手がける。他にウッチャンナンチャン、ナインティーナイン、ロンドンブーツ1号2号、Kinki Kidsなどの番組も担当した。

（木村　功）

高瀬隆和　たかせ・たかかず

昭和十四年二月五日〜平成二十年四月十五日（1939〜2008）。歌人。神戸市に生まれる。兵庫県立龍野高等学校在学中の昭和三十一年、歌人の岸上大作を知り交友。翌年国学院大学文学部に入学。三十六年卒業後、中学校教諭となる。西村尚らと岸上の遺稿整理と公表に尽力。「まひる野」「国学院短歌」「汎」「具象」等を経て、平成二年「炸」同人。たつの市に住んだ。歌集『木の間の空』（平成9年3月、角川書店）のほか、『岸上大作の歌』（平成16年3月、雁書館）などを刊行。〈揖保川と林田川とさらに一つ夢前川を越えて勤務地〉。

（外村　彰）

高瀬由香　たかせ・ゆか

（生年未詳）九月二十六日〜（?〜）。漫画家。神戸市に生まれる。「ちゃお」「プチフラワー」を中心に執筆、中高生のピュアなラブストーリーを多数発表している。その代表作には『I LOVE YOU』全六巻（平成7年1月〜9年3月、小学館）、『DOKI・DOKI』全十巻（平成3年2月〜6年7月、小学館）などがある。近年は、「JUDY」等のヤング・レディースコミックにも活動の場を広げ、働く女性の恋愛を描いた『愛は舞い降りた』（平成14年11月、小学館）、『ふたりがいいね』（平成16年2月、小学館）、『OVER-HEART』（平成17年4月、小学館）等を発表している。その中でも、東京のOLとなった主人公が、神戸での高校時代を回想する「そんな愛のある場所《ところ》」（『プチコミック』平成10年9月）では、平成七年に発生した阪神・淡路大震災が描かれ、物語の後半部に大きな影を落としている。（森本智子）

高田蝶衣 たかた・ちょうい

明治十九年一月三十日～昭和五年九月二十三日（1886～1930）。俳人。兵庫県津名郡釜口村（現・淡路市）に生まれる。本名四《し》十平《そへい》、のち千郷《ちさと》。兵庫県立洲本中学校（現・兵庫県立洲本高等学校）在学時に大谷繞石より俳句の指導を受ける。早稲田大学政経学科に入学するが、肋膜炎のため帰郷。津名郡仮屋学習小学校代用教員、湊川神社神官などを務めるかたわら、「中央公論」「文章世界」「東京毎日新聞」等で俳句選者として活躍。句集に『蝶衣句集』（明治41年10月、俳書堂）などがある。（北川扶生子）

高谷和幸 たかたに・かずゆき

昭和二十七年一月二十四日～（1952～）。詩人。兵庫県に生まれる。兵庫県現代詩協会、関西詩人協会所属、「宇宙詩人」や「メランジュ」（神戸市）ほか同人。私家版詩集に『君ニハ何ガ見エルカ?・』（昭和53年12年）、『2』（昭和56年1月）、『ストライプ・ノート』（昭和58年）がある。また、『残氓―THE SURVIVORS' SUITE』（平成13年7月、土曜美術社出版販売）、『回転子』（平成18年3月、思潮社）がある。『回転子』は、第二十九回姫路芸術年度賞や現代芸術賞などを受賞。（舩井春奈）

たかとう匡子 たかとう・まさこ

昭和十四年（月日未詳）～（1939～）。詩人。兵庫県姫路市に生まれる。本名高藤《たかふじ》。六歳の時、姫路空襲で妹のヨシコとユウコを失う。神戸市で育ち、武庫川女子大学文学部国文学科を卒業、高校教師となる。ヨシコの死、また自分の生への問を綴った詩集『ヨシコが燃えた』（昭和62年7月、編集工房ノア）が、「月刊神戸っ子」の第十七回ブルーメール賞を受賞。平成七年、阪神・淡路大震災に罹災。同年の『神戸・一月十七日未明』（平成7年10月、編集工房ノア）をはじめ、震災を詠んだ詩集を五作発行している。昭和六十二年から神戸市消防局の広報誌で、「現代の高校生」「文学者と神戸」「震災後の復興への歩み」などをテーマにしたエッセイを連載、『神戸ノート』（平成17年1月、編集工房ノア）として上梓。教員退職後に発表した『学校』（平成17年9月、思潮社）で、平成十八年、第八回小野十三郎賞を女性として初めて受賞している。（木谷真紀子）

高橋淡路女 たかはし・あわじじょ

明治二十三年九月十九日～昭和三十年三月十三日（1890～1955）。俳人。神戸市に生まれる。本名すみ。旧号すみ女。上野女学校（現・上野学園大学）卒業。結婚後「ホトトギス」で、すみ女を名乗る。のち淡路島に魅せられ淡路女と改号。大正十四年、飯田蛇笏に師事、「雲母」同人。昭和七年、「駒草」参加。句集『梶の葉』（昭和12年6月、雲母社）、代表句に〈雪柳さらりと女盛り過ぐ〉等がある。（佐藤良太）

高橋和巳 たかはし・かずみ

昭和六年八月三十一日～四十六年五月三日（1931～1971）。小説家、中国文学研究者。大阪市浪速区に生まれる。京都大学大学院博士課程単位取得退学。吉川幸次郎の元で

六朝文学を研究し、昭和四十二年六月、吉川の後任として京都大学文学部助教授となる。「悲の器」（「文芸」昭和37年11月）で第一回文芸賞受賞後、「邪宗門」（「朝日ジャーナル」昭和40年1月3日～41年5月29日。41年10月～11月に、河出書房新社より刊行）等により埴谷雄高らと共に戦後派の後継者と目された。京大闘争で全共闘支持を表明し、「わが解体」（「文芸」昭和44年6月～8月、10月）を発表。四十五年三月、京都大学辞職後、開高健、小田実らと「人間として」を発刊するも、癌に倒れた。

＊散華《さんげ》 中編小説。〔初出〕「文芸」昭和38年8月。〔初収〕『散華』昭和42年7月、河出書房新社。◇高圧海上架線建設のために、淡路島と四国の間に浮かぶ孤島に住むかつての右翼理論家中津清人と、回天搭乗員であった電力会社社員大家次郎との出会いを通して、「散華」の意味を追求しようとしたが、中津の自死によりその決着がつけられることに、戦後の時代精神が象徴されている。

＊堕落《だらく》 長編小説。〔初出〕「文芸」昭和40年6月。〔初収〕昭和44年2月、河出書房新社。◇満洲国建国に参画し、そこに一つの理想世界の完成を目指したものの、敗戦により自分の子どもをも見殺しにし帰国した青木隆造は、戦後に神戸郊外に混血孤児のための孤児院兼愛園を設立した。苦難の中で孤児院の維持・発展に尽力した結果、ある新聞社による表彰によって、自己懲罰的であった孤児院経営という事業が社会的認知を受けることとなる。しかし、このような認知は青木の求めるところではなく、青木は自らの過去と慈善事業の矛盾の中で、権力を求める自らのあり方や、組織と国家の本質に向き合わざるを得なくなる。作品の舞台となる兼愛園は、現在は児童養護施設である神戸真生塾の立地条件に、澤田美喜が設立したエリザベス・サンダース・ホームの活動を融合した施設として描かれている。

（東口昌央）

高橋源一郎 たかはし・げんいちろう

昭和二十六年一月一日～（1951～）。小説家。母の実家のあった広島県尾道市に生まれるが、家庭の事情で東京、大阪などに移り住む。昭和三十九年一月、私立麻布中学校から神戸市の私立灘中学校一年に編入学。灘高等学校進学後は映画・演劇に関心を持ち、政治的デモにも参加。四十四年、横浜国立大学経済学部に入学（昭和52年3月除籍）、学生運動に関わって逮捕留置を繰り返す。四十五年二月、凶器準備集合罪で起訴され、拘置所生活を送る。四十七年頃から工員、土木作業員などの肉体労働を体験。群像新人小説賞優秀作「さようなら、ギャングたち」（「群像」昭和56年12月）が吉本隆明によって〈ポップ文学〉として注目され、作家活動に入る。「優雅で感傷的な日本野球」（「文芸」昭和60年11月～62年11月）で第一回三島由紀夫賞受賞。第十三回伊藤整文学賞を得た「日本文学盛衰史」（「群像」平成9年5月～12年11月）や「官能小説家—明治文学偽史」（「朝日新聞」平成12年9月4日～13年6月30日）では明治文学史に関心を寄せる。「海燕」「朝日新聞」などで文芸時評を担当、翻訳や競馬関係のエッセイもある。明治学院大学国際学部教授。

（前田貞昭）

高橋三郎 たかはし・さぶろう

昭和五年七月五日～（1930～）。医師、著述家。神戸市に生まれる。昭和三十一年、東京大学医学部医学科卒業。三十六年、同大学院医学研究科精神医学専攻博士課程修了。医学博士。四十年東京大学助手、四十七年京都府立医科大学講師、助教授を経て、五十三年滋賀医科大学教授。著書に『内分泌精神医学』（昭和53年9月、医学書院）、『初老期・老年期せん妄の臨床』（昭和58年1月、世界保健通信社）等多数。（佐藤良太）

高橋順子 たかはし・じゅんこ

昭和十九年八月二十八日～（1944～）。詩人、評論家。千葉県海上郡飯岡町（現・旭市飯岡）に生まれる。東京大学文学部仏文科卒業。編集者として出版社に勤めながら、昭和五十二年に第一詩集『海まで』を刊行する。『時の雨』（平成8年11月、青土社）で読売文学賞を受賞するなど受賞歴多数。『高橋順子詩集成』（平成8年12月、書肆山田）がある。評論に『富小路禎子』（平成13年8月、新潮社）など。夫の車谷長吉（作家）との日常を描いたエッセイ集『けったいな連れ合い』（平成13年5月、PHP研究所）には、播州出身の夫の言葉を写し取った「ドラマ 時の雨」が収録されている。（日高佳紀）

高橋夏男 たかはし・なつお

昭和七年三月二十一日～（1932～）。近現代詩研究家、詩人。徳島県に生まれる。法政大学日本文学科を卒業し、兵庫県の加西市、加古川市で高校教師となる。播磨出身の詩人植原繁市を論じた『花と流星の詩人』（昭和57年12月、私家版）を振り出しに詩人研究を始める。とくに坂本遼とその周辺の詩人の再評価に力を注ぎ、『おかんのいる風景 たんぽぽの詩人坂本遼断章』（昭和61年1月、神文書院）や『西灘村の青春 原理充雄人と作品』（平成18年1月、風来舎）をまとめた。詩集としては『ふたつの村』（平成9年9月、風来舎）などがある。姫路文学人会議、播磨灘詩話会会員。（大橋毅彦）

高橋孟 たかはし・もう

大正九年三月十三日～平成九年三月三十日（1920～1997）。漫画家、エッセイスト。徳島県に生まれる。本名祀三《としぞう》。高等小学校を卒業後、理髪店、印刷所、看板屋、製図工などの職を転々とした後、昭和十六年一月に海軍主計兵として佐世保海兵団に入団。武昌丸に乗船中、夜襲を受けて海に投げ出され、フカに足を噛まれる。サイゴン（現・ホー・チミン）で療養した後、九州で陸上勤務。戦後は徳島民報や新大阪新聞を経て、三十一年に神戸新聞に入社。五十年に退職するまで時事漫画「笑点」の連載を続けた。作家の田辺聖子に主計兵時代の経験を文章化するよう勧められ、田辺が編集長を務めていた雑誌「面白半分」の五十二年一月号より連載し、『海軍めしたき物語』（昭和54年8月、新潮社）にまとめると、ユーモラスな文体とイラストが好評を博した。続編に『海軍めしたき総決算』（昭和56年7月、新潮社）。その他、『たかはしもう笑品集』（昭和50年3月、私家版）や、大正七年に発布された『海軍主計兵調理術教科書』を復刻した『海の男の艦隊料理』（昭和58年5月、ノーベル書房）のイラストと監修も手がけている。（信時哲郎）

高橋由佳利 たかはし・ゆかり

昭和三十三年一月五日～（1958～）。漫画家。兵庫県姫路市に生まれる。兵庫県立姫路南高等学校卒業。昭和五十三年「コットンシャツに夏の風」（「りぼん」夏休み大増刊号、集英社）でデビュー。以降漫画雑誌「りぼん」を中心に活躍。作品に『お月様笑った』（昭和55年、集英社）、『勝手にセレモニー』（昭和57年、集英社）、『プラスティック・ドール』（昭和58年、集英社）、『なみだの陸上部』（昭和60年～61年、集英社）等。時折ユーモアをまじえながら、少女のせつない恋を描く作風。一九九〇年代前後から女性漫画誌に転じ、『子供はわかってくれない』（昭和63年～64年、集英社）、『月曜日が待ち遠しい』（平成3年、集英社）、『社長とわたし』（平成5年、集英社）等を発表。平成四年のトルコ旅行を契機にトルコ人男性と結婚し、以後イスタンブールに居住。現在は日本に帰りトルコと往復する生活を送る。その経験をエッセイ漫画『トルコでわたしも考えた』（1～4巻、21世紀編、平成8年～20年、集英社）として発表、漫画以外のファン層を広げた。神戸に子供服店を開店したこともある。『晶子の反乱―天才歌人・与謝野晶子の生涯』（平成18年3月、集英社）では与謝野晶子の生涯を描き、伝記ものに初挑戦している。

（澤田由紀子）

高橋由紀夫　たかはし・ゆきお

大正八年八月九日～昭和六十二年四月二十三日（1919～1987）。俳人。神戸市に生まれる。本名行夫。昭和十二年、兵庫県立工業学校（現・県立兵庫工業高等学校）建築科卒業後、三菱金属鉱業株式会社生野鉱山に就職。兵役生活を経て「まるめろ」「芝火」等の同人に、二十七年、「青玄」入会。三十九年、青玄賞受賞、翌年、兵庫県のじぎく賞（地域文化功労）受賞。句集に『玩具のない家』（昭和43年3月、青玄俳句会）、遺句集に『途上』（昭和62年12月、高橋美知子）がある。

（水川布美子）

鷹羽十九哉　たかは・とくや

昭和三年四月二十七日～（1928～）。小説家。栃木県足利市に生まれる。本名半田正三。中央大学専門部法学科卒業後、輸出雑貨検査官、業界新聞記者などを経て、神戸市内で学習塾「鷹羽塾」を経営。『虹へ、アヴァンチュール』（昭和58年6月、文芸春秋）で第一回サントリーミステリー大賞を受賞。著書はほかに『石川啄木殺人事件』（昭和60年1月、広済堂出版）、『板前さん、ご用心　蜀山人・大田南畝の推理』（平成元年3月、文芸春秋）、『私が写楽だ―十返舎一九の推理』（平成6年6月、新人物往来社）など。

（熊谷昭宏）

高浜虚子　たかはま・きょし

明治七年二月二十二日～昭和三十四年四月八日（1874～1959）。俳人、小説家。松山市に生まれる。本名清。明治二十年、伊予尋常中学校（現・愛媛県立松山東高等学校）に入学、河東碧梧桐と親交し、正岡子規を識る。二十五年、伊予中学校卒業。一時、京都の第三高等中学校（現・京都大学）に籍を置き、二十七年上京。三十一年、経営難の「ホトトギス」を引き受け、発行人となる。三十五年九月、子規死去。虚子は、「ホトトギス」誌上で「写生文」を主唱していたが、三十八年一月から掲載された漱石の「吾輩ハ猫デアル」が好評で、虚子も同誌上に、「風流懺法」（明治40年4月）、「斑鳩物語」（明治40年5月）などを発表。さらに、四十一年には「俳諧師」を「国民新聞」（2月18日～7月28日）に連載し始めるなど、小説の執筆に没頭し、しばらく俳句から遠ざかった。四十三年、鎌倉へ移住。四十五年、「ホトトギス」の雑詠選を復活、次第に俳句雑誌としての態勢に復帰。数年前から展開されていた碧梧桐の新傾向俳句運動に対抗する。俳句の〈定型〉と〈季語〉の厳守を唱え、守旧派の位置を鮮明にし、大正四年、「進むべき俳句の道」の連載を始める。この伝統重視の姿勢の下に、「ホトトギス」は発展し、昭和初期には水原秋桜子・山口誓子・阿波野青畝・高野素十の〝四S時代〟を迎える。全国に支部が作られ、同人になること、「雑詠欄」

に選ばれることが目標となり、「虚子といふ一個の太陽を中心にして、周囲に側近者・同人・地方投句者・衛星雑誌の投句者と拡がりながら、大きな渦を描いてゐる世界」（山本健吉「高浜虚子」、「文芸春秋」昭和34年7月）が形成されていく。虚子は、個人的な旅行と並行させて、各地の支部や大会に頻繁に出席しているが、兵庫にかかわるものとしては、昭和十年四月の神戸で催された俳句大会への出席、十五年十月の六甲での関西同人会、十六年六月の舞子での京阪神同人句会への出席などがある。また、二十年十一月には、丹波の西山泊雲の墓に詣で、和田山・豊岡をめぐっているが、その様子は「泊雲の墓に詣る」（「ホトトギス」昭和21年1月）に記されている。子規の五十年忌に際しては、かつて須磨の保養院で療養していた子規を見舞ったことを回想して、「ヘルメット」（「ホトトギス」昭和26年8月）、「須磨」（「ホトトギス」昭和27年2月）を記している。二十六年、虚子は「ホトトギス」雑詠選を長男の年尾に譲るが、年尾は昭和十年に神戸に移住し、芦屋に在住。また、五十二年に「雑詠欄」を引き継いだ、年尾の次女の稲畑汀子は芦屋に育つ。稲畑は虚子の資料を引き継ぎ、平成十二年四月、芦屋の自宅に隣接する地に「虚子記念文学館」を建設。虚子の足跡を示す資料を展示するほか、「吾輩は猫である」の原稿や子規の書簡なども所蔵している。また、芦屋市では、毎年芦屋国際俳句祭が開催されており、高浜虚子顕彰俳句大賞が設けられている。〈月を思ひ人を思ひて須磨にあり〉。（清水康次）

高浜二郎《たかはま・じろう》

生没年月日未詳。歌人。姫路に生まれる。鍍金研究所を主宰、〈みかしほの播磨の国の姫山の城をあふげば　心ぞをどる〉と姫路城を詠んだ『白鷺媛』（昭和34年4月、鍍金研究所）の他、播磨姫路を中心とする歌集『お城を望みて』（昭和35年9月、鍍金研究所）を残している。（佐藤　淳）

高浜天我《たかはま・てんが》

明治十七年九月（日未詳）～昭和四十一年十二月十日（1884～1966）。詩人、新聞記者、編集者。兵庫県姫路市に生まれる。本名二郎。兵庫県立姫路中学校（現・県立姫路西高等学校）中退。「姫路新聞」を経て、「鷺城新聞」の記者として活躍。明治三十八年、文芸誌「みかしほ」を創刊。三木露風の詩歌集『夏姫』（明治38年、自費出版）に、内海泡沫、有本芳水らと共に「序」を寄せた。（木村一信）

高浜年尾《たかはま・としお》

明治三十三年十二月十六日～昭和五十四年十月二十六日（1900～1979）。俳人。東京市神田区猿楽町（現・東京都千代田区）に高浜虚子、いとの長男として生まれる。「年尾」は正岡子規の命名。別号としを。大正二年、開成中学校に入学、通学の傍ら句作に熱中。十三年、小樽高等商業学校（現・小樽商科大学）卒業。父の勧めにより俳句は余技として、横浜の松文商店に入社、ついで神戸の旭シルクに転じた。昭和十年神戸本社に転勤後は、芦屋市に居住。十二年退社し、京阪神の俳人と『猿蓑』など芭蕉俳諧の輪講を始める一方、毎月上京してホトトギス社を手伝った。十三年「俳諧」、十五年「鹿笛」と相次いで俳誌を発刊。二十二年、ホトトギス社代表社員となり、二十六年、「ホトトギス」雑詠選者を虚子から引き継ぐ。三十四年、虚子逝去後、朝日俳壇選者。五十一年、勲四等旭日小綬章受章。五十二年、脳梗塞に倒れ、五十四年死去。次女は俳人稲畑汀子。作品は、平明な中に直観的な鋭い感覚を含み、写生に止まらない心象の深さが特徴。長唄に堪能だったことから、艶治な世界を詠んだ句も多い。句集に『年尾句集』（昭和32年12月、新樹社）、『年尾全句集』（昭和55年10月、新樹社）など。ほかに『俳諧手引』（昭和21年6月、創元社）、『高浜年尾全集』全七巻（平成7年1月～11年8月、梅里書房）など。〈秋風や竹林一幹より動く〉。（須田千里）

高浜直子　たかはま・なおこ
昭和十二年十一月十二日～（1937～）。児童文学作家。和歌山県に生まれる。日本女子大学児童学科卒業。盛岡在住中に宮沢賢治に親しむ。児童文学誌「こうべ」同人。日本児童文学者協会会員。日ノ本学園短大非常勤講師。代表作に『くもウサギさんきてるかな』（昭和53年7月、ＰＨＰ研究所）、『お月さんの手品』（昭和61年2月、小学館）等がある。兵庫に関する作品としては、阪神・淡路大震災の恐怖と悲しみのなかから人のあたたかさを子供たちに伝えようと、阪神地域の児童文学者に作品を募集した中に選ばれた『ありがとうニャアニャア』（平成7年12月、岩崎書店）がある。崩れた家の中に閉じ込められた主人公のみどりとネコとの絆を描いた心暖まる作品である。また瀬戸内海のイカナゴの釘煮を題材とした「春いちばん」（『兵庫の童話』平成11年8月、リブリオ出版）は、主人公のヒロシのお母さんが、小学校の家庭科の時間に釘煮の作り方を教えるという、瀬戸内海の地元の雰囲気がよく表されたほのぼのとした作品である。（鳥居真知子）

高松昌治　たかまつ・まさはる
昭和十四年一月十二日～（1939～）。劇作家。岡山県に生まれる。兵庫県尼崎市在住。昭和三十五年に創立された大岡演劇研究所（故大岡欽治主宰、現・劇団潮流）に属す。四十五年、劇団潮流が巡回公演を始めた時に宮沢賢治の「オツベルと象」を戯曲化した。名作童話の脚色や民話劇の創作に力を注ぎ、「ききみみ藤太」（昭和49年5月初演）、「鬼だいこ」（昭和51年5月初演）、「ゆきおんな」（昭和53年9月初演）等がある。昭和五十五年三月、民話劇集『鬼だいこ』（発行所、尼崎市高松昌治）刊行。（水川布美子）

高見広春　たかみ・こうしゅん
昭和四十四年一月十日～（1969～）。小説家。本名宏治《ひろはる》。神戸市灘区に生まれ、香川県にて育つ。大阪大学文学部美学科卒業。日本大学通信教育部文理学部中退。平成三年より五年間、新聞社に勤務。十年、角川書店主催第五回日本ホラー小説大賞に応募した「バトル・ロワイアル」が候補作となる。後、単行本『バトル・ロワイアル』（平成11年4月、太田出版）が刊行されてベストセラーとなる。翌十二年には、深作欣二監督作品として同名で映画化され、藤原竜也・前田亜季・柴咲コウ・北野武など多数の人気俳優が出演する。国家により中学生同士が殺し合いを強いられるという内容がマスコミを通じて大きく取り上げられ話題となった。この作品は一定の支持層を得て、同人誌やインターネット上を通じて、作者以外の第三者による派生作品（いわゆる〈二次創作〉）を数多く生み出した。高見自身の小説家としての著作は、現在のところ『バトル・ロワイアル』一作品のみである。（西尾元伸）

高安国世　たかやす・くによ
大正二年八月一日～昭和五十九年七月三十日（1913～1984）。歌人、ドイツ文学者。

大阪市に生まれる。父道成、母やす子の三男。父は医師。母は画家で歌人、与謝野晶子や斎藤茂吉に師事した。大正十五年小学校卒業後、胸部疾患のため兵庫県芦屋の別宅で一年間療養生活し、昭和二年四月、甲南高等学校尋常科に入学。療養生活中に石川啄木を読んで短歌に興味を持ち、作歌を始める。六年、旧制甲南高等学校高等科(現・甲南大学)理科乙類に進学し医者を志す。九年三月、アララギ会の会員となり、土屋文明に師事した。この年甲南高等学校を卒業し、志望を変更して京都帝国大学文学部ドイツ文学科へ入学。十二年卒業、大学院へ進学した。終戦後「高槻」(関西アララギ会)創刊に参加。歌集『真実』(昭和24年7月、関西アララギ会高槻発行所)で歌壇にデビューし注目された。二十九年に関西アララギ会と別れ、「塔」を創刊、主宰した。ドイツ文学の研究面でも活躍し、特に長年にわたってリルケの研究を続けた。『ロダン』(昭和16年5月、岩波書店)や『マルテの手記』(昭和42年、講談社)等の翻訳をはじめ、研究論文も数多く、論文集『わがリルケ』(昭和52年5月、新潮社)を刊行している。第三高等学校(現・京都大学)教授を経て、三十八年に京都大学教授、定年後は関西学院大学、梅花女子大学で教鞭をとった。一方、四十五年、現代歌人会を結成、四十六年からは「毎日新聞」歌壇選者を勤めた。『光の春』(昭和59年6月、短歌新聞社)で没後に現代短歌大賞が贈られた。高安の歌は三期に分けて考えられる。第一期は、『真実』(昭和24年7月、関西アララギ会高槻発行所)、『Vorfrühling』(26年1月、関西アララギ会高槻発行所)、『北極飛行』(35年、白玉書房)など、三男の聴力障害をはじめ生活上の苦労を抱えながら「誠実なるもの」(「新しさへの提言」)を守り、「真実の発見」を求めたものが中心であった。第二期は、昭和三十二年のドイツ留学を契機に窺えるが、第七歌集『街上』(昭和37年10月、白玉書房)以降、「日常の現実の中に隠見する不思議な現実」(「あとがき」)を捉えた不可視なものへの表現を特に中心とした時期といえる。第三期は四十七年に信州飯綱高原に山荘を作って以後の第十歌集『新樹』(昭和51年5月、白玉書房)からの世界。「老い」を感じつつ「老人の場所から見た世界」(「思いつくままに」)の新鮮さを歌い、人生の自然を貴び、自然の本質を探ろうとする歌が多くなった。胃癌のため死去。

(細川正義)

滝井孝作 たきい・こうさく

明治二十七年四月四日〜昭和五十九年十一月二十一日(1894〜1984)。小説家、俳人。号折柴。岐阜県飛驒高山町(現・高山市)に父新三郎、母ゆきの二男として生まれる。江戸末期よりの匠の家で、祖父は大工の棟梁、父は名人と呼ばれた指物師。奉公のかたわら十四歳のころ知人の影響で俳句を作り始める。全国的に新傾向俳句運動をはかっていた河東碧梧桐が飛驒に来たさいに出会い、以後その門下に入り薫陶を受けた。碧梧桐の資料は西ノ宮の麻野邸に所蔵、麻野恵三編著・上野洋三校訂『明治俳壇埋蔵資料』(昭和47年3月、大学堂書店)にまとめられ、その序文を執筆。兵庫との接点は若干初期の句作に散見する。「層雲」(発行兼編輯人荻原藤吉)に、大葬日のころ御影から池の坊までを詠んだ「有馬まで」(大正元年12月、2巻9号)の十句、福田鋤雲と吟行した「六甲まで」(大正2年5月、3巻2号)の六句。戦時中、「俳句研究」に、「斑雪」三十句内「宝塚にて」の二句(昭和16年2月、8巻2号)と、播磨小野に触れての一句(昭和17年6月、9巻6号)〈浄土寺へ往来の野面麦黄ばむ〉。小説は句作でつちかった手法を以て弟、祖父、父、妻など身辺の体験を写実的に描く中で、処女作は自ら「父」(「人間」大正10年7月)と定めた。この作品は師事する志賀直哉と芥川龍之介に発表以前から評価を受けており、これを機に翌年から筆名を本名で通し、また私小説家の地盤を形成していく。文壇出世作は『無限抱擁』(大正10年〜13年「新小説」「改造」などに発表後、昭和2年9月、改造社)。川端康成は一番面白い恋愛小説にこの作品を挙げる。磯田光一は、『雪国』の「最初の一行」を『無限抱擁』の「借用」と読む。芥川賞選考委員も長く務めた。昭和十年創設第一回「文芸春秋」(13巻9号)から、一時中絶期間を除き五十七年第八十六回(60巻3号、最後は口述筆記)まで連続選評(第十回直木賞選を一回きり手伝うも、推した岩下俊作の「富島松五郎伝」は落選。のち「無法松の一生」の題で芝居や映画は好評)。長年に及ぶ経過のため「新委員たちからは、目の敵のように」された由も『志賀直哉さんの生活など』(昭和49年5月、新潮社)で述懐。四十四年から書き継がれた『俳人仲間』(昭和48年10月、新潮社)は四十九年新潮の日本文学大賞受賞。「古き俳人仲間の運命を最後まで執拗にみとどけようとする氏と、こだわりなく文芸の同志をあたらしく発見しつづけている」氏とが「美しく調和」(武田泰淳)。『滝井孝作全集』全十一巻別巻一(昭和53年9月〜昭和54年12月、中央公論社)。『定本滝井孝作全句集』(昭和60年3月、中央公論社)。

(齋藤　勝)

滝川駿　たきかわ・しゅん

明治三十九年十月二十五日〜(1906〜)。歴史小説家。兵庫県加古川市に生まれる。本名佃武応。読売新聞記者などを経て作家となる。昭和十八年には『熊沢蕃山』(青春篇・昭和15年11月、行地篇・16年7月、風流篇・17年10月、読切講談社)が、十九年には『小堀遠州』(昭和19年3月、佃書房)が直木賞候補となる。後者は受賞に内定していたが、陸軍の横槍で流れた。その他に『世阿弥』(昭和37年3月、圭文館)など。

(谷口慎次)

竹内オサム　たけうち・おさむ

昭和二十六年七月一日〜(1951〜)。漫画史・児童文化研究家。大阪市に生まれる。本名長武《おさむ》。大阪教育大学大学院修了。同志社大学社会学部教授。兵庫県西宮市在住。『マンガ批評大系』全五巻(平成元年2月〜9月、平凡社)を村上知彦と共編し、基礎資料の整理をした。他に『手塚治虫論』(平成4年2月、平凡社)、『戦後マンガ50年史』(平成6年3月、筑摩書房)、『マンガ表現学入門』(平成17年6月、筑摩書房)などの著書多数。また、個人で研究誌「ビランジ」の発行を続けている。

(信時哲郎)

竹内和夫　たけうち・かずお

昭和九年三月二十七日〜。(1934〜)。兵庫県龍野市(現・たつの市)に生まれる。本姓岸本。大阪学芸大学(現・大阪教育大学)卒業後、大阪、兵庫の中学校の美術科・社会科の教諭として勤務する傍ら、小説を書く。兵庫県宍粟市在住。「VIKING」「姫路文学」同人。「酩酊船」、「八月の群れ」、「飢餓祭」をそれぞれ編集発行。昭和四十一年、「孵化」(「VIKING」191号、昭和41年10月)が第五十六回芥川賞の候補となる。「神戸新聞」同人誌欄の担当や、近畿圏の同人雑誌掲載作品を顕彰する賞の企画運営に参画し、兵庫県の同人雑誌活動の発展に尽力する。著書として小説集に『静かな学校』(昭和57年9月、近代文芸社)、『施餓鬼の八月』(昭和63年8月、沖積舎)、同人雑誌関係のエッセイとして『酩酊船よみがえる夏』（平成7年10月、沖積舎）、『幸せな群島 同人雑誌五十年』（平成19年3月、編集工房ノア）などがある。

（杣谷英紀）

竹内勝太郎 たけうち・かつたろう

明治二十七年十月二日～昭和十年六月二十五日（1894～1935）。詩人。京都市下京区に生まれる。家庭不和が原因となり、旧制中学校を二年で中退し、母と満洲に移住する。大正二年に帰国し、ＹＭＣＡの夜学でフランス語を学ぶ。この夜学で、明石染人との間に詩友関係が成立する。三木露風に師事するが、後に離反した。八年、明石染人、鶴巻恒松と共に合著『詩集素描』を出版した。さらに詩集『室内』（昭和3年1月、大阪創元社）を刊行し、詩法の基礎を確立する。新聞記者生活の傍ら、詩、小説、戯曲、評論、民俗学などに手を広げる。この頃、洋画家船川未乾や仏教精神を持つ画家村上華岳、思想家榊原紫峰などとの交友が竹内の詩に大きな影響を与えた。そして、昭和三年から翌年にかけて半年間渡仏し、マラルメ、ヴァレリーやアランに傾倒する。帰国後の五年、京都市役所の嘱託として生計を立て、市立美術館設立に尽力する。志賀直哉、西田幾多郎、船川未乾、村上華岳、榊原始更など幅広い親交があった。六年十一月、マラルメの詩法を媒介とした象徴詩詩集『明日』（アトリエ社）を刊行し、日本に象徴主義の現代詩を確立したといわれている。以後、ヴァレリーの影響を受けつつも、そこに留まることなく、美を破壊する美の新形式を生み出し、象徴主義からの脱却を図っている。竹内は芸術民俗学の創始者でもあり、九年九月、『芸術民俗学研究』（立命館大学出版部）、十一月に『芸術論』（芸艸堂）を刊行する。歌舞伎や能、狂言の中に、日本芸術の根源を捉えようとしている。哲学では、洞山、菅山、道元などを中軸として、次第に禅へと関心が移っていった。弟子に、野間宏、富士正晴などがいる。十年、黒部渓谷で激流にのまれ死亡した。死後、日本象徴主義詩人の重要な存在として再評価されている。詩集に、第一詩集『光の献詞』（大正13年7月、鈴屋書店）、第二詩集『讃歌』（大正13年9月、鈴屋書店）、第三詩集『林のなか』（大正14年3月、鈴屋書店）、没後の詩集として、『春の犠牲』（昭和16年1月、東京弘文堂）、『黒豹』（昭和28年3月、大阪創元社）などがある。著作として、『現代フランスの四つの顔』（昭和5年11月、アトリエ社）、『西欧芸術風物記』（昭和10年9月、芸艸堂）、『詩論』（昭和18年3月、石書房）がある。

（畑 裕哉）

竹内武男 たけうち・たけお

明治四十三年四月十八日～昭和五十一年二月二十九日（1910～1976）。詩人。兵庫県加古川市尾上町に生まれる。兵庫県立姫路中学校（現・県立姫路西高等学校）卒業。姫路で共産党地方委員会を組織する中、昭和六年、八・二六事件で検挙され、服役する。十一年、姫路詩人倶楽部の常任幹事となり「ヴァリエテ」同人、翌年「神戸詩人」同人となる。十五年、神戸詩人事件の主犯として検挙される。詩集に『日没はちぢれた影をたてて』（昭和52年2月、培養社）がある。

（永井敦子）

竹内日出男 たけうち・ひでお

昭和八年十一月二十六日～（1933～）。脚本家。兵庫県に生まれる。東京大学文学部卒業。昭和三十二年にＮＨＫ入局。テレビドラマ、ラジオドラマの演出、制作に携わる。ラジオドラマ「三人家族」「流れて遠き」（『オーディオドラマ作品選集1 流れて遠き』所収、平成13年3月、近代文芸社）などによって五度の芸術祭入賞を果たし、幾多の功績から日本放送作家協会演出賞を受賞。五十二年、ＮＨＫを希望退職後、ラジオ・テレビの脚本家として活躍するとともに、日本脚本家連盟ライターズスクール・脚本家教室の講師を務める。（笹尾佳代）

竹下文子　たけした・ふみこ

昭和三十二年（月日未詳）～（1957～）。児童文学作家。福岡県に生まれ、神戸、東京で育つ。東京学芸大学教育学部卒業。大学在学中より執筆活動を開始する。昭和五十三年、「月売りの話」（『星とトランペット』昭和53年8月、講談社）で日本童話会賞受賞。五十四年、「星とトランペット」で第十七回野間児童文芸推奨作品賞（現・野間児童文芸新人賞）受賞、六十年、『むぎわらぼうし』（昭和60年5月、講談社）で第八回絵本にっぽん賞受賞。平成七年、「黒ねこサンゴロウ」シリーズ（平成6年7月～、偕成社）で第九回『路傍の石』幼少年文学賞受賞。その他、翻訳作品も多い。偕成社や岩崎書店から出版した絵本の数は一五〇冊を超える。夫で画家の鈴木まもると共同で絵本を製作することが多い。（杣谷英紀）

武田清子　たけだ・きよこ

大正六年六月二十日～（1917～）。思想史家。兵庫県川辺郡（現・川西市）に生まれる。兵庫県立伊丹高等女学校（現・県立伊丹高等学校）を経て、神戸女学院に入学。在学中に交換留学生として米国オリヴェット大学宗教哲学科に学び、昭和十六年卒業。戦後、鶴見俊輔らと「思想の科学」を創刊。三十六年から六十三年まで国際基督教大学教授。著書に『天皇観の相剋』（昭和53年7月、岩波書店）、『戦後デモクラシーの源流』（平成7年11月、岩波書店）などがある。なお『出逢い 人、国、その思想』（平成21年6月、キリスト新聞社）に、丹波篠山の旧家の出で地主の家に嫁ぎながら農民組合に関心を示した母のことや神戸女学院時代の思い出などが綴られている。夫は経済思想史家の長幸男。（田口道昭）

武田貞雄　たけだ・さだお

大正二年四月一日～昭和五十六年十二月三日（1913～1981）。俳人。兵庫県に生まれる。昭和三十三年より「青玄」に参加、伊丹三樹彦に師事。医師としての生活・感情を俳句に詠った。句集に『未明光』（俳句現代派選集三、昭和56年12月、青玄三光会出版部）があり、武田貞雄遺句文集『譬喩品』（昭和58年12月、武田初美）がある。また、文集として、『菩提樹』（昭和55年12月）、武田先生遺稿集『蛙のあくび』（本要寺文庫八、昭和57年12月、本要寺）がある。〈未明光跳ね出て死にし金魚の朱〉。（清水康次）

武田繁太郎　たけだ・しげたろう

大正八年八月二十日～昭和六十一年六月八日（1919～1986）。小説家。神戸市に生まれる。昭和十八年、早稲田大学独文科卒業、直ちに応召して朝鮮大邱《テグ》の歩兵部隊に在隊した。二十年三月に召集解除となる。学生時代から「炬火」「正統」「文学行動」などの同人雑誌に参加し、作品を発表。戦後は出版社を経営していたが、二十五年頃事業に失敗し、その後小説を書くことに専念する。戦後はじめて発表した、同和問題をテーマとする「風潮」（「文学者」昭和26年5月）が第一回文学者賞を受賞し、芥川賞候補作ともなった。つづけて「暗い谷間」（「早稲田文学」昭和26年11月）、「朝来川」（初出未詳）、「生野銀山」（「群像」昭和27年12月）

は四期連続で芥川賞候補作となる。戦前戦中の神戸や芦屋を主要な舞台とし、男を翻弄してきたヒロインと、その夫との相克を描いた『芦屋夫人』（昭和34年8月、光文社）では、わいせつ容疑で摘発されたが、不起訴処分。ほかにノンフィクションの『沈黙の四十年 引き揚げ女性強制中絶の記録』（昭和60年7月、中央公論社）がある。（島村健司）

武田信明 たけだ・のぶあき

昭和三十三年五月二十日～（1958～）。文芸評論家。神戸市に生まれる。神戸大学在学中に詩集『ロール・シャッハの猫』（昭和60年8月、蜘蛛出版社）刊行。平成元年島根大学へ赴任。四年、「二つの『鏡地獄』―乱歩と牧野信一における複数の『私』」で第三十五回群像新人文学賞受賞。「通俗と純文学を同一の地平で」捉える姿勢が評価される。著書に『「個室」と「まなざし」』（平成7年10月、講談社）、『三四郎の乗った汽車』（平成11年2月、教育出版）など。（三品理絵）

武田芳一 たけだ・ほういち

明治四十三年十一月二十日～平成十三年（1910～2001）。小説家。神戸市に生まれ、神戸市兵庫区に居住。「鉄の肺」（「文学者」昭和30年1月）で第三十三回直木賞の候補となった。昭和五十四年には神戸市文化賞を受賞。代表作に神戸の米騒動を描いた『黒い米』（昭和38年6月、のじぎく文庫）があるが、「歴史と神戸」創刊号（昭和37年8月）の「特集神戸の米騒動」にも「小説「黒い米」余材」を寄せた。他に『熱い港 大正十年・川崎三菱大争議』（昭和54年3月、太陽出版）など。（真銅正宏）

武田森茂 たけだ・もりしげ

大正十四年（月日未詳）～（1925～）。川柳作家。神戸市灘区に生まれる。昭和二十年、神戸工業高等専修学校を結核のため中退。神戸製鋼などに勤めた後、六十二年、「朝日新聞」の「あさひ川柳」に投句、時の川柳社に入門、川柳みつ葉会に入会する。平成二年、あさひ川柳賞（朝日新聞社）受賞。〈立ち入れば一期の縁切れそうで〉。五年、川柳みつ葉会会長に就任。兵庫県川柳協会常任理事。元神戸川柳協会監事。（関　肇）

竹友藻風 たけとも・そうふう

明治二十四年九月二十四日～昭和二十九年十月七日（1891～1954）。詩人、英文学者。大阪市に生まれる。本名乕雄《とらお》。同志社神学校（現・同志社大学）を経て、京都帝国大学英文科（選科）に入る。これは、上田敏を慕ってのことである。大正二年七月、処女詩集『祈禱』（籾山書店）を刊行。翌年、京大を卒業。のち、アメリカに渡り、イェール大学を経、コロンビア大学大学院修士課程を修了。帰国後、慶応義塾大学、東京高等師範学校（現・筑波大学）などの教授をつとめ、昭和九年、関西学院大学教授となった。以後、亡くなるまで兵庫県西宮の仁川に住んだ。二十三年からは、大阪大学教授。英文学者の福原麟太郎、矢本貞幹らと親交が厚かった。ダンテの『神曲』の翻訳と注釈の刊行（昭和23年2月～25年6月、創元社）は、恩師上田敏の遺志を継ぐものであり、かつ、竹友の業績を代表する。また、『詩の起源』（昭和4年、梓書房）、『英文学史』（昭和11年9月、川瀬日進堂書店）、『エッセイとエッセイスト』（昭和23年、高桐書院）他、すぐれた英文学と文学・芸術全般にわたる研究書がある。藤井治彦総集の『竹友藻風選集』全二巻（昭和57年、南雲堂）に、それらのエッセンスがまとめられている。

（木村一信）

竹中郁 たけなか・いく

明治三十七年四月一日～昭和五十七年三月七日（1904～1982）。詩人。神戸市湊西区（現・兵庫区）永沢町に、父石阪芳松、母下村しうの第五子として生まれる。本名育三郎。明治三十八年、母しうの妹くにの嫁ぎ先である竹中亀太郎の養嗣子となり、同区北仲町の竹中家に移る。当時竹中家は紡績糊材料商を営み、養父母は西洋への好奇心が強いハイカラ好みの気質であった。入江尋常小学校、兵庫高等小学校を経て、大正六年、兵庫県立第二神戸中学校（現・県立兵庫高等学校）入学。同級に岸上良平（後の小磯良平）がおり、ともに大原美術館に出かけるなどして生涯にわたる親交が始まる。十年、西須磨中池下（現・須磨区行幸《みゆき》町）に移転。敷地内に設けたコートでテニスに熱中するとともに、詩や文学に対する興味も増して詩人的画家の今井朝路が主宰する宵ドンの会に参加。十一年には十三編の詩を収めた竹中郁月刊詩集第一「萬華鏡」を発刊した。十二年一月には北原白秋・山田耕筰主宰「詩と音楽」新年号で「新進十一人集」の一人として推され、「幻の蜃気楼」はじめ四編の詩が掲載されたが、これが詩壇への実質的なデビューとなった。東京美術学校（現・東京芸術大学）への進学を志望したが養父母の反対にあい、同年四月、関西学院文学部英文科に入学。同級に坂本遼がいた。十三年十一月に学院の文学青年グループを中心として創刊された同人誌「横顔」に詩を発表するかたわら、神戸三宮神社境内にあったカフェー・ガスで、第二神戸中学校の先輩福原清とともにアポリネール六年忌を記念する追悼詩展を開催（13年11月）。さらに須磨の自宅を海港詩人倶楽部という名の発行所にして、同人詩誌「羅針」（第1次）を創刊（13年12月～15年11月）。十四年にも詩誌「射手」と「豹」（後に「骰子」と改題）を創刊し、後者にはジャン・コクトーの詩を本邦初訳のかたちで掲載した。十五年二月には、明るい色彩感覚と知的な構成意識に支えられた第一詩集『黄蜂と花粉』を海港詩人倶楽部より刊行、「羅針」同人である一柳信二の詩集『樹木』（大正15年4月）や、福原清の詩集『ボヘミヤ歌』（大正15年8月）を同倶楽部から刊行することにも努める。昭和二年三月、関西学院文学部卒業。東京で約半年を過ごし、白秋の「近代風景」の編集を手伝うかたわら、堀辰雄、近藤東、春山行夫らを知り、交遊を始める。また、この年六月には竹中郁の命名で関西学院初めての詩専門の雑誌「木曜島」も創刊された。三年二月、第二詩集『枝の祝日』を海港詩人倶楽部より刊行。ヨーロッパへの外遊を許され、三月十五日、神戸を出帆。パリのトンブ・イソワール街で後から来た小磯良平と下宿生活を始める。イギリス、イタリア、ベルギー、スペイン、オランダを巡歴し、パリ在住の日本人画家とも頻繁に往来した。コクトーや写真家マン・レイとも会っている。同年九月に日本ではクォータリー詩誌「詩と詩論」が創刊されたが、春山行夫と近藤東との誘いで同人として参加、作品を海外から送った。五年二月、帰国。六年一月、能キミと結婚。この間も詩作は活発に続き、小詩集（第三詩集）『一匙の雲』（昭和7年7月、ボン書店）を間に挟んで、七年十二月には、〈シネ・ポエム〉形式を駆使した作品やエキゾティックな詩情を湛えたヨーロッパ遍歴の詩も収める第四詩集『象牙海岸』を第一書房から刊行した。八年五月に堀辰雄編集のもとに創刊された詩誌「四季」（第1次）と、九年十月に三好達治、丸山薫、堀辰雄編集のもとに創刊された「四季」（第2次）とに同人同等の厚意を寄せて参加し、多くの詩を発表。九年二月には福原清、山村順とともに「羅針」（第2次）を再刊した（昭和11年3月終刊）。また、「詩と詩論」のモダニズムの主張を受け継ぐ近藤東編集の「詩法」（昭和9年8月創刊）にもエッセイや書評を寄せる。十一年一月、肺結核からくる喀血で一時神戸病院に入院したが、四月に退院。同月には第五詩集『署名』を第一書房から刊行した。十五年二月、小磯良平、伊藤継郎とともに沖縄を旅す。十六年、神戸文化聯盟発起人会に名を連ねるなど、文化人として戦時体制に組み込まれていかざるを得ない動きを見せつつも、十八年には湯川弘文社のすすめに応じて『新詩叢書』の企画を推進、自装により十七冊の詩集を翌年にかけて刊行した。その中には自身の第六詩集『龍骨』（昭和19年2月）ほか、小野十三郎『風景詩抄』（昭和18年2月）、安西冬衛『大学の留守』（昭和18年12月）、近藤東『紙の薔薇』（昭和19年1月）などがある。二十年六月、空襲で西須磨中池下の自宅が焼失したため、一時兵庫県印南郡上荘村（現・加古川市）に住んだが、十二月に神戸市須磨区離宮前の家を得て入居。二十一年四月、生計を立てる目的もあって神港新聞社に入社するが、それと並行して八月に再刊された第三次「四季」や、兵庫県内の詩人を会員として九月に創刊された「火の鳥」にも参加した。二十二年十月、神港新聞社を退社。二十三年二月、児童詩誌「きりん」を大阪梅田の尾崎書房から創刊。以後、発行所、出版形態を変えながらも、昭和四十六年三月通巻二百二十号をもって終刊を迎えるまで、足立巻一、坂本遼の良き編集協力も得ながら、詩・童話・エッセイを書き続け、児童詩の選評を行う。二十五年五月には同誌に発表された児童詩を中心とする『全日本児童詩集』を足立・坂本らと編んで尾崎書房から刊行。また、この年から大阪市立児童文化会館で月一回開かれることとなったこども詩の会にも参加、児童に対する詩の指導を五十五年に高齢をもって辞するまで三十年間続けた。その一方で詩人としての活動も、戦後最初に刊行された第七詩集『動物磁気』（昭和23年7月、尾崎書房）において、人間生活の実相を臭みのない軽妙なタッチで掘り下げていったのを皮切りとして、第八詩集『そのほか』（昭和43年12月、中外書房）、第九詩集『ポルカマズルカ』（昭和54年5月、潮流社、55年2月に読売文学賞受賞）に至るまでさらなる展開を示していった。その間の昭和三十一年十月には兵庫県文化賞、四十八年十月には神戸市民文化賞をそれぞれ受賞したが、その年一月に妻と死別した。四十九年八月には実兄石阪慶一郎とともに四十六年ぶりにヨーロッパを旅行、パリのトンブ・イソワール街に残っていたかつての下宿先を再訪した。五十七年二月、血小板低下及び貧血の病勢悪化のため神戸中央市民病院に入院したが、三月七日、脳内出血のために死去。

＊黄蜂と花粉《くまばちとかふん》 詩集。〔初版〕大正15年2月、神戸海港詩人倶楽部。◇著者十八歳から二十一歳にいたる期間に「詩と音楽」「羅針」「射手」「豹」「横顔」「関西文学」「萬華鏡」などに発表したものを中心として計五十二編の詩を収載した本書は、扉カットに銅版画「神戸海岸通之図」を掲げたように、神戸の街が生じさせるモダンな都市感覚を伝えている。「撒水電車」「晩夏」「テニス」などの作品にこの傾向は顕著。また、〈だまって この羽毛に埋れてるやう／きれいな白鳥の羽交締だ！〉（「雪」）という表現に見られる快活にして知的なセンスも、この詩集の位置を従来の感傷過多の詩壇の傾

向から別れさせる。こうした点に注目して坂本遼は、『黄蜂と花粉』の特質が「美と整い」(「小卓集」、「関西文学」大正15年6月)にあるとし、安西冬衛は「ソノ用装ノ典麗ト彩色ノ温藉ハ、コノ詩集ノ形容ヲ尽シテ幾ンド余ス所ナシ」(「詩集「黄蜂と花粉」ノ記」、「亜」18号、大正15年4月)と評した。（大橋毅彦）

竹中靖一《たけなか・やすかず》

明治三十九年六月九日〜昭和六十一年十二月十九日(1906〜1986)。経済学者。大阪市に生まれる。昭和四年、京都帝国大学経済学部卒業。三十九年、『石門心学の経済思想 町人社会の経済と道徳』(昭和37年3月、ミネルヴァ書房)で日本学士院賞受賞。『六甲』(昭和8年3月、朋文堂)は、大正十四年、大阪高等学校(現・大阪大学)の旅行部在籍中に、部長であった財津愛象のもとで、古市達郎とともに六甲を研究した成果をまとめたものである。（水野亜紀子）

竹信悦夫《たけのぶ・えつお》

昭和二十五年八月十九日〜平成十六年九月一日(1950〜2004)。新聞記者、ニュースキャスター。兵庫県尼崎市に生まれる。灘高等学校を卒業後、東京大学文学部に入学。学友の高橋源一郎、内田樹に多大な影響を与える。「現代詩手帖」新人賞に応募し、最年少で入選。五十一年、朝日新聞社入社。シンガポール支局長などを経て、編集局速報センター次長。著書に『ワンコイン悦楽堂』(平成17年12月、情報センター出版局)など。（古田雄佑）

竹久夢二《たけひさ・ゆめじ》

明治十七年九月十六日〜昭和九年九月一日(1884〜1934)。画家、詩人。岡山県邑久郡(現・瀬戸内市邑久町)に生まれる。本名茂次郎。明治三十二年四月、米屋を営む叔父竹久才五郎を頼り、兵庫県立第一神戸中学校(現・県立神戸高等学校)に入学するが、生家の都合により、在学八ヵ月にて退学。大正元年十一月、京都府立図書館にて「第一回夢二作品展覧会」開催、好評を博す。六年二月、二男不二彦とともに城崎へ。帰路、大雪で山陰線が不通となり、播但線で姫路へ出て、さらに飾磨港から船で室津の港へ。「山の下へ押つぶされたやうに横はつてゐる小さい街を見たときにはなんだか久しぶりに逢ふ母のやうにたいへんなつかしくなつた」(大正6年2月16日消印、彦乃宛書簡、室津第二信)という。木村旅館に宿泊。このときのスケッチが「室之津」「室之津懐古」となる。翌七年四月、京都府立図書館にて「第二回竹久夢二抒情画展覧会」を開催。続いて五月十八日から神戸市下山手通キリスト教青年会館にて同展開催。昭和六年五月から二年余り洋行、八年九月十八日、憔悴しきって神戸港に帰着。翌九年には、信州富士見高原療養所にて入院生活、九月一日永眠。（越前谷宏）

竹本員子《たけもと・かずこ》

大正十五年一月八日〜(1926〜)。小説家、児童文学者。神戸市に生まれる。本名河村員子。兵庫県立第一神戸高等女学校(現・県立神戸高等学校)高等科国文科中退。昭和二十三年七月、「遺族」が「新日本文学」創作コンクールに入選。「娘の恋」(「新日本文学」昭和24年9月)など、戦争の犠牲となった女性を描く。児童文学では、『うりこひめ』(昭和52年7月、コーキ出版)、『いっすんぼうし』(昭和52年9月、コーキ出版)他がある。（高橋博美）

竹本健治《たけもと・けんじ》

昭和二十九年九月十七日〜(1954〜)。小

説家、漫画家。兵庫県相生市に生まれる。昭和四十八年、東洋大学文学部哲学科に入学。囲碁に熱中するかたわら、漫画家を夢見て「別冊マーガレット」編集部に漫画を持ち込んだり（本人によるホームページhttp://www013.upp.so-net.ne.jp/reiroukan/re/にて公開されている）、同人誌に加わって漫画を描いたりする。五十年に短編小説「夜は訪れぬうちに闇」を、同人誌「緑葬館」創刊号に発表すると、これが中井英夫の目にとまり、「幻影城」に「匣の中の失楽」（昭和52年4月〜53年2月。刊行は昭和53年7月、幻影城）を連載することとなる。小説の中に小説が組み込まれた複雑な構造を持つ本作は、アンチ・ミステリーと呼ばれ、小栗虫太郎の『黒死館殺人事件』、夢野久作の『ドグラ・マグラ』、中井英夫の『虚無への供物』の三大奇書に続き四大奇書として数えられることがある。この他、ミステリーでは、天才棋士の牧場智久が活躍する『囲碁殺人事件』（昭和55年7月、CBSソニー出版、以下二作も同じ）、『将棋殺人事件』（昭和56年2月）、『トランプ殺人事件』（昭和56年8月）のゲーム三部作、竹本健治本人や綾辻行人、島田荘司、法月綸太郎らを実名で登場させたメタ・ミステリー『ウロボロスの偽書』（平成3年8月、講談社、以下二作も同じ）、『ウロボロスの基礎論』（平成7年10月）、『ウロボロスの純正音律』（平成18年9月）のウロボロス三部作がある。SF作品も多く手がけており、『腐蝕の惑星』（昭和61年10月、新潮社、のちに『腐蝕』に改題）、『クー』（昭和62年3月、講談社）の他、『殺戮のための超・絶・技・巧』（昭和63年2月、徳間書店）から『〝魔の四面体〟の悪霊』（平成2年1月、徳間書店）にわたるパーミリオンのネコ四部作などがある。念願の漫画家としてのデビュー作は、牧場智久が登場する囲碁マンガ『入神』（平成11年9月、南雲堂）。

（信時哲郎）

嶽本野ばら　たけもと・のばら

昭和四十三年一月二十六日〜（1968〜）。小説家。本名稔明。京都府宇治市に生まれる。大阪芸術大学芸術学部文芸学科中退。平成十二年十月、書き下ろし小説集『ミシン』（小学館）で作家デビュー。『下妻物語』（平成14年10月、小学館）は、尼崎市に生まれたロリータ少女桃子と、茨城県下妻育ちのヤンキー少女イチコとの友情物語。服装に象徴される趣味、内面の齟齬と交流が、ギャグを交えた文体によって描かれている。中島哲也によって映画化されたほか、漫画化もされるなど、著者の代表作となっている。

（久保明恵）

太宰治　だざい・おさむ

明治四十二年六月十九日〜昭和二十三年六月十四日（1909〜1948）。小説家。青森県北津軽郡金木村大字金木（現・五所川原市金木町）に生まれる。本名津島修治。津島家は、明和（1764〜72）以前から累代金木村に居住し、明治以降に急激に産を成した新興商人地主であった。父源右衛門は、同郡木造村（現・つがる市木造）松木家の出で、衆議院、貴族院の議員を歴任し、大正十二年に病没。太宰は、青森県立青森中学校（現・県立青森高等学校）、旧制弘前高等学校（現・弘前大学）を経て東京帝国大学を中退した。彼が最も西に行ったのは、東海道に限っていえば、昭和七年八月に滞在した静岡県静浦村（現・沼津市）である。太宰の作品生成に深い関わりのあった兵庫出身者といえば、妻美知子の母石原くらを措いてなかろう。くらは明治八年十二月三日兵庫県出石郡出石町（現・豊岡市）に岡本嘉門、ときの三女として生まれ、京都府立第一高等女学校(現・府立鴨沂高等学校)本科を卒業、三十一年六月石原初太郎と結婚した。三十八年五月末の日本海海戦当時、島根県立第一中学校（現・県立松江北高等学校）校長であった夫が出張中で、松江の留守宅で海戦の砲声を聞き、翌年十一月、島根県立第二中学校（現・県立浜田高等学校）校長に転任した夫と浜田に移住。「葉桜と魔笛」（「若草」昭和14年6月）は、くらの話をヒントに、舞台を浜田にして書かれた小説である。また、昭和十八年春、くらを亭主に、太宰、美知子、その妹愛子を客にして茶会が催されている。客は不謹慎で「お菓子やお酒があて」で「げらげら笑ってばかり居」たという。茶会の後、くらから高女時代に入手していた『千家正流茶の湯客の心得』（明治17年5月、仁木文八郎）という珍本を贈られ、それを参考にして「不審庵」（「文芸世紀」昭和18年10月）が書かれた。くらは昭和二十年三月に逝去。二十一年春頃、太宰が、疎開先の津軽で京都への移住を頻りに望んでいたのは、くらへの思いと深く関わっているだろう。なお、兵庫と関わりのある作品には、「義理」がある。

＊義理 ぎり　短編小説。〔初出〕「文芸」昭和19年5月、原題「武家義理物語（新釈諸国噺）」。〔初収〕『新釈諸国噺』昭和20年1月、生活社。◇題材は巻一の五「死なば同じ浪枕とや」から得たもの。播州伊丹の城主荒木村重の家臣神崎式部は、若殿の蝦夷見物の供を命ぜられ、一子勝太郎と同役森岡丹後の末子丹三郎とを伴って旅に出る。丹後から式部に託された丹三郎は、不仕鱈《ふしだら》な若者で、水嵩募る大井川を馬で渡っていた際に流れに呑まれて行方知れずになってしまう。武家の義理から、式部は勝太郎を流れに飛び込ませて死なせた後出家し、播州清水の山深くに隠れた。これを聞いた丹後一家も出家、勝太郎の菩提を弔ったという、兵庫を舞台とした武家物語である。

（山内祥史）

多田智満子　ただ・ちまこ

昭和五年四月一日（実際は六日、戦前の四月一日生は早行き制度があり、親のはからいで繰り上げ）～平成十五年一月二十三日（1930～2003）。詩人、フランス文学者。福岡県に銀行員の父多田精一、母ちよの二女として生まれる。父の転勤に伴い、京都、東京と移り住む。疎開先は母の郷里滋賀の愛知川畔で、戦時下「閑雅な諦念」に耽る。昭和二十六年、東京女子大学外国語科卒業後、西脇順三郎の存在感に魅せられ慶応義塾大学文学部英文科に編入。三十一年、第一詩集『花火』（書肆ユリイカ）刊行、加藤信行と結婚し、神戸に居住。小島輝正主宰の「たうろす」は創刊から同人、例会は阪急六甲道の喫茶店エクラン。播磨の法隆寺たる「鶴林寺」の訪問記も手がけている（『古寺の甍』昭和52年5月、河出書房新社）。六十二年、尼崎市の英知大学（現・聖トマス大学）フランス文学科に勤め、平成十四年退職。この間の平成五年、詩集群と歌集も加え『定本多田智満子詩集』（平成6年3月、砂子屋書房）刊行。フランス現代文学を多彩に翻訳及び古代神話伝承の研究が表彰され、平成八年度神戸市文化賞受賞。『犬隠しの庭』（平成14年10月、平凡社）に六甲山麓の風景に織り成す日常感覚も点綴している。平成十五年に病死、葬儀には句集『風のかたみ』（装丁・高橋睦郎）が配られる。〈草の背を乗り継ぐ風の行方かな〉。一周忌に『封を切ると』（平成16年1月、書肆山田）刊行。

（齋藤　勝）

只野幸雄　ただの・ゆきお

明治四十四年一月五日～平成九年二月十六

日（1911～1997）。歌人。神戸市に生まれる。関西学院大学英文科卒業。昭和七年のポトナム短歌会入会や歌誌「あさなぎ」への参加を通じて短歌制作を開始。戦後は「古今」への参加、「ポトナム」への復帰を経て、四十三年に「短歌公論」を創刊、その編集発行にあたった。主な歌集に『闘花』（昭和54年7月、短歌公論社）、『黄楊の花』（平成3年6月、短歌理論社）、『蒼天』（平成10年2月、潮汐社）などがある。

（大橋毅彦）

多田容子 ただ・ようこ

昭和四十六年（月日未詳）～（1971～）。小説家。香川県高松市に生まれ、兵庫県尼崎市で育つ。京都大学経済学部在学中から時代小説を書き始め、時代小説大賞の第七回から第九回まで最終候補に残る。応募作の一つ『双眼』を平成十一年五月講談社より刊行し、作家デビュー。若手女流剣豪小説家誕生と注目を浴びる。『双眼』は柳生十兵衛が見えない隻眼で見据えていた二つの世界を描いた長編小説。以後『柳生評定記』（平成18年8月、集英社）『柳生双剣士』（平成18年4月、講談社）など十兵衛を多く描いている。

（細川正義）

立川熊次郎 たつかわ・くまじろう

明治十一年五月十五日～昭和七年一月九日（1878～1932）。出版業者。兵庫県揖東郡勝原村ノ内宮田村（現・姫路市勝原区宮田）に、父粂右衛門、母うたの二男として生まれる。長男は夭折し、姉にかじ、こすみの二人がいた。生家は穀物の売買と酒造業を営んでいた。勝原村丁《よろ》村の村立育英小学校に入学し、明治十九年四月初等科第五級を修業したが、父が米穀投機に失敗したため、家産が傾き、退学する。酒造場、製粉場など様々な職を転々とした。三十一年三月、義兄の岡本増次郎を頼って上阪し、一時岡本増進堂で本の卸売などの修業をしたが、六月に帰郷し、農業に従事。三十四年十二月、再起を賭けて大阪に向かう。三十七年三月、貯金四百円を得て、大阪市東区唐物町（現・中央区南本町）に「立川文明堂」を創業。最初に好評を得た出版は『帝国軍歌』で、数万部を売り尽くした。同年十一月、宍粟郡安師村（現・姫路市）の和田あさをと結婚。四十二年十二月、心斎橋筋の本通りに面した一等地、東区（現・中央区）博労町に店舗を移転した。『理想交換 美文的書翰文』、『註解日本外史』などを刊行。四十四年四月、立川文庫第一編『諸国漫遊一休禅師』を出版。立川文庫は縦十二糎五粍横九糎の袖珍本で、大正末年頃までに二百編余りが出版された。特に第四十編の真田三勇士忍術名人『猿飛佐助』は牧野省三の忍術映画とともに空前のヒットとなり、熱狂的に少年たちに受け入れられた。立川文庫の執筆者集団のメンバーは玉田玉秀斎一家のほか、奥村次郎、中尾亨らである。大正九年、大阪書籍雑誌商組合評議員に選ばれた。十二年、店舗を大阪市南区安堂寺橋通（現・中央区南船場）に移転した。雑誌「大阪講談倶楽部」を創刊。平林治徳編『新国文大綱―女子用巻一―』、関原吉雄監修『参考理科新辞典』、太田順治著『最新女子 植物教科書』、金ヶ原亮一著『問題練習漢文新鈔』などの参考書や教科書の出版に力を注ぐ。昭和五年、大阪書籍雑誌商組合副組長に選ばれた。胆石症にかかり、七年一月九日に死去。姫路文学館は平成十六年四月に「大正の文庫王 立川熊次郎と『立川文庫』」展を開催した。

（浦西和彦）

たつみ都志 たつみ・とし

昭和二十五年三月十六日～（1950～）。日本近代文学研究者、小説家。大阪府豊中市に生まれる。本名辰巳都志。旧姓冨山。関

西学院大学大学院文学研究科博士課程単位取得満期退学。武庫川女子大学文学部教授。研究テーマは谷崎潤一郎における文学と土地の関係。関西における谷崎の足跡と作品舞台を踏査した労作『ここですやろ谷崎はん〜谷崎潤一郎・関西の足跡〜』（昭和60年3月、広論社）を出版。平成二年、『細雪』ゆかりの神戸市東灘区の谷崎旧邸を倚《い》松庵《しょうあん》と名づけて移築保存に成功。阪神・淡路大震災で全壊した岡本梅ノ谷の谷崎の旧邸（谷崎みずからが設計）を鎖瀾閣《さらんかく》と名づけて復元しようとしたが果たせず。「NPO法人潤Ｊｕｎ」理事長、芦屋市谷崎潤一郎記念館副館長。研究書に『谷崎潤一郎・関西の衝撃』（平成4年11月、和泉書院）がある。佐々木湘の筆名で書いた小説『ママにはＫＩＳＳがよく似合う』（平成8年3月、新潮社）では、神戸に住む一家が阪神・淡路大震災に遭遇する模様が書かれた。エッセイ『ほろ酔い旅』（平成15年11月、新風舎）では、有馬温泉や谷崎ゆかりの地を点描。

（明里千章）

田中孝 たなか・こう

明治四十五年一月八日〜平成十七年十二月七日（1912〜2005）。詩人。神戸市に生まれる。本名孝子。大阪女子医学専門学校（現・関西医科大学）を経て、京都大学で医学博士号取得。三重県四日市の市立四日市病院に勤務し、副院長も務める傍ら、深尾須磨子門下で、「サロン・デ・ポエート」（名古屋市）同人となる。『雪は降らねばならない』（昭和36年6月、昭森社）を第一詩集として、『青天』（平成3年8月、土曜美術社）、『比叡山』（平成4年10月、土曜美術社出版販売、以下の二作も同じ）、『琵琶湖』平成6年2月）、『暮色蒼然』（平成12年10月）、『光の彼方へ—Over the Light』（平成13年10月、文芸社）等、多数の詩集を刊行。

（木村小夜）

田中節子 たなか・せつこ

昭和十三年（月日未詳）〜（1938〜）。川柳作家。朝鮮舎里院に生まれ、兵庫県在住。昭和六十一年にふあうすと川柳社同人。兵庫県川柳協会常任理事。

（信時哲郎）

田中哲弥 たなか・てつや

昭和三十八年一月二十七日〜（1963〜）。小説家。神戸市に生まれ、明石市で育つ。関西学院大学文学部卒業。昭和五十九年、「朝ごはん食べたい」で星新一ショートショートコンテスト優秀賞を受賞。吉本興業の台本作家を経て、『大久保町の決闘』（平成5年12月、電撃文庫）で作家としてデビューする。『大久保町は燃えているか』（平成6年12月、電撃文庫）、『さらば愛しき大久保町』（平成8年8月、電撃文庫）の明石市を舞台とするＳＦ小説、大久保町三部作が代表的作品で、独自のギャグのセンスと文体で知られる。最近の作品に『ミッションスクール』（平成19年5月、ハヤカワ文庫）などがある。

（西尾宣明）

田中冬二 たなか・ふゆじ

明治二十七年十月十三日〜昭和五十五年四月九日（1894〜1980）。詩人。福島市栄町に生まれる。本名吉之助。旧制立教中学校（現・立教池袋高等学校）在学中に文学に興味を持ち、冬二のペンネームで文芸雑誌に詩歌を投稿した。中学卒業後銀行員となり、その傍ら詩作をつづけ、昭和四年十二月に刊行した第一詩集『青い夜道』（第一書房）で詩壇に認められた。旅を題材とした郷愁にみちた詩を多く作り、詩集『山鴨』（昭和10年7月、第一書房）に「城崎温泉」を収める。

（水野　洋）

田中康夫　たなか・やすお

昭和三十一年四月十二日～（1956～）。小説家、政治家。東京都武蔵野市に生まれる（本籍は静岡県富士市）。父田中博正の信州大学教授赴任に伴い、長野県上田市さらに同松本市に転居。東京大学受験に失敗、浪人後、一橋大学法学部入学。卒業前の昭和五十五年、サークルの資金流用事件で停学処分となり留年、その間、『なんとなく、クリスタル』（昭和56年1月、河出書房新社）を執筆、第十七回文芸賞を受賞。若者のスタイリッシュな都会生活をポップに描いた本作は大ヒット、クリスタル族を生んだ。翌年三月、同大学を卒業、就職先を三ヵ月で退職、以後、文筆活動のほかラジオやテレビに出演。小説『ブリリアントな午後』（昭和57年5月、河出書房新社）、『サースティ』（平成3年2月、河出書房新社）、『オン・ハッピネス』（平成6年3月、新潮社）など。平成三年には柄谷行人・中上健次らと日本の湾岸戦争加担に反対の声明を発表。七年一月の阪神・淡路大震災に衝撃をうけ、神戸でボランティア活動に従事（『神戸震災日記』平成8年1月、新潮社）。その間、同市の公共事業に疑問を感じ、神戸空港建設反対運動に参加、神戸市民投票を実現する会代表に就任（平成10年）。このボランティアや空港反対運動などの精力的な活動をふまえ、市民団体から長野県知事選立候補を打診されて出馬、十二年十月、圧倒的優位を予想された前副知事を破って当選。知事就任後、脱ダムや脱記者クラブを宣言、知事室のガラス張り化や車座集会を実施、公共事業費や公務員数を削減し、県財政の健全化に努めた。しかし、大胆な改革は保守的な県議会の反発を招き、十四年七月、知事不信任案が可決されたが失職を選択、同年九月の知事選で大勝、再任される。十五年、知事在任中に新党日本を結成、代表に就任。アメリカ的な新自由主義による市場原理主義を弱肉強食として批判、最下層の生活を保障する〈最小不幸社会〉を主張、草の根市民運動を基盤とするウルトラ無党派として保守勢力とも連携した。やや強引な手法はしだいに支持母体の離反を招き、十八年の知事選で落選。十九年、参議院議員選比例区に新党日本代表として立候補し、当選。ファッションやグルメに関する発言も多く、エッセイ集『ファディッシュ考現学』（平成7年12月、幻冬舎）、自身の考えや活動を記した『東京ペログリ日記』（昭和61年6月、朝日新聞社）、浅田彰との共著『憂国放談』（平成11年8月、幻冬舎）など。

（浅野　洋）

田中義雄　たなか・よしお

生年未詳。歌人。昭和七年、二十七歳から短歌をつくり始める。「水甕」の同人。青波社主催の奥村奥左衛門に師事。郵政現場の一線に立ちながら、神戸療養所の短歌会を指導。二十九年初めての歌集『經《たていと》』（子午線社）を出版。「歌はひとなり」「歌は反省なり」を指標に「地方の一市井人として平凡ではあっても自己の生活を誠実に生き、その生きる日々に直に触れて来る体験によってゆらぐ感情を一字一句に込めて」「性格に根ざし」「身に合ったものを的確に把握して詠」（『經』より）んだ歌人である。

（槌賀七代）

田辺聖子　たなべ・せいこ

昭和三年三月二十七日～（1928～）。小説家。大阪市此花区上福島（現・福島区）に生まれる。父貫一、母勝世の長女。父は写真館を経営。曾祖母、祖父母、弟、妹、叔父、叔母たちの大家族の中で育った。昭和十五年四月、淀之水高等女学校に入学。少年少女小説を愛読し、クラス回覧雑誌「少《おと》女草《めぐさ》」を出す。十九年四月、樟蔭女子専門学校（現・大阪樟蔭女子大学）国文科に進学するが、二十年一月には動員令がくだり、伊丹に近い航空機製作所の工場で働く。六月、空襲で自宅を失い、兵庫県尼崎市西大島稲葉荘へ移った。敗戦四ヵ月後の十二月には、この家で父が死去する。二十二年三月女専を卒業後、大阪の金物問屋に入社し、以後七年間の会社員生活を経験する。在職中に懸賞小説に応募し始め、相馬八郎の筆名で書いた「診療室にて」が、読者文芸小説入選第一席として「文章倶楽部」（昭和27年1月）に掲載された。三十年十一月から通い始めた大阪文学学校で、足立巻一の指導を受け生活記録を書く。大阪市民文化祭協賛の第二回新人創作文芸懸賞に、木下桃子の筆名で「虹」「夕日野」を応募。三十二年一月、「虹」が第一席に入選し、「大阪人」（昭和32年1月）に掲載された。同月、「婦人生活」の懸賞小説に「花狩」を応募し、佳作に入選。「花狩」は長編小説に改稿して、「婦人生活」（昭和33年3月～12月）に連載された。この頃からラジオ制作部でシナリオライターとしても活躍し、「初恋」（昭和34年7月、NHK第一放送）、「めぐりあい」（昭和36年2月、毎日放送）などが放送される。三十八年八月、同人雑誌「航路」に放送局を舞台とした「感傷旅行《センチメンタル・ジャーニィ》」を発表。今日的な新しさが評価され、第五十回芥川賞を受賞。当時の尼崎市長が稲葉荘の家を訪れ、お祝いの言葉と記念品を贈った。三十九年三月に『感傷旅行《センチメンタル・ジャーニィ》』を、四十年十一月には自伝的長編小説『私の大阪八景』を、いずれも文芸春秋新社から刊行。四十一年二月には、のちに〈カモカのおっちゃん〉としてエッセイに登場する、開業医川野純夫と結婚。神戸市生田区諏訪山の異人館に住むが、仕事場は尼崎に持っていたため、なかば別居結婚だったという。翌年五月、義父死去を機に神戸市兵庫区荒田町に移り、夫の家族と同居、家族は十一人、家事と仕事に多忙をきわめた。四十八年一月、中年の男女を主人公にした家庭小説『すべってころんで』（朝日新聞社）を刊行。大人が夢中になるツチノコ探しの舞台として、兵庫県宍粟郡（現・宍粟市）一宮町の福知渓谷が選ばれた。同地には後に文学碑が建てられ、平成十年十一月には福知渓谷休養センターに「Welcome to 田辺聖子ワールド」が完成。著書、自筆原稿、自作のしおりなどが寄贈される。昭和五十一年一月刊行の『イブのおくれ毛（続）』（文芸春秋）に収められた「ヘンな町・神戸」で、「粋《いき》でモダンで、阿呆らしくて、ヘンな町」神戸への愛着を語ったが、同年九月には、伊丹市西台のマンションに転居。以後、伊丹の住人となる。「神戸に十何年住んで、伊丹へ移ってくると、神戸がなつかしくて、『神戸恋い』の思いにとりつかれてしまう」。この「わが愛する街―神戸」を巻頭に据えたエッセイ集『歳月切符』（昭和57年11月、筑摩書房）には、「わが街の歳月」と題して、福島、尼崎、神戸、西宮、芦屋、宝塚、伊丹、各地での暮らしと、街の風情や住民の気質がスケッチされている。なお、神戸を舞台とした代表作に『ダンスと空想』（昭和58年12月、文芸春秋）がある。五十三年、宝塚歌劇（8月10日～9月26日、月組）が『隼別王子《はやぶさわけおうじ》の叛乱』（昭和52年1月、中央公論社）を上演。「こんなイイモノを知らずに一生をすごし、そのまま死ぬなんて、勿体《もったい》ない…」（「宝塚《タカラヅカ》歌劇への誘《いざな》い」『いっしょにお茶を』昭和58年1月、角川書店）というほど惚れ込んだタカラヅカでの、自作の上演を喜んだ。その後も「舞え舞え蝸牛《かたつむり》」（昭和54年11月9日～12月18日、花組）、「新源氏物語」（昭和56年1月1日～2月11日、月組）と、

〈コラム〉兵庫県と映画―神戸を中心に―

映画発祥の地

日本の映画の歴史は神戸に始まった。

エジソンが考案したキネトスコープが、明治二十九年秋に輸入され、一般公開されたのである。ただし、これは高さ一メートルほどの木箱の中にセットされたフィルムを回転させ、のぞき穴からそれを鑑賞するというもので、スクリーンに映し出す方式であるシネマトグラフの公開は、三十年二月、大阪に先を越されてしまう。とはいえ、同年四月には、神戸でもさっそくシネマトグラフが公開されている。また、フランス産のシネマトグラフに対抗してできたアメリカのバイタスコープも、半月まえの三月に神戸に初登場している。

神戸での映画興行は、新開地を中心に展開した。明治四十年に新開地に移転し、映画興行を最初に手掛けた相生座や、東京・帝国劇場をモデルとして大正二年に開業し、昭和二年からは映画館となった聚楽館のほか、キネマ倶楽部、朝日館、錦座などの映画館が有名だった。

それらの映画館に通いつめたのが西柳原（現・兵庫区）の芸者置屋の跡取り息子だった淀川長治（明治42年〜平成10年）である。家族全員が映画好きであった淀川は、七歳のときから一人で映画館に行ったとのこと。兵庫県立第三神戸中学校（現・県立長田高等学校）時代は、海岸通りや元町の本屋でアメリカの映画雑誌を買っていたという。中学卒業後、映画にかかわる仕事をと洋画配給のユナイト大阪支社に就職した。昭和十一年、喜劇王チャップリンが神戸港にやってきた折、淀川はメリケン波止場に駆けつけ、必死の申し入れの末、面会を果たした。チャップリンのしぐさを本人の前で演じてみせた淀川は、チャップリンの信頼を得、新妻で女優のポーレット・ゴダードのショッピングにつきあうほどとなり、その交友は戦後も続いた。

撮影所の存在

大正から昭和にかけて、神戸、阪神間に撮影所が登場した。まず、東亜キネマ甲陽撮影所が、大正十二年、西宮の山手、甲陽園にできた。撮影所には作家の佐藤紅緑や喜劇王榎本健一（エノケン）が所属した。同年、帝国キネマ芦屋撮影所も芦屋につくられた。ただし、これらの撮影所は一時的なものだった。昭和十三年には宝塚映画撮影所ができた。歌劇団の生徒が出演して、国策映画がつくられた。戦後の二十六年に再スタート、小津安二郎監督の「小早川家の秋」（昭和36年）など名作を生んだ。しかし、映画産業が斜陽化していった六十年代の終わりに撤退した。

戦中から戦後へ

昭和に入ると、新開地の映画館は、新装や改装を行うことになる。一方で、新設の映画館は元町、三宮方面に建てられることとなり、映画文化の重心は新開地から徐々に東へと移っていった。

戦争による空襲は、神戸の映画館にも大きな被害を与えたが、戦後まもなく再開した。昭和十一年に東宝の直営店として開館した阪急会館は二十一年十二月に再開、戦後、神戸を代表する映画館となった。この阪急会館のヒット作は、六甲山をモデルとしたという主題歌を持つ「青い山脈」（監督今井正、昭和24年）だった。また、その興業を担ったのが当時阪急・東宝グループの総帥だった小林一三の提唱で設立されることになったOS映画劇場株式会社で、阪急会館のほかにも、二十九年にオープンした神戸東宝（後、三宮東宝、さらに阪急シネマと改称）、三十一年に完成した神戸新聞会館内の新聞会館大劇場（映画館は34年開場）を三宮の拠点とした。また、同年、神戸国際会館には、国際松竹、国際日活の二館も誕生した。三十年代は、日本の映画人口も劇場数も全盛期を迎え、神戸市内だけでも七十館の映画館があったという。しかし、その後、映画人口は加速度的に減少を続けることになった。

ところで、三十三年に公開された日活アクション映画「赤い波止場」は、神戸出身の舛田利雄監督による神戸ロケの作品で、主演も神戸を故郷とする石原裕次郎、港町神戸を強く印象づけた。その後、日活アクションの傑作のいくつかが神戸で撮影された。

昭和四十年代はATG映画が登場するが、それらの映画館で知り合った仲間たちが、新開地の映画館でのオールナイト上映の企画を手掛けたりした。そのメンバーの中には、評論家の村上和彦や後に映画監督となる大森一樹がいた。大森一樹は、村上春樹原作の『風の歌を聴け』を映画化し、五十六年にATG作品として公開した。大森一樹と同世代だった村上も、小学生のときから神戸高校時代まで、神戸の映画館をよく利用している。

震災を越えて

ところで、神戸は映画を支える市民運動もさかんで、昭和二十五年に結成された神戸映画サークル協議会が活動を続け、映画の斜陽時代にも自主上映のかたちをとった市民映画劇場などを企画してきた。六十三年にスタートした「ＫＯＢＥ映画祭」も、こうした市民運動に支えられて、毎年さまざまなテーマで名画を提供したりしている。

平成七年に起こった阪神・淡路大震災によって、市内に三十四館あった映画館は、すべての上映を休止した。被害の大きかった三宮の阪急会館や神戸新聞会館の映画館も建物の倒壊によって閉鎖を余儀なくされた。被害が比較的軽微だったハーバーランドにあるシネモザイクでは、地震当日、正月映画だった「ゴジラVSスペースゴジラ」が上映中だったが、地震の揺れで映写機が動きだし、無人の館内のスクリーンにゴジラが吼えていたという。

平成に入って、シネマコンプレックスが全国的に展開していたが、震災後の神戸ではハーバーランドのシネモザイクや旧神戸新聞会館跡にできたミント神戸内のOSシネマズミント神戸が、そうした劇場として神戸の映画上映を担っている。

一方、八年には市民と行政の連携による「神戸１００年映画祭」が震災を乗り越えて開かれた。十年には「ＫＯＢＥ映画祭」と合併し、現在に至っている。

平成十二年、神戸でのロケをサポートする市民組織として神戸フィルムオフィスが設立された。同オフィスが手掛けて実現した映画には、神戸市営地下鉄の全面協力で撮影された行定勲監督の「GO」（監督行定勲、平成13年）や「交渉人真下正義」（監督本広克行、平成17年）、阪神・淡路大震災から立ち上がった人々を描いた「ありがとう」（監督万田邦敏、平成18年）、旧居留地でロケを行った「僕の彼女はサイボーグ」（監督郭在容《クァクジェヨン》、平成20年）などがある。

神戸に映画が上陸して百十年以上が経つが、神戸は、戦災や震災などの困難を経て、映画発祥の地にふさわしくその文化を育てている。

神戸・兵庫県を舞台にした映画

神戸を舞台にした文芸の映画化作品としては、「蒼氓」（原作石川達三、監督熊谷久虎、昭和12年）、「華麗なる一族」（原作山崎豊子、監督山本薩夫、昭和49年）、「太陽の子・てだのふぁ」（原作灰谷健次郎、監督浦山桐郎、昭和55年）、「火垂るの墓」（原作野坂昭如、監督高畑勲、昭和63年）、「花の降る午後」（原作宮本輝、監督大森一樹、平成元年）などがある。また、谷崎潤一郎の「細雪」は、阿部豊（昭和25年）、島耕二（昭和34年）、市川崑（昭和58年）らの監督によって映画化されている。

文芸映画以外には、前出の「赤い波止場」、「メイン・テーマ」（監督森田芳光、昭和54年）、「瀬戸内ムーンライト・セレナーデ」（監督篠田正浩、平成8年）などがある。また、山田洋次監督の「男はつらいよ」シリーズの最終作となった「寅次郎紅の花」（平成7年）は、震災の焼け跡の残る神戸市長田区を寅さんが訪れており、忘れ難い。

なお、神戸市出身の映画監督には中川信夫（「地獄」昭和35年）、松山善三（「名もなく貧しく美しく」昭和36年）、舛田利雄（「嵐を呼ぶ男」昭和41年）、黒沢清（「CURE」平成19年）らがいる。

また、兵庫県ゆかりの映画まで範囲を広げてみると、文芸映画では、「女の園」（原作阿部知二、監督木下恵介、昭和29年）、「瀬戸内少年野球団」（原作阿久悠、監督篠田正浩、昭和54年）、「天守物語」（原作泉鏡花、監督坂東玉三郎、平成7年）、「幻の光」（原作宮本輝、監督是枝裕和、平成7年）などが、それ以外では、「男はつらいよ 寅次郎夕焼け小焼け」（監督山田洋次、昭和51年）、「夢千代日記」（脚本早坂暁、監督浦山桐郎、昭和60年）などがある。兵庫県出身の映画監督には浦山桐郎（「キューポラのある街」昭和37年）、前田陽一（「神様のくれた赤ん坊」昭和54年）ら、脚本家に橋本忍（「私は貝になりたい」昭和34年、監督も）がいる。

なお、外国映画では、「００７は二度死ぬ」（監督リュイス・ギルバート、昭和42年）が神戸港や姫路城で、「ブラック・レイン」（監督リドリー・スコット、平成元年）が元町や神戸市の脇浜あたりの製鉄所で、「ラストサムライ」（監督エドワード・ズウィック、平成15年）が姫路市の書写山圓教寺でロケを行っている。

◇参考文献　神戸１００年映画祭実行委員会・神戸映画サークル協議会編『神戸とシネマの一世紀』（平成10年4月、神戸新聞総合出版センター）

（田口道昭）

上演がつづく。五十六年十一月、伊丹市民文化賞を、五十七年十月、兵庫県文化賞を受賞するなど地元での顕彰が進み、同年十一月には『田辺聖子長篇全集』全十八巻（昭和56年7月～57年12月、文芸春秋）の完結を祝う「長篇全集を肴に飲む会」が神戸のポートピアホテルで開かれた。五十八年十二月、伊丹市梅ノ木に転居。さらに旺盛な創作活動をつづけた。数々の現代小説のほか、『千すじの黒髪―わが愛の與謝野晶子』（昭和47年2月、文芸春秋）、『道頓堀の雨に別れて以来なり―川柳作家・岸本水府とその時代』（平成10年3月、中央公論社）をはじめとする伝記小説、『新源氏物語』全五巻（昭和53年11月～54年4月、新潮社）、『むかし・あけぼの―小説枕草子』（昭和58年6月、角川書店）などの〈古典もの〉、『しんこ細工の猿や雉』（昭和59年4月、文芸春秋）、『おかあさん疲れたよ』（平成4年12月、講談社）ほかの〈昭和史もの〉等々、多彩なジャンルで質の高い作品を発表しつづけ、休むことがない。平成五年四月、作家生活三十年と出版作品二〇〇冊を祝う会「夢２００パーティーありがとうみなさん」が伊丹第一ホテルで開かれた。七年一月十七日、阪神・淡路大震災に被災。四月には有楽町朝日ホールでチャリティー講演会「ナンギやけれど…」を行い、収益金を寄託した。『ナンギやけれど…わたしの震災記』（平成8年1月、集英社）には、市民が田舎に脱出した空襲とは逆に、外から「水と食料を背負った人が、続々と阪神間や神戸をさして」やってきた、震災時の人間への信頼が語られている。十四年一月、夫が死去。「かわいそに。ワシはあんたの。味方やで。」とメモに記された、最後のメッセージに感銘を受ける（『残花亭日暦』平成16年1月、角川書店）。十六年五月、『田辺聖子全集』全二十四巻・別巻一、刊行開始（平成18年8月完結、集英社）。十七年十月には満一〇〇歳の母を見送った。十八年八月、伊丹の柿衞文庫で「ひとつきだけの田辺聖子文学館」が開催され、十九年六月には、母校大阪樟蔭女子大学に「田辺聖子文学館」がオープンした。二十年三月、文化勲章受章。

＊ダンスと空想《だんすとくうそう》　長編小説。〔初出〕「サンデー毎日」昭和55年3月9日～56年3月1日。〔初版〕『ダンスと空想』昭和58年12月、文芸春秋。◇「21世紀の町・女性主役の町『神戸』を舞台に自由奔放に生活している独身女性の活躍ぶりをいきいきと描く長篇」（帯広告文）。ファッションデザイナー織本カオルを中心に、シナリオライター、ブティック経営者、手芸家等々、三十四、五歳の「お姐さまがた」が集ったグループ「ベル・フィーユ」が、ポートピア開幕前年の神戸の町で、神戸まつりやのど自慢などさまざまなイベントを通じ男女の生き方を語っていく。「生まれついての都会っ子」のセンスが輝く。

＊夢の菓子をたべて《ゆめのかしをたべて》　エッセイ集。〔初版〕昭和58年10月、講談社。◇「わが愛の宝塚」という副題が示すように、幼時からの「宝塚少女歌劇」への愛着を語った一冊。「女の子ばかりの舞台であること。関西にあること」から二重に疎外されている「タカラヅカ」を、もっと気軽に面白がればよいという立場から、その魅力に迫る。昭和五十三年の「隼別王子《はやぶさわけおうじ》の叛乱」上演に始まるタカラジェンヌとの交流も楽しく、平成十五年四月に閉園した宝塚ファミリーランドの様子も点出され、懐かしさを誘う。

（田中励儀）

谷川流　たにがわ・ながる

昭和四十五年十二月十九日～（1970～）。小説家。兵庫県西宮市に生まれる。本名は非公表。阪神・淡路大震災で被災した経験を持つ。兵庫県立西宮北高等学校、関西学院大学法学部卒業。大学卒業後、婦人服店に勤務。平成十四年、電撃ゲーム小説大賞に応募、落選となるが、才能を認めた編集者から創作についての連絡を受ける。十五年三月「電撃萌王」に「電撃‼イージス5 盾と羊と」を掲載。「涼宮ハルヒの憂鬱」で第八回スニーカー大賞受賞。スニーカー大賞設立以来、〈大賞〉の座は空席となることが多く、谷川流は三人目の受賞者である。十五年六月、『涼宮ハルヒの憂鬱』（イラスト・いとうのいぢ、角川スニーカー文庫）と『学校を出よう！』（イラスト・蒼魚真青、電撃文庫）が同時発売となる。『涼宮ハルヒの憂鬱』は、青春学園ドラマの様相を呈しつつ、現実の脆さを示し、既成認識の思い込みにゆさぶりをかける。語り手の男子高校生キョンは、クラスメイトのハルヒに寄り添い、破壊に囲まれた非日常の中で、失われた平凡な日常への回帰を願う。『学校を出よう！』は、超能力者が集められた第三ＥＭＰ学園の事件の中で、既成の世界観をゆるがす〈パラダイムシフト〉が示される。登場人物の軽妙なやりとりの背後には、肉親の死といかに向き合ってそれを受け容れるかという深刻なテーマがそっと置かれている。いずれの作品も、好評を博しシリーズ化された。「涼宮ハルヒシリーズ」は、アニメ、漫画、ゲームとメディア展開を遂げ、あらためて小説の売り上げが伸びる現象が起きている。谷川流の作品は、西宮市周辺がモデルとなっている場合が多い。例えば、ハルヒたちの通う「県立北高校」は、兵庫県立西宮北高等学校を、北高最寄りの「光陽園駅」は、阪急甲陽園駅を想起させる。アニメ版（監督・石原立也、平成18年4月～7月放映）では、甲陽園の駅舎、駐輪場、甲陽園から西宮北高校に向かう階段（甲陽園若江町）、高校までの坂道（苦楽園二番町周辺）など、実際の場所を緻密に再現する場面が描かれた。必ずしも現実の地理条件と一致するわけではないが、周辺散策を楽しむ愛好者も出現。ほかに『絶望系閉じられた世界』（平成17年4月、電撃文庫）、『ボクの世界をまもる人』（平成17年11月、電撃文庫）などがある。（椿井里子）

谷口雅春　たにぐち・まさはる

明治二十六年十一月二十二日～昭和六十年六月十七日（1893～1985）。宗教家。兵庫県八部郡烏原村（現・神戸市兵庫区烏原町）に生まれる。旧名正治。早稲田大学文学部英文科中退。「新潮」や「文章世界」に劇評や作歌を発表するが、中退後に心霊療法などに関心を持ち、大本教や一燈園などで宗教遍歴を重ねる。昭和四年、神の啓示を受け、翌年に「生長の家」発刊、十五年「生長の家」を主宰、様々な宗教に影響を受けた独自の教義を確立する。著書に『生命の実相』等多数がある。（東口昌央）

谷甲州　たに・こうしゅう

昭和二十六年三月三十日～（1951～）。小説家。兵庫県伊丹市に生まれる。大阪工業大学土木工学科卒業。昭和五十四年、「137機動旅団」（「奇想天外」3月号）で奇想天外ＳＦ新人賞佳作入選によりデビュー。日本で有数のハードＳＦ小説を多数執筆する一方、山岳冒険小説なども評価が高い。「火星軌道一九」（「ＳＦマガジン」昭和61年12月）で第十八回星雲賞短編部門受賞、『終わりなき索敵』（平成5年8月、早川書房）で第二十五回星雲賞長編部門受賞、『白き嶺の男』（平成7年4月、集英社）で第十五回新田次郎文学賞受賞。（杣谷英紀）

谷崎潤一郎　たにざき・じゅんいちろう

明治十九年七月二十四日～昭和四十年七月三十日（1886～1965）。小説家。東京市日本橋区蠣殻町（現・東京都中央区日本橋人形町）に父倉五郎、母セキの長男として生まれる。東京帝国大学在学中の明治四十三年十一月、「刺青《しせい》」（「新思潮」）で華々しいデビューを飾り、以後、大正末期までは、東京・小田原・横浜と住居を移しながら、主に悪魔主義や白人女性への崇拝を特徴とする西洋的な作風の、数多くの優れた小説・戯曲を産み出した。大正十二年九月一日、関東大震災によって東京・横浜が大きな被害を受け、谷崎の横浜の家も焼失したため、京都へ、そして翌年からは阪神間に移住した。最初は東京が復興するまでの腰掛けのつもりだったが、戦前はそのまま阪神間に住みつき、戦後は戦災を免れた京都に移り、昭和二十九年、高齢になり冬の寒さを避けて熱海に本拠を移すまで、三十年余りを京阪神で過ごす事になった。谷崎がこの地にかくも心を惹かれた原因としては、関西の街並が谷崎の幼少期の東京の街並に似ていたこと、関西には奈良・平安時代以来の古い伝統文化と風土・自然が保存され、名所旧跡も多く、小説の材料になるものが多かったこと、関西の風土が穏和で母性的であること、気候も温暖で料理も酒も美味しいこと、また東京の気風が武士的で男らしい強さにこだわり、禁欲的道徳的な理想主義が強いのに対して、関西特に大阪には、本音の欲望や人間の弱さを肯定する風土があること、などが挙げられる。谷崎には、もともと日本的・東洋的なものに惹かれる部分もあったが、西洋的な欲望追求の積極性が無くなれば小説が書けなくなるという不安から、それを抑えて居た。だが、関西移住後は、徐々に〈日本回帰〉と呼ばれるような変化を見せる。ただし、移住当初には、東京・横浜を舞台にした西洋志向の強い「痴人の愛」（「大阪朝日新聞」大正13年3月20日～6月14日、「女性」大正13年11月～14年7月）を書いている。関西を舞台にしたものでも、「赤い屋根」（「改造」大正14年7月）のヒロインは、東亜キネマ甲陽撮影所らしい映画会社の女優で、阪急の西宮～宝塚沿線（甲東園か？）の文化住宅に住んでおり、「日本に於けるクリップン事件」（「文芸春秋」昭和2年1月）も、武庫郡の或る村（現・芦屋市内）の文化住宅に住むマゾヒストのサラリーマンが、カフェの踊子を愛人とし、歌劇女優の妻を殺害するという西洋的な作風だった。しかし、日本国有鉄道有馬線（現在は廃線）の有馬温泉～三田間の出来事を主に書いている「為介の話」（「婦女界」大正15年1月、未完）では、アメリカ風の白ズボン・白靴やアメリカ製の自動車を悪く言うようになる。また、「友田と松永の話」（「主婦之友」大正15年1月～5月）は、戦国大名松永久秀の子孫で奈良県柳生村（現・奈良市）出身の主人公が、日本的なものを嫌って西洋に移住したものの、神経衰弱になって日本に逃げ帰るという話で、ラストでは、日本回帰の予感を滲ませている。谷崎は上海と日本に一軒ずつ家を持つ事で、西洋と東洋、両方への志向を満たそうと考え、大正十五年一月に上海を訪れたが、逆に幻滅。同年十一月には、大阪の文楽座で「法然上人恵《めぐみの》月影」を見て、俄に文楽人形に心を惹かれ始め、それが後の「蓼喰ふ虫」に繋がる。また、昭和二年三月には、谷崎の理想通りの女性松子との出会いもあり、四十代という成熟期と重なった事もあって、三年～四年の「蓼喰ふ虫」で日本回帰を決定付けた後、「吉野葛」（「中央公論」昭和6年1月～2月）、「盲目物語」（「中央公論」昭和6年9月）、「蘆刈」（「改造」昭和7年11

月〜12月）、「春琴抄」（「中央公論」昭和8年6月）と、その創作力は最高潮に達し、これらはいずれも、近畿を舞台に、その歴史・風土・文化を積極的に活かした名作となった。その後も、『源氏物語』全編の現代語訳（昭和14年1月〜16年7月、中央公論社）と生涯最大の長編「細雪」（昭和18年〜23年）を完成し、二十四年、文化勲章を受章。晩年にも、「鍵」（「中央公論」昭和31年1月、5月〜12月）、「瘋癲老人日記」（「中央公論」昭和36年11月〜37年5月）と、再び悪魔的な傑作を生み、ノーベル賞候補にも挙げられた。

＊卍《まんじ》　長編小説。〔初出〕「改造」昭和3年3月〜5年4月（断続的連載）。〔初収〕『卍』昭和6年4月、改造社。◇徳光光子とその中性的な愛人綿貫栄次郎、光子に同性愛を捧げる園子とその夫柿内孝太郎の四人の卍巴の愛欲を、園子の大阪弁による回想的な語りのスタイルで描いたもの。光子は船場の羅紗問屋の娘だが、住居は阪急の芦屋川駅附近であり、柿内氏も仕事場は大阪だが、住居は西宮市香櫨園の海辺とされている。特にそうした地域の特性を強調した描写はないが、阪神間の高級住宅地に住む富裕階層の生活様式を意識した設定になっている。

＊蓼喰ふ虫《たでくうむし》　長編小説。〔初出〕「大阪毎日新聞」「東京日日新聞」昭和3年12月4日〜4年6月18日。〔初収〕『蓼喰ふ蟲』昭和4年11月、改造社。◇妻美佐子との離婚に逡巡し続けていた斯波要が、妻の父の妾お久に心を惹かれる事で、離婚を決意できるようになる。と同時に、西洋的なものよりも、古風な日本的なものに心を惹かれるようになる変化を描いたもので、谷崎の日本回帰を決定付けた傑作である。斯波家は豊中に、妻の父は京都に住んでいるが、（その十）では淡路島の洲本が舞台となる。そこで要は、封建時代の面影を残した洲本の町に、お久の住む世界を感じる。要は（その十二）で、洲本からの帰途、神戸山手の外人娼館に馴染みの女ルイズを訪ねる。そこで、弟を亡くした老女ミセス・ブレントの悲しみに、思い掛けず要が引き込まれる事は、西洋および青春との別れの悲しみを代行した形であり、娼館の衰退・荒廃も、要の中での西洋崇拝の終わりを象徴している。

＊乱菊物語《らんぎくものがたり》　長編小説。〔初出〕「大阪朝日新聞」「東京朝日新聞」昭和5年3月18日〜9月5日（未完）。〔初収〕『乱菊物語』昭和24年7月、創芸社。◇室町時代末期に実在した武将赤松義村（作中では政村）と浦上村宗の争いに取材した大衆小説。遊女と小五月祭で有名だった室津（現・兵庫県たつの市御津町）や、海賊の根拠地だった家島諸島などを、虚実織り交ぜて、巧みに生かして使っている。

＊猫と庄造と二人のをんな《ねことしょうぞうとふたりのおんな》　中編小説。〔初出〕「改造」昭和11年1月、7月。〔初収〕『猫と庄造と二人のをんな』昭和12年7月、創元社。◇題名が示す通り、別れた妻より今の妻よりも猫のリリーを溺愛する男の心理を描いたもの。庄造は芦屋に住んでいる荒物屋だが、同じ芦屋でも『細雪』の舞台となった高級住宅地とは異なる庶民の世界を、完全な大阪弁で巧みに描き出している。

＊細雪《ささめゆき》　長編小説。〔初出〕「中央公論」昭和18年1月、3月、「婦人公論」昭和22年3月〜23年10月。〔初収〕『細雪上巻』昭和19年7月、私家版。『細雪中巻』昭和22年2月、中央公論社。『細雪下巻』昭和23年12月、中央公論社。◇大阪船場の旧家蒔岡家の四人姉妹、中でも芦屋に住む次女幸子と夫貞之助、娘悦子、幸子の二人の妹雪子、妙子が織りなす様々な出来事を描いたもの。

中巻に、昭和十三年七月五日の阪神大水害が取り入れられている。

＊残虐記《ざんぎゃくき》　中編小説。〔初出〕「婦人公論」昭和33年2月～11月（未完）。〔初収〕『谷崎潤一郎全集』第十八巻、昭和43年4月、中央公論社。◇神戸新開地の洋食屋ドラゴン亭主人今里増吉のマゾヒスティックな自殺を描いたもの。敗戦直後の神戸を描いた部分がある。　（細江　光）

谷崎松子　たにざき・まつこ

明治三十六年八月二十四日～平成三年二月一日（1903～1991）。随筆家。藤永田造船所を創立した永田一族、森田安松の二女として、大阪市西区新炭屋町に生まれる。金蘭会高等女学校（現・金蘭会高等学校）に入学後、大阪府立清水谷高等女学校（現・府立清水谷高等学校）に転校、中退。大正十二年、豪商の木綿問屋、根津清太郎と結婚。清治と恵美子の二児をもうけるが離婚。昭和二年三月、芥川龍之介来阪の折、谷崎潤一郎と知り合う。芸術的インスピレーションをもたらす理想の女性像として崇められる存在となり、谷崎が数々の名作を生む源となる。九年から兵庫県武庫郡打出(現・芦屋市）で同棲生活を始め、翌十年再婚。『倚松庵の夢』（昭和42年7月、中央公論社）、『湘竹居追想』（昭和58年6月、中央公論社）、『蘆辺の夢』（平成10年10月、中央公論社）など、谷崎との生活を回顧した著書が多い。また歌集『十八公子家集』（昭和54年5月、五月書房）には、谷崎の終焉にふれて〈陽は昇り時の刻みは絶へなくに君永劫に目覚め給はす〉〈夏嵐ともしひ消して去りし時君が御霊は天翔りしか〉などがある。　（永栄啓伸）

谷沢永一　たにざわ・えいいち

昭和四年六月二十七日～平成二十三年三月八日（1929～2011）。近代文学研究者、評論家。大阪市に生まれる。兵庫県川西市花屋敷に居住。関西大学卒業。在学中「えんぴつ」を創刊。斎藤茂吉論などの評論を書く。関西大学大学院修了後、助手を経て、昭和四十四年、関西大学教授に就任。平成元年に退職し、評論活動に専念。博覧強記と鋭利な批評精神による実証的な日本近代文学の研究家でもあり、歯に衣《きぬ》を着せぬ社会評論家、文芸論争家でもある。『百言百話』（昭和60年2月、中央公論社）や『人間通』（平成7年12月、新潮社）はベストセラーとなった。『日本近代文学研叢』全五巻（平成6年11月～8年1月、和泉書院）。『完本紙つぶて』（昭和55年、文芸春秋）でサントリー学芸賞、明治大正の文芸評論史研究で大阪市民表彰文化功労賞(平成元年)、大阪文化賞（平成9年）、『文豪たちの大喧嘩』（平成15年、新潮社）で第五十五回読売文学賞（研究・翻訳賞）、『紙つぶて自作自注最終版』（平成17年、文芸春秋）で第五回毎日書評賞を受賞した。　（浦西和彦）

谷村禮三郎　たにむら・れいざぶろう

大正十五年十月二十一日～（1926～）。小説家。兵庫県明石郡垂水町（現・神戸市垂水区）に生まれる。兵庫県立明石中学校（現・県立明石高等学校）卒業。昭和三十九年、「オール読物」明治座一幕物脚本募集に、佳作入賞。「父の骨」など私小説を書く一方、『私の戦争体験記』（平成2年10月）、『赤い手袋―明石の空襲』（平成3年10月）、『明石の空襲』（平成7年8月）を、いずれも明石市芸術文化センターから刊行し、戦災体験を通じて、地域活動に意欲を燃やす。八月十五日を〈空襲の日〉と定め、戦災の語り部として活躍する。　（永栄啓伸）

多祢雅夫《たね・まさお》
昭和十一年（月日未詳）～（1936～）。医師、詩人。和歌山県に生まれる。本名正雄。神戸大学大学院医学研究科修了。六甲病院を経て、神戸逓信病院に勤務する。産婦人科医。著書に『朱点』（昭和59年6月、近代文芸社）、『遺伝子』（昭和62年、思潮社）、『まぼろしの渓』（平成元年3月、朔風社）、『詩もどき』（平成4年5月、近代文芸社）、第二十七回関西文学選奨受賞作『森の時間、山の遊び』（平成8年12月、関西書院）、『胎児たちのサバイバル』（平成12年10月、神戸新聞総合出版センター）がある。（木村　功）

田淵由美子《たぶち・ゆみこ》
昭和二十九年十一月二十六日～（1954～）。漫画家。兵庫県に生まれる。「ママって不思議」（「りぼん」昭和45年11月増刊号）でデビューし、継続して「りぼん」に作品発表。「雪やこんこん」（昭和50年）、「フランス窓便り」（昭和51年）、「林檎ものがたり」（昭和52年）等で、一九七〇年代の少女漫画の「おとめチックブーム」の旗手の一人として活躍。八〇年代後半から九〇年代前半にかけて作品がほぼ中断したが、「キャラメル・オーガスト」（平成10年）、「桃子について」（平成11年）等で大人向け漫画に転向。子育てをテーマに自らの家族の日常風景を描いたエッセイ漫画「チュー坊がふたり」（「ママンガ」平成7年）、自身のマラソン経験にもとづく「まらそんのススメ」（「コーラス」平成18年）も話題になる。（佐伯順子）

玉岡かおる《たまおか・かおる》
昭和三十一年十一月六日～（1956～）。小説家。兵庫県三木市に生まれる。神戸女学院大学文学部卒業。昭和六十三年に神戸文学賞を受賞した『夢食い魚のブルー・グッドバイ』（平成元年6月、新潮社）で、三木市から関西学院大学と思しき大学に通う桜子とヤマトの恋物語を書いてデビュー。その後も兵庫県内を舞台にした作品を多く執筆しており、『なみだ蟹のムーンライト・チアーズ』（平成2年10月、新潮社）、『サイレント・ラヴ』（平成4年4月、新潮社）、『ラスト・ラブ』（平成9年3月、新潮社）の他、播磨に生きる女三代を描いた『をんな紋』三部作（平成9年2月、10年11月、11年10月、角川書店）を発表。この他にショートストーリー集の『神戸ハートブレイク・ストリート』（平成6年5月、大和書房）や、ノンフィクションの『タカラジェンヌの太平洋戦争』（平成16年7月、新潮新書）も執筆。近年は松方幸次郎をモデルにした『天涯の船』（平成15年2月、新潮社）、神戸を本拠地とした鈴木商店当主の鈴木よねを描いた『お家さん』（平成19年11月、新潮社）、明治の生野銀山を舞台にした『銀のみち一条』（平成20年11月、新潮社）などに挑んでいる。TBS系の「ブロードキャスター」など、テレビ出演も多い。

＊夢食い魚のブルー・グッドバイ《ゆめくいさかなのぶるー・ぐっどばい》　長編小説。〔初出〕「神戸っ子」昭和63年1月～5月。〔初版〕平成元年6月、新潮社。◇桜子は家業である呉服屋の後継問題や義兄の失踪、就職活動に並行して、いまだ「竹内くん」としか呼べないヤマトとの関係に悩み、そんな自分を部屋で飼っているブラックバスに重ね合わせる。桜子とヤマトの住む三木は「海のないこのまちは、時代の要求にそぐわず、見捨てられ、忘れられていき、今日がある」と描かれる。

＊お家さん《おいえさん》　長編小説。〔初版〕平成19年11月、新潮社、書き下ろし。◇鈴木商店は神戸の栄町で砂糖を扱っていたが、夫岩治郎の没後、妻のよねは当主となって、

番頭の金子直吉と柳田富士松とともに鈴木商店を日本を代表する商社に作り上げた。しかし、大正七年の米騒動では焼き討ちに遭い、続く第一次大戦後の恐慌、関東大震災によって打撃を受け、ついに破綻する。よねが嫁いだ頃の神戸は「誰にも遠慮のない町で」「古い伝統や老舗を守る意固地さはなく、才覚一つ、度胸一つで一旗揚げようという気概だけに満ちあふれとりました」とされる。平成二十一年に織田作之助賞の大賞を受賞。（信時哲郎）

玉川ゆか たまがわ・ゆか

昭和二十二年（月日未詳）～（1947～）。詩人、エッセイスト。神戸市兵庫区に生まれる。別筆名玉川侑香。庶民の心情を関西弁で力強く表現。阪神・淡路大震災で被災、詩「イモトのおっちゃん」は十七ヵ国語に翻訳された。自作詩の朗読など震災を伝える語り部として精力的に活躍している。詩集『四丁目の「まさ」』（平成9年9月、風来舎）、エッセイ集『ここは生きるとこや』（平成10年1月、ユック舎）等著書多数。姫路文学人会議、詩人会議会員。「プラタナス」主宰。（水川布美子）

玉本格 たまもと・いたる

大正七年（月日未詳）～平成十二年四月二十六日（1918～2000）。教育家、詩人。広島に生まれる。昭和十二年、兵庫県師範学校（現・神戸大学）卒業。神戸市立小学校・中学校で勤務した後、四十二年、神戸市立丸山中学校校長となる。神戸市立中学校同和教育研究部長、日本作文の会・神戸作文の会会員。詩集に『亜大陸』（昭和49年1月、玉本格）、『裏長屋物語』（昭和54年8月、玉本格）『玉本格詩集』（平成3年11月、えんぴつの家）等があり、教育に関する著作には『部落と、学校と、変革と』（解放教育選書2、昭和44年、明治図書出版）等がある。（松永直子）

田宮虎彦 たみや・とらひこ

明治四十四年八月五日～昭和六十三年四月九日（1911～1988）。小説家。東京帝国大学医科大学附属医院（現・東京大学医学部附属病院）に生まれ、東京市本郷区龍岡町（現・東京都文京区湯島）の叔父宅に寄寓。三ヵ月後、高知市朝倉町（現・南はりまや町）の父方郷里に帰る。船員の父の勤務地変転に伴って、下関、姫路に移り、大正二年五月、神戸市掘割筋（現・兵庫区新開地）に住む。近辺で転居しつつ小学二年までを過ごす。後、高知の母方郷里を経て、九年八月、兵庫県武庫郡西灘村原田（現・神戸市灘区原田通）、さらに西灘村味泥（現・灘区味泥町）に移る。昭和四年、兵庫県立第一神戸中学校（現・県立神戸高等学校）卒業。五年、第三高等学校（現・京都大学）入学。一時入寮し、一級下の織田作之助と同室となる。筆名硲哲夫で詩「蛾」（「嶽水会雑誌」昭和7年7月）を発表。八年、東京帝国大学文学部国文科入学。九年一月、森本薫・小西克己と創刊した同人誌「部屋」に、筆名竹見光夫で小説「醜聞」を発表。十一年、大学卒業。都新聞に入社するも七ヵ月で退社。以後、主に「日暦」「人民文庫」に作品を発表しつつ、職業と下宿を転々とする。十三年六月、平林千代と結婚。十五年、船山馨・青山光二らと青年芸術派結成。十六年、「山川草木」（「文芸」7月）で初めて作家としての稿料を得る。二十一年二月、経営者兼編集長として「文明」を創刊。二十二年、「霧の中」（「世界文化」11月）で好評を博す。二十三年三月、「文明」を廃刊し、作家活動に専念。「足摺岬」（「人間」昭和24年10月）は郷里高知が舞台であるが、執筆以前に岬を訪れたことはなかった。二十五年、「絵本」（「世界」昭和25年6月）が芥川賞候補となり、二十六年、『絵本』（昭和26年5月、目黒書店）で第五回毎日出版文化賞を受賞。「朝鮮ダリア」（「群像」昭和26年10月）は神戸一中時代の朝鮮人の級友との交友を描く。「都会の樹蔭」（「オール読物」昭和28年10月）が直木賞候補。『田宮虎彦作品集』全六巻（昭和31年10月～32年1月、光文社）刊行中の三十一年十一月五日に妻が死去し、悲嘆にくれる。亡妻との書簡集『愛のかたみ』（昭和32年4月、光文社）の感傷性を平野謙に批判され、文壇から距離を置く。三十三年五月、画家小松益喜との共著で、神戸に関わる随筆を集め、書き下ろしを加えた『神戸我が幼き日の…』（中外書房）刊行。徐々に発表作品は減少したが、四十六年、同人誌「密林」を創刊、「沖縄の手記から」（昭和46年7月～47年4月）を連載し健在を示した。七十六歳で自宅マンションから投身自殺。

（宮川　康）

田山花袋　たやま・かたい

明治四年十二月十三日～昭和五年五月十三日（1871～1930）。小説家、詩人。栃木県邑楽《おうら》郡（明治九年より群馬県に編入）館林町（現・館林市）に父鋿十郎、母てつの次男として生まれる。本名録弥。別号汲古。明治十八年、「穎才新誌」に漢詩の投稿を始める。十九年に上京、桂園派の歌人松浦辰男に師事する。二十三年、日本法律学校（現・日本大学）中退。二十四年五月、尾崎紅葉を訪問、小説家として活動を始める。三十七年の日露戦争従軍前後から、写実を突き詰める自然派へと移行し、「露骨なる描写」（「太陽」明治37年2月）を発表。代表作「蒲団」（「新小説」明治40年9月）は自然主義の記念碑となる。健脚家として知られ、全国の名勝を歩き、多くの案内記を残す。神戸は辰男縁の地でもあり、事跡や風景を、桂園派の和歌や、自身で詠んだ歌によって紹介する。兵庫県の案内記に『日本一周 中編』（大正4年5月、博文館）、『京阪一日の行楽』（大正12年2月、博文館）他がある。〈君が墓たづねて来れば松原に花の咲きたるところ也けり〉〈うつくしき舞子が浜は春かすみよそほふときそ見るべかりける〉。

（高橋博美）

団鬼六　だん・おにろく

昭和六年四月十六日（戸籍上は九月一日）～平成二十三年五月六日（1931～2011）。小説家。滋賀県彦根市芹橋に生まれる。本名黒岩幸彦。昭和十九年、大阪に移住。三十年三月、関西学院大学法学部卒業後、上京。大学時代は軽音楽部に所属、同級に俳優の高島忠夫がいた。三十二年十二月、「親子丼」が「オール読物」新人杯に入選する。翌年、相場師を素材とした『大穴』（昭和33年12月、五月書房）を刊行し、松竹より映画化される。この作品の主人公は大学生大崎恭太郎で関西学院大学の学生を連想し造形されている。その後、酒場経営などに失敗。中学校教員をしていた昭和三十八年より、団鬼六の筆名で「奇譚クラブ」に「花と蛇」（昭和36年9月～39年9月、続編は昭和40年1月～46年9月）を連載、嗜虐的官能作家の第一人者となる。平成元年に断筆宣言し、雑誌「将棋ジャーナル」を主催するも、六年廃刊となる。七年二月、将棋界の異端児を描いた『真剣師 小池重明』（イーストプレス社）を刊行、ベストセラーとなる。『外道の群れ 責め絵師・伊藤晴雨伝』（平成8年5月、朝日ソノラマ）、『最後の浅右衛門』（平成11年6月、幻冬舎）等、歴史小説でもこれまであまり顧みられなかった人物に焦点を当て、新境地を開いている。団の人生観の原点に、終戦間近の昭和二十年六月、勤労動員先の尼崎の軍需工場で将棋を通して米軍捕虜と親しくなるものの、米軍機B29の空襲による彼らの死を目撃するという体験がある。またその女性観の原点には、大学時代に大邸宅が多くある芦屋川辺りで見たという、セーラー服姿の女学生や和服姿の優雅な令夫人のイメージがある。この意味で、団の小説に認められる人生観・運命観や人物造形の原型は、自身の兵庫における体験に基づき形成されたと考えられる。芦屋市を舞台とする作品に「白昼夢」(「SMセレクト」昭和47年5月)、『檸檬夫人』(平成11年6月、新潮社)などがある。

(西尾宣明)

【ち】

遅塚麗水 ちづか・れいすい

慶応二年十二月二十七日～昭和十七年八月二十三日(1866～1942)。小説家、紀行文家、ジャーナリスト。駿河国(現・静岡県)に生まれる。本名金太郎。別号松白。幸田露伴の幼なじみ。村井弦斎と報知社での同僚。日清戦争に従軍した後、都新聞社に移る。明治二十六年に「国民之友」に発表した「不二の高根」は山岳文学の先駆とされる。紀行文集『日本名勝記』(明治31年8月、春陽堂)には、有馬温泉・淡路・須磨などが言及される。二十五年四月から二十六年六月にかけて、「都の花」に小説「蝦夷大王」を発表。

(出原隆俊)

千原叡子 ちはら・えいこ

昭和五年一月二日～(1930～)。俳人。兵庫県朝来《あさご》郡牧田村(現・朝来市)に安積素顔の長女として生まれる。昭和二十年から高浜虚子に師事し、虚子の小説『椿子物語』(昭和26年10月、中央公論社)に登場する。医師、俳人の千原草之《そうし》と結婚。「ホトトギス」同人。句集『須磨明石』(昭和58年12月、東京美術)、稲畑汀子と共著のエッセイ『手土産の本』(平成5年2月、文化出版局)、編著『十三代―安積素顔作品集』(平成13年1月、朝日新聞社)がある。

(永渕朋枝)

鄭義信 ちょん・うぃしん

昭和三十二年七月十一日～(1957～)。脚本家、劇作家、演出家。兵庫県姫路市内の在日同胞部落に生まれる。戦禍で家や土地を失った人々が国有地に作り上げた街であった。横浜放送映画専門学院卒業。松竹美術助手、劇団黒テントを経て、昭和六十二年、新宿梁山泊に参加。戯曲のほか、「月はどっちに出ている」(平成5年、原作梁石日)など、映画・ラジオ・テレビドラマの脚本を手掛ける。

(友田義行)

鄭承博 ちょん・すんばく

大正十二年九月九日～平成十三年一月二十二日(1923～2001)。小説家。朝鮮慶尚北道安東郡臥龍面周下洞に生まれる。昭和八年に単身日本に渡る。二十一年以降、兵庫県の淡路島に居を定める。三十六年に雑俳を始めて、四十一年から小説を執筆。四十七年に「裸の捕虜」(「農民文学」昭和46年11月、「文学界」昭和47年2月再掲)が第十五回農民文学賞を受賞して、第六十七回芥川賞候補作となる。著書に『鄭承博著作集』全六巻(平成5年3月～9年12月、新幹社)などがある。

(宮山昌治)

陳舜臣 ちん・しゅんしん

大正十三年二月十八日～(1924～)。小説家、エッセイスト。神戸市生田区(現・中央区)元町通に生まれる。本籍は台湾台北市。父陳通は神戸栄町の日本人商社に勤めていたが、後に独立して貿易会社「泰安公司」を創設、舜臣十歳の時には店と家族の住まいを一緒にした海岸通の建物に移った。新聞の「出船入船」欄を愛読、港と船の魅力にひかれる一時期を過ごす。神戸市立第一神港商業学校（現・市立神港高等学校）を経て大阪外国語学校（現・大阪大学外国語学部）印度語部に入学。戦局の悪化により昭和十八年九月に繰り上げ卒業し、同校の西南亜細亜語研究所助手となったが、日本の敗戦で国籍が変わり日本人でなくなったのでその職を辞し、一時は台湾で中学校英語教師を勤めた。二十四年に日本に戻り、翌二十五年、蔡錦墩と結婚、以後約十年間は家業の貿易業に従事するかたわら、読書や歴史研究に多くの時間を割いた。三十六年八月、神戸を舞台として、中華料理店主人陶展文が殺人事件の謎を追う姿を描いた『枯草の根』（昭和36年10月、講談社）で第七回江戸川乱歩賞を受賞。推理小説作家として出発し、昭和二十年三月の空襲の折に焼失した海岸通の家を登場させた〈陶展文もの〉の第一作、『三色の家』（昭和37年4月、講談社）をはじめとする書き下ろし長編推理小説を次々と発表。四十五年には『玉嶺よふたたび』（昭和44年1月、徳間書店）、『孔雀の道』（昭和44年2月、講談社）で日本推理作家協会賞を受賞した。これと並行して、初のエッセイ集『神戸というまち』（昭和40年9月、至誠堂）では、みなと神戸の主役が人間から機械へ変化していく時代の流れをとらえ、書き下ろし長編小説『阿片戦争』（昭和42年10月・11月、講談社）によって、中国史や中国と日本の関係を軸にしながらアジアの現代を問う歴史小説の量産体制に入った。さらに四十四年一月には第六十回直木賞を「青玉獅子香炉」（「別冊文芸春秋」昭和43年9月）で受賞。同年十二月、灘区篠原伯母野山に新居（「六甲山房」と命名）を構えて暮らし始めるが、神戸港を一望する書斎の窓は「歴史と現実が重なり合い、未来に向かってゆ」（李庚「神戸から世界へ」、『陳舜臣中国ライブラリー』月報6、平成11年10月、集英社）く空間として、この作家の想像力や構想力を養うものであったかもしれない。四十六年も神戸市民協会の役員就任、神戸の異人館を舞台とする推理小説「柊の館」の連載開始（「婦人画報」）、『実録アヘン戦争』（昭和46年6月、中公新書）による毎日出版文化賞の受賞と、活動は多岐にわたっているが、とくに日中国交回復を翌年に控えた時代の気運に敏感に反応して竹内好、武田泰淳らと活発に対談、その成果をエッセイ集『日本人と中国人』（昭和46年8月、祥伝社）にまとめ、時流に阿《おもね》らない日本人の中国認識の必要性を訴えかけた。四十七年、日中国交回復の翌十月、初めて中国に行く。香港、広州、南京などを訪れ、北京では妹の妙齢と会う旅だったが、以後毎年のように取材も兼ねて西安、敦煌、蘭州、ウルムチ、トルファン、蘇州、杭州、上海、長沙、桂林、福州、厦門などの地を訪ねる。その結果、『敦煌の旅』（昭和51年7月、平凡社、大佛次郎賞受賞）、『シルクロードの旅』（昭和52年11月、平凡社）といった紀行集も著作目録に加えられることになる。むろん歴史小説においてもこれらの旅は有効に生かされ、『阿片戦争』についで中国の近代を扱った長編「太平天国」（「小説現代」昭和54年6月〜57年5月）へと結実していった。神戸市民文化賞を受賞した五十年には、日中戦争の時代を背景として神戸の日本人家庭に育った中国人革命家の娘碧雲の精神の遍歴を描いた小説「桃花流水」の連載（「朝日新聞」）、五十二年にも「江は流れず—小説日清戦争」の連載（「歴史と人物」）をそれぞれ開始し、日中交渉史に取材した歴史長編はさまざまな実りを示していく。さらに総体としての中国史に対する関心が集約化された『中国の歴史』全十五巻の刊行も五十五年十一月から始まった（昭和58年6月完結、平凡社）。また、この年にはＮＨＫ取材班との共著『シルクロード第一巻　長安から河西回廊へ』（4月、日本放送出版協会）も刊行。こうした放送メディアとの関わりは、陳舜臣の行動圏を中国のみならずイラン、トルコ、ローマにまで広げていった。弟陳謙臣との共訳、姚雪垠著『叛旗―小説李自成』上・下（昭和57年10月、講談社、第二十回翻訳文化賞受賞）や「軽快な労作」（大江健三郎）と評された『茶事遍路』（昭和63年4月、朝日新聞社、第四十回読売文学賞の随筆・紀行賞受賞）で新たな境地を開拓する一方、『神戸というまち』に加筆した『神戸ものがたり』（昭和56年6月、平凡社）や、戦前から戦中にかけてこの街で暮らした中国人の人生模様を描き出した短編集『異人館周辺』（平成2年4月、文芸春秋）では、これまでと変わらぬ神戸に対する情熱を寄せている。平成二年十月、日本国籍を取得、同年十二月、中国時報社の招きで四十一年ぶりに台湾を訪れた。五年一月にはＮＨＫ大河ドラマで、沖縄各地を訪れて書き上げた『琉球の風』（平成4年9月～11月、講談社）が始まり、また第六十三回朝日賞を受賞。「中国と日本の歴史を踏まえた文学作品を通して日本文化に大きな貢献」を果たしたことが授賞の理由だが、その後も「耶律楚材」や「魏の曹一族」（単行本化に際して『曹操―魏の曹一族』（上下、ともに平成10年11月、中央公論社）と改題）といった歴史小説の連載が続く。この年九月には台北市に「舜臣図書室」が開設された。翌六年八月、講演中に脳内出血で倒れる。入院生活は五ヵ月に及ぶも、その間にリハビリを始めて七年一月十三日に退院したが、四日後に阪神・淡路大震災に遭う。身体が不自由なため自宅を離れて沖縄に行き、リハビリに努めたが、二十四日の「神戸新聞」に「神戸よ」を発表し、復興に向けてのメッセージを送った。同年三月、第五十一回日本芸術院賞、十一月、第三回井上靖文化賞をそれぞれ受賞。八年二月、司馬遼太郎死去。大阪外語時代以来の知り合いであった司馬は、福建、台北への旅や、数多くの対談を通じて舜臣が深く交わった文学的僚友だった。同年十月大阪芸術賞受賞。十年一月、第一回司馬遼太郎賞選考にあたって委員会に加わるが、それ以前にも直木賞選考委員をはじめ、さまざまな文学賞の選考委員に名を連ねている。同年十一月勲三等瑞宝章受章。すでに『陳舜臣全集』全二十七巻（昭和63年9月完結、講談社）があったが、十一年五月から全三十巻『陳舜臣中国ライブラリー』（集英社）の刊行も始まった（平成13年10月完結）。このシリーズの月報には自伝「道半ば」が連載されている。

＊枯草の根《かれくさのね》　長編小説。〔初版〕『枯草の根』昭和36年10月、講談社。書き下ろし。◇師走の神戸で起きたアパート経営の老中国人殺人事件に端を発し、中華料理店の主人で拳法の達人でもある陶展文が、若き新聞記者小島や朋友の朱漢生と組んでその解決に挑む。事件に絡んで登場する南洋華僑や上海出身の銀行家が体現している、彼らが歴史や社会との相克の中で紡いできた生の実相を鮮やかに浮かび上がらせることによって、単なる謎解きの物語には回収されない、作者の言葉を借りれば「登場人物の分泌するものを、受け容れるスペース」（「推理小説私観」）を持つ作品となっている。第七回江戸川乱歩賞受賞。

＊異人館周辺《いじんかんしゅうへん》　短編小説集。〔初出〕

「オール読物」昭和54年2月〜平成元年12月、断続掲載。〔初収〕平成2年4月、文芸春秋。◇トーアロードのかたほとりに住む趙老人の語りを借りて趙一族の秘められた過去の一面が浮き出てくる表題作「異人館周辺」（昭和54年2月）をはじめ、どの作品も、港町神戸に海彼から流れこんできた人間たちの生の営みを余情をもって描き出す。ペンキ塗り職人洪若源とその妻との間に結ばれた不思議な縁が彼女の死後明らかにされていく「崖門心中」（昭和62年8月）や、「彼女の芯は透明で、どんな色にも染まらない」台湾生まれの阿蘭が、亡き夫に対する愛情をさりげなく示すところで終わる「梅花拳」（平成元年1月）、日中戦争の最中に神戸三宮の中華料理店白雲楼で出会ったコックの習源、パンディットと呼ばれるインド人、店主の息子趙少年の三人が辿る数奇な人生を語った「パンディット」（昭和62年5月）など、巨大な歴史の流れからみればほんのわずかな砂粒にしかすぎない人の一生の中に、じつは他の何物にも代え難いドラマが潜んでいることを、作家の筆は愛情をもって掘り当てている。

（大橋毅彦）

【つ】

塚本邦雄　つかもと・くにお

大正九年八月七日〜平成十七年六月九日（1920〜2005）。歌人、小説家。滋賀県神崎郡五個荘村字川並（現・東近江市五個荘川並町）に生まれる。昭和十三年三月、滋賀県立神崎商業学校（現・県立八日市南高等学校）を卒業し、又一株式会社に勤務する。十七年八月、呉海軍工廠に徴用される。二十三年五月、竹島慶子と結婚し、倉敷の母方の弟外村吉之介方に同居し、毎週教会の日曜礼拝に出席する。二十四年四月、長男青史（現在、作家）誕生。前衛短歌運動の旗手として現代短歌を推進し、六十年一月、「玲瓏」の主宰者となる。平成元年四月、近畿大学文芸学部教授となり、創作の授業や近現代文学を担当しながら、学生歌人を育てる。歌集は『水葬物語』（昭和26年8月、メトード社）から『約翰《よはね》傳偽書』（平成13年3月、短歌研究社）までの二十四歌集。さらにその間に「間奏歌集」「小歌集」「未刊歌集」「彩画歌集」などの作品集が出される。その他、『茂吉秀歌』全五巻（昭和52年4月〜62年9月、文芸春秋）をはじめとする評論集、『荊冠伝説─小説イエス・キリスト』（昭和51年8月、集英社）をはじめとする小説、『新歌枕東西百景』（昭和52年9月、毎日新聞社）や『独断の栄耀』（平成12年5月、葉文館出版）をはじめとする著作など三百冊を超える単行本がある。平成四年に『黄金律』（平成3年4月、花曜社）で第三回斎藤茂吉短歌文学賞受賞、九年に勲四等旭日小綬章受章。享年八十二歳。〈（兵庫県養父郡八鹿町九鹿）紅葉《もみぢ》ふむあしおとしろがねの雪散るごとしかなしや音楽《ムジカ》〉（『新歌枕東西百景』）。

（安森敏隆）

告野畔秋　つげの・ばんしゅう

明治三十一年九月三十日〜昭和三十四年五月八日（1898〜1959）。俳人。兵庫県朝来郡生野町（現・朝来市）に生まれる。本名新作。別号銀兆。関西工学専修学院建築科卒業。神戸市役所土木部に勤務。大正六年頃、大橋桜坡子に師事。「ひよどり」「旗艦」同人を経て、昭和十一年、「高原」を創刊主宰。戦後廃刊するが、二十三年に復刊して「六甲台」と改称した。明石市に住んでいたこともある。神戸市で没する。

（生井知子）

辻善之助 つじ・ぜんのすけ

明治十年四月十五日～昭和三十年十月十三日（1877～1955）。歴史学者。兵庫県姫路元塩町（現・姫路市元塩町）に生まれる。明治三十三年に東京帝国大学文科大学卒業、同大学院に進学し日本仏教史の研究に従事。東京帝大の教員を兼任しながら、東京帝大史料編纂員、編纂官などを勤め、『大日本史料』第十二編編纂を主宰。昭和二十七年、文化勲章受章。『日本佛教史』全十巻（昭和19年～28年、岩波書店）など、著者多数。（永井敦子）

辻原登 つじはら・のぼる

昭和二十年十二月十五日～（1945～）。小説家。和歌山県に生まれる。本名村上博。平成二年、『村の名前』（平成2年8月、文芸春秋）で第一〇三回芥川賞受賞。以降、読売文学賞、谷崎潤一郎賞、川端康成文学賞、大佛次郎賞、毎日芸術賞等を受賞。東海大学文学部教授として文芸創作を講じている。『ジャスミン』（平成16年1月、文芸春秋）は、中国で消息を絶ったままの父を探すために、その息子が神戸から上海行きの船に乗るところから始まる。神戸の華僑社会が描かれる他、震災直後の神戸も登場する。（信時哲郎）

辻久一 つじ・ひさかず

大正三年三月十八日～昭和五十六年一月三日（1914～1981）。映画・演劇評論家、制作者、シナリオ作家。兵庫県に生まれる。東京帝国大学独文科卒業。在学中から映画評論の筆を執る。昭和十四年応召、上海軍報道部、中華電影で働く。二十一年、大映京都撮影所企画部に入社、溝口健二監督「雨月物語」（昭和28年）などを企画制作、同監督による「新・平家物語」（昭和30年）などの脚本にも携わった。東芝日曜劇場などのテレビドラマも多く手がけている。著書に『夜の芸術』（昭和24年5月、審美社）など。（生井知子）

津高和一 つたか・わいち

明治四十四年十一月一日～平成七年一月十七日（1911～1995）。画家。兵庫県西宮市に生まれる。幼い頃から詩に親しみ、詩誌「神戸詩人」や「天秤」の同人としてモダニズム詩人グループと関わる。昭和二十一年の第一回行動美術展より第十九回まで連続して出展。四十三年より大阪芸術大学教授も務める。平成七年の阪神・淡路大震災にて西宮の自宅が倒壊して逝去。『余白 津高和一・作品とエッセイ』（昭和62年10月、博進堂）、『僕の呪文と抽象絵画』（平成17年11月、神戸新聞総合出版センター）などがある。（信時哲郎）

土田耕平 つちだ・こうへい

明治二十八年六月十日～昭和十五年八月十二日（1895～1940）。歌人、童話作家。長野県諏訪郡上諏訪町（現・諏訪市）に生まれる。明治四十五年、玉川小学校教員となり、同僚の島木赤彦に師事し歌を「アララギ」に発表。大正二年、私立東京中学校（現・東京高等学校）に入学。卒業後、小学校に三ヵ月勤務したのち童話を制作。健康を害し療養のため、十三年に須磨、妙法寺、明石などに住む。この時代の歌は歌集『斑雪』（昭和8年3月、古今書院）に所収。〈須磨寺や龍華の橋を越えくれば冬小鳥鳴く松の木の間に〉。（永井敦子）

土屋文明 つちや・ぶんめい

明治二十三年九月十八日～平成二年十二月八日（1890～1990）。歌人、国文学者。群馬県群馬郡上郊村（現・高崎市）に生まれる。幼少期に伯父から俳句を教わり、群馬県立高崎中学校（現・県立高崎高等学校）在学中より、蛇床子の筆名で「ホトトギス」に投稿する。短歌誌「アカネ」にも参加し、伊藤左千夫に師事して「アララギ」創刊（明治41年10月）に参画する。第一高等学校（現・東京大学）を経て東京帝国大学に進学。東大在学中には芥川龍之介らと第三次「新思潮」の同人に加わり、小説や戯曲を書く。大正五年六月、東京帝国大学を卒業し、夏、有馬温泉や六甲に遊ぶ。その後、城崎温泉などを訪ねて歌を作る。第一歌集『ふゆくさ』（大正14年2月、古今書院）を出版。昭和五年には斎藤茂吉から「アララギ」の編集発行人を引き継ぎ、アララギ派の指導的存在となる。十年、都市小市民の側に立つ文明独自の歌風を確立して、第三歌集『山谷集』（昭和10年5月、岩波書店）を上梓し、赤彦調から脱却した新機軸を打ち出すことにより、戦中から戦後の「アララギ」を牽引していく。二十八年に日本芸術院会員になり、六十一年に文化勲章受章。その他の歌集に、『往還集』（昭和5年12月、岩波書店）、『青南集』（昭和42年11月、白玉書房）、『青南後集以後』（平成3年8月、石川書房）などの多数を持ち、『万葉集私注』（昭和24年5月～31年6月、増補版・昭和44年6月～45年4月、新訂版・昭和51年3月～52年10月、筑摩書房）の業績により芸術院賞を受賞。その他、万葉集の著作は多数ある。享年百歳。〈有馬より六甲に吾を伴ひし友等と見たり秋になる山を〉（『山谷集』）。

（安森敏隆）

筒井康隆 つつい・やすたか

昭和九年九月二十四日～（1934～）。小説家。大阪市に生まれる。昭和三十二年、同志社大学卒業。三十五年六月に、三人の弟正隆・俊隆・之隆とともにSF同人誌「NULL」を創刊。創刊号には父の嘉隆も文章を寄せた。この創刊号の「お助け」が江戸川乱歩の目に留まり、「宝石」に転載され、事実上の文壇デビュー作となった。四十年四月二十四日、宝塚ホテルで小松左京の媒酌で松野光子と挙式。小松は兵庫県立第一神戸中学校（現・県立神戸高等学校）出身で、神戸育ちである。また光子は松野三次とちゑ子の長女で、三次は神戸市垂水の牧場経営者であった。この縁もあってか、筒井夫妻は四十七年四月に、神戸市垂水区瑞ヶ丘に自宅を新築し移った。五十年八月、第十四回日本SF大会を初めて神戸で主催し、成功を収める。平成五年に出版社の自主規制に抗議して断筆するが、九年より執筆再開。断筆中の平成七年一月十七日、阪神・淡路大震災に遭遇。垂水区の自宅も被災した。作中に兵庫県が描かれることも多く、「東海道戦争」（「SFマガジン」昭和40年7月）においては、伊丹市の大阪国際空港が大阪側の軍事空港となっている。『虚人たち』（「海」昭和54年6月～56年1月。昭和56年4月、中央公論社）により第九回泉鏡花文学賞を受賞。「夢の木坂分岐点」（「新潮」昭和60年1月～61年10月）で第二十三回谷崎潤一郎賞受賞。「ヨッパ谷の降下」（「新潮」昭和63年1月）で第十六回川端康成文学賞受賞。「朝のガスパール」（「朝日新聞」平成3年10月18日～4年3月31日）で第十二回日本SF大賞受賞。また平成九年には、神戸市名誉市民勲章を受章した。執筆再開後の「わたしのグランパ」（「オール読物」平成11年4月）で第五十一回読売文学賞受賞。『筒井康隆全集』全二十四巻（昭和58年4月～60年3月、新潮社）がある。

＊こちら一の谷《こちらいちのたに》 短編小説。〔初出〕「週刊新潮」昭和50年7月3日。〔初収〕『メタモルフォセス群島』昭和51年2月、新潮社。◇源義経一行が平家との合戦のために

一の谷にやってくるが、人数や時間、場所などについて、史料の記述のずれや伝説の有無に混乱することになる、時代感覚を超越した筒井のいわゆる「時代小説」。ひより越にさしかかると、山陽電鉄の宣伝課員と神戸電鉄の宣伝課員がそれぞれ、自社に有利な路に案内しようとする。「鉄拐山の頂に立って東を見たなら須磨寺や月見山さらには神戸港、西を見たなら低い丘のようなジェームズ山のうねりの彼方に筒井康隆の豪邸も見えた筈」との記述や、新中納言知盛が、一子知章とニシムラ珈琲店で、フロインドリーブのケーキを食べていたりする。（真銅正宏）

坪内士行 つぼうち・しこう

明治二十年八月十六日～昭和六十一年三月十九日（1887～1986）。劇作家、演出家、大学教授。愛知県名古屋区（現・名古屋市）に生まれる。坪内逍遥の兄義衛の子で、逍遥に子がなかったため七歳の時に養子となる。明治四十二年、早稲田大学英文科卒業、ハーバード大学に留学し演劇を学ぶ。大正四年に帰国後、宝塚少女歌劇団の顧問として小林一三に迎えられる。小林は、少女歌劇学校の選科における男優教育を坪内に任せようとしたが、結局この計画は頓挫した。以後、宝塚歌劇で演出・作品提供をして、その主なものをまとめて『新歌舞劇十二集』（大正13年1月、宝塚少女歌劇団）を出版。十五年、既成の男女俳優を募集して宝塚国民座が旗揚げし、坪内はそこでも演出などに奮闘するが、劇団は五年で解散。昭和九年、小林が東京に進出して創立した東京宝塚劇場の東宝劇団の運営に参加したが、十四年に幕を閉じる。以後、早稲田大学、東洋大学などで教鞭をとる。（杣谷英紀）

坪内稔典 つぼうち・としのり

昭和十九年四月二十二日～（1944～）。俳人。愛媛県西宇和郡町見村九町（現・伊方町）に生まれる。父玄良、母鶴の長男。「ネンテン」は愛称。立命館大学大学院文学研究科修了。園田女子短期大学専任講師、この間兵庫県尼崎市に在住。現在、仏教大学教授。京都教育大学名誉教授。伊丹市柿衞文庫俳句塾也雲軒塾頭。昭和六十年より「船団」を創刊、既存の俳壇に寄りかからない俳句のあり方を模索する。また、口誦性こそが俳句の強みであるとする俳句片言論を展開、俳句に社会性や人生観を詠みこもうとする姿勢に疑義を呈す。俳人宇多喜代子らと図り超結社の大阪俳句史研究会を設立。正岡子規を中心に近代文学全般への論究も多い。『坪内稔典句集〈全〉』（平成15年11月、沖積舎）。評論に『子規随考』（昭和62年3月、沖積舎）、『俳句 口誦と片言』（平成2年1月、五柳書院）、『新芭蕉伝 百代の過客』（平成7年6月、本阿弥書店）、『上島鬼貫』（平成13年5月、神戸新聞総合出版センター）など。（渡辺順子）

津村京村 つむら・きょうそん

明治二十六年八月十七日～昭和十二年四月五日（1893～1937）。劇作家、小説家。兵庫県明石市に生まれる。本名京太郎。小学校を卒業後、独学で小説や戯曲を学び創作にあたる。大正十年、生田葵山・若月紫蘭らと演劇雑誌「人と芸術」を創刊、主宰。自伝小説『結婚地獄』（大正13年4月、小西書店）は、失恋後も忘れられずにいる彌素子と、妻秋子との両者への愛に苦悩する主人公良介の次女を描く。戯曲集に『死の接吻』（大正13年4月、小西書店）、『戦国異風心中』（大正15年9月、彩雲堂）、『二頭馬車』（昭和10年11月、人と芸術社）がある。（中谷美紀）

津村信夫　つむら・のぶお

明治四十二年一月五日〜昭和十九年六月二十七日（1909〜1944）。詩人。神戸市葺合《ふきあい》区（現・中央区）熊内《くもち》橋通に生まれる。習作期の筆名は信輔《のぶすけ》。兵庫県立第一神戸中学校（現・県立神戸高等学校）などを経て、昭和十年、慶応義塾大学経済学部卒業。東京海上火災保険会社に就職するが、三年あまりで退職。大正十五年八月、家族とともに避暑のため滞在した軽井沢で、室生犀星と家族ぐるみの交際が始まる。昭和二年夏、慶応予科在学中に肋膜炎発症、休学を余儀なくされる。その間、「アララギ」の短歌に親しみ、『信輔詩抄』など詩作に没頭。三年、白鳥省吾が主宰する「地上楽園」に参加。「アララギ」に短歌発表。五年、丸山薫との文通開始。六年十二月、兄秀夫（映画評論家）らと「四人」創刊。七年、春山行夫編集の季刊「文学」に詩十編を発表。九年十月、第二次「四季」創刊に加わり、以後立原道造とともに「四季」の枢要な若手詩人として活躍するが、十九年六月の同誌終刊とほぼ同時にアディスン氏病で死去。詩集に『愛する神の歌』（昭和10年11月、四季社）、『父のゐる庭』（昭和17年11月、臼井書房）、『或る遍歴から』（昭和19年2月、湯川弘文堂）。短編小説集に『戸隠の絵本』（昭和15年10月、ぐろりあ・そさえて）、『善光寺平』（昭和20年12月、国民図書刊行会）、『初冬の山』（昭和23年1月、鎌倉文庫）がある。

（國中　治）

津村秀夫　つむら・ひでお

明治四十年八月十五日〜昭和五十六年八月十二日（1907〜1981）。映画評論家。神戸市に生まれる。弟に詩人の津村信夫。第七高等学校（現・鹿児島大学）を経て、昭和六年、東北帝国大学卒業。朝日新聞社入社。「アサヒカメラ」の編集長を務める。三十七年からは慶応義塾大学と共立女子大学にて、非常勤講師を務めた。初期から示唆に富む映画評論で映画鑑賞者層に、また戦時下では統制官僚の政策作成に影響を与えた。戦後は簡潔で明快な表現で評論し続けた。著書に『映画と批評』（昭和14年3月、小山書店）など多数。秀夫は、弟の信夫と「青い花」などから交友のあった太宰治に一円を貸し（太宰治、津村信夫宛書簡、昭和11年6月23日）、「信夫逝去の速達」を太宰治に送った。（太宰治「郷愁」昭和19年8月頃執筆）

（洪　明嬉）

【て】

手塚治虫　てづか・おさむ

昭和三年十一月三日〜平成元年二月九日（1928〜1989）。漫画家。大阪府豊能郡豊中町（現・豊中市）に、会社員の父粲《ゆたか》、母文子の長男として生まれる。本名治。父方の祖父は元長崎控訴院院長。曾祖父は手塚良庵（後に良仙）という医者で、曾々祖父と共に「陽だまりの樹」（「ビッグコミック」昭和56年4月〜61年12月）に描かれている。昭和九年頃、兵庫県川辺郡小浜村鍋野（現・宝塚市御殿山）に転居し、この家にあった楠の大木は「新・聊斎志異 女郎蜘蛛」（「少年キング」昭和46年1月13日、少年画報社）に登場する。十年、大阪府立池田師範附属小学校（現・大阪教育大学附属池田小学校）に入学。趣味人であった父のマンガ本やカメラ、撮影機に興味を示し、母からはピアノを習い、共に宝塚歌劇を観劇した。隣家に宝塚歌劇団のスター天津乙女が住んでいたことから、宝塚歌劇には幼い頃からなじみがあり、その影響はよく指摘される。小学生時代はいじめられっ子で（ただし、そうした事実はなかったという同級生の証言もある）、ヒマさえあればマンガを描き、また、野山を駆けめぐっては昆虫採集に勤しむ。ペンネームのオサムシ（治虫は当初、オサムシと読ませるつもりであった）も、この頃の経験に由来する。十六年、大阪府立北野中学校（現・府立北野高等学校）に入学。地歴班と美術班を兼部し、精密な模写による「原色甲虫図譜」を描く他、友人たちと雑誌「動物の世界」を発行。しかし、戦局の悪化と共に勤労奉仕の日々を送ることとなる。西宮市にあった一里山健民修練所に送られ、厳しい生活を強いられるうち、糜爛性白癬疹《びらんせいはくせんしん》により両手が腫れ上がり、ギリギリのところで切断を免れる。二十年七月、軍医不足を解消するために作られた大阪帝国大学附属医学専門部に入学するが、これは前年の白癬疹騒動が医学に興味を持つきっかけになったからとのこと（軍医であれば最前線に送られることがないという計算もあっただろう）。大阪は何度も空襲を受けたが、終戦の報せを聞き、ネオンの復活した大阪の街を見ると、これからは隠れてマンガを描く必要もない自分の時代だと思えて嬉しかった、と自伝や自伝的マンガの中で述べている。敗戦直後の二十一年一月四日より「少国民新聞」に「マァチャンの日記帳」の連載を始め、同年、関西マンガクラブ顧問の酒井七馬と知り合うと、酒井の原案と手塚の絵による『新宝島』（昭和22年1月、育英出版）を刊行。あちこちに酒井の手が入っていて不快に思うが、本は四十万部も売れ、藤子不二雄や石ノ森章太郎、松本零士らに大きな影響を与え、戦後漫画の方向を決定づけた。大阪の松屋町（現・中央区）界隈にあった出版社に出入りして、粗悪な紙に印刷された赤本と呼ばれるマンガ本を多数出版。初期SF三部作と言われる『ロスト・ワールド』（昭和23年12月、不二書房）、『メトロポリス』（昭和24年9月、育英出版）、『来るべき世界』（昭和26年1月、2月、不二書房）等がこの時代の代表作。大阪での評判を聞いた「漫画少年」の編集長加藤謙一の依頼により、二十五年十一月号より同誌に「ジャングル大帝」の連載を開始。二十六年四月号より「少年」（光文社）で「アトム大使」の連載を開始。翌二十七年四月からは脇役であったアトムが主役となった「鉄腕アトム」の連載が始まり、同誌での連載は四十三年まで続く。昭和二十六年三月に医学専門部を卒業し、翌年七月に医師国家試験に合格すると、宝塚から東京に居を移すが、この頃、既に手塚は数本の連載を抱える大人気作家となっていた。二十八年一月号から「少女クラブ」に、日本初の少女向けストーリー漫画である「リボンの騎士」の連載を開始、宝塚歌劇の影響が随所に窺える。三十四年十月、親戚であった岡田悦子と結婚。三十五年度の長者番付では、画家、漫画家の部でトップとなる。三十六年一月、「異型精子細胞における膜構造の電子顕微鏡的研究」により奈良医科大学より医学博士号を取得。三十八年一月には、日本初の連続テレビアニメ番組とされる「鉄腕アトム」を、自身が設立した虫プロダクションの制作で開始。破格の安さで制作を引き受け、経費節減を徹底しながら実施。以降、「ジャングル大帝」や「リボンの騎士」、「W3《ワンダースリー》」「バンパイヤ」と自身の作品を中心にアニメ作品の放送を続ける。この頃、手塚を慕って上京し、かつて手塚が住んでいたトキワ荘に下宿していた若手漫画家たちが次々にヒット作を発表するが、一方で、スピードや残酷さを強調したシャープな画法で、血や死体などの描写も厭わない劇画が、漫画読者の年齢層の上昇等の影響もあってブームとなる。手塚の人気は下降し、作風も暗転。四十八年八月の虫プロ商事に続いて、同年十一月には虫プロダクションも倒産。批判的だった劇画の技法やテーマなども取り入れ、活動の拠点を青年誌にも広げる。四十八年十一月「少年チャンピオン」に、従来のキャラクターとは違って、黒いマントを羽織り、顔には大きな傷痕、外科医として最高の技術がありながら医師免許を持たず、患者に法外な治療代を請求する男を主人公とする「ブラック・ジャック」を掲載すると好評を以て迎えられる。翌四十九年七月には「少年マガジン」で「三つ目がとおる」の連載も始め、少年漫画誌での復活を遂げる。五十二年六月より『手塚治虫漫画全集』全三百巻の刊行開始（昭和59年10月完結。没後の平成4年より百冊分を追加して、平成9年12月に全四百巻が完結）。アニメーションの分野では、自作のテレビ放映は減るものの劇場版の長編アニメや実験アニメの制作を続け、昭和五十三年から日本テレビの特別番組「愛は地球を救う」で、ほぼ毎年長編アニメが放送された。平成元年二月九日、胃ガンのため死去。六年四月、宝塚市立手塚治虫記念館が開館した。

＊ゼフィルス《ぜふぃるす》　短編漫画。〔初出〕「週刊少年サンデー」昭和46年5月23日。〔初収〕『タイガーブックス1』昭和51年9月、汐文社。◇毎日のように空襲があった昭和二十年、実戦訓練や防空壕掘りばかりをさせられていた中学生の「ぼく」が主人公。「ぼく」は、手塚本人を思わせる虫マニア。憧れのゼフィルス蝶を追ううちに脱走兵を捜す特高に出くわすという物語。地名は書かれていないが、主人公がゼフィルスを追いかけているのは、自宅近くの宝塚の山々がモデルだと思われる。

＊モンモン山が泣いてるよ《もんもんやまがないてるよ》　短編漫画。〔初出〕「月刊少年ジャンプ」昭和54年1月。〔初収〕『手塚治虫漫画全集124巻 タイガーブックス4』昭和54年8月、講談社。◇昭和十一年、小学校四年生のシゲルはいじめられっ子。そんなシゲルが、紋紋山と呼ばれる自宅の裏山の蛇神社で、ヘビがのりうつったと自称する男と出会い、自信をもって生きることの大切さを教えられる。蛇神社は戦争中に取り壊されたことになっているが、阪神・淡路大震災まで残っていた。震災で倒壊した後、作品とほぼ同じ形に再建された。

＊アドルフに告ぐ《あどるふにつぐ》　長編漫画。〔初出〕「週刊文春」昭和58年1月6日～60年5月30日。〔初収〕『アドルフに告ぐ』昭和60年5月、6月、8月、11月、文芸春秋。◇第二次世界大戦前後のドイツと日本を舞台として、アドルフという名前を持った三人の男（ナチスの総統アドルフ・ヒトラー、神戸でパン屋を営むユダヤ人の息子アドルフ・カミル、神戸のドイツ領事館の外交官の息子アドルフ・カウフマン）をめぐる物語。昭和十三年七月に神戸を襲った阪神大水害や二十年の神戸空襲等が描かれている他、川辺郡小浜村御殿山（現・宝塚市）の山林、神戸市北野の風見鶏の館（旧トーマス住宅）をモデルにしたカウフマン邸等も登場する。

（信時哲郎）

寺内邦夫　てらうち・くにお　昭和三年二月二十三日～（1928～）。著述家。神戸市長田区に生まれる。京都市左京区在住。関西学院中学部より陸軍特別幹部候補生として従軍。神戸市外国語大学中退。島尾敏雄に師事し、同人雑誌「タクラマカン」（昭和25年2月創刊）に参加。英米海運代理店勤務、社会福祉法人理事などを歴任。「青銅時代」同人。著書に『悲しみの袋』（平成7年8月、大宝文庫）、『島尾紀　島尾敏雄文学の一背景』（平成19年11月、和泉書院）などがあり、島尾の研究家として知られる。

（西尾宣明）

寺崎方堂 てらさき・ほうどう

明治二十三年年九月二十日～昭和三十八年十二月二十四日（1890～1963）。俳人。神戸市に生まれる。通称寺崎芳之輔。昭和十八年より義仲寺無名庵十八世主人。大津市の義仲寺は松尾芭蕉の墓所であり、芭蕉の大津滞在時の宿が無名庵である。方堂は、俳諧を志し俳誌「正風」を刊行する。編著に連句集『正風年刊』（昭和54年2月、無名庵）、無名庵十五世『露翁遺稿 俳禅』（昭和57年8月、無名庵）などがある。

（西尾宣明）

寺沢大介 てらさわ・だいすけ

昭和三十四年六月十日～（1959～）。漫画家。神戸市に生まれる。慶応義塾大学文学部を卒業。昭和六十年に「イシュク」（「フレッシュマガジン」）でデビュー。六十一年から「ミスター味っ子」（「週刊少年マガジン」）を連載、昭和六十三年に第十二回講談社漫画賞を受賞。平成四年から「将太の寿司」（「週刊少年マガジン」）を連載、八年に第二十回講談社漫画賞を受賞。十三年に「喰わせモン！」（「週刊少年マガジン」）を連載。十四年に「喰いタン」（「イブニング」）の連載を開始し、また十五年に「ミスター味っ子Ⅱ」（「イブニング」）の連載を開始して、それぞれ現在に至っている。「ミスター味っ子」と「将太の寿司」はアニメーション化され、また「将太の寿司」と「喰いタン」はテレビドラマ化された。料理漫画またはグルメ漫画と呼ばれる、食に関する題材を扱った作品を主に描いている。料理を題材としない作品には、妖怪漫画「WARASHI」（「週刊少年マガジン」）がある。

（宮山昌治）

寺島珠雄 てらしま・たまお

大正十四年八月五日～平成十一年七月二十二日（1925～1999）。詩人。東京府北豊島郡西巣鴨町（現・東京都豊島区）に生まれる。本名大木一治。昭和十五年、千葉関東中学校（現・千葉敬愛高等学校）を中退、辻潤に心酔する。職を転々としながら、労働運動を行う。戦後は、山谷や釜ヶ崎に在住する。詩集に『わがテロル考』（昭和51年5月、VAN書房）他多数があり、岡本潤、小野十三郎の資料研究でも緻密な業績を残した。『小野十三郎著作集』全三巻（平成3年9月～3年2月、筑摩書房）は寺島により編集された。兵庫との関係では、昭和二十九年、神戸異人館近くの喫茶店で働いた経験がある。また、五十三年、釜ヶ崎から尼崎に転居しており、阪神・淡路大震災で被災した。

（西尾宣明）

寺林峻 てらばやし・しゅん

昭和十四年八月八日～（1939～）。小説家。兵庫県飾磨郡夢前町（現・姫路市）に生まれる。兵庫県立福崎高等学校、慶応義塾大学文学部仏文科を卒業。高野山専修学院で一年間修道し僧籍を得る。昭和三十九年から六年間、京都で宗教日刊紙「中外日報」の編集記者を勤める。その後、姫路に帰り、播磨の歴史紀行を書き始める。五十四年に播州歌舞伎をテーマとする小説「幕切れ」で文芸春秋社オール読物新人賞を受賞。これを機に歴史、宗教などを素材とする小説とノンフィクション作品を執筆。なお、五十八年から平成十一年まで、生家でもある高野山真言宗薬上寺の住職を勤める。主な著書に、ノンフィクション部門では、播磨国風土記を題材にした寺河俊人名による『神々のさすらい「播磨国風土記」の世界』（昭和54年10月、角川書店）、『富士の強力』（平成10年7月、東京新聞社）、小説では

『吉田茂 怒濤の人』（平成3年11月、講談社）、『双剣の客人 生国播磨の宮本武蔵』（平成12年7月、アールズ出版）がある。また兵庫関係の作品には『姫路城凍って寒からず』（平成10年1月、東洋経済新報社）、『盤珪《ばんけい》虚空を家と棲みなして』（平成11年5月、神戸新聞出版センター）などがある。平成十六年に兵庫県文化賞受賞。（槌賀七代）

土井重義　どい・しげよし

明治三十七年九月三日～昭和四十二年十月十五日（1904～1967）。国文学者、図書館学者。兵庫県に生まれる。昭和二十七年四月、日本図書館学会設立発起人の一人となる。第一次国立七大学図書館協議会委員。「『煤煙』と死の相剋」（「国文学 解釈と鑑賞」昭和23年10月）、「戦後の日本図書館学の動向・大学図書館界の展望」（「図書館学会年報」昭和29年11月）、「森鷗外宛正岡子規書簡考」（久松潜一編『国語国文学論叢』昭和39年7月、有明書房）、「頽廃期江戸文芸解題付研究文献目録」（「国文学 解釈と鑑賞」昭和40年5月）など。（中田睦美）

【と】

遠山可住　とおやま・かすみ

大正十四年（月日未詳）～（1925～）。川柳作家。京都府亀岡市に生まれる。京都府立亀岡農学校（現・府立亀岡高等学校）卒業。その後、海軍教員を経て兵庫県の職員となる。昭和三十年頃より川柳を志し、三十八年、川柳雑誌社不朽洞会員に、四十一年からは川柳塔社同人となる。五十一年、丹波川柳協会を設立して会長を務め、五十六年からは川柳ささやま社を主宰。六十年、兵庫県川柳協会理事となり、ＮＨＫ学園の川柳講座講師なども務めた。（奈良﨑英穂）

時里二郎　ときさと・じろう

昭和二十七年（月日未詳）～（1952～）。詩人。兵庫県に生まれる。同志社大学を卒業。高等学校教師。第十三回ブルーメール賞（昭和58年）、第十一回姫路市民文化賞（平成元年）、第二回富田砕花賞（平成3年）、第三十七回土井晩翠賞（平成8年）、平成十二年には、兵庫県芸術奨励賞を受賞している。詩集に『星痕を巡る七つの異文』（平成2年6月、書肆山田）、『ジパング』（平成7年8月、思潮社）、『翅の伝説』（平成15年5月、書肆山田）などがある。（中谷元宣）

時実新子　ときざね・しんこ

昭和四年一月二十三日～平成十九年三月十日（1929～2007）。川柳作家、エッセイスト。岡山県上道郡九蟠村（現・岡山市）に生まれる。本名大野恵美子。昭和十年、村立開成尋常小学校入学。鄙びた村には目立つ都会風の服装で登校するため、いじめられ続けた六年間であった。十六年、岡山県立西大寺高等女学校（現・県立西大寺高等学校）入学、入学から卒業までずっと成績はトップであった。十九年から学徒動員が始まり、鐘淵紡績西大寺工場で三交代勤務につくが、時間を盗んでは、文学に親しんでいた。二十年、卒業時には奈良女子高等師範学校（現・奈良女子大学）への学校推薦を固辞し、医師、あるいは保健婦を志して岡山厚生学院を受験、合格する。八月、広島から岡山へ避難して来る多くの原爆被爆者を見る。通っていた学校も空襲により消失し、自宅待機となり、母のすすめで花嫁修業を始める。二十一年、見合いをして十七歳十一ヵ月で文房具店経営の時実雅夫に嫁ぎ、翌年、長女久美子誕生。婚家では十数人の家族同居の中で生活をしていたが、二十五年、漸く脱出、親子三人で県営住宅に住む。この頃短歌に打ち込むようになった。翌年、長男隆史誕生。二十八年、再び雅夫の両親や弟妹と同居、店の経営を引きつぐことになった。多忙の中、たまたま出来た一句を「神戸新聞」川柳檀（椙元紋太選）に投句、入選する。面白くなり仕事や家事の合間に楽しんで句作を続ける。二十九年出版された中城ふみ子歌集『乳房喪失』（作品社）に強烈な刺激を受け、三十年、川柳ふあうすとひめじに初めて出席、雅号を新子とする。「ふあうすと」同人になり、誌上に発表する作品に、内外の注目が集まるようになった。三十二年には川上三太郎主宰の「川柳研究」社友となり、翌年川柳社幹事となる。その後も作句し続け、出席した各地の句会で獲得した楯やカップ、賞品の山を築くほどであった。同世代の新人、橘高薫風、寺尾俊平らを知る。三十七年、石原青龍刀、中村富二、河野春三、松本芳味、山村祐ら東西の革新系作家が結集した現代川柳作家連盟（委員長・今井鴨平）に加入。翌年、田中潮風主宰「徳島政治新聞」に月三回のコラム連載を開始。『新子』（昭和38年12月、川柳ふあうすとひめじの会）で柳檀に衝撃的デビューを果たすが、その大胆で鮮烈な表現や感性のせいで、川柳会では毀誉褒貶の評がなされた。意に沿わぬ、何か満たされぬ結婚生活の中で自己解放と表白の手段としての新子の川柳は、世人の共感を呼び、刊行二ヵ月で売り切れ絶版となった。四十一年、伝統と革新のはざまで表現の方向を模索しながら、革新系総合誌「川柳ジャーナル」創刊メンバーとなる。初のエッセイ集『ちょっと一ぷく』（42年、徳島政治新聞社）刊行。四十三年、師川上三太郎の逝去後、川柳研究社をやめ、〈新子の句〉の追求をめざす。四十九年、「川柳ジャーナル」脱退、自立をめざし、日本川柳協会設立。翌年季刊の個人誌「川柳展望」を会員百名の参加で創刊。通算八十三号（1995秋）までつづいた。昭和五十一年、三條東洋樹賞受賞。「川柳展望」誌上の新子インタビューで多くの人と知遇を得る。五十二年、「神戸新聞」川柳檀選者となり、五十六年、姫路市民文化賞受賞。六十年、夫雅夫と死別。六十一年、曾我碌郎とはじめた編集工房円の初仕事として『川柳秀句館—神戸新聞川柳檀の十年』を刊行、翌六十二年曾我碌郎と結婚、『有夫恋—おっとあるおんなのこい』（12月、朝日新聞社）を刊行する。人間の情念を吐露する強い句で、「川柳界の与謝野晶子」といわれる。これは、十七万部も売れて、一気に女性川柳人口が増え、川柳ブームを巻き起こした。執筆、テレビ・ラジオ出演、講演依頼が相次ぎ、多忙を極める。そのため「川柳展望」の仕事をほとんど編集長に一任。『川柳添削十二章』（昭和63年2月、東京美術）、『指さきの恋』（平成2年6月、文芸春秋）、『時実新子のじぐざぐ遍路』（平成3年4月、朝日新聞社）、『愛ゆらり』（平成3年7月、大和書房）、『新子聚花』（平成3年10月、朝日新聞社）などを次々に刊行。各地の新聞に川柳檀が設けられ、選者となったり、コラムを執筆したりした。平成六年には青森県川内町に〈君は日の子われは月の子顔上げよ〉の句が刻まれた時実新子文学碑が建立され、以後毎年記念川柳大賞が公募され、句碑にして表彰されるようになった。七年一月、阪神・淡路大震災に被災し屋内散乱するが、無事であった。逸早く三月に、被災した川柳仲間と合同句集『悲苦を超えて』を新子選・曾我碌郎編で自費出版、全国的に大反響を呼び、朝日新聞の「天声人語」でも紹介された。この年、神戸新聞社の一九九五年度平和文化賞受賞。秋に「川柳展望」を任せていた編集人をめぐっての非難が多発し、やむなく廃刊。翌八年、新子のサロン句会のメンバーと碌郎主宰現代川柳研究会のメンバーで、川柳大学を主宰。時実新子の「月刊川柳大学」を創刊する。「面白くてタメになる」を標榜し、編集長は曾我碌郎とした。後輩を育成するかたわら、『川柳の目新子の目・2000』（平成13年7月、神戸新聞総合出版センター）、エッセイ『死ぬまで女』（平成7年1月、ネスコ）、『再婚ですが、よろしく』（平成7年6月、海竜社）、『人間ぎらい人恋し』（平成7年9月、角川書店）、『悲しみにありがとう』（平成9年6月、PHP研究所）、『悪女の玉手箱』（平成14年11月、有楽出版社）など多数刊行。生涯の一万二千余句を集めた『時実新子全句集1955から1998』（平成11年1月、大巧社）のあとがきでは、「私が恥のすべてをさらけ出すことで、川柳の真の姿を後の人々に知ってもらうことが使命」であり、「自分という現在位置から勇気をもって社会へ物を言う。それが川柳という文芸を志した者の姿勢」だと述べている。

＊わが阪神大震災《わがはんしんだいしんさい》　悲苦を超えて《ひくをこえて》　小句集。〔初出〕『悲苦を超えて―阪神大震災』平成7年3月、自費出版。〔初版〕平成7年5月、大和書房。◇阪神大震災の体験を詠んだ句集で〈平成七年一月十七日裂ける〉〈待っていたような気もする地の怒号〉〈その刹那バラわっと咲くわっと散る〉〈力の前におんおん恍惚がよぎる〉〈地に転ぶ夫ある身もすべてが虚〉〈天焦げる天は罪なき人好む〉〈複雑骨折のビルから生える首〉などの句を収録している。（増田周子）

徳田秋声《とくだ・しゅうせい》

明治四年十二月二十三日（新暦5年2月1日）～昭和十八年十一月十八日（1871～1943）。小説家。金沢市横山町に生まれる。本名末雄。文学を志して上京し、尾崎紅葉の門に入る。明治三十二年、紅葉の推薦で「読売新聞」の美文記者となり、「雲のゆくへ」（明治33年8月28日～11月30日）を連載。紅葉門下の四天王の一人と称される。その後、「新世帯」（「国民新聞」明治41年10月16日～12月6日）で独自の自然主義観を打ち出し、私小説的な長編小説「黴」（「東京朝日新聞」大正4年1月12日～7月24日）で文壇的地位を確立し、自然主義の代表的作家として活躍した。大正期には、生活のために通俗小説を書かねばならなかった時期もあったが、「花が咲く」（「改造」大正13年4月）、「風呂桶」（「改造」大正13年8月）にいたって、心境小説としての透徹した作風が注目されるところとなった。妻の死後、山田順子や小林政子とのスキャンダラスな愛欲生活によって作家的試練の時を迎えるが、それらの体験は「仮装人物」（「経済往来」昭和10年7月～13年8月）、「縮図」（「都新聞」昭和16年6月28日～9月15日）となって結実した。大正九年五月十二日、大阪時事新報社の懸賞小説授賞式の講演のため来阪。帰途関西に遊んで、長兄を訪ね、芦屋に居住する長兄の養嗣子夫妻の家に滞在し、神戸の旧友窪田を訪ねた。この時の出来事を「蒼白い月」（「サンエス」大正9年7月）や「旧友」（「週刊朝日」大正13年8月17日）に描いている。

＊蒼白い月《あおじろいつき》　短編小説。〔初出〕「サンエス」大正9年7月。◇「私」は兄から養子の新しい就職口を世話するよう頼まれて、養子夫婦の住む芦屋の自宅を訪れる。養子は若いのに覇気がなく、見たところ幸福そうに見える夫婦生活も、実はやりきれない倦怠をはらんでいた。そんな養子夫婦の様子に、「私」は寂しい物足りなさと焦燥

を覚える。（荒井真理亜）

徳富蘇峰 とくとみ・そほう

文久三年一月二十五日～昭和三十二年十一月二日（1863～1957）。評論家、新聞記者。肥後国（現・熊本県）上益城郡に生まれる。本名猪一郎。幼くして漢学を学び、その後、熊本洋学校、東京英学校を経て、明治九年、京都の同志社英学校（現・同志社大学）に入学。在学中に新聞記者になる志を持ち始め、『蘇峰自伝』（昭和10年9月、中央公論社）によれば十二年の春、新島襄の紹介で神戸に赴き、短期間であったが、アメリカ人宣教師ギューリックが中山手の自宅から発行していた「七一雑報」の編集に携わった。同志社退学後、熊本に戻り民権運動に参加し、また大江義塾を創立した。十八年に出版した『第十九世紀日本ノ青年及其教育』（明治20年に増補して『新日本之青年』と改題）が注目され、十九年夏に上京。同年十月の『将来之日本』（東京経済雑誌社）により、平民主義を主唱する論客としての地位を得た。翌二十年には民友社を設立、機関誌として「国民之友」を創刊。さらに二十三年二月一日に「国民新聞」を創刊、社長兼主筆として精力的に活動する。こうした彼のジャーナリストや事業家としての才腕は、その後の「家庭雑誌」（明治25年9月創刊）や「国民之友英文之部 THE FAR EAST」（明治29年2月創刊）でも揮われたが、日清戦争前後にあって、その言説には『大日本膨脹論』（明治27年12月、民友社）が象徴するように国家主義的な傾向も現れ始めた。日露戦争開戦時には以前から親交を持っていた桂内閣を支持する論陣を張ったが、大正二年に彼が没すると、政治的実践から距離を置くようになり、七年七月から、史書『近世日本国民史』を「国民新聞」に載せ始めた。同作品の連載は、昭和四年に国民新聞社長を退いた後も、社賓として招かれた「東京日日新聞」「大阪毎日新聞」で続けられた。太平洋戦争中には大日本文学報国会、大日本言論報国会の会長に就任、二十年十二月に戦犯に指名され公職を辞したが、二十六年、『近世日本国民史』の執筆を再開し、翌年完成させた。『烟霞勝遊記』下巻（大正13年9月、民友社）の「参拝遊記」中に、大正九年の四月に城崎の応挙寺、温泉寺を逍遥した折の印象や、賀川豊彦の案内で神戸新川の貧民窟を訪ねたり、川崎造船所を視察した折の印象が記されている。（大橋毅彦）

徳富蘆花 とくとみ・ろか

明治元年十月二十五日（新暦十二月八日）～昭和二年九月十八日（1868～1927）。小説家。肥後国（現・熊本県）水俣に生まれる。本名健次郎。熊本洋学校、同志社英学校（現・同志社大学）などを経て上京、兄蘇峰の経営する民友社に勤める。小説『不如帰』（明治33年1月、民友社）や『思出の記』（明治34年5月、民友社）、随筆小品集『自然と人生』（明治33年8月、民友社）で作家としての地位を確立。『順礼紀行』（明治39年12月、警醒社）のような特異な旅行記もある。キリスト教文学者として賀川豊彦と交友、大正十年一月に彼を神戸湊川の教会に訪ねた。（大橋毅彦）

戸沢たか子 とざわ・たかこ

昭和四年（月日未詳）～（1929～）。児童文学者。神戸市に生まれる。雑誌「こうべ」同人。日本児童文学協会会員。「りょうくんの青い傘」（村上のぶ子編『阪神淡路大震災短篇童話入選作品集 シロのいた町』平成19年12月、あしぶえ文庫）では、震災直後の町で生徒たちの安否を気遣う教師の視線から、被災した子供たちの姿を描く。他に「ミッシェルさんのほっかほっかパン」

（日本児童文学協会編『心があったかくなる話　三年生』平成8年6月、ポプラ社）、「海岸通りの靴屋さん」（日本児童文学協会編『県別ふるさと童話館28　愛蔵版兵庫の童話』平成11年8月、リブリオ出版）などがある。（中田睦美）

鳥巣郁美　とす・いくみ

昭和五年二月（日未詳）～（1930～）。詩人。広島県呉市に生まれる。兵庫県西宮市在住。広島女子高等師範学校（現・広島大学）理科卒業。昭和三十年に「AEIOU」、翌三十一年に「群」同人となる。他にも「詩世紀」「壺」「存在」「獏」に参加する。「天秤」同人を経て、五十六年より詩誌「槐」を発行。第一詩集『距離』（昭和34年9月、文童社）刊行当時は、大阪市立扇町中学校の理科教員として勤務していた。詩集に『時の記憶』（昭和36年2月、昭森社）、『原型』（昭和37年5月、昭森社）、『影絵』（昭和37年12月、昭森社）、『春の容器』（昭和42年1月、天秤発行所）、『冬芽』（平成15年4月、編集工房ノア）などがある。（叶　真紀）

戸田鼓竹　とだ・こちく

明治十七年十二月（日未詳）～昭和二十七年九月二十八日（1884～1952）。俳人。兵庫県揖保郡林田（現・姫路市）に生まれる。本名終爾。号は初め秋星、後に鼓竹と改める。十六歳から松瀬青々門に学び、青々主宰の「倦鳥」の編集を担当し、大正十四年神戸で創刊の「漁火」にも多く寄稿する。句集『童女船』（昭和17年12月）を出版。昭和二十三年十月脳溢血で倒れ、右半身不随となるが、左手で「丈草発句集註解」を執筆、連載するなど生涯を俳句に捧げた。（叶　真紀）

戸塚文子　とつか・あやこ

大正二年三月二十五日～平成九年十一月七日（1913～1997）。随筆家。東京に生まれる。兵庫県立第二神戸高等女学校（現・県立夢野台高等学校）、日本女子大学英文科卒業。女性として初めて日本交通公社（現・JTB）に入社、雑誌「旅」の編集長を経て、昭和三十六年、フリーになる。世界各地を旅して旅行評論を手がけ、旅行ブームのきっかけを作った。旅行案内や世相・文明批評を織り交ぜた随筆を執筆。著書は『旅は風のように』（昭和53年10月、PHP研究所）など五十冊近くある。（長濱拓磨）

殿岡辰雄　とのおか・たつお

明治三十七年一月二十三日～昭和五十二年十二月二十九日（1904～1977）。詩人。高知市に生まれる。関西学院大学文学部英文科卒業。以後、昭和三十九年の定年まで岐阜県の高等学校に英語教師として勤める。昭和二十三年、詩誌「詩宴」創刊。詩集に『月光室』（昭和2年9月、かんがるう社）、『愛哉《はしきやし》』（犬飼武歌集との合著、昭和13年8月、愛哉発行所）、『緑の左右』（昭和16年2月、岐阜大衆書房）、『黒い帽子』（昭和16年7月、詩風俗社）、『異花受胎』（昭和24年6月、詩宴社）、『遥かなる朱』（昭和42年6月、詩宴社）、自選詩集『何の野の花』（昭和49年12月、詩宴社）など。小説に『青春発色』（昭和46年5月、原田俊文堂）などがある。（國中　治）

戸部けいこ　とべ・けいこ

昭和三十二年七月三十日～平成二十二年一月二十八日（1957～2010）。漫画家。兵庫県に生まれる。関西大学経済学部卒業。昭和六十年、「プリンセス」まんがスクールの二席に入選し、六十一年、「亜希のゴール」（「プリンセスGOLD」、秋田書店）でデビュー。同年、「プリンセス・スペシャル」（秋田書店）で女子プロレスの世界を描いた「シャドウ」をシリーズ化し、六十三年より「夢戦士シャドウ」として連載する。六十二年、〈ミステリー劇場〉シリーズが好評を博し、以後ホラー作品にも進出。その後、ミステリー作品を中心に数々の作品を発表。平成十二年、多くの自閉症児の綿密な取材を重ねて「光とともに…～自閉症児を抱えて～」を「フォアミセス」（秋田書店）に連載開始。翌十三年に同作品の単行本を刊行、その後十六年四月にはＴＶドラマ化された。作者の逝去により未完のまま平成二十二年六月に最終巻（第十五巻）刊行。同作品で平成十六年度文化庁メディア芸術祭マンガ部門優秀賞を受賞した。

（長濱拓磨）

富岡新子　とみおか・しんこ

明治三十六年八月～（1903～）。俳人。兵庫県姫路市飾磨区に生まれる。兵庫県立姫路高等女学校（現・県立姫路東高等学校）卒業。京都の同志社女学校専門学部（現・同志社女子大学）英文科修了。昭和三十六年、尼崎市塚口に転居。三十九年五月、俳誌「青玄」に入会。四十年一月、「青玄」塚口俳句教室第一回生となる。四十二年十月、「青玄」同人に昇格。四十三年六月、同志と共に、「青玄」姫路教室開講。句集に『帰園』（昭和47年10月、青玄俳句会）、『現代俳句女流シリーズⅢ13 なんじゃもんじゃ』（昭和55年11月、牧羊社）などがある。

（長濱拓磨）

富沢繁　とみざわ・しげる

大正十一年四月（日未詳）～（1922～）。作家。兵庫県武庫郡御影（現・神戸市東灘区）に生まれる。筆名天津太一。早稲田大学理工学部中退。昭和十七年に滋賀県八日市の第八航空教育隊に入隊。各地を転戦後、終戦を迎えて復員。その後、戦記物の著述に専念する。『新兵サンよもやま物語』（昭和56年2月、光人社）、『兵隊よもやま物語』（昭和56年12月、光人社）、『台湾終戦秘史』（昭和59年6月、いずみ出版）、『動乱昭和史よもやま物語』（平成元年5月、光人社）などを刊行。

（宮山昌治）

富田砕花　とみた・さいか

明治二十三年十一月十五日～昭和五十九年十月十七日（1890～1984）。詩人、歌人。盛岡市に生まれる。本名戒治郎。筆名の砕花は薄田泣菫の詩「巌頭沈吟」による。日本大学殖民科卒業。明治四十年以降、「文章世界」「明星」「創作」「詩歌」に短歌を発表。大正元年九月に第一歌集『悲しき愛』を岡村盛花堂より出版した。その後詩作も開始し、四年四月に第一詩集『末日頌』（岡村盛花堂）を刊行。そこには砕花が初めて兵庫県に来て芦屋で療養していた折に、六甲山から見た太陽をモチーフにして作った「赤衣の漂泊者」という詩が載る。詩風を文語詩から口語自由詩のスタイルに移して、詩集『地の子』（大正8年3月、大鐙閣）を刊行するとともに、カーペンターの詩集を訳した『民主主義の方へ』（大正5年3月、天弦堂書店）やホイットマンの訳詩集『草の葉』二巻（大正8年5月、10月、大鐙閣）も出版。さらに雑誌「詩人」（大正5年12月創刊）や「民衆」（大正7年1月創刊）に拠るなどして、詩壇的には民衆詩派の一員に数えられていった。九年、かつて芦屋滞在中に知りあった田島マチと結婚して、芦屋公光町に居を構えたが、そこには近所に住む森戸辰男、柳沢健がしばしば訪れ、関東大震災に遭った加藤一雄も一時寄寓した。また、十一年頃には関西学院でアイルランド文学に関する講演も行う。昭和三年から五年にかけて東京と芦屋を往き来して『上田敏全集』（昭和3年6月～6年7月、改造社）の編集に携わる一方、「神戸新聞」の読者文芸の詩、短歌の選者も勤める。九年七月、それまで五回に及んだ中国、満蒙の旅を反映した作を中心に、神戸港や麻耶山を詠んだものも収めた第二歌集『白樺』を刊行（六甲発行所）。この年、芦屋市宮塚町の田島家隣家に移ったが、その隣では谷崎潤一郎が松子夫人と隠棲していた。十一年に谷崎が住吉に移った後、砕花夫妻はそこに入居したが、二十年八月、焼夷弾によりその大半を焼失、物置での起居を余儀なくされた。二十一年九月に発足した詩人集団「火の鳥」の発起人に名を連ね、二十五年十二月には歌集『歌風土記兵庫県』を刊行（神戸新聞社）。さらに晩年には兵庫県の委嘱を受けて、長編詩「兵庫讃歌」を制作（「神戸新聞」昭和46年2月16日）。没後の六十年には蔵書遺品が芦屋市に寄贈されたのを機に富田砕花顕彰会が発足。平成二年には砕花生誕百年を記念して富田砕花賞も創設され、二十二年で第二十一回を数えるに至っている。また現在の芦屋市宮川町四番十二号（旧宮塚町）にある砕花旧居は一般に公開されている。

＊白樺《しらかんば》　歌集。〔初版〕昭和9年7月、六甲発行所、六甲叢書第一編。◇第二歌集。三百五十八首収録。「満洲 蒙古 フルンベイルの歌」と注記された「蘭花帖」から「メモに覓めて」までの十章より成る『白樺』は、第一歌集『悲しき愛』上梓後二十年余の間に制作した作品を収める。そこには〈かぜ光るなかの海洋気象台みなと風土記はここにはじめむ〉のように神戸の港を歌った「海港歌篇」（27首）と、「麻耶山上にて二十五首」の詞書を持つ作品（「山の歌」）とが収録されている。そのうち前者の歌は歌誌「六甲」に掲載されたものだが、この雑誌は昭和八年一月に朝日新聞神戸支局の坪田耕吉がそれまで神戸で出ていた歌誌四誌を統合して創刊したもので、砕花は一会員として参加していた。坪田は『白樺』の「編輯後記」を書いていて、その中で歌集印刷完了後に見つかった、甲子園での全国中等学校野球大会を詠んだ砕花の歌十首も紹介している。

（大橋毅彦）

友岡子郷《ともおか・しきょう》

昭和九年九月一日～（1934～）。俳人。神戸市灘区に生まれる。本名清。甲南大学文学部在学中の昭和二十九年、図書館で長谷川素逝の句集に出会い、句作を始める。その後「ホトトギス」や「青」（主宰波多野爽波）、「六甲台」（主宰吉野畔秋）への投句、神戸新人会（指導阿波野青畝）への出席、句友らと学生俳句会や俳句グループ吾亦紅の結成などを行う。三十二年に中杉隆世、中野達也、浜崎素粒子と椰子会を結成。三十三年には「青」の編集にも携わることになる。三十八年第六回四誌連合会賞を神尾久美子とともに受賞。四十三年には波多野爽波のもとを離れ、「雲母」に参加し、飯田龍太の指導をうける。この年の八月に同人誌「椰子」を創刊（平成10年終刊）、編集に関わる。四十四年三月、第一句集『遠方』（椰子会）を発表。五十二年第一回雲母選賞受賞。翌五十三年には第二十五回現代俳句協会賞受賞。平成三年俳句に専念するため教職を辞し、椰子会代表となる。代表句としては〈跳箱の突き手一瞬冬が来る〉など。『遠方』に続く句集として、『日の径』（昭和55年3月、南柯書局）、『未草』（昭和58年2月、牧羊社）、『春隣』（昭和63年3月、富士見書房）、『風日』（平成6年11月、本阿弥書店）、『翌』（平成8年9月、ふらんす堂）、『葉風夕風』（平成12年7月、ふらんす堂）などがある。また評論に、『俳句創作の世界』（昭和56年2月、有斐閣）、

『俳句・物の見える風景』（平成7年3月、本阿弥書店）、『大井雅人の俳句』（平成7年7月、天満書房）などがある。（諸岡知徳）

豊原清明 とよはら・きよあき

昭和五十二年六月二十五日～（1977～）。詩人。神戸市に生まれる。小学六年生後半から五年間、神戸市文化センター（KCC）の児童詩教室に通い、伊勢田史郎に師事、児童詩誌「朝霧」に作品を発表。登校拒否、家庭内暴力を体験、鋭利な感性を表現する。兵庫県立青雲高等学校に進み、平成六年、詩の甲子園と称される中野重治記念文学奨励賞を受賞。七年、阪神・淡路大震災に罹災しながらも、七月霧工房より『夜の人工の木』を出版。この詩集で、八年に第一回中原中也賞を受賞。受賞を機に、同書は、同年五月に青土社から改めて出版された。第二詩集『朝と昼のてんまつ』（平成12年2月、編集工房ノア）で第四十一回土井晩翠賞受賞。第三詩集に『時間の草』（平成17年6月、ふたば工房）がある。（椿井里子）

豊増幸子 とよます・ゆきこ

大正四年八月四日～平成十七年四月二十七日（1915～2005）。歌人、随筆家。兵庫県明石市に生まれる。兵庫県立明石高等女学校（現・県立明石南高等学校）卒業。文芸誌「城」同人。歌誌「水甕」同人。戦後、夫の郷里である佐賀県鳥栖市に移住し、短歌誌「麦の芽」主宰。『肥前おんな風土記』（昭和51年6月、佐賀新聞社）では、鎖国と厳しい掟が、情熱的で明るい佐賀の女性を忍従と無表情に変えたと説く。歌集に『青い封筒』（昭和62年9月、短歌研究社）がある。鳥栖市に〈あたたかき心に触れて帰るさの冬野は麦のみどりに潤ふ〉の歌碑がある。（永栄啓伸）

鳥越信 とりごえ・しん

昭和四年十二月四日～（1929～）。児童文学研究者。神戸市に生まれる。早稲田大学国文科卒業。昭和二十八年六月、早大童話会メンバーと「「少年文学」の旗の下に！」（「少年文学宣言」）を発表、反響をよぶ。岩波書店に勤務、海外の児童文学紹介に努めるとともにライフワークの児童文学の書誌研究をすすめる。その後、早稲田大学教授に就任。五十四年、十二万点の児童文学関係資料を大阪府に寄贈。五十九年、大阪府立国際児童文学館（吹田市）の開館（平成21年12月末で閉館）にともない総括専門研究員となる。平成四年退職、聖和大学大学院教授。五年、第四回国際グリム賞受賞。『日本児童文学史研究』Ⅰ・Ⅱ（昭和46年1月、51年6月、風濤社）、明治から戦前までを取り上げた『講座日本児童文学 別巻 日本児童文学史年表』1・2（昭和50年9月、52年8月、明治書院）で日本児童文学学会賞、日本児童文学者協会賞、毎日出版文化特別賞を受賞。近年では、編著『はじめて学ぶ日本児童文学史』『はじめて学ぶ日本の絵本史Ⅰ～Ⅲ』（平成13～14年、ミネルヴァ書房）など著書多数。（畠山兆子）

【な】

直井潔 なおい・きよし

大正四年四月一日～平成九年十一月二十三日（1915～1997）。小説家。広島に生まれ、翌年から神戸で育つ。本名溝井勇三。兵庫県滝川中学校（現・滝川高等学校）卒業後、神戸の湊東区役所に勤務。昭和十二年陸軍に応召、十三年徐州作戦中に赤痢にかかり、全身の関節が曲がらなくなる。寝たきりの生活の中で、『暗夜行路』の暗記に生きる希望を見出し、傷痍軍人療養所で療養中に志賀直哉との文通が始まる。十八年四月、志賀直哉の推挽で「改造」に「清流」を発表、作家生活に入った。二十七年の「淵」（「世界」2、3月）が芥川賞の有力候補となる。東山千代子と別府の国立保養所で知り合い、三十五年に結婚した。千代子も神戸の大空襲の際に脊髄を損傷しており、直井は腰や膝が曲がらず立ったまま、千代子は車椅子という生活だった。三十六年明石に自宅を構え、千代子と共に習字と数学の私塾を開いた。代表作に自伝『一縷の川』（昭和51年2月、私家版。昭和52年1月、新潮社）などがある。（生井知子）

中井昭子《なかい・あきこ》

昭和二年二月十日〜（1927〜）。川柳作家。神戸市に生まれる。昭和五十六年、時の川柳社誌友となり、時の川柳社みつ葉会に入会。その後、時の川柳社ひらの会に入会、時の川柳社同人となる。平成四年からNHK神戸文化センター川柳講座で柳歴を積み、直叙的な川柳を詠む。合同句集に、『みつ葉』（昭和62年4月、中印刷所）、『ひらの』（昭和62年7月、丸善神戸支店）、『麦』（平成15年11月、友月書房）がある。（永渕朋枝）

永井薫《ながい・かおる》

昭和十一年十一月十五日〜（1936〜）。詩人。兵庫県に生まれる。本名長谷川薫。高等学校卒業後、郵便局、NTT、自動車会社に勤める。深沢七郎を〈先生〉〈師〉と仰ぐ。『永井薫詩集』（昭和59年2月、慈照寺出版局）には深沢が献辞を寄せている。若い詩人の会、詩と小説社、雑誌「原型」「無名詩人」などに関わる。日本詩人クラブ、兵庫県現代詩協会会員。詩集に『住めない家』（昭和37年10月、思潮社）、『飢えたる思想』（昭和43年3月、思潮社）、『奴雁の四季』全四冊（平成15年3月、詩学社）がある。（熊谷昭宏）

永井荷風《ながい・かふう》

明治十二年十二月三日〜昭和三十四年四月三十日（1879〜1959）。小説家。東京市小石川区（現・東京都文京区）に父久一郎、母つねの長男として生まれる。本名壮吉。五年弱におよぶアメリカ合衆国とフランスへの外遊を終え、明治四十一年七月十五日、讃岐丸で神戸港に到着した。弟威三郎と酒井晴次が出迎え、ここから鉄道で帰京した。昭和二十年六月三日、菅原明朗の故郷である兵庫県明石の大蔵町八丁目に疎開し、空室がないので菅原の菩提寺である西林寺に宿泊、十二日に岡山に移るまでここに滞在した。日記には「書院の縁先より淡路を望む。海波洋々マラルメが牧神の午後の一詩を思起せしむ」「其静閑なること雨声の如き濤声をきゝ、心耳を澄すこと得たり、何等の至福ぞや」と書き、七日には海岸の遊園地、八日には明石城内の公園から明石神社、人丸神社、亀齢井、月照寺などを散策している。最新の全集に『荷風全集』全三十巻（平成4年5月〜7年8月、岩波書店）がある。（真銅正宏）

中井久夫《なかい・ひさお》

昭和九年一月十六日〜（1934〜）。精神病理学者、文筆家、翻訳家。奈良県天理市に生まれ、兵庫県宝塚市、伊丹市で育つ。専門は統合失調症の治療法研究。神戸大学、甲南大学名誉教授。現代ギリシャ詩の翻訳でも知られ、文学や歴史への造詣が深い。専門書以外に『アリアドネからの糸』（平成9年8月、みすず書房）など多くのエッセイ集がある。また、阪神・淡路大震災後、編集、刊行した『１９９５年1月・神戸「阪神大震災」下の精神科医たち』（共著、平成7年3月、みすず書房）は当時の現場

の優れたルポルタージュである。（三品理絵）

中井正晃 なかい・まさあき

明治三十五年八月十三日～昭和四十三年十二月十七日（1902～1968）。小説家。兵庫県に生まれる。本名狷介。大阪英語学校を卒業。昭和五年頃から葉山嘉樹に師事する。「労農文学」などに小説や短歌を発表。戦後は「社会主義文学」同人となる。「密閉」を「文芸戦線」（昭和3年10月）に発表。作品集に『裸身の道』（昭和16年11月、有光社）がある。（頭根　都）

中江俊夫 なかえ・としお

昭和八年二月一日～（1933～）。詩人。福岡県久留米市に生まれる。本名安田勤。昭和三十年三月、関西大学文学部国文学科卒業。出版社や印刷会社に勤務した後、バレエ演出や振付師など、様々な職業に就く。十九歳のとき、第一詩集『魚の中の時間』（昭和27年10月、芸文社）を刊行し、その幻想的な作風が詩壇で注目を浴びた。昭和二十九年二月、「荒地」新人賞受賞。また『20の詩と鎮魂歌』（昭和38年12月、思潮社）で中部日本詩人賞を受賞した。『語彙集』（昭和47年6月、思潮社）では、ことばの意味そのものにこだわらずに、ことばの音と端的な言語の羅列によって、新しい詩の境地を切り開き、独特な作風を見せた。以後、『中江俊夫詩集』全三巻（昭和48年3月～51年7月、山梨シルクセンター出版部）、『火と藍』（昭和52年6月、青土社）、『不作法者』（昭和54年7月、思潮社）、『梨のつぶての』（平成7年8月、ミッドナイトプレス、第三回丸山薫賞を受賞）などを発表。ほかに小説『永遠電車』（昭和52年3月、白川書院）などがある。（田中　葵）

永方裕子 ながえ・ひろこ

昭和十二年四月十日～（1937～）。俳人。神戸市に生まれる。本名広瀬裕子。昭和三十四年、女子美術大学図案科卒業。四十九年、句誌「万蕾《ばんらい》」主宰の殿村菟絲子《としこ》に師事する。五十二年、万蕾賞を受賞、万蕾同人に推される。平成八年、句誌「梛《なぎ》」を創刊主宰。句集には現代俳句女流賞を受賞した『麗日』（昭和63年4月、富士見書房）や、〈凍てつくや灘区六甲わが生地〉などを収録した『洲浜』（平成13年3月、角川書店）がある。（馬場舞子）

なかえよしを なかえ・よしお

昭和十五年七月二十七日～（1940～）。絵本作家。神戸市神戸区（現・中央区）山本通に生まれる。本名中江嘉男。日本大学芸術学部美術科卒業。広告代理店のデザイナーを経て、絵本の世界に入る。シュールレアリスムを日本に紹介した瀧口修造に師事し、妻である上野紀子とともに数多くの絵本を生み出している。主な作品に、『ねずみくんのチョッキ』（昭和49年8月、ポプラ社）に始まる「ねずみくんの絵本」シリーズや、昭和五十四年の初版以来ロングセラーを記録している『あみものライオン』（絵本館）、金の星社から出版された『おつむてんてん』（昭和55年9月）、『いないいないバー』（昭和55年9月）、『おくちはどーこ』（昭和55年9月）等の「あかちゃんとおかあさんの絵本」シリーズがある。また、『いたずらララちゃん』（昭和61年11月、ポプラ社）で第十回絵本にっぽん賞受賞。（岡村知子）

中岡毅雄 なかおか・たけお

昭和三十八年十一月十日～（1963～）。俳人。東京都に生まれる。兵庫県三木市在住。中学生の頃より作句、「黄鐘」「獏」に投稿。関西大学文学部在学中の昭和五十八年一月より「青」に投句、波多野爽波に師事していたが、平成三年、主宰逝去のため「青」解散。「藍生」「椰子」「琴座」に入会。『高浜虚子論』（平成9年12月、角川書店）で、第十三回俳人協会評論新人賞、句集『一碧』（平成12年3月、花神社）で、第二十四回俳人協会新人賞を受賞する。（室　鈴香）

永尾宗斤 ながお・そうきん

明治二十一年八月十六日～昭和十九年五月十二日（1888～1944）。俳人。大阪市に生まれる。新聞記者を経て尼崎市図書館に勤務。大正十五年から「早春」を主宰。「俳句の外に遊ばず」「来客を以て家族とす」「対座一句なかるべからず」の家内三則を実践した。〈早春や枯れたるものに光あり〉〈皇風万里鯉風亦万里〉が代表句。句集『船場』（昭和50年6月、早春社）など。（坪内稔典）

長尾良 ながお・はじめ

大正四年四月五日～昭和四十七年三月二十九日（1915～1972）。小説家。兵庫県飾磨郡家島町真浦（現・姫路市）に生まれる。兵庫県立姫路中学校（現・県立姫路西高等学校）、旧制大阪高等学校（現・大阪大学）を経て、東京帝国大学に入学。昭和十二年、保田與重郎らの雑誌「コギト」の同人となり、小説やエッセイを発表。十四年より出版社「ぐろりあ・そさえて」の編集に参画。エッセイ集『地下の島』（昭和17年12月、ぐろりあ・そさえて）で柳田國男らの推奨を受ける。終戦後は郷里に戻り、二十五年から二十九年まで兵庫県立加古川東高等学校の教諭を勤めた。（西村将洋）

中垣慶 なかがき・けい

（生年未詳）十月十六日～。漫画家。神戸市に生まれる。中学二年生から高校三年生までは大阪在住。高等学校卒業後、持ち込み活動を始め、少年画報社で「少年キング」の戸田利吉郎編集長に出会い、昭和五十八年に同誌にて「スラップスティック ミルキィ先生」でデビュー。「狼くん突風」（平成5年10月、大都社）「ミッションⅡ」全二巻（昭和62年2月、7月、少年画報社）「TOGETHER!」全二巻（平成4年12月、5年5月、少年画報社）「お願いアルカナ」全五巻（平成7年6月～10年6月、少年画報社）など、作品の多くは神戸を舞台とし、特別な境遇や能力を持つ主人公が、町の人々と交流する中で活躍する姿を描く。（諏訪彩子）

中川佐和子 なかがわ・さわこ

昭和二十九年十一月五日～（1954～）。歌人。兵庫県西宮市に生まれる。後に芦屋へ移り、昭和四十四年には東京都世田谷区羽根木へ転居した。四十八年、早稲田大学第一文学部へ進学。五十六年、河野愛子の影響を受けつつ、歌作に取り組み始める。平成元年、中国天安門事件を題材とした作品で朝日歌壇賞を受賞。四年、「夏木立」五十首で第三十八回角川短歌賞を受賞。歌集に『海に向く椅子』（平成5年7月、角川書店）、『朱砂《すさ》色の歳月』（平成15年11月、砂子屋書房）などがある。（西村将洋）

中河与一 なかがわ・よいち

明治三十年二月二十八日～平成六年十二月十二日（1897～1994）。小説家。東京市に生まれる。早稲田大学英文科中退。「悩ましい妄想」（「新小説」大正10年6月）で文壇デビュー。「文芸時代」同人となる。「刺繍せられたる野菜」（「文芸時代」大正13年11月）、「氷る舞踏場」（「新潮」大正14年4月）などを発表し、横光利一らとともに新感覚派の作家として頭角をあらわす。中長編に『愛恋無限』（昭和11年5月、第一書房）、『天の夕顔』（昭和13年9月、三和書房）などがある。形式主義論争、偶然文学論争などを提起しプロレタリア文学派に対抗する新興芸術派の論客としても活躍した。戦時中には全体主義的日本論を唱える。「不思議な花」（『R汽船の壮図』昭和5年5月、新潮社）には、横浜から上海へ向かう船で出会った女性と神戸でつかの間をすごし、忘れられずに四ヵ月後の帰路、神戸から自動車で三時間の山奥に住む女性をたずねる場面がある。また、未亡人への片思いの純愛を描く『天の夕顔』には、兵庫県西宮の甲陽学院そばの家を訪れる場面がある。（山﨑義光）

中桐雅夫 なかぎり・まさお

大正八年十月十一日～昭和五十八年八月十一日（1919～1983）。詩人、翻訳家。本籍は岡山県倉敷市だが、実際の出生地は福岡県。本名白神鉱一。兵庫県立第一神戸中学校（現・県立神戸高等学校）を経て昭和十二年に神戸高等商業学校（現・神戸大学）に入学（14年中退）。この頃から同人詩誌「LUNA」の編集・発行を始めた。十三年に誌名を「LE BAL」と改称するこの詩誌は、モダニズムの詩人として出発した中桐が、それを拠点として神戸と東京との若い投書家詩人の交流をはかったものであり、鮎川信夫、森川義信、田村隆一らが参加した。十七年、編入学した日本大学芸術学科を卒業。二十年、読売新聞社政治部記者となる（43年退職）。戦後は詩誌「荒地」（昭和22年9月創刊）同人として活動したほか、「詩学」や「歴程」にも詩を寄せ、『中桐雅夫詩集』（昭和39年12月、思潮社）、『夢に夢みて』（昭和47年12月、葡萄社）、『会社の人事』（昭和54年10月、晶文社）などの詩集を刊行。オーデンをはじめとする英米文学の研究・紹介・翻訳でも知られる。（大橋毅彦）

永窪綾子 ながくぼ・あやこ

昭和十八年（月日未詳）～（1943～）。詩人、童話作家。兵庫県養父郡（現・養父市）大屋町に生まれる。大阪府立大阪社会事業短期大学（現・大阪府立大学）卒業。日本児童文学学校に学び、童話や詩を執筆。みみずくの会の結成に参加し、多くの作品を発表している。詩誌「蝸牛」、創作童話誌「きつつき」「知左の花」の同人。作品集に『ぼくのつめとみみ』（昭和63年11月、かど創房）、『せりふのない木』（平成3年12月、らくだ出版）など多数。（水川布美子）

なかけんじ なか・けんじ

大正八年六月十九日～平成十二年（月日未詳）（1919-2000）。詩人。東京に生まれる。昭和三十年五月に伊勢田史郎、貝原六一、中村隆、山本博繁らが結成して創刊された詩誌「輪」の、四号（昭和32年）から海尻巌、各務豊和とともに同人となる。同年の三号では一条寺鉄男（じきはらひろみち）、灰谷健次郎、岡見裕輔、西田恵美子の四人が同人に加わっている。詩誌「輪」は平成十八年七月、丁度百号で終刊をむかえたが、詩人なかけんじは神戸の詩人グループの戦後の流れを担った一人であった。神戸市灘区に長く居住。主著に詩集『黄色の眼』（昭和29年1月、木賃宿同人会）、『からす料理』（昭和40年8月、輪の会）そして『詩集「観光」神戸』（昭和49年8月、日東館出版）がある。『詩集「観光」神戸』執筆に当たり、なかは長く神戸に在りながら自身行ったことのなかった場所や何気ない日常の場所を探し散策したという。（松永直子）

中島秋男　なかじま・あきお

大正九年二月二十六日～平成十六年二月十二日（1920～2004）。小説家。神戸市に生まれる。本名義胤。神戸高等工業学校（現・神戸大学工学部）建築科卒業。昭和十七年海軍に入隊。戦後は建設会社勤務後、自営業。特攻機に乗って戦死した弟の生前の時間を遡及していき、弟の生きた証を実証した『弟よ、やすらかに眠るな』（昭和60年10月、栄光出版社）が注目された。『桜伐るばか』（昭和57年4月、栄光出版社）、『鼻曲がり』（平成3年1月、栄光出版社）、遺稿『歌集アホやなあ』（平成16年11月、アットワークス）。

（細川正義）

長島敏子　ながしま・としこ

昭和十九年九月一日～（1944～）。川柳作家。兵庫県朝来《あさご》郡（現・朝来市）に生まれる。神戸市須磨区在住。川柳神の谷句会を経て、平成八年、ふあうすと川柳社同人となり、十一年より『全国川柳作家年鑑』（ふあうすと川柳社）の編集に携わる。十三年度ふあうすと賞（正賞）受賞。十四年、兵庫県川柳協会常任理事就任。十六年より「西脇時報」の柳壇選者をつとめる。

（室　鈴香）

中島らも　なかじま・らも

昭和二十七年四月三日～平成十六年七月二十六日（1952～2004）。作家、プランナー。兵庫県尼崎市に生まれる。本名裕之《ゆうし》。「らも」というペンネームは最初「らもん」で、無声映画時代の剣戟スター羅門光太郎からとったもの。歯科医の次男として親に言われるまま、神戸の中高一貫の超難関進学校である灘中学校に八位の成績で入学するも、高校時代は完全な劣等生としてすごす。高校の修学旅行以来、本格的に酒を飲み始めたことなど、『僕に踏まれた町と僕が踏まれた町』（平成元年6月、ＰＨＰ研究所）には、神戸における彼の青春時代がユーモラスにつづられている。大阪芸術大学放送学科テレビ専攻卒業。卒論は放送禁止の事例を集めて問題点をまとめた「放送倫理規定」。印刷会社を経て、昭和五十六年広告代理店「日広エージェンシー」に入る。この頃からコデイン中毒になる。カネテツデリカフーズの漫画入り広告「啓蒙かまぼこ新聞」で売り出す（昭和62年、ＴＣＣ賞準新人賞・ＯＣＣ賞受賞）。同社企画課長を経て独立、六十二年七月大阪北浜に中島らも事務所を設立する。コピーを書くかたわら、昭和五十九年十一月より「朝日新聞」大阪本社日曜版「若い広場」に「明るい悩み相談室」の連載開始（その後全国版に）。テレビ番組の構成・出演、ラジオのパーソナリティ、新作落語の創作、雑誌のエッセイなど多彩な分野で活躍。六十一年二月、最初の単行本『頭の中がカユいんだ』（大阪書籍）を刊行するとともに、わかぎゑふ等と劇団リリパット・アーミーを旗揚げ、主宰。座付き作家・役者として活躍する（平成13年引退）。また、中学生時代よりロックバンドを組み、平成九年にはボーカルとサイドギターを担当する「ＰＩＳＳ」でアルバムリリース。『人体模型の夜』（平成3年11月、集英社）、『ガダラの豚』（平成5年3月、実業之日本社）、『永遠も半ばを過ぎて』（平成6年9月、文芸春秋）が直木賞候補となる。『今夜、すべてのバーで』（平成3年3月、講談社）で第十三回吉川英治文学新人賞受賞。『ガダラの豚』で第四十七回日本推理作家協会賞長編賞受賞。十五年二月四日、大麻取締法違反などの容疑で逮捕され、懲役十ヵ月、執行猶予三年の有罪判決を受ける。十六年七月十六日未明、友人との会食後に神戸の飲食店の階段から転落し全身と頭部を強打。脳挫傷による外傷性脳内血腫のため手術を受けたが、意識が戻る事はなかった。事前の本人の希望により人工呼吸器を停止、同月二十六日午前八時十六分に死去。遺骨は夫人の手で散骨された。同年十二月末に中島らも事務所閉所。

（山本欣司）

永田耕衣　ながた・こうい

明治三十三年二月十二日～平成九年八月二十五日（1900～1997）。俳人。本名軍二。兵庫県加古郡尾上村今福（現・加古川市尾上町）に生まれる。生家から鶴林寺の森と塔が眺められたという。父岩崎林蔵は農業のかたわら村役場の収入役を務めた。母りうの妹永田ていの養子となり、名義のみ永田姓を継いだ。明治四十五年、尾上尋常小学校を卒業、同高等科入学。大正三年、兵庫県立工業学校（現・県立兵庫工業高等学校）機械科に入学、神戸市内に下宿。級友と文芸回覧誌を作ったり俳句に関心を持つようになる。六年、同校を卒業後、三菱製紙高砂工場に技手補として入社。八年、作業中の事故により右手の三本の指の自由を失う。治療を兼ねての帰郷中、禅に関心を抱く。九年、「毎日新聞」兵庫版付録の俳句欄に初めて投句。十一年、俳誌「山茶花」（野村泊月選）に参加。昭和二年、相生垣秋津らとともに俳誌「桃源」を創刊（6号で休刊）。九年十一月、第一句集『加古』を鶏頭陣社より刊行。十年、耕衣主選で、社内の仲間を中心とした俳誌「蓑虫」を創刊（16号で廃刊）、十五年、石田波郷主宰の「鶴」の同人となる。なお、十八年の句に〈月の出や印南野に苗余るらし〉（『與《よ》奪《だつ》鈔《しょう》』昭和35年4月、琴座俳句会）の句がある。終戦後の二十二年、神戸山手にあった西東三鬼の居を訪ねる。同年、石田波郷らによる現代俳句協会の設立に参加、また西東三鬼らの近畿俳話会にも出席した。二十三年、波郷の諒解、三鬼の推薦のもと、山口誓子代表の「天狼」同人となった。同誌で論じられた〈根源俳句〉をめぐる論争に積極的に加わった。二十四年、「琴座《りらざ》」を創刊。同誌創刊後も「鶴」「天狼」「俳句評論」などに属して活躍。独自の仏教観、東洋的無の思想を創作のうちに示した。二十七年一月、『驢鳴集《ろめいしゅう》』（播磨俳話会）を刊行、〈夢の世に葱を作りて寂しさよ〉〈朝顔や百たび訪はば母死なむ〉などの句を収める。三十年、三菱製紙を定年退職、神戸市須磨区御幸町に移住。三十八年、神戸新聞会館で耕衣書画展を開催。六十二年四月、『葱《そう》室《しつ》』（沖積舎）を刊行。〈古池に春風残る播磨かな〉などの句を収める。平成二年、第二回現代俳句協会大賞受賞。平成七年、阪神・淡路大震災に遭い、自宅が全壊。〈枯草や住居無くんば命熱し〉の句を詠んだ。その後、大阪府寝屋川市の特別養護老人ホームに入居し、九十七歳で亡くなった。句集はほかに『吹毛集』（昭和30年10月、近藤書店）、『泥ん』（平成2年6月、沖積舎）など、生涯十六冊を残した。また、『永田耕衣俳句集成 而今』（昭和60年9月、沖積舎）、『只今 永田耕衣続作品集成』（平成8年10月、湯川書房）など作品集成がある。評論も『山林的人間』（昭和49年9月、人文書院）、『一休存在のエロチシズム』（昭和51年2月、コーベブックス）など多数。

（田口道昭）

永田青嵐　ながた・せいらん

明治九年七月二十三日～昭和十八年九月十七日（1876～1943）。俳人、教育者、政治家。兵庫県三原郡緑町（現・南あわじ市）に生まれる。本名秀次郎。明治三十二年、第三高等学校（現・京都大学）卒業。三高で俳句を覚え、寒川鼠骨に連れられ、満月会に入会。卒業後、正岡子規と親交を持ち、「ホトトギス」に作品を発表。郷里の兵庫県立洲本中学校（現・県立洲本高等学校）校長、大分県の視学官、京都府警察部長、三重県知事、内務省警保局長などを歴任し、退官後、貴族院議員を務めた後、大正十二年と昭和五年に東京市長となる。自伝的著作『青嵐随筆 梅白し』（昭和6年2月、実業之日本社）において文学、教育、政治について述べ、子規、虚子らとの関係や自らの俳句に対する思いなども記している。大正三年秋に虚子と京都で会い、句作をしたことや、子規に対する印象「後進を誘掖するのに極めて親切で、且随分勉めて居た」など、興味深い記述も多く、政治家永田秀次郎とは別の一面を感じさせる。（天野知幸）

ナカタニD. なかたに・でぃー

昭和三十九年六月二十九日～（1964～）。漫画家、日本メンタルヘルス協会公認カウンセラー。神戸市に生まれる。本名中谷尚弘。大阪芸術大学在学中に「少年ジャンプ」でデビュー。卒業後、関西ペイントに入社。アートディレクター、プランナー、会社経営を経て、平成六年より本格的に漫画家として活動。十年、『にくげなるちご』（平成9年1月、ぶんか社）が第四十四回文芸春秋漫画賞にノミネートされた。『漫画セクハラ専門学校』（平成15年12月、小学館）、『マンガでわかる上司と部下の職場系心理学』（平成18年1月、実業之日本社）は、会社員の経験や心理カウンセラーの知識をもとに、正確な描画で対人関係の構築方法をわかりやすく解説したもの。ほかに『三代目魚武濱田成夫伝』（平成11年4月、双葉社）、『ハレハレなおくん』（平成15年12月、竹書房）など著書多数。十八年、表現者が表現を行うためのインディ・レーベルmabissiriを藤堂裕と結成。展示即売会などに参加し、創作の発表を行っている。（吉川　望）

長田幹彦 ながた・みきひこ

明治二十年三月一日～昭和三十九年五月六日（1887～1964）。小説家、劇作家。東京市麹町区（現・東京都千代田区）に生まれる。早稲田大学文学部英文科を卒業。短編集『澪』（大正元年8月、籾山書店）、『祇園』（大正2年10月、浜口書店）などで注目され、情話作家として一世を風靡した。その耽美的作風から谷崎潤一郎と並称された時期もあった。小説に「城崎心中」（『ポケット』大正8年6月）、歌謡に「祇園小唄」「須磨の仇浪」など多数。（橋本正志）

永田萌 ながた・もえ

昭和二十四年一月一日～（1949～）。絵本作家、イラストレーター。兵庫県加西市に生まれる。京都の成安女子短期大学（現・成安造形短期大学）卒業。カラーインクという、褪色しやすいために歴史の浅かった画材をあえて使い、妖精や花を中心テーマとした色鮮やかなファンタジーの世界を描き続ける。株式会社妖精村、ギャラリー妖精村（ともに京都市中京区堺町三条上ル）を主宰。郵政省（現・郵便事業株式会社）発行の切手制作を継続的に手がけている。神戸北野美術館に作品を常設し、また全国各地で原画展を開催する。さらにデンマーク、フランス、台湾で個展を開き成功を収めた。昭和六十二年、エッセイ画集『花待月に』（昭和61年3月、偕成社）がボローニャ国際児童図書展青少年部門グラフィック賞を受賞。平成十二年に開催された国際淡路花博（ジャパンフローラ）では、公式ポスター、キャラクターマークを制作。教育活動や社会貢献にも熱心で、絵の世界のように、数字に置き換えることのできない能力の発見を重視する。京都市基本構想等審議会委員、京都市道徳教育振興市民会議委員、成安造形大学客員教授、兵庫県教育

委員長を務める。（箕野聡子）

長塚節　ながつか・たかし

明治十二年四月三日～大正四年二月八日（1879～1915）。歌人、小説家。茨城県岡田郡国生村（現・常総市）に生まれる。茨城県尋常中学校（現・県立水戸第一高等学校）を病弱であったため途中退学。中学入学後から作歌を始める。退学後は通院や入院、療養生活を送りながら作歌。明治三十一年、三十二年には「新小説」に投稿した短歌が一等入選。三十三年、正岡子規を訪ね入門。根岸短歌会にも参加。三十五年の子規没後、三十六年、「馬酔木」創刊、伊藤左千夫らとともに編集に参加。この年、写生文を書き始める。四十三年、夏目漱石の依頼を受け、「東京朝日新聞」に「土」を連載（6月13日～11月17日）、長塚の小説の代表作となる。その翌年、咽頭結核を発病、九州大学附属病院で診察を受ける。それまでにも旅行で関西を訪れていたが、発病後は九州通院往復の際に関西にもしばしば立ち寄り、神戸、播磨、加古川などを訪問している。三十八年の旅行で明石に訪れた際のことを記した写生文に「須磨明石」（「為桜」明治40年3月）などがある。（石橋紀俊）

中西梅花　なかにし・ばいか

慶応二年四月一日～明治三十一年九月三日（1866-1898）。詩人、小説家。江戸に生まれる。本名幹男。別号に落花漂絮《ひょうじょ》、梅花道人等。饗庭《あえば》篁村に兄事し、明治二十一年頃、読売新聞に入社するも、二十三年五月には退社。「国民新聞」「国民之友」等に作品を発表。二十四年三月、「須磨の月夜」を収録した『新體梅花詩集』を刊行（博文館。奥付の著者名は中西幹男）。『新體梅花詩集』の題言は鷗外漁史森林太郎、他序は蘇峰生と文壇との繋がりも深かった。小説に『機姫物語』（「読売新聞」明治22年10月12日～11月12日）等がある。有磯逸郎（横山源之助）の『怪物伝』（明治40年7月、平民書房）には「新時代の初期に、新體詩人として一部に知られてゐた中西梅花の名を欠いたのは、余は甚だ残念に堪へぬ。原抱一と殆んど運命を同うして、然かも文学雑誌にだも其の名を忘れられたのは、更に一層の悲惨で有らう」とある。のちに精神に異常を来し、巣鴨癲狂院にて三十二歳で没する。（松永直子）

中野昭子　なかの・あきこ

昭和十九年三月四日～（1944～）。歌人。兵庫県尼崎市に生まれる。兵庫県立尼崎高等学校卒業。現代歌人協会会員。昭和五十二年、「ポトナム」に入会して頴田島一二郎に師事する。六十一年、角川短歌賞の次席となる。六十二年、短歌公論処女歌集賞を受賞。醍醐志万子主宰の「風景」や同人誌「鱧と水仙」などにも参加して活躍する。平成十二年、「ポトナム」選者となり、創始者小泉苳三の主張する「現実的新抒情主義」を継承して、現実の具象の中に世界を捉えて象徴的にうたう個性的な歌風を樹立する。評論集に『石川不二子の歌』（平成10年6月、ながらみ書房）、『森岡貞香「白蛾」「未知」「甍」の世界』（平成17年11月、短歌研究社）などがあり、とくに後者においては森岡貞香の人間としての基盤と歌の基盤を「言葉」「エロス」「少年」をキーワードにみごとに分析し現代短歌に敷衍させている。歌集に『躓く家鴨』（昭和62年11月、角川書店）、『たまはやす』（平成4年11月、本阿弥書店）、『夏桜』（平成19年7月、ながらみ書房）の三作がある。〈夏木立の暗き森へはまだやれぬこの子笑ふとまへ歯がなくて〉（『夏桜』）。（安森敏隆）

中野繁雄 なかの・しげお

大正四年四月十四日～昭和三十二年七月二十七日（1915～1957）。詩人、小説家。兵庫県洲本市炬口《たけのくち》に生まれる。昭和九年、兵庫県立洲本中学校（現・県立洲本高等学校）卒業。早稲田大学に学びながら佐藤惣之助に師事。出征後、戦地を活写する詩で脚光を浴び、統制下に『戦線民謡集 今日もまだ生きてゐる』（昭和16年7月、積善館）、『詩集 み民われ』（装丁・棟方志功、昭和17年6月、積善館）などが刊行される。戦後は神戸市生田区（現・中央区）に住み、詩人集団「火の鳥」創刊に参加。自省の詩集『都会の原野』（昭和21年11月、ロマン書房）を刊行し、洲本中学校創立五十周年記念歌も作詞した。また、雑誌「ぱらだいす」（昭和21年9月創刊、日本デモクラシー協会）を主宰し、竹中郁らと編集。協会には島尾敏雄も一時勤務した。その後、「文学季刊 日輪」全四冊（昭和24年10月～昭和25年8月）を主宰し、各号に短編を発表。このころ、芦屋市山手町に転居。詩集『象形文字』（装丁・棟方志功、昭和30年1月、白羊社）に、長い闘病生活のことが記されている。「暗い驟雨《しゅうう》」（「文学者」昭和30年12月）が、第三十四回芥川賞候補となった。（野田直恵）

中野重治 なかの・しげはる

明治三十五年一月二十五日～昭和五十四年八月二十四日（1902～1979）。小説家。福井県坂井郡高椋村（現・坂井市丸岡町）に生まれる。別名日下部鉄。東京帝国大学独文科卒業。大正十五年四月窪川鶴次郎らと「驢馬《ろば》」を創刊、マルクス主義・プロレタリア文学運動に傾倒、多くの作品を発表する。昭和二年以後本格的にプロレタリア芸術運動を展開、ナップ（全日本無産者芸術連盟）・コップ（日本プロレタリア文化連盟）の結成を経て六年共産党員となるが、執筆禁止・予防拘禁などを受け、七年検挙される。二年間の獄中生活を経て転向を宣言。戦後は再度共産党に入党し新日本文学会を結成、平野謙らと「政治と文学論争」を展開し、戦後文学に影響を与えた。六甲山に登った際の印象を綴ったエッセイに「大阪 奈良 神戸」（「都新聞」昭和10年9月18日～21日）がある。また十六年四月には淡路島へ赴き、洲本市宇山青木政一方に三週間ほど滞在。三十四年四月十六日、岩波の文化講演会のために神戸市新聞会館を訪れ、「アジア・アフリカ作家会議と日本の運命」を講演。日本共産党除名後にも選挙運動のため兵庫を訪れている。（佐藤 淳）

仲埜ひろ なかの・ひろ

昭和十四年（月日未詳）～（1939～）。詩人。兵庫県に生まれる。兵庫県立福崎高等学校卒業。長崎源之助主宰の幹塾に三年間学び、児童文化の会の「子ども世界」に、児童向けの詩などを発表している。詩「雑草」で昭和六十三年、第五回現代少年詩集新人賞受賞。作品に『さよならでんしゃのおばあさん』（昭和61年3月、岩崎書店）、『とうさんのラブレター』（平成6年3月、教育出版センター）などがある。（水川布美子）

中平邦彦 なかひら・くにひこ

昭和十三年十二月二十一日～（1938～）。兵庫県芦屋市に生まれる。同志社大学卒業後、神戸新聞社に入社。後、論説副委員長になる。将棋の観戦記者としても知られ、また神戸パルモア病院長三宅廉の周産期医療の提唱に際し、「出産」にこめられた諸問題を追跡した。著書に『パルモア病院日記』（昭和61年9月、新潮社）、『棋士ライバル物語』（平成2年1月、主婦と生活社）など多数。第三回～第七回の神戸市建築文化賞選考委員を務める。（水川布美子）

中村憲吉 なかむら・けんきち

明治二十二年一月二十五日～昭和九年五月五日（1889～1934）。歌人。広島県双三《ふたみ》郡布野《ふの》村（現・三次《みよし》市）に生まれる。東京帝国大学経済科卒業。酒造業を営む素封家に育ち、「アララギ」創刊とともに同人となる。大正四年の大学卒業後は家業に従事していたが、十年、大阪毎日新聞社の経済部記者となり、西宮市郊外の片鉾池畔に居を構えた。同年十月にドイツに留学する斎藤茂吉を自宅に泊め、神戸港から見送り、また十四年、帰国した茂吉を神戸港で出迎えた。歌集には、『林泉集』（大正5年11月、アララギ発行所）、『しがらみ』（大正13年7月、岩波書店）、『軽雷集』（昭和6年7月、古今書院）などがあるが、『しがらみ』に「池の家」十一首をおさめる。〈池のかぜ寒くつのりぬ夜くだちて屋根一ぱいに雨のふる音〉〈借家住み戸を粗みかも池のかぜ雨かぜの入るをいたくおぼゆる〉。大正十五年三月に家督相続、四月末退社、六月に帰郷。歌人としてはひたすら〈拙修〉の道を鍛錬したが、病気療養先の尾道市の仮寓で死去。

（太田　登）

中村隆 なかむら・たかし

昭和二年十一月二十日～平成元年十月三十一日（1927～1989）。詩人。神戸市湊区（現・兵庫区）熊野町に生まれる。兵庫県立第三神戸中学校（現・県立長田高等学校）卒業。中学在学中から俳句に親しむが、戦後、本格的に詩作に取り組み、小林武雄に師事。東京農業大学中退後、昭和二十二年に文芸雑誌「クラルテ」創刊。以降、神戸モダニズムの中心人物の一人として活躍する。詩誌「幻想」「輪」「蜘蛛」を創刊する一方で二十七年から中村金物店を自営。数々の道具の名前をちりばめた、独自の作風世界を切り開く。主な詩集に『不在の証』（昭和37年7月、蜘蛛出版社）、『金物店にて』（昭和46年10月、日東館書林）、『詩人の商売』（昭和59年6月、蜘蛛出版社）、『中村隆全詩集』（平成12年6月、澪標）がある。彼が創刊した数多くの詩誌は、現在、神戸女子大学「現代詩文庫」に所蔵されている。

（小谷口綾）

中村白葉 なかむら・はくよう

明治二十三年十一月二十三日～昭和四十九年八月十二日（1890～1974）。ロシア文学者、翻訳家。兵庫県に生まれる。本名長三郎。神戸、朝鮮の元山、名古屋で幼年時代をおくり、名古屋商業学校（現・名古屋市立名古屋商業高等学校）、東京外国語学校（現・東京外国語大学）露語科を卒業。大正四年、ドストエフスキー『罪と罰』をロシア語から直接翻訳して出版。日本ロシア文学会会長。百冊余りに及ぶ翻訳を手がける。訳書に『トルストイ全集』、『チェーホフ全集』など。著書に『ここまで生きてきて私の八十年』（昭和46年12月、河出書房新社）がある。

（長濱拓磨）

中村幸彦 なかむら・ゆきひこ

明治四十四年七月十五日～平成十年五月七日（1911～1998）。近世文学研究者。兵庫県津名郡由良町（現・洲本市由良）に生まれる。京都帝国大学大学院中退。昭和十五年、天理図書館司書、二十四年天理大学教授、三十三年九州大学教授を経て、四十六年、関西大学教授、五十四年に退職。『中村幸彦著述集』全十五巻（昭和57年6月～平成元年7月、中央公論社）。近世文学研究の基礎部門を大きく前進させた。五十六年第三十二回読売文学賞、六十一年度朝日賞、六十二年度大阪文化賞を受賞。

（浦西和彦）

中村楽天 なかむら・らくてん

慶応元年閏五月十八日（新暦七月十日）～昭和十四年九月十九日（1865～1939）。俳人。播磨国飾西郡辻井村（現・姫路市）に生まれる。本名修一。「国民新聞」「国民之友」等を経て「二六新報」記者。同紙連載記事を『徒歩旅行』（明治35年7月、俳書堂）、『明治の俳風』（明治40年9月、俳書堂籾山書店）として刊行。正岡子規、高浜虚子に師事。二六吟社主宰。句集に『中村楽天句集』（昭和12年12月、杜松堂書店）。晩年まで雑誌「草の実」主宰。（硲　香文）

中山鏡夫 なかやま・かがみお

明治三十年二月十五日～昭和二十七年三月二十日（1897～1952）。詩人。兵庫県津名郡由良町南町（現・洲本市）に生まれる。本名亀一。中学生の頃から詩人を志し、日夏耿之介のいる早稲田大学高等予科文科を経て文学部仏文科に入学。吉江喬松に師事し井伏鱒二と親交。大正十二年に卒業後も在京、佐伯郁郎らと同人誌「文学表現」を出す。詩集『海は美し伽藍よりも』（昭和6年10月、東京泰文社）、「公孫樹に寄せて生命を労る歌」（「戯苑」巻2、昭和7年4月）を発表後、昭和十年帰郷。十八年、私立一宮実践女学校（現・兵庫県立淡路高等学校一宮校）、二十一年より兵庫県三原郡内十九ヵ町村組合立三原高等学校（昭和23年県立三原高等学校、現・県立淡路三原高等学校）で教鞭を執るが、文学に専念すべく退職して由良へ引っ越しの途上、交通事故死。三原高等学校機関紙「三原文化」創刊号（昭和27年4月）に日夏、井伏らの追悼文が寄せられた。詩「ソロモン海序曲」（日本文学報国会編『辻詩集』昭和18年10月、八紘社杉山書店）、翻訳にドーデ『アルルの女』（大正15年6月、仏語研究社）、フラスコ・イバーニエス『黙示録の四騎士』（昭和8年3月、春陽堂）等。（硲　香文）

永代静雄 ながよ・しずお

明治十九年二月十二日～昭和十九年八月十日（1886～1944）。ジャーナリスト、小説家。兵庫県美嚢郡前田村（現・三木市吉川町）に生まれる。別名湘南生。明治三十五年、神戸教会に所属。早稲田大学高等予科を経て、四十一年、東京毎夕新聞に入社。大正八年、編集局長就任。「不思議の国のアリス」の我国初の翻訳者。大衆小説なども執筆。田山花袋「蒲団」（「新小説」明治40年9月）で、神戸教会の秀才とされた女弟子の恋人のモデル。（高橋博美）

夏石番矢 なついし・ばんや

昭和三十年七月三日～（1955～）。俳人。兵庫県相生市に生まれる。相生墓園に、出産直前に胎内で亡くなった長男全志の墓がある。先祖の墓は神戸市灘区の篠原北墓地にある。本名乾昌幸。姫路市の淳心学院中学校・高等学校出身。東京大学博士課程人文科学研究科比較文学比較文化単位取得満期退学。埼玉大学教養学部助教授などを経て明治大学法学部・人文科学研究所教授。「未定」「俳句評論」の同人。昭和五十六年に第九回「俳句研究」五十句競作入選（第一位）。平成三年には第三十八回現代俳句協会賞受賞。十二年九月に世界俳句協会を共同設立、現在はディレクターを務める。国際俳句季刊誌「吟遊」代表。句集に、大矢達と高柳重信に啓発を受けたと「後書」に記した処女句集『猟常記』（昭和58年2月、静地社）、『メトロポリティック』（昭和60年7月、牧羊社）、『真空律』（昭和61年8月、思潮社）、『神々のフーガ』（平成2年6月、弘栄堂書店）、『人体オペラ』（平成2年6月、書肆山田）、『夏石番矢全句集　越境紀行』（平成13年10月、沖積舎）

〈コラム〉神戸とミステリー

平成十九年五月三日から七月十七日まで神戸文学館で企画展「探偵小説発祥の地　神戸」が開かれた。この展示の名称は、一種の宣言と取ることができる。神戸が名のりを上げたのは、二つの理由からである。一つは、神戸が、英米ミステリーの最先端の受信地であったこと。港に立ち寄った外国船の乗組員が航海中に読んだ探偵小説を処分し、それらは古書店に流れていった。もう一つは、山本禾《のぎ》太郎、西田政治、横溝正史ら多くの探偵小説家の出身地であること。戦前の探偵小説界で活躍した人材を輩出したことは、異国文化を積極的に吸収しようとする気風と無縁ではないだろう。

　中央区東川崎町出身の横溝正史は、少年時代古書店を廻り、探偵小説を買い漁った。雑誌投稿の常連であった彼は、「恐ろしき四月馬鹿《エイプリル・フール》」（「新青年」大正10年4月）でデビューする。初期の「深紅の秘密」（「新青年」増刊、大正10年8月）、「赤屋敷の記録」（大正15年6月執筆）などには、神戸が登場する。「赤屋敷の記録」は、山の手の異人街の一角にあった赤瓦の洋館にまつわる話である。『悪魔が来りて笛を吹く』（昭和29年5月、岩谷書店）には、金田一耕助が須磨を訪れるくだりがある。

　貿易会社デルブルゴ商会の社員だった酒井嘉七、三越百貨店神戸店で勤務していた戸田巽は、山本禾太郎、西田政治、蒼井雄、九鬼紫郎らと、元町の喫茶店で探偵小説談義に耽った。酒井「探偵法十三号」（「ぷろふいる」昭和10年2月）は、ゴールドマン商会の主人が射殺される事件を、戸田「相沢氏の不思議な宿望工作」（「ぷろふいる」昭和10年4月）は、デパート客の不思議な行動を扱う。いずれも仕事を生かした設定で、後者の客が貿易商勤務となっているのは、両者の交流を考えると、ちょっと面白い。神戸地方裁判所の書記をしていたこともある山本禾太郎には、百貨店屋上からの墜死事件を描いた「黄色の寝衣《ねまき》」（「ぷろふいる」昭和9年1月）がある。その店に勤務する、「探偵趣味家で、ときどき探偵小説を発表している」神部《かんべ》なる人物は、戸田がイメージされているのかもしれない。酒井、戸田、山本三人の作品は、現在、論創社の「論創ミステリ叢書」でそれぞれ作品集がまとめられている。

　元町生まれの陳舜臣には、神戸を舞台とした多くの作品がある。海岸通で中華料理店桃源亭を営む、拳法の達人にして漢方にも通じた陶展文を探偵役とする、『枯草の根』（昭和36年10月、講談社）に始まるシリーズは、その代表作。陶は、北野町に家を構えている。『虹の舞台』（昭和48年8月、光文社）では、同じ町に住むインド人が殺される。土地を熟知した陳だけに、現場となった再度《ふたたび》山への登山路の記述が、詳しく、リアリティがある。

　外国人での作品では、サマセット・モーム『コスモポリタン』（昭和11年3月、ハイネマン社〔イギリス〕）の一編「困ったときの友」がある。放蕩者に仕事の斡旋を頼まれた男の企みを描き、垂水の海が登場する。二十年以上日本で過ごし、大学で教鞭も執っていた親日家ジェイムズ・メルヴィルの『神戸港殺人事件』（昭和59年5月、中央公論社）は、大谷兵庫県警察本部長シリーズの第三作。マグニチュード五の強震が神戸を襲い、震災後のパトロールで変死体が発見されるという導入に驚かされる。原著が発行されたのは、昭和五十六（一九八一）年、阪神・淡路大震災よりも十四年前である。文体も登場人物の話し方も、何となく英国調なのが微笑ましい。神戸は、「西日本で一番モダンな都市」と紹介されている。

神戸は、地名を冠したトラベル・ミステリーでも好んで取り上げられている。代表的なところでは、内田康夫『神戸殺人事件』（平成元年12月、光文社）、山村美紗『神戸殺人レクイエム』（平成7年9月、光文社）、西村京太郎『神戸 愛と殺意の街』（平成10年3月、新潮社）など。春日彦二『神戸「異人館」殺人事件』（昭和62年7月、廣済堂）、木谷恭介『神戸異人坂殺人事件』（平成4年6月、双葉社）、大谷羊太郎『神戸異人館恋の殺人』（平成4年6月、双葉社）、和久峻三『神戸異人街スキャンダル』（平成8年4月、廣済堂）、高梨耕一郎『神戸・異人館殺人情景』（平成18年5月、光文社）と並べると、殺害現場として異人館が選ばれていることがわかる。斎藤栄は神戸が気に入っているようで、『横浜神戸殺人旅行』（平成2年10月、双葉社）ほか十作を執筆している。

神戸出身の現役作家としては、浅黄斑《まだら》がいる。西区の西神ニュータウンに暮らすピアノ教師が探偵役の『人妻小雪奮戦記』（平成8年4月、光文社）、垂水の五色塚古墳で死体が発見される『墓に登る死体』（平成12年3月、光文社）、真夏の六甲山でのイベントが発端となる『神戸・真夏の雪祭り殺人事件』（平成15年8月、有楽出版社）などは、さすがに場所の選択に工夫が認められる。ちなみに、西神ニュータウンは、作者が住んでいる所でもある。『人妻小雪奮戦記』は、雑誌発表の時点で見れば、阪神・淡路大震災を最も早くに取り上げたミステリーと言えそうだ。また、震災と正面から取り組む谺健二《こだま》も、出身者として落とせない。『未明の悪夢』（平成9年10月、東京創元社）、『恋霊館《こりょうかん》事件』（平成13年4月、光文社）、『赫い月照』（平成15年4月、講談社）の連作では、社会的なテーマと大胆なトリックとの融合が目指されている。死生観が希薄な現在において、ミステリーは可能かという大きなテーマを追究しているのも、谺作品の特徴である。

隠れた名作として、高場詩朗『神戸舞子浜殺人事件』（平成元年6月、天山出版）、『神戸須磨殺人事件』（平成2年3月、天山出版）を挙げておきたい。前者は、父親が容疑者として逮捕された殺人事件の真相解明に乗り出す「僕」の、後者は、元の恋人の夫の冤罪を晴らすことに奔走する「私」の活躍を描く。神戸弁で語られるハードボイルド調の語りは、ほかに例がなく、独特の詩情を生み出している。高場の作品がこの二作だけなのは、何とも惜しい。

駆け足で神戸に関わりのある作家・作品を見てきたが、貿易によって発展してきた都市であるにもかかわらず、小説における外国人の登場は、近年むしろ減っているように感じられる。虚構の世界は、必ずしも国際化の流れに対応していないらしい。さらなるミステリーの可能性が開かれるためには、「探偵小説発祥の地」のゆえんが改めて振り返られてよい。

（山口直孝）

などがある。〈父母老いて播磨に蛸の甘さかな〉。（真銅正宏）

夏目漱石　なつめ・そうせき
慶応三年一月五日（新暦二月九日）～大正五年十二月九日（1867～1916）。英文学者、小説家。江戸の牛込馬場下横町（現・東京都新宿区喜久井町）に生まれる。明治四十二年発表の「それから」十一章で、「翌日代助は但馬にゐる友人から長い手紙を受取つた」として、「家は所の旧家で、先祖から持ち伝へた山林を年々伐り出すのが、重な用事になつてゐる」と、兵庫県北部地方で生活する友人の暮らしぶりを描いた。四十四年八月十二日、漱石は明石の衝濤館に宿泊し、翌十三日午後、中崎公会堂の落成記念講演会で「道楽と職業」と題する講演を行った。内田百閒の「明石の漱石先生」（初出『漱石全集』月報16号、昭和4年6月）では、衝濤館でくつろぐ漱石のもとを紋付袴姿で訪れる郡長、市長、助役に、筒袖の浴衣姿で応対する漱石の姿を描く。大正三年春頃から、漱石は禅僧の鬼村元成と文通をはじめ、やがて神戸市平野の祥福寺へ移った鬼村の同輩富沢敬道とも交流を持ち、五年秋には二人を自宅へ宿泊させている。（木村　功）

生江健次　なまえ・けんじ
明治四十年十一月二十四日～昭和二十年（月日未詳）（1907～1945）。劇作家、小説家。神戸市に生まれる。慶応義塾大学在学中に戯曲「部落挿話」（「舞台新声」昭和2年11月）を発表。飯塚盈延《みつのぶ》（スパイM）の推薦で共産党に入り、後に宮本顕治を入党させた。「戦旗」編集委員を務め、小説「過程」（「ナップ」昭和6年4月）を発表。転向後は文芸春秋へ入社。昭和十八年に比島派遣報道班員となり、二十年に客地で餓死したと伝えられる。（内藤由直）

縄田林蔵　なわた・りんぞう
明治三十三年二月二十一日～昭和五十七年十月五日（1900～1982）。詩人。神戸市湊東区（現・中央区）東川崎町に生まれる。小学校卒業後、大正三年、神戸郵船に給仕として入社。五年に上京、新聞配達、人力車夫をしながら詩をかきはじめる。詩集に『けがれた王座』（昭和2年、詩集社）、『ニッポン・小作物語』（昭和39年11月、ポエム社）等がある。昭和十九年、茨城県守谷町に疎開し農耕生活に入り、農協中央会理事専務理事をも勤め農民詩人として作品を書きつづける。（佐藤和夫）

南陽外史　なんよう・がいし
明治二年一月二十五日～昭和三十三年一月三日（1869～1958）。翻訳家、新聞記者。淡路の薦江（現・兵庫県洲本市）に生まれる。本名水田栄雄。立教大学校（現・立教大学）在学中、東京能弁学会に加盟。大岡育造に見込まれ、明治二十三年頃、東京中新聞（後の中央新聞）に入社。黒岩涙香と親交があり、探偵小説の原本を借りて訳載していた。二十九年から三十二年までイギリスに渡り、その際、日本の留学生たちに何か面白い小説はないかと尋ねたところ、コナン・ドイルの作品を教えられ興味をもち読む。帰国後、三十二年七月から十一月まで「不思議の探偵」の総題で「シャーロック・ホームズの冒険」を「中央新聞」に訳載した。また、新聞記者としても活躍し、明治二十七年には日清戦争に海軍従軍記者として参加、翌二十八年には台湾特派員に任命された。紀行文をまとめた『大英国漫遊実記』（明治33年5月、博文館）がある。四十三年に退社し、実業界に身を転じた。（久保田恭子）

【に】

仁川高丸　にがわ・たかまる

昭和三十八年八月二十三日〜（1963〜）。小説家。兵庫県に生まれる。本名竹田純子。筆名は宝塚市に実在する地名だが、本人とは無関係。立命館大学文学部西洋史学科卒業。昭和六十三年ごろから小説を書き始め、雑誌「Cobalt」などに投稿する。平成三年、女子高生と女性教師のレズビアンを扱った『微熱狼少女』（平成4年2月、集英社）ですばる文学賞佳作を受賞。この作品で女性同士のベッドシーンを描いて評判となる。『ソドムとゴモラの混浴』（平成6年5月、集英社）で近親相姦を、『F式・夏』（平成7年7月、集英社）でロストヴァージンを、『こまんたれぶー』（平成8年3月、角川書店）で初潮をそれぞれ扱うなど、女性の性をテーマに、独特の視点と筆致で性を描写した作品を発表する。ほかに、関西弁で綴った短編小説を集めた『身に覚えのあるナニワ恋愛塾』（平成10年5月、青春出版社）などがある。（日高佳紀）

西川紀子　にしかわ・としこ

昭和十八年十二月二十四日〜六十三年五月（日未詳）（1943〜1988）。童話作家。兵庫県に生まれる。京都府立大学卒業。昭和四十五年より、小さな窓の会同人。後に児童文学学校第一期生を経て、木の会を結成。五十一年、「少女の四季」で第八回北川千代賞を受賞。主な著作に『わたしのしゅうぜん横町』（昭和56年4月、あかね書房）、『かしねこ屋ジロさん』（昭和63年11月、らくだ出版）など。六十三年、「日本児童文学」400号記念「平和を願う詩と短編」に入選した「世界で一番大きな家」が遺作となった。（杲　由美）

西田政治　にしだ・まさじ

明治二十六年八月三十一日〜昭和五十九年二月九日（1893〜1984）。小説家、翻訳家。神戸市に生まれる。別名に秋野菊作、花園守平、八重野汐路。夭折した弟西田徳重が横溝正史と中学校の同級で、弟の死後、神戸で親交を深めた。大正九年、「新青年」の第一回公募に八重野汐路名義の「林檎の皮」で入選。第二回公募にも「破れし原稿用紙」で入選するが、西田政治名義での翻訳が評価され、十年、ビーストン「マイナスの夜光球」を紹介して以来、「新青年」の常連翻訳家となる。一方、「ぷろふいる」に秋野菊作名義で時評を連載し、戦後は花園守平名義の短編もある。昭和二十二年に神戸探偵小説クラブを山本禾太郎、酒井嘉七、蒼井雄らと再興、二十三年の関西探偵作家クラブ設立に際しては会長となった。また、二十九年、日本探偵作家クラブと合同した際には関西支部の支部長となった。その傍ら、ブリーン『ワイルダー一家の失踪』（昭和28年11月、早川書房）などを翻訳している。（小谷口綾）

西村京太郎　にしむら・きょうたろう

昭和五年九月六日〜（1930〜）。小説家。東京に生まれる。本名矢島喜《き》八郎《はちろう》。陸軍幼年学校在学中に終戦を迎え、東京府立電機工業学校（現・東京都立工業高等専門学校）卒業後、臨時人事委員会（後の人事院）に就職。十一年間勤務して退職、私立探偵、警備員などを経て作家生活に入る。昭和三十八年、「歪んだ朝」（「オール読物」昭和38年7月）で第二回オール読物推理小説新人賞入選。四十年、『天使の傷痕』（昭和40年8月、講談社）で第十一回江戸川乱歩賞受賞。五十六年、「終着駅《ターミナル》殺人事件」（昭和

55年7月、光文社）で第三十四回日本推理作家協会賞受賞。列車や観光地を舞台とするトラベルミステリーに属する作品を数多く発表。シリーズキャラクターである十津川警部は有名。兵庫県を舞台としたものに、『十津川警部 姫路・千姫殺人事件』（平成14年10月、講談社ノベルズ）、『城崎にて、殺人』（平成10年11月、中央公論社）、『祖谷・淡路殺意の旅』（平成6年7月、新潮社）等がある。『神戸・愛と殺意の街』（平成10年3月、新潮社）では、阪神・淡路大震災後の神戸を事件の舞台とし、震災後の傷跡が痛々しく残る地域と新興の建物の並ぶ華やかな町並みとの鮮やかな対比を描き、復興格差ともいうべき社会問題に迫っている。（坂井二三絵）

西村しのぶ　にしむら・しのぶ

昭和三十八年五月二十五日～（1963～）。漫画家。兵庫県宝塚市に生まれる。神戸市立外国語大学英米文学科卒業。昭和五十八年、大学在学中に漫画研究会を創り、小池一夫劇画村塾神戸教室第一期に入塾。五十九年、課題で提出した「D-アウト」で「Comic 劇画村塾」（スタジオシップ）にてデビュー。同じ主人公で同誌に「サードガール」として連載を開始。作品は『美紅・舞子』（初出「ビックコミックスピリッツ」昭和61年～平成元年。同題単行本、平成元年10月、小学館）、初期短編集『VOICE』（平成3年11月、小池書院）、『メディックス』（初出「ビックコミックスピリッツ」平成2年～4年。同題単行本、平成18年8月、小学館）、諏訪山に住むフリーターのキリエと絵衣子を描く『一緒に遭難したい人』（初出「Romantic Hi」平成2年～「Kiss」連載中。同題単行本、平成9年12月、主婦と生活社、平成17年2月～、講談社）、花隈に住む百合と秋光の物語『RUSH』（初出「ami Jour」平成5年6月～「フィール・ヤング」連載中。同題単行本、平成10年、双葉社、平成13年7月～、祥伝社）、『SLIP』（初出「ヤングアニマル」平成6年11号～7年15号。単行本全二巻、平成6年11月・7年9月、白泉社）、神戸のブティック女社長リツコと大学生邦彦の恋愛を描く『LINE』（初出「Kiss」平成9年9月～連載中。単行本（平成10年8月～、講談社）、神戸の女子大学生ミサオとユキを描く『アルコール』（初出「YOUNG YOU」平成10年9月～連載中。単行本（平成13年12月～、集英社）等。漫画エッセイに『西村しのぶの神戸元町〝下山手ドレス〟』（平成13年2月、角川書店）、『下山手ドレス別室』（平成18年7月、祥伝社）がある。作品作家の特集号として、「ぱふ」（「特集・サード・ガール」昭和63年11月、雑草社）、「別冊ぱふ コミックファン」③（特集「西村しのぶROMANCE1998」平成10年11月、雑草社）がある。阪神・淡路大震災の被災により一時大阪に居を移す。神戸や大阪の現代を恋愛模様の中に織り込んで描く作風である。

＊サードガール《さーどがーる》　長編漫画。〔初出〕「Comic 劇画村塾」昭和59年4月～63年5月、「コミック HAL」平成元年、「コミックコサージュ」平成3年10月～6年4月、スタジオシップ。〔単行本〕B6版第一巻～第八巻、昭和60年5月～平成6年1月、小池書院。道草文庫シリーズ第一巻～第六巻、平成8年8月～9年1月、小池書院。完全版全八巻、平成18年12月～19年7月、小池書院。◇神戸の大学生の恋人同士、涼と美也とガールフレンドの夜梨を中心に、それぞれの成長と恋愛を描いた作品。一九八〇年代神戸ファッションや世相を取り入れたファッショナブルな作品として、少年誌掲載ながら男女問わず広く読者を集めた。舞台は神戸、

京都、和歌山と関西圏を中心とする。著者デビュー作であり、休載をはさみつつも十年の長きに渉って連載された。西村しのぶ公式HP http://shimoyamate-dress.com/

（澤田由紀子）

西本昭太郎 にしもと・しょうたろう

昭和三年三月十五日（1928～）。詩人。神戸市兵庫区門口町に生まれる。戦後、詩誌「クラルテ」に参加。以後、「反世代」「幻想」「MENU」同人を経て、詩誌「粒」を主宰。日本現代詩人会会員。詩集に『庶民考』（昭和31年、エバンタイ・クラブ）、『頬を裂く』（昭和32年10月、粒の会、以下も同じ）、『冬の座から』（昭和34年7月）、『薔薇の灰』（昭和47年9月）、『私信』（昭和51年1月）などがある。

（永井敦子）

西山小鼓子 にしやま・しょうこし

明治四十二年一月二十七日～平成十二年十一月十八日（1909～2000）。俳人。兵庫県氷上郡市島町（現・丹波市）に生まれる。本名謙三。青山学院高等学部（現・青山学院大学）卒業。父泊雲は「ホトトギス」高浜虚子の高弟で、父の勧めにより中学校時代から作句を始めた。「小鼓子」の号は泊雲の墓参の際に、虚子が与えたもの。「草紅葉」創刊、主宰。句集に『西山小鼓子集』（昭和61年9月、俳人協会）がある。

（渡辺順子）

西山泊雲 にしやま・はくうん

明治十年四月三日～昭和十九年九月十五日（1877～1944）。俳人。兵庫県氷上郡市島町（現・丹波市）に生まれる。本名亮三。酒造業。実弟野村泊月の勧めで「ホトトギス」に投句、高浜虚子門の重鎮のひとり。泊雲、泊月を合わせて「丹波二泊」ともいう。家業不振の際、虚子に請うて「小鼓」との酒名を得、これが賞美されて家業が持ち直した話は有名。『泊雲句集』（昭和9年7月、白玉書巧芸社）、『泊雲』（昭和39年9月、白玉書房）。

（渡辺順子）

西脇順三郎 にしわき・じゅんざぶろう

明治二十七年一月二十日～昭和五十七年六月五日（1894～1982）。詩人、英文学者。新潟県北魚沼郡小千谷町（現・小千谷市）に生まれる。西脇家は旧家で、父は小千谷銀行役員を務めていた。大正六年、慶応義塾大学理財科卒業。ジャパンタイムズ社に入社するも病のためすぐに退社。以降「三田文学」を通じて批評活動を展開。十一年、オックスフォード大学留学。滞英中に英文詩集『Spectrum』を自費出版する。帰国後は慶応義塾大学教授となり英文学史を担当。昭和二年、瀧口修造らと日本初のシュールレアリスム詩誌「馥郁タル火夫ヨ」を発行し、『超現実主義詩論』（昭和4年11月、厚生閣書店）を刊行して新詩運動を推進。詩集は『Ambarvalia』（昭和8年9月、椎の木社）、『旅人かへらず』（昭和22年8月、東京出版社）、『失われた時』（昭和35年1月、政治公論社無限編集部）など多数。三十九年六月二十日、神戸中小企業労使センターホールにて日本現代詩人会主催講演会で「現代詩について」と題し講演。

（叶　真紀）

新田次郎 にった・じろう

明治四十五年六月六日～昭和五十五年二月十五日（1912～1980）。小説家。長野県上諏訪町（現・諏訪市）に生まれる。本名藤原寛人。昭和五年、長野県諏訪中学校（現・県立長野県諏訪清陵高等学校）卒業後、無線電信講習所（現・電気通信大学）に入学。七年に卒業し、中央気象台（現・気象庁）に就職。十八年、満洲国中央観象台に転任し、同地で終戦を迎える。抑留生活の後、二十一年に引き揚げ、中央気象台に復職している。二十六年、妻藤原ていの『流れる星は生きている』（昭和24年4月、日比谷出版社）がベストセラーになったことに刺激を受けて執筆活動を開始し、三十一年二月、作品集『強力伝』（昭和30年9月、朋文堂）で第三十四回直木賞を受賞した。時代小説や推理小説など新田の作品はさまざまなジャンルに及ぶが、その創作活動にあって中核をしめるのは、新田が新しいジャンルとして確立したとしばしば評される山岳小説であろう。明治三十五年一月、青森歩兵第五連隊が八甲田山で雪中行軍を行い百九十九名の死者を出した事件を題材とした『八甲田山死の彷徨』（昭和46年9月、新潮社）はとくに有名である。新田の創作活動と兵庫県の接点もまた、彼の代表的な山岳小説のひとつである「孤高の人」（「山と渓谷」昭和36年6月〜43年5月）にある。『孤高の人』（昭和44年5月、新潮社）は、今日でも山岳書の愛好家に広く読まれている作品であり、たとえば、「山と渓谷」誌がおこなった読者アンケートでは、平成二十年一月、好きな山の本第一位に選ばれている（第二位は深田久弥『日本百名山』）。この作品は、兵庫県美方郡浜坂町（現・新温泉町）出身で、日本における近代登山の黎明期にあって、社会人登山の草分けとして知られる登山家、加藤文太郎をモデルとした小説である。文太郎は高等小学校卒業後、神戸に出て神港造船所の技術研修生となり、卒業後、技師として造船所に勤務することになった。文太郎が登山に開眼するのはこの時期であり、作品には週末ごとに六甲の山々に山歩きに出かける文太郎の様子がしばしば描かれる。その思いは「彼は故郷のありかを眼で追った。神戸も浜坂も同じ兵庫県であるが、神戸は太平洋岸に面しており、浜坂は日本海に面している。その二つの町の間は山によってへだてられている。それはあたりまえのことであり、地図を見てもわかるし、見ないでも常識的にわかることなのだが、加藤文太郎は、眼で確かめたその発見にひどく感動した。神戸と故郷の浜坂とをさえぎっている山の存在が彼にはひどく神秘的にさえ思えたのである」と記されている。（野村幸一郎）

日本橋ヨヲコ　にほんばし・よをこ

昭和四十九年十月三日〜（1974〜）。漫画家。香川県に生まれる。神戸学院大学卒業。在学中の平成七年に阪神・淡路大震災で被災、「『死』というものをはっきり認識してしまった」ことが本格的に漫画家を志す転機になる。翌八年、「爆弾とワタシ」で第三十四回ちばてつや賞佳作受賞、「ノイズ・キャンセラー」（「ヤングマガジン」平成8年8月）でデビュー。『プラスチック解体高校』全二巻（平成10年、講談社）、『G戦場ヘヴンズドア』全三巻（平成13年〜15年、小学館）など、若者の多感な内面を描き出す独自の作風が支持を得ている。（三品理絵）

荷宮和子　にみや・かずこ

昭和三十八年（月日未詳）〜（1963〜）。評論家、文筆家。神戸市に生まれる。神戸大学卒業。現代における女性や子供、おたくの文化などについて、女性の立場から批評を行っている。また、宝塚歌劇の熱烈なファンとして知られ、『ホントの宝塚がわかる本』（平成6年7月、広済堂出版）、『宝塚・スターの花園』（平成11年9月、広済堂出版）、『宝塚・舞台を彩るスターたち』（平成13年10月、ごま書房）など、宝塚に関する執筆も多数。（飯田祐子）

丹羽安喜子　にわ・あきこ

明治二十五年（月日未詳）〜昭和三十五年

（月日未詳）（1892〜1960）。歌人。大正八年以来、与謝野晶子の愛弟子で、近代短歌の東京新詩社社友。歌集『蘆屋より』（昭和11年4月、自費出版）を出版。昭和十五年より自ら芦屋短歌会を主宰すると同時に、明治・大正・昭和初期に出版された近代短歌集の収集家としても知られる。『蘆屋より』には、〈立ちいでて蘆屋の濱にやすらへば友と語るに似る思ひする〉など、住まいのある芦屋や武庫川への思いを歌った歌が多く収められている。（坂井二三絵）

【ぬ】

ぬやまひろし ぬやま・ひろし

明治三十六年十一月十八日〜昭和五十一年九月十八日（1903〜1976）。詩人、社会運動家。兵庫県に生まれる。「西沢島」（東沙島）で知られる西沢吉次の次男。本名西沢隆二《たかじ》。別称ひろしぬやま。共産党員（「赤旗」秘密印刷所責任者）であった昭和八年から敗戦までの十二年間を獄中で過ごす。詩集に『編笠』（昭和21年10月、日本民主主義文化聯盟）、『ひろしぬやま詩集』（昭和25年5月、冬芽書房）、『美しい社会を作るために』（昭和37年）、『ぬやま・ひろし選集』（1〜10、昭和38年〜40年、グラフわかもの社）。四十一年、共産党除名。講談社版『子規全集』（昭和50年7月〜53年10月）を監修、第十六巻「俳句選集」に解説を書く。司馬遼太郎『ひとびとの跫音《あしおと》』に子規の妹・律の養子である正岡忠三郎の友人として描かれ、司馬対談集「土地と日本人」（昭和51年8月、中央公論社）に載る。ぬやまが作詞した「若者よ」は六十年安保時代、うたごえ喫茶で歌われた。徳田球一元共産党書記長は義父。（石上　敏）

【ね】

根本克夫 ねもと・かつお

大正六年（月日未詳）〜（1917〜）。著述家、小説家。香川県に生まれる。本名勝夫。戦前、戦後を通じて業界新聞や雑誌の記者を転々とし、終戦直後には童話家として各地の小、中学校を巡演する。のち、ミニコミ紙・広告代理店などを経営。同人誌「歴砦」主宰。著書に『兵庫史再見』（昭和58年9月、神戸新聞出版センター）、『検証神戸事件』（平成2年6月、創芸出版）。他に、歴史小説集『虚しさの譜』（昭和57年7月、鳥影社）などがある。（西尾元伸）

【の】

野口武彦 のぐち・たけひこ

昭和十二年六月二十八日〜（1937〜）。文芸評論家、小説家、国文学者。東京都新宿に生まれる。早稲田大学卒業後、東京大学文学部に学士入学。同大学院博士課程中退後、昭和四十三年一月に神戸大学へ赴任。『三島由紀夫の世界』（昭和43年12月、講談社）、『石川淳論』（昭和44年2月、筑摩書房）で注目され、『谷崎潤一郎論』（昭和48年8月、中央公論社、亀井勝一郎賞受賞）、『江戸の歴史家』（昭和47年12月、筑摩書房、サントリー学芸賞受賞）、『「源氏物語」を江戸から読む』（昭和60年7月、講談社、芸術選奨受賞）、『江戸の兵学思想』（平成3年2月、中央公論社、和辻哲郎文化賞受賞）など、近世・近代の文学と思想を往還しつつ多彩な執筆活動を展開。平成七年、芦屋の自宅で阪神・淡路大震災に遭い、その衝撃から『安政江戸地震』（平成9年3月、筑摩書房）を構想・執筆。以後『江戸のヨブ』（平成11年10月、中央公論社）、『幕末気分』（平成15年2月、講談社、読売文学賞受賞）、近年の『幕末バトル・ロワイヤル』（平成19年3月、新潮社）に至るまで、幕末史を政治動乱史、連続災害史としてとらえ、現代日本との同時代性に着目する一連の〈幕末歴史物〉の執筆に取り組む。十四年に神戸大学を定年退官、現在は名誉教授。被災後も芦屋市に在住。

（三品理絵）

野坂昭如 のさか・あきゆき

昭和五年十月十日～（1930～）。小説家。神奈川県鎌倉市に生まれる。実父は元新潟県副知事野坂相如。誕生後間もなく生母と死別し、神戸市灘区にあった母の妹の嫁ぎ先張満谷《はりまや》家に養子に出される。昭和二十年の神戸大空襲で養父を喪い、さらに妹を疎開先の福井で亡くす。これより先にも一人妹を亡くしているが、二人とも養女であった。野坂家及び生母の実家松尾家に連なる家系は養子縁組が複雑に絡み合っているが、それは野坂が執拗に自己のアイデンティティーを求め、何作もの自伝的作品を書き続けることとも関連している。戦後、焼け残った衣類などを売り捌き生活の糧とするが、十七歳の時親戚の衣類を無断で売り捌いたのが露見し、多摩少年院東京出張所に送致される。実父が保証人になって釈放され新潟に移り住み、二十三年、旧制新潟高等学校（現・新潟大学）に編入する。在学中に学制改革で新制新潟大学へ入学したが、新発田分校に配されたのが気に食わずすぐに退学。上京してアルバイトをしながら、二十五年、早稲田大学仏文科に入学。在学中から放送作家やCMソング作詞家として活躍し、阿木由紀夫の筆名でコントを書く一方、雑誌等のコラムも執筆。三十七年には初の著書『プレイボーイ入門』（昭和37年9月、荒地出版社）を刊行。翌年「エロ事師たち」（「小説中央公論」昭和38年11月～12月）で作家としてデビューする。同年「おもちゃのチャチャチャ」で日本レコード大賞作詞賞受賞。四十二年、「アメリカひじき」（「別冊文芸春秋」昭和42年9月）と「火垂《ほた》るの墓」（「オール読物」昭和42年10月）で第五十八回直木賞受賞。四十七年、「面白半分」編集長として「四畳半襖の下張り」裁判で有罪判決を受ける。四十九年、参議院選挙東京地方区で立候補するも、次点で落選。五十八年、参議院比例代表制選挙に当選するが、翌年田中角栄を批判し新潟三区から立候補、またも次点で落選する。六十年、『我が闘争 こけつまろびつ闇を撃つ』（昭和59年12月、朝日新聞出版）で第一回講談社エッセイ賞受賞。六十二年、第二回パチンコ文化賞、平成九年、『同心円』（平成8年6月、講談社）で吉川英治文学賞受賞。十四年、『文壇』（平成14年4月、文芸春秋）及びその他の業績で泉鏡花文学賞を受賞。〈焼跡闇市派〉を名乗り辛辣な評論活動を展開するとともに、テレビタレントや歌手としても活躍。平成十五年脳梗塞で倒れ、現在もリハビリを続けている。神戸を舞台にした作品はスタジオジブリによってアニメ映画化もされた「火垂るの墓」をはじめ、「夏わかば」（「別冊文芸春秋」昭和46年3月）、『一九四五・夏・神戸』（昭和51年8月、中央公論社）、『わが桎梏の碑』（平成4年9月、光文社）など多数ある。

＊水の縁し《みずのえにし》 短編小説。〔初出〕「オール読物」昭和43年12月。〔初収〕『マリリン・モンロー・ノー・リターン』（昭和47年4月、文芸春秋）◇自分とはいったい何ものなのか―その存在意義を求めて、主人公善吉は養子として育った神戸六甲道駅近くにあった養家の消息を、かつての知人に訊いて回

る。養母と祖母の諍いや気の弱さを取り繕うための自慢めいた嘘など、断片的な記憶を知人らの話に接ぎ木しながら、物語は進んでいく。空襲で行方知れずになった養父母のこと、妻と父の後妻との仲違い、異母弟の家出騒動などを絡めながら、ラストは養家にとっても実家にとっても疫病神のような存在である自分を確認して終わる。

＊ひとでなし《ひとでなし》　長編小説。〔初出〕「婦人公論」平成8年9月〜12月。連載時の題は「行き暮れる母」。〔初版〕平成9年8月、中央公論社。◇野坂の養父張満谷善三はアルバムをかなりこまめに整理しており、野坂はそのアルバムを自画像を描き出すための一つの重要なアイテムとして利用してきた。逆に言えば、野坂の綴る生い立ちというのは、記憶に残った真実ではなく、アルバムに残された写真から記憶を再構成している部分もあるのだが、本作品ではこれまで自伝的作品と目される小説で様々に虚構化し、あるいは避けてきた事実を吐露している。「火垂るの墓」その他に描かれたような戦災孤児神話は、この作品に語られる空襲下の避難の様子や戸籍謄本のこと、身を寄せた西宮の親戚、戦後まで生きていた養母や祖母の話などから、かなり虚構性が強いことが窺える。

（奈良﨑英穂）

野田宇太郎　のだ・うたろう

明治四十二年十月二十八日〜昭和五十九年七月二十日（1909〜1984）。紀行文家、編集者、詩人。福岡県三井郡立石村（現・小郡市）に生まれる。七歳の時に母を、十七歳の時に父を失う。昭和三年、福岡県立朝倉中学校（現・県立朝倉高等学校）卒業、詩作と並行して同人誌を発行したりする。翌年、早稲田第一高等学院（現・早稲田大学高等学院）英文科に進むが、病気により間もなく中退。帰郷するも追い討ちをかけるように実家が破産。貧苦の中から『北の部屋』（昭和8年2月、金文堂）などの詩集を刊行する。十五年に上京し、小山書店で「新風土」の編集や下村湖人『次郎物語』の刊行にかかわる。十七年十一月、それまでの詩業をまとめた『旅愁』（大沢築地書店）刊行により、詩人としての地位を確立。その「あとがき」には、孤独な心の「渇きをいやす」ものが詩作であったこと、「芭蕉への思慕」が「不思議な安心」をもたらすものであったことが記されている。十八年、第一書房に移って「新文化」を編集。この年、木下杢太郎の知遇を得て以後師事する。十九年、河出書房に移り、戦時下に最後まで命脈を保っていた文芸誌「文芸」の責任編集者となり、二十年十二月の終刊まで携わる。二十一年、東京出版から「芸林閒歩」を創刊し、詩集なども刊行しながら、二十三年の終刊まで編集。以後、著述に専念し、二十六年一月、「日本読書新聞」に自らが創案した「新東京文学散歩」の連載を開始（同題にて昭和26年6月に日本読書新聞社より単行本として刊行）。現地踏査に基づく実証性と詩人ならではの叙情性を兼備した、この〈文学散歩〉は世間に認められ、詩業と並ぶ生涯の仕事となった。引き続き、詩集や評論、文学散歩などを続々と刊行。兵庫県については『関西文学散歩』下巻「大和・紀州・阪神・播州・但馬・淡路」（昭和32年11月、小山書店新社）に記されており、伊丹を皮切りに阪神間、神戸、播州地域、但馬、淡路地域の文学的踏査が行われている。三十七年、博物館明治村の創設に関わり、四十年の開設から常務理事を務める。明治村には「森鷗外・夏目漱石住宅」などとともに、「神戸山手西洋人住居」も移設された。五十一年、『日本耽美派文学の誕生』（昭和50年11月、河出書房新社）により、芸術選奨文部大臣賞受

賞。五十二年十一月、紫綬褒章受章。晩年まで関東に在住したが、遺言で蔵書はすべて郷里の小郡市に寄贈された。（野田直恵）

野田別天楼 のだ・べってんろう

明治二年五月二十四日〜昭和十九年九月二十六日（1869〜1944）。俳人。岡山県邑久郡（現・瀬戸内市）に生まれる。本名要吉。明治三十年から子規の指導によって、「日本」「ホトトギス」に投句。大正四年に創刊の「倦鳥《けんちょう》」に参画し、松瀬青々、青木月斗らの大阪俳人と交友。大正中期に奈良県立畝傍中学校（現・県立畝傍高等学校）の国漢教師として赴任、阿波野青畝の俳句を指導した。御影の報徳商業学校（現・報徳学園中学校・高等学校）の校長を経て、昭和七年に教育界を去る。十年七月、神戸で「雁来紅《がんらいこう》」を主宰し、句集に『雁来紅《はげいとう》』（大正9年4月、雁来紅社）がある。（太田　登）

能登秀夫 のと・ひでお

明治四十年二月八日〜昭和五十六年一月九日（1907〜1981）。詩人。神戸市に生まれる。本名増田寛《かん》。大正十三年に兵庫県立工業学校（現・県立兵庫工業高等学校）を卒業、官営鉄道（現・JR）に勤め関西各地で定年まで働く。福田正夫に師事、「焰」に参加。のち「文学表現」に拠り、『都会の眼』（昭和8年7月、文学表現社）を出すが反戦詩集として発禁、終戦まで沈黙を守る。戦後、勤労詩運動を推進する中、詩誌「三重詩人」「浮標」などの発行に携わった。（永井敦子）

信原潤一郎 のぶはら・じゅんいちろう

昭和九年（月日未詳）（1934〜）。小説家。兵庫県赤穂市に生まれる。本名潤《じゅん》。大映の脚本部やレコード会社に勤務ののち、大阪で会社経営をするもオイルショックで破綻。その後、滋賀県の公立甲賀病院に十五年間勤務。定年後、執筆に専念、幕末の赤穂藩における実話を素材とした『鬼の武士道』（平成9年6月、祥伝社）でデビュー。以後、丹念な筆致の歴史小説を世に出し、着実に支持を得る。著書に『修羅の武士道』（平成11年4月、祥伝社）、『紀州連判状』（平成15年8月、光文社）、『さくらの城』（平成18年2月、光文社）、『天涯の声』（平成20年3月、光文社）など。日本ペンクラブ会員。（三品理絵）

野間宏 のま・ひろし

大正四年二月二十三日〜平成三年一月二日（1915〜1991）。小説家。神戸市長田区東尻池の火力発電所社宅に、父卯一、母まつゑの次男として生まれる。卯一は兵庫県揖保郡御津村（現・たつの市）の農家の次男で、神戸へ出て工業学校を卒業し、電気技師となった。卯一の転勤のため一家は神戸、横浜、津山、西宮と移り住んだ。神戸在住中に卯一は、親鸞の教えを奉じる在家仏教に入信し、やがて実源派という新興宗教の教祖となる。卯一は、西宮では鳴尾村中津の農家に借家して今津の火力発電所に勤務し、後に今津網引の社宅に移り、説教所を開いて勤務を続けながら布教した。大正十年、今津町立今津尋常小学校（現・西宮市立今津小学校）に入学。大正十五年十月、卯一が肺炎により死去、今津網引の社宅から今津高潮に移る。十三年、京都帝国大学文学部仏文科を卒業後、大阪市役所に就職、社会部福利課に配属され、未解放部落融和事業を担当し、後の大作『青年の環』の素材を得る。十六年十月、教育召集を受け、歩兵第三十七連隊歩兵砲中隊に入隊。十七年、フィリピンに送られるが、マラリアに感染し入院、十月に帰国する。十八年、治安維持法違反容疑で大阪石切の大阪陸軍刑務所に収監、軍法会議で懲役四年執行猶予五年の判決を受け、年末出所、監視付で内地の原隊に復帰。十九年、召集解除され、大阪の軍需工場に勤務していた時、敗戦を迎える。二十一年、「暗い絵」（「黄蜂」4月、8月、10月）を発表、平野謙の評価もあり、戦後の有力新人として注目される。年末に共産党入党、新日本文学会に入会。二十二年、「近代文学」同人となり、「崩壊感覚」（「世界評論」1月～3月）、「顔の中の赤い月」（「総合文化」8月）などの戦後文学の重要な作品を発表する。二十五年、新日本文学会の内部対立が深くなり、「人民文学」が創刊され、二十六年にはその編集に加わる。長編『青年の環』第一部（昭和24年4月、河出書房、以下二作も同じ）、第二部（昭和25年3月）、書き下ろし長編小説『真空地帯』（昭和27年2月）を刊行する。『真空地帯』は大西巨人、佐々木基一の批判を受け、文壇に議論をひきおこした。『さいころの空』（昭和34年12月、文芸春秋新社）、『わが塔はそこに立つ』（昭和37年9月、講談社）などの長編小説を執筆、四十六年一月には、『青年の環・炎の場所』（河出書房新社）を刊行して、大作『青年の環』全五巻を完成させる。以後、小説、戯曲、映画評論など多彩な創作活動とともに、狭山裁判における差別問題について積極的に発言する。（杣谷英紀）

野溝七生子 のみぞ・なおこ

明治三十年一月二日～昭和六十二年二月十二日（1897～1987）。小説家、比較文学者。兵庫県姫路市に生まれる。陸軍軍人であった父の赴任先、姫路・鳥取・金沢・丸亀で幼少期を過ごす。大分県立高等女学校（現・県立上野丘高等学校）をへて同志社大学英文科専門部予科卒業後、東洋大学専門学部文化学科で西洋哲学を専攻、さらに専修科でドイツ文学を学ぶ。大正十三年、「福岡日日新聞」懸賞小説に「山梔《くちなし》」が入選しデビュー。詩誌「近代風景」や長谷川時雨主宰の「女人芸術」に参加して作品を発表。長編に『女獣心理』（昭和15年7月、八雲書林）、短編集に『南天屋敷』（昭和21年3月、角川書店）、『月影』（昭和23年6月、青磁社）などがある。戦後、肺疾患で療養生活ののちは、活動の中心を創作から研究と教育に移し、昭和二十六年から四十二年まで東洋大学で近代文学を講じつつ『森鷗外訳「ファウスト」註解』（昭和40年10月、東洋大学通信教育部）などを著した。『野溝七生子作品集』（昭和58年12月、立風書房）がある。（三品理絵）

能村潔 のむら・きよし

明治三十三年一月二十一日～昭和五十三年七月二十五日（1900～1978）。詩人。兵庫県に生まれる。父は福井県出身の官吏。国学院大学国文科卒業。大正五年の詩「はつはる」が山村暮鳥に認められ、十三年二月、村野四郎らとともに「詩篇時代」を創刊。また、川路柳虹の第二次「炬火《たいまつ》」に参加。「鷲」や「日本詩人」にも寄稿する。詩集に『はるそだつ』（大正14年11月、詩篇時代編集所）、『反骨』（改版、昭和38年8月、真秀書房）などがある。（渡邊浩史）

野村泊月 のむら・はくげつ

明治十五年六月二十三日～昭和三十六年二月十三日（1882～1961）。俳人。兵庫県氷上郡竹田村（現・丹波市）に生まれる。本名・勇。早稲田大学英文科卒業。兄の西山泊雲と共に「ホトトギス」同人になる。明治四十三年、大阪に日英学館を創設。大正十一年「山茶花」を主宰。晩年は眼疾のため京都市から郷里に移住したが、昭和三十一年に失明。句集に『定本泊月句集』（昭和26年4月、桐の葉発行所）等、句文集に『如月』（昭和36年6月、如月会）がある。〈故郷にまだ見ぬ花を訪ねつゝ〉。（外村　彰）

野村正樹　のむら・まさき
昭和十九年（月日未詳）～（1944～）。小説家。神戸市に生まれる。昭和四十二年慶応義塾大学経済学部卒業、サントリーに入社。六十一年、『殺意のバカンス』（昭和61年8月、集英社）で推理小説作家デビュー。平成三年、『シンデレラの朝』（平成2年9月、徳間書店）で日本文芸大賞現代文学賞を受賞。七年、選択定年制度でサントリーを退社、執筆・講演活動に専念。若者、女性文化の研究家としても活躍。『山陰名湯〈瓜子姫〉殺人』（平成11年3月、双葉社）には、「兵庫県北部の出石町で男性の死体が発見されたのは、月曜日の朝六時半過ぎのことだった。」とある。（宮薗美佳）

【は】

灰谷健次郎　はいたに・けんじろう
昭和九年十月三十一日～平成十八年十一月二十三日（1934～2006）。児童文学作家。神戸市兵庫区に、父又吉、母つるのの三男として生まれる。昭和十七年、神戸市立須佐小学校入学。十九年に兵庫県朝来郡に集団疎開。二十年、神戸市鈴蘭台に転居。その後食糧難の為、岡山県水島市に疎開。二十二年、神戸市立舞子小学校に六年生として編入。翌年、神戸市立垂水中学校入学。二十六年に卒業後、ゴム工場や印刷会社、造船所などで働きながら神戸市立湊高等学校（定時制）に通学。二十九年、大阪学芸大学学芸学部（現・大阪教育大学）入学。三十一年、神戸市立学校小学校教員として神戸市立妙法寺小学校に赴任。三十六年、神戸市立本庄小学校に異動。この頃作品「幼美神」が中国新聞第九回新人登壇文芸作品入選。三十八年、神戸市立東灘小学校に異動。作品「梁の手」が第三十七回読売短編小説賞に、作品「犬の話」が第八回アカハタ短編小説賞に入選する。三十九年「石の眼」が「教師の文芸」に入選、「笑いの影」が「新潮」（12月）に掲載される。この頃神戸新聞の竹中郁、朝日新聞の坂本遼、新大阪新聞の足立巻一、そして井上靖等が編集していた児童詩誌「きりん」の編集に参加、学校での児童詩の教育に力を入れる。その成果として、四十年五月、初の著書『せんせいけらいになれ』（理論社）を出版する。四十五年の長兄の自死、学校での挫折感、そして、作品「笑いの影」に寄せられた差別小説という批判等々から思い悩み、四十七年に教師を退職して放浪、沖縄へも赴く。沖縄での生活や出会いから再び筆を執り、四十八年頃から神戸に戻って「兎の眼」の執筆を開始する。作品を理論社の小宮山量平に送り、翌四十九年四月『兎の眼』（理論社）刊行、二百万部を超えるロングセラーとなる。五十年『兎の眼』で日本児童文学者協会新人賞受賞。同年今江祥智の勧めで童話を書きだし、『プゥ一等あげます』（1月、理論社）『マコチン』（7月、あかね書房）等発表。この年、初めての絵本『ろくべえまってろよ』（絵・長新太、8月、文研出版）も刊行。五十一年「教育評論」に「太陽の子」の連載を開始する（1月～昭和53年6月）。五十三年一月、童話『ひとりぼっちの動物園』（あかね書房）、九月『太陽の子』（理論社）刊行。この年、『兎の眼』で国際児童年の為の国際アンデルセン賞特別優良作品、『ひとりぼっちの動物園』で小学館文学賞、『太陽の子』でサンケイ児童出版文化賞推薦をそれぞれ受賞。五十四年にも『太陽の

は

子』で第一回山本有三記念『路傍の石』文学賞受賞。五十五年、淡路島に移住。五十六年「週刊朝日」に小説「新ガリバー旅行記」連載開始（4月24日～57年5月14日）、『我利馬の船出』（昭和61年6月、理論社）として刊行。五十八年、東条義子・鹿島和夫・岸本進一・坪谷令子らと社会福祉法人を申請し、神戸市北区に「太陽の子保育園」を開設。『兎の眼』の印税を寄付して運営費に充てる。同年六月、自身の淡路島での生活を基に、神戸から島へ移住した両親と子どもたちの成長と友情の物語『島物語』シリーズ第一部『はだしで走れ』（理論社）を刊行。以後このシリーズは、阪神・淡路大震災に遭った子どもたちの姿が描かれている第五部『とべ明日へ』（平成10年8月、理論社）まで書き続けられた。この時期の代表的作品として、「海の図」（昭和63年8月、理論社）がある。平成三年渡嘉敷島に転居。六年「天の瞳」を「読売新聞」に連載開始（9月6日～7年8月30日）。『天の瞳 幼年編』Ⅰ、Ⅱ（平成8年1月、新潮社）出版後、「天の瞳 少年編」を「小説新潮7月号臨時増刊 灰谷健次郎まるごと一冊」（平成9年7月）に発表するが、同誌には「「フォーカス」が犯した罪について」（初出「FOCUS」平成9年7月16日）も掲載された。これは神戸市須磨区での連続児童殺傷事件の容疑者である少年の顔写真を写真週刊誌「FOCUS」が掲載した事実を憂慮し、同誌翌週号にその人権侵害に対する批判と責任を追及する見解を発表したものである。新潮社側と協議したが、灰谷は「今度の事件は、自分の生き方にもつながっている」という立場を貫き、新潮社で執筆していた『天の瞳』の執筆を拒否、そして『天の瞳』を含む同社から出版された自身の作品の全ての版権を引き揚げた。『天の瞳 幼年編』Ⅰ・Ⅱは絶版、後に朝日新聞社で再刊行され、『天の瞳 少年編』他作品は角川書店から刊行された。他に小説作品としては『ワルのぽけっと』（昭和54年11月、理論社）、『少女の器』（平成元年3月、新潮社）、『はるか ニライ・カナイ』（平成9年5月、理論社）、『風の耳朶』（平成13年12月、理論社）等がある。教育哲学者で全国の小学校で授業実践を行った林竹二との対談集『教えることと学ぶこと』（昭和54年11月、小学館）、『わたしの出会った子どもたち』（昭和56年3月、新潮社）『優しさとしての教育』（昭和63年2月、新潮社）等、教育に関するエッセイ・評論、『島へゆく』（昭和56年6月、理論社）、『島で暮らす』（昭和57年10月、理論社）等自らの生活からのエッセイも多数。詩集に『兎は運河を渡っていた』（昭和46年3月、私家版）、『ほとけ・あんだんて』（昭和48年11月、私家版）、詩画集『放浪序説』（絵・坪谷令子、昭和51年、私家版）、詩集編著として『きりんの詩集 子どもの詩が生まれた』1～3（昭和61年6月～9月、理論社）がある。『全集版 灰谷健次郎の本』全24巻（昭和62年3月～平成元年2月、理論社）、『灰谷健次郎童話館』全13巻（平成6年3月～7年3月、理論社）。灰谷の作品はTVドラマ・映画化もされた。『兎の眼』は昭和五十一年にTVドラマ化（NHK、主演金沢碧）、五十四年に同題で映画化（監督中山節夫、主演壇ふみ、共同映画配給）、『太陽の子』は五十五年「太陽の子てだのふあ」として映画化（監督兼脚本浦山桐郎）、五十七年「太陽の子」としてTVドラマ化（脚本重森孝子、NHK）、『天の瞳』は「天の瞳」（平成12年3月）・「天の瞳2」（平成13年3月）・「天の瞳3」（平成14年12月）としてテレビ朝日系列（脚本井上由美子）で放映された。平成十六年十月より「乾いた魚《さかな》に濡れた魚《うお》」を学芸通信社より配信し中国新聞等で連載。晩年は熱海に居を移し仕事場としていたが食道がんを患い、闘病のため連載は平成十七年二月、八十七回までで中断、未完となった。執筆中の『天の瞳』の原稿も残され、こちらも未完となった。十八年十一月二十三日死去。享年七十二歳。本人の遺言により葬式やしのぶ会などは行われず、身内や親しい友人宛に自らの「死をやたら遠ざけず、日常として受け入れ、ときには死も祝い事とする考えがわたしはとても好きです」と伝えた手紙を残した。死後、未完となった「天の瞳」未発表分と「乾いた魚に濡れた魚」は『天の瞳 最終話』（平成21年7月、角川文庫）に所収されて刊行された。

＊**兎の眼**《うさぎのめ》 長編小説。〔初版〕昭和49年4月、理論社。日本児童文学者協会新人賞受賞（昭和50年）、国際アンデルセン賞特別優良作品（昭和53年）◇H工業地帯の中の塵芥処理所の隣にあるT小学校に新任教師として赴任してきた小谷先生が、担任した生徒の処理所に住む鉄三とのふれあいや、同じ処理所に住む仲間達や同僚の教師足立先生との交流の中で悩みながら教師として奮闘する姿を描く。二百万部を超えるロングセラーとなり、灰谷健次郎を児童文学作家として一躍押し上げた。

＊**太陽の子**《てだのふあ》 長編小説。〔初出〕「教育評論」（日本教職員組合情宣局）昭和51年1月～53年6月。〔初収〕『太陽の子』昭和53年9月、理論社。サンケイ児童出版文化賞推薦（昭和53年）、第一回山本有三記念『路傍の石』文学賞受賞（昭和54年）。◇神戸のミナト町にある琉球料理の店「てだのふあ・おきなわ亭」の子どもであるふうちゃんが、病を抱える父とそこに集う人々との交流の中で、父や周りの人々が抱える沖縄戦の傷や差別と向き合っていく様を描いている。百万部を超え、映画化もされた。

＊**天の瞳**《てんのひとみ》 長編小説。『天の瞳 幼年編Ⅰ』『天の瞳 幼年編Ⅱ』〔初出〕「読売新聞」平成6年9月6日～7年8月30日。〔初収〕平成8年1月、新潮社。『少年編Ⅰ』〔初出〕「小説新潮臨時増刊 灰谷健次郎まるごと一冊」平成9年7月。〔初収〕平成10年2月、角川書店。『天の瞳 少年編Ⅱ』〔初版〕平成11年4月。『天の瞳 成長編Ⅰ』平成11年12月。『天の瞳 成長編Ⅱ』平成13年2月。『天の瞳 あすなろ編Ⅰ』平成14年5月。『天の瞳 あすなろ編Ⅱ』平成16年1月。『天の瞳 最終話』平成19年7月、未完。◇主人公・倫太郎の成長とともに周囲の人々の交流・成長を描く。灰谷は「人が利己で生きたときに、人々はつながらない」と述べ、沖縄で得た生命の平等観・一体感を例として「すべての人間関係を友愛というものに置き換えたほうがいい」と、『天の瞳』で書きたかったものは「友愛」であると述べている。

（澤田由紀子）

橋閒石《はし・かんせき》

明治三十六年二月三日～平成四年十一月二十六日（1903～1992）。俳人、英文学者。金沢市十三間町に生まれる。本名泰来《やすき》。京都帝国大学文学部英文学科卒業。昭和六年、兵庫県立神戸高等商業学校（現・兵庫県立大学）英文学教授。後、神戸親和女子大学学長。十九世紀英国随筆文学を研究。七年、寺崎方堂に俳諧と連句を学び、素風と号す。十年、閒石と改める。二十四年、川崎重工の勤労動員学生と俳句・連句・随筆の俳誌「白燕」創刊、主宰。三十二年、同人誌に改組し代表。四十四年、大谷篤蔵と神戸俳文会を創立。句集に『雪』（昭和26年5月、白燕発行所）、『荒栲《あらたえ》』（昭和46年6月、白燕発行所）、『和栲《にぎたえ》』（昭和58年2月、湯川書房）、『橋閒石俳句選集』（昭和63年7月、沖積舎）『橋閒石全句集』（平成15年11月、

沖積舎）など。著書に『俳句史大要』（昭和27年6月、関書院）、随筆集『泡沫記』（昭和55年9月、南柯書局）などがある。『和栲』で第十八回蛇笏賞、『橋閒石俳句選集』で詩歌文学館賞を受賞。（岩見幸恵）

橋詰沙尋 はしづめ・さじん

大正二年一月七日～昭和六十一年六月十一日（1913～1986）。俳人。神戸市に生まれる。本名勇《いさむ》。昭和十年代に岩谷孔雀から伝統俳句を学ぶ。「稲穂」の編集同人。後、「鶺鴒」を発行。二十二年「青垣」、二十三年「激浪」に参加。二十七年、「炎」発行人となる。二十九年、「断崖」に参加。三十六年、スバル賞を受賞し、「天狼」同人となる。西東三鬼、山口誓子、平畑静塔に師事。神戸俳人協会の理事も務めた。句集に『豹つかひ』（昭和43年8月、天狼俳句会）、『後宮』（昭和50年7月、牧羊社）がある。（熊谷昭宏）

橋本忍 はしもと・しのぶ

大正七年四月十八日～（1918～）。シナリオライター。兵庫県神崎郡鶴居村（現・市川町鶴居）に生まれる。父徳治、母たまの長男。昭和九年、鶴居小学校卒業。大鉄教習所卒業、国有鉄道（現・JR西日本）の山陽線姫路駅、播但線竹田駅に勤務する。十三年、鳥取歩兵四十連隊に入隊。肺結核に罹り、永久服役免除。傷痍軍人岡山療養所でシナリオを書き始める。師は伊丹万作。十八年、姫路の中尾工業へ徴用される。播但線の車内で、ベニヤ板の紙挟み上に習作を書く。二十三、四年頃、シナリオライターとなる決断をする。「その生涯の転機を決めた場所は、姫路市の野里にある鋳物工場へ自転車で行く時の市川の堤防で、初夏に近い空の青さと眩しさ、五層の天守閣の姫路城の記憶が強い。」（『自分という人』）。二十五年、黒澤明監督「羅生門」で脚本家デビュー。二十七年、東京へ移住。黒澤監督「生きる」の脚本に参加。二十九年、同「七人の侍」の脚本に参加。三十一年、今井正監督「真昼の暗黒」の脚本を書くなど、日本映画黄金期の代表的シナリオライターとして活躍する。三十三年、キネマ旬報脚本賞受賞。三十四年、「私は貝になりたい」を監督する（前年、東京放送で原作・脚本・監督をする）。三十五年、シナリオ賞受賞。三十七年末、病臥中の父を見舞って帰郷時、かって興行主であった父が「この外題は、やりさえすりゃ当たる」と言ったのは「砂の器」であった。四十一年、映画コンクール脚本賞受賞。四十八年、橋本プロを設立する。四十九年、「砂の器」脚本参加。平成三年、勲四等旭日小綬章受章。市川町文化センター内に橋本忍記念館が設けられている。（堀部功夫）

橋元淳一郎 はしもと・じゅんいちろう

昭和二十二年三月一日～（1947～）。小説家、物理学者。大阪府三島郡春日村（現・茨木市）に生まれる。初期には筆名内藤淳一郎を用いる。京都大学理学部物理学科修士課程修了。相愛大学人文学部教授。兵庫県芦屋市在住。「《氷河》に吹く風」（「SFマガジン」昭和59年10月）でデビュー。以後発表したSF小説の主要作を『神の仕掛けた玩具』（平成18年6月、講談社）に収める。『シュレディンガーの猫は元気か』（平成6年5月、早川書房）等、科学エッセイの執筆も多い。（宮川　康）

橋本武 はしもと・たけし

明治四十五年七月十一日～（1912～）。教育家。京都府宮津市に生まれる。東京高等師範学校（現・筑波大学）文科第二部卒業。旧制灘中学校、のち灘中学校・灘高等学校

国語科教師（昭和9年～59年、うち46年～53年は教頭）。遠藤周作ら多数の教え子に影響を与えた。神戸市東灘区在住。学習書に『解説百人一首』（昭和49年11月、日栄社）等。随筆に、『おお！タカラヅカ』（昭和52年7月、文陽社）、自宅の青蛙人形館発行の『五十年ひと昔―灘と歩んだ半世紀』（昭和58年10月）、豆本『青蛙随筆』十三巻（昭和46年11月～昭和63年5月）等がある。

（宮川　康）

橋本福夫 はしもと・ふくお

明治三十九年三月四日～昭和六十二年一月十三日（1906～1987）。翻訳家。兵庫県宍《し》粟《そう》郡一宮町（現・宍粟市）に生まれる。二歳で田路《とうじ》家から橋本家に養子入籍。昭和五年、同志社大学文学部英文科卒業。二十一年に堀辰雄らと「高原」を鳳文書林より創刊する。二十五年「近代文学」同人。東邦女子理学専門学校、聖書学園短期大学、専修大学を経て、四十二年青山学院大学第二文学部教授となる。四十九年退職。サリンジャー『危険な年齢』（昭和27年12月、ダヴィット社）、アンダスン『ワインズバーグ・オハイオ』（昭和34年9月、新潮社）の翻訳書の他に、『橋本福夫著作集』全三巻（平成元年2月～4月、早川書房）がある。

（村田好哉）

橋本正樹 はしもと・まさき

昭和二十二年（月日未詳）～（1947～）。ルポライター。兵庫県尼崎市に生まれる。明治大学文学部卒業。大衆演劇・河内音頭などのルポルタージュと評論で活躍。また唐十郎など多くの旅役者をサポートし、河内音頭を全国に広めるなど、芸能プロデューサーとしても活躍。NHK朝の連続テレビ小説「いちばん太鼓」では考証を担当。著書に『旅姿男の花道』（昭和58年4月、白水社）。自費出版による『竹田の子守歌』（昭和48年）は、フォークグループの〃赤い鳥〃が歌ったことによって全国的に知られるようになった民謡「竹田の子守歌」の出自について調査・考察したもの。

（杣谷英紀）

筈見恒夫 はずみ・つねお

明治四十一年十二月十八日～昭和三十三年六月六日（1908～1958）。映画評論家。東京市京橋区（現・東京都中央区）に生まれる。本名松本英一。大正十二年から、いくつかの映画同人雑誌を創刊、寄稿もする。昭和二年十月、神戸でファン雑誌「近代映画」を創刊し、編集者としての力量が認められて、神戸のローカル業界紙「キネマ・ニュース」（影絵社）に入社。同誌の「試写室巡り」を担当。四年、関西の映画ジャーナリスにより設立されたシネアスト倶楽部の機関紙「映画生活」の編集を担当。八年ユナイト、九年東和商事宣伝部長となり、戦前の洋画黄金時代を演出。戦時中には上海で中華電影の製作を担当。戦後は東和撮影所のち東和宣伝部長として活躍、終始文筆活動を続ける。著書に『現代映画論』（昭和10年5月、西東書林）、『現代映画十講』（昭和12年、映画評論社）等がある。

（洪　明嬉）

長谷川集平 はせがわ・しゅうへい

昭和三十年四月十九日～（1955～）。絵本作家、ミュージシャン。兵庫県姫路市に生まれる。兵庫県立姫路東高等学校卒業。武蔵野美術大学中退。昭和五十一年、二十一歳の時『はせがわくんきらいや』（すばる書房）で、第三回創作えほん新人賞（「月刊絵本」すばる書房主催）を受賞。自身三缶飲んだという森永ヒ素ミルク中毒事件を扱い、ヒ素ミルク中毒患者の少年の生活や心理を、斬新な画面構成で表現した。長谷川は、「僕はずっと自分が身体が弱いってことを利用してたところがあるのね。心も弱かった。親元を離れて、世間の風にあたって、自分はおかしい、何か違うって思い始めてた。長谷川くんなんて、ダメだ。あんなやつ大嫌いや。そういう絵本をまず描こうと思ったわけ」と回顧する。ヒ素中毒事件だけでなく、自分の弱さを相対化して捉える意識は、「日本の児童文学や絵本は母子関係が基礎になってるものが多いと思うけれど、僕は似た者同士よりも異物同士の関係の方がぴったりとくる。人間の一個一個がかけがえのない存在で、かけがえのない存在同士が関わったりすれ違ったりするっていうのが僕の世界観なんです」という独自の世界観を形成した。また「一番小さい、低い人とともにいて、そっから物を語っていく」という視座を備えている（「別冊太陽 絵本の作家たちⅢ」平成17年7月、平凡社）。自らの方法意識を著わした『絵本づくりトレーニング』（昭和63年10月、筑摩書房）と『絵本づくりサブミッション』（平成7年1月、筑摩書房）は、絵本製作の教科書である。また、インターネット上にオフィシャルサイトhttp://www.cojicoji.com/shuhei/を設け、ネット上での情報発信にも積極的に取り組む。絵本、児童文学、挿絵、評論、絵本の翻訳、作詞作曲、演奏など多様な表現活動を精力的にこなしている。主たる受賞歴として、『プレゼント』（昭和62年、ブックローン出版）で、昭和六十三年ボローニャ国際児童図書展グラフィック賞を、児童文学作品『見えない絵本』（平成元年、理論社）で、平成二年第二十回赤い鳥文学賞を、『石とダイヤモンド』（平成2年、講談社）と『鉛筆デッサン小池さん』（平成3年、筑摩書房）で、四年第十四回路傍の石文学賞を、『ホームランを打ったことのない君に』（平成18年、理論社）で、十九年第十二回日本絵本賞をそれぞれ受賞した。平成三年より長崎市に居住し、京都造形芸術大学芸術学部情報デザイン学科の客員教授（十九年現在）を勤める。母方の叔父に映画監督の浦山桐郎（1930～1985）がいる。（木村　功）

長谷川素逝　はせがわ・そせい

明治四十年二月二日～昭和二十一年十月十日（1907～1946）。俳人。大阪市に生まれる。本名直次郎。京都帝国大学文学部卒業。鈴鹿野風呂《のぶろ》の「京鹿子《きょうかのこ》」、高浜虚子の「ホトトギス」に拠り、昭和八年創刊の「京大俳句」にも参加したが、伝統的俳句観を守って退会。十二年に召集され、砲兵少尉として大陸に渡るが、胸部疾患により送還。戦場で詠んだ句を集めた『砲車』（昭和14年4月、三省堂）が虚子の激賞を受けて名声を得る。十五年十月に甲南高等学校（現・甲南大学）教授となり、武庫郡魚崎町、住吉村（ともに現・神戸市東灘区）に住むが、十八年には病気が再発して甲南病院に入院。十九年には伊勢に疎開するが、その地で病没。二百五十句を自選した『定本素逝句集』（昭和22年2月、臼井書房）には、神戸時代の作だという〈ふりむけば障子の桟に夜の深き〉〈山越えてゆく子らゆゑに夕焼けて〉などが収められている。（信時哲郎）

幡地英明　はたじ・ひであき

昭和三十六年（月日未詳）～（1961～）。漫画家。兵庫県に生まれる。やまさき十三原作の『あした天兵』全二巻（昭和59年7月、10月、集英社）、『スタア爆発』全二巻（昭和62年7月、9月、集英社）、高橋三千綱原作の『我が人生にゴルフあり』全十巻（平成5年9月～13年10月、集英社）、毛利甚八原作の『地《つち》の子』全三巻（平成14年9

月～15年8月、集英社）の他、毛利甚八原作の『裁判員になりました 疑惑と真実の間で』（平成19年3月、日本弁護士連合会）の作画も担当している。（信時哲郎）

はたちよしこ　はたち・よしこ

昭和十九年九月三日（1944～）。詩人。神戸市に生まれる。本名廿千芳子。松蔭短期大学（現・神戸松蔭女子学院大学）卒業。昭和五十一年、神戸の児童文学「未来っ子」に所属。日常の身近な素材を詩にする。五十九年に詩「もやし」で、第一回現代少年詩集新人賞受賞。平成十三年に詩集『またすぐに会えるから』（平成12年1月、大日本図書）で、第三十一回赤い鳥文学賞受賞。詩集に『レモンの車輪』（昭和62年12月、教育出版センター）などがある。（永井敦子）

初井しづ枝　はつい・しずえ

明治三十三年十月二十九日～昭和五十一年二月十五日（1900～1976）。歌人。兵庫県姫路市大黒町（現・大黒壱丁町）に生まれる。兵庫県立姫路高等女学校（現・県立姫路東高等学校）卒業。大阪市立大阪道修薬学校（現・大阪薬科大学）卒業、薬剤師検定試験に合格。大正九年、初井佐一と結婚。初井家は播州屈指の素封家であり、それゆえの苦悩も抱えた。アララギ会員であった夫の勧めで作歌をはじめ、十五年「日光」に入社、北原白秋に師事する。昭和十一年、白秋主宰「多磨」の同人となる。二十年七月三日の姫路空襲では自宅が半焼、罹災者に自宅を開放し自らは郊外に疎開、大晦日に自宅に戻る。二十一年、阿部知二らとともに姫路市において文化運動を興し、桐の花短歌会を結成、自宅で月例歌会を開く。二十四年、「女人短歌」創立に参加、二十六年には常任理事となる。二十五年、第一歌集『花麒麟』（12月、古径社）出版。二十八年、宮柊二主宰「コスモス」に創立同人として加わり、以後、姫路を中心に活動を支えた。二十九年、「読売新聞」歌壇選者となる。三十年、日本歌人クラブ兵庫県委員。三十一年、兵庫県歌人クラブが創設され常任幹事に就任。同年八月、第二歌集『藍の紋』（白玉書房）を出版し、翌三十二年、第三回日本歌人クラブ推薦歌集賞を受ける。三十三年、関西短詩文学連盟理事就任。三十七年七月、第三歌集『白露蟲』（白玉書房）を出版し、翌年、兵庫県下の芸術文化団体、半どんの会より第一回芸術文化賞を受賞。四十一年、兵庫県文化賞受賞。四十五年、姫路市文化功労賞受賞。また同年十月、第四歌集『冬至梅』（白玉書房）を出版し、第二十二回読売文学賞を受賞した。四十九年、散文集『白萩小径』（2月、柏葉書院）、歌文集『歳月の四季』（10月、明石豆本らんぷの会）を出版。五十年、選歌集『白玻璃』（6月、短歌新聞社）、第五歌集『夏木立』（11月、白玉書房）を出版。五十一年二月、逝去。終生止まることなく緻密で気品高い歌を発表、また多くの門弟を育て、関西の戦後歌壇において重要な位置を占めた。神崎郡福崎町板坂の応聖寺に〈ぜんまいの葉かげにおもく袋垂り命をつつむモリアオ蛙〉〈咲ききりてちりゆくはなのさひしさも知りつつ沙羅の木下にをりぬ〉、姫路市書写の書写山圓教寺に〈渓流のたきちにひくゝ迫り咲く赤き椿は水に散るべし〉の歌碑がある。（飯田祐子）

葉月しのぶ　はづき・しのぶ

（生年未詳）八月二日～。漫画家、イラストレーター。兵庫県に生まれる。本名小林正子。大阪デザイナー学院を卒業。「Ladies プラネット」（「ＷＩＮＧＳ」昭和60年1月、新書館）にてデビュー。代表作に『妖魔の封印』、『真・烈華封魔伝』など。

またイラスト担当作に『疾風―風水師イシャウッド』（平成6年9月、小学館）などがある。（仲谷知之）

花井愛子　はない・あいこ

昭和三十一年十一月三十日～（1956～）。小説家、漫画原作者、コピーライター。神戸市に生まれ、名古屋市に育つ。筆名はほかに、神戸《かんべ》あやか・裏根《うらね》絵夢《えむ》。南山中学校・高等学校を経て、南山大学英語科を中退。昭和六十二年四月に、講談社X文庫（ティーンズハートシリーズ）から「一週間のオリーブ」でジュニア小説界にデビュー。代表作『山田ババアに花束を』（昭和62年5月、講談社）は、読みやすい文体と軽妙な内容によって女子高校生などの支持を得、舞台化もされた。（久保明恵）

花田比露思　はなだ・ひろし

明治十五年三月十一日～昭和四十二年七月二十六日（1882～1967）。歌人、ジャーナリスト。福岡県朝倉郡安川村（現・朝倉市）に生まれる。本名大五郎。京都帝国大学を卒業後、大阪朝日新聞社に入社する。大正七年に退社後、大正日日新聞、読売新聞などに勤める。その後、和歌山商業高等学校校長、福岡商科大学学長、大分大学学長、別府大学学長を歴任した。また、京大在学中に作歌を始め、歌集に『さんげ』（大正10年1月、春陽堂）、『雑草路《あらくさみち》』（平成8年10月、短歌新聞社）、『茅野《かやの》』（平成8年11月、短歌新聞社）がある。兵庫とのかかわりは、武庫短歌会および芦の葉会という二つの集まりに参加している。武庫短歌会において〈摩耶がねに雪なほ残れにぶいろの雲にさす陽はすでに春なり〉（『雑草路』）という一首があり、他にも神戸や武庫川などを詠んだ作品がある。（川畑和成）

花森安治　はなもり・やすじ

明治四十四年十月二十五日～昭和五十三年一月四日（1911～1978）。編集者、ジャーナリスト。神戸市に生まれる。兵庫県立第三神戸中学校（現・県立長田高等学校）、旧制松江高等学校（現・島根大学）、東京帝国大学文学部卒業。広告デザインの仕事に携わり、太平洋戦争中は、「あの旗を撃て」「贅沢は敵だ」等のポスター制作に関わり大政翼賛会の広告活動を行う。敗戦後の昭和二十一年三月、大橋鎮子と衣装研究所を設立し、五月、雑誌「スタイルブック」を創刊。二十三年九月、衣食住全般の記事を掲載するため雑誌名を「美しい暮しの手帖」（昭和28年11月から「暮しの手帖」）に改め、社名も暮しの手帖社とする。その編集方針は一貫して消費者の視点に立つものである。『一戔五厘の旗』（昭和46年1月、暮しの手帖社）で第二十三回（昭和46年度）読売文学賞を受賞。花森の姿勢は戦争への反省から個人の暮らしを重視することにあり、またスカート姿を貫いたことでもよく知られている。（西尾宣明）

浜口庫之助　はまぐち・くらのすけ

大正六年七月二十二日～平成二年十二月二日（1917～1990）。歌手、作詞・作曲家。神戸市に生まれる。昭和十四年、青山学院商学部入学。十七年九月、青山学院を繰り上げ卒業、南国産業に入社。敗戦を機に音楽活動を再開。浜口庫之助とアフロ・クバーノのバンド名で、二十八年から三年連続で紅白歌合戦に出場。バンド解散後は作詞・作曲家に転じ、「僕は泣いちっち」（作詞・作曲）、「黄色いサクランボ」（作曲）などのヒット曲を多数生み出す。自伝的エッセイ『ハマクラの音楽いろいろ』（平成3年12月、朝日新聞社）には、「僕の生まれた神戸　熊内橋通りといった／裏に小さ

な山があり　すずり山といった」とある。
（宮薗美佳）

浜口義隆　はまぐち・よしたか

昭和二十八年（月日未詳）～（1953～）。作家。兵庫県の淡路島に生まれる。国立児島海員学校（現・海技大学校児島分校）卒業後、大学入学資格検定（現・高等学校卒業程度認定試験）に合格する。日本各地を放浪し、多くの職業を転々とする。昭和六十一年二月交通事故のために淡路島に戻り、以来執筆活動に専念する。六十二年には「遊泥の海」が第六十五回文学界新人賞佳作に選ばれ、さらに六十三年「夏の果て」が第六十七回文学界新人賞を受賞した。
（諸岡知徳）

濱田陽子　はまだ・ようこ

大正八年一月二日～平成四年十二月九日（1919～1992）。歌人。神戸市魚崎（現・東灘区）に生まれる。昭和十三年、楠田敏郎主宰「短歌月刊」入会。二十年、楠田門下の引野収と結婚。病気が再発した夫の傍を片時も離れることなく、作歌を続ける。夫と共に「短歌祭」（昭和23年4月～26年4月）、「短歌世代」（昭和33年10月～平成5年5月）を創刊、編集する。『冬のひびき』（昭和30年6月、樹木社）、『夕紅の書』（昭和54年7月、桃林書房、現代歌人集会賞受賞）、『秋冬記』（平成3年11月、洛西書院）など五冊の歌集を出版。『追悼集』を合わせた『引野収 濱田陽子 全歌集』（平成11年7月、洛西書院）が知友によって刊行された。
（太田路枝）

濱名与志春　はまな・よしはる

明治四十一年一月八日～昭和二十年十一月二十六日（1908～1945）。詩人。兵庫県尼崎市に生まれる。大正十三年、京都で詩誌「緑窓」を創刊。十五年に大阪の文芸誌「裸」の同人となる。昭和二年には「颱風詩人」を編集創刊、三年に「魔貌」同人となり、「椎の木」にも参加。『葩の思意』（昭和10年、椎の木社）。十二年以降は、「神戸詩人」同人。一九三〇年代のイギリス詩人その他をいちはやく紹介し、訳詩集『ボヘミアン歌』（昭和12年7月、昭森社）刊行。十五年三月三日の神戸詩人事件に連座し、懲役二年の刑を受けた。ほかに詩論集『現代詩に関する七つのテオリア』（昭和14年6月、昭森社）がある。
（杣谷英紀）

濱邉淳　はまべ・じゅん

昭和十六年（月日未詳）～（1941～）。川柳作家。長崎県に生まれる。兵庫県在住。昭和五十三年に川柳の作句を始め、五十七年に時の川柳社同人となる。六十三年「銀泥抄」（時の川柳社）の選者となる。代表句に〈昼の月殺意がふっと消えかかる〉〈惰眠貪る影が居て傾く塔だ〉など。個人句集に『海の青』（平成12年、川柳希凛の会）、合同句集に『水柳会合同集』（平成2年、川柳水柳会）、『しらさぎ会合同句集』（平成13年、川柳希凛の会）などがある。
（諸岡知徳）

早坂暁　はやさか・あきら

昭和四年八月十一日～（1929～）。小説家、脚本家。愛媛県北条市（現・松山市）に生まれる。本名富田《とみた》祥資《よしすけ》。愛媛県立松山中学校（現・県立松山東高等学校）を経て、旧制松山高等学校（現・愛媛大学）卒業。昭和三十年、日本大学芸術学部演劇科卒業。雑誌記者、編集長を経て「ガラスの部屋」（昭和61年、日本テレビ）で脚本デビュー。以後、数々の映画やドラマの脚本を手がけ、小説やドキュメンタリーも執筆、人間をテーマにした独自の作風を築く。第九回新田次郎文学賞（平成2年）、講談社エッセイ賞、第四回向田邦子賞（昭和60年）、放送文化基金賞、芸術選奨文部大臣賞、芸術祭優秀賞、放送文化賞ほか多数の受賞歴がある。紫綬褒章受章。遍路道の商家で生まれ育ち、幼少の頃からお遍路さんに接してきた経験から、遍路（四国八十八ヵ所）に関する作品や論評が多い。また、妹を広島の原爆で亡くしていることもあって原爆をテーマにした作品も多い。現在、高齢となった被爆者に、今まで話すことのなかった原爆の惨状の記憶を絵に描いて貰い、絵本にまとめている。世界各国語に訳して出版するという。作品としては、小説『ダウンタウン・ヒーローズ』（昭和61年9月、新潮社）。映画「日本一の裏切り男」「青春の門」（自立篇）、「空海」「天国の駅」「夢千代日記」「蕾の眺め」「公園通りの猫たち」「超能力者未知への旅人」「きけ・わだつみの声 Last Friends」「北京原人 Who are you?」「千年の恋ひかる源氏物語」など。ドラマには「必殺シリーズ」「剣」「七人の刑事」「夢千代日記」「天下御免」「天下堂々」「びいどろで候」他多数。「夢千代日記」は、NHKから放映された三部作のドラマで、舞台は兵庫県の湯村温泉の置屋「はる屋」の女将、夢千代が毎日書き綴っている日記を軸として彼女を取り巻く人々の生き様を物悲しく描いている。温泉の中心部に彼女を演じた女優、吉永小百合をモデルにした「夢千代像」が建てられている。「必殺シリーズ」はテレビでも人気番組であり、オープニングナレーションも務めていた。

（西本匡克）

林喜芳 はやし・きよし

明治四十一年二月七日（戸籍上は三月二十五日）〜平成六年八月十五日（1908〜1994）。詩人、エッセイスト。神戸市湊東区（現・中央区）東川崎町に生まれる。高等小学校を卒業直前に辞め、給仕や文選工の職に就いたが、昭和二年に同人誌「戦線詩人」を友人の板倉栄三と創刊したのを機に、ダダからプロレタリアまでの思想傾向を持った地元の青年文学者との交流を開始した五年までの間、「裸人」「街頭詩人」「橋」「セレニテ」「魔貌」に拠る文学活動を活発に展開。その後二十年近い空白期間を経て詩作を再開、三十三年十月に第一詩集『露天商人の歌』を自費出版した。戦後の神戸で露天商人として過ごしてきた生活体験を詩的現実に高めたこの詩集は、関根弘編集発行の「現代詩」（昭和34年4月）にも全載された。第二詩集『続露天商人の歌』は翌三十四年九月の刊行。詩文誌「藁」（昭和46年10月創刊）、「少年」（昭和49年4月創刊）でさかんに筆をとる一方、『わいらの新開地』（昭和50年9月、神戸「人とまち」編集室）、『香具師風景走馬燈』（昭和59年2月、冬鵲房）、『神戸文芸雑兵物語』（昭和61年4月、冬鵲房）といった随筆集も刊行した。

（大橋毅彦）

林芙美子 はやし・ふみこ

明治三十六年十二月三十一日〜昭和二十六年六月二十八日（1903〜1951）。小説家。福岡県門司市（現・北九州市門司区）に生まれる。父母は行商人だった。両親の離婚と母の再婚により、九州を転々とするなかで育つ。広島県尾道市第二尋常小学校、尾道市立高等女学校（現・県立尾道東高等学校）を卒業後、東京へ出て高女時代から交際のあった明治大学生岡野軍一と同棲。仕事を転々とし、上京した父母の夜店を手伝いながら生活する。岡野は大学卒業後故郷因島に帰ると、両親の反対にあって婚約を破棄。のちの『放浪記』の原形となる日記をつけはじめる。大正十二年の関東大震災後、一時関西の知人をたずねる。十三年、東京にもどると、職を転々としながら童話や詩を創作し、アナーキズム詩人らと交友をもつ。新劇俳優田辺若男と同棲し数ヵ月で別れる。十四年、詩人野村吉哉と結婚するが、翌年には別れ、平林たい子と同居。画家修業中の手塚緑敏と結婚。昭和三年、「女人芸術」（8月から数回）に「放浪記」を発表。四年六月、詩集『蒼馬を見たり』（南宋書院）刊行。五年七月、新鋭文学叢書の一冊として『放浪記』第一部（改造社）刊行。ベストセラーとなり、同年十一月『続放浪記』（改造社）も刊行、あわせて六十万部が売れた。この年から、七年にかけて中国旅行、欧州旅行をする。八年五月、『清貧の書』（改造社）刊行。十二年、南京陥落の際、毎日新聞特派員として戦地を取材。翌十三年、上海から漢口に軍と同伴して取材。十七年、報道班員として、シンガポール、仏領インドシナ、ジャワ、ボルネオなど南洋を取材。十八年、養子泰をもらいうける。戦後、「放浪記」第三部（「日本小説」昭和22年4月〜23年10月）、『浮雲』（昭和24年4月、六興出版）など、精力的に作品を発表する。二十六年、突然の心臓麻痺で死去。『放浪記』第一部「（七月×日）」に、岡山へ行くはずが、きまぐれに神戸で途中下車する場面がある。「神戸にでも降りてみようかしら、何か面白い仕事が転がっていやしないかな…」。「楠公さんの方へブラブラ歩」き、そこでたまたま遭遇した、やっとの暮らしをかこつ「二人のお婆さん」。波止場近くの安宿。翌日岡山行きの切符は売って、母のいる高松行きの船の切符を買う。

（山﨑義光）

早野臺氣　はやの・だいき

明治三十一年二月十一日〜昭和四十九年一月十日（1898〜1974）。歌人。大阪市に生まれる。本名二郎。十九歳の頃より藤村叡運のもとで和歌を学ぶ。大正十一年、佐佐木信綱主宰の竹柏会に入会。この頃よりダダイズム・シュルレアリスムに感銘を受ける。昭和九年、「日本歌人」創刊に参画。戦後から臺氣と号す。十五年、芦屋短歌会創設。四十四年、芦屋市民文化賞受賞。四十八年、『兵庫県歌人クラブ年刊歌集』に「旗」を寄稿、遺作となる。

（安藤香苗）

原健三郎　はら・けんざぶろう

明治四十年二月六日〜平成十六年十一月六日（1907〜2004）。政治家、脚本家。兵庫県津名郡浅野村斗ノ内（現・淡路市）に生まれる。早稲田大学政治経済学部卒業後、オレゴン州立大学、コロンビア大学院、ベルリン大学に学ぶ。昭和十三年、講談社入社、のち「月刊現代」編集長。二十一年、戦後初の総選挙で兵庫二区から立候補し、代議士初当選。衆議院議長、労働大臣、国務大臣、北海道開発庁長官などを歴任。「ハラケン」の愛称で親しまれる。四十年、明石・鳴門架橋促進議員連盟を結成、会長に就任し明石海峡大橋の建設に貢献する。政治活動の一方で日活アクション映画「渡り鳥シリーズ」の原作者としても活躍。「ギターを持った渡り鳥」（昭和34年）、「くたばれ愚連隊」（昭和60年）では神戸や淡路の裏世界を描いた。談話集に『ハラケン「生涯現役」』（平成13年6月、神戸新聞総合出版センター）がある。

（友田義行）

原條あき子　はらじょう・あきこ

大正十二年三月（日未詳）〜平成十五年六月（日未詳）（1923〜2003）。詩人。神戸市に生まれる。本名山下澄。日本女子大学英文学科卒業。昭和十八年神戸で福永武彦と出会い、十九年九月に結婚。マチネ・ポエティックに参加し、押韻定型詩を創作する。

二十年七月には第一子（作家の池澤夏樹）を生むが、二十五年には離婚。のち、再婚し、池澤姓となった。著書に『原條あき子詩集』（昭和43年7月、思潮社）がある。池澤夏樹編『やがて麗しい五月が訪れ』（平成16年12月、書肆山田）は、原條の仕事をまとめたもの。（山口直孝）

原笙子 はら・しょうこ

昭和八年三月十四日〜平成十七年十月七日（1933〜2005）。舞楽家。京都市左京区の鷺森神社の宮司の娘として生まれる。本名糸井治子。修学院中学校卒業。幼少時から神職にあった父から舞楽を教わる。中国の大連で敗戦を迎え、昭和二十二年帰国。失職した父に代わり、行商などをして家計を助けるが、無気力な父と対立し、十八歳で家出をする。東京で住み込みの手伝いをしながら、豊昇三に師事し、舞楽の練習に励む。三十二年女性舞楽の復活を目指して京都舞楽会を発足させる。四十九年第二回伝統芸能功労者表彰を受ける。六十年には原笙会を発足させ、主宰を務めた。兵庫県芦屋市を拠点に活動を行い、フランスやアメリカなどでの海外公演にも力を注いだ。平成元年舞楽生活五十周年を記念して、平安神宮で千年ぶりに復活させた「柳花苑」を舞う。半生を綴った自叙伝『不良少女とよばれて』（昭和53年12月、筑摩書房）は、昭和五十九年にTBSでドラマ化されて大きな反響を呼んだ。他に『女人舞楽』（平成6年6月、エピック）がある。（山口直孝）

原秀則 はら・ひでのり

昭和三十六年六月十四日〜（1961〜）。漫画家。兵庫県明石市に生まれる。兵庫県立明石高等学校在学中に投稿したのが契機となり、編集者に誘われて上京、はしもとみつおのアシスタントになる。昭和五十五年、「週刊少年サンデー」（5月、小学館）に掲載された「春よ恋」でデビュー。六十二年、『ジャストミート』全十九巻（昭和60年〜63年、小学館）『冬物語』全七巻（昭和62年〜平成2年、小学館）で第三十三回小学館漫画賞を受賞。平成十七年、インターネットの「2ch」発で、さまざまなメディアを横断する形で話題となった「電車男」（中野独人『電車男』平成16年10月、新潮社）のマンガ版を「週刊ヤングサンデー」に連載する。富山県氷見市を舞台とした漫画『ほしのふるまち』（平成18年〜20年、小学館）の好評により、十九年に氷見市の観光大使「氷見市きときと魚大使」に任命された。担当編集者と二人三脚で仕事を進めるスタイルを取り、「担当さんが漁師で俺が板前、できた作品が刺身の盛り合わせ」という進め方が理想的と説明する。他にも『やったろうじゃん!!』全十九巻（平成4年〜8年、小学館）、『レガッタ 君といた永遠』全六巻（平成14年〜17年、小学館）など多数。アシスタントとして満田拓也、猪熊しのぶなど。（山本欣司）

春木一夫 はるき・かずお

大正七年（月日未詳）〜昭和五十七年（月日未詳）（1918〜1982）。小説家、郷土史家。兵庫県氷上郡山南町（現・丹波市）に生まれる。関西大学法学部卒業。『兵庫のあし音』（昭和42年12月、春光社出版部）、『阪神間の謎』（昭和53年12月、中外書房）、『けどの文化 関西人の意識構造』（昭和55年5月、日刊工業新聞社）、『兵庫史の謎』（昭和53年12月、神戸新聞総合出版センター）など、兵庫県にまつわる著書がある。『遥かなり墓標 分村開拓団高橋郷の壊滅』（昭和44年6月、神戸新報社）は、昭和十九年、兵庫県出石郡高橋村（現・豊岡市但東町）が満洲に開拓団を送り分村したが、

終戦直後、集団自決で村民の多くが亡くなった史実を記録した小説。（山﨑義光）

春田国男 はるた・くにお

昭和十七年（月日未詳）～（1942～）。作家、近代史研究家。兵庫県姫路市に生まれる。早稲田大学文学部ロシア文学科卒業。『寅市走る』上・下（昭和58年1月、5月、有朋舎）、『幻歌行 秩父困民党島崎嘉四郎の生涯』（昭和59年11月、あゆみ出版）、『裁かれる日々 秩父事件と明治の裁判』（昭和60年12月、日本評論社）、『日本国会事始 大日本帝国議会』（昭和62年3月、日本評論社）など、明治期の歴史に関する著作がある。（山﨑義光）

韓晳曦 はん・そっき

大正八年八月二十二日～平成十年一月二十三日（1919～1998）。思想家。朝鮮済州島に生まれる。六歳の時日本に渡航し、昭和二十一年、同志社大学卒業。神学博士。大阪、京都、東京、神戸と生活の場を移しながら、私費で朝鮮史関係やキリスト教関係の文献を収集し研究する。青丘文庫は、四十四年に韓が私財で設立した朝鮮史専門の図書館で、神戸市須磨区の韓が経営する会社内などにあったが、平成九年六月、神戸市中央図書館内に移転し現在に至っている。在日差別の問題など現代朝鮮史を研究する上で貴重な文献が数多く収集されている。著書に『日本の朝鮮支配と宗教政策』（昭和63年11月、未来社）、『人生は七転八起―私の在日七〇年』（平成9年11月、岩波書店）がある。（西尾宣明）

【ひ】

ピエール・ロティ ぴえーる・ろてぃ

(Pierre Loti)

嘉永二年十二月二日（新暦嘉永三年一月十四日）～大正十二年六月十日。（1850～1923）。小説家、海軍士官。フランス・ロシュフォールに生まれる。本名ルイ・マリ・ジュリアン・ヴィオ。一八六七年、ブレストの海軍兵学校に入学。その後、海軍士官として世界各地を回り、その土地の風物や女性との交流を綴ったものとして『アジヤデ』（1879年）、『ロティの結婚』（1880年）、『アフリカ騎兵の物語』（1881年）などがある。日本には明治十八年（1885年）と三十三年（1900年）の二度来訪しており、一度目の滞在から『お菊さん』（明治20年）と『秋の日本』（明治22年）が、二度目の滞在から『お梅が三度目の春』（明治38年）が生まれた。『お菊さん』『お梅が三度目の春』の舞台が長崎であるのに対し、『秋の日本』は、京都、江戸、日光についての事柄が中心であるが、冒頭は神戸港に到着するところから始まっており、フランスやイギリスやアメリカの国歌が聞こえてくる描写など、明治初期における国際貿易港としての神戸港を彷彿させる貴重な文章と言える。（足立直子）

東君平 ひがし・くんぺい

昭和十五年一月九日～昭和六十一年十二月三日（1940～1986）。絵本作家、童話作家。神戸市に生まれる。裕福な医者の子として育つが、空襲に遭って一家で各地を転々とする。二十二年に病院再建と共に神戸に戻るが、二十八年の父の死をきっかけに一家離散。西伊豆にあった母の生家に預けられるが折り合いが悪く、遠縁の経営する鰹節工場に預けられ、働きながら中学に通う。その後、写真店や新聞販売店などを転々としながら切り絵を始め、三十七年に文芸春秋社の『漫画読本』でデビュー。三十八年に谷内六郎の後押しで伊勢丹ギャラリーにて初めての個展「白と黒の世界」を開催。三十九年には、前年に結婚した妻英子《えいこ》と共にニューヨークに渡り、同年八月に帰国すると、十二月に絵本『びりびり』（至光社）を処女出版。以降、さまざまな新聞や雑誌に絵や文章を発表する。代表作は『のぼるはがんばる』（昭和53年12月、金の星社）、『くんぺい魔法ばなし』全三巻（平成2年7月〜9月、サンリオ）、『おはようどうわ』全十巻（平成4年2月〜12年5月、サンリオ）、『ひとくち童話』全六巻（平成7年3月、5月、7月、フレーベル館）など。六十一年十二月、肺炎のため死去。平成元年には山梨県小淵沢町（現・北杜市）にくんぺい童話館が開館し、館長は英子が務める。

＊くんぺい 少年の四季《くんぺいしょうねんのしき》 随筆。〔初出〕不詳。〔初収〕昭和49年9月、PHP研究所。◇神戸で過ごした少年時代について書いた八十のエッセイを集めたもの。進駐軍のジープが走り去った後の桜餅のような匂いのこと、針金を振るとその先に五銭銅貨が付いてくるという見世物の秘密を売る新開地の香具師《やし》のこと、アンパンやお菓子ほしさに参加した湊川神社のお祭りのこと、地蔵盆の際に開催されるのど自慢大会のこと、気が弱く心優しい押し売り人のこと等が綴られる。「戦争はもういりません」というタイトルの付けられたあとがきには、「戦前のあわただしさの中で生まれ、空襲をまともに受け、戦後の悲しさの中で物心ついた私にとって、その間の約十年というもの少年として過ごしてみて、楽しかったのか苦しかったのか今となっては、はっきりと思い出せないが、すくなくともこの本の上では愚痴っぽい感じでは書きたくなかった。／去ってしまった過去なのだからせめて楽しかったこと嬉しかったことのみをせいぜい思い出して書き残しておきたいと思っている」とある。（信時哲郎）

東野圭吾 ひがしの・けいご

昭和三十三年二月四日〜（1958〜）。小説家。大阪市生野区に生まれる。大阪市立小路小学校および大阪市立東生野中学校の頃の体験を『あの頃僕らはアホでした』（平成7年3月、集英社）に綴る。大阪府立阪南高等学校在学中に推理小説を読み漁る。大阪府立大学電気工学科へ進み、在学中はアーチェリー部の主将も務めた。昭和五十六年卒業後、日本電装株式会社に入社、自動車メーカーの技術者として勤務しながら小説を書く。アーチェリーを題材とした『放課後』（昭和60年9月、講談社）で第三十一回江戸川乱歩賞を受賞し、作家デビュー。学園物、本格推理、サスペンス、パロディ、エンターテイメントなど多彩な作風をみせる。『秘密』（平成10年9月、文芸春秋）で第五十二回日本推理作家協会賞受賞。『容疑者Xの献身』（平成17年8月、文芸春秋）で第一三四回直木賞および第六回本格ミステリ大賞小説部門受賞。『幻夜』（平成16年1月、集英社）は、阪神・淡路大震災を題材に一組の男女と刑事の姿を叙事詩的スケールで描く長編小説。（中田睦美）

東山魁夷 ひがしやま・かいい

明治四十一年七月八日〜平成十一年五月六日（1908〜1999）。日本画家。横浜市に生まれる。本名新吉。父の仕事の関係で三歳の時に神戸市西出町へ転居。兵庫県立第二神戸中学校（現・県立兵庫高等学校）在学中から画家を志し、東京美術学校（現・東京芸術大学）日本画科へ進学。結城素明に師事。在学中の昭和四年、第十回帝展に「山国の秋」を初出展、初入選を果たす。八年、ドイツのベルリン大学（現・フンボルト大学）に留学。十五年、日本画家の川崎小虎の娘すみと結婚。二十年、熊本で終戦を迎え、召集解除後は家族の疎開先の山梨県中巨摩郡落合村（現・南アルプス市）へと一旦向かう。同年十一月、千葉県市川市へと移る。二十二年、第三回日展で「残照」が特選受賞。三十一年、芸術院賞受賞。四十四年、文化勲章を受章。四十三年、皇居新宮殿壁画を、五十年、五十五年に唐招提寺御影堂障壁画を制作。瀬戸大橋の色を提案したことでも知られる。（安藤香苗）

東山緑 ひがしやま・みどり

大正十二年七月三十日～（1923～）。作家。兵庫県武庫郡西宮町字分銅橋（現・西宮市分銅町）に生まれる。本名渡邊甫子《まさこ》。神戸女学院の高等女学部（現・神戸女学院中学部高等学部）、高等部（現・神戸女学院大学）を卒業。「三田文学」「関西文学」「MARI」等で活躍した。歳月をかけて取材した力編評伝が多く、『黄檗樹』（昭和58年4月、関西書院）、『鬼女覚書』（平成8年11月、関西書院）、『世阿弥』（平成11年10月、東方出版）、『寶山湛海律師』（平成13年10月、生駒山宝山寺）等で、鉄眼禅師、隠れキリシタン、世阿弥、湛海律師等の霊的活力に迫った。共著に『文学散歩』数冊もあり、織田作之助文学賞の選考委員を務める。（山内祥史）

引野収 ひきの・おさむ

大正七年三月二十七日～昭和六十三年四月十一日（1918～1988）。歌人。神戸市須磨に生まれる。本名弘收《こうしゅう》。高野山大学仏教芸術学科卒業。出生と同時に実の父母より引き離され、六歳で引野家の養子となる。昭和十年、「短歌月刊」に参加、楠田敏郎に師事。大学卒業後、須磨高等女学校（現・須磨学園高等学校）等に勤務。十六年肺結核発病、二年の療養の後、復職。二十年、楠田門下の濱田陽子と結婚、京都へ居を移す。二十一年、「短歌月刊」選者となる。二十三年に病気再発、以後寝たきりの療養生活となる。同年四月「短歌祭」創刊（昭和26年4月終刊）。三十三年十月、「短歌世代」創刊（平成5年5月終刊）。生前に上梓した歌集は『マダムとポエム』（昭和25年2月、短歌祭発行所）、『冷紅―そして、冬』（昭和57年1月、桃林書房、現代歌人集会賞受賞）、『白檮館遺文』（昭和58年5月、桃林書房、渡辺順三賞受賞）など六冊に及ぶ。『追悼集』を加えた『引野収 濱田陽子 全歌集』（平成11年7月、洛西書院）が「二人の歌業を理解し、その死を惜しむ知友」によって刊行された。（太田路枝）

久板栄二郎 ひさいた・えいじろう

明治三十一年七月三日～昭和五十一年六月九日（1898～1976）。劇作家、脚本家。宮城県名取郡岩沼町（現・岩沼市）に生まれる。第二高等学校（現・東北大学）を経て、昭和二年東京帝国大学国文科卒業。在学中に社会文芸研究会に入り、プロレタリア演劇運動に参加。トランク劇場、前衛座を経て東京左翼劇場に所属し、戯曲を書く。三年、全日本無産者芸術連盟（ナップ）は、関西支部設立のために、オルグとして久板を送り込む。久板は神戸市上筒井上野（現・中央区）に住んで、関西学院高等部学生らをメンバーとして関西支部を結成した。さらに久板は、神戸を拠点として京都、大阪を精力的にオルグしてまわり、その年のうちに帰郷。九年新協劇団創立に参加し、十年「断層」、十二年「北東の風」「千万人とも我行かん」などを発表。新劇事件で検挙され、釈放後、シナリオ作家となる。戦後も戯曲、シナリオを数多く発表、木下恵介、黒澤明、衣笠貞之助らがメガホンをとった。（杣谷英紀）

日野草城　ひの・そうじょう

明治三十四年七月十八日～昭和三十一年一月二十九日（1901～1956）。俳人。東京上野に生まれる。本名克修《よしのぶ》。父梅太郎、母エイの二男。父に従い朝鮮に渡り、大正六年、京城中学校（現・廃校）時代より作句。第三高等学校（現・京都大学）入学。十年、「ホトトギス」雑詠巻頭を飾る。十一年、〈ところてん煙の如く沈み居り〉を作る。大岡信は「ところてんという物体を、煙のようだと気体におきかえてながめかえしているところが、草城の俳人としての天性を感じさせる」と評す。十二年、淡路島岩屋に遊ぶ。十三年、京都帝国大学卒業。大阪海上火災保険会社に入る。サラリーマンの感情を俳句で表現。昭和二年六月、第一句集『草城句集』（京鹿子発行所）を刊行。四年、「ホトトギス」同人となる。俳誌「いひほ」同人に招かれ、兵庫県龍野に遊ぶ。五年、龍野における「いひほ」百号記念句会に出席。六年、岡田寒閑堂に招かれ、赤穂御崎に遊ぶ。〈月高く潮騒きこえそめにけり〉。七年三月、第二句集『青芝』（京鹿子発行所）を刊行。八年、神戸の俳誌「ひよどり」雑詠選を受け持つ。九年二月、城崎温泉に遊ぶ。〈紀元節但馬城崎雪晴れぬ〉〈重ね着の中に女のはだかあり〉〈焙じ茶の熱しかんばし雪景色〉ほか。十年、俳誌「旗艦」創刊、作品選に当たる。十二月、第三句集『昨日の花』（龍星閣）を刊行。十三年十月、第四句集『転轍手』（河出書房）を刊行。神戸での句〈秋の夜の薄闇に逢うて異邦人〉ほか、城崎一の湯での句〈さみだれの夜の閑散の湯の深さ〉などが載る。十七年、俳壇を一旦退く。二十年、大阪住友海上火災保険株式会社の神戸支店長となる。激務で身体不調に陥る。十二月、舞子（現・神戸市垂水区）における句会「柊花会」に出席する。二十一年、〈初春や焦都相《すがた》を改めず〉と神戸を詠んだ。療養生活に入る。二十四年、病気のため、退社。同年九月、第六句集『旦暮』（星雲社）を刊行。同年十月、俳誌「青玄」を創刊、主宰する。〈衰へしいのちを張れば冴え返る〉。この句を楠本憲吉『俳句入門』は「草城晩年の病涯のきわみに到達した心境的俳句の一つであります。そこには往年の俳句のうまさは残っていますが、軽さは、人生の年輪の重みのかげに隠れてしまっています」と評した。二十八年七月、第七句集『人生の午後』（青玄俳句会）を刊行。二十九年、「朝日新聞」俳壇選者。没後の六十三年、室生幸太郎が『日野草城全句集』（昭和63年12月、沖積舎）を刊行する。（堀部功夫）

平居謙　ひらい・けん

昭和三十六年五月（日未詳）～（1961～）。詩人、日本文学研究者。京都府に生まれる。平成三年関西学院大学大学院修了。平安女学院大学准教授。詩集に『無国籍詩集アニマルハウスだよ！　絶叫雑伎篇』（平成9年1月、思潮社）、『基督の店』（平成13年1月、ミッドナイトプレス）、『灼熱サイケデリ子』（平成17年4月、草原詩社）など、詩論に『高橋新吉研究』（平成5年4月、思潮社）がある。平成十三年より詩誌「Lyric Jungle」を発行。（杣谷英紀）

平岩弓枝　ひらいわ・ゆみえ

昭和七年三月十五日～（1932～）。脚本家、小説家。東京府豊多摩郡（現・東京都渋谷区）に代々木八幡宮司の父平岩満雄と母武子の長女として生まれる。父は郷土史研究家でもあり、母は華道と茶道を教えていたため、こうした両親から受け継いだ歴史や古典芸能の知識、素養が後に作品の題材として生かされることになる。昭和二十九年、日本女子大学文学部を卒業、翌三十年に友

ひ

人から戸川幸夫を紹介され、創作活動を始める。三十三年に長谷川伸の門下に入り、新鷹会に加わる。三十四年に「甃師」（「大衆文芸」昭和34年2月号）で第四十一回直木賞受賞。初期の作品には稽古事の経験を生かし、伝統芸能の周辺を描いたものが多い。三十年代には主に小説・戯曲を書いていたが、その後テレビドラマのシナリオを書くようになる。ホームドラマから時代物まで、幅広くこなしたが、いずれにも共通するのは人情味溢れる人間模様である。その後も旺盛な創作活動を続け、広く人気を博している。神戸を舞台にした作品に『セイロン亭の謎』（平成6年3月、中央公論社）また、兵庫が舞台の『千姫様』（平成2年9月、角川書店）、『花影の花 大石内蔵助の妻』（平成2年12月、新潮社）がある。

（梅本宣之）

平生釟三郎　ひらお・はちさぶろう

慶応二年五月二十二日〜昭和二十年十一月二十七日（1866〜1945）。教育家、実業家、政治家。美濃国加納藩（現・岐阜市加納）に、永井備前守の家臣田中時言の三男として生まれる。旧制岐阜中学校（現・県立岐阜高等学校）・東京外国語学校（現・東京外国語大学）・東京商業学校（入学時に、岸和田藩士平生忠辰の養子となる）を経て、明治二十三年、東京高等商業学校（現・一橋大学）を卒業。東京海上火災保険や三井・住友系の海上火災会社で重役、並びに社長職を兼任しながら、四十三年に自らが暮らす神戸住吉に甲南幼稚園・小学校を創立し、大正八年には、徳育・体育・知育を掲げて私立甲南中学校（現・甲南高等学校）を開設した。苦学生のために奨学金を給付したり、地元住民のためには灘生協（現・コープこうべ）や甲南病院を設立。また倒産寸前だった神戸の川崎造船所の社長となり（昭和8年）、二年間無給で働いて再建を果たした。その後政界入りし、文部大臣（昭和11年）や枢密顧問官（昭和18年）など要職を務めた。平生は、実業界・政界の要職とともに私立甲南高等学校（現・甲南大学）の校長として、人物教育率先の情熱を終生貫く。戦後の甲南大学にも、平生精神は受け継がれ、多くの優れた人材を世に送り出した。『私は斯う思ふ』（昭和11年、千倉書房）、『平生釟三郎講演集』（昭和62年、有斐閣出版）、『平生釟三郎—人と思想—』Ⅰ・Ⅱ（平成11年11月、16年3月、甲南学園）などがある。

（髙阪　薫）

平田内蔵吉　ひらた・くらきち

明治三十四年四月二十六日〜昭和二十年六月十二日（1901〜1945）。詩人、東洋医学研究家。兵庫県赤穂郡赤穂町（現・赤穂市）加里屋に生まれる。京都帝国大学文学部哲学科にて実験心理学を学び、後、京都府立医科大学本科に入学。東洋医学と心理療法を研究・実践した。昭和十三年頃から詩を発表し、十四年に詩集『大君の詩』（山雅房）、詩集『考える人』（山雅房）刊行。十五年より詩誌「歴程」に参加し、寄稿。『現代詩人集』全六巻（昭和15年、山雅房）を編纂、第五巻に「動物群像」として十七編の詩を掲載。同年第三詩集『美わしの苑』（山雅房）刊行。十六年『歴程詩集・紀元二六〇〇年版』（山雅房）『現代日本年刊詩集』（あきつ書店）に作品収録。十八年十月より詩誌「歴程」を伊藤信吉と共同編集。十九年応召、沖縄へ赴き、二十年沖縄防衛戦にて戦死。

（澤田由紀子）

平田守純　ひらた・もりずみ

昭和二十一年一月三十日〜平成十五年四月二十三日（1946〜2003）。詩人。兵庫県明石市に生まれる。兵庫県立盲学校理療科専攻科を卒業。昭和五十一年七月、第一詩集

『人恋い記』（蜘蛛出版社）を発表。編集発行人または同人として、詩誌「サングラスand ひょうたん」「冬夏秋冬」「豹樹」「豹樹Ⅱ」などに参加。没後、詩集『フルーツバスケット』（平成18年2月、ふたば工房）が出版された。（山田哲久）

平中悠一 ひらなか・ゆういち

昭和四十年十二月四日〜（1965〜）。小説家。大阪府に生まれる。大阪府立池田高等学校、関西学院大学卒業。予備校生時代に「"She's Rain"《シーズ・レイン》」で、昭和五十九年度文芸賞を受賞。著書に、『アーリィ・オータム』（昭和61年9月、河出書房新社）、『僕とみづきとせつない宇宙』（平成12年11月、河出書房新社）、『ポケットの中のハピネス』（平成14年5月、河出書房新社）などがある。（山田哲久）

平野零児 ひらの・れいじ

明治三十年二月六日〜昭和三十六年八月二十六日（1897〜1961）。ジャーナリスト、小説家。兵庫県に生まれる。本名嶺夫。正則英語学校中退。「大阪毎日新聞」「東京日日新聞」（昭和18年に合併して「毎日新聞」となる）の新聞記者をへて作家活動に入る。馬場孤蝶に師事。田中貢太郎主宰の「博浪沙」に属した。昭和十九年、中国にわたる。戦後抑留され、三十一年帰国。著書に『満洲国皇帝』（昭和10年）がある。（荻原桂子）

平畑静塔 ひらはた・せいとう

明治三十八年七月五日〜平成九年九月十一日（1905〜1997）。俳人。和歌山県海草郡和歌浦町（現・和歌山市）に生まれる。本名富次郎。昭和六年、京都帝国大学医学部卒業。十二年に兵庫県立精神病院に赴任。俳句活動においては、昭和八年、井上白文地らと「京大俳句」を創刊、新興俳句運動を展開した。戦後、山口誓子の「天狼」創刊に参加。句集に『月下の俘虜』（昭和30年1月、酩酊社）、『壺国』（昭和51年7月、角川書店）などがある。〈七夕のほろびたる朝移民発つ〉。（田口道昭）

平山繁夫 ひらやま・しげお

昭和四年十月二十日〜（1929〜）。川柳作家。現在の神戸市北区に生まれる。診療放射線技師として医療法人川崎病院や武部整形外科リハビリテーションに勤務するかたわら、時の川柳社副主幹（昭和34年4月入会）、兵庫県川柳協会副理事長、神戸芸術文化会議運営委員などをつとめる。昭和五十二年、神戸市あじさい賞（文化活動）受賞。平成四年よりＮＨＫ神戸文化センター川柳講座講師（川柳と遊ぶ）。十年二月に第一句集『四季逍遥』（葉文館出版）を刊行。十二年より「川柳　さっぽろ」に松尾芭蕉・島崎藤村といった文学者の足跡を辿る紀行文を連載し、『吟行 川柳作家文学を歩く／句集 一会の雲』として刊行（平成16年10月、友月書房）。十四年、神戸市文化活動功労賞受賞。（山本欣司）

平山蘆江 ひらやま・ろこう

明治十五年十一月十五日〜昭和二十八年四月十八日（1882〜1953）。小説家。神戸に生まれる。本名壮太郎。実父の没後、五歳で長崎市に転居。東京府立第四中学校（現・都立戸山高等学校）中退。明治四十年都新聞社に入社。大正十四年「大衆文芸」創刊に参画。代表作『唐人船《とうじんせん》』（天の巻・大正15年10月、至玄社。地の巻・昭和4年10月、平凡社）など。都都逸《どどいつ》の発展にも尽力し、昭和六年から「神戸新聞」読者文芸欄の「街歌」選者になっている。（外村　彰）

広瀬操吉　ひろせ・そうきち

明治二十八年十月三十日～昭和四十三年十二月十七日（1895～1968）。詩人。兵庫県印南郡（現・高砂市、加古川市。ほぼ加古川水系臨海部右岸）に生まれる。兵庫県姫路師範学校（現・神戸大学発達科学部）を経て、関西芸術院、北郷洋画研究所に学んだ。千家元麿主宰の「詩」（大正9年2月創刊）の同人として出発し、大正十年四月からは、その後継誌「詩の泉」の編集に従事した。詩風は白樺派に近く、牧歌的抒情をもつ。詩集に『雲雀』（大正15年5月、万星閣）、『空色の国』（昭和3年1月、民謡詩人社）等がある。他に、画家の随筆を集めた編著書『画房随想』（昭和11年8月、信正社）や美術評論等もある。（吉岡由紀彦）

廣田善緒　ひろた・よしお

大正三年十月十一日～昭和四十九年一月九日（1914～1974）。詩人。兵庫県多可郡西脇町（現・西脇市）西脇に生まれる。昭和三十二年に善夫を善緒と改名。昭和十二年、小林武雄発行の「神戸詩人」に参加。十五年、廣田の出兵中、治安維持法違反で神戸詩人クラブ所属の詩人ら二十数名が検挙された。二十五年、小林らとともに詩誌「MENU」を創刊。「神戸詩人」が神戸詩人事件で果たせなかったシュールレアリスム及びモダニズム詩の再検討を目指した。詩集に『乳母車綺譚』（好夫名、昭和13年6月、驢馬社）、『偽雅歌』（昭和27年4月、セナクル・ド・パンポエジイ）、『わが伝説曲』（昭和39年9月、輪の会）、『見えない習俗』（昭和45年8月、輪の会）、『火の舌』、『とらわれの唄』（昭和51年12月、輪の会）、音楽評論に『不逞な鶯』（昭和16年）、エッセイ集に『退屈なメモリア』（昭和48年12月、明石豆本らんぷの会）がある。（吉岡由紀彦）

【ふ】

ヴェンセスラウ・デ・モラエス　ぶぇんせすらう・で・もらえす　(Wenceslau de Moraes)

安政元年五月四日（新暦五月三十日）～昭和四年七月一日（1854～1929）。日本文化研究家、海軍軍人。ポルトガルのリスボンに生まれる。明治三十一年海軍中佐、マカオ港務局副司令を退官。同年、日本に初めてポルトガル領事館が開設されると在神戸副領事として赴任。のち神戸・大阪の総領事となり、大正二年まで勤める。マカオで海軍高官だったモラエスは、在任中に公務で度々日本を訪れ、長期滞在を繰り返す。その際、日本の自然、人情、風習、めざましい発展ぶりなどに深く魅了される。また、神社と仏閣に関心を示し、頻繁に宗教の地を訪れる。神戸在勤中に芸者おヨネ（本名福本ヨネ）と出会い、落籍、結婚するが、明治四十五年にヨネが死去。翌年に職を辞し、引退。ヨネの故郷の徳島に移住し、ヨネの姪である斎藤コハルと暮らす。大正四年には、コハルとの間に麻一が生まれるが、そのコハルも約三年で病没。また、麻一も大正七年に亡くなり、モラエスはその後、著述中心の孤独な晩年を送った。それゆえに、徳島での生活は必ずしも満たされたものではなく、外国人として阻害されたり、さげすまれることもあったという。モラエスは決して独創的な日本研究をしたとは言えず、優秀なジャパノロジストではなかったかもしれない。しかし、彼は、彼自身の生き方を通して異文化を理解したと言える。その体験は、私小説的な随筆として異国に生きるエトランゼの孤独感と哀しみが的確な筆致で描かれる『徳島の盆踊り』（大正5年）や『おヨネとコハル』（大正12年）となって結実する。それはラフカディオ・

ハーンとはまた違った意味で、深く、重いものであった。昭和四年七月自宅土間へ転落、孤独に没した。代表作に、『日本史瞥見』（大正13年）『日本精神』（大正15年）。花野富蔵訳『定本モラエス全集』全五巻（昭和44年3月〜7月、集英社）がある。

（槌賀七代）

深尾須磨子 ふかお・すまこ

明治二十一年十一月十八日〜昭和四十九年三月三十一日（1888〜1974）。詩人、エッセイスト、翻訳家。兵庫県氷上郡大路村下三井庄（現・丹波市）の荻野家に生まれる。幼名しげの。幼くして父と死別、寡婦として窮乏の生活を送る母と離れて一時期仙台や大阪の親戚の下で暮らす。十二歳の折郷里の大路尋常高等小学校に転入し、その後京都府女子師範学校（現・京都教育大学）を経て、京都菊花高等女学校卒業。小学校教員を経て明治四十五年に深尾贇之《ひろの》丞《すけ》と結婚したが、大正九年、夫を病で失う。鉄道技師であるかたわら詩才に恵まれていた贇之丞が遺した詩に、自作詩五十四編を加えた合同詩集『天の鍵』（大正10年8月、アルス）の刊行を機に、詩人としての活動を開始。この詩集に「跋」を寄せた与謝野晶子を師と仰いで第二次「明星」に作品を頻繁に投稿する一方、その後の四年間に『真紅の溜息』（大正11年12月、三徳社）を含む四詩集をたてつづけに刊行した。大正十四年から昭和三年と、五年から七年と二度渡欧。パリに滞在したが、そこでの体験は女流作家コレットやパリ大学のトゥールーズ博士との出会いを仲立ちとして、詩集『牝鶏の視野』（昭和5年5月、改造社）、短編集『マダム・Xと快走艇』（昭和9年7月、千倉書房）、性科学書『葡萄の葉と科学』（昭和9年1月、現代文化社）に結実した。また、十年十一月には散文集『丹波の牧歌』（書物展望社）が刊行されたが、そこに収録された「丹波の牧歌」をはじめとする郷里再訪を機として成った作品群は、新鮮な生命を湛えた自然の風物とその中に溶け込む村人や「私」の姿を、「仏蘭西あたりのいはゆる「プチ・タブロー」」や「デツサン」」（「小序」）さながらに描き出している。日本の文化使節としてイタリア・ドイツ・フランスを歴訪した三度目の渡欧（昭和14年〜16年）後は、詩集『沈まぬ船』（昭和18年9月、一条書院）を刊行して、戦争に協力する姿勢を示したが、戦後はそれへの反省に基づき、人類全体の生の向かう方向を自然や宇宙との視点から歌い上げる詩を書き続けるとともに、平和運動や婦人運動にも積極的な関わりを示した。評伝『君死にたまふことなかれ』（昭和24年5月、改造社）、翻訳『黄昏の薔薇』（昭和29年10月、角川書店）、詩集『列島おんなのうた』（昭和47年6月、紀伊国屋書店）などの著作もある。墓は兵庫県明石市上の丸月照寺境内にあり、日本近代文学館には「深尾須磨子文庫」がある。

（大橋毅彦）

福井久子 ふくい・ひさこ

昭和四年二月二日〜（1929〜）。詩人、英文学者。神戸市生田区三宮町（現・中央区）に生まれる。本姓田中。昭和二十七年、神戸女学院大学英文学科卒業。在学中に喜志邦三より現代詩を学び、「交替詩派」「くろおぺす」「地球」等の同人を経て、三十八年、「たうろす」同人となる。平成十五年、兵庫県現代詩協会副会長。一方、英文学者としては、昭和三十二年、関西学院大学大学院文学研究科修士課程を修了後、三十三年に神戸山手女子短期大学に着任、平成十一年まで勤めた。主にエズラ・パウンドを研究し、その詩的世界も、思索的であり、硬質な抒情で形而上世界を表現している。

詩集に、『海辺でみる夢』（昭和31年6月、人文書院）、『果物とナイフ』（昭和33年4月、くろおぺす社）、『海・鯨の通る路』（昭和44年2月、思潮社）、『鳥と蒼い時』（昭和48年6月、思潮社）、『仮面と微笑』（昭和56年7月、檸檬社）、『形象の海』（平成11年12月、編集工房ノア）などがある。

（田口道昭）

福島直球　ふくしま・ちょっきゅう

大正十五年八月六日～平成十九年六月二十七日（1926～2007）。川柳作家。神戸市に生まれる。本名孝二。昭和二十二年、三菱電機入社。二十四年、結核に感染。二十六年、国立神戸療養所に松風川柳会が創立されて川柳を始め、椙元紋太の指導を受ける。二十九年、ふあうすと川柳社同人となる。『川柳句集　直球』（平成17年3月）には、平成七年の阪神・淡路大震災に芦屋市で被災した体験を詠んだ〈激震のあとの静寂死と生に〉などがある。兵庫県川柳協会副理事長兼事務局長、全日本川柳協会常任幹事を務めた。

（吉川仁子）

ふくだすぐる　ふくだ・すぐる

昭和三十六年（月日未詳）～（1961～）。絵本作家、イラストレーター。兵庫県に生まれる。本名福田直。『ぼくはいたずらカメレオン』（平成4年10月、らくだ出版）、『りんごがひとつ』（平成6年5月、岩崎書店）、『ちゅ』（平成6年10月、岩崎書店）、『ただのおじさん』（平成6年10月、岩崎書店）などの「ほっとたいむ」シリーズ、『チュな』（平成11年2月、幻冬舎）、『つたわるきもち』（平成17年12月、ハッピーオウル社）、『みんなドキドキ恋してる』（平成19年10月、PHP研究所）など、絵と言葉で読者の心を温める作品は大人にも人気がある。

（吉川仁子）

福田知子　ふくだ・ともこ

昭和三十年五月三十一日～（1955～）。詩人。神戸市に生まれる。昭和五十三年三月、関西学院大学社会学部を卒業し、平成十六年、立命館大学大学院文学研究科博士課程前期を修了。詩集に『紅のゆくえ』（昭和60年8月、蜘蛛出版社）、『単体の空』（平成12年11月、風来舎）などがある。兵庫県現代詩人協会会員。自ら詩人であると同時に、評論集『微熱の花びら―林芙美子・尾崎翠・左川ちか』（平成2年5月、蜘蛛出版社）を著している。詩誌「MELANGE」の編集兼発行人としても活躍。

（島村健司）

福原清　ふくはら・きよし

明治三十四年一月二日～昭和五十七年（月日未詳）（1901～1982）。詩人。神戸市に生まれる。兵庫県立第二神戸中学校（現・県立兵庫高校）在学中に萩原朔太郎の『月に吠える』に感銘を受ける。明治大学政治経済学部在学中の大正十年二月、第一詩集『不思議な影像』（自由詩社）を刊行する。十一年、明治大学を中退して帰郷、以来神戸に住む。十三年に私家版『月の出』を刊行、これに敬愛する朔太郎の序文を得たことに力を得た。同年十二月には竹中郁・山村順らとともに、海港詩人倶楽部を結成し、詩誌「羅針」を創刊した。十五年八月刊行の『ボヘミア歌』（海港詩人倶楽部）所収の詩からは、出生地であり長く暮らす港町、神戸らしいモダニズムにあふれた心地よい詩風が感じられる。昭和四年三月、村野四郎らと「旗魚《かじき》」を発刊。また「四季」に詩を発表したりと精力的に活動した。ほかに七年の『春の星』（旗魚社）、十九年二月の『催眠歌』（湯川弘文社）などがある。

（上總朋子）

ふ

福村久　ふくむら・ひさし

大正三年六月二十九日～昭和二十一年五月十九日（1914～1946）。小説家。神戸市に生まれる。北海道庁立旭川中学校（現・北海道旭川東高等学校）を卒業し、早稲田大学仏文科卒業。在学中より北条誠らと同人誌「阿房」に参加。日本放送協会に勤める。作品に「冬園」（『新進小説選集』昭和17年、赤塚書房）、「花をたべる鼠たち」（「早稲田文学」昭和17年7月）、「二つの朝」（「早稲田文学」昭和17年12月）、『隣人』（昭和17年、興亜文化協会）などがある。（吉本弥生）

藤井紫影　ふじい・しえい

明治元年七月十四日～昭和二十年五月二十三日（1868～1945）。国文学者、俳人。淡路国津名郡洲本町（現・兵庫県洲本市）に生まれる。本名乙男《おとお》。明治十三年に開校直後の兵庫県立第一神戸中学校（現・県立神戸高等学校）に入学、首席卒業後は第三高等学校（現・京都大学）、東京帝国大学文科大学国文科に進学。大学在籍時に正岡子規たちと交流する。四十二年に京都帝国大学に招聘され、四十四年九月、教授就任とともに国語学と国文学講座を担当。近松門左衛門、上田秋成、俳諧といった近世文学研究及び諺の研究を確立した碩学であり、門下から潁原退蔵や野間光辰といった逸材が育った。俳句等の実作も手がけ、『かきね草』（昭和4年2月、私家版）に収録される。蔵書約五千冊は天理図書館に収蔵され、綿屋文庫の一角を担った。洲本八幡神社に〈仰ぎ見る千年の若葉や神の庭〉の句碑がある。〈星一つ淡路へ落ちぬ須磨の秋〉。（青木亮人）

藤井重夫　ふじい・しげお

大正五年（月日未詳）～昭和五十四年一月（日未詳）（1916～1979）。小説家。兵庫県豊岡市に生まれる。昭和十六年から三十四年まで朝日新聞社で、南方特派員、学芸部記者等を務める。退社後に小説執筆に専念。芥川賞候補になった「佳人」（「作家」昭和26年11月）では、身体に障害を持つ女性に対する主人公の憧憬が抒情的に描かれている。そして『虹』（昭和40年9月、文芸春秋新社）で第五十三回直木賞受賞。そこでは、戦争で親を失った孤児たちが、戦後の新世界の中で友情を育み、逞しく生きていく姿が活写されている。また作者の戦争体験を反映して、いくつかの戦争文芸もある。『終わりなき鎮魂歌』（昭和40年1月、番町書房）では、愛する人を特攻隊で失い、後を追って死を決意するまでの心情が、細やかに描かれている。また『死線』（昭和46年3月、番町書房）では、戦争の終わりを知らなかった兵士たちがニューギニアの自然の中で生きていく姿が人間記録として描かれている。（出光公治）

藤木明子　ふじき・あきこ

昭和六年（月日未詳）～（1931～）。詩人。兵庫県姫路市に生まれる。兵庫県立龍野高等女学校（現・県立龍野高等学校）卒業。「西播文学」「黄薔薇」「オルフェ」同人。詩集に『木簡』（昭和59年2月、詩学社）、『恋愛感情』（平成元年2月、詩学社）、『地底の森』（平成7年3月、編集工房ノア）、『どこにいるのですか』（平成17年6月、編集工房ノア）、エッセイ集に『猫仮面』（平成3年10月、藤木明子）、『猫かぶり』（平成13年9月、藤木明子）など。『竜野』（Town文庫、昭和56年6月、タウン編集室）の著もある。たつの市（旧・揖保郡新宮町）在住。（真銅正宏）

藤木九三　ふじき・くぞう

明治二十年九月三十日～昭和四十五年十二

月十一日（1887〜1970）。新聞記者、登山家、小説家、詩人。京都府福知山町（現・福知山市）に生まれる。少年時代、雑誌「文庫」に掲載された小島烏水《うすい》の紀行文を読んで山に興味を抱く。早稲田大学英文科中退後、東京毎日新聞、やまと新聞を経て、大正四年に東京朝日新聞の記者となり、登山関係の記事を書く。五年、東久邇宮の槍ヶ岳登山に同行し、ここで本格的に登山の魅力にとりつかれる。七年、大阪朝日新聞に移り、八年には神戸支局長になった。十三年六月、神戸でロック・クライミング・クラブ（RCC）を結成。主に自宅のある甲子園に近い芦屋のロックガーデンを含む六甲山系で活動し、岩登り技術の研究に努めた。十四年、早大隊にわずかに先んじて北穂高滝谷の初登攀に成功。十五年、渡欧してアルプス諸峰に登り、秩父宮のアルプス登山にも同行した。記者としての仕事の傍ら、登山に関する研究を重ね、『岩登り術』（大正14年7月、RCC事務所）などにその成果を発表。また、登山に関する随筆、詩、小説、語学力を生かした外国の文献の翻訳等も、「山と渓谷」「山小屋」「ケルン」等の山岳雑誌を中心に積極的に発表。この時期の詩には擬人法を多用し、時折登山・山岳とモダン都市のイメージを交錯させる作品も書いた。『屋上登攀者』（昭和4年6月、黒百合社）に収録された随筆「単独登攀考想」などからは、藤木や関西における先鋭的な登山家の一人である加藤文太郎らを中心とした、社会人や学生主体の登山サークルが神戸で形成されていたことがわかる。山上雷鳥の筆名を用いることもあり、アルプス地方の伝説を集めた『アルプス伝説集』（昭和7年6月、黒百合社）や、遭難を物語の軸に据えた作品が多い山岳小説集『マッターホーン北壁を攀《よ》づ』（昭和8年9月、朋文堂）などは、この筆名で刊行している。昭和十年代半ば以降は山岳および登山を民族意識の高揚に結びつける詩や随筆を多く書き、その傾向は詩集『岳神』（昭和18年12月、朋文堂）などに顕著である。戦後も若き日の岩登りの回想を綴ったり、山岳文学史をまとめるなどの著作活動を行う。四十年には日本山岳会名誉会員になっている。著書はほかに『雪・岩・アルプス』（昭和5年5月、梓書房）、『雪線散歩』（昭和8年7月、三省堂）、『垂直の散歩』（昭和33年6月、朋文堂）など。

（熊谷昭宏）

藤沢恒夫 ふじさわ・たけお

明治三十七年七月十二日〜平成元年六月十二日（1904〜1989）。小説家。大阪市に生まれる。曾祖父東畡が泊園書院を開き、代々漢学者の家柄である。東京帝国大学卒業。大阪高等学校（現・大阪大学）在学中、大正十四年三月、神崎清らと「辻馬車」を創刊。その三号（5月）に「首」を発表し、横光利一らに認められた。上京後、プロレタリア文学運動に加わる。「傷だらけの歌」（「新潮」昭和5年1月）を発表したが、健康を害し療養所で闘病。昭和八年大阪に帰り、以後大阪で作家活動を続けた。三十五年、大阪市文化賞を受賞。

＊新雪《しんせつ》　長編小説。〔初出〕「朝日新聞」昭和16年11月24日〜17年4月28日。〔初収〕昭和17年6月、新潮社。◇老言語学者湯川文亮が隠棲する神戸市灘区の阪急六甲駅周辺の住宅地を舞台に、自ら希望して国民学校訓導になった蓑和田良太、文亮の一人娘信子、愛弟子の正木信夫、眼科医の片山千代らが繰り広げるラブ・ロマンスを描く。

（浦西和彦）

藤島宇内 ふじしま・うだい

大正十三年四月七日〜平成九年十二月二日

(1924〜1997)。詩人、評論家。兵庫県に生まれる。慶応義塾大学経済学部卒業。「歴程」に参加し草野心平と親交を結ぶ。戦後『谷間より』(昭和26年1月、能楽書林)を自費出版する。原民喜に藤島宛遺書があるほどの親交があり、『原民喜詩集』(昭和31年8月、青木文庫)の解説「原民喜おぼえ書き」を担当。『高村光太郎詩集』(昭和39年4月、大和書房)、『島崎藤村詩集』(銀河選書、昭和41年4月、大和書房)の解説を担当。『もしも美しいまつ毛の下に 現代を創る若人の詩と生活』(昭和31年3月、中央公論社)以降は詩作を中断し、評論を中心に発表。『今日の朝鮮』(昭和51年5月、三省堂)、『軍事化する日米技術協力』(平成4年1月、未来社)など多数。詩作、評論を通じて、現実社会に根ざした批評性の高い作風で知られる。特に評論活動期は朝鮮問題を中心的課題にすえ、日本の歴史的加害性を時代の変遷と共に取り上げ、訴え続けた。

(杉田智美)

藤林愛夏 ふじばやし・あいか

昭和二十二年四月二十五日〜(1947〜)。推理小説作家。兵庫県に生まれる。本名池田洋子。関西学院大学社会学部卒業。昭和六十年、シナリオ懸賞に投稿した「鉄砲玉の母」が大阪のテレビ局で放映された。作品に、平成元年第一回ＦＮＳレディース・ミステリー特別賞受賞作の「殺人童話—北のお城のお姫様」がある。『北の殺人童話』(平成元年10月、扶桑社)はこれを改題したもの。

(吉本弥生)

富士正晴 ふじ・まさはる

大正二年十月三十日〜昭和六十二年七月十五日(1913〜1987)。詩人、小説家。徳島県三好郡山城谷村(現・東みよし町)に生まれる。本名冨士正明。大正六年、朝鮮の平壌に移住。十年、帰国。神戸市須磨町(現・須磨区)に住む。十四年、兵庫県立第三神戸中学校(現・県立長田高等学校)に入学。昭和六年、第三高等学校(現・京都大学)理科甲類入学。志賀直哉の紹介で、竹内勝太郎を訪問、師事する。七年十月、竹内の指導のもと、野間宏、桑原(後、竹之内)静雄と、同人雑誌「三人」創刊、詩「神々の宴」などを発表。この年、三高退学。八年、三高文科丙類入学。十年二月、三高退学。同年六月、竹内勝太郎が遭難死。同年十一月、伊東静雄との交友はじまる。同年十二月、「三人」第十一号を竹内勝太郎追悼号として発行。十三年八月、竹内勝太郎著作集刊行会を設立、遺稿の整備にあたる。十九年、中国大陸に出征、二十一年、復員。二十二年十月、島尾敏雄らと同人雑誌「ＶＩＫＩＮＧ」創刊、詩「身投げ」発表。二十三年、ヴァージニア・ウルフ『オーランド』に刺激されて中編「小ヴィヨン」を執筆、生原稿を読んだ吉川幸次郎に評価される。二十七年十一月、「ＶＩＫＩＮＧ」に在籍のまま、大阪で同人雑誌「ＶＩＬＬＯＮ」創刊。同年の大晦日、「ＶＩＫＩＮＧ」同人の久坂葉子が阪急六甲駅で自死。三十一年三月、久坂をモデルとした『贋・久坂葉子伝』を筑摩書房から刊行。三十六年二月、『伊東静雄全集』(桑原武夫、小高根二郎と共編)を人文書院より刊行。三十七年、『20世紀を動かした人々』第八巻中「桂春団治」執筆のための調査に着手。同書刊行(昭和38年1月、講談社)後も調査は継続。『帝国軍隊に於ける学習・序』(昭和39年9月、未来社)、『あなたはわたし』(昭和39年12月、未来社)を刊行。四十年三月、東京銀座・文芸春秋画廊で富士正晴文人画展を開催。四十二年五月、『竹内勝太郎全集』全三巻(野間宏、竹之内静雄と共編)を思潮社より刊行(昭和43年7月完結）。『桂春団治』（昭和42年11月、河出書房新社）を刊行。四十四年九月、大阪梅田の東宝画廊で富士正晴展を開く。『どうとなれ』（昭和52年6月、中央公論社）、『富士正晴詩集』（昭和54年12月、泰流社）、『恋文』（昭和60年12月、弥生書房）を刊行。『恋文』の「後書」で「大体わたしの文筆の仕事は終了した」「あとは子供みたいな絵をかいてればよかろう」と記した。没後、『富士正晴作品集』全五巻（昭和63年7月～11月、岩波書店）刊行。（中尾　務）

藤村青一 ふじむら・あおいち

明治四十一年二月二十七日～平成元年四月十五日（1908～1989）。詩人、川柳作家。韓国京城（現・ソウル）に生まれる。本名誠一。柳人としての筆名は高鷲亜鈍。実兄雅光も詩人。関西学院大学在学中「木曜島」に参加し、昭和四年、自ら詩誌「詩使徒」を創刊。詩集『保羅』（昭和7年9月、近代の苑社）、『随想集詩人複眼』（昭和15年3月、不朽洞）を刊行。戦後二十三年に「詩文化」創刊。詩集『秘奥』（昭和25年1月、不二書房）、評論集『詩川柳考』（昭和36年2月、川柳雑誌社）、句集『白黒記』（昭和43年11月、句集白黒記発行所）、『藤村青一作品集』（昭和62年12月、詩画工房）がある。代表句に〈春風をXに斬る白い杖〉〈褪せている造花へ狂う蝶ならん〉など。（杉本　優）

藤村エミナ ふじむら・えみな

大正十五年六月十七日～（1926～）。小説家。神戸市に生まれる。本名栄美那。昭和二十二年、武庫川女子専門学校（現・武庫川女子大学）生物学部心理学科卒業。四十年まで教職に就き、その間に慶応義塾大学（通信制）卒業。五十年二月「壺の中の男」（「may kiss」）発表。平成八年六月「ニューひょうご」（兵庫県広報課）に随想「サンシャイン・コウベ」を発表。（渡邊ルリ）

藤村壮 ふじむら・そう

昭和四年四月（日未詳）～平成十一年五月（日未詳）（1929～1999）。詩人。兵庫県武庫郡六甲村（現・神戸市灘区）に生まれる。兵庫県庁に勤務。昭和三十一年十一月詩集『骨の挿話』（藤原商会）刊行。三十四年、岡田兆功、鈴木漠、平岡史郎らによる詩誌「海」の編集担当同人となる。三十七年八月詩集『あくびを呼ぶ風景』（蜘蛛出版社）、四十一年八月『つながれて』（望月印刷所）、四十六年十一月『鳥のいる風景』（海の会）、五十二年二月『めぐる島』（海の会）、五十七年三月『窓の現象』（書肆季節社）刊行。平成七年九月、阪神・淡路大震災後の神戸で紫野京子の編集発行による詩誌「貝の火」に執筆者として参加。十一年五月に病没、同年十一月「貝の火」第十号にて追悼。（渡邊ルリ）

藤本義一 ふじもと・ぎいち

昭和八年一月二十六日（1933～）。放送作家、小説家。大阪府堺市に生まれる。本名義一《よしかず》。昭和三十三年大阪府立大学経済学部卒業。在学中、戯曲「つばくろの歌」で昭和三十二年度芸術祭文部大臣賞を受賞。卒業後、宝塚映画（東宝系）に入社し、川島雄三に師事。脚本に「貸間あり」「駅前シリーズ」等。三十七年、放送作家として独立し「ゴリガン人生」「法善寺横丁」などを執筆。四十年からは日本テレビの深夜番組「11ＰＭ」の司会者となり、平成二年の最終回（２５２０回）まで出演。昭和四十二年、長編小説「残酷な童話」を発表。次作『ちりめんじゃこ』（昭和43年11月、三一書房）、「マンハッタン・ブルース」（「別冊文芸春秋」昭和44年12月）が連続して直木賞候補作に挙げられ、川島雄三を描いた「生きいそぎの記」（『別冊小説現代』昭和46年7月）で第六十五回候補に、四十九年、上方落語家の半生を描いた「鬼の詩」（『別冊小説現代』昭和49年4月）で第七十一回直木賞を受賞する。また上方文学の研究者として『サイカクがやって来た』（昭和53年12月、新潮社）、『元禄流行作家―わが西鶴』（昭和55年7月、新潮社）などを発表。大阪出身の織田作之助をテーマにした『蛍の宿 わが織田作』（昭和61年2月、中央公論社、以下三作も同じ）、『蛍の宴』（昭和62年4月）、『蛍の街』（昭和63年3月）、『蛍の死』（平成元年2月）の長編四部作がある。漫才集団笑の会を主宰し、上方の若手漫才師や漫才作家の育成にあたる。日本放送作家協会関西支部支部長。放送作家を育てる心斎橋大学の代表でもある。西宮市甲東園に在住。阪神・淡路大震災で被災し、「午前5時46分。一寸先の闇が動いた。二度の激しい縦揺れで、体はベットの上に2回、30センチほど浮いた。」「わずか三センチの差で私は頭蓋骨粉砕を避けることができた」（『人生の賞味期限』平成12年12月、岩波書店）という。九死に一生を得た経験から、被災遺児のための福祉施設「浜風の家」（社会福祉法人のぞみ会）の設立・運営に関わっている。

（黒田大河）

藤本静港子《ふじもと・せいこうし》

大正十二年五月（日未詳）～平成十六年九月（日未詳）（1923～2004）。川柳作家。神戸市に生まれる。本名孝治郎。昭和二十三年、ふあうすと川柳社同人。五十三年、ふあうすと賞受賞。その後全日本川柳協会常任幹事、兵庫県川柳協会副理事長、神戸市芸術文化会議理事、ふあうすと社主幹、兵庫県勤労市民センター講師等を歴任。兵庫県の芸術文化団体半どんの会で文化功労賞、ともしびの賞を受賞。著書に『うたかたの抄』（平成11年3月、葉文館書店）がある。

（青木京子）

舟橋聖一《ふなはし・せいいち》

明治三十七年十二月二十五日～昭和五十一年一月十三日（1904～1976）。小説家、劇作家。東京市本所区横網町（現・東京都墨田区）に生まれる。父了助、母さわ子の長男。キリストの降誕日にちなみ聖一と命名された。弟三人、妹一人の中で育つ。弟は脚本家の舟橋和郎。官立水戸高等学校（現・茨城大学）を経て土方定一、片柳真吉らと知り合う。東京帝国大学文学部卒業。大学在学中に河原崎長十郎、村山知義らと共に劇団心座の旗揚げに尽力。「朱門」の同人になり、小山内薫の門下生となった。舟津慶之輔の筆名で短歌や戯曲を発表し、同人雑誌「歩行者」に参加。佐藤百寿と結婚。大正十五年十月「新潮」に「白い腕」を発表。昭和三年、「文芸都市」同人となり、阿部知二、井伏鱒二らと新人クラブを結成。翌年、心座を退き、阿部、井伏らと「新文芸都市」を創刊。今日出海らと劇団蝙蝠座を結成、小林秀雄、井伏らと新興芸術派クラブを結成、「近代生活」の同人、飯塚友一郎らと演劇学会を創立、あらくれ会同人となり徳田秋声の門下生となる。この間に拓殖大学、明治大学講師を務めた。その傍ら「行動」に参加し、「ダイヴィング」（昭和9年10月）を発表。行動主義、能動精神運動の中心となり、行動的ヒューマニズムによる現実改革者としての地位を確立した。十三年十二月、「文学界」に発表した小説「木石」で認められ、戦後は風俗小説『雪夫人絵図』（昭和23年12月、25年2月、新潮社）で流行作家となった。一方、作家連合伽羅の会を結成し、「風景」を創刊。また、日本文芸家協会理事に選出され、著作権問題の解決に尽力した。代表作に『悉皆屋康吉』（昭和20年12月、創元社）、『花の生涯』（昭和28年6月、新潮社）、『お市御寮人』（昭和36年11月、新潮社）、『ある女の遠景』（昭和38年10月、講談社）、『好きな女の胸飾り』（昭和42年1月、講談社）などがある。日本近代文学館常務理事、日本演劇協会参与、国語問題協議会常任理事、横綱審議委員会委員・委員長、歌舞伎審議会委員に任ぜられた。兵庫関連の作品には、昭和三十一年四月から三十六年七月まで「毎日新聞」に連載された、青年藩主浅野内匠頭の結婚、勅使饗応をめぐる吉良上野介との確執、刃傷、切腹、赤穂城の大評定を描いた『新・忠臣蔵』がある。後、NHK大河ドラマ「元禄繚乱」（平成11年）として放送された。また、昭和四十五年から四十六年まで平凡社「太陽」に連載、自らライフワークと位置付けた未完の『源氏物語』には「須磨明石の巻」がある。後、歌舞伎として上演され、好評を得た。（青木京子）

船原長生 ふなはら・ちょうせい

昭和二十八年十二月十日〜（1953〜）。映画監督、ミュージシャン、プロデューサー。兵庫県加古川市に生まれる。本名長生《おさお》。日本大学在学中に渡米。ロックバンドプラズマティックスを結成。CMやミュージッククリップなど映像作品を制作。「だいじょうぶマイ・フレンド」（昭和58年）などの村上龍映画に、俳優・スタッフとして携わる。監督作に「Dark Voices」（平成13年）。（友田義行）

船山馨 ふなやま・かおる

大正三年三月三十一日〜昭和五十六年八月五日（1914〜1981）。小説家。北海道札幌市に生まれる。北海道立札幌第二中学校（現・道立札幌西高等学校）を経て昭和七年に上京し、早稲田高等学院（現・早稲田大学高等学院）に入学するも一学期で退学。九年に明治大学予科に入学したが、十二年には商学部一学年で退学した。同年、北海タイムス（現・北海道新聞）に入社し、社会部学芸記者となる。十四年に再び上京、四社連合に勤める。十五年、寒川光太郎、椎名麟三らによる「創作」（七号より「新創作」）同人となり、三月に発表した「私の絵本」が「文芸」第二回同人雑誌推薦作候補となった。同年末、十返肇、田宮虎彦ら同世代の作家と青年芸術派を結成。翌年、戦前の代表作『北国物語』（昭和16年12月、豊国社）を発刊し、芥川賞参考候補となる。戦後、「笛」（「現代」昭和20年11月）で第五回野間文芸賞奨励賞を受賞。「魔術師」（「群像」昭和21年10月）、「半獣神」（「朝日評論」昭和22年〜23年）ほかで、第一次戦後派として認知される。二十三年六月、太宰治の自殺によって「朝日新聞」への連載予定を繰り上げられた『人間復活』（昭和24年1月、実業之日本社）執筆の際、覚醒剤乱用で健康を害し、低迷期に入る。四十年から「北海タイムス」に連載した大河小説『石狩平野』正・続（昭和42年8月、43年4月、河出書房）が第十四回小説新潮賞を受賞、見事復活を果たした。以後、長編歴史ロマンに新境地を見出す。四十三年『お登勢』正・続（昭和44年4月、48年9月、毎日新聞社）の連載が開始される（連載は「毎日新聞」日曜版、昭和43年1月7日〜44年3月30日、「北海道新聞」日曜版、昭和47年6月18日〜48年6月3日）。波乱の幕末維新期を背景に、淡路島（旧・徳島藩、現・兵庫県）に生まれた女性が「稲田騒動」（庚午事変《こうごじへん》）に巻き込まれ、北海道静内に移住して生き抜く姿を描いた。二度にわたってジェームス三木脚本でTVドラマ化され（昭和46年TBS、平成13年NH

K。のち平成16年10月には、前進座により、脚本・演出ジェームス三木で舞台化）、昭和五十年五月十一日には「お登勢」の碑（「船山馨文学碑」）が北海道日高郡新ひだか町（旧・静内町）に建立された。五十四年、「すぐれた文学活動」により第三十三回北海道新聞文化賞受賞。『茜いろの坂』（昭和55年9月、新潮社）で第十五回吉川英治文学賞を受賞。同賞受賞の報を病床で受け取る。心不全のため六十七歳で死去。夫人も同日夜に病没。東京都中野区の竜興禅寺に葬られた。『船山馨小説全集』十二巻（昭和50年6月～51年3月、河出書房新社）がある。（有田和臣）

古川奮水《ふるかわ・ふんすい》

昭和七年（月日未詳）～（1932～）。川柳作家。兵庫県飾磨市（現・姫路市）に生まれる。本名武。昭和二十七年、日本国有鉄道（現・JR西日本）大阪鉄道管理局に就職。三十一年、国鉄姫路地区川柳会として川柳あしなみ会が創立され、参加。雅号を奮水としてデビュー。三十九年、川柳塔社同人。平成七年、川柳あしなみ会会長に就任。翌年、兵庫県川柳協会常任理事。十二年、川柳あしなみ会を退会。十三年、川柳塔社西宮北口川柳会に入会。〈合掌をして人情の橋渡る〉。（足立匡敏）

古田十駕《ふるた・じゅうが》

昭和二十四年（月日未詳）～（1949～）。小説家。兵庫県に生まれる。大学を中退後、書店に勤務しながら歴史小説を書き始める。のち古書店を営みながら、執筆を続ける。平成十三年一月に初めての単行本『風譚義経』（文芸春秋）を刊行。好評を得たため二十年間経営していた古書店を閉め、執筆活動に専念。著作に『雲の涯 甲斐武田二代合戦記』（平成14年6月、文芸春秋）、『こぼれ放哉』（平成19年2月、文芸春秋）などがある。（足立匡敏）

古田豊治《ふるた・とよじ》

昭和十六年七月六日～（1941～）。詩人。神戸市灘区に生まれる。北海道大学医学部卒業。北海道厚岸町立病院副院長を経て、昭和五十一年から六甲にて内科医院を開業。北海道時代から詩を作り、神戸に転居後、能登秀夫主宰の「浮標」を経て、福田正夫の詩の会「焰」、「青い花」と活動の拠点を移す。『哀歌』（昭和53年8月、浮標の会）、『光の刺』（平成元年9月、福田正夫詩の会）の他に、阪神・淡路大震災の記憶を消さぬことを願う詩集『黒い涙』（平成9年11月、北大阪企画センター出版部）等、七冊の詩集がある。（東口昌央）

【ほ】

北条敦子《ほうじょう・あつこ》

昭和八年三月二十四日～（1933～）。詩人。兵庫県に生まれる。兵庫県立姫路西高等学校卒業。昭和五十二年から平成五年終刊まで詩誌「風」同人となり、主幹土橋治重の薫陶を受ける。平成六年から「岩礁」同人。ほかに「詩と思想」などに詩を掲載。『詩集 火花』（昭和52年3月、花書房）、『詩集 炎炎と真昼』（昭和60年3月、国文社）、『北条敦子詩集 語り口と石』（平成6年5月、土曜美術社出版販売）、『詩集 ゆらぐ』（平成18年11月、土曜美術社出版販売）がある。日常の中の微妙な感情のゆらぎや違和感などを、軽やかに詠んだ詩が多い。日本ペンクラブ会員、日本現代詩人会会員。（須田千里）

北條秀司《ほうじょう・ひでじ》

明治三十五年十一月七日～平成八年五月十

九日（1902〜1996）。劇作家。大阪市西区北堀江西長堀に生まれる。本名飯野秀二。関西大学卒業。上京して岡本綺堂に師事。「舞台」（昭和11年11月）に発表した「表彰式前後」の上演（昭和12年2月）が注目を浴び、「閣下」、「霧の音」、「王将」、「太夫《こったい》さん」など二百以上の戯曲を晩年まで旺盛に執筆した。「北條源氏」と呼ばれる『源氏物語』に材を得た作品群中に「明石の姫」上・下があり、昭和三十一年一月にラジオドラマとして放送、舞台劇として三十二年二月の新橋演舞場での公演以来何度か再演を重ねる。「武庫川べりの女の一生」（『炉ばたの話』雪華社、昭和42年）は出席した宝塚歌劇団の慰霊祭の様子を綴る随想。大阪市立天王寺商業学校（現・市立天王寺商業高等学校）在学中に「コロンブスの遠征」が歌劇脚本に採用された縁で出入りしていた宝塚への入団を久松一声から勧められるも、面接した吉岡重三郎との行き違いで断念、自身の上京の決意につながる因縁を背景としている。（杉本　優）

寶谷叡　ほうたに・えい

大正八年九月二十七日〜平成十五年（月日未詳）（1919〜2003）。著述家。兵庫県神崎郡市川町に生まれる。昭和二十二年から三十年まで週刊紙「新姫路新聞」編集長を務める。三十二年、同人誌「城砦」創刊。三十四年から五十年まで姫路市役所広報、教育委員会に勤務。平成元年、同人誌「播火」創刊。著作に『寶谷叡創作集』一・二（昭和45年9月、48年9月、谷村印刷所）、『昭和源氏物語』（昭和62年12月、山野印刷）などがある。昭和五十四年、第十六回姫路文化賞受賞。（足立匡敏）

星野架名　ほしの・かな

（生年未詳）十月十二日〜（?〜）。漫画家。神戸市に生まれる。昭和五十六年、「東京は夜の7時」（『花とゆめ』大増刊号、昭和57年2月）で白泉社第六回アテナ大賞第三席受賞。以後、白泉社の漫画雑誌「別冊花とゆめ」を中心に活躍。五十八年には〈妙子と青シリーズ〉と〈緑野原学園シリーズ〉を生み出し、六十三年には〈赤い角の童留《ドール》シリーズ〉を、平成三年には〈ビリー・エメラードシリーズ〉を生み出した。九年に活動をいったん停止したが、十五年から再開している。（宮山昌治）

星野天知　ほしの・てんち

文久二年一月十日〜昭和二十五年九月十七日（1862-1950）。評論家、小説家。江戸の商家に生まれる。筆名に天地坊、暗光子、蓮花庵、破蓮坊など。明治十年、陽其二が発行した活版印刷による日本最初の子ども向け投稿雑誌「穎才新誌」への投稿によって文才を磨いた。のちに巌本善治に誘われ「女学雑誌」（明治18年に万春堂から創刊）の編集に携わる。「女学雑誌」の文芸部門を独立させて、明治二十六年一月に文学同人雑誌「文学界」を創刊、主宰する。「文学界」には北村透谷や島崎藤村、平田禿木、戸川秋骨、星野夕影らが同人として名を連ね、明治浪漫主義文学の拠点となった。妻は島崎藤村の『春』（明治41年10月、上田屋）にも登場している星野萬。星野萬はエッチマイヤー女史とともに神戸の聖心女子学院の設立に尽力し、副校長に就任した。夫妻は兵庫県に転居し、天知は書道の自宅教授に専念する。昭和二十五年、芦屋市大原の自宅にて老衰のため死去。（松永直子）

細井和喜蔵　ほそい・わきぞう

明治三十年五月九日〜大正十四年八月十八日（1897〜1925）。小説家、社会運動家。

ほ

京都府与謝郡加悦町（現・与謝野町）に生まれる。明治四十三年に小学校を中退し、機屋の小僧、油差し工となり、大正五年に大阪の紡績工場へ勤める。八年に友愛会に加盟後、労働組合運動に傾倒し、翌年初めて上京した後、文学運動へ参加する。十三年九月から「改造」に連載し、翌年七月に刊行された記録文学『女工哀史』（改造社）を発表直後、貧困のため世を去る。自身の体験を元にした小説『奴隷』（大正15年3月、改造社）の主人公は女性問題から大阪の工場を解雇された後、西宮の工場へ就職しており、香櫨《こうろ》園《えん》の海岸や苦楽園の風景が作中で描かれる。その続編となる『工場』（大正14年11月、改造社）でも主人公は神《かん》崎《ざき》（現・尼崎市）の工場に勤務し、賀川豊彦がモデルとされる神戸の「K氏」を訪ねている。関東大震災後は兵庫県多田村（現・川西市）に逃れ、製織所で働くかたわら『女工哀史』の後半部を執筆した。

（松枝　誠）

細見綾子　ほそみ・あやこ

明治四十年三月三十一日～平成九年九月六日（1907～1997）。俳人。兵庫県氷上郡芦田村（現・丹波市青垣町）東芦田に生まれる。十三歳で父を喪う。大正十二年、兵庫県立柏原《かいばら》高等女学校（現・県立柏原高等学校）卒業。昭和二年、日本女子大学国文科卒業。東京帝国大学医学部助手であった太田庄一と結婚、二年後の四年、夫と母が病没。肋膜炎を発病し郷里の丹波で長期療養中、佐治の医師で倦鳥派俳人の田村菁斎にすすめられて俳句を始め、松瀬青々主宰「倦鳥」（昭和19年4月終刊）に投句。初入選〈野の花にまじるさびしさ吾亦《われも》紅《こう》〉（昭和5年）。兵主神社（丹波市春日町黒井）での句会で初めて青々に会う。以後丹波「倦鳥」俳句大会出席。〈細長き町のはづれの暮れやすき〉（「佐治町」昭和7年）、〈故里の青嶺さびたり鰻食ふ〉（「丹波」）。九年より大阪府池田市に住むが、終戦前後、郷里丹波に過ごす。十七年三月第一句集『桃は八重』（倦鳥社）刊行。二十一年「風」の同人となり、二十二年同人の沢木欣一と結婚、金沢市に居住。二十五年長男太郎出生、欣一は金沢大学法文学部専任講師となる。二十七年八月刊行の第二句集『冬薔薇』（風発行所）により第二回茅舎賞受賞。二十八年一月、欣一と共に「天狼」同人に参加。三十一年三月より東京都武蔵野市に住む。六月第三句集『雉子』（琅玕洞）刊行。〈故里の人や汗して菜飯食ふ〉（昭和29年）。三十四年八月随筆集『私の歳時記』（風発行所）刊行。四十年母校芦田小学校創立九十周年にあたり、校歌を〈土の恵みの香の中に／すこやかにこそ生いたちて〉〈春は霞の青垣山／夢を育てゝ豊かなる／秋は黄金《こがね》の稲の波〉と作詞、一月に母校での発表会に出席した。四十五年一月第四句集『和語』（風発行所）刊行。四十九年十一月刊行の第五句集『伎芸天』（角川書店）により芸術選奨文部大臣賞受賞。五十年九月随筆集『定本私の歳時記』（牧羊社）刊行。五十三年六月刊行の第六句集『曼陀羅』（立風書房）により第十三回蛇笏賞受賞。また五十三年六月随筆集『花の色』（白凰社）刊行。五十四年十一月『細見綾子全句集』（立風書房）、五十七年九月『俳句の表情』（求龍堂）刊行。六十年十一月、氷上郡（現・丹波市）青垣町高座神社の綾子句碑〈でで虫が桑で吹かるゝ秋の風〉除幕式に出席。六十一年十二月第七句集『存問』（角川書店）刊行。〈故里の短かき蓬摘まんかな〉〈盆過ぎて但馬へ峠越えをせし〉〈蟻地獄にかがむ故郷の時間かな〉。

（渡邊ルリ）

〈コラム〉甲子園と文学

阪神甲子園球場は、日本で最初に完成した大規模野球場である。所在地は兵庫県西宮市で、大正十三年、この年が十干十二支の最初の組み合わせである甲子（きのえね）年であることから、命名された。完成時の正式名は阪神電車甲子園大運動場であった。そして、この年の夏、第十回全国中等学校野球選手権大会が甲子園で開催された。ちなみに、第一回大会は大正四年に豊中球場（大阪府）で開催されている。また、昭和十年、プロ野球チーム「大阪野球倶楽部」（現在の阪神タイガース）が設立され、甲子園をフランチャイズとすることになった。つまり、「野球の聖地」といわれるこの球場は、プロ野球・阪神タイガースのホームグラウンド、高校野球の全国大会が行われる場所という二つの側面をもっている。高校野球の世界では「甲子園には魔物が住んでいる」といわれるように、歴史に残る多くの名試合が行われている。また、タイガースは関西地区では他の追随を決して許さない人気球団で、東京の読売ジャイアンツに対抗する球団として関西人の反骨精神の象徴的存在でもある。

プロ野球に関していえば、地元放送局の報道はほとんど阪神タイガース一色であり、すべての試合がほぼ地元兵庫のテレビ局であるサン・テレビジョンにより放映されていることもあり、関西で生まれ育った人間にとっては、タイガースは特別な球団だといわなければならないだろう。タイガース関係の書物は毎年のように出版されている。例えば、大谷晃一『大阪学特別講座Ⅰ 阪神タイガース学』（平成11年9月、ザ・マサダ）など、類書は数多い。関西人の気質とタイガースとをいささか安直に結び付ける内容のものもしばしば見られる。しかし、それらとは性質を異にする書物として、戦前と戦後二度にわたり監督も務めた松木謙治郎が草創期からの実際に見聞した体験に基づき執筆した『タイガースの生い立ち』（昭和48年3月、恒文社）は特記しておくべきであろう。昭和九年の、ベーブ・ルースが参加した来日アメリカチームについてや全日本チームの結成、関西にタイガースが設立された経緯が、当時の日本の野球事情を説明しつつ記されている。また二十五年にセ・パ二リーグに分裂したプロ野球界の様相も丁寧に記され、高い資料的価値が認められる。ドキュメンタリーとしては、山際淳司『最後の夏』（平成7年7月、マガジンハウス）が阪神タイガースと甲子園を素材としている。昭和四十八年の最終戦でリーグ優勝を決した巨人・阪神について、長嶋、王、江夏、田淵などの人間模様を中心に描いたものであり、タイガースのセンター池田純一の「世紀の落球」も印象深く記されている。また、孤高のエース江夏豊を丹念に描いた後藤正治『牙 江夏豊とその時代』（平成14年2月、講談社）も、個性と反社会性といった魅力をもつ昭和四十年代のプロ野球について甲子園を舞台としながら活写した佳作である。

さて、高校野球の「聖地」としての甲子園のイメージはより特別であり明確である。こうした甲子園のイメージを神話化しているものに野球漫画がある。多くの作品の中で、性質の異なる三つの作として『巨人の星』（「少年マガジン」昭和41年～昭和46年）、『ドカベン』（「少年チャンピオン」昭和47年号～昭和

56年)、『タッチ』(「少年サンデー」昭和56年〜昭和61年)について記しておく。『巨人の星』では、星飛雄馬・花形満・左門豊作のライバルたちが甲子園で対決する。スポーツ根性物語の代表的なものである。『ドカベン』は主人公山田太郎以外に多彩なキャラクターが登場する。それぞれが個性的であるが、彼らをまとめあげるものは甲子園での優勝である。『タッチ』は、一卵性双生児である事故死した弟和也の夢をかなえるため、兄達也が甲子園を目指す物語である。この作品に甲子園でのシーンは登場しないが、浅倉南と達也をつなぐものが甲子園である。この作品は、従来のスポーツ根性的作品とは明らかに一線を画するラブコメディだといえるが、野球の聖地としての甲子園という言説が、より潜在化され神話化されているのである。野球を素材とする最近の代表的な児童文学、あさのあつこ『バッテリー』全六巻(平成8年12月〜17年1月、教育画劇)でも、主人公原田巧の祖父井岡洋三が監督として新田高校を甲子園に六度出場させた人物として登場し、甲子園は、野球少年たちの彼方に存在するものとして小説に重要な役割を果たしていよう。

このようなフィクションの対極にノンフィクション文学がある。先にも少し触れた山際淳司の作品である。例えば、「八月のカクテル光線」(『スローカーブを、もう一球』昭和60年2月、角川書店)は、昭和五十四年八月十六日に行われた、星稜高等学校対箕島高等学校の試合を選手たちの証言を織り交ぜながら記している。延長十八回三対四で箕島高校が逆転サヨナラ勝ちをする試合である。「たったの『一球』が人生を変えてしまうことなんてありうるのだろうか」という書き出しで始まるこの作品は、伝説神話化された甲子園ではなく、現実の怖さが示される。延長十六回裏勝利目前で星稜高校の一塁手加藤直樹選手が、芝生に足をとられてファールフライを落球する。その直後、森川選手が同点のホームランを打つことになる。加藤選手はその後北陸銀行に就職したという。甲子園のカクテル光線をいつも思い出しながら、「ぼくは平凡なサラリーマンでいいんです。(中略)日曜日はのんびりと家庭サービスをしているような、そんな暮らしが夢なんです」と述べる。劇画的なヒーローだけが甲子園の主役ではなく、甲子園が様々な人々の人生に関与してきたことを示すエピソードを山際の作品は丹念に記述している。

甲子園は、兵庫県西宮市にあり、大阪と神戸のちょうど中間に位置する。その意味で関西を象徴するイメージを今後も持ち続けることだろう。空想的作品であれノンフィクションであれ、日本人にポピュラーとなった野球というスポーツを通じて、甲子園がこれからも多くの人々の創作を促す原動力になるにちがいない。紙幅の関係で言及できなかった作品も多い。今後、甲子園を起点に、阪神間の文化、文学を再検討する視点も必要かもしれない。

(西尾宣明)

堀田孝司 ほった・たかし

昭和四年（月日未詳）～（1929～）。詩人。神戸市に生まれる。終戦後、小豆島に移り、小学校教員をしながら、昭和三十六年、日本大学文学部哲学科（通信教育部）を卒業。平成二年、定年により教職を退く。詩集に『青銅時代』（昭和43年10月、思潮社）、『四季去来抄 堀田孝司詩集』（平成3年7月、近代文芸社）、『わが田園交響楽』（平成7年8月、朝日カルチャーセンター岡山）がある。（関 肇）

堀晃 ほり・あきら

昭和十九年六月二十一日～（1944～）。小説家。兵庫県龍野市（現・たつの市）に生まれる。淳心高等学校時代よりSF小説の創作を始め、筒井康隆主宰のSF同人誌「NULL」等に参加し、自らも大阪大学基礎工学部時代に「パラノイア」「タイムパトロール」等のSF同人誌を発行。大阪の繊維メーカーに勤務しながらSF小説を書き、昭和四十五年六月、「イカロスの翼」（「SFマガジン」）で小説家としてデビューする。以降、会社勤めの傍ら、ハードSFを中心に小説の執筆を続ける。五十五年、『太陽風交点』（昭和54年10月、早川書房）で第一回日本SF大賞を受賞するが、のち、文庫化を巡って、徳間書店と早川書房、及び著者との三者の間で訴訟問題が起こる。その裁判記録はインターネット上にて公開されている。結局裁判には勝訴するものの、精神的に手酷い痛手を負う。六十三年、著者唯一の長編『バビロニア・ウェーブ』（昭和63年11月、徳間書店）で星雲賞受賞。その他の著作として『梅田地下オデッセイ』（昭和56年2月、早川文庫）、『恐怖省』（昭和57年6月、集英社文庫）、『マッドサイエンス入門』（昭和61年10月、新潮文庫）、『地球環』（平成12年10月、ハルキ文庫）などがある。（奈良﨑英穂）

堀葦男 ほり・あしお

大正五年六月十日～平成五年四月二十一日（1916～1993）。俳人。東京市芝区（現・東京都港区）に生まれ、生後早々神戸市に移る。本名堀務。昭和十六年、東京帝国大学経済学部卒業、同年、岡本圭岳主宰の俳誌「火星」に入会。戦後、二十三年に下村槐太主宰の「金剛」を経て、二十七年、林田紀音夫、金子明彦と「十七音詩」を創刊。三十一～三十七年、「風」同人。三十三年二月から翌年四月まで、「朝日新聞」阪神版俳句欄の選を担当する。三十七年、「海程」創刊に参加。のちに「海程」同人会長を務める。三十八年、第十回現代俳句協会賞を受賞。句集に『火づくり』（昭和38年12月、十七音詩の会）、『機械』（昭和55年5月、海程新社）、『残山剰水』（昭和55年9月、海程新社）、『山姿水情』（昭和56年8月、海程新社）、『朝空』（昭和59年5月、現代俳句協会）、評論集に『俳句20章―若き友へ 評論文庫一』（昭和53年9月、海程新社）がある。（明里千章）

堀井雄二 ほりい・ゆうじ

昭和二十九年一月六日～（1954～）。ゲーム作家。兵庫県洲本市本町に生まれる。早稲田大学第一文学部卒業後、フリーライターとして活動。昭和五十八年、第一回ゲーム・ホビープログラムコンテスト（エニックス）に「ラブマッチテニス」が入賞し、ゲーム作家の道へ進む。「ポートピア連続殺人事件」（昭和58年、エニックス）他、多数のゲームを手がける。代表作に「ドラゴンクエスト」シリーズなど。（古田雄佑）

堀江謙一 ほりえ・けんいち

昭和十三年九月八日～（1938～）。冒険家、

ソロセーラー・ヨットマン。大阪市に生まれる。関西大学第一高等学校卒業。昭和三十七年、ヨット（マーメイド号）で九十四日にわたる単独太平洋横断航海（西宮→サンフランシスコ間）を成功させる。その体験記『太平洋ひとりぼっち』（昭和37年12月、文芸春秋新社）は翌年、市川崑監督（主演石原裕次郎）によって映画化された。四十九年、単独無寄港世界一周（西回り）航海に成功。平成十七年、再び単独無寄港世界一周（東回り）航海に成功、東西両方向で世界一周達成は日本人初、世界でも二人目。これまで、風力、太陽光発電、足漕ぎ、リサイクルヨットで太平洋横断などを成功させてきたが、二十年七月、究極のクリーンエネルギー波の力だけを頼りにした波浪推進船SUNTORYマーメイドⅡ号による本格的な航海（ハワイ→紀伊水道間）を百十日間かけて成功させた。愛艇の母港は兵庫県西宮市の新西宮ヨットハーバー。芦屋市在住。

（明里千章）

堀尾青史　ほりお・せいし

大正三年三月二十二日～平成三年十一月六日（1914～1991）。児童文学作家、紙芝居作家。兵庫県高砂市に生まれる。本名勉。明治大学文学部中退。昭和十三年、日本教育紙芝居協会設立に参加し、機関紙「教育紙芝居」の編集に従事。四十四年、子どもの文化研究所を城戸幡太郎らと設立し、後、所長。戦前戦後にわたる紙芝居や児童文化活動の功績は大きい。宮沢賢治研究者でもあり、宮沢賢治記念会評議員。主な著書に『年譜 宮沢賢治』（昭和41年3月、図書新聞社）、『松葉づえの少女』（昭和56年2月、岩崎書店）、『のぎくの咲く道』（昭和56年7月、岩崎書店）など。

（池川敬司）

堀辰雄　ほり・たつお

明治三十七年十二月二十八日～昭和二十八年五月二十八日（1904～1953）。小説家。東京市麹町区平河町（現・東京都千代田区）に、父堀浜之助、母西村志気《しげ》の子として生まれる。昭和四年に東京帝国大学文学部国文科卒業。東大在学中からコクトーの翻訳等を発表。昭和二年の芥川龍之介の死に衝撃を受け「聖家族」（「改造」昭和5年11月）を書く。軽井沢を舞台にした『美しい村』（昭和9年4月、野田書房）や婚約者の死をモチーフにした『風立ちぬ』（昭和13年4月、野田書房）のほか、『菜穂子』（昭和16年11月、創元社）などの代表作がある。

堀が初めて神戸を訪れたのは昭和七年の十二月末で、この旅から「旅の絵」（「新潮」昭和8年9月）と「鳥料理」（「行動」昭和9年1月）が生まれた。「旅の絵」は、作品中に「T君」として登場する竹中郁の世話で「山手通りのロシア人の経営してゐる、ある風変りなホテル」（『堀辰雄作品集第二・美しい村』あとがき）に泊まった折のことをスケッチ風にまとめたもの。詩と散文で夢を記述した「鳥料理」にも同じホテルが登場する。昭和十六年十二月、奈良から倉敷へ行った際にも堀は神戸に二泊し、竹中に会っている。

（槇山朋子）

ほりのぶゆき　ほり・のぶゆき

昭和三十九年十月十六日～（1964～）。漫画家。神戸市に生まれる。本名堀伸之。法政大学卒業。大学在学中より漫画を書き始め、昭和六十三年、二十四歳でデビュー。主な作品にギャグ四コマ漫画『江戸むらさき特急』一～三（平成5年10月～7年7月、小学館）がある。「ビッグコミックスピリッツ」「まんがくらぶ」などに連載漫画を発表。ビックコミックスピリッツ主催第一回相原賞で、金のアイハラ賞受賞。

（木村　洋）

本田喜代治 ほんだ・きよじ

明治二十九年十月十五日～昭和四十七年十月二十二日（1896～1972）。社会学者。兵庫県揖保郡旭陽村（現・姫路市）に生まれる。大正十一年、東京帝国大学文学部哲学科社会学専攻卒業。第二次大戦中は言論弾圧を受けるが戦後執筆を再開。名古屋大学、法政大学などで教鞭をとる。著書『コント研究』（昭和10年10月、芝書店）、『近代フランス社会思想の成立』（昭和24年6月、日本評論社）など、フランス社会学研究の先駆者として知られる。（足立直子）

本田透 ほんだ・とおる

昭和四十四年九月二十二日～（1969～）。小説家、著述家。神戸市に生まれる。別名義に宮小路瑞穂。早稲田大学第一文学部入学、中退。早稲田大学人間科学部人間基礎学科卒業。平成八年よりオタク系サイト「しろはた」を運営。数多くのオタク文化論を執筆。『電波男』（平成17年3月、三才ブックス）、『萌える男』（平成17年11月、ちくま新書）など、オタク文化と「萌え」についての論を展開し、注目を浴びる。また、オタク文化と哲学を取り合わせた『喪男の哲学史』（平成18年12月、講談社）や、同じくオタク文化と文学・漫画を取り合わせてドストエフスキー、手塚治虫などを論じた『世界の電波男 喪男の文学史』（平成20年4月、三才ブックス）など、独自の視点からのオタク文化論を展開。そのほか、堀田純司とともに執筆した『自殺するなら、ひきこもれ 問題だらけの学校から身を守る法』（平成19年11月、光文社新書）などがある。（天野知幸）

【ま】

前川千津子 まえかわ・ちづこ

昭和五年二月五日～（1930～）。川柳作家。神戸市に生まれる。昭和二十七年より川柳をはじめる。三十年十二月、神戸市に拠点を置く、ふあうすと川柳社の同人となり、五十三年度ふあうすと賞優秀賞、五十四年度同最優秀賞を受賞。現在副主幹。長年にわたる同人としての功績で、平成十二年度ともしびの賞（兵庫県）受賞。兵庫のまつり川柳祭、播磨文芸祭川柳大会等の選者として活躍。神戸川柳協会理事、兵庫県川柳協会会員。（有田和臣）

前川緑 まえかわ・みどり

大正二年五月二十日～平成九年五月十二日（1913～1997）。歌人。兵庫県尼崎市に生まれる。旧姓野沢。尼崎高等女学校（現・市立尼崎高等学校）卒業。昭和九年、前川佐美雄に師事、「日本歌人」に入会する。十二年、佐美雄と結婚し、奈良に住む。二十七年十月、『みどり抄』（日本歌人発行所）を刊行。三十年、「朝日新聞」大和歌壇選者となる。四十五年、神奈川県に移住。五十年六月、『麦穂』（木耳社）を刊行する。ほかに斎藤史らとの合同歌集『朝の杉』（昭和25年10月、国際文化協会）、『ふるさとの花ごよみ』（昭和54年3月、芸艸堂）がある。〈万葉の苑生の桜たわたわに波寄するごと花ゆれにけり〉（『みどり抄』）の歌などにみられるように、清澄で感覚的な自然の把握に幻想性が加わった世界をうたった。兵庫県関連の作品では書写山を歌った〈たづねあてし和泉式部の歌塚に立札たてり人の悲しみ〉（『麦穂』）がある。（田口道昭）

前田純孝 まえだ・すみたか

明治十三年四月三日～四十四年九月二十五日（1880～1911）。歌人。兵庫県美方郡諸

寄村（現・新温泉町）に生まれる。叔母のもとに寄寓しながら鳥取県立師範学校附属小学校（現・鳥取大学附属小学校）に通い、高等科を卒業した明治二十八年に帰郷し、村の児童に寺子屋式の教育を行う。三十年、諸寄小学校で代用教員となる。三十一年、御影師範学校（現・神戸大学）、三十五年、東京高等師範学校（現・筑波大学）に入学。「明星」「白百合」などに詩歌を発表した。三十九年、大阪で教職に就き、結婚。しかし、その後肺結核を患い、四十二年、妻子を実家の明石に返し、翌年ひとり帰郷。四十四年、不遇のうちに死去した。大正二年八月、友人たちによって二百部の『翠渓歌集』が出版された。代表作に、絶望の極に詠んだ〈半風子《しらみ》どももまだわくほどの血のかをり我にあるかと心うれしき〉、絶筆となった〈風ふけば松の枝鳴る枝なれば明石を思ふ妹と子を思ふ〉などがある。諸寄や春木峠（香美町）に歌碑がある。（田口道昭）

前田泰一 まえだ・やすいち

嘉永元年（月日未詳）～明治十七年九月十九日（1848～1884）。キリスト教事業家。三田《さんだ》藩士前田兵蔵の嫡男。慶応義塾に進み、福沢諭吉の影響で聖書を読み、神戸で宣教師D・C・グリーンのもとに熱心に通う。明治六年、元町講義所で聖書・洋書を販売。七年、日本組合基督教会摂津第一公会（現・日基教団神戸教会）の設立に尽力。グリーンから受洗。宣教師に協力し、明治最初の『無表題讃美歌集』八曲を編集。八年、神戸ホーム（現・神戸女学院）開校を支援。神戸監獄教誨師、「七一雑報」記者、志摩三商会社員。（大田正紀）

前田夕暮 まえだ・ゆうぐれ

明治十六年七月二十七日～昭和二十六年四月二十日（1883～1951）。歌人。神奈川県大住郡南矢名村（現・秦野市）に生まれる。本名洋造、洋三とも書く。明治三十五年、夕暮の号を名乗る。三十七年、上京し二松学舎に学ぶ。また、若山牧水と相前後して尾上柴舟に師事する。四十三年三月、処女歌集『収穫』（易風社）を刊行。翌四月に牧水が『別離』（東雲堂）を刊行。新しい自然主義傾向の代表歌人として「夕暮・牧水時代」と称されることになる。四十四年四月、白日社より「詩歌」を創刊する。萩原朔太郎、室生犀星、山村暮鳥らの活躍の場となった。大正八年、亡父の山林事業を引き継ぎ、作歌活動から遠ざかる。十二年二月、「短歌雑誌」に「天然更新の歌」を発表し、歌壇復帰を果たす。また北原白秋との交流が始まる。十三年四月、白秋、釈迢空、川田順ら反アララギ勢力を結集して「日光」を創刊する。夕暮は口語短歌を試みる。昭和三年四月、「詩歌」復刊。口語自由律短歌を提唱する。五年五月、白日社大阪支社連合歓迎会にて来阪し、神戸、明石に遊ぶ。「神戸海港」三首を、「処女歌集を出すやうに真剣な気持」で出したという初の自由律歌集『水源地帯』（昭和7年9月、白日社）に収める。十五年三月三十一日、中国戦線で戦死した門下生檜本兼夫の郷里、兵庫県神崎郡瀬加村（現・市川町）を訪ねて墓参。「高原散村」八首を自由律最後の歌集『烈風』（昭和18年2月、鬼澤書房）に、また散文「高原散村」を『青天祭』（昭和18年2月、明治美術研究所）に収める。十六年、「自由律短歌」という呼称を「内在律短歌」と変更。十八年一月、定型復帰。兵庫県洲本市宇原の文学の森に〈向日葵は金の油を身にあびてゆらりと高し日のちいささよ〉〈木のもとに子供ちかよりうっとりとみているはなは泰山木のはな〉の二首の歌碑がある。（越前谷宏）

前田陽一 まえだ・よういち

昭和九年十二月十四日〜平成十年五月三日（1934〜1998）。映画監督。兵庫県龍野市（現・たつの市）に生まれる。兵庫県立龍野高等学校・早稲田大学卒業後、昭和三十三年に松竹大船撮影所に入所。異端監督渋谷実に師事し助監督、吉田喜重の松竹時代全作品の助監督をつとめ、小津安二郎の次席助監督を木下恵介と争う。デビュー作「にっぽん・ぱらだいす」（昭和39年）以後、松竹ヌーヴェルヴァーグの一翼を担い、「神様のくれた赤ん坊」（昭和54年）で名監督と呼ばれる。「喜劇 あゝ軍歌」（昭和45年）など、社会派喜劇に特色をもつ。また、TVドラマ「ザ・ハングマン」「新・必殺仕舞人」などの監督をつとめる。松竹の衰退後、一貫して人間喜劇を描いた。（石上 敏）

前田林外 まえだ・りんがい

元治元年三月三日〜昭和二十一年七月十三日（1864〜1946）。詩人。播磨国青山村（現・姫路市）に生まれる。本名儀作。大阪泰西学館英文科卒業。貿易会社勤務の後、東京専門学校（現・早稲田大学）英語普通科・文学科、仏蘭西語専修学校、東京外国語学校（現・東京外国語大学）露語科に学ぶ。東京専門学校文学科時代の級友に、水谷不倒・金子筑水がいる。明治三十五年、与謝野鉄幹・平木白星の興した韻文朗読会に入会（他に、蒲原有明・薄田泣菫・河井酔茗・岩野泡鳴ら）。啄木日記（明治35年11月9日）に「前田氏の老人の如き風容してよく洒落る」とある。三十六年、「明星」の新詩社を脱会し、東京専門学校同窓生の相馬御風らと「白百合」を創刊（明治40年、4巻6号で終刊）、浪漫主義運動の一翼を担う。三十八年三月、第一詩集『夏花少女』（東京純文社）刊行、代表作となる。三十九年六月、第二詩集『花妻』（如山堂）刊行、四十年、『日本民謡全集』（本郷書院）を選訂。四十一年、酔茗・白星らと都会詩社を結成、「文芸時報」を発刊。「明星」創刊より星菫派で活躍し、民族意識の強い作もあるが、次第に南洋的情緒の色濃い浪漫的詩風へと転じる。（石上 敏）

まきのえり まきの・えり

昭和二十八年十二月十二日〜（1953〜）。小説家。兵庫県尼崎市に生まれる。本名槇野絵里。立命館大学卒業。主婦、私塾講師をしながら小説を書き始める。昭和六十二年、「プッツン」が早稲田文学新人賞を受賞。他に『闇に響く声』（平成元年4月、講談社）、『聖母少女』上下（平成10年8月、KSS出版）など。著作集に『プッツン まきの・えり作品集』（昭和63年3月、講談社）がある。（石橋紀俊）

牧野富太郎 まきの・とみたろう

文久二年（月日未詳）〜昭和三十二年一月十八日（1862〜1957）。植物分類学者。土佐国佐川村（現・高知県高岡郡佐川町）に生まれる。最終学歴は小学校中退だが、東京大学植物教室に出入りを許され、後に講師。大正五年、経済的困窮が伝えられると、神戸の資産家池長孟《はじめ》が標本を買い取り、神戸市兵庫区会下山《えげやま》に池長植物研究所を設立するが、標本の整理が進まず、公開には至らなかった。その他、昭和八年開園の六甲高山植物園の指導をしたり、裏六甲にて新種の植物を発見・命名するなど、神戸との縁が深い。十五年十月に刊行した『牧野日本植物図鑑』（北隆館）は、今日まで読み継がれている。（信時哲郎）

牧美也子 まき・みやこ

昭和十年七月二十九日〜（1935〜）。漫画

家。神戸市に生まれる。大阪府立高津高等学校卒業。銀行勤務を経て「母恋ワルツ」（昭和32年）でデビュー。「マキの口笛」（「りぼん」昭和35年）がヒットし、「なかよし」「少女フレンド」等の少女漫画雑誌で活躍。夫で漫画家の松本零士との合作「水色のひとみ」（「マーガレット」昭和38年）も発表。一九六〇年代末より、女性誌や青年誌に活躍の場を移し、官能的なレディースコミックに転向。「紅紋の女」（原作・池田悦子、「女性セブン」昭和47年、第三回日本漫画家協会優秀賞受賞）、「源氏物語」（「ビッグコミックフォアレディ」昭和61年）など。「悪女聖書《バイブル》」（原作・池田悦子、「女性自身」）はドラマ化。タカラの初代リカちゃん人形のデザインにも携わる。

（佐伯順子）

正岡子規 まさおか・しき

慶応三年九月十七日（新暦十月十四日）～明治三十五年九月十九日（1867～1902）。俳人、歌人、文章家。伊予国温泉郡（現・愛媛県松山市）に生まれる。別号に獺祭書屋主人、竹の里人など。対象を自分の眼で見る写生を基本の方法にして俳句、短歌、文章の革新という三大事業に取り組んだ。

子規は東京に住んで活躍したが、神戸に初めて入ったのは明治十六年六月、東京へ遊学する途中である。人力車で市内をめぐった子規は、三層の洋館や自転車に乗る外国人などに驚き、自分が行こうとしている新しい世界の感触に興奮した（「東海紀行」）。その後も帰郷の途次などに神戸に寄ったが、もっとも長く神戸にいたのは二十八年である。この年、日本新聞社の記者として日清戦争に従軍した子規は、重態に陥って帰国、五月二十三日に神戸に上陸、担架に乗せられて県立神戸病院に入院した。危機を脱した子規は須磨保養院に移り、八月二十日まで滞在した。この時期、子規は須磨あたりに住みつく可能性があった。子規が神戸病院から日本新聞社社長、陸羯南に宛てた手紙（6月25日）によると、羯南は子規一家の須磨あたりへの移住を提案したらしい。十分な療養をするための提案だったと思われるが、子規は「罪なくして配所の月まことに歌人の本懐ながら何分朋友なく書物なくてはそれも無覚束存候」と述べて断った。子規の移住は幻に終わったが、その後、松山を経て東京に戻った子規は、五百木瓢亭宛の手紙に「死はます／＼近きぬ　文学はやうやく佳境に入りぬ」という文学への熱い思いを記した。神戸・須磨において蘇生した体験がもたらした決意であった。神戸・須磨時代の子規は多くの俳句を残したが、〈六月を奇麗な風の吹くことよ〉〈すずしさや須磨の夕浪横うねり〉〈暁や白帆過ぎ行く蚊帳の外〉などには須磨を楽しむ余裕が感じられる。二十九年、子規の病気はカリエスであることが判明、以後、病状は次第に悪化する。そういう中で、三十一年には「歌よみに与ふる書」（「日本」2月12日～3月4日）を発表、短歌の革新に着手した。また三十三年には「叙事文」（「日本付録週報」1月～3月）を書いて写生文を提唱。しかし、三十四年からは寝たきりになりモルヒネで痛みを抑えるようになった。「墨汁一滴」（「日本」明治34年1月16日～7月2日）、「病牀六尺」（「日本」明治35年5月5日～9月17日）などの日記的随筆はその病床の所産であった。全二十二巻、別巻三巻からなる『子規全集』（昭和50年4月～53年3月、講談社）がある。

（坪内稔典）

舛田利雄 ますだ・としお

昭和二年十月五日～（1927～）。映画監督、脚本家。神戸市に生まれる。大阪外国語大学（現・大阪大学外国語学部）露語科卒業。

新東宝を経て、昭和二十九年、日活に入る。石原裕次郎主演「錆びたナイフ」（昭和33年）など多数を監督、日活アクション映画を支える。四十三年、フリーとなる。その後の作品に「トラ・トラ・トラ」（昭和45年、深作欣二と共同監督）、「二百三高地」（昭和55年）など多数。「社葬」（平成元年）では、日本アカデミー賞最優秀監督賞を受賞。平成五年紫綬褒章、十一年勲四等旭日小綬章を受章。

（石橋紀俊）

松浦直巳　まつうら・なおみ

昭和六年四月二十七日～（1931～）。詩人、英文学者。兵庫県揖保郡（現・たつの市）新宮町に生まれる。神戸大学教育学部卒業。平成九年三月、京都女子大学を退職後は翻訳業に従事。『ディラン・トマス詩集』（昭和35年8月、ユリイカ）の刊行によりトマスを日本の現代詩壇に紹介。研究書に『形象と変容』（昭和50年4月、科学情報社）、『ディラン・トマスの風景』（昭和54年10月、愛育社）など、詩集に『沈黙の終りと始まりと』（昭和57年4月、愛育社）などがある。

（一條孝夫）

松岡享子　まつおか・きょうこ

昭和十年三月十二日～（1935～）。児童文学作家、翻訳家、評論家。神戸市神戸区（現・中央区）に生まれる。兵庫県立神戸高等学校、神戸女学院大学英文学科、慶応義塾大学図書館学科を卒業。昭和三十六年渡米し、ウエスタンミシガン大学大学院図書館学専攻博士課程修了後、ボルティモア市立イーノック・プラット公共図書館に勤務。三十八年帰国。大阪市立中央図書館に勤務し、四十一年退職。四十二年、東京の自宅で松の実文庫を開設し、四十九年、石井桃子、土屋滋子らと財団法人東京こども図書館を設立、理事長に就任。Story telling の実践や『たのしいお話』シリーズ一～九（昭和47年4月～平成2年7月、日本エディタースクール）の発行を通して、語りの潜在力発掘に努めた。翻訳童話『ゆかいなヘンリーくん』シリーズ一～八（昭和43年～45年、学習研究社）、翻訳絵本『しろいうさぎとくろいうさぎ』（昭和41年2月、福音館書店）、創作童話『くしゃみくしゃみ 天のめぐみ』（昭和43年9月、福音館書店）、創作絵本『おふろだいすき』（昭和46年6月、福音館書店）、評論『こども・こころ・ことば』（昭和60年12月、こぐま社）他、多数の著作があり、多くの賞を受賞している。国際アンデルセン賞選考委員、ユネスコ・アジア文化センターや日本図書館協会の評議員も務める。

（山内祥史）

松尾茂夫　まつお・しげお

昭和十二年（月日未詳）～（1937～）。詩人。神戸市に生まれる。昭和三十五年、関西学院大学英文科卒業。詩誌「G」、「第三紀層」同人。現代詩神戸研究会会員。詩集『港町のノクターン』（昭和38年1月、蜘蛛出版社）、『日々の硝煙』（昭和43年6月、ぐるうぷ・てとらぽっと）、『ガラス越しの風景』（昭和50年6月、第三紀層の会出版センター）がある。

（出光公治）

真継伸彦　まつぎ・のぶひこ

昭和七年三月十八日（1932～）。小説家。京都市中京区西ノ京小倉町に生まれる。京都大学文学部ドイツ文学科卒業。一向一揆に取材した「鮫」（「文芸」昭和38年3月）で第二回文芸賞受賞。思想の社会化への追究はハンガリー動乱時の知識人を描く『光る声』（昭和41年1月、河出書房新社）等の作品に続く。「人間として」（昭和45年3月～47年12月）編集同人。評論も多い。現

代語訳『親鸞全集』全五巻（昭和57年7月～59年6月、法蔵館）。元姫路獨協大学教授。（硲　香文）

松永豊和　まつなが・とよかず
昭和三十九年九月二十日～（1964～）。漫画家。兵庫県尼崎市に生まれる。青木雄二のアシスタントを経て、平成四年夏に「きりんぐぱらのいあ」でアフタヌーン四季大賞受賞。過激な暴力描写が話題となった『バクネヤング』完全版（平成12年5月、小学館）をはじめ、『エンゼルマーク』（平成14年1月、小学館）、『龍宮殿』全三巻（平成16年5月、7月、17年5月、小学館）など独特の画風とストーリーを展開するが、寡作の漫画家である。（東口昌央）

松原新一　まつばら・しんいち
昭和十五年一月二十二日～（1940～）。文芸評論家。神戸市灘区に生まれる。本名江頭肇。別名塩野実。京都大学教育学部卒業。昭和三十九年に「亀井勝一郎論」で群像新人文学賞（評論部門）を受賞。『沈黙の思想』（昭和41年6月、講談社）、『大江健三郎の世界』（昭和42年10月、講談社）、『文学的勇気』（昭和44年6月、洛神書房）、『転向の論理』（昭和45年1月、講談社）、『武田泰淳論』（昭和45年12月、審美社）、『文学―荒野を幻視するもの』（昭和48年4月、サンリオ出版）、『「愚者」の文学』（昭和49年6月、冬樹社）を刊行。『戦後日本文学史・年表』（昭和53年2月、講談社）以後、評論活動を自ら放棄して、塩野実の名で「西日本新聞」に時評を執筆。のちに松原の筆名に戻って評論活動を再開。『怠惰の逆説―広津和郎の人生と文学』（平成10年2月、講談社）、『幻影のコンミューン―「サークル村」を検証する』（平成13年4月、創言社）を刊行した。（宮山昌治）

松本賀久子　まつもと・かくこ
昭和三十七年四月（日未詳）～（1962～）。詩人。兵庫県尼崎市に生まれる。昭和六十三年、北陸大学大学院薬学研究科修士課程修了。「北国帯」同人を経て、「火皿」同人となる。昭和五十九年三月、私家版のポケット詩集『窓』を発行。他に、詩集『ジャミラ祈念日』（平成12年6月、風塵社）などがある。（中谷元宣）

松本かつぢ　まつもと・かつじ
明治三十七年七月二十五日～昭和六十三年五月十二日（1904～1988）。挿絵画家、漫画家、童画家。本名勝治。神戸市に生まれる。立教大学中退後、博文館系の雑誌に挿絵のアルバイトを始める。「少女世界」で注目され、「少女の友」「少女ブック」をはじめ、多くの雑誌に叙情画を残す。ユーモア小説の挿絵や連載漫画、絵本の童画など、幅広く活躍する。アールヌーヴォーなどを吸収しながら、明るい叙情画に独自の境地を拓く。インテリアデザインの分野にも活躍した。（梅本宣之）

松本清張　まつもと・せいちょう
明治四十二年十二月二十一日～平成四年四月二十日（1909～1992）。小説家。福岡県企救《きく》郡板櫃《いたびつ》村（現・北九州市小倉北区）に生まれる。本名清張《きよはる》。小倉市立板櫃尋常高等小学校卒業。大阪に本社がある川北電気株式会社小倉主張所に就職。その後小倉の高崎印刷所等で石版印刷技術を習得、昭和十二年、朝日新聞西部本社の広告版下を書く仕事を得る。その後嘱託、正社員となるが、十七年教育召集、十八年に再召集され衛生兵として朝鮮で終戦。朝日新聞社に戻るが、生活費を稼ぐために箒の仲買を始め、週末等を利用し西日本各地へ足を伸ばす。

二十五年、「西郷札」で「週刊朝日」の懸賞に応募し三等入選。二十八年、「或る「小倉日記」伝」(「三田文学」昭和27年9月)で第二十八回芥川賞受賞。三十三年、『点と線』(昭和33年2月、光文社)等の社会派推理小説で一世を風靡する。その後も昭和史や考古学関連のノンフィクション等でも活躍。所得番付作家部門で度々一位となる。兵庫県関連の小説には「石の骨」(「別冊文芸春秋」昭和30年10月)、「東経139度線」(「小説新潮」昭和48年2月)、『内海の輪』(昭和44年、光文社)、『塗られた本』(昭和59年5月、講談社)等がある。(岩見幸恵)

松本利昭 まつもと・としあき

大正十三年十二月十一日～平成十六年六月二十二日(1924～2004)。詩人、小説家、児童詩研究家。兵庫県印南郡伊保村(現・高砂市)に生まれる。本名博。筆名は、湖南博志、小枝薦とも。大阪市立育英商工学校(現・市立住吉商業高等学校)卒業。元少年写真新聞社社長。歯科技工士の傍ら詩作、『松本利昭詩全集』一～六(平成9年11月～10年8月、株式会社platina corporation)がある。また、歴史小説に『春日局』一～三(昭和63年5月～9月、光文社)、『巴御前』一～三(平成元年11月～2年3月、光文社)、『虚器南北朝』(平成3年3月、光文社)などがある。(越前谷宏)

松本哉 まつもと・はじめ

昭和十八年八月二十四日～(1943～)。作家、風景画家。神戸市に生まれる。本名重彰。昭和四十二年、神戸大学理学部物理学科卒業。河出書房新社に勤務、六十年退社。隅田川研究を始めとして、永井荷風に関する研究など著書多数。『すみだ川気まま絵図』(平成3年5月、三省堂)、『永井荷風の東京空間』(平成4年12月、河出書房新社)、『永井荷風 ひとり暮し』(平成6年3月、三省堂)などがある。(権藤愛順)

松本人志 まつもと・ひとし

昭和三十八年九月八日～(1963～)。漫才師、随筆家。兵庫県尼崎市に生まれる。昭和五十七年に浜田雅功とお笑いコンビのダウンタウンを結成、現在まで多数のレギュラー番組を持つ。自身の出演する番組の企画・構成を担当し、平成十九年には企画・脚本・監督・出演の四役を務めた映画『大日本人』を公開するなど、多彩な活躍を見せている。また、「週刊朝日」連載のエッセイをまとめた『遺書』(平成6年10月、朝日新聞社)、『松本』(平成7年10月、朝日新聞社)がベストセラーとなって以降、エッセイや映画評論、テレビ・ラジオ番組の単行本化など著書多数。語り下ろしの自伝『松本坊主』(平成11年1月、ロッキングオン)や、ラジオ番組「放送室」(TOKYO・FM)で語った内容を、親友である放送作家の高須光聖が取材した『放送室の裏』(平成15年7月、ワニブックス)には、松本の尼崎での青春時代が描かれている。(木谷真紀子)

松山巖 まつやま・いわお

昭和二十年七月十一日～(1945～)。評論家、小説家。東京都に生まれる。東京芸術大学建築学科卒業後、友人五人と建築設計事務所を設立。建築、都市文化への視点を生かした評論活動を始める。評論『乱歩と東京』(昭和59年12月、パルコ出版)で日本推理作家協会賞、『うわさの遠近法』(平成5年2月、青土社)でサントリー学芸賞、『群集―機械のなかの難民』(平成8年10月、読売新聞社)で読売文学賞を受賞。小説も書き始め、『闇の中の石』(平成7年8月、文芸春秋)で伊藤整文学賞を受賞、長編

『日光』（平成11年7月、朝日新聞出版）は三島由紀夫賞候補となる。評論集『都市という廃墟』（平成元年7月、新潮社）では、芦屋浜シーサイドタウン高層住宅内にある「空中公園」を取り上げた。『肌寒き島国』（平成7年7月、朝日新聞社）には阪神・淡路大震災ルポが付されている。伊藤整文学賞選考委員。東京理科大学理工学部非常勤講師（昭和55年～平成3年）。朝日新聞書評委員（平成10年～）。

（有田和臣）

松山善三　まつやま・ぜんぞう

大正十四年四月三日～（1925～）。映画監督、脚本家。神戸市に生まれる。岩手医学専門学校（現・岩手医科大学）中退。昭和二十三年、松竹大船撮影所の助監督部に入社。主に木下恵介に師事。監督作品として「名もなく貧しく美しく」（昭和36年、東京映画）、「山河あり」（昭和37年、松竹大船）、「われ一粒の麦なれど」（昭和39年、東京映画）などがある。小説に『小さな城』（昭和39年6月、中央公論社）、『白い十字架』（昭和44年12月、サンケイ新聞社）がある。

（出光公治）

真殿舎句里　まとの・しゃくり

大正十年（月日未詳）～（1921～）。川柳作家。兵庫県相生市に生まれ、今も在住。兵庫県川柳協会理事、常任理事。昭和二十五年、勤務先の播磨造船所（現・石川島播磨重工業株式会社）相生工場の川柳はりま会に入会。会長を経て、現在相談役。三十四年、ふあうすと川柳社同人に推薦をうける。代表句は〈言いすぎた悔いを黙って出す茶わん〉〈皆元気なれば貧しき膳もよし〉〈土壇場の涙に妥協すると負け〉など。第十七回兵庫のまつり―ふれあいの祭典「川柳祭」（平成17年11月10日）に入賞。入賞句は〈行く雲にふるさと捨てた悔いあらた〉。

（太田路枝）

馬淵美意子　まぶち・みいこ

明治二十九年三月十六日～昭和四十五年五月二十八日（1896～1970）。詩人、画家。神戸市に生まれるが、官吏の父の転勤に従って各地に移り住む。明治四十二年、鎌倉女学校（現・鎌倉女学院高等学校）入学。昭和三年、二科展初入選。六年、洋画家の庫田叕《てつ》と結婚。十二年頃から詩作を始め、「歴程」に参加。『馬淵美意子詩集』（昭和27年11月、創元社）が読売文学賞候補になる。没後に詩文集『馬淵美意子のすべて』（昭和46年3月、求龍堂）が編まれた。

（前田貞昭）

麻々原絵里依　ままはら・えりい

（生年未公表）三月二十六日～。漫画家、イラストレーター。兵庫県高砂市に生まれる。デビュー作は『FUNKY CITY BAD TIME』（平成2年12月、ふゅーじょん・ぷろだくと）。現在は有栖川有栖（推理小説作家）原作「作家アリスシリーズ」の漫画化（角川書店）で脚光を浴びている。作品・作風は多岐にわたり、ボーイズ・ラブ系の小説の挿絵なども手掛ける。主著に『ラブ・テロリスト』全四巻（平成5年1月～6年1月、角川書店）、『花吹雪デンゲイ野郎』全三巻（平成12年3月、10月、角川書店）などがある。

（勝田真由子）

眉村卓　まゆむら・たく

昭和九年十月二十日～（1934～）。小説家。大阪市に生まれる。本名村上卓児。大阪大学卒業後の昭和三十五年より同人誌「宇宙塵」に参加。小松左京や筒井康隆らとともにSF第一世代と呼ばれる。『異境変化』（昭和51年12月、角川書店）所収の「須磨の女」（「小説CLUB」昭和50年2月増刊号）は、須磨にあるラジオ兵庫のアナウンサー林野ミカが「須磨のあちこちには、まだ木の精や草の精が、いっぱい生きているのよ」と語り、ラジオ局の人々も、いつしか彼女が「須磨の、山野に棲みついている精霊のひとつ」であると信じるようになっていたという話。本社が須磨にあったラジオ関西で眉村が番組を担当していた時、アナウンサーに須磨を案内してもらった体験を活用したという。（信時哲郎）

丸岡明 まるおか・あきら

明治四十年六月二十九日～昭和四十三年八月二十四日（1907～1968）。小説家。東京市牛込区新小川町（現・東京都新宿区）に生まれる。昭和九年、慶応義塾大学仏文科を卒業。能への造詣も深い。「柘榴の芽」（「文芸春秋」昭和9年2月。短編集『柘榴の芽』昭和14年3月、日本文学社）は、日本人の少年と神戸の山手に住むスイス人一家との交友を描いた作品。また、二・二六事件の時代を生きる人々を描いた長編『悲劇喜劇』（昭和14年10月、新潮社）には、主人公が友人の住む夙川（西宮市）や神戸を訪ねる場面があり、「港の風景」（「船員保険」昭和36年9月。随筆集『港の風景』昭和43年5月、三月書房）の冒頭には、丸岡が初めて神戸の街を見た時のことが記されている。（槙山朋子）

丸尾長顕 まるお・ちょうけん

明治三十四年四月七日～昭和六十一年二月二十八日（1901～1986）。作家、演出家。大阪市に生まれる。本名一ノ木長顕《ながあき》。関西学院商学科卒業。大正十一年、宝塚少女歌劇団に入り、十二年から文芸部長として「歌劇」の編集長を十年間務める。昭和三年、「芦屋夫人《マダム》」が「週刊朝日」の懸賞に入選。雑誌「猟奇」を高山義三らと刊行。谷崎潤一郎に師事。八年に上京し、陸軍省情報部嘱託や「婦人画報」編集長を務める。戦後一時公職追放となるが、二十七年には東宝社長小林一三の勧めで日劇ミュージックホールの創設に運営委員として参加。深沢七郎、戸川昌子らを育てる。二十九年日本喜劇人協会を結成し、専務理事に就任。『芦屋夫人《マダム》』（昭和9年5月初版発禁、改訂版9年12月、近代人社）や『変な女』（昭和13年6月、太白書房）にはモダン都市芦屋や神戸の光と影の織りなす人間模様が巧みに描かれている。他に『宝塚新スター物語』（昭和25年5月、実業之日本社）、『回想小林一三―素顔の人間像』（昭和56年9月、山猫書房）がある。（村田好哉）

丸本明子 まるもと・あきこ

昭和四年九月二十八日～（1929～）。詩人。大阪市に生まれる。滋賀県立大津高等女学校（現・県立大津高等学校）を卒業。主な著作に、詩集『綱渡り』（昭和33年、ユリイカ）、『In Japan』（昭和43年11月、日東館）、『天邪鬼』（平成7年5月、詩画工房）、詩集『花影』（平成19年6月、編集工房ノア）などがある。昭和五十年頃から神戸で継続的に出版されている豆本灯叢書の第三十三編『関西模様』（平成3年5月）を、我楽多あきの名で出版している。散文集に『曲り角』（昭和63年6月、人間像同人会）など。（杉田智美）

丸山金治 まるやま・きんじ

大正四年十月二十六日～昭和二十三年二月十六日（1915～1948）。小説家。神戸市葺合区熊内町（現・中央区）に生まれる。父からの命令で駒沢大学へ入学したが、文学を志望し中退、明治大学文芸科へ入り里見弴に教えを受ける。創元社に勤めた後、改造社に転職。肺結核を病み、昭和十八年頃から悪化、死を意識しながら執筆する。没後、代表作を収めた短編集『四人の踊子』（昭和24年4月、改造社）が出版された。（永井敦子）

丸山哲郎 まるやま・てつろう

大正十一年十月三十一日～（1922～）。俳人。兵庫県氷上郡柏原《かいばら》町（現・丹波市）に生まれる。昭和十九年、大阪外国語学校（現・大阪大学外国語学部）卒業。二十一年野村泊月の「桐の葉」を経て、二十六年より飯田蛇笏に、蛇笏没後の三十七年より飯田龍太に師事する。昭和三十四年より平成四年の終刊まで「雲母」同人。以後「白露」同人。句集『萬境』『黄檗』（平成2年、卯辰山文庫）『闊葉』『放下』（平成10年6月、花神社）『羞明』のほか、『飯田蛇笏秀句鑑賞』（平成14年7月、富士見書房）などがある。（菅　紀子）

丸山義二 まるやま・よしじ

明治三十六年二月二十六日～昭和五十四年八月十日（1903～1979）。小説家。兵庫県揖保郡誉田村（現・たつの市誉田町）に生まれる。初期のペンネームは丸山哀花。誉田尋常小学校を経て兵庫県立龍野中学校（現・県立龍野高等学校）に入学。在学中、父の死に遭い、龍野中学校を中退して母と農業に従事する傍ら、文学に関心を深め、大正八年、鶏籠《けいろう》詩社を結成、雑誌「鶏籠」を発刊する。十年上京し、十五年、万朝報に新聞記者として入社する。短編小説「十円札」（「戦旗」昭和3年）や随筆集『農村を語る』（昭和5年10月、泰文館）などを発表する。昭和六年には日本プロレタリア作家同盟（ナルプ）に参加し、プロレタリア文学作家として農村の生活をモチーフとする作品を執筆した。その後、万朝報を退社し、筆一本で立つ決意をする。十年には貴司山治、江口渙、遠地輝武らと「文学案内」を創刊、編集に携わる。十三年、短編「田植酒」（「文芸首都」昭和13年4月）が第七回芥川賞候補となり、『田舎』（昭和13年12月、砂子屋書房）で第一回農民文学有馬賞を受賞。その後も『土の歌』（昭和14年3月、新潮社）、『庄内平野』（昭和15年2月、朝日新聞社）など農村や農民に題材をとり、旺盛な創作活動を続けた。戦後は日本農民文学会設立に参画した。（荻原桂子）

【み】

三浦暁子 みうら・あきこ

昭和三十一年（月日未詳）～（1956～）。エッセイスト。静岡県に生まれる。上智大学文学部史学科卒業。三浦朱門、曾野綾子の長男太郎と結婚後、文筆生活に入る。キリン財団主催の第六回キリンファミリー賞最優秀賞を受賞し、以後エッセイストとして活躍を開始。同時に、テレビやラジオに出演するなど幅広い活動も行っている。著書に『一人息子と結婚して』（平成4年9月、講談社）、『結婚する理由』（平成5年5月、海竜社）、『あなたのペースでマイ・ウェイ』（平成5年6月、ＰＨＰ出版）、『結婚を考えはじめたときに読む本』（平成10年7月、三笠書房）など多数。『梶本隆夫物語 阪急ブレーブス不滅の大投手』（平成19年12月、燃焼社）で阪急の黄金時代を支えた兄・隆夫と野球界を去ってホテルマンになった弟・靖郎を描く。兵庫県のじぎく文学賞選考委員。（荻原桂子）

三浦綾子 みうら・あやこ

大正十一年四月二十五日～平成十一年十月

十二日（1922〜1999）。小説家。北海道旭川市に生まれる。父堀田鉄治、母サキの次女（第五子）。旭川市立高等女学校卒業。小学校教員として約七年間勤務。敗戦により退職後、昭和二十一年に肺結核を発病し、十三年間にわたる闘病生活を送る。闘病生活中にキリスト教信仰に目覚め、二十七年に病床受洗。三十四年、三浦光世と結婚し、雑貨店開業。三十七年一月、「主婦の友」新年号に入選作「太陽は再び没せず」掲載。三十九年七月、「朝日新聞」一千万円懸賞小説に「氷点」が入選し、朝刊に連載（昭和39年12月9日〜昭和40年11月14日）。『氷点』（昭和40年11月、朝日新聞社）刊行。キリスト教的原罪を主題としたこの作品がベストセラーとなりテレビドラマ化、映画化が相次ぐ。以後、一貫してキリスト教信仰に基づいた主題を追求する。主な著作は、実在人物をモデルにキリスト教的愛と犠牲を描いた『塩狩峠』（昭和43年9月、新潮社）、また自己の信仰を描いた『道ありき』（昭和44年1月、主婦の友社）、『この土の器をも』（昭和45年12月、主婦の友社）、『光あるうちに』（昭和46年12月）の自伝三部作、さらに日本のキリスト教受容を描いた『細川ガラシャ夫人』（昭和50年8月、主婦の友社）等の歴史小説がある。『三浦綾子作品集』全十八巻（昭和58年5月〜59年10月、朝日新聞社）。兵庫県ゆかりの作品に『ちいろば先生物語』（昭和62年5月、朝日新聞社）がある。『三浦綾子全集』全二十巻（平成3年7月〜5年4月、主婦の友社）刊行。北海道出身小林多喜二の母をモデルとした『母』（平成4年3月、角川書店）など旺盛な文筆活動を展開し、『銃口』上下（平成6年3月、小学館）で、平成八年九月、第一回井原西鶴賞受賞。北海道文化賞、アジア・キリスト教文学賞、北海道開発功労賞受賞。十年六月には三浦綾子記念文学館開館（旭川市）。作品は現在十七ヵ国・十三ヵ国語に翻訳され、海外でも広く読まれている。

（荻原桂子）

三木清　みき・きよし

明治三十年一月五日〜昭和二十年九月二十六日（1897〜1945）。哲学者。兵庫県揖保郡平井村之内小神村（現・たつの市揖西町小神）に生まれる。明治三十六年、兵庫県揖保郡平井尋常小学校（後に揖西尋常高等小学校と改称）に入学。四十二年、兵庫県立龍野中学校（現・県立龍野高等学校）に入学、文学作品を乱読する。大正三年九月、第一高等学校（現・東京大学）入学のために上京、五年に西田幾多郎『善の研究』に接して哲学の道を決意する。六年、京都帝国大学文学部哲学科に入学、西田幾多郎に最も影響を受ける。九年、京都帝国大学を卒業し、十年四月、教育召集され三ヵ月間、姫路の歩兵第十連隊で軍隊生活を送る。十一年から十四年までドイツに留学、リッケルト、ハイデガーなどに学んだ。パリ滞在を経て帰国。十五年、京都の第三高等学校（現・京都大学）講師となり、『パスカルに於ける人間の研究』（大正15年6月、岩波書店）を出版。昭和二年、法政大学哲学科主任教授となり上京、岩波書店の企画編集に協力する。「人間学のマルクス的形態」（「思想」昭和2年6月）などの独創的な諸論文によってマルクス主義の哲学的基礎づけを試みる。三年、羽仁五郎とともに月刊誌「新興科学の旗のもとに」発刊。五年、治安維持法違反の嫌疑によって起訴され、教職を離れた。以後、著述業生活に入り、『歴史哲学』（昭和7年4月、岩波書店）を出版した後、多数の著書・論文を発表し、ジャーナリズムにも活躍した。八年、学芸自由同盟に参加し、ファシズムの独裁国家に抗議した。九年、唯一の文学論集『人間学的文学論』（昭和9年7月、改造社）を刊行。十三年、近衛文麿の昭和研究会に参加し、独自の「東亜協同体論」を展開する。十五年、『哲学入門』（昭和15年3月、岩波書店）刊行。二十年六月、治安維持法違反の容疑で再び投獄され、敗戦後も釈放されず獄死した。三木は哲学をアカデミズムから社会へ解放し、政治的批判性を与えたが、ついにはその犠牲になった。『三木清全集』全二十巻（昭和41年10月〜61年3月、岩波書店）がある。

＊読書遍歴《どくしょへんれき》　エッセイ。〔初出〕「文芸」昭和16年6月〜12月。〔初収〕『読書と人生』昭和17年6月、小山書店。◇タイトル通り三木清の読書経験を紹介したもので、龍野中学時代について、寺田喜治郎教諭の影響を記している。寺田は徳富蘆花の『自然と人生』を副読本として三木に与え、繰り返して読むように指導した。三木は徳富蘆花を愛読するようになり、「もし私がヒューマニストであるなら、それは早く蘆花の影響である」と述べ、寺田喜治郎との邂逅を「私の一生の幸福」だったと回想している。（杣谷英紀）

三木天遊　みき・てんゆう

明治八年三月十二日〜大正十二年九月一日？（1875〜1923？）。詩人、小説家。飾磨県赤穂郡加里町（現・兵庫県赤穂市）に生まれる。本名猶松。明治十二年に一家で大阪に移住。二十七年頃上京し、東京専門学校（現・早稲田大学）に入学した。二十八年五月、「早稲田文学」に詩「月の国」を、二十九年十一月、「新小説」に小説「鈴舟」「霞の蝶」を発表。「鈴舟」には有馬温泉が出てくる。三十年五月、繁野天来と共著で第一詩集『松むしすゞ虫』を文錦堂より刊行。しかし、同じ年に妹の死に衝撃を受けて病気となり、帰阪した。読書に耽る日々を送るが、薄田泣菫らと交わり、関西青年文学会を起こし、文学雑誌「よしあし草」を創刊した。三十三年には菊池幽芳らと関西文学同好会を結成。同年、「小天地」が創刊されると、「小天地」や「小柴舟」を舞台に斬新な詩風を展開した。しかし、三十九年以降沈黙し、晩年は隠遁生活を送った。（荒井真理亜）

三木露風　みき・ろふう

明治二十二年六月二十三日〜昭和三十九年十二月二十九日（1889〜1964）。詩人。兵庫県揖西郡龍野町八番屋敷（現・たつの市）に、父節次郎と母かたの長男として生まれる。本名操。祖父制《すさむ》は龍野藩の寺社奉行で、初代龍野町長、九十四銀行頭取。節次郎も九十四銀行に勤めていた。生家は龍野城大手門の坂の下で、幕藩時代は政治の中枢の場所であった。明治二十八年、母かたが弟（明治二十五年生）とともに家を出、幼少時代の露風の心に傷痕を残した。祖父から漢学を教わり、龍野尋常小学校時代には、揖保郡内の各小学校連合の作文展覧会で最優等の審査を受けたこともある。伊水（後・龍野）高等小学校時代には、教師の感化を受け、句作を行う。後に「赤とんぼ」の一節に使われる〈赤とんぼとまっているよ竿の先〉の句を作った。また、従兄弟や士族屋敷に住む少年たちとともに謄写刷りの回覧雑誌「少園」を作り、その会の名を揖保川の清流の「白」と鶏籠山の美しさにちなむ「紫」から白紫会と名付けた。三十六年、兵庫県立龍野中学校（現・県立龍野高等学校）に首席で入学。同好の士を集めて詩歌中心の緋桜会を結成。この頃、「言文一致」「中学世界」等に詩歌や散文等を投稿した。翌三十七年からは、「新声」「文庫」等に投稿し、同郷の詩人内海信之とも交流を持つようになった。「文庫」（明治37年11月）に詩「書写山」を発表している。三十七年十一月、岡山県和気郡（現・備前市）の私立閑谷黌に転学。岡山の文芸誌「白虹」同人となり、短歌や詩を発表。入沢涼風、有本芳水らと交友をもつ。翌年七月同校を退学。詩歌集『夏姫』（明治38年7月、血汐会）を自費で出版後、上京。先に上京していた芳水が参加していた回覧誌「聚雲」に参加。また、尾上柴舟主宰の車前草社に、芳水とともに参加。三十九年一月には、有本芳水との合作で、姫路の「鷺城新聞」に「白鷺城回想の賦」を発表している。四十年四月、加藤介春、相馬御風、人見東明らと早稲田詩社を結成。この年、早稲田大学高等予科文科に入学。十二月に詩「ふるさとの」を「文庫」に掲載。また、「早稲田文学」（明治41年5月）に発表した口語詩「暗い扉」が話題を呼んだ。四十二年九月、詩集『廃園』（光華書房）を刊行。甘美で憂愁を帯びた抒情詩集として、北原白秋の『邪宗門』と並んで評価された。同年、学費未納のため、早稲田大学を除籍。四十三年十一月、永井荷風への献辞を付した詩集『寂しき曙』（博報堂）を刊行。四十五年頃より北原白秋との関わりが深くなり、白秋の主宰する文芸雑誌「ザムボア」六月号を『勿忘草』とし、合同詩集として刊行した。大正二年九月、詩集『白き手の猟人』を東雲堂より刊行。象徴詩人として評価を得、白露時代と称せられる。三年一月、栗山なかと結婚。二月、季刊雑誌「未来」を創刊した。同人に川路柳虹、西条八十、服部嘉香、柳沢健らがいた。四年三月には蒲原有明、北原白秋らとマンダラ詩社を結成した。七月、『幻の田園』（東雲堂）を刊行。自然の中に幽玄的な象徴を感得する詩風を示した。また、北海道のトラピスト修道院を初めて訪れ、十一月、修道院滞在中の詩を収めた『良心』（白日社）を刊行。同年九月には詩論集『露風詩話』（白日社）も刊行している。六年五月、萩原朔太郎が「文章世界」に「三木露風一派の詩を放追せよ」を発表し、象徴詩壇の対立をあらわにした。七年七月に創刊された鈴木三重吉の「赤い鳥」に童謡を発表。九年十一月、詩集『蘆間の幻影』（新潮社）を刊行、十年、未来社同人編による合同詩集『日本象徴詩集』（玄文社）に参加。九年五月、トラピスト修道院に講師として赴任し、十一年には受洗した。以後、カトリック信仰を基盤にして、信仰的な著作、詩作品を発表した。十年十二月、「赤蜻蛉」を収録した童謡集『真珠島』（アルス）を刊行、北原白秋に献じた。「赤蜻蛉」は、後にポケット判の童謡詩人叢書『小鳥の友』（大正15年11月、新潮社）に、句読点を改め、「赤とんぼ」として収録され、友人の山田耕筰にも贈られた。昭和二年に山田が曲をつけ、レコード化され、音楽の教科書に取り上げられることによって、「赤とんぼ」は広く普及することとなった。大正十一年五月、それまでの詩集を改訂し収めたアンソロジー『象徴詩集』（アルス）を刊行した。十三年六月、修道院を辞め、上京。昭和三年八月、『我が歩める道』（厚生閣出版）を刊行、自作の詩歌とともに半生をふりかえった。十五年十一月、龍野公園聚遠亭池畔に「ふるさとの」の詩碑が建ち、その除幕式に夫婦で参加。このとき〈ふるさとに帰りきたりてなつかしき人あまた見つ詩碑の立ちし日〉と詠んだ。三十三年十二月、龍野市名誉市民となった。三十九年十二月、交通事故により死去。四十年五月、龍野市龍野公園入口に「赤とんぼ」（山田耕筰作曲）の「歌曲碑」が建てられた。

＊真珠島《しんじゅとう》　童謡集。〔初版〕大正10年12月、アルス。◇露風は鈴木三重吉が創

刊した「赤い鳥」をきっかけに童謡を作るようになり、三冊の童謡集を残したが、本書はその一冊目。大正七年六月から十年六月までに「赤い鳥」「こども雑誌」「少年倶楽部」「良友」「樫の実」等に発表したものを収録。有名な「赤蜻蛉」も収録されている。また、「ひとりさみしい山づたひ、／わたしはけふもさがします。／見たことのない『幸福』を。／／山のむかうのまたむかう。／空のむかうのまたむかう。わたしはいくつ越えてきた。」とうたわれる「山づたひ」は、少年時代の遊び場であった「登山の記憶を歌った童謡」だという（『私の歩める道』）。さらに、故郷の家の思い出をうたった「初夏」「冬の歌」「山彦」「一本松」など、露風の原風景がうたわれたものを収めている。

＊我が歩める道《わがあゆめるみち》　自伝。〔初版〕昭和3年8月、厚生閣書店。◇露風三十九歳の時の自伝で、自作の詩や童謡を紹介しつつ自らの歩みをふりかえったもの。「幼年時代から少年時代まで」の龍野時代のことが綴られている。故郷については、「中国播磨は、山の甚だ雄大なのは無い。従つて豪宕なる景趣を求めることは能きない。が気候が全国中最も温暖で、寒暑のよろしきを得、殊に私の生まれた町の龍野は、山紫水明で四季の風物が諧和してゐる」と書いている。また、「赤鯛、真鯛がよく漁《と》れて、／遠い町にも売れるころ。／／わがふるさとを思ひ出す、／白い日かげを見てをれば。」とうたわれる「初夏」を紹介し、「瀬戸内海は、五月になると鯛がよくとれる。其の頃を播磨地方では魚じまと言ふ。それが海岸から遠くの町までも漁夫によつて運ばれて売られる。其の頃の気持も忘れることが出来ない」と書かれるなど、幼少時代の思い出が綴られている。

（田口道昭）

岬絃三　みさき・げんぞう

大正二年（月日未詳）～昭和二十三年三月三日（1913～1948）。詩人。京都府中郡峰山（現・京丹後市峰山町）に生まれる。本名田部悦郎。東京市立京橋商業学校（現・都立京橋高等学校）を卒業。昭和七年六月に亜騎保、九鬼次郎、冬木渉、足立巻一、一鶴、岬の六人で詩の同人誌「青騎兵」を創刊。七号まで発刊された後、八年春に亜騎、冬木、足立、川崎藤吉で「牙」を創刊。五号まで発刊された後、十二年四月に「以後」を創刊。二号で終刊。十五年三月三日の神戸詩人事件では、亜騎と岬が検挙され、岬は治安維持法違反によって懲役二年執行猶予三年の判決を受けた。足立によれば、岬は「現実の事象を散文形の抒情詩として表現」する詩風を持ち「人生派」と呼ばれた。三十四年二月には私家版『岬絃三詩抄』が旧友によって編まれた。

（尾西康充）

三島由紀夫　みしま・ゆきお

大正十四年一月十四日～昭和四十五年十一月二十五日（1925～1970）。小説家。東京市四谷区永住町（現・東京都新宿区）に生まれる。本名平岡公威。父の梓は農商務省勤務、祖父定太郎は福島県知事や樺太庁長官を務めるなど官僚一家に育つ。学習院高等科から、昭和十九年九月、東京帝国大学法学部に進学。昭和二十二年卒業後、二十三年九月まで大蔵省勤務。戦後を代表する芸術主義的作家であり、『金閣寺』（昭和31年10月、新潮社）、『憂国』（昭和36年1月、新潮社）など著名な作品を多数発表している。『豊饒の海』四部作（昭和44年1月～昭和46年2月、新潮社）を完成した後、四十五年十一月二十五日、自衛隊の決起を促したが果たせず、楯の会会員四名とともに自衛隊市ヶ谷駐屯地で割腹自殺する。これは、戦後日本の大事件として社会を驚愕させた。三島の本籍地は兵庫県であり、昭和十九年、加古川町（現・加古川市）で徴兵検査を受けた。『仮面の告白』（昭和24年7月、河出書房）にその記述がある。三島自身は本籍地である兵庫についてはほとんど述べていないが、猪瀬直樹『ペルソナ 三島由紀夫伝』（平成7年11月、文芸春秋）や板坂剛「歴史的にも文献上も封印された三島由紀夫家の謎のルーツの検証！」（「噂の真相」第18巻9号、平成8年9月）など、平岡家の出自と三島文学との関係に関して独自の見解を記している文献もある。また、三島は、戦後期には伊東静雄との関係から、庄野潤三、島尾敏雄らと雑誌「光耀」（昭和21年5月～22年8月）の同人となり、六甲の島尾宅を訪ねたこともあるという。

（西尾宣明）

水上勉 みずかみ・つとむ

大正八年三月八日～平成十六年九月八日（1919～2004）。小説家。福井県大飯郡本郷（現・おおい町）に生まれる。父は名人肌の宮大工で四男一女の次男。家は貧しく、十歳のとき口減らしをかね京都の寺に小僧に出される。はじめ上京区の相国寺塔頭瑞春院、ついで北区等持院にうつる。花園中学校から昭和十二年四月、立命館大学国文科入学。行商などをしながらの通学は困難をきわめ、十二月に退学。渡満後に結核を発病、帰郷し療養。十五年、上京。十九年、郷里に疎開し、若狭の国民学校の分校に助教として赴任、その間一時応召する。戦後上京、二十一年、虹書房をおこし「新文芸」を創刊。原稿依頼のため、長野県松本に疎開していた宇野浩二を訪問、以後宇野の死（昭和36年）まで師事することになる。評伝の大作『宇野浩二伝』（昭和46年11月、中央公論社）がある。水上勉が作家としての地位を確立したのが「雁の寺」（「別冊文芸春秋」昭和36年6月）で、第四十五回直木賞を受賞する。兵庫県を舞台にした作品は少ないが、『櫻守』（「毎日新聞」昭和43年9月4日～12月28日夕刊）に「武田尾」「岡本」が出ている。

＊櫻守《さくらもり》 長編小説。〔初出〕「毎日新聞」昭和43年9月4日～12月28日夕刊。〔初収〕『櫻守』昭和44年5月、新潮社。◇『櫻守』は桜を愛し、守り育てた植木職人、北弥吉の物語である。

　丹精して育生された木というものは、すばらしかった。園は、大きくなってからきたこともないこの竹部山に、いま、桜が群生しているのをみて眼を瞠った。夕暮れであるから、武庫川をへだてた向い山には、温泉宿の湯けむりがたなびき、その峰の背中へ、陽が落ちかかる。空はうすあかね色に染まって、花は間近では、楓のみどりに浮いてみえたが、空を仰げば、まるでこれは朱に白綿をうかせたようであった。

切畑生まれの園と結婚した弥吉は阪急岡本の屋敷町に住む桜の研究家竹部庸太郎の持ち山、桜山の番小屋で新しい生活をはじめる。『櫻守』は小林秀雄の桜へのおもいと示唆を得てなった作品である。小林秀雄に関する回想のなかで、京を中心に老桜を探訪する旅のほか、岐阜県根尾の薄墨桜の根接ぎの話、御母衣ダム荘川桜の移植の話を紹介し、「この長篇の主題は小林さんから頂戴した」（「わが人生の小林秀雄 誠心の人」）という。

（國末泰平）

水木しげる みずき・しげる

大正十一年三月八日～（1922～）。漫画家、妖怪研究家。大阪府西成郡粉浜村（現・大阪市住吉区東粉浜）に父亮一、母琴江の次男として生まれる。本名武良《むら》茂。生後一カ月ほどで父の実家鳥取県西伯郡境町（現・境港市入舟町）に引っ越す。隠岐発祥の武良家は元々境港で回船問屋を営むが、鉄道の発達等で家業は傾く。父亮一は早稲田大学卒業後、事業を始めるが失敗し、会社員等の職を転々する。母琴江は米子の旧家の出という。他に兄と弟がいる。言葉の発達が遅く、尋常小学校には一年遅れで入学するが、その後ガキ大将となる。両親は中学校進学を望んだが教師の薦めもあり、画家を目指して小学校高等科へ進む。昭和十年、教頭の世話で個展を開催、天才少年画家として「毎日新聞」の記事に取り上げられる。高等科卒業後、大阪の石版印刷会社に入社するが、すぐに退職し帰郷。十三年、神戸で保険会社に就職していた父と同居。大阪上本町の精華美術学院に入学。父が篠山に転勤したため通学が困難となり退学。東京美術学校（現・東京芸術大学）を目指し、受験資格を得るため、大阪府立園芸学校（現・府立園芸高等学校）を受験するが不合格。父のインドネシア、ジャワへの転勤を機に松下電器守口工場に就職するが二日で解雇される。十五年、日本国有鉄道（現・JR西日本）福知山線塚口駅近くの毎日新聞配達店で住み込みの職を得る。再び東京美術学校を目指して日本鉱業学校採鉱科に補欠入学するも半年で退学。十六年、父が帰国し西宮市甲子園口の借家で父母と再び同居。日本大学付属大阪夜間中学（現・大阪学園大阪高等学校）と小磯良平が講師を勤める中之島洋画研究所で学ぶ。十八年、応召、ニューブリテン島で左腕を失う。二十三年、武蔵野美術学校（現・武蔵野美術大学）に入学、三十年まで通信教育等で在学。二十四年、画家になるための資金を求め神戸まで募金旅行をするが、目的を遂げることが出来ず、神戸市兵庫区水木通りのアパートを入手、水木荘と名づけ貸家経営を始める。二十六年頃から住人のつてで加太こうじらと知り合い、紙芝居作家となり、水木荘にちなんで筆名を水木しげるとした。同じ頃北野小学校の校舎を夜間使用した、小磯良平や田村孝之助らが講師をする神戸市立美術研究所に学ぶ。二十八年、アパートを売り、西宮市今津に転居、兄弟夫婦と同居。この間、紙芝居で「空手鬼太郎」「河童の三平」「小人横綱」等を描く。三十二年、七年間続けた紙芝居に見切りをつけ、貸し本漫画家に転身するため上京。三十六年、結婚。三十九年、「ガロ」で雑誌デビュー。四十年、「別冊少年マガジン」に「テレビくん」を掲載、第六回講談社児童漫画賞受賞。「週刊少年マガジン」に「墓場の鬼太郎」連載。四十一年、水木プロダクション設立。四十三年、「墓場の鬼太郎」を「ゲゲゲの鬼太郎」と改名、アニメ化され、売れっ子漫画家となる。平成二年、『昭和史』全八巻（昭和63年11月～平成元年12月、コミックス）で第十三回講談社漫画賞受賞。平成三年、紫綬褒章受章。十五年、境港市に水木しげる記念館開館。

（岩見幸恵）

水口洋治　みずぐち・ようじ

昭和二十三年四月二十一日～（1948～）。詩人。大阪市に生まれる。大阪府立住吉高等学校を経て大阪市立大学文学部哲学科卒業。元甲子園短期大学文化情報学科助教授。雑誌「Ｐｏ」を創刊主宰。「関西文学」同人。詩集に『僕自身について』（昭和43年3月、竹林館）、『冬枯れた海』（昭和51年12月、竹林館）、『水口洋治詩集』（昭和63年10月、近文社）、『金色の翼に乗って』（平成13年3月、竹林館）など。ほかに『おはなし大阪文学史』（平成10年8月、竹林館）がある。

（杣谷英紀）

水嶋元　みずしま・はじめ

昭和五年（月日未詳）～（1930～）。小説

家。神戸大学教育学部卒業。小・中学校教員、兵庫県教育委員会指導主事、兵庫県但馬文教府勤務、小・中学校校長、姫路学院女子短期大学講師を歴任。平成六年退職後、執筆活動に入る。著書に『黄金の山中』（平成11年7月、東洋出版）、『風雲の但馬』（平成17年5月、知道出版）等がある。但馬文学会会長、日本ペンクラブ会員。十六年、兵庫県よりともしび賞を受賞。

（木村　洋）

水田南陽 みずた・なんよう

明治二年一月（日未詳）～昭和三十三年一月三日（1869～1958）。小説家、翻訳家。淡路薦江（現・兵庫県洲本市）に生まれる。本名栄雄。明治二十四年、立教大学を卒業、中央新聞に入社し同紙に「大探偵」を始めとする翻訳探偵小説を次々と発表。二十九年、渡欧してコナン・ドイルを知り、帰国後「不思議な探偵」の総題目で「シャーロック・ホームズの冒険」を翻訳連載し、日本のホームズ紹介の先駆となった。

（笠井秋生）

水野酔香 みずの・すいこう

明治六年十二月二十五日～大正三年五月二十三日（1873～1914）。俳人。兵庫県洲本市に生まれる。本名幸吉。東京帝国大学卒業。東大生を中心とする俳句結社筑波会の結成（明治29年）に参加し、「帝国文学」を舞台にして活躍。明治三十三年、ドイツに日本公使館員として赴任し、翌三十四年、巌谷小波を指導者に在留邦人の間に結ばれた白人会の有力な俳人であった。その句は『酔香遺芳』（大正4年8月、水野幸雄）などに収められている。

（笠井秋生）

水町百窓 みずまち・ひゃくそう

生没年月日未詳。詩人。出身地不明。本名藤井秀雄。昭和六年、神戸で詩誌「詩文家」を大橋真弓らと創刊し、翌七年、詩集『水晶の家』（詩之家、以下二作も同じ）、『生活の一章』『自画像』を刊行。詩集の奥付に「神戸市熊内橋通五—三五」とあることから、葺合区（現・中央区）にいたことが窺える。

（杣谷英紀）

水守亀之助 みずもり・かめのすけ

明治十九年六月二十二日～昭和三十三年十二月十五日（1886～1958）。小説家。兵庫県若狭野村（現・相生市）に生まれる。明治三十四年、鶴亀高等小学校を卒業。その後、大阪市立医学専門学校（現・大阪市立大学医学部）を中退。三十九年上京し、四十年に田山花袋に入門する。大正三年、徳田秋声の紹介で中央公論社に入社するも一日で辞め、六年春陽堂に入社。八年「新潮」編集部に入り、同時に創作を始め、「小さな菜畑」（「早稲田文学」大正8年9月）、「帰れる父」（「文章世界」大正8年11月）などを発表、好評を博す。自然主義の影響下に『愛着』（大正10年5月、新潮社）、『傷ける心』（大正12年10月、大阪毎日新聞社）などを刊行する。一方、児童文学も手がけ「童話」「金の星」「少女倶楽部」などに童話などを発表した。また、出版活動にも携わり、雑誌「随筆」（第二次、大正15年創刊）、「野火」（昭和12年創刊）を経営した。戦後には随筆『わが文壇紀行』（昭和28年11月、朝日新聞社）等がある。

（杣谷英紀）

三橋一夫 みつはし・かずお

明治四十一年八月二十七日～平成七年十二月十四日（1908～1995）。小説家、健康体育研究家。神戸市に生まれる。本名敏夫。兵庫県立第三神戸中学校（現・県立長田高等学校）時代に同人雑誌「ダイアナ」にて淀川長治と知り合う。昭和七年、慶応義塾大学経済学部卒業後、会社員となる（昭和16年頃まで勤務）。十四年ごろから「文芸世紀」「三田文学」に投稿。十六年、私家版短編小説集『帰郷』『抜足天国』『第三の耳』を刊行。これらの書には「夢」など後年のスタイルの片鱗がみえる。二十三年、林房雄の紹介で雑誌「新青年」に「腹話術師」が掲載され、二十五年七月の同誌休刊まで常連となり不思議小説の第一人者として知られるようになる。二十七年、戦前のヨーロッパ留学体験を描いた自伝的長編『天国は盃の中に』（昭和26年、新小説社）が直木賞候補となる。三十一年、創作の筆を折る。その後は代々武道家の家系（幕府御指南番旗本の家柄）であったことから、四十年以上独自の研究を重ねた民間療法に関する著書を多く出版した。死後十年経ち出版された『三橋一夫ふしぎ小説集成』全三巻（平成17年10月～12月、出版芸術社）に、詳しい経歴と戦中戦後を通して執筆された不思議小説が網羅されている。

（金岡直子）

光本兼一《みつもと・けんいち》

明治四十三年（月日未詳）～昭和九年十一月十一日（1910～1934）。詩人。神戸市兵庫区東山町に生まれる。十三歳頃から詩作に目覚める。謄写印刷を職とするかたわら詩に専念した。昭和六年から九年まで「神戸詩人」を主宰。七年に神戸詩人協会を結成し、植原繁市詩集『花と流星』（昭和9年7月）、南紀美夫民謡集『移民船』、詩村映二詩集『海景の距離』（昭和9年4月）など同人たちの詩集を出版する。そのなかで『兵庫詩人選集』（昭和7年11月、神戸詩人協会）の編集や詩・評論・随筆の季刊誌「神戸詩人」をも精力的に刊行する。これはその当時、各地で出版されていた『浪花詩集』、『京都詩集』、『岡山詩人選集』に対応したものである。初めて「神戸詩人」という地域性に目覚めたリトルマガジン活動を推進した一人といえよう。九年、心臓麻痺のため二十四歳で早世。

＊明石海峡《あかしかいきょう》　詩集。〔初版〕昭和8年11月、神戸詩人協会。三章四十六編収録。装丁は飯田操による。◇著者自筆の後記によれば、昭和二年頃からほぼ四年間は病気のため自由に筆を取ることができず、『明石海峡』には罹病までの作品は一編も入れないで、病後の作品約百編のなかから自選した。また本書は「海の挿話」、「雪と愛情」、「花瓶と薬瓶」の三つの章から成るが、最新の作品である「海の挿話」を先頭にし、古いものを後に並べている。「海の挿話」作品群を先に載せたことの理由として「最近の私の傾向を示すもの」、「〈雪と愛情〉篇のマンネリズムから脱したもの」と記している。また、詩集中最も古い「花瓶と薬瓶」作品群については、「私が生きる事を、死ぬ事を、最も深刻に考へさせられた病床生活の記録」として「忘れる事の出来ないもの」と述べている。作者は詩を自身の「生活記録」と位置付けており、作品にはささやかであり且つ厳しく生きてきた作者の生が刻まれている。

（叶　真紀）

港野喜代子《みなとの・きよこ》

大正二年三月二十五日～昭和五十一年四月十五日（1913～1976）。詩人。兵庫県武庫郡須磨町（現・神戸市須磨区）に生まれる。大阪府立市岡高等女学校（現・府立港高等学校）卒業。昭和九年、機械設計技術者である港野藤吉と結婚。夫の郷里、京都府加佐郡神崎町（現・舞鶴市）に疎開中、詩や童話を書き始める。二十三年、「日本未来派」同人となる。二十五年、大阪に帰り、小野十三郎らが発起人の大阪文学学校で講師を務めながら、詩や児童文学を発表。四十七年九月、第一次芸術文化交流大阪代表団団長としてソビエトを訪問する。詩集に『紙芝居』（昭和27年8月、炉書房）、『凍り絵』（昭和51年3月、編集工房ノア）、『港野喜代子選集』（昭和56年9月、編集工房ノア）など。また藤本浩之輔との共著『日本伝承の草花の遊び』（昭和50年、創元社）がある。（叶　真紀）

みね武 みね・たけし

昭和二十三年八月三日～（1948～）。漫画家。京都府に生まれ、一歳の頃より神戸に育つ。昭和三十九年に上京。四十一年、貸本雑誌に短編を数作発表。四十三年、描き下ろし単行本『血染めの荒野』を東京トップ社より発表。その後、確かな画力を生かして原作付き漫画に移行し、梶原一騎原作「格闘王V」（「まんが王」昭和44年11月～46年6月、「冒険王」昭和46年7月～11月）や、川内康範原作「月光仮面」（「週刊少年キング」昭和47年1月～?）などの作画を担当。四十九年から大衆劇画に着手し、西塔紅一原作『野獣警察』（昭和55年10月～63年10月、芳文社）、広山義慶原作『女喰い』（平成7年3月～、芳文社）などがある。倉科遼原作『艶恋師』シリーズ（平成17年9月～、実業之日本社）もロングヒット。（金岡直子）

美濃部達吉 みのべ・たつきち

明治六年五月七日～昭和二十三年五月二十三日（1873～1948）。憲法学者。兵庫県高砂市に生まれる。明治三十年、東京帝国法科大学政治学科を卒業し、三十二年、同大学助教授となる。法学博士。昭和七年、貴族院議員に勅撰され、十年には天皇機関説で告訴され同議員を辞職した。大日本帝国憲法における国家法人説・天皇機関説や憲法解釈論において、天皇の大権を狭く、議会の権限を広く解釈する、当時最も民主主義的な立憲主義的憲法解釈論を打ち立てたことにより高く評価される。主な著書に『憲法講話』（明治45年3月、有斐閣）、『憲法撮要』（大正12年4月、有斐閣）、『逐条憲法精義』（昭和2年12月、有斐閣）、『議会政治の検討』（昭和9年5月、日本評論社）、『日本国憲法原論』（昭和23年4月、有斐閣）などがある。敗戦後、公職に復帰し、二十三年、勲一等旭日大綬章を受章。（杣谷英紀）

三村純也 みむら・じゅんや

昭和二十八年五月四日～（1953～）。俳人。大阪市に生まれる。本名昌義。大阪芸術大学教授。中学時代より作句を始め、昭和四十七年、俳句結社山茶花に入会。下村非文に師事。慶応義塾大学文学部で中世文学、芸能史を学ぶ傍ら「慶大俳句」に参加。清崎敏郎、稲畑汀子の指導を受ける。五十五年「ホトトギス」同人。六十二年四月から平成八年十二月まで俳句雑誌「青芦」を主宰。九年一月より俳句雑誌「山茶花」を主宰。初学時代より昭和六十年までの句を収めた第一句集『Ｒｕｇｂｙ』（平成元年9月、東京四季出版）、六十一年から平成四年までの句を収めた第二句集『蜃気楼』（平成10年9月、富士見書房）、五年から十二年までの句を収めた第三句集『常行』（平成14年8月、角川書店）がある。第三句集には阪神・淡路大震災を詠んだ〈冬の蝶汝《な》もこの地震を生き延びし〉〈炊出しの乏しらの火に霙降る〉〈（焼死せし学生の骨を拾ふ）悴みし手に骨片のほのぬくし〉〈焼跡に何ついばめる寒鴉〉〈余震また余震の日々の余寒かな〉〈取り壊すビルの空翔け初燕〉などがある。（信時哲郎）

宮尾登美子　みやお・とみこ

大正十五年四月十三日～（1926～）。小説家。高知市緑町の、芸妓娼妓紹介業を営む家に生まれる。高坂高等女学校を経て、同校家政研究科中退。昭和三十九年、短編小説「連」（「婦人公論」昭和39年11月）で第五回婦人公論女流新人賞を、五十四年、『一弦の琴』（昭和53年10月、講談社）で第八十回直木賞を受賞。平成元年四月紫綬褒章受賞。兵庫県を舞台にした作品に、『宮尾本平家物語』一～四（平成13年6月～16年4月、朝日新聞社）などがある。

（北川扶生子）

宮城道雄　みやぎ・みちお

明治二十七年四月七日～昭和三十一年六月二十五日（1894～1956）。作曲家、箏曲家、文筆家。旧姓菅。神戸市三宮旧居留地（現・三井住友銀行神戸本部ビル敷地内）に父国治郎、母アサの長男として生まれる。生後二百日頃に悪性の眼疾を患い八歳で失明。明治三十五年、兵庫在住の二代中島検校に入門。三十八年に十一歳で免許皆伝。一方で、神戸のレコード屋の前で熱心に立ち聞きし西洋音楽の旋律を覚えるなど、エキゾチックな環境に育まれた芸術的感性の持ち主でもあった。また幼少の頃から文学を好み、音読や点字書籍でその世界を楽しんだ。四十年、父の事業の失敗により一家で朝鮮の仁川（現・韓国インチョン）へ渡り、箏と尺八を教えて家計を助けた。翌四十一年、弟が音読する教科書の七首の短歌に惹かれ、十四歳で処女曲「水の変態」を書き上げる。四十三年、京城（現・韓国ソウル）へ移る。大正五年、大検校となり、結婚して宮城姓を名乗る。同じ頃、尺八家吉田晴風と知り合い、翌年吉田に誘われて上京するも生活苦が続き、その年の暮れに妻仲子が病死。苦難の中で洋楽の研究に打ちこみ、精力的に作曲、演奏活動を続ける。七年、吉村貞子と再婚。八年、本郷で念願の第一回作品発表会を開催、作曲家としてデビュー。この時道雄の才能に魅せられた一人が若き日の内田百閒である。当初弟子として入門した百閒は、やがて生涯の親友となった。洋楽の知識を反映させた意欲的な演奏や、楽器の改良や開発など、作品発表会はそのたびに新しい試みが話題となり「新日本音楽」と呼ばれた。昭和四年に発表した名曲「春の海」はフランス人女流バイオリニストとの競演で世界的な評価を得る。十年二月、三笠書房より随筆集『雨の念仏』を上梓。口述筆記を百閒の門人内山保が務め、原稿整理は百閒が行った。音で感じ音で表現された文章は、佐藤春夫にその明晰さを賞賛されたのをはじめ各界で評判を呼び、鋭敏な感受性と明るいユーモアで綴られたその世界は愛読者を得て版を重ねた。十二年、東京音楽学校（現・東京芸術大学）教授就任。二十五年、第一回放送文化賞受賞、宮城会結成。三十一年六月二十五日未明、公演旅行途次に東海道線刈谷駅付近で急行銀河から転落、死去。五十三年、神戸の生誕の地に碑が建ち、東京都新宿区に宮城道雄記念館設立。随筆集に『騒音』（昭和11年1月、三笠書房）、『軒の雨』（昭和22年1月、養徳社）など。三笠書房全巻（昭和32年4月～5月）と東京美術全二巻（昭和47年6月）から全集も出ている。

（三品理絵）

三宅周太郎　みやけ・しゅうたろう

明治二十五年七月二十二日～昭和四十二年二月十四日（1892～1967）。演劇評論家。兵庫県加古川市加古川町寺屋町（現・加古川市加古川町寺家町《じけまち》）に生まれる。幼時から芝居好きで同志社尋常中学校に入ると東京に足をのばした。慶応義塾大学予科文科を経て本科進学後は更に演劇に熱中し、

「三田文学」（大正6年5月）に発表した「新聞劇評家に質す」が評判を呼び、「演劇画報」に劇評を執筆。大正七年、大学卒業後は時事新報社入社。退社後「新演芸」合評会同人。関東大震災後、帰阪し大阪毎日新聞社に入社。十三年に東京日日新聞社に転任し、次いで菊池寛に招かれ第二次「演劇新潮」編集長となり昭和二年終刊まで務めた。三年一月から「中央公論」に連載し始めた「文楽物語」は、文楽に携わる人々の窮状を活写、歌舞伎との比較評論など新見に富み、文楽を世に知らせる契機となる（のち『文楽之研究』昭和5年6月、春陽堂）。里見弴、久米正雄、宇野浩二ら作家との広い交友も知られる。『演劇往来』（昭和11年2月、新潮社）、『観劇半世紀』（昭和23年12月、和敬書店）等著書多数。

（硲　香文）

宮崎修二朗　みやざき・しゅうじろう

大正十一年（月日未詳）～（1922～）。郷土文学研究家。長崎県に生まれる。文部省図書館講習所（現・筑波大学）を卒業。昭和二十七年、神戸新聞に入社。のじぎく文庫編集長、出版部部長を歴任、五十二年に退職。神戸史学会委員会代表。兵庫県を中心とした地域の歴史と文学についての著書がある。代表作に『神戸文学史夜話』（昭和39年11月、天秤発行所）、『環状彷徨―ふるさと兵庫の文学地誌』（昭和52年2月、コーベブックス）、『ひょうご文学歳時記』（昭和53年10月、神戸新聞出版センター）、『ひょうご方言散歩道』（昭和60年7月、神戸新聞出版センター）。また、柳田國男研究でも知られ、『柳田國男その原郷』（昭和53年8月、朝日新聞社）はじめ、民話・伝承に関する著書も多数。

（仲谷知之）

宮津博　みやつ・ひろし

明治四十四年三月二十二日～平成十年七月二十三日（1911～1998）。児童劇作家、演出家。神戸市に生まれる。本名西島錦三。東京府教員講習所卒業。昭和三年、東京童話劇協会（のち劇団東童と改称）の設立に加わり、小学校に勤務しながら精力的な児童劇団活動を続ける。自身の創作劇のほか、世界名作の劇化上演や、坪田譲治、小川未明、宮沢賢治らの童話の脚色上演に取り組んで注目された。脚本集に『美しきロッテ』（昭和23年10月、実業之日本社）など、また学校劇に関する著述に『学校と演劇』（昭和22年4月、健文社）などがある。

（日高佳紀）

三山進　みやま・すすむ

昭和四年六月二十二日～平成十六年五月十一日（1929～2004）。推理小説作家、日本美術史学者。神戸市に生まれる。筆名久能啓二（恵二とも）。東京大学大学院美学美術史学専攻修了後、市立鎌倉国宝館学芸員、青山学院大学教授、跡見学園女子大学名誉教授等。昭和三十四年に短編「玩物の果てに」（「宝石」昭和34年10月）が懸賞に入選。その後『暗い波紋』（昭和35年12月、東都書房）、『手は汚れない』（昭和36年10月、東都書房）等の著書がある。中世美術史の著作も多い。

（日比嘉高）

宮本輝　みやもと・てる

昭和二十二年三月六日～（1947）～。小説家。神戸市灘区弓木町に生まれる。父熊市、母雪恵の長男。本名正仁。父が四十八歳の時にようやく恵まれた一人息子で、幼少期から腺病質でもあったため、両親に鍾愛されて育った。昭和二十五年、父の郷里愛媛県南宇和郡に転居。二十七年春に上阪し北区中之島に住む。だが二年後の台風で父の事業は打撃を受け、三十一年の春、富山市

み

豊川町に移る。翌三十二年、両親と離れて兵庫県尼崎の叔母のもとにひとり預けられたが、三十三年、両親と大阪に戻り、福島区福島南に転居。三十四年、私立関西大倉中学校へ進学。この頃から小説に親しみ、貧困の渦中で諍いの絶えなかった両親から逃げるように読書に没頭した。三十七年、関西大倉高等学校普通科進学。四十年、同校卒業。四十一年、追手門学院大学文学部英米語学文学科入学、部活動のテニスに熱中する。四十四年、父熊市が脳溢血で死去、残された借財の取り立てから逃れ、母と大阪府大東《だいとう》市のアパートに転居。アルバイトを転々として卒業までの学費と生計を賄ったが、大学では講義には出ずテニスだけに打ち込んだ。翌四十五年春、大学を卒業しサンケイ広告社に入社。しかし二年後の四十七年、突然不安神経症の発作におそわれ苦しむ。死と発狂の恐怖に震える中で再び文学書を繙き、生と死について考え始める。夏、兵庫県伊丹市御願塚《ごがづか》に転居、同年九月、大学の後輩大山妙子と結婚。四十九年、初めての小説「無限への羽根」を書き、翌年「文学界」新人賞に応募するも落選。五十年八月にサンケイ広告社を退社、本格的に作家を志し、十月、池上義一主宰の同人誌「わが仲間」に参加する。五十二年四月、「泥の河」で第十三回太宰治賞、続けて翌年一月、「螢川」で第七十八回芥川賞を受賞。順調に作家活動を続けていたが、五十四年一月、肺結核の診断を受け伊丹市立病院に入院し休筆。兵庫県西宮市の熊野病院への転院を経て五月に退院、自宅療養ののち復帰。七月、第一短編集『幻の光』（新潮社）刊行。十月、伊丹市中野北に転居。五十六年五月、『道頓堀川』（筑摩書房）を刊行、「泥の川」「螢川」と併せ「川三部作」を完成。また、自伝的連作長編「流転の海」（現在第五部まで刊行済み、全八部となる予定だと作者は述べている）執筆に着手。翌年、西宮香枦園（現・香櫨園《こうろえん》）を舞台とする書簡体小説『錦繍』（昭和57年3月、新潮社）、大学時代を素材にした『青が散る』（昭和57年10月、文芸春秋）刊行。同年十月、「朝日新聞」連載小説『ドナウの旅人』（昭和60年6月、朝日新聞社）の取材で、ドナウ流域を下る旅をする。このときに通訳をしたハンガリー青年、セルダヘイ・イシュトヴァーンが翌年留学のため来日、神戸大学大学院で修士課程を終えて帰国するまでの三年間、その保護者となった。六十二年四月『優駿』（昭和61年10月、新潮社）で第二十一回吉川英治文学賞受賞。平成三年十月七日、母雪恵死去。四年四月『宮本輝全集』全十四巻刊行開始（翌年5月完結、新潮社）。七年一月十七日、阪神・淡路大震災勃発、自宅壊滅と一家の無事を出先の富山で知り、翌日帰宅。数日後、仮住居として伊丹市高台のマンションに移る。六月、震災や母の死を綴ったエッセイ集『生きものたちの部屋』（新潮社）刊行。八年四月、伊丹市梅ノ木に家を新築し転居。その後も旺盛な執筆活動を続け、『森のなかの海』（平成13年6月、光文社）、『星宿海への道』（平成14年12月、幻冬舎）、『約束の冬』（平成15年5月、文芸春秋。翌年、芸術選奨文部科学大臣賞受賞）、『にぎやかな天地』（平成17年9月、中央公論新社）などの長編を刊行。十九年七月、初期中編「幻の光」と同じく、幼少期を過ごした尼崎を舞台とする、「流転の海」の第五部『花の回廊』（新潮社）を刊行。かつて「トンネル長屋」として描かれた戦後まもない尼崎の、有象無象の人間たちが身を寄せる歪《いび》つなすみかが、ここでは「花の回廊」と名付けられて昇華され、猥雑で混沌とした空間でありながら豊穣な時間をつむぎ出す場所として、さらに強い存在感を示している。

＊**幻の光**《まぼろしのひかり》　中編小説。〔初出〕「新潮」昭和53年8月。〔初収〕『幻の光』昭和54年7月、新潮社。◇子連れ再婚で奥能登に来たゆみ子は、穏やかな日々の中にいながら折に触れて死んだ前夫の背に語りかける。幸せだったはずの前夫の自殺と、幼い頃の祖母の失踪の記憶とが、尼崎の貧しい長屋暮らしの回想の中で重なり合い、その中で、人間から生きる気力を奪っていくものを知ろうとするゆみ子は、やがて喪失の哀しみを静かに乗り越えていく。本作を表題作とする第一短編集には、ほかに阪急沿線の御影《みかげ》を舞台にした「夜桜」も収められている。

＊**青が散る**《あおがちる》　長編小説。〔初出〕「別冊文芸春秋」（季刊）昭和53年夏、一四五号～昭和57年夏、一六一号。〔初収〕『青が散る』昭和57年10月、文芸春秋。◇関西のとある新設大学の、テニスにかけた若者たちの青春群像。めまぐるしくすぎていく、濃密で原色のかけがえのない日々。主人公燎平の思い人、情熱的で派手やかな美貌の夏子は、三ノ宮センター街に店を構える洋菓子店の娘で、神戸という街の華やかさを体現した存在ともいえる。また、卓越したテニスの才に恵まれながら、死に飲み込まれる恐怖に怯えつづける青年安斉克己が作中で何度か入院する病院は明石にある。そのほか、六甲山上から眺める神戸の夜景の美しさも、かれらの短く激しい青春の日々を象徴するものとして印象的に描かれている。

＊**花の降る午後**《はなのふるごご》　長編小説。〔初出〕「新潟日報」ほか、昭和60年7月5日～61年3月29日。〔初収〕『花の降る午後』昭和63年4月、角川書店。◇「神戸の北野坂から山手へもう一段上ったところにある」フランス料理店「アヴィニョン」。不穏な人間たちが仕掛けてくる、店の所有をめぐっての陰謀に、亡き夫の跡を継いで女主人となった典子が挑む華やかな闘いと、秘めやかに進行する恋の行方を描く物語。

＊**海岸列車**《かいがんれっしゃ》　長編小説。〔初出〕「毎日新聞」昭和63年1月3日～平成元年2月19日。〔初収〕『海岸列車』上下、平成元年9月、毎日新聞社。◇父を失い母に捨てられ、伯父に育てられた兄妹。全く違う生き方を選択しながら、二人は時折、それぞれに城崎から米子に向かう〈海岸列車〉に乗り、母のいる兵庫県北部の小さな漁村・鎧の駅に降りては、つかのまホームに佇む。新興ブルジョアの世界を生きながら孤独を抱え続ける兄妹の、人生の模索を描く物語。

＊**彗星物語**《すいせいものがたり》　長編小説。〔初出〕「家の光」平成元年1月～4年1月。〔初収〕『彗星物語』上下、平成4年5月、角川書店。◇阪神間を代表する閑静な住宅街であった震災前の宝塚が舞台。諸事情あって十二人と一匹の大所帯となった城田家に、ハンガリーから一人の青年がやってくる。実際に宮本が身元引受人になったイシュトヴァーンをめぐる出来事がモデルで、その留学先である神戸大学や個性豊かな留学生たちの姿が、大家族のありようと共に魅力的に描かれている。

＊**森のなかの海**《もりのなかのうみ》　長編小説。〔初出〕「VERY」平成7年7月～13年3月。〔初収〕『森のなかの海』上下、平成13年6月、光文社。◇阪神・淡路大震災のさなか、希美子は、夫の不貞と、それに協力してきた義母の欺瞞を知る。離婚して新たな人生を生きようとする希美子は、思わぬ形で、ある老婦人の遺産として奥飛騨の森と住居とを相続することになり、やがてそこで震災孤児の少女たちを引き取って一つの「家族」を作っていく。阪神・淡路大震災が町や人に残した爪痕と、その混乱の中であらわになる、人間の真

実と生きる意志を描く物語。（三品理絵）

宮本百合子《みやもと・ゆりこ》　明治三十二年二月十三日～昭和二十六年一月二十一日（1899～1951）。小説家、評論家。東京市小石川原町（現・文京区千石）に、建築家の父中條精一郎、母葭江の長女として生まれる。本名ユリ。大正五年、東京女子師範高等学校付属高等女学校（現・お茶の水女子大学付属高等学校）を卒業後、中條百合子の筆名で「貧しき人々の群」（「中央公論」大正5年9月）により十七歳にして文壇に加わる。七年に最初の結婚をするが、十三年に離婚。同年九月、長編「伸子」の第一部「聴き分けられぬ跫音」を「改造」九月号に発表、昭和元年九月まで十回にわたって「伸子」を断続的に連載する。二年十二月、ソヴィエトを外遊、西欧旅行を経て五年十一月帰国。十二月、日本プロレタリア作家同盟に加盟、宮本顕治を知り、六年十月に非合法状態であった日本共産党に入党。七年二月、顕治と結婚。プロレタリア文化運動に対する弾圧が激しくなるなか、八年十二月、顕治が検挙される。百合子もたびたびの検挙、執筆禁止を受けながらも、創作活動を続け、顕治の獄中闘争を支える。敗戦後、顕治が日本共産党員としての活動を再開すると、百合子も新日本文学会中央委員や婦人民主クラブ幹事を務めるとともに、執筆活動を再開し、『道標』（第一部・昭和23年9月、第二部・昭和24年6月、第三部・昭和26年2月、筑摩書房）は亡くなる直前まで書き継がれた。

＊**播州平野**《ばんしゅうへいや》　長編小説。〔初出〕「新日本文学」昭和21年3月～4月、10月、「潮流」昭和22年1月）。〔初収〕『播州平野』（昭和22年4月、河出書房）。◇夫の重吉が政治犯として網走刑務所に収監されているひろ子は、東北の疎開先で終戦を告げる玉音放送を聴く。重吉の母親のいる山口まで列車でたどり着いたひろ子は、夫の釈放を知らせる新聞記事を読み、東京へと向かうため山陽線に乗り込む。途中、台風による水害で線路が寸断された姫路―明石間をトラックや馬車を乗り継いで進むひろ子は、日本の若者の陽気な様子を播州平野の調和のとれた風景に重ね、「日本ぢゅうが、かうして動きつつある」ことを痛切に感じる。敗戦直後の混乱のなか、夫を思う妻のひたむきな姿が鮮烈に読者の胸に残る作品。（杣谷英紀）

宮林太郎《みや・りんたろう》　明治四十四年九月十五日～平成十五年七月三十一日（1911～2003）。作家、医師。徳島市に生まれる。本名四宮学。少年時代を淡路島南端の港町福良町（現・南あわじ市）で送った。徳島県立徳島中学校（現・県立城南高等学校）、日本大学歯学部を経て、昭和二十四年、東京医科歯科大学医学部卒業。東京都目黒区祐天寺で四宮医院を開業。同人雑誌「星座」（昭和30年12月～平成15年12月）、「小説と詩と評論」（昭和38年3月～）などに参加。ヘミングウェイやヘンリー・ミラーに心酔。『女・百の首』（昭和47年11月、金剛出版）などの乾いたエロティシズムが特徴。晩年、男がある日突然美女に変身する『サクラン坊とイチゴ』（平成14年9月、皓星社）により脚光を浴びた。ほかに、『無縫庵日録』全六巻（平成2年10月～7年6月、砂子屋書房・全作家出版局）など。開放的な福良時代に取材して、性に目覚める少年を描いた『少年と海』（平成元年6月、砂子屋書房）がある。日本文芸家協会会員、日本ペンクラブ会員。全国同人雑誌作家協会会長、東京作家クラブ会長を歴任。（須田千里）

三好達治　みよし・たつじ

明治三十三年八月二十三日～昭和三十九年四月五日（1900～1964）。詩人。大阪市東区（現・中央区）南久宝寺町に生まれる。明治三十九年、京都府舞鶴町（現・舞鶴市）の家具商佐谷彦蔵、はつ夫妻の養子となるが、半年ほどで病気のため帰され、兵庫県有馬郡三田町（現・三田市）にある父方の祖母長谷川たみ（旧姓三好）の再婚先、妙三寺に引き取られる。四十年四月、三田尋常小学校に入学するが、生来の病弱に神経衰弱も併発して欠席しがちであった。四十四年、実家が大阪市西区靱中通（現・靱本町）に転居したのを機に妙三寺から両親の元に戻り、靱尋常小学校五学年に転入。大阪に戻るまでの約五年間の生活は初期の詩作品の重要な素材となっており、後年、多くの随筆で回想されている。それは祖母だけを頼みとする心細い境遇の中で、死への恐怖に目覚めつつも、自然の小さな美に辛うじて救いを見出している生活である。一冊のテーマを〈母〉に統一するため、第一詩集『測量船』（昭和5年12月、第一書房）には収録されなかった詩に、「祖母」と題する二編の作品がある。〈祖母は蛍をかきあつめて／桃の実のやうに合せた掌の中から／沢山な蛍をくれるのだ／／祖母は月光をかきあつめて／桃の実のやうに合せた掌の中から／沢山な月光をくれるのだ〉（「青空」大正15年6月）。〈夕暮の祈禱がすむと、祖母のあける窓から、閼伽棚の器をとつて、私はいつぱいの水をまく。夜、亡霊がきてそれを舐めるのだと、祖母が教へた。私はいそいで窓をしめる。そして夜、なぜか、私はさめざめと泣いてゐた。〉（「椎の木」第11号、昭和2年8月）。三好の初期詩編の中には、〈太郎〉が主人公を務める一群の作品がある。作者を色濃く投影したこの少年は、ほとんど属性のように孤独と感傷を抱え込んでいる。三田での体験が〈太郎〉の母胎となったことは想像に難くない。名作「雪」もこの一群の作の一つである。〈太郎を眠らせ、太郎の屋根に雪ふりつむ。／次郎を眠らせ、次郎の屋根に雪ふりつむ。〉（「青空」昭和2年3月、のち『測量船』に収録）。親元を離れた幼い少年が母への思慕を募らせ、日常的な接点のない母親像を理想化するという現象は珍しいものではないが、三好の場合も「乳母車」（「青空」大正15年6月、のち『測量船』に収録）などに、そのモチーフの発動が認められる。三田小学校の隣にある貯水池を三好はいつも半周して通学した。そこで目にした水鳥が小さな動植物への愛着、特に鳥類に対する親愛感と憧憬を、彼の中に育んだとすれば、三田の風土は三好詩の自然の原型だったことになる。またどこにも帰属しえない不安と疎外感が反転して〈旅〉や〈風狂〉を三好の生に呼び込んだとするなら、三田体験によって詩人の生涯のテーマがほぼ出揃ったことになる。

（國中　治）

【む】

向井孝　むかい・こう

大正九年十月四日～平成十五年八月六日（1920～2003）。詩人、社会運動家。東京に生まれる。昭和二十一年、日本アナキスト連盟に参加。二十二年、山口英、柳井秀とともにイオム同盟を結成し、詩誌「イオム」創刊。「イオム」終刊後、詩誌「コスモス」に参加。まず兵庫県姫路市で、後に大阪市で平和運動に尽力する。二十七年、戦争抵抗者インターナショナル（ＷＲＩ）に加盟し、その日本部書記となる。四十三年、ベトナム反戦姫路行動を主導。評論・解説に、大沢正道、内村剛介編『われらの内なる反国家』（昭和45年10月、太平出版社）、『アナキズムとエスペラント—山鹿泰治・人とその生涯』（昭和55年3月、JCA出版）、『話しあいませんか 土方鉄対話集—反差別の生き方について』（昭和62年9月、解放出版社）などがあり、主要な詩業は『向井孝の詩』（平成8年10月、ウリージャパン出版部）にまとめられている。（國中 治）

村尾昭 むらお・あきら

昭和八年五月十六日〜平成二十年十一月五日（1933〜2008）。シナリオライター。神戸市に生まれる。早稲田大学文学部演劇科卒業。昭和三十五年、大映脚本研究生となり、三十七年、東映と専属契約を結ぶ。「日本侠客伝」シリーズ（昭和39〜40年）、「昭和残侠伝」（昭和40年）、「新網走番外地」シリーズ（昭和43〜46年）など、やくざ映画の脚本家として活躍。ほかに、東宝のメロドラマ「岸壁の母」（昭和51年、主演中村玉緒）や、テレビドラマ「必殺」シリーズの脚本を手掛けた。著書に『火曜サスペンス劇場 特選ノベルズ ハネムーン』（昭和63年9月、日本テレビ放送網株式会社。原作を担当）がある。日本シナリオ作家協会会員。（須田千里）

村上勉 むらかみ・つとむ

昭和十八年（月日未詳）〜（1943〜）。絵本作家。兵庫県養父郡（現・養父市）八鹿町に生まれる。昭和三十四年、佐藤さとる作『だれも知らない小さな国』（私家版）の挿絵でデビュー。以来、『おおきなきがほしい』（昭和46年1月、偕成社）、『コロボックル童話集』（昭和58年1月、講談社）などの挿絵のほか、装幀などの分野でも独自の画風で活躍している。昭和四十二年に第十六回小学館絵画賞、四十七年にライプチヒ図書展銅賞、平成十二年に郵政功労賞を受賞。（北川扶生子）

村上知彦 むらかみ・ともひこ

昭和二十六年十一月二十九日〜（1951〜）。漫画評論家。兵庫県芦屋市に生まれる。昭和四十九年関西学院大学社会学部卒業。五十五年チャンネルゼロ設立。雑誌「プレイガイド・ジャーナル」などの編集に携わる。現在、神戸松蔭女子学院大学文学部講師。著作に『マンガ伝』（高取英・米沢嘉博との共著、昭和62年12月、平凡社）、『イッツ・オンリー・コミック』（平成3年9月、広済堂出版）など。（谷口慎次）

村上のぶ子 むらかみ・のぶこ

昭和十五年（月日未詳）〜（1940〜）。児童文学者。岡山県に生まれる。本名延子。高知女子大学中退。福田清人に師事。昭和五十四年、日本児童文芸家協会関西支部結成。同人誌「あしぶえ」主催。平成十三年、兵庫文化功労表彰受賞。同年、芦屋にあしぶえ出版を設立し、児童書などの出版に尽力する。作品に『ここは小人の国』（平成12年2月、あしぶえ出版）、『花おばあさんと星のもじ』（平成15年10月、あしぶえ出版）など。芦屋市在住。（権藤愛順）

村上春樹 むらかみ・はるき

昭和二十四年一月十二日〜（1949〜）。小説家、翻訳家。京都市に、父村上千秋、母美幸の長男として生まれる。まもなく兵庫県西宮市夙川に移り、西宮市立浜脇小学校に入学。三年生の十二月に新設の西宮市立香櫨《こうろ》園《えん》小学校に集団転校する。隣の芦屋市に移り、芦屋市立精道中学校を経て、兵庫県立神戸高等学校に入学し、新聞委員会に所属した。両親とも国文科出身の国語教師で、夕飯どきの話題は『万葉集』などの古典文学という環境に育つ。日本文学全集しかない家庭環境に反発して日本の小説は読まず、高校二、三年から神戸のペーパーバック専門の古本屋に通い、R・チャンドラーなどに原書で親しむ。しかし、谷崎潤一郎の『細雪』は面白いし好きだという。この阪神間時代にアメリカの現代小説を原書で読んだこと、世界文学全集を読んだこと、そして神戸三宮の映画館を中心に外国映画に浸った体験が、村上の感性と創作家になる素地を育んだ。「父親は京都の坊主の息子で母親は船場の商家の娘だから、まず百パーセントの関西種」で、「当然のことながら関西弁を使って暮らしてきた。それ以外の言語はいわば異端で」、「標準語を使う人間にロクなのはいないというかなりナショナリスティックな教育を受け」、「ピッチャーは村山、食事は薄味、大学は京大、鰻はまむしの世界」（『村上朝日堂の逆襲』昭和61年6月、朝日新聞社）に育つ。国立大学への進学を両親が希望するのを入れて一浪し、芦屋市立図書館（打出分室）に通う。英文学を志してか、関西学院大学文学部英文科に合格した。しかし昭和四十三年、シナリオライターをめざして早稲田大学第一文学部映画演劇科に進む。学内にある坪内博士記念演劇博物館でシナリオを耽読したことがのちに小説を書くのに大変役立ったという。大学四年の四十六年に高橋陽子と結婚。四十九年に国分寺でジャズ喫茶「ピーターキャット」を開店する。翌年三月、七年かけて大学卒業。卒業論文は「アメリカ映画における旅の思想」。五十二年、店を渋谷区千駄ヶ谷に移転。「風の歌を聴け」（「群像」昭和54年6月）で第二十三回群像新人文学賞を受賞し、作家デビューを果たす。「1973年のピンボール」（「群像」昭和55年3月、原題は「一九七三年のピンボール」）、五十六年には作家専業に転じ、「羊をめぐる冒険」（「群像」昭和57年8月）で第四回野間文芸新人賞を受賞。これら鼠三部作は地名は明記されないものの、主人公「僕」の故郷が阪神間であることは明らかである。村上は「風の歌を聴け」について、「芦屋という街をベースにしたNOWHERE LANDというのがそもそもの狙いだった」（「キネマ旬報」昭和56年8月下旬号）と記している。『世界の終りとハードボイルド・ワンダーランド』（昭和60年6月、新潮社）で第二十一回谷崎潤一郎賞を受賞。『ノルウェイの森』（昭和62年9月、講談社）は記録的なベストセラーとなり、村上春樹現象がおきる。『ねじまき鳥クロニクル』三部作（第1・2部、平成6年4月／第3部、平成7年8月、新潮社）で第四十七回読売文学賞を受賞。四十を超える言語で翻訳される村上作品は海外でも評価が高く、平成十八年にはフランツ・カフカ賞を受賞。ノーベル文学賞に最も近い日本人作家でもある。文壇やメディアと距離を置く独自のスタイルを貫いており、いわゆる作家らしい生活を嫌い、トライアスロンにも挑戦する走る（ランナー）作家でもある。日本を離れて海外で暮らすことも多く、国内でも引っ越しを繰り返し、現在は神奈川県の湘南に居を構え、「僕が育った昔の阪神間に雰囲気が似ていて、懐かしい」ことを湘南地方を好む一番の理由として挙げている（『「これだけは村上さんに言っておこう」』平成18年3月、朝日新聞社）。平成七年一月十七日、村上がアメリカ滞在中に起きた阪神・淡路大震災（兵庫県南部地震）と、同年三月の地下鉄サリン事件を契機に、従来のデタッチメントからコミットメントへスタイルを転換し、現代日本と向き合うようになる。兵庫県篠山市出身のユング派の心理学者河合隼雄とも親交を深め、『村上春樹、河合隼雄に会いにいく』（平成8年12月、岩波書店）は村上の心境が表出している重要な対談集。地下鉄サリン事件に取材した聞き書き集成『アンダーグラウンド』（平成9年3月、講談社）、『約束された場所で』（平成10年11月、文芸春秋。第二回桑原武夫学芸賞受賞）などノンフィクション作家へ傾斜する村上に対して賛否両論があった。村上はメディアを介さず、インターネットで読者とインタラクティブな関係を希求し、『CD-ROM版村上朝日堂 夢のサーフシティー』（平成10月7月、朝日新聞社）、『「そうだ、村上さんに聞いてみよう」』（平成12年8月、朝日新聞社）、『CD-ROM版村上朝日堂 スメルジャコフ対織田信長家臣団』（平成13年4月、朝日新聞社）等のコミットメントは村上流の方法論模索の成果である。村上作品の多くは書き下ろしで、大長編、中長編、短編集と自ら出版順序を遵守し、文庫本には解説を載せないという自作への自己管理は徹底しており、それは頻繁な旧作の改稿、自己解説、インタビューの多さにも通底する。村上は長編小説作家と自称するが、『中国行きのスロウ・ボート』（昭和58年5月、中央公論社）以降の短編小説にも見るものが多く、アメリカ等海外では短編の名手としての評価が高い。『村上朝日堂』（昭和59年7月、若林出版企画）をはじめとする多くのライトエッセイではメディアに露出しない作者の身辺雑事を軽妙に語り、村上の思想や指向を垣間見ることができる。また、R・カーヴァー、J・D・サリンジャー、R・チャンドラー、S・フィッツジェラルド、T・カポーティ等の新訳を含め、アメリカ現代文学の紹介、翻訳家としての仕事も特筆すべきである。広範な村上の文業の総ては紹介しきれないが、小説については『村上春樹全作品1979〜1989』全八巻（平成2年5月〜3年7月、講談社）、『村上春樹全作品1990〜2000』全七巻（平成14年11月〜15年11月、講談社）がある。

＊5月の海岸線《ごがつのかいがんせん》 短編小説。〔初出〕「トレフル」昭和56年4月。〔初収〕『カンガルー日和』昭和58年9月、平凡社。◇僕は十二年ぶりに故郷の古い街（明記されないが明らかに村上の故郷芦屋）に帰ってきたが、やはりそこは自分の居場所では無かった。僕は茫然としつつも、この街は「崩れ去るだろう」と怒りの預言をする。この短編は「羊をめぐる冒険」に吸収されたとき、故郷への呪詛は薄められた。『村上春樹全作品1979〜1989』五 短編集Ⅱ（平成3年1月、講談社）に収録された時にも、個別性やメッセージ性は弱められた。

＊神の子どもたちはみな踊る《かみのこどもたちはみなおどる》 短編小説集。〔初出〕「新潮」平成11年8月〜12月。初出には連作「地震のあとで」（その一〜六）という副題が付されていた。〔初収〕『神の子どもたちはみな踊る』平成12年2月、新潮社。◇阪神・淡路大震災を初めて作品化したものだが、各編が神戸以外の街にいる人間が神戸について思いを巡らすという体裁は、作者の故郷への複雑な思いを反映する。どれも奇妙な世界のように見えるが、各々必然性があり、心の底に届く深い味わいと印象を残す。書き下ろしの短編「蜂蜜パイ」のラストの、大切なものや希望のために小説を書こうという小説家淳平の決心に、この短編集のモチーフを見ることができる。

＊神戸まで歩く《こうべまであるく》 紀行文。〔初版〕『辺境・近境』平成10年4月、新潮社。書き下ろし。◇平成九年五月、阪神・淡路大震災から二年後、一人で阪神西宮駅から神戸三宮まで二日がかりで歩いた記録。住んでいた頃の懐かしい想い出は懐旧にとどまらず、現在の日本への批評にもなっていて、現代の暴力性について思考を深める。芦屋の実家は居住不可能になり、両親も京都に引っ越し、阪神間と作者を結びつける具体

的な絆は記憶の集積の他、何もなくなり、「そこを「故郷」と呼ぶことは、もうできない」事実は「喪失感」をもたらす。「自明の絆を失った「故郷」」を作者は客観的に、かつ哀惜をこめて写し出す。（明里千章）

村上氷筆 むらかみ・ひょうひつ

昭和十八年六月十四日～（1943～）。川柳作家。福岡県福島町（現・八女市）に生まれる。本名秀夫。山口大学を卒業。その後灘高等学校教諭。昭和五十三年、ふあうすと川柳社同人。平成十年、ふあうすと川柳社運営理事、十二年から神戸川柳協会理事、兵庫県川柳会常任理事、十四年、神戸芸術会議川柳部門会員、十五年、ふあうすと川柳社句会部長など歴任。各地の句会で選者、講師などをつとめ、川柳の発展を願いその魅力を広めている。代表句に〈落丁にする失恋の一頁〉〈掌を温め母に触っている介護〉などがある。（佐藤和夫）

村嶋健一 むらしま・けんいち

大正十四年三月二十九日～平成二年十月十三日（1925～1990）。作家。兵庫県に生まれる。筆名矢野八朗。東京大学卒業。毎日新聞記者を経て著述家となる。インタビュー、社会時評、人物論、ショート・ショート、小説と、広い分野で鬼才ぶりを発揮、その歯切れのいい文体と鋭い洞察力で読者を魅了、今も愛され親しまれている。著書に『幕末酒徒列伝』（昭和54年3月、講談社）、『幕末酒徒列伝続』（昭和55年3月、講談社）などがある。（佐藤和夫）

村嶋歸之 むらしま・よりゆき

明治二十四年十一月二十日～昭和四十年一月十三日（1891～1965）。ジャーナリスト、社会運動家、教育者。奈良県十市郡桜井町（現・桜井市）に生まれる。大正三年九月、早稲田大学政治経済学科卒業。このころ創業まもない宝塚少女歌劇に夢中になり自らを「宝塚劇の一期生」と呼ぶ。四年六月、大阪毎日新聞社に入社。七年一月、それまでに書いた大阪の貧民窟のルポルタージュ記事をまとめて『ドン底生活』（大正7年1月、文雅堂）を出版。七月、賀川豊彦と出会う。八月、米騒動の真っ最中に神戸支局へと移り、兵庫県武庫郡西宮町（現・西宮市）に居住、労働運動に取り組む。八年、友愛会関西同盟を賀川豊彦らとともに立ち上げる一方、東京・大阪・神戸の貧民窟をルポルタージュした『生活不安』（大正8年6月、文雅堂）を刊行。九月、川崎造船所で日本最初のサボタージュが決行されるが、その戦術を指導。九年、『サボタージュ 川崎造船所怠業の真相』（大正9年2月、梅津書店）刊行。賀川豊彦を改造社に紹介、「大阪毎日新聞」紙上に「新開地界隈」を一ヵ月にわたって連載。九月、大阪本社へ復帰。十年五月、肋膜炎を発病。七月、神戸では川崎三菱労働争議がおこる。この時期の著作は、『労働争議の実際知識』（大正14年8月、科学思想普及会）などの労働運動関係を中心に、『わが新開地』（大正11年11月、文化書院）など盛り場のルポルタージュを含めて、大阪・神戸を対象とした本格的な都市地域社会調査と位置づけられる。昭和三年、学芸部に転属し、谷崎潤一郎「蓼食ふ虫」連載を担当。この時期、売春問題に関する論文を多数発表する。九月、毎日新聞社在籍のまま関西学院文学部講師に就任、犯罪学およびジャーナリズムを講義。六年十二月、『カフェー考現学』（日日書房）を出版。七年三月、関西学院講師を辞任。九年十一月に吐血し、二年半の療養生活後、十二年、毎日新聞社を退職して千葉県へ移住、社団法人白十字会の総主事に就任。以後、平和学園などの学校経営に尽力する。村嶋の著作は膨大な数に上り、そのテーマも労働運動問題、下層社会や都市風俗、社会福祉、キリスト教関係、教育論、賀川豊彦に関するものなど多岐にわたる。近年、『大正・昭和の風俗批評と社会探訪―村嶋歸之著作集』全五巻（平成16年10月～17年1月、柏書房）が刊行された。なお、村嶋は自分の著作には「村島帰之」「村島歸之」と署名している。（杣谷英紀）

村松梢風 むらまつ・しょうふう

明治二十二年九月二十一日～昭和三十六年二月十三日（1889～1961）。小説家。静岡県周智郡飯田村（現・森町飯田）に生まれる。本名義一。慶応義塾大学に進学するが父の急死で帰郷。二十三歳で再び上京、個人雑誌「希望」を創刊するが失敗、日本電報通信社の記者となる。文壇登場のきっかけは「中央公論」（大正6年8月）に掲載された「琴姫物語」である。特に「近世名匠伝」（大正12年1月～5月）は高い評価を受け、これを機に人物評伝を意欲的に書きつづける。代表作は「残菊物語」（「サンデー毎日」増刊号、昭和12年9月）で、これは新派の代表的な演目ともなった。「正伝清水次郎長」（「騒人」大正15年4月～昭和3年9月）など。大正十二年上海へ旅行、以後中国文人との交流も深まり何度も当地を訪れ、そこを舞台にした作品も数多く残している。評伝集『本朝画人伝』巻六（昭和18年）で丹波の俳人西山泊雲《はくうん》と小川芋銭《うせん》との出会い、交友、逸話、播磨の画人松岡映丘《えいきゅう》が生まれ育った故郷の美しい自然、画道などを詳細に記している。（佐藤和夫）

村松友視 むらまつ・ともみ

昭和十五年四月十日～（1940～）。小説家、エッセイスト。東京都に生まれる。作家村松梢風は祖父であり、戸籍上は父である。昭和三十八年慶応義塾大学文学部哲学科卒業後、中央公論社に入社。「婦人公論」「海」の編集に従事し、同時に執筆活動を行う。在社中に発表したエッセイ『私、プロレスの味方です』（昭和55年6月、情報センター出版局）で流行作家となり、五十六年に同社を退社。なお中央公論社在社中の経験や作家との交流は、後年『夢の始末書』（昭和59年8月、角川書店）にまとめられた。退社後「セミ・ファイナル」（「野性時代」昭和56年6月）、「泪橋」（「野性時代」昭和56年12月）が直木賞候補作となり、五十七年に「時代屋の女房」（「野性時代」昭和57年6月）で第八十七回直木賞を受賞。また平成九年には『鎌倉のおばさん』（平成9年6月、新潮社）によって第二十五回泉鏡花文学賞を受賞。活動の幅は広く、小説、エッセイなどの他、特に文学、プロレス、芸能関係者の評伝では多くの作品を発表している。中でも『百合子さんは何色 武田百合子への旅』（平成6年9月、筑摩書房）、『ヤスケンの海』（平成15年3月、幻冬舎）、『幸田文のマッチ箱』（平成17年7月、河出書房新社）、『淳之介流 やわらかい約束』（平成19年4月、河出書房新社）など、編集者時代から親交のあった作家、編集者たちに関する評伝は、昭和から平成にかけての文壇の一側面を確認する上で興味深い。なお神戸を舞台とした作品もいくつかあり、『メロドラマ』（昭和60年7月、講談社）では神戸を背景に、時効を直前に控えた放火犯の苦悩が描かれ、港町をテーマに綴られた連作小説集『港ものがたり』（平成7年7月、実業之日本社）にも、神戸を舞台とした「神戸残照」（「週刊小説」平成7年4月14日）が収められている。他にも、阪神・淡路大震災後の神戸の空気感をとらえた短編「キリストの涙」（「オール読物」平成18年11月）などがある。（木田隆文）

村山勇太郎 むらやま・ゆうたろう

昭和十六年六月一日～平成十六年十月二十二日（1941～2004）。川柳作家。岐阜県に生まれる。本名光一。関西学院大学法学部卒業。昭和五十六年から番傘川柳本社同人となり、六十一年から平成十三年まで常任幹事を務める。昭和六十年、〈人を切る数字を抱いて席に着く〉で、全日本川柳大会入賞。刊行委員として関わった『新・類題別番傘川柳一万句集』（平成15年11月、創元社）に〈背中の掻き方下手で喧嘩になる夫婦〉などが載る。兵庫県西宮市で死去。

（田中励儀）

室淳介 むろ・じゅんすけ

大正七年三月十八日～平成十二年十一月十六日（1918～2000）。翻訳家。兵庫県芦屋市に生まれる。昭和十六年、早稲田大学文学部仏文科卒業。戦時中は在仏印（仏領インドシナ）日本文化会館に勤務。戦後は早大仏文科に勤務し、十九・二十世紀フランス評論文学の研究、翻訳に活躍した。翻訳書としてレヴィ・ストロース『悲しき南回帰線』（昭和32年8月、講談社）、ジョルジュ・バタイユ『エロチシズム』（昭和43年8月、ダヴィッド社、改訂版）などがある。

（尾添陽平）

【も】

元永定正 もとなが・さだまさ

大正十一年十一月二十六日～（1922～）。画家、絵本作家。三重県上野市（現・伊賀市）に生まれる。三重県立上野商業学校（現・県立上野商業高等学校）卒業。昭和二十七年、神戸市魚崎に移住。吉原治良に師事し、三十年から四十六年まで具体美術協会に参加。アンフォルメル作家として注目される。三十九年、神戸半どんの会で現代芸術賞受賞。兵庫県美術祭にたびたび出品した。『ころころころ』（昭和57年5月、福音館書店）、『きたきたうずまき』（平成12年12月、福音館書店）などの絵本がある。宝塚市在住。

（田中励儀）

森詠 もり・えい

昭和十六年十二月十四日～（1941～）。小説家。東京都に生まれる。昭和四十三年、東京外国語大学イタリア語科を卒業。大宅壮一東京マスコミ塾卒塾（第六期）。その後「週刊読書人」の編集者となる。四十七年独立、フリーのジャーナリストとなり、「週刊ポスト」「週刊文春」「サンデー毎日」「文芸春秋」「月刊現代」などに執筆。東南アジア、中東、アフリカ、中南米等に興味を持ち取材するほか、日本戦後史の問題点にも関心を持つ。ノンフィクション『黒の機関』（昭和52年9月、ダイヤモンド社）でデビュー。五十九年、小説家に転身、冒険小説やハードボイルド小説を書く。六十年、『雨はいつまで降り続く』（昭和60年2月、講談社）が直木賞候補となった。その後、青春小説、少年小説も書くようになり、平成七年『オサムの朝』（平成6年3月、集英社）で第十回坪田譲治文学賞受賞。現在は、歴史小説も書いている。兵庫県ゆかりの作品には『影の逃亡』（昭和58年8月、中央公論社）『真夜中の東側』（昭和59年4月、光風社出版）がある。

（槌賀七代）

森鷗外 もり・おうがい

文久二年一月十九日（新暦二月十七日）～大正十一年七月九日（1862～1922）。医学者、文学者。石見国津和野（現・島根県鹿足郡津和野町）に生まれる。本名林太郎。明治十四年、二十歳で東京大学医学部卒業。陸軍軍医副に任官し、十七年陸軍省の命で

ドイツに留学、二十一年帰国。二十二年から文学活動をはじめ、「舞姫」（「国民の友」明治23年1月）、「うたかたの記」（「しがらみ草紙」明治23年8月）、「文づかひ」（「新著百種」明治24年1月）等を発表。二十五年十一月よりアンデルセン「即興詩人」を「しがらみ草紙」に訳載、後に「めざまし草」に連載し、三十四年二月完結。四十二年一月より「スバル」が創刊され、積極的に寄稿する。四十三年一月、翻訳短編集『黄金杯』（春陽堂）、翻訳戯曲集『一幕物』（易風社）を刊行。同年四月、戯曲「生田川」（「中央公論」）を発表、五月末に自由劇場が有楽座で上演する。精力的な創作活動が続く中、四十五年九月の乃木大将の殉死に触発され、最初の歴史小説「興津弥五右衛門の遺書」（「中央公論」明治45年10月）を発表。翌大正二年、『青年』（大正2年2月、籾山書店）、歴史小説集『意地』（大正2年6月、籾山書店）等を刊行。三年、歴史小説集『天保物語』（大正3年5月、鳳鳴社）などを刊行。四年一月、「山椒大夫」（「中央公論」）と「歴史其儘と歴史離れ」（「心の花」）を発表。五年、「高瀬舟」（「中央公論」大正5年1月）、「寒山拾得」（「新小説」大正5年1月）などを発表、「東京日日新聞」「大阪毎日新聞」に一月三日から五月十七日まで連載した「渋江抽斎」以降、いわゆる史伝小説を書き始める。

＊生田川《いくたがわ》　戯曲。〔初出〕「中央公論」明治43年4月。〔初収〕『我一幕物』大正元年8月、籾山書店。◇舞台は摂津菟原郡蘆屋（現・兵庫県芦屋市）の里の民家。二人の男に求婚された蘆屋《あしや》処女《おとめ》はどちらの男も選べないで悩んでいる。見かねた母親は処女に内緒で、生田川に浮かんでいる白鳥を射た方を娘の婿にすると二人に約束する。それを聞いた処女が遠く生田川を望むと、二人の男を乗せた舟と二本の矢が刺さった白鳥が見えた。通りかかった僧のお経の中、処女は人間の力を越えた運命の力の存在を示唆しながら、川へ向かう。菟原処女伝説は、「万葉集」の高橋虫麿、田辺福麿、大伴家持の歌に見られるが、鷗外はそれらを下に、作品の構成は「大和物語」第一四七段に拠っている。タイトルは「大和物語」の〈すみわびぬわが身投げてむ津の国の生田の川は名のみなりけり〉から採ったものか。なお、観阿弥作（世阿弥改作）の謡曲「求塚」も同じ素材による。

（杣谷英紀）

森川達也　もりかわ・たつや

大正十一年八月十四日〜平成十八年五月五日（1922〜2006）。評論家。兵庫県加東郡滝野町（現・加東市）に生まれる。本名三枝洸一。京都大学文学部哲学科卒業。同人誌「無神派文学」を主宰し、昭和四十年には季刊文芸誌「審美」を創刊、編集長を務める。愛知女子短期大学、神戸女子大学等で教鞭をとる一方、五峰山光明寺住職をも務め、後、名誉住職となる。主著として、『島尾敏雄論』（昭和40年10月、審美社）、『埴谷雄高論』（昭和43年9月、審美社）、『虚無と現代文学』（昭和44年3月、洛神書房）、『悪としての文学』（昭和47年5月、審美社）などがあり、これらは後に『森川達也評論集成』（平成7年5月〜9年4月、審美社）としてまとめられる。森川は、サルトルやカフカ等のニヒリズムに深い関心を持つ一方、埴谷雄高、野間宏、大岡昇平、武田泰淳、三島由紀夫、島尾敏雄、安岡章太郎など、第一次戦後派から第三の新人までを中心に、戦後文学を幅広く検証し、特に日本の現代文学の特質を顕著に体現するものとしての反リアリズム文学に着目する。森川によれば、現代文学は、近代文学を特徴付けるヒューマニズム、リアリズムに代って、反リアリズム、反ヒューマニズムをその根底に据えており、それは時代の必然的要請に由来すると説く。そこでキーワードになってくるのが、〈悪〉と〈虚無〉である。〈悪〉とは、善（現実）を否定し、破壊する作用のことであり、〈虚無（ニヒリズム）〉とは、われわれの生きる日常世界―現実そのものを否定し、空無化することに他ならないという。人間性そのものの確信に支えられ、現実を絶対視し、それを客観的に描くことで成立していた近代文学の方法では、現代世界を的確に領略することは困難であるという主張を森川は一貫して行って来たといえる。森川がこうした視点を確立し得た契機は、同時代の世界文学の動向への関心のほかに、第二次大戦を経験することで、リアリズムの崩壊を痛切に実感したことにもよるものと思われる。

（梅本宣之）

森澄雄 もり・すみお

大正八年二月二十八日～平成二十二年八月十八日（1919～2010）。俳人。兵庫県揖保郡旭陽村（現・姫路市網干区）に生まれる。本名澄夫。昭和十五年、九州帝国大学法文学部経済科入学、このころ加藤楸邨に師事。十七年、繰り上げ卒業後に召集され出征。翌十八年久留米第一陸軍予備士官学校入校、同期に福永光司。二十年、ボルネオで二百日に及ぶ苛酷な体験を余儀なくされ、敗戦後は、捕虜収容所に入所。復員後の二十二年、教職に就き、翌二十三年三月、同僚内田アキ子と結婚、教員生活。以後三十年間の勤務。二十九年六月、第一句集『雪櫟』（書肆ユリイカ）刊行。四十五年十月、「杉」を創刊する。四十七年、楸邨らとシルクロード行、これを契機に、のち芭蕉の淡海憧憬に身をうつす。五十三年、『鯉素』（昭和52年11月、永田書店）で読売文学賞受賞、「俳句は人生を含めた虚空が描ける」との述懐。〈友がりははりまの国やにらみ鯛〉（『游方』昭和55年8月、立風書房）。平成十二年、「杉」三十周年記念の集い、〈西国の蛙曼珠沙華曼珠沙華〉の句碑がゆかりの書写山麓に建つ。十五年に姫路文学館特別展「森澄雄の世界　俳句―いのちをはこぶもの」が開催される。日本芸術院賞、平成十七年文化功労者。

（齋藤　勝）

森田栄一 もりた・えいいち

大正十四年十二月六日～平成十八年十一月十八日（1925～2006）。川柳作家。埼玉県東松山市に生まれる。法政大学経営学部卒業。戦後、兵庫県尼崎市に居住。昭和四十年「ふあうすと」同人、のち「川柳人」参加。五十八年から川柳アトリエの会を主宰し、イメージ吟を提唱。油絵が趣味で、美的形象に秀でた作風。作品集に『パストラル』（平成10年12月、私家版）、共著に『現代川柳 パレット』（平成6年1月、川柳アトリエの会）等がある。〈天澄みてわが人生の画布とする〉。

（外村　彰）

森田たま もりた・たま

明治二十七年十二月十九日～昭和四十五年十月三十一日（1894～1970）。随筆家。札幌市に生まれる。札幌高等女学校（現・道立北海道札幌北高等学校）中退の後、明治四十四年に上京。大正二年、森田草平らに師事し文筆活動に入る。五年、森田七郎と結婚。十二年、関東大震災のため夫の故郷大阪に移住する。昭和七年より結婚を機に離れていた文筆活動を再開する。『もめん随筆』（昭和11年7月、中央公論社）がベストセラーとなる。この中で「夙川雑記」など兵庫も題材として取り上げられている。随筆家として活躍する一方で、三十七年、自由民主党公認で参議院議員に全国区で立候補し当選、四十三年まで政治家としても活動した。政治家としては国語問題小委員会委員長を務めた。著書として『随筆歳時記』（昭和15年10月、中央公論社）、『きもの随筆』（昭和29年10月、文芸春秋新社）、『としまあず』（昭和37年12月、講談社）、『きもの歳時記』（昭和44年10月、読売新聞）など多数を刊行している。西宮、神戸などの表題の随筆が収録されたものに、『はるなつあきふゆ』（昭和18年2月、錦城出版社）他がある。（西尾宣明）

森田峠 もりた・とうげ

大正十三年十月十六日～（1924～）。俳人。大阪府北河内郡四條村（現・大東市）に生まれる。本名康秀。国学院大学卒業。宝塚市野上に居住。昭和十七年より作句。二十六年、「かつらぎ」に入り、翌年より編集を担当。四十九年尼崎市民芸術奨励賞、平成三年大阪府文化芸術功労賞を受賞。句集に『避暑散歩』（昭和48年4月、牧羊社）、『森田峠集（自註）』（昭和51年12月、俳人協会）、研究書に『青畝句集「万両」全釈』（昭和51年1月、角川書店）などがある。「俳句」（昭和61年9月）は「森田峠特集」。（浦西和彦）

森田信義 もりた・のぶよし

明治三十年十二月六日～昭和二十六年七月十五日（1897～1951）。劇作家、映画制作者。大阪道頓堀の新派劇団・新声劇の奥役を務め、大正十四年、女優の三好栄子と結婚。十五年、新声劇を退団し、宝塚国民座に夫婦で入り、文芸部長となる。映画界に転身し、新興キネマ、J・Oスタジオを経て、東宝に入社。プロデューサーとして敏腕をふるい、「巨人伝」（昭和13年4月）、「綴方教室」（昭和13年8月）、「馬」（昭和16年3月）などを製作。二十六年、撮影所へ自動車で向かう途中、急行電車と衝突して死亡。（杣谷英紀）

森田靖郎 もりた・やすろう

昭和二十年（月日未詳）～（1945～）。作家。神戸市に生まれる。関西学院大学経済学部卒業。昭和四十七年、文化大革命中の中国チベット自治区をはじめて訪問。以後、天安門事件、香港返還と変革を続ける中国について現場から発信している。主な仕事として『密航列島』（平成9年5月、朝日新聞社）、『蛇頭と人蛇《ヤンセ》』（平成13年7月、集英社）等。（仲谷知之）

森中恵美子 もりなか・えみこ

昭和五年十二月十五日～（1930～）。川柳作家。神戸市に生まれる。昭和二十五年から川柳を始め、三十一年に川柳結社番傘本社同人となる。婦人部長を経て、平成七年より副幹事長を務める。句集に『水たまり』（昭和55年3月、番傘人間座）、『水たまり今昔』（平成6年7月、東葛川柳会）、『仁王の口』（平成8年7月、葉文館出版）などがある。大阪府摂津市在住。〈ネクタイを上手に締める猿を飼う〉。（橋本正志）

森はな もり・はな

明治四十二年四月十六日～平成元年六月十四日（1909～1989）。教育者、児童文学者。兵庫県養父《やぶ》郡大蔵村宮田（現・朝来《あさご》市）に、酒類販売業を営む父信之助、母とりの二女として生まれる。大蔵小学校高等科在学中に作文に熱中。大正十三年、兵庫県立明石女子師範学校（現・神戸大学）入学。翌年秋に妹が死去、両親も病に倒れたため休学して家に戻り、姫路の病院に入院した父につきそい看病する。この頃、但馬で教師をしていた兄の友人の森種樹と出会った。父を看取り、復学して昭和三年に師範学校を卒業。養父郡の南谷小学校をへて養父小学校に勤務。この頃から森種樹との文通が始まり、七年に結婚。十一年、夫婦で高砂市立荒井小学校に転任。二十七年、加古川の種樹の実家に同居するも、仕事を持つ女性との結婚に反対した義父母との折り合いが悪く、加古川市内の勤務先近くに夫、子供と転居。五人の子を育て、仕事と家事に追われつつ、地元の俳人永田耕衣に師事し句作に励む。四十三歳の時、県の財政難のため、共働きで四十歳以上の女性教諭に退職勧告が下り、高砂市立伊保小学校に再就職。そこで取り組んだ学校劇で創作への情熱を深める。三十五年、再び退職勧告。三十二年間の教員生活に別れを告げ、五十一歳で執筆活動に入った。神戸児童文学「あす」の会に入会、同人誌に作品を発表。四十八年一月、処女作『じろはったん』（牧書店）上梓。但馬を舞台に、知的障害がある心優しい次郎八と、疎開児童たちとの交流を描いたはなの代表作で、翌年、第七回日本児童文学者協会新人賞受賞。最高齢での受賞で注目されるが、その年末、夫種樹のがんが発覚、翌年逝去する。亡き夫の応援の言葉を胸に本格的な作家活動に入り、次々に作品を発表。五十二年には加古川市の自宅を開放し、児童文学の会、森はな学校を発足。地元の文学愛好家とともに灰谷健次郎やあまんきみこらが集った。五十七年『こんこんさまにさしあげそうろう』（昭和57年1月、PHP研究所）で第五回絵本にっぽん大賞受賞。五十九年、第一回加古川文化賞受賞。六十年八月、御巣鷹山の日航機墜落事故で長男秀樹が四十九歳の若さで死去、深い悲しみの中から再び筆を執り、『一《は》一《い》とうげ』（昭和61年4月、PHP研究所）、『お葉つきいちょう』（昭和62年10月、PHP研究所）などを発表。晩年は胃の摘出手術などで入退院を繰り返す中、口述筆記で物語を世に出し続けた。平成元年、八十歳で永眠。加古川市の口里墓地に、夫、長男とともに眠る。

（三品理絵）

森雅裕 もり・まさひろ

昭和二十八年四月十八日～（1953～）。小説家。神戸市に生まれる。東京芸術大学卒業。昭和六十年、『画狂人ラプソディ』（昭和60年8月、角川書店）が第五回横溝正史ミステリ大賞で佳作となり注目される。同年『モーツアルトは子守唄を歌わない』（昭和60年9月、講談社）で、第三十一回江戸川乱歩賞を受賞。平成八年八月、エッセイ集『推理小説常習犯 ミステリー作家への十三階段＋おまけ』（KKベストセラーズ）で自己の心情を吐露する。その後、『雙』（平成19年12月）など自費出版を中心に作品を発表している。

（西尾宣明）

森村たつお もりむら・たつお

昭和二十七年（月日未詳）～（1952～）。漫画家。神戸市に生まれる。十八歳で上京し、二十歳でデビュー。代表作は「週刊少年チャンピオン」に連載した『がっぷ力丸』全十巻（昭和54年10月～56年4月、秋田書店）、『スーパー巨人』全五巻（原作滝沢解、昭和53年3月～54年2月、秋田書店）、『風雲プロレス30年』全十三巻（原作真樹日佐夫、昭和59年4月～61年11月、秋田書店）のほか、平成二年以降、『仏教コミックス』シリーズ（原作ひろさちや、鈴木出版）の一部を手がける。

（杣谷英紀）

杜山悠 もりやま・ゆう

大正五年十二月十三日～平成十年三月十日（1916～1998）。小説家。神戸市に生まれる。本名茶谷幸男。高等小学校卒業。神戸新聞社勤務を経て作家生活に入り、歴史小説を中心に活躍。「お陣屋のある村」（「大衆文芸」昭和36年2月）、「粟井宿の人足」（「大

も

衆文芸」昭和36年11月)、『無頼の系図』(昭和37年3月、東京文芸社)が直木賞候補となった。『神戸歴史散歩』(昭和49年8月、創元社)、『たじまのくに物語』(昭和52年8月、国書刊行会)など、兵庫県の歴史や伝承をわかりやすく紹介した著書がある。

(田中励儀)

森脇真末味　もりわき・ますみ

昭和三十二年八月三十日~(1957~)。漫画家。大阪市に生まれ、姫路市で育つ。本名眞末美。初めてペン入れした作品を同人誌「ODIN」に持ち込んだのがきっかけで、昭和五十三年、「OH!マイ兄貴どの」を「プチコミック」(小学館)十二月増刊号に発表してデビュー。ロックバンドメンバーを描いた「緑茶夢《グリーンティードリーム》」シリーズで人気を博す。代表作に「おんなのこ物語」(昭和56年3月~58年3月)、「Blue Moon」(昭和61年5月~昭和63年10月)、SF作品「アンダー」(平成2年9月~4年3月。以上すべて「プチフラワー」)など。作品は度々再版されている。平成十二年六月には初の小説「レンタル・ボーイ」を「小説JUNE」に発表した。

(金岡直子)

【や】

八尾和加子　やお・わかこ

昭和六年(月日未詳)~(1931~)。川柳作家。神戸市灘区徳井町に生まれる。昭和二十五年、兵庫県立御影高等学校を卒業。昭和四十八年より「朝日新聞」川柳欄に投句を始める。選者の三條東洋樹に薦められ、時の川柳社に入会。五十三年より時の川柳社同人となる。主な受賞歴は兵庫県民川柳大会知事賞(昭和61年)、兵庫のまつりふれあいの祭典89兵庫県文化協会賞(平成元年)、第五回根上川柳大会石川県知事賞(平成8年)など。

(田村修一)

矢上裕　やがみ・ゆう

昭和四十四年七月十一日~(1969~)。漫画家。兵庫県尼崎市に生まれる。大阪産業大学中退後、上京。「かたっぱしから正体不明」(「コミックコンプ」平成2年9月)でプロデビュー。「月刊電撃コミックガオ!」に連載の「エルフを狩るモノたち」(平成7年1月~15年1月)、「住めば都のコスモス荘」(原作阿智太郎、平成12年7月~16年4月)は共に深夜枠でテレビアニメ化された。ギャグを基調にした荒唐無稽な設定の作品が多い。

(硲　香文)

八木重吉　やぎ・じゅうきち

明治三十一年二月九日~昭和二年十月二十六日(1898~1927)。詩人。東京府南多摩郡堺村相原(現・東京都町田市相原町)に生まれる。生家は裕福な自作農。男女五人の三人目で次男。端麗な容姿と意志の強さで注目されていた。小学校高等科卒業後、明治四十五年四月、鎌倉師範学校(現・横浜国立大学)予科へ入学。大正六年三月、同師範本科卒業。この間、日本メソジスト鎌倉教会に通った。同年四月、東京高等師範学校(現・筑波大学)へ進学。小石川福音教会のバイブルクラスに通い始めた。この時期、北村透谷を読み感化を受け、また親友の死に遭遇し、駒込基督会の富永徳磨牧師により洗礼を受けた。しかし、内村鑑三の無教会主義の影響のもと、教会から離れた。十年三月、高等師範学校を卒業し、兵庫県立御影師範学校(現・神戸大学)に英語教諭として赴任。この頃より詩と信仰に傾倒する。十一年七月、島田とみ(十七歳)と結婚。十四年、千葉県立東葛飾中学校(現・県立東葛飾高等学校)へ転勤した。

同年八月、処女詩集『秋の瞳』（新潮社）を出版。しかし十五年二月、病の床に伏し、昭和二年十月二十六日、肺結核のため死去した。三年二月、生前自選の第二詩集『貧しき信徒』（野菊社）刊行。その後、未亡人とみと結婚した歌人吉野秀雄や家族の尽力により『定本八木重吉詩集』（昭和33年4月、彌生書房）や『新資料八木重吉詩稿「花と空と祈り」』（昭和34年12月、彌生書房）等が出版された。重吉の詩風は、平明な表現、澄明な思想によって、一見穏やかな世界を示しているようであるが、内部世界は葛藤と苦悩が渦巻いていた。それを乗り越えるための悪戦苦闘を見逃してはならない。生活、信仰、芸術の三つ巴の葛藤に病苦（結核）が加わる。教会の牧師を嘲った自分を顧みて〈教師（！）である／自分を　憎まずにはいられなかった〉（『花と空と祈り』）と反省し、信仰の迷いを表わすように、心の中のキリストはいつも〈寂しい基督だ／怒れる基督だ〉（「不安なる外景」）と思う。すべてを捨て信仰一筋に入れないのが永劫の罪なら、それも悔いる事はない〈ここに私の詩があります〉（「私の詩」）と宣言する。さらに〈わたしのもも子ちゃんを抱きしめるとき／『わたしの詩より　大切だ！』とこころにさけんだ〉と幼い娘への愛しさを歌う。このような葛藤を経ながら、結局家族も皆〈すべて／みな神なり〉（『花と空と祈り』）の認識に至り〈神様の御心と一所にいよう〉（「ノートD」）に収斂されていった。

（水川布美子）

柳生千枝子　やぎゅう・ちえこ

大正十二年十一月十八日～（1923～）。俳人、詩人。東京市芝区白金台町（現・東京都港区白金台）に生まれる。大谷高等女学校（現・大谷高等学校）を卒業。昭和十六年、岡本圭岳が主宰する俳誌「火星」に入会。三十年～五十八年、詩誌「灌木」同人。俳人協会会員。兵庫県芦屋市に在住。詩集に『寒い唄』（昭和39年5月、再現社）、『柳生千枝子詩集』（昭和59年9月、芸風書院）、句集に『柳生千枝子句集　花疾風』（昭和61年11月、芸風書院）、『詩人の耳』（平成5年3月、本阿弥書店）、『風の階段』（平成16年4月、文学の森）などがある。

（関　肇）

八木好美　やぎ・よしみ

大正三年三月二十四日～（1914～）。詩人。兵庫県揖保郡越部村（現・たつの市）に生まれる。兵庫県立龍野中学校（現・県立龍野高等学校）を卒業。昭和七年、詩誌「火虹」を主宰し、光本兼一編『兵庫詩人選集』（昭和7年11月、神戸詩人協会）に「栗石道の花・驢馬」他三編を発表。九年、横山青蛾が主宰する詩誌「昭和詩人」の同人となり、自由詩や童謡を発表。詩集『花の雫』（昭和10年2月、棕梠の葉社）がある。校園歌、町歌、会歌などの作詞も多い。

（関　肇）

矢沢あい　やざわ・あい

昭和四十二年三月七日～（1967～）。漫画家。兵庫県に生まれる。尼崎市立尼崎東高等学校を卒業し、大阪モード学園中退。昭和六十年に「あの夏」を「りぼんオリジナル」早春の号で発表してデビュー。その後、「バラードまでそばにいて」（「りぼん」昭和63年7月～12月）、「マリンブルーの風に抱かれて」（「りぼん」平成元年9月～3年1月）等を連載。「矢沢さんの漫画って男の子はいいんだけど女の子のキャラに全然魅力がないのよねぇ」という女性編集者の言葉から発奮して、魅力的な女性キャラ冴島翠を活躍させた「天使なんかじゃない」（平成3年9月～6年11月）でブレイク。デザイナーを目指す女子高生を描いた「ご近所物語」（平成7年2月～9年10月）や、その続編とも言うべき「Paradise Kiss」（平成11年5月～15年5月）もヒット。平成十一年から集英社の新雑誌「Cookie」に連載中の「NANA」では、恋愛なしでは生きていけない小松奈々と、バンドでの成功を目指す大崎ナナという二人のNANAの友情と恋愛、仕事をめぐる物語を描き、映画化やアニメ化だけでなく、社会現象とも言うべきブームを引き起こした。（信時哲郎）

矢沢孝子 やざわ・たかこ

明治十年五月六日～昭和三十一年四月十三日（1877～1956）。歌人。兵庫県篠山市に生まれる。本名たか。父没後、母の再婚にともなって大阪に移住。堂島高等女学校（現・府立大手前高等学校）中退。新詩社に入り、「明星」「スバル」に出詠。明治四十三年創刊の「創作」、大正六年創刊の「珊瑚礁」に参加、大阪歌壇の女性歌人として活躍。七年八月に創刊の宝塚少女歌劇団（現・宝塚歌劇団）の機関誌「歌劇」（阪神急行電鉄株式会社（現・阪急電鉄））に短歌を寄稿、同年十一月発行第二号に宝塚温泉を詠み込んだ「広きゆぶね」十首のなかに〈おぼろかに湯気のこもらひいつくしきひろき湯ぶねに身をひたしけり〉がある。歌集に『鶏冠木《かえで》』（明治43年10月、田中書店）、『はつ夏』（大正3年6月、梁江堂書店）があり、十二年十二月の第三歌集『湯気のかく絵』は、宝塚少女歌劇団出版部から刊行された。（太田　登）

安田章生 やすだ・あやお

大正六年三月二十四日～昭和五十四年二月十三日（1917～1979）。歌人、国文学者。兵庫県揖保《いぼ》郡石海《せっかい》村（現・太子町）吉福に生まれる。安田喜一郎（青風）、サワノ（佐和乃）の長男。山崎尋常高等小学校、兵庫県立龍野中学校（現・県立龍野高等学校）、旧制姫路高等学校を経て、昭和十四年、東京帝国大学国語国文科卒業。大阪府立大手前高等女学校（現・府立大手前高等学校）助教授、海軍教授、大阪樟蔭女子大学教授、甲南大学教授などを歴任。定家を中心とした和歌研究書、歌論書など多数。文学博士。昭和二十一年十一月、父青風と共に短歌誌「白珠《しらたま》」を創刊、写実的短歌を超克し、伝統的抒情を継承する〈知的抒情〉を提唱した。歌の家に生まれ育ったためにごく自然に、少年の頃から自身も歌を詠み始めた。抒情の原点は郷里の風土にあり、「おだやかであかるく美しい自然（の）風景を観照する」（『安田章生文集』昭和59年5月、彌生書店）のが好きで、それを詠むことから始めた。「町（山崎町）のうしろに、最上山《さいじょうさん》と呼ばれる低い山があった（略）僕は山の上で一人いつまでもぼんやりとしている（略）一本道と赤い自動車とは、その象徴である（NHK（BK）ラジオ、昭和25年11月27日）、「龍野の町で（略）若い娘さんが集まってきては、琴を弾いていた。（略）私の幼い耳は、それを鋭敏に聞き取っていた」（「大阪樟蔭女子大学箏曲部第二回定期演奏会パンフレット」昭和43年8月）等、郷里は短歌、散文に頻出する。昭和十一年には姫路高校の木村善太郎校長に歌集『雪に描く』を贈呈、国語の荒木良雄の勧誘で短歌会に入会、親しく指導を受けた。またこの頃、神戸の歌誌「六甲」に参加し、坪田耕吉の選を受ける。県在住の詩人富田砕花の『歌風土記』を「著者のひそやかな愛情の眼にとりあげられて美しく光っている町々村々、山川草木、海の色、雲のたたずまいなど、それを知らぬ人々にもなつかしい」（「朝日新聞」昭和26年2月

〈コラム〉文化圏としての姫路

ここでは明治以降の姫路における文化運動の状況を、文学関係のものを軸に概観しよう。陸軍第十師団が駐屯する軍都として知られ、男子生徒の軍事教練も厳しかったというこの町で、明治三十四年から大正八年まで続いた「鷺城文壇」（鷺城新聞の文学欄）には大きな意味があり、この地方の青年文壇の育成に寄与したが、詳細は編集を長く担当した橋本政次が昭和三十九年に著した『近代播磨文学史』（近代播磨文学史刊行会。平成8年に姫路文学館より増補新版刊行）を参照されたい。

姫路ゆかりの文学者・文化人としてすぐ名が挙がるのは、三上参次・井上通泰・辻善之助・有本芳水・和辻哲郎・初井しづ枝・阿部知二・椎名麟三だが、最も遅く生まれた椎名とほぼ同世代の後続者によって、昭和初年代後半から姫路の文学運動が盛んになる。そこには大正十三年に開校した旧制姫路高等学校で組織された社会科学研究会の活動によって退学処分になった赤木健介（伊豆公夫）に象徴されるような、左傾・転向・文学という一軌道が垣間見える。兵庫県立姫路中学校（現・県立姫路西高等学校）出身の大塚徹や竹内武男は左傾・検挙を経て、昭和十年に抒情性の濃い詩誌「ばく」を創刊、同年に織田重兵衛（詩村映二）や沖塩徹也がモダニズム色の強い雑誌「ろば」を創刊。翌十一年には二誌を含めた二十二名による姫路詩人クラブが結成されたが、詩作法の違いから一年半で瓦解した。

十六年に文化翼賛を旨とする姫路文化研究会が結成されるが、主要メンバーである英文学の池田昌夫、歌人の内海繁・初井しづ枝らは、二十年十月に結成された姫路文化連盟で再び重要な位置を占める。この連盟には阿部知二が会長として就任、事務所には音楽の真下恭の邸が当てられた。同年暮から三ヵ月間、阿部を中心に真下邸で女性文化講座が設けられ、翌年には憲法草案批判座談会も開かれた。阿部たち連盟員は焼け跡にできた文化喫茶「カッスル」を根城とし、二十一年秋にはその横に会員制貸し本屋「姫路文庫」を開いて戦後の読書熱に貢献した。姫路は戦前から戦後にかけて女性雑誌、特に「婦人公論」の売れ行きの多いことで知られている。

また二十年の暮に大塚徹を中心に鳳真治・渡辺絢三・柳井秀・米田穣らが詩誌「新濤」を創刊、二十二年には主観を排した即物的形象法による詩誌「IOM」が向井孝・山口英・柳井秀により創刊された。一方、二十四年には以後長い命脈を保った「姫路文学」が主宰の泰井俊三・沖塩徹也・玉岡松一郎らによって創刊されている。姫路駅前のフランス料理「三松」の経営者黒川録朗は戦後の文化運動に多大な貢献を果したが、その店で開かれた阿部の『城―田舎からの手紙』（昭和24年8月、創元社）の出版記念会を契機に城ペンクラブが結成され、阿部を軸に池田・沖塩・大塚・黒川・内海・初井・真下・笹尾誠一・金田弘らが会員に名を連ねている。そして二十五年四月にこのクラブ主催の第一回ペン祭が開かれて、阿部の作品『新聞小僧』（昭和24年2月、講談社）の映画化についての監督本多猪四郎の講演他があり、機関紙「城」第一号が発行された。

他方、美術方面では昭和二十年初頭の戦時下に姫路美術協会が結成されて野里小学校で協会展を開催、戦後も引き続いて洋画の尾田龍・飯塚勇・内藤健一・横山央児、日本画の森崎伯霊・飯塚周悦・角谷紫光らが活躍した。映画関係では、良い映画を安く上映することをモットーに山本芳樹会長、黒川録朗副会長らで姫路映画サークル協議会が二十五年八月に結成され、今井正監督・薄田研二・山田五十鈴らを招いた座談会が開かれた。音楽関係では昭和十七年結成の姫路音楽文化協会以来、真下恭が一貫して先頭に立って定期演奏会を開催してきたが、戦後には勤労者音楽協議会（労音）が大阪を筆頭に各都市で結成される気運を受けて、姫路労音が二十九年九月に真下を会長として結成されている。その後、万年事務局長と呼ばれた河西公之の努力もあって、最盛期の姫路労音の会員数は四千人に達した。また二十七年に姫路交響楽団が、翌二十八年に姫路市民合唱団が結成された。

二十七年には鳳真治・渡辺絢三・菊池雄三らによる詩誌「群」が創刊されてもいる。三十三年に警察官職務法改正案が論議を呼び、城ペンクラブを中心に反対運動が起こるが、文学だけでなく広範な集まりを目指して姫路地方文化団体懇話会（姫路文団懇）が発足、安保闘争の時期には多方面のサークルが参加してきた。長く姫路を離れていた椎名麟三が突然黒川録朗を訪ね、姫路の人だけで手作りのミュージカルをやりたいという相談があり、黒川委員長・笹尾事務局長の下に椎名の「姫山物語」が公演されることになる。そこには作曲・歌・踊り・オーケストラ・合唱団・美術など多岐にわたる仕事を通して、多くの文化組織の結束を図ろうとする意図もあった。姫路にあった唯一の劇団西播劇場はその時には解散していたが、これを機会に姫路芸術集団が結成され、作曲は秋月直胤、舞台装置は姫路美術協会が担当し、総勢三百人の力を集めて三十八年に公演された「姫山物語」は、七千人近い観客を動員することができた。その後、姫路城天守閣の修理完成記念の祝典劇として再演され、劇団混沌を中心に配役も新たな形で再び舞台に上る。初演の際の姫山物語制作協議会と姫路地方文化団体協議会（前出の懇話会の後身）の両者は、三十九年に統合して姫路地方文化団体連合協議会（姫路文連）となり、会長には黒川が就任、姫路文団懇が創設した姫路文化賞は以後も引き継がれた。

一方では内海繁・米田穣・市川宏三らが四十二年に「姫路文学人会議」を創刊。当時姫路で出ていた月刊雑誌はこの他には詩誌「塩」と、門多幸一の後を受けた三田忠の総合雑誌「駟路《しろ》」だけであった。平成元年には宝谷叡・柳谷郁子らの文芸誌「播火」が創刊されて勢いを見せた。平成三年には準備期間五年を経て姫路文学館が開館、万葉学者の中西進を初代館長に迎え、副館長に就任した橘川真一の下に特別展を次々に開催している。（竹松良明）

姫路文化連盟主催　色紙短冊展　昭和21年７月
前列左から３人目真下恭、一人おいて阿部知二、池田昌夫。会場は、喫茶店カッスル。
写真提供 姫路文学館

14日）と評している。龍野には大正十年から十四年まで住んだ。「われは幼くその名知らざりし三木露風生まれたる家に近く住みゐき」（「短歌」昭和54年1月）。昭和五十一年三月、司馬遼太郎が「街道をゆく」の取材で、室津、龍野、山崎を訪ねた際、両夫妻がともに旅行した。山崎での安田の姿を司馬は「氏はこの小学校を出たが、たまりかねたように一人で校門を入ってゆかれた。そのときの姿は、思わず家内と顔を見あわせたほどに少年そのものであった。（略）つねに少年が居るのが、詩人としての氏の大きさ」（『安田章生文集』）だと記している。（高橋和幸）

安田純生　やすだ・すみお

昭和二十二年一月二十日～（1947～）。歌人、国文学者。大阪市東住吉区に生まれる。慶応義塾大学大学院修士課程、甲南大学大学院博士課程修了。兵庫県出身の歌人、祖父の安田青風の指導によって作歌、昭和四十四年、「白珠」に入会。伯父の安田章生の病没後の五十四年から選者となり、青風の没後の五十八年から代表となる。大阪樟蔭女子大学教授として専門の古代・中世の和歌文学を講じていたが、現在は講師として出講。古典和歌と現代短歌との両軸による作歌・評論に特色があり、現代短歌における文語の問題に深い関心がある。歌集『蛙声抄《あせい》』（昭和61年10月、短歌新聞社）、評論集『歌枕試論』（平成4年9月、和泉書院）、『現代短歌のことば』（平成5年5月、邑書林）などがある。〈たはむれに殺せし蛙も共に鳴き寝ねがたき夜の耳をうしはく〉。（太田　登）

安田青風　やすだ・せいふう

明治二十八年三月八日～昭和五十八年二月十九日（1895～1983）。歌人。兵庫県揖保郡石海村（現・太子町）に生まれる。本名喜一郎。十四歳で御津尋常小学校准訓導を務める。明治四十四年、姫路師範学校（現・神戸大学発達科学部）へ入学し、第一歌集『囚人の秋』（明治44年12月、千草書店）を刊行した。その後、服部嘉香の現代詩文社を経て、白日社に入り、前田夕暮に師事。また、三木露風の「未来」、室生犀星の「卓上噴水」に詩を発表した。大正八年、朝鮮公立小学校訓導となるが、病を得て、十年に帰国、兵庫県立龍野中学校（現・県立龍野高等学校）の教員となる。花田比露思の歌誌「あけび」に入る。石丸悟平の「生きて行く道」の歌壇欄の選者となる。昭和三年「水甕」に入る。五年に歌人社を起こし、「歌人」を十五号まで発行。七年四月、『春鳥』（水甕社）を刊行。大正三年から昭和五年までの作品が収められており、〈生徒らがゆきすぎしあとの土ぼこり稲の穂づらをなびき流れつ〉など、教員生活の中の折々の感慨をうたった歌をはじめ、伊和大神をうたった〈宍粟《しさは》の伊和大神がいつき座すやしろの森はとほくより見ゆ〉、生野銀山をうたった〈どんぞこの底のかなしきなりはひに鉱夫かんてらの心《しん》つみにけり〉など、土地にまつわる歌も多数ある。その後、『旅百首』（昭和8年8月、竹林社）、『山崎景物歌集』（昭和8年11月、山崎歌話会）、『寂光集』（昭和10年7月、私家版）、『宍粟名勝歌集』（昭和10年7月、山崎歌話会）など、矢継ぎ早に歌集を刊行。昭和十二年七月、相愛高等女学校（現・相愛大学）教員となり、大阪府豊中市に転居した。戦後、昭和二十一年十一月、長男の章生と「白珠」を創刊。『街空』（昭和22年7月、文化昂揚社）、『歳月』（昭和25年5月、白珠社）、『季節』（昭和30年4月、創元社）、『遍歴者』（昭和39年8月、創元社）、『立岡山』（昭和51年10月、創元社）などの歌集を刊行したほか、『短歌入門』（昭和31年5月、短歌友の会）、安田純生編『短歌小感』（平成9年3月、和泉書院）がある。戦後は、〈一本の松よろけたつ丘のうへああ松らしきそのよろけざま〉（『歳月』）など、人生や社会を凝視しつつ、それを象徴風にうたった作品がつくられた。兵庫をうたったものとしては、「揖保川」と題された〈平凡のゆゑにうとみしふるさとものごろ恋ひぬその平凡を〉（『季節』）、〈量感もなく六甲の山うかび仮面の春がまた近づくか〉（『遍歴者』）などがある。孫の安田純生も歌人。

（田口道昭）

安田均　やすだ・ひとし

昭和二十五年七月二十五日～（1950～）。小説家、翻訳家。神戸市に生まれる。京都大学法学部卒業。一九七〇年代にSF翻訳家として活躍、クリストファー・プリースト『逆転世界』、エドモンド・ハミルトン『虚空の遺産』などの翻訳を手掛けた。また、昭和六十一年にグループSNEを設立。「ロードス島戦記」や「ソード・ワールドRPG」などの総監修で知られる。神戸芸術工科大学先端芸術学部メディア表現学科特別教授。

（尾添陽平）

安水稔和　やすみず・としかず

昭和六年九月十五日～（1931～）。詩人。神戸市須磨区に父勝二、母しず子の次男として生まれる。昭和十九年四月、兵庫県立第四神戸中学校（現・県立星陵高等学校）に入学。二十年六月、神戸大空襲で被災したため、母の生家のある兵庫県龍野市（現・たつの市）に疎開し、兵庫県立龍野中学校（現・県立龍野高等学校）に編入する。終戦後もしばらく龍野市に在住し、二十三年四月、兵庫県立龍野北高等学校に、同年九月、兵庫県立龍野高等学校に編入する。二十四年三月、神戸市長田区に戻り、四月、兵庫県立長田高等学校に転入。二十五年三月、同校を卒業。同年四月、神戸大学文学部に入学する。同年十二月に詩誌「ぽえとろ」を創刊し、編集発行人となる。また翌二十六年三月には「春の唄」で有名な喜志邦三が代表を務める詩誌「交替詩派」に参加する。二十八年二月、「ぽえとろ」を十六号で廃刊する。同年七月、文芸誌「くろおぺす」が小島輝正主宰のもと創刊され、参加する。同年十一月、「交替詩派」が廃刊されるが、同じく喜志邦三により「再現」が創刊され、参加する。二十九年三月、神戸大学文学部英文学科を卒業し、同年十一月、松蔭女子学院中学校・高等学校に就職する。三十年三月、第一詩集『存在のための歌』（くろおぺす社）を刊行し、以後も精力的に詩作に励み、継続的に詩集を刊行。三十三年五月には詩誌「歴程」に参加する。三十五年三月、松笠玲子と結婚。同年十二月、詩誌「蜘蛛」を中村隆、君本昌久、伊勢田史郎と創刊し、「くろおぺす」を四十三号で廃刊。三十八年一月、「くろおぺす」の後継誌として「たうろす」を創刊。四十年四月、松蔭女子学院大学非常勤講師を兼任し、近代詩歌の授業を担当する。同年六月、「蜘蛛」を第八号で廃刊する。しかし、「蜘蛛」同人との交流は続いており、選詩集『一〇〇年の詩集―兵庫・神戸・詩人の歩み』（昭和42年11月、日東館）を蜘蛛編集グループ編で刊行したり、選詩集『神戸の詩人たち―戦後詩集成』（昭和59年7月、神戸新聞出版センター）や、選詩集『兵庫の詩人たち―明治・大正・昭和詩集成』（昭和60年12月、神戸新聞出版センター）を「蜘蛛」同人の君本昌久と共編刊行するなどしている。平成二年三月、松蔭女子学院中学校・高等学校を退職。同年十月、平成二年度神戸市文化賞を受賞。四年、神戸大学創立九十周年を機に「神戸大学学歌」

の作成を依頼され、制作。八年四月、神戸松蔭女子学院大学教授に就任。同年五月、詩文集『神戸これから—激震地の詩人の一年』（神戸新聞総合出版センター）刊行。同年十一月、兵庫県文化賞受賞。九年十一月、兵庫県現代詩協会が発足、初代会長に選出される。十年二月、詩文集『焼野の草びら—神戸今も』（編集工房ノア）を刊行。同年七月、「たうろす」廃刊。十一年には詩集『生きているということ』（平成11年3月、編集工房ノア）で、第四十回晩翠賞及び第五十三回神戸市平和賞（神戸新聞主催）を受賞。平成七年の阪神・淡路大震災の後は、震災をテーマにした作品を精力的に発表してきており、それが高く評価された。安水自身は震災と詩の関係について「詩で空腹を満たせるわけではない。被災地の人に何の足しにもならないかもしれない。しかし、言葉は生きている人の気持ちを書き留め、記憶を残すことができる。十年先、五十年先に読んだ時、「震災」という事件ではなく、そこに書き留められた人間の気持ちをすくい出せる。ある一行がひっかかりとなって、泣いたり、笑ったりする。震災で起きた心の反応は、戦災や、これから先のほかの何かでも起きるかもしれない。人ごとでなく、「みんなのこと」になる。言葉によってつながっていく」（「神戸新聞」平成11年11月23日）と述べている。また詩作の他にも、近年は日本の民俗学の祖と言われる菅江真澄を素材とした『眼前の人 菅江真澄接近』（平成14年12月、編集工房ノア）や、反戦を貫いた龍野出身の明治期の詩人内海信之を題材とした『内海信之 花と反戦の詩人』（平成19年9月、編集工房ノア）のような評伝的な作品も書き始めている。

＊存在のための歌《そんざいのためのうた》　詩集。〔初版〕昭和30年3月、くろおぺす社。◇第一詩集。二部構成で、一として「新年」「季節」「高原」「都市」「歌ふたつ 優しい歌 空しい歌」「存在のための歌」の六編、二として「一九五四年五月の歌」「旅の歌」「街の歌」「真昼の歌」の、計十編が収録されている。安永自身は「あとがき」で「詩はぼくの手を離れるとすぐどこかへ行ってしまう。時にもどってきて、ぼくをぶんなぐってまた逃げる。詩集を出すということは、つまり、手ひどくぶんなぐられることだ」と述べている。タイトルにも挙げられている「存在」という概念であるが、「一九五四年五月の歌」ではその「存在」を主題に詩を作っている。（天野勝重）

やすみりえ《やすみ・りえ》

昭和四十七年三月一日～（1972～）。川柳作家。神戸市に生まれる。本名 休理《やすみ》英子。大手前女子大学文学部英文科卒業。『やすみりえのとっておき川柳道場』（平成13年10月、図書出版浪速社）、『平凡な兎』（平成13年4月、JDC）、『やすみりえのトキメキ川柳』（平成17年6月、浪速社）などがある。各企業の川柳審査委員を経て、メニコン「目の川柳」審査委員長を務める。他に、カルチャーセンターの講師など幅広く活動。（吉本弥生）

矢月秀作《やづき・しゅうさく》

昭和三十九年十二月十四日～（1964～）。小説家。本名溝口伊朋。兵庫県姫路市に生まれる。現在は東京都世田谷区に在住。多種の職業に従事する傍ら、昭和六十一年頃から一般書の執筆を手がける。平成四年、官能小説誌の編集者として働き始めたのを機に、小説へと転向。官能、アクション、サスペンス等の作品を発表。後、フリーとなり、小説を中心に劇画原作、ゲームノベライズ等の分野も手がけている。『もぐら』

（平成10年6月、中央公論新社）シリーズ、『ＲＥＴＵＲＮ《リターン》』（平成13年1月、中央公論新社）、『鳥の森』（平成13年9月、広済堂出版）、『獄の極』（平成14年2月、中央公論新社）、『闇狩人《バウンティドッグ》』（平成14年9月、学習研究社）などの著作がある。（竹内友美）

柳沢健　やなぎさわ・けん

明治二十二年十一月三日〜昭和二十八年五月二十九日（1889〜1953）。詩人、随筆家。福島県会津若松に生まれる。第一高等学校（現・東京大学）を経て、大正四年東京帝国大学仏法科卒業。在学中の三年二月に三木露風の主唱で創刊された「未来」に同人として参加、同年十二月には第一詩集『果樹園』を東雲堂より刊行。富田砕花らとの詩誌「詩人」の創刊（大正5年12月）を経て、七年十一月には北村初雄、熊田精華との合著詩集『海港』を文武堂より出版。これに先立って逓信省に入り、横浜郵便局外信課長の職に就いていたが、八年、大阪朝日新聞社の論説委員となったのを機に兵庫県芦屋公光町での生活に入る。訳詩集『現代仏蘭西詩集』（大正10年2月、新潮社）のほか、『柳沢健詩集』（大正11年4月、新潮社）も刊行されたが、そこには黄昏の芦屋海岸に取材した詩「芦屋風景」が載る。声楽家の照井栄三らと詩と音楽の会を京阪神で開催したのもこの頃である。十一年六月、外務省に入り、芦屋を離れて東京へ移る。以後、フランス、スウェーデン、メキシコ、ポルトガルなどでの在勤を経ながら、『南欧遊記』（大正12年6月、新潮社）、『巴里を語る』（昭和4年10月、中央公論社）などの紀行文集や評論集、随筆集を刊行。晩年には、神戸の西村屋旅館内に設けられた「へちま倶楽部」を母胎とした雑誌「金曜」（昭和24年創刊）の執筆陣にも名を連ねた。（大橋毅彦）

柳田國男　やなぎた・くにお

明治八年七月三十一日〜昭和三十七年八月八日（1875〜1962）。民俗学者。兵庫県神東郡田原村辻川（現・神崎郡福崎町西田原）に生まれる。父松岡操の六男。兄に井上通泰、弟に松岡静男、松岡映丘らがいる。明治十二年、昌文小学校に入学。十六年に卒業、母たけの生地である北条町の高等小学校に入学した。十七年、一家で北条町に移転、翌年卒業。卒業後、辻川の三木家に預けられる。三木家では、四書五経をはじめ四万冊の蔵書を自由に読むことができ、柳田の膨大な知識を育んだ。二十年、茨城県北相馬郡布川町で医院を開業していた長兄鼎《かなえ》のもとに行く。二十二年、両親と弟たちも布川に同居。二十三年上京、開成中学校、郁文館中学校を経て、二十六年、第一高等中学校（のちの第一高等学校、現・東京大学）に入学。三十年、東京帝国大学法科大学政治科に入学、農政学を学ぶ。三十三年、卒業後、農商務省に入る。秋、柳田家の養嗣子になることが決まり、翌三十四年入籍。その後、法制局、宮内省を経て、大正三年、貴族院書記官長となる。八年に退官、翌年朝日新聞社客員、十三年に論説委員となる。昭和七年に退社して、研究活動に専念。戦後、二十一年に枢密院顧問官、翌二十二年芸術院会員、二十四年学士院会員、二十六年文化勲章を受章した。青年時代は、新体詩人として活躍したが、民間伝承に関心を抱くようになり、各地を行脚、明治四十二年三月、日本民俗学の出発点ともいわれる『後狩詞記』（自刊）を出版。以後、『遠野物語』（明治43年6月、自刊）、『山の人生』（大正15年11月、郷土研究社）、『民間伝承論』（昭和9年8月、共立社書店）、『妹の力』（昭和15年8月、創元社）、『海上の道』（昭和36年7月、筑摩書房）など百三十冊を越える著作を残した。一方、大正二年に「郷土研究」、十四年に「民族」などの雑誌を刊行し、昭和十年に民間伝承の会、二十二年に民俗学研究所を創設した。柳田民俗学の原点は、故郷辻川にあるといっていい。柳田はその故郷を「我村は日本にも珍らしい好い処であつた。水に随ふ南北の風透しと日当り、左右の丘陵の遠さと高さ、稲田に宜しき緩やかな傾斜面、仮に瀬戸内海の豊かなる供給が無かつたとしても、古人の愛して来り住むべき土地柄であつた」（『妹の力』）と讃えている。また、辻川は、旧生野街道と旧北条街道が交差する交通の要衝として、多くの商人が行き交う場所であった。そして、生野銀山への輸送路として道幅が拡張されるなど近代化の波による新旧風俗の移り変わりを目の当たりにした柳田は大きな知的刺激を受けた。松岡家は先祖代々学問・文化に秀でた家系であったが、経済的には苦労が多く、柳田自身も「方々から小僧に貰いうけようという話がかかっ」ていたという（『故郷七十年』昭和34年11月、のじぎく文庫。以下、特に引用文献を記さない場合は同書による）。長兄鼎は辻川の家で嫁を迎えたが、二組の夫婦と國男と弟たちが住むには家が狭く、そのことが要因で結婚に二度失敗、失意の後に上京し、布川で医院を開業、生涯望郷の念を持ち続けたという。柳田は、この兄の悲劇から「私の家は日本一小さい家だ」と語り、「この家の小ささ、という運命から、私の民俗学への志も源を発したといってよい」と言っている。また、柳田は、北条町にいた明治十八年、飢饉を経験している。貧民窟の近くに住んでいたため、町の有力な商家が食糧のない人たちのために焚きだしをしていたのを見、そのことをきっかけに「救荒要覧」という飢饉時に行われる救済のための諸施策をまとめたものを読んだという。そして、この体験が、後に農政学を修め、農商務省に入らせ、「民俗学の研究に導いた一つの動機」だと回想している。その他、辻川界隈には、遊び場だった鈴の森神社に神隠しの話があったり、釣りを楽しんだ市川の駒が岩には河童の伝説が残っていたりと、柳田自身が少年時代に見聞し、体験したものは、後の柳田の民俗学研究につながっていった。たとえば、『山の人生』には、話に聞いただけではなく、自分自身の体験として、ある日、昼寝から急に起き上がり、神戸に叔母などないにもかかわらず、遠方まで行ってしまい、人に声をかけられて家に戻された体験などが投影されているという。また、「幼いころ毎日のように後の丘にのぼって眺めた市川の洗足」という地名から、巨人伝説や古代人の葬地への関心を呼び起こしたともいう。辻川にあった高藤稲荷については「当時はほんの小さな祠であって、その森へのなつかしみが、稲荷信仰や、狐の研究に私が心を寄せるようになったもとであった」という。さらに、幼いころ「ジュズダマ」と呼び、その実に糸を通して「頸から帯のあたりにまで垂らして」遊んでいたものの由来をさぐる中で、日本民族の起源への考察にまでつながっていった（『海上の道』）。柳田の著作には、「私の故郷では」「われわれの子供のころには」に始まって、そこから別の地域との比較へと導かれ、民俗学的に考察されるという形が多く、柳田の故郷はまさに柳田民俗学の原郷といってもよい。なお、柳田の出郷後、父母も故郷を離れたため、故郷との関係は薄くなった。田山花袋や国木田独歩らとの合同詩集『抒情詩』（明治30年4月、民友社）に柳田は〈たのしかりつるわが夢は／草生るはかとなりにけり、／（中略）／さらば何しに帰りけん／をさなあそびの里河の／汀のいしにこしかけて／世のわびしさを泣かむ為〉（「年へし故郷」）と虚構を加えつつ故郷喪失者の悲しみをうたっている。故郷以外での兵庫県での足跡は、『北国紀行』（昭和23年11月、実業之日本社）に収められた明治四十二年の旅日記などにみることができる。その旅では、城崎や豊岡、出石、竹田などを訪れている。鶴山（現・豊岡市）では六羽のコウノトリを見て、〈つる山の鶴は巣立ちて遊ぶなり家なる稚児を思ひこそやれ〉という歌を残している。そして、生野にある祖父陶庵の墓を詣でた後、辻川への帰郷を果たしている。辻川では三木家を訪れているが、「少年の頃によく世話になつたる老刀自は、この三月に世を去りたまへりと聴きて、胸を打つ」とある。晩年に語った『故郷七十年』は、年少の頃離れたこの故郷を中心に自身の原点をふんだんに語ったものだった。

＊**故郷七十年**《こきょうしちじゅうねん》　回想記。〔初出〕「神戸新聞」昭和33年1月9日～9月14日。〔初版〕昭和34年11月、のじぎく文庫。◇嘉治隆一が聞き役となって、柳田の回想をはじめ、柳田の民俗学がどのように成立していったのかを語ったもの。「私の生家」「辻川の話」「兄弟のこと」「私の学問」などの章に、故郷辻川のこと、先祖や家族のことが記載されている。当時、柳田と故郷の関係は、「故郷というものは、伯父や従兄弟など、そういった人々があってこそ温い所なのだが、私の両親は兄弟のない人だったし、せいぜい故郷には次兄（井上通泰＝引用者注）の養家先がある程度。そこも帰郷して訪れるには億劫なところであり、一年ほど預けられたことのある辻川の三木拙二氏の宅にゆく以外にない」といった状況だったが、「そのためにとくにいつまでも、故郷がなつかしいのかもしれない」、「聞く人さえあれば、じつはしゃべってみたかった」と述べ、七十年以上前の思い出を端々にわたって答えたものとなっている。（田口道昭）

柳谷郁子　やなぎたに・いくこ

昭和十二年（月日未詳）～。（1937～）。小説家。長野県岡谷市に生まれる。早稲田大学教育学部卒業。昭和六十二年、第一回神戸新聞文芸賞小説部門優秀賞受賞。兵庫県姫路市在住で、地元の同人誌「播火」の編集長を務める。『姫路文学散歩』（共著、平成3年11月、神戸新聞総合出版センター）では同市出身の詩人（歌人）有本芳水について論じている。『諏訪育ち』（平成14年1月、三月書房）、『姫路城を彩る人たち』（平成12年12月、神戸新聞総合出版センター）でも播州について語っている。（高橋和幸）

矢野勘治　やの・かんじ

明治十三年十二月（日未詳）～昭和三十六年六月十八日（1880～1961）。詩人、俳人、歌人。龍野市（現・たつの市龍野町）日山の呉服商三木定七の次男として生まれる。号興安嶺。矢野静塵（皆山）の塾で優秀さを認められ、十五歳で養子になる。明治二十九年上京、日本中学校二年に編入。第一高等学校（現・東京大学）を経て東京帝国大学卒業後、横浜正金銀行に入り、後、取締役になった。高等学校時代、子規門下に入り、根岸短歌会の歌会形式を龍野に持ち込む。また一高寮歌「春爛漫の花の色」「嗚呼玉杯に花うけて」を作詩した。昭和十五年職を辞し、二十年に戦災後の龍野に帰った。矢野邸は龍野町上霞城にあったが、生前、町の若者が邸前で「春爛漫」「嗚呼玉杯に」を合唱したという。邸宅の東隣は龍野文学館霞城館（矢野勘治記念館）で、三木露風や三木清の資料がある。中霞城の児童公園内には、前二作の寮歌の詞碑が建てられてい

る。三十年に龍野市名誉市民。（高橋和幸）

矢野徹《やの・てつ》

大正十二年十月五日～平成十六年十月十三日（1923～2004）。小説家、翻訳家。愛媛県松山市に生まれる。兵庫県立第三中学校（現・県立長田高等学校）の出身で少年期を神戸で過ごした。昭和十八年、中央大学卒業、陸軍に入隊。敗戦後、海外SF小説に熱中する。日本SF界の草分け的存在で、翻訳および創作作品を多数手掛ける。三十二年、日本最初のSF同人誌「宇宙塵」に筆頭同人として参加。五十三年～五十四年には日本SF作家クラブ二代目会長も務めた。六十年に角川春樹によりアニメーション映画化された「カムイの剣」の原作者として知られる。（西尾宣明）

やぶうち優《やぶうち・ゆう》

昭和四十四年十二月一日～（1969～）。少女漫画家。兵庫県西宮市に生まれる。昭和五十八年、「ボインでごめん!」（「ちゃお」9月号増刊）でデビュー。その当時の筆名は、藪内優。「ちゃお」「Chu Chu」等の少女漫画雑誌に作品を発表。また、「小学五年生」など小学館の学習雑誌で、性教育を絡ませた漫画も執筆している。代表作は「水色時代」シリーズ（平成3年11月～9年4月、小学館）で、平成八年にTVアニメ化されている。（森本智子）

山形裕子《やまがた・ゆうこ》

昭和八年七月二十七日～（1933～）。歌人。神戸市に生まれる。神戸大学教育学部卒業。昭和四十二年、短歌雑誌「水甕」に参加。五十五年、水甕賞受賞。平成四年より「水甕」の選者となる。他に、「環」や「をがたま」にも参加する。歌集に『十二時へ』（昭和54年9月、不識書院、以下三作も同じ）、『鴉座の星』（昭和58年9月）、『かばれっと』（平成4年11月）、『子どもなんか』（平成12年1月）がある。『ぼっかぶり』（平成18年12月、ながらみ書房）の「あとがき」にあるように、実家は「江戸期以来の神戸人」であり、ごきぶりの神戸弁である〈ぼっかぶり〉を表題にした本歌集には、戦時下の神戸に生きた少女の体験が詠われている。集中には、ナチスに追われ神戸に身を寄せていた亡命ユダヤ人やドイツ人の姿もある。〈さよならも言わずにみんな消えてゆく神戸に火の雨降る日が近い〉。六甲在住。（権藤愛順）

山口誓子《やまぐち・せいし》

明治三十四年十一月三日～平成六年三月二十六日（1901～1994）。俳人。京都市上京区岡崎町（現・左京区岡崎）に生まれる。本名新比古《ちかひこ》。明治四十四年、祖父の樺太日日新聞社長就任にともない樺太に移住。大正三年、北海道庁（現・樺太庁）立大泊《おおどまり》中学校（廃校）入学、国語教師の影響で俳句に関心をもった。六年に京都府立第一中学校（現・府立洛北高等学校）に転入、八年、第三高等学校（現・京都大学）文科に入学。京大三高俳句会で日野草城、鈴鹿野風呂の指導をうけ、「ホトトギス」「京鹿子」の俳誌に投句。十一年、東京帝国大学法学部に入学、東大俳句会で水原秋桜子に兄事するとともに高浜虚子に師事し、句作に専念する。この頃、斎藤茂吉の『赤光』（大正2年10月、東雲堂）とその写生理論である〈生きのあらはれ〉に共鳴し、生命感のある句作につとめる。十五年に大学を卒業し、大阪住友合資会社に入社。昭和二年に「ホトトギス」の課題句選者となり、四年に「ホトトギス」同人となった。この時期に水原秋桜子、高野素十、阿波野青畝らと四Sの一人として注目された。虚子の「花鳥諷詠」論に飽き足らない秋桜子が「馬酔木」（昭和3年7月創刊）を拠点に推進する新興俳句運動に同調するようになった。七年五月に刊行の第一句集『凍港《とうこう》』（素人社）は、西脇順三郎の詩論や映画のモンタージュ手法を摂取した斬新な写生構成によって俳壇に新風を起こした。〈ピストルがプールの硬き面にひびき〉〈枯園に向ひて硬きカラア嵌む〉〈夏の河赤き鉄鎖のはし浸る〉などの代表作を収めた『炎昼』（昭和13年9月、三省堂）では、映像的視覚的手法によるより新しい言語表出が示された。九年二月、「京大俳句」（昭和8年1月創刊）に関係し、十年、「ホトトギス」同人を離脱し、秋桜子の「馬酔木」に加盟、連作俳句に才知を発揮した。十七年、胸部疾患の長期療養のため大阪住友合資会社を退社。戦後は、療養生活を続けながら第二芸術論争にたいし実作者の立場から俳句の近代文学としての可能性について積極的な提言をした。二十三年一月、西東三鬼、橋本多佳子らの尽力によって、戦前の新興俳句運動にかかわった同志を主要同人とした「天狼」を創刊、主宰となった。生命を一元的に把握する〈根源俳句〉を標榜し、〈行く雁の啼くとき宙の感ぜられ〉という自然と自己の融合する絶対的境地にいたり、多くのすぐれた後進を育成した。二十四年、中日文化賞を受賞。二十八年、西宮市苦楽園の山上に転居。三十二年から朝日俳壇の選者をつとめる。六十二年に芸術院賞を受賞、六十三年に神戸大学名誉博士号を授与される。平成元年、朝日賞を受賞、四年に文化功労者に選ばれた。六年三月二十六日、呼吸不全のため神戸市内の病院で死去。二十九日、西宮市の山手会館で葬儀が営まれた。九年の命日に西宮市苦楽園の敷地跡に〈虹の環を以て地上のものかこむ〉の句碑が建立された。句集は第一句集の『凍港』をはじめ十一冊、その生涯に約一万句を残したといわれる。『山口誓子全集』全十巻（昭和52年1月～10月、明治書院）がある。なお、誓子は生前に蔵書、土地、著作権などのすべての財産（遺産）を神戸大学に寄付し、それを基金として平成十三年一月に「山口誓子記念館」が神戸大学のキャンパスに建設された。誓子の著作権継承者は神戸大学として登録されている。

＊凍港《とうこう》　句集。〔初版〕昭和7年5月、素人社。◇第一句集。大正十三年から昭和七年までの「ホトトギス」入選句（虚子選）から自選した二九七句を所収。「今の俳句界の誓子君に待つところのものは多大である」という虚子の序文がある。一句一句の独立性を重視する立場から一つのテーマに基づいて句を組み立てるという「モンタージュ方式」（写生構成説）を提唱し、〈蟷螂《いぼむしり》の蜂を待つなる社殿かな〉〈蟷螂の鋏ゆるめず蜂を食む〉〈蜂舐《ね》ぶる舌やすめずに蟷螂〉〈かりかりと蟷螂の皃《かお》を食む〉〈蟷螂が曳きずる翅の襤褸《つづれ》かな〉の五句の連作形式で証明した。この句集巻末の「虫界変」は、昭和六年の秋、四条畷神社の拝殿で目撃した情景を連作にしたものといわれている。ほかに神戸市東灘区の住吉での風景を詠んだ〈住吉に凧揚げゐたる処女はも〉、大阪道頓堀の映画街を詠んだ〈日蔽やキネマの衢《ちまた》鬱然と〉、宝塚ホテルでの催しを詠んだ〈昇降機聖誕祭のとつくにびとと〉〈扉のひまに厨房見ゆるクリスマス〉〈映画会聖誕祭の童ばかり〉ダンスホール宝塚会館でのジャズ演奏を詠んだ〈をとめ等の奏づるジャズに除夜咲きし〉〈歓楽のジャズに年去り年来たる〉、神戸の造船所を詠んだ〈海の春造船工は碧き服を〉などにも新しい素材拡大への意欲がうかがえる。

（太田　登）

山口茂吉　やまぐち・もきち

明治三十五年四月十一日～昭和三十三年四

月二十九日（1902～1958）。歌人。兵庫県多可郡杉原谷村（現・多可町）に生まれる。大正十三年、中央大学商学科卒業、明治生命に入社。同年、短歌雑誌「アララギ」に入会。翌年、斎藤茂吉にはじめて接し、以後、深い師弟関係を結び、昭和二十六年から三十二年まで岩波書店刊の『斎藤茂吉全歌集』の編集、校訂にも尽力した。歌集『杉原』（昭和17年4月、墨水書房）に、故郷原産の上質和紙について詠んだ〈杉原紙の原産地の名はのこれども紙を漉く家いま村になし〉を収めている。また、故郷に〈春の雪峯降りしつつ寒からむわがふるさとの村を思へば〉の歌碑がある。（田口道昭）

山崎豊子 やまさき・とよこ

大正十三年十一月三日～（1924～）。小説家。大阪市に生まれる。本姓杉本。京都女子専門学校（現・京都女子大学）国文科を昭和十九年に卒業。同年、毎日新聞大阪本社に入社。調査部を経て、学芸部で当時副部長だった井上靖の指導をうけ、生家の昆布屋をモデルとした『暖簾』（昭和32年4月、東京創元社）で作家デビュー。吉本興業創業者の吉本せいを主人公とした『花のれん』（昭和33年6月、中央公論社）で第三十九回直木賞受賞。同年、退社して執筆に専念。足袋問屋の息子を主人公とした『ぼんち』下（昭和34年11月～35年1月、新潮社）で大阪府芸術賞、『花紋』（昭和39年6月、中央公論社）で婦人公論読者賞、四十三年、「花宴」（「婦人公論」昭和43年）でも同賞受賞。平成三年、第三十九回菊池寛賞受賞。医学界の権力闘争にメスを入れた『白い巨塔』（正・昭和40年7月、続・44年11月、新潮社）は大阪大学医学部を、経済界を舞台とした『華麗なる一族』上・中・下（昭和48年4月～6月、新潮社）は神戸銀行（現・三井住友銀行）をモデルとしており、大阪の自営業の人間模様を題材とした初期作品とともに、上方文化に根ざした独自の作風を通じて広く社会的な問題提起を行ってきた。その後、視野を国際化して戦争問題に注目し、『不毛地帯』上・中・下（昭和51年6月～53年9月、新潮社）、『二つの祖国』上・中・下（昭和58年7月～9月、新潮社）、『大地の子』上・中・下（平成3年1月～4月、文芸春秋）の戦争三部作を発表。『二つの祖国』はNHK大河ドラマに、『大地の子』は日中合作でドラマ化。デビュー作『暖簾』も「横堀川」としてNHKでドラマ化されており、『ぼんち』は市川雷蔵主演で映画化、代表作の多くが映画化、ドラマ化されて社会的注目を集めていることも大きな特徴である。『白い巨塔』『華麗なる一族』は、二十一世紀になってもドラマ化され、リバイバル・ブームの様相を呈した。日航機墜落事故（昭和60年発生）を題材とした『沈まぬ太陽』全五巻（平成11年6月～9月、新潮社）、西山事件をモデルとした『運命の人』全四巻（平成21年9月、文芸春秋）と、問題提起を様々な業界に広げ、本格的な社会派小説の作家として「日本のバルザック」とも称される。平成五年十月、中国残留孤児の帰国子女に奨学金助成を行う山崎豊子文化財団を設立。『山崎豊子全集』全二十三巻（平成15年12月～17年11月、新潮社）。上方ものでは女性の活躍が目立つが、業界ものでは男社会が主題となり、女性は脇役になりがちである。二十年、第四十三回大阪市市民表彰を後進のためと辞退。（佐伯順子）

山崎なずな やまざき・なずな

昭和十七年三月二十五日～（1942～）。児童文学者。兵庫県に生まれる。国際基督教大学人文科学科を卒業。児童文学同人「しゃっぽ」の設立に加わり、創作を開始する。

昭和六十三年、「まほうのガラスびん」で第三回家の光童話賞を受賞。作品に『草かんむりの女の子』（昭和60年1月、偕成社）、『アカシアゆうびん局のお客さん』（平成元年10月、リブロポート）、『木かげのアカシアゆうびん局』（平成4年6月、リブロポート）などがある。

（橋本正志）

山崎正和 やまざき・まさかず

昭和九年三月二十六日〜（1934〜）。劇作家、評論家。京都市左京区に正武、花子の第一子長男として生まれる。京都大学文学部哲学科卒業、同大学院博士課程修了。文学博士。エール大学客員講師、関西大学文学部助教授、大阪大学教授、東亜大学学長などを経て、LCA大学院大学学長、中央教育審議会会長。戯曲に『世阿彌』（昭和38年3月、第九回岸田國士戯曲賞受賞。昭和39年11月、河出書房新社）。評論には『劇的なる日本人』（昭和46年7月、新潮社）、『鷗外 闘う家長』（昭和47年11月、河出書房新社。第二十四回読売文学賞受賞）など。昭和五十二年、兵庫県西宮市西平町に転居。六十年四月、公立高校初の演劇科新設に伴い、兵庫県立宝塚北高等学校で特別講師を勤める。平成三年、兵庫県が自ら創造し県民とともに創造するパブリックシアターをめざした、兵庫県立芸術文化センター開館に先駆けた〈ソフト先行事業〉「ひょうご舞台芸術」（兵庫現代芸術劇場）初代芸術監督に就任（平成15年芸術顧問に就任）。平成四年三月、「ひょうご舞台芸術」旗揚げ公演「獅子を飼う—利休と秀吉」（演出栗山民也、主演平幹二朗、五代目坂東八十助〈現・十代目坂東三津五郎〉）を、また五年には同じく第二回公演「実朝出帆」（演出鴨下信一、主演篠井英介）を、ともに新神戸オリエンタル劇場（神戸市中央区）で上演。七年一月十七日、西宮市の自宅で阪神・淡路大震災に被災。〈神戸の火〉を守るべく文化産業による地域振興をも視野に入れつつ同年六月、「ひょうご舞台芸術」第九回公演「GHETTO／ゲットー」を新神戸オリエンタル劇場で上演。第二次大戦中のリトアニアのユダヤ人居住区の史実に取材したもので、極限状況下での芸術を追究、第三回読売演劇大賞受賞。十二年一月〜二月、新神戸オリエンタル劇場で、「二十世紀」上演。「Life」誌などで活躍したカメラマンの生涯を通して二十世紀を提示。演出栗山民也、主演麻実れい。十七年十月、兵庫県立芸術文化センターが西宮市に開館、芸術顧問に就任、演劇部門の柿落しに新作「芝居—朱鷺雄の城」を上演。他に丸谷才一との対談「西宮 芦屋」（「くりま」昭和56年夏）がある。平成十八年、文化功労者。

（花﨑育代）

山田真哉 やまだ・しんや

昭和五十一年六月十六日〜（1976〜）。会計士、小説家。神戸市に生まれる。兵庫県立神戸高等学校を卒業後、大阪大学文学部に入学。日本史専攻。大学卒業後、予備校職員を経て公認会計士となる。ベストセラー『さおだけ屋はなぜ潰れないのか?』（平成17年2月、光文社新書）等の会計入門書や、会計士藤原萌実が活躍し、漫画にもなった推理小説〈女子大生会計士〉シリーズ等を執筆。同シリーズでは萌実の実家の神戸を舞台にした話「〈真夏の白昼夢〉事件」（『女子大生会計士の事件簿6』平成19年12月、英治出版）もある。

（西川貴子）

山田清三郎 やまだ・せいざぶろう

明治二十九年六月十三日〜昭和六十二年九月三十日（1896〜1987）。小説家、評論家。京都市下京区間之《あいの》町通《まちどおり》竹屋町に生まれる。小学校中退後、京都で給仕や丁稚奉公した後に出奔、神戸・大阪・尼崎で新聞配達や見習い工などを経験する。大正七年、上京。新聞配達人から配達主任になるが、十一年三月に民衆文芸社に入り「小説倶楽部」の編集に当たる。十二年七月の「種蒔く人」参加後は、「文芸戦線」（大正13年創刊）、「戦旗」（昭和3年創刊）編集兼発行人や日本プロレタリア作家同盟委員長などを務め、プロレタリア文学運動の中枢で実務的能力を発揮した。獄中体験記『耳語懺悔』（昭和13年10月、六芸社）で転向を表明。昭和十四年、満洲に渡り同地で「満洲新聞」「満洲公論」の編集に携わった。初期の小説に、神戸における新聞社間の特ダネ争いを書いた「特種と支社長」（「労働立国」大正12年8月）があり、評論集に『日本プロレタリア文芸運動史』（昭和5年2月、叢文閣）、『プロレタリア文学史』（昭和29年5月・6月、理論社）などがある。

（前田貞昭）

山田弘子 やまだ・ひろこ

昭和九年八月二十四日～平成二十二年二月七日（1934～2010）。俳人。兵庫県朝来《あさご》郡和田山町（現・朝来市）に生まれる。武庫川女子短期大学英文科卒業。中学生前後から但馬の児童文芸誌「草笛」（表紙版画・金山和平）に俳句、詩、短歌等を投稿する。昭和四十五年より「ホトトギス」へ投句、五十五年に「ホトトギス」同人。平成七年一月、主宰俳誌「円虹」発行準備中に阪神・淡路大震災に遭遇した。十一年から沖縄宮古島の子供たちと俳句を通じて交流し、「宮古毎日新聞」等に選評を載せる。二十二年、自宅で急逝。句集に『蛍川』（昭和59年8月、東京美術）、エッセイ集に『草摘』（平成20年3月、角川ＳＳＣ）など。〈杉葉かきふと残雪を見かけたり〉（「草笛」昭和24年）、〈蟹ちりに煮込む但馬の冬菜かな〉（『蛍川』）。

（青木亮人）

山田風太郎 やまだ・ふうたろう

大正十一年一月四日～平成十三年七月二十八日（1922～2001）。小説家。兵庫県養父郡関宮町関宮村（現・養父市関宮）に、父太郎、母寿子の長男として生まれる。本名誠也。父母ともに医者の家系であり、太郎は当時の関宮村に唯一の医院、山田医院を開いた。昭和二年十二月、太郎が急逝し、母は、太郎の弟であり医師であった孝と再婚する。関宮村立小学校を経て、十一年、兵庫県立豊岡中学校（現・県立豊岡高等学校）に四十期生として入学。十二年、母親が肺炎で急逝。叔父の孝が養父となって、山田医院の跡継ぎとして育てられるも、自らが「魂の酸欠状態」と呼ぶ青年時代が始まる。中学時代は寄宿舎の屋根裏に「天国荘」なる秘密の小部屋を設置、自らのコードネームを「風」としていた。三度の停学処分を受けるなど、いわゆる「不良」であったが、一方で、十五年二月、「映画朝日」に投稿した「中学生と映画」が採用される。また「受験旬報」（旺文社、現「蛍雪時代」）の懸賞小説に「石の下」が入選、十五年二月上旬号に掲載される。これらの作品を投稿する際に、コードネーム「風」から筆名を「風太郎」としたとされる。以後八回ほど入選。十七年、大学受験に失敗したのを期に家出同然で上京、沖電気に勤める。十九年に召集されるも、肋膜炎を病んでいたため入隊せずにすむ。同年、東京医学専門学校（現・東京医科大学）に入学。二十二年、三年生の時に「達磨峠の事件」が「宝石」の第一回探偵小説懸賞に入選、一月号に掲載される。この時、江戸川乱歩に評価され、探偵作家として作家活動を始める。初の作品集となる『眼中の悪魔』（昭和23年11月、岩谷書店）を刊行後、二十四年には「眼中の悪魔」（「別冊宝石」昭和23年1月）、「虚像淫楽」（「別冊旬刊ニュース」昭和23年5月）で第二回探偵作家クラブ賞（現・日本推理作家協会賞）を受賞。二十五年三月に東京医科大学を卒業するが医者にはならず、作家活動を続ける。同年、豊岡中学校時代の逸話をベースにした「天国荘綺談」（「宝石」1月、のちに「天国荘奇譚」と改題）を発表。〝戦後の五人作家〟と言われ、高杉彬光らとともにミステリー作家として高い評価を得ると同時に、時代小説（『妖異金瓶梅』昭和29年12月、大日本雄弁会講談社）やユーモアナンセンス小説（『陰茎人』昭和29年11月、東京文芸社など）を発表。その後、「甲賀忍法帖」（「面白倶楽部」昭和33年12月～34年11月）で新境地を切り開き、「忍法帖シリーズ」により人気作家の地位を不動のものとした。以後も旺盛な執筆活動は続き、「からすがね検校」（「オール読物」昭和46年3月）を皮切りに、『斬奸状は馬車に乗って』（昭和48年5月、講談社）などの幕末ものを発表するのとほぼ並行して、「警視庁草紙」（「オール読物」昭和48年7月～50年12月）を執筆、明治ものと言われる独自の作品世界を展開した。六十一年には、死の記録のみを収集した『人間臨終図巻』上・下（昭和61年9月、62年3月、徳間書房）を刊行し、話題となった。平成元年には「室町少年倶楽部」（「オール読物」平成元年1月増刊号）、「室町の大予言」（「小説新潮」平成元年3月）をそれぞれ発表、新たに室町ものというジャンルを開拓する。そうした創作分野での執筆と同時に、青年期から連綿と書き綴られてきた「日記」は、『戦中派不戦日記』（昭和46年2月、番町書房）が刊行されると同時に注目され、「戦中派」の思想を記録した貴重な資料として続々刊行されており、現在では昭和十七年から二十七年までの日記を読むことが出来る。最後の小説作品は「柳生十兵衛死す」（「毎日新聞」平成3年4月1日～4年3月25日）で、この頃から、白内障や糖尿病、パーキンソン病などを患ったことで、小説の執筆が困難になったと思われる。以降はエッセイ「あと千回の晩飯」（「朝日新聞」平成6年10月～8年10月）や、ロングインタビュー『いまわの際に言うべき一大事はなし』（平成10年11月、角川春樹事務所）などが刊行された。平成九年十二月に第四十五回菊池寛賞を、十二年には第四回日本ミステリー文学大賞を受賞。十三年六月から入院、七月二十八日に死去。生前から自身の戒名を「風々院風々風々居士」と定めており、墓石には「風ノ墓」と刻まれている。平成十二年、小学校や豊岡中学校時代の友人たちによって山田風太郎の会が結成され、当時の関宮小学校の跡地に「山田風太郎記念館」が建設された。山田風太郎自身から一五〇〇点に上る資料の寄贈があり、親戚等からも多数の資料提供がなされたこともあり、十五年四月に開館となった。自筆原稿、創作ノート、初版本、愛蔵品などが展示、紹介されており、書斎も再現してある。近くには風太郎の生家や、関宮小学校創立百周年記念に風太郎が碑文を寄せた石碑などもあり、風太郎の足跡《そくせき》をつぶさにたどることができる。また、旧制中学時代に友人たちとやり取りをした多くの手紙類が、山田風太郎の会副会長である有本倶子氏によって『山田風太郎　疾風迅雷書簡集』（平成16年12月、神戸新聞綜合出版センター）としてまとめられている。出生地である但馬地方を舞台にした作品は、特に初期に多く見受けられる。旧制中学時代に書いた「石の下」は、関宮の生家が舞台となっており、主人公の少年には当時の誠也（風太郎）の境遇が大きく投影されている。また、デビュー作である「達磨峠の事件」の事件現場「達磨峠、A村、B部落」は、関宮にある八井谷峠とその近辺をモデルにしていると考えられる。「達磨峠の事件」と同時に「宝石」の第一回探偵小説懸賞に応募した『雪女』（昭和23年11月、岩谷書店）は、「私」という主人公を含め、曾祖父の小畑稲升や山田家の菩提寺である金昌寺など、生家とその周辺の建物や人々を配置し、幻想的な雪深い山の風景とともに描き出した作品である。その他にも「旅の獅子舞」（「新青年」昭和24年11月）、「山童伝《やまわらべ》」（「面白倶楽部」昭和26年3月）など、但馬地方を舞台とした作品は数多く残されている。

＊天国荘奇譚《てんごくそうきたん》　短編小説。〔初出〕「宝石」昭和25年1月。初出時のタイトルは「天国荘綺談」。〔初収〕『日本探偵小説全集』第十四巻、昭和29年7月、春陽堂、夢野久作との合集として刊行。〔所収〕『山田風太郎奇想小説全集』二、昭和39年10月、桃源社、「天国荘奇譚」と改題。◇旧制中学の寮の屋根裏に秘密裏に創られた「天国荘」なる小部屋を舞台に繰り広げられる「悪戯な少年たち」の物語。作中で「豊国中学」となっているのは旧制豊岡中学、「青雲寮」とあるのは、風太郎がいた「和魂寮」のことである。風太郎自身はこの作品について「若気の至りで、毒気が強すぎて我ながら不愉快なので、読み返したこともないが、詳しくはこの作品に書いた通りであり、その何割かの原型は実話である」（『風眼抄』昭和54年10月、六興出版）としている。しかし、〝雨、風、霧、雷〟と符丁で呼び合った仲間のうち半数は戦死した事をふまえると、「少年たちは、そのとき夢想だにしなかったその後の十年間の悲壮な嵐の中に、ほとんど半ば、勇ましい姿を、永遠にこの地上から消してしまった」という一文と共に、風太郎流のオマージュとしての側面を見せてくれるのである。

＊わが家は幻の中《わがいえはまぼろしのなか》　エッセイ。〔初出〕「小説現代」昭和54年4月。〔初収〕『風眼抄』昭和54年10月、六興出版。◇関宮の生家に思いを馳せたエッセイ。出自、幼少の頃のかすかな記憶にある父母の様子、獅子舞一行の想い出、北但大地震の記憶、父と母の死、と、丹念に綴られた風景は、幼少期の誠也少年の精神的軌跡を辿るにふさわしい一文である。特に、母親の死に「以後、私にとって薄闇の時代が始まる。この年齢で母がいなくなることは、魂の酸欠状態をもたらす。その打撃から脱するのに、私は十年を要した」と心情を吐露しているのは、風太郎の作風としては異質であるが、それだけにいっそう衝撃的な印象を与える。なお、関宮の山田医院は、東京医学専門学校の学費を工面する時、「学費は借金として自分に負わせるという。そのタンポとして診療所の名義を書きかえる」（『戦中派虫けら日記』昭和19年4月16日の記事）という叔父からの条件をのむ形で名義変更された。

（小谷口綾）

山南律子　やまなみ・りつこ

大正十四年（月日未詳）〜（1925〜）。詩人。兵庫県に生まれ、尼崎や西宮に暮らす。昭和三十三年に「月曜日」、四十九年に「クワルテット」、平成五年に「輪」など、神戸市で発行される詩誌に参加して詩を発表。杉山平一は『予感』（昭和38年2月、蜘蛛出版社）所収の初期詩編に「童話的な資質」を指摘する。詩集に『花がたみ』（平成2年9月、編集工房ノア）、『とき色の塔』（平成10年5月、詩画工房）、『鶴の声』（平成15年1月、編集工房ノア）がある。

（前田貞昭）

山村順　やまむら・じゅん

明治三十一年一月二十五日〜昭和五十年十二月二十二日（1898〜1975）。詩人。東京市神田区錦町（現・東京都千代田区）に生まれる。大阪市立甲種商業学校（現・市立天王寺商業高等学校）卒業。大正十四年、竹中郁と福原清が前年に創刊した詩誌「羅針」に参加。他に同人誌「智慧樹」「薔薇派」「青樹」「旗魚」にも参加。詩集に木水彌三郎との共著『青い時』（大正13年6月、私家版）、『おそはる』（大正15年6月、海港詩人倶楽部）、『水兵と娘』（昭和5年11月、青樹社）、『空中散歩』（昭和7年3月、旗魚社）、『花火』（昭和25年10月、文童社）、『奇妙な告白』（昭和32年7月、国文社）などがある。（國中　治）

山村美紗　やまむら・みさ

昭和九年八月二十五日〜平成八年九月五日（1934〜1996）。小説家。京都市に生まれる。父、木村常信（京都大学名誉教授）の仕事の関係で幼少時代は京城（現・ソウル）で過ごし、戦後、日本に引き揚げた。昭和三十二年、京都府立大学文学部国文科を卒業し、同年から京都市立伏見中学校の教師となる。同僚だった山村巍（退職後、画家になる）と結婚し、辞職して家庭に入るが、四十二年頃から創作活動を始め、テレビドラマ「特別機動捜査隊」の脚本も担当するようになる。四十六年、「死体はクーラーが好き」（「小説サンデー毎日」昭和46年6月）が小説サンデー毎日新人賞候補となり、四十九年、『マラッカの海に消えた』（昭和49年1月、講談社）で本格的にデビューする。五十八年、『消えた相続人』（昭和57年12月、カッパ・ノベルス）で第三回日本文芸大賞を受賞。また平成四年には第十回京都府文化賞や京都府あけぼの賞を受賞した。京都を舞台にした推理小説が多い。アメリカ副大統領の娘キャサリンを主役とするもの、祇園の舞妓小菊を探偵とするもの、葬儀屋社長石原明子を主人公とするもの、推理作家でニュースキャスターである沢木麻沙子を探偵とするもの、看護婦戸田鮎子を主人公とするもの、女検視官江夏冬子を探偵とするものなど、数多くのシリーズ作品があり、その多くはテレビドラマ化されている。「トリックの女王」「日本のアガサ・クリスティー」とも称された。京都を舞台にした作品が多いが、神戸に対しても深い想いを抱いていたようで、阪神・淡路大震災に関して「幼いころ、外地で育った私にとって、神戸は、その外地に似た異国情趣のあるシャレた街として、あこがれの都市だったので、ショックを受けた」と語り、盲腸の手術の失敗で病床にいたため、ボランティアに行けないので、「私の小説の主人公のキャサリンに、代わりに行ってもらうことにした。早く神戸が復興し、被災された方々が元気になられることを祈りながら書いた」として、『神戸殺人レクイエム』（平成7年9月、光文社）を発表している。他にも神戸を舞台にした作品として、クイズ番組をきっかけとして知り合った四人組の京都、神戸のグルメ旅行中で起こった殺人事件を書いた『京都・神戸殺人事件』（昭和62年10月、カッパ・ノベルス）などがある。（西川貴子）

山本周五郎　やまもと・しゅうごろう

明治三十六年六月二十二日〜昭和四十二年二月十四日（1903〜1967）。山梨県北都留郡初狩村（現・大月市初狩町）に父逸太郎、母とくの長男として生まれる。本名清水三《さ》十六《とむ》。明治四十年上京、大正五年、横浜の西前小学校卒業。東京木挽町の山本周五郎商店に丁稚として住み込み、洒落斉を雅号とした質店主から深い影響を受けた。十二

や

年九月の関東大震災で質店が羅災し解散したので、三十六は関西に発展を求め、兵庫県豊岡で短期間新聞記者をした後、神戸市須磨区離宮前にあった小学校の級友の姉が嫁いだ先に居を移し、夜の神戸社に雑誌記者として就職した。十三年一月に帰京し日本魂社に入社。十五年に須磨時代の体験をもとに書いた「須磨寺附近」が「文芸春秋」（4月）に掲載され、文壇から注目された。周五郎文芸の「原核」（足立巻一）が顕れていると評されている。昭和三年夏、千葉県浦安町（現・浦安市）へ移る。通勤に遠かったため勤務状態が悪く十月に日本魂社を追われ、以後文筆に専念する。五年十一月、土生《はぶ》きよいと結婚、神奈川県南腰越（現・鎌倉市）に新居を営む。翌年一月に東京府馬込村（現・東京都大田区）へ転居。この頃から「少女世界」に多くの少女小説を書き、更に「キング」「譚海」「新少年」「婦人倶楽部」「少女倶楽部」などに娯楽小説や少年少女小説、探偵小説などを多数発表。「婦人倶楽部」に連載された「日本婦道記」（昭和17年6月〜21年1月）は第十七回直木賞に推されたが、受賞を固辞する。二十年五月、きよいを癌で失う。翌二十一年一月、吉村きんと結婚、横浜市中区本牧元町に移る。同年七月「柳橋物語」（「椿」）を発表、「下町もの」として新生面を示す。二十三年春から中区間門町の旅館間門園を仕事場として創作に専念した。「おたふく」（「講談雑誌」昭和24年4月）、「山彦乙女」（「東京朝日新聞」昭和26年6月18日〜9月30日夕刊）、「栄花物語」（「週刊読売」昭和28年1月18日〜9月27日）、「正雪記」（「労働文化」昭和28年1月〜32年8月）など展開をみせ、三十三年には、二十九年から執筆の大作『樅ノ木は残った』を刊行（1月、9月、講談社）。「赤ひげ診療譚」（「オール読物」昭和33年3月〜12月）、「青べか物語」（「文芸春秋」昭和35年1月〜12月）など、昭和三十年代前半に代表作が書かれている。最後の長編「ながい坂」（「週刊新潮」昭和39年6月29日〜41年1月8日）執筆途中に肋骨を二本折る怪我の後、健康が急速におとろえ、長年あたためた宗教的主題の「おごそかな渇き」（「朝日新聞日曜版」）連載中の四十二年二月十四日、心臓衰弱と肝炎のため死去。戦後文学にあって、純文芸、大衆文芸の枠を超えて、人間愛につらぬかれた傑作を多く残した。『山本周五郎全集』全三十巻（昭和56年9月〜59年2月、新潮社）。（細川正義）

山本弘　やまもと・ひろし

昭和三十一年（月日未詳）〜（1956〜）。小説家。京都府に生まれる。昭和五十三年、第一回奇想天外SF新人賞佳作を受賞した「スタンピート！」でデビュー。六十二年、ゲーム創作集団「グループSNE」の一員となり、ゲームデザイナー、作家として活動する。著書に『ギャラクシー・トリッパー美葉』（平成4年10月、角川書店）、処女長編『ラプラスの魔』（平成14年5月、角川書店）、『パラケルススの魔剣』（平成14年5月、角川書店）などがある。その他の活動として〈トンデモ本〉を収集、批評して楽しむ趣味人のサークル「と学会」の会長を務める。（田中　葵）

山本美代子　やまもと・みよこ

昭和七年（月日未詳）〜（1932〜）。詩人。岡山県に生まれる。昭和三十一年、神戸大学文学部国文科卒業。同人誌「灌木」に参加し、喜志邦三に師事。その後「たうろす」「地球」に所属。詩集に『方舟』（昭和43年9月、蜘蛛出版社）、『踏絵』（昭和49年3月、地球社）、『紡車』（昭和54年5月、芸風書院）、『謝肉祭』（昭和56年12月、蜘蛛出版社）などがあり、主として神戸に在住

して作詩活動を続けた。　（竹松良明）

【ゆ】

結城畜堂　ゆうき・ちくどう

明治元年十一月十日～大正十三年十月六日（1868～1924）。漢詩人。但馬国城崎（現・兵庫県豊岡市城崎町）に生まれる。本名琢。郷里で儒学を学び、のち小野湖山に師事する。新聞「日本」などを経て、大正二年から東京神田に住み、茗渓吟社や月池吟社を起こして漢詩の普及に努めた。漢詩やその評釈以外に、『城崎温泉誌』（明治44年8月、城崎温泉事務所）や、それに温泉に関する詞華を加えた『城崎温泉案内記』（大正5年7月、城崎町役場）がある。　（林原純生）

湯川秀樹　ゆかわ・ひでき

明治四十年一月二十三日～昭和五十六年九月八日（1907～1981）。理論物理学者、エッセイスト。東京市麻布区兵衛町（現・東京都港区）に父小川琢治、母小雪の三男として生まれる。明治四十一年、父の京都帝国大学文科就任によって京都へ移る。京極尋常小学校、京都府立第一中学校（現・府立洛北高等学校）、第三高等学校（現・京都大学）を経て昭和四年、京都帝国大学理学部物理学科を卒業。理学部副手から、七年に京都帝国大学理学部講師となる。同年、湯川スミと結婚、湯川姓を名のる。大阪市東区（現・中央区）内淡路町に住む。八年四月長男春洋誕生。五月、大阪帝国大学理学部講師を兼任。この年の夏、兵庫県西宮市苦楽園二番町に転居。九年四月より大阪帝国大学専任講師となる。九月次男高秋誕生。十月頃中間子理論を着想する。後出の『旅人』によれば日中よりむしろ自宅の寝床の中で様々なアイデアがわいたという。十年二月、「素粒子の相互作用に就いて」（英文）と題する論文をPPMSJ誌に発表。八月義父湯川玄洋死去。〈真柏の残るさにはべ年ごとにをとめつばきの花は咲けども〉。十一年四月大阪帝国大学理学部助教授。同年六月『ペーター線放射能の理論』（岩波書店）発行。十二年十一月、坂田昌一と共著で中間子論第二報を発表。十三年三月、坂田、武谷三男、小林稔と共同で中間子論第三報、第四報を発表。理学博士を授与される。十四年五月京都帝国大学教授。六月渡欧、十月アメリカ経由で帰国。十五年学士院恩賜賞受賞。この年甲子園に転居。十六年実父小川琢治死去。十七年東京帝国大学理学部教授。十八年文化勲章受章。京都市左京区下鴨神殿町に転居。〈苦楽園を去らんとして　裏庭の石垣の蔦いろふかみ山の家居を去りがてにする〉。二十三年プリンストン高等学術研究所客員教授。二十四年七月コロンビア大学客員教授。同年十月、中間子理論の提唱により日本人初のノーベル物理学賞受賞。二十八年帰国、京都大学基礎物理学研究所初代所長。三十三年に自叙伝『旅人―ある物理学者の回想』（昭和33年11月、朝日新聞社）を刊行。五十六年九月八日、急性肺炎のため死去。六十年、中間子論誕生記念碑が西宮市苦楽園小学校校庭に建立された。碑文には「未知の世界を探求する人々は、地図を持たない旅人である」（『旅人』）とある。西宮市は六十一年、「西宮湯川記念事業運営委員会」を組織、「西宮湯川記念事業」を発足させた。　（黒田大河）

由起しげ子　ゆき・しげこ

明治三十三年十二月二日～昭和四十四年十二月三十日（1900～1969）。小説家。大阪府泉北郡（現・堺市西区）浜寺公園に生まれる。本名志げ。大阪府立堺高等女学校

ゆ

（現・府立泉陽高等学校）を卒業。作曲の勉強を志望するが周囲の反対にあい、やむなくプール女学校英語科別科に編入した。卒業後、やはり作曲の勉強が諦め切れず、神戸女学院音楽部に入学。しかし、両親に反対され、結局大正十年、神戸女学院を退学した。その後上京し、一年ほど山田耕筰に師事するが、腰椎カリエスのため、神戸のサナトリウムに入院、作曲の勉強を断念しなければならなくなった。十四年二月、二十五歳の時に画家の伊原宇三郎と結婚。画業のため単身でパリへと発った夫を追いかけて、翌十五年六月に渡仏した。昭和四年六月、夫とともに帰国して東京に住む。二十年、四十六歳の時、四人の子どもを抱え夫と別居し、大田区調布嶺町に住む。二十二年、神近市子、富本一枝と知り合い、彼女らの勧めで『アラビアン・ナイト』の翻訳を手がけ、これをきっかけに童話の創作を試みる。同じ頃、富本一枝より「中央公論」の八木岡英治を紹介され、この出会いが文学への転機となった。二十三年十二月、八木岡英治に勧められて、小説の第一作「告別」を書き上げる。宇野浩二に推奨されたが、発表を見送った。二十四年三月、第二作「本の話」が八木岡英治の編集していた「作品」の第三集に掲載された。この時から「伊原しげ子」を改め、「由起しげ子」というペンネームを用い始める。六月、「脱走」を「文学界」に発表。七月、「本の話」で小谷剛の「確証」とともに復活第一回芥川賞（昭和24年上半期）を受賞した。これをきっかけに、九月には「警視総監の笑い」を「文学界」に発表、十月には『本の話』を文芸春秋新社より刊行した。以後も小説から童話まで多岐にわたり意欲的に執筆を続け、多くの作品を遺している。

＊**本の話**《ほんのはなし》　短編小説。〔初出〕「作品」昭和24年3月。〔初収〕『本の話』昭和24年10月、文芸春秋新社。◇大学教授だった義兄は、重態の姉のために、栄養物といえば、どこまでも行って買い求め、姉に与えた。その義兄は、姉よりも先に、神戸市外の病院で亡くなった。病名は喉頭結核とされていたが、事実は栄養失調死であった。戦後の物資欠乏の中、残された姉を守るため、「私」は義兄の蔵書を売ることを決意する。

（荒井真理亜）

夢野れい　ゆめの・れい

昭和四十年八月七日～（1965～）。漫画家、イラストレーター。兵庫県西宮市に生まれ、神戸市在住。大阪芸術大学卒業。高校在学中、漫画サークル「ＦＡＬＣＯＮ」を創設。大学在学中にガイナックスなどでアニメ関係の仕事をする。アートミックに所属していた頃描いた『サイコランド』（平成2年8月、大日本絵画）で漫画家デビュー。その後フリーで活躍し、アニメーションの企画、メカ・背景デザインなども手がける。著書に『琵琶湖要塞1997』（平成6年5月、中央公論新社）、『ＧＲＡＮＤ ＢＡＮＫ』（平成7年10月、中央公論社）、『ＧＥＮＥＲＡＬ ＭＡＣＨＩＮＥ』（平成12年5月、美術出版社）がある。

（叶　真紀）

湯本香樹実　ゆもと・かずみ

昭和三十四年十一月十一日～（1959～）。脚本家、小説家。東京都に生まれる。東京音楽大学音楽学部作曲科卒業。三枝成彰、寺山修司に師事する。大学在学中からオペラやシナリオの執筆に携わり、ラジオドラマ「カモメの駅から」が、平成二年文化庁芸術作品賞受賞。五年上演のオペラ「千の記憶の物語」（演出相米慎二、音楽三枝成彰）の台本を執筆する。『夏の庭―The Friends』（平成4年5月、福武書店）が第二十六回日本児童文学者協会新人賞、第二十二回児童文芸新人賞を受賞。その後、海外十数ヵ国で翻訳出版され、ボストン・グローブ＝ホーン・ブック賞、ミルドレッド・バチェルダー賞など海外の文学賞も受賞した。三人の小学六年生が夏休みに経験する、一人暮らしの老人との交流を通して人間の生死を描く。映画化、舞台化もされた。他に『春のオルガン』（平成7年2月、新潮社）、『ポプラの秋』（平成9年7月、新潮社）、『西日の町』（平成14年9月、文芸春秋）などの作品があり、『西日の町』は第一二七回芥川賞候補となった。また堀川理万子の絵画と組んで『きつねのスケート』（平成10年1月、徳間書店）、『くまって、いいにおい』（平成12年7月、徳間書店）、『かめのヘンリー』（平成15年4月、福音館書店）などの童話作品があり、映画に関する随筆『ボーイズ・イン・ザ・シネマ』（平成7年9月、キネマ旬報社）や翻訳作品がある。

＊夏の庭《なつのにわ》—The Friends　映画。（封切）平成6年公開。原作小説を脚本田中陽造、監督相米慎二作品として映画化。三國連太郎が主演、小学六年生三人組は新人オーディションで選ばれた。映画では子供たちと老人の家の所在設定を原作の東京から神戸市の住吉川沿いの住宅地に移し、制作にあたって東須磨、御影、湊川公園など神戸市内各地や明石市でロケが行われた。湯本によると、構想を話した自分に小説執筆を勧めてくれたのが相米慎二だったという。（杉本　優）

湯谷紫苑　ゆや・しおん

元治元年八月二十日～昭和十六年（月日未詳）（1864～1941）。詩人、宗教家。但馬国出石郡出石町（現・豊岡市）に医者の子として生まれる。本名磋《さ》一郎《いちろう》。別号に紫菀、郁の山人。東京大学医学部を病気中退。明治二十四年、京都の同志社神学校（現・同志社大学）を卒業して女学雑誌社に入り編集に従事。「女学雑誌」に「全国廃娼同盟会年会の歌」「亡き妻」等の詩を発表。プロテスタント五教会共通の三十六年十二月刊行『讃美歌』編集の中心人物。明治女学校（明治41年廃校）等で教職。（竹松良明）

由良琢郎　ゆら・たくお

昭和六年五月五日～（1931～）。歌人、古典文学研究者。兵庫県氷上郡（現・丹波市）に生まれる。神戸大学中退。兵庫県内の公立高校等で教鞭を執りながら、昭和五十五年に短歌結社「礫の会」を創設。歌集に『昨日の会話』（昭和43年8月、新星書房）、『花信』（昭和63年5月、砂子屋書房）等があり、古典文学の研究書として『伊勢物語人物考』正・続（昭和54年11月、昭和57年4月、明治書院）、『伊勢物語講説』上・下（昭和60年6月、昭和61年10月、明治書院）、『和泉式部日記全釈』（平成6年1月、明治書院）等がある。（信時哲郎）

【よ】

横家利子　よこいえ・としこ

昭和六年四月二十日～（1931～）。川柳作家。兵庫県赤穂郡那波《なば》町（現・赤穂市）に生まれる。兵庫県立姫路東高等学校卒業。相生市立那波小学校に勤務した。昭和五十八年、時の川柳社入会、翌年同人となる。六十二年に相生川柳会を発足させ、平成五年には相生川柳協会を創立。相生川柳会代表、兵庫県川柳協会理事。作品に〈大声で叫ぶ地球の丸い間に〉〈ロボット犬なら生涯を託せそう〉などがある。（野田直恵）

横尾忠則　よこお・ただのり

昭和十一年六月二十七日～（1936～）。画家、随筆家。兵庫県多可郡西脇町（現・西脇市）に生まれる。兵庫県立西脇高等学校に入学、高校時代に通信教育で挿絵を学び、ポスターや絵画の制作を始める。卒業後グラフィックデザイナーとして出発、昭和四十年頃から唐十郎の状況劇場や寺山修司の天井桟敷のポスターを手がける。四十四年の第六回パリ青年ビエンナーレ展版画部門大賞ほか、数多くの賞を受賞。ニューヨーク近代美術館をはじめ各地で個展が開催されるなど、日本を代表するアーティストとして国際的な評価が高まる。その一方、自伝やエッセイを多数出版する。五十六年、画家に転向、多くの国際展覧会に招待出品する。六十二年に兵庫県文化賞、平成七年に毎日芸術賞を受賞。十二年にはニューヨークADC殿堂入り。十三年、紫綬褒章受章。十九年九月、初めての小説である「ぶるうらんど」を「文学界」に発表した。（日高佳紀）

横谷輝　よこたに・てる

昭和四年三月十三日～昭和四十八年八月十四日（1929～1973）。児童文学評論家。兵庫県三木町（現・三木市）に生まれる。本名輝雄。兵庫県立湊川中学校（現・県立湊川高等学校）を卒業。昭和二十五年より三十三年まで兵庫県内で小学校教員を勤める。同人誌「小さい仲間」で児童文学の評論活動を行ったほか、三十四年から日本児童文学者協会で事務局長、常任理事などを務めた。『横谷輝児童文学論集』全三巻（昭和49年8月、偕成社）がある。（日比嘉高）

横溝正史　よこみぞ・せいし

明治三十五年五月二十四日～昭和五十六年十二月二十八日（1902～1981）。小説家。神戸市（現・中央区東川崎町）に生まれる。本名正史《まさし》。小学生の時に三津木春影や黒岩涙香の著作を読んで探偵小説の面白さを知り、兵庫県立第二神戸中学校（現・県立兵庫高等学校）時代から友人の西田徳重と外国の探偵雑誌を渉猟する。大正九年、中学校を卒業し、第一銀行（現・みずほ銀行）に勤務した。徳重の兄西田政治の影響で「新青年」に創作や翻訳の投稿をし始めて、十年四月、「恐ろしき四月馬鹿」が同誌の懸賞に入選。大阪薬学専門学校（現・大阪大学薬学部）に入学して投稿を続ける。十三年に卒業してからは自宅で薬種業に従事していたが、十四年に江戸川乱歩を知り、乱歩の提唱した探偵趣味の会に同人として参加した。十五年六月に『広告人形』を聚英閣より刊行する。そして、乱歩の招きに応じて上京し、博文館に入社。昭和二年から「新青年」、三年から「文芸倶楽部」、六年から「探偵小説」などの雑誌の編集長となった。モダニズムとナンセンス、洗練された都会趣味を編集方針として打ち出し成功を見せる。この頃の創作には「悲しき郵便屋」（「新青年」大正15年7月）や「山名耕作の不思議な生活」（「大衆文芸」昭和2年1月）などがあるが、トリッキーな奇譚やモダンでユーモアとペーソスに溢れたものが多い。七年に博文館を退社し、作家専業となる。「面影双紙」（「新青年」昭和8年1月）で作風の転換を図ったが、直後に喀血し、肺結核のために信州上諏訪で療養生活に入った。この時期の作品は、「鬼火」（「新青年」昭和10年2月～3月）や「蔵の中」（「新青年」昭和10年8月）、「双仮面」（「キング」昭和13年7月～12月）など草双紙趣味といわれる耽美的な作風が特徴的である。その後、「真珠郎」（「新青年」昭和11年10月～12年2月）で耽美趣味と本格ものの融合を図り、「夜光虫」（「日の出」昭和11年11月～12年6月）、「幻の女」（「富士」

昭和12年1月〜4月）、など由利麟太郎と三津木俊助を探偵役としたシリーズ作品を娯楽雑誌に発表した。やがて、戦局が進展するにしたがって、探偵小説の発表が難しくなり、捕物帳に活躍の場を移してゆく。十二年四月から不知火甚左、十三年一月から人形佐七を発表し始め、ほかにも左一平、鷺坂鷺十郎、朝顔金太、智慧若、黒門町伝七、お役者文七など戦後まで書き続けた。とくに「人形佐七捕物帳」は人気で、三十年代後半まで続けられることになる。昭和十七年にディクスン・カーを知り、謎解きの面白さに目覚めた。二十年に岡山県に疎開し、戦後、同地を舞台にした作品を次々と発表して好評を博す。「本陣殺人事件」（「宝石」昭和21年4月〜12月）は、地方の封建的な旧家を舞台に、雪の密室殺人を描いて、翌年に第一回探偵作家クラブ賞（現・日本推理作家協会賞）を受賞した。また、本作品でデビューした探偵役の金田一耕助は、素朴な風采と人懐っこい人柄が人気を呼び、日本を代表する名探偵となる。その後、「蝶々殺人事件」（「ロック」昭和21年5月〜22年4月）、「獄門島」（「宝石」昭和22年1月〜23年10月）、「八つ墓村」（「新青年」昭和24年3月〜25年3月）、「犬神家の一族」（「キング」昭和25年1月〜26年5月）、「女王蜂」（「キング」昭和26年1月〜27年5月）、「悪魔が来りて笛を吹く」（後掲）などを次々と発表し、本格派の第一人者の地位を確立する。その後も「三つ首塔」（「小説倶楽部」昭和30年1月〜12月）、「悪魔の手毬唄」（「宝石」昭和32年8月〜34年1月）、「悪魔の寵児」（「面白倶楽部」昭和33年7月〜34年7月）、「白と黒」（「日刊スポーツ」昭和35年11月〜36年12月）など傑作を発表し続けたが、「仮面舞踏会」（「宝石」昭和37年7月〜38年2月）が中絶となり、三十九年から休筆してしまう。しかし、四十三年あたりから横溝作品の漫画化や復刊が相次ぎ、横溝正史ブームが起こる。それによって新しい読者が増えたため、『仮面舞踏会』（昭和49年12月、講談社）を完成させ、『迷路荘の惨劇』（昭和50年5月、東京文芸社）を長編化し、「病院坂の首縊りの家」（「野性時代」昭和50年12月〜52年9月）を改稿、完結させた。さらに新作「悪霊島」（「野性時代」昭和54年1月〜55年5月）も執筆。五十年代には横溝作品の映画化も相次ぎ、市川崑監督作品には自ら出演もした。ほかには少年少女向きの児童文学も書いており、『怪獣男爵』（昭和23年11月、偕成社）や「大迷宮」（「少年クラブ」昭和26年1月〜12月）などもある。随筆集には、『探偵小説五十年』（昭和47年、講談社）や『探偵小説昔話』（昭和50年7月、講談社）などがある。五十一年に勲三等瑞宝章を受章。「路傍の人」（『広告人形』大正15年6月、聚英閣）、「虹のある風景」（「近代生活」昭和4年6月）、「ある女装冒険者の話」（「文学時代」昭和5年12月）、「風見鶏の下で」（「モダン日本」昭和12年5月）は神戸を舞台とする。「三代の桜」（「新青年」昭和7年2月）は尼崎の製薬工場が舞台。また、「三つ首塔」のある「黄昏村」は播州平野のはずれにあるとされており、事件の根が神戸にあるとする「悪魔の手毬唄」などもある。登場人物が兵庫県出身という作品は「白と黒」や「悪霊島」など多数ある。

＊悪魔が来りて笛を吹く《あくまがきたりてふえをふく》 長編小説。〔初収〕「宝石」昭和26年11月〜28年11月。〔初収〕『悪魔が来りて笛を吹く』昭和29年5月、岩谷書店。◇昭和二十二年九月二十八日、大森の「松月」に滞在する金田一耕助のところに二十歳前後の若い女性椿美禰子が訪れた。彼女は、その年の春に世間をにぎわした天銀堂事件の容疑を受

けて失踪し、信州の霧ヶ峰で遺体が発見された元子爵椿英輔の娘だった。彼女は父の失踪と死をめぐって金田一に相談に来たのだ。その内容は、天銀堂事件の犯人のモンタージュ写真と父の容貌が似ているということを家族の中の誰かが警察に密告したのではないかということ、美禰子の母である妖艶な美女秌子《あき》が夫の死を信用せず、夫の復讐を恐れていること、秌子が英輔の死後、その姿を見たことなどであった。そのため椿英輔が生きているかどうかを主治医の目賀重亮博士が砂占いで占うことになり、その席に金田一も出席してほしいと言う。また、椿英輔は遺書のようなものも残していた。そこには、「…父はこれ以上の屈辱、不名誉に耐えていくことは出来ないのだ。由緒ある椿の家名も、これが暴露されると、泥沼のなかへ落ちてしまう。ああ、悪魔が来りて笛を吹く…」と書かれていた。翌日、六本木にある椿邸の洋間では目賀博士の司会のもとに砂占いが行なわれた。関係者が一堂に会したその場所で、砂によって描かれたのは、雅楽の火焔太鼓のような模様である。それを見た元伯爵の玉虫公丸は怒りを露わにした。その時、邸内のどこかから異様で戦慄的なフルートのメロディがふるえるように聞こえてきた。椿英輔が生前に作曲した「悪魔が来りて笛を吹く」のメロディである。そして、翌朝、玉虫公丸が密室の中で他殺死体となって発見された。失踪直前の椿英輔が関西旅行をしていたことがわかり、事件の謎を追う金田一耕助は神戸へ向かう。須磨寺の池の近くの「三春園」という旅館に泊まった金田一と出川刑事は、板宿や新開地あたりを探索する。そして、玉虫伯爵の別荘で燈籠の御影石の上に「悪魔ここに誕生す」という文字を見つける。さらに淡路島に渡った金田一たちはまたも死体に遭遇する。その後も次々と起こる連続殺人事件の謎に、金田一耕助が挑戦するのである。大戦後の混乱や没落する旧華族、帝銀事件などの同時代的な要素を取り込みながら、インモラルな男女関係をめぐる連続殺人事件を描いている。神秘主義的な砂占いや密室殺人など、ディクスン・カーの影響の色濃い作品である。

（浦谷一弘）

横光利一　よこみつ・りいち

明治三十一年三月十七日～昭和二十二年十二月三十日（1898～1947）。小説家。福島県北会津郡東山村大字湯本東山温泉（現・会津若松市）に生まれる。本名利一《としかず》。父梅次郎と、母こぎく、四歳上の姉静子の四人家族。父は大分県宇佐郡出身だったが、土木関係の請負師という仕事の関係で各地を転々とした。明治三十六年に滋賀県大津に移住、四十四年、三重県立第三中学校（現・県立上野高等学校）に入学。大正五年、早稲田大学高等予科英文学科に入学するも、神経衰弱に陥り、六年、長期欠席により除籍となる。七年、除籍取り消し願いを提出、元級第一学年に編入し、創作に励む。十、十一年ごろの夏は、官営鉄道に勤務する官吏であった中村嘉一と結婚した姉静子の住む神戸で夏を過ごしている。中村嘉一の住所は、十年には兵庫県武庫郡西灘村畑原（現・神戸市灘区福住通）、十一年は武庫郡西灘村鍛冶屋（現・神戸市灘区水道筋）であった。十一年八月、父が仕事先の朝鮮京城で客死、母とともに渡鮮。十二年五月、「日輪」（「新小説」）、「蠅」（「文芸春秋」）により文壇に登場する。この年、小島キミと同棲。十三年十月、川端康成、中河与一らと「文芸時代」を創刊、新感覚派の文学がおこる。十五年六月、キミが逗子の湘南サナトリウムで結核により死去、婚姻届は七月に提出。妻を看病した経験は「春は馬車に乗つて」（「女性」大正15年8月）、「花園の思想」（「改造」昭和2年2月）に描かれた。昭和二年二月、菊池寛の媒酌で日向千代と結婚。三年、後に『上海』（昭和7年7月、改造社）にまとめられる長編小説を、「改造」に断続的に掲載、一方でプロレタリア文学陣営との形式主義文学論争に加わる。五年、山形県由良温泉で「機械」（「改造」昭和5年9月）を執筆。以後、『寝園』（昭和7年11月、中央公論社）、『紋章』（昭和9年9月、改造社）などの長編小説の執筆が中心となり、「純粋小説論」（「改造」昭和10年4月）は文壇で大いに議論された。また、十年に「東京日日新聞」「大阪毎日新聞」（昭和10年8月9日～12月31日）に連載された『家族会議』（昭和11年1月、非凡閣）では、東京と大阪の経済闘争の背景の一つとして神戸が描かれている。十一年二月、ヨーロッパ旅行のため神戸港を出航、パリを拠点にヨーロッパを巡って、八月、帰国。十二年四月、大作「旅愁」の連載を「文芸春秋」に開始。以後、戦前・戦中・戦後にかけて発表媒体を替えつつ断続的に発表し、西洋文明に対抗する日本精神の可能性を追求したが、敗戦後の失意のうちに利一の命が尽きることで未完となる。（杣谷英紀）

横山蜃楼　よこやま・しんろう

明治十八年一月十八日～昭和二十年三月二十八日（1885～1945）。俳人。兵庫県明石市樽屋町に生まれる。本名新蔵。十五歳より俳句に親しみ、「ホトトギス」に投句。十八歳から松瀬青々に入門。青々と共に、蕪村から芭蕉へ句風を移す。三十歳で「アユビ」、四十一歳で「漁火」を創刊・主宰。没後に句集『夜滴集』（昭和22年、姫路水耀社）、『横山蜃楼句鈔』（昭和55年、漁火発行所）が編まれた。（細江　光）

横山光輝　よこやま・みつてる

昭和九年六月十八日～平成十六年四月十五日（1934～2004）。漫画家。神戸市須磨区に生まれる。本名光照。神戸市立須磨高等学校を卒業後、神戸銀行に入社するが、漫画を描く時間が取れなかったため退社。自転車制作会社から映画会社に移り、貸本漫画に携わりながら漫画家を目指す。昭和二十九年、貸本向け単行本『音無しの剣』（大阪東光堂）で漫画家デビュー、「白ゆり行進曲」が「少女」（光文社）に初めての雑誌連載となる。三十一年、「鉄人28号」を「少年」（7月～40年5月）に発表し、TVアニメ化されるほどの人気を博す。三十六年には忍者ものの「伊賀の影丸」（「少年サンデー」に連載）で忍者ブームを巻き起こして人気は定着。その後「魔法使いサリー」（「りぼん」昭和41年）、「バビル2世」（「週刊少年チャンピオン」昭和48年～50年）、「マーズ」（「週刊少年チャンピオン」昭和51年）など、テレビアニメ化や実写化される作品を多く手がけ、またそのジャンルも少年、少女向け・時代劇・歴史物・SFもの・ロボットものなど多彩であった。「水滸伝」（「希望ライフ」「希望の友」昭和42年～46年）以降は日本や中国の歴史漫画を中心に作品を発表し、劉備登場から蜀漢滅亡までが描かれた大作「三国志」（「希望の友」「少年ワールド」「コミックトム」昭和47年～62年）により、平成三年、第二十回日本漫画家協会賞優秀賞を受賞。日本の歴史を取り扱ったものには、山岡荘八の『徳川家康』全二十六巻（昭和28年～42年、講談社）に感銘を受けた『徳川家康』全二十三巻（昭和57年10月～59年8月、講談社）などがある。九年に心筋梗塞を患い療養しながらも活動を続け、「殷周伝説」（「コミックトムプラス」平成6年～13年）を完成させる。十六年に日本漫画家協会賞文部科学大臣賞を受賞。寝煙草の不始末による火災により同年四月十五日に逝去。全盛期は手塚治虫に並ぶとまで称され、手塚治虫が〈漫画の神様〉と呼ばれたのに対して、〈漫画の鉄人〉と呼ばれる。

＊平家物語《へいけものがたり》　歴史漫画。〔初版〕上・平成7年1月、中・同9月、下・8年3月、中央公論社。◇平成九年度文化庁メディア芸術祭マンガ部門大賞を受賞した「マンガ日本の古典」シリーズの、第十巻〜十二巻として刊行された。「平家物語」を忠実に漫画化し、平家の盛衰を力強く描いている。

（東口昌央）

与謝野晶子　よさの・あきこ

明治十一年十二月七日〜昭和十七年五月二十九日（1878〜1942）。歌人。堺県堺区（現・大阪府堺市）甲斐町に、菓子商駿河屋の鳳宗七の三女として生まれる。本名志よう。明治二十四年、堺女学校（現・大阪府立泉陽高等学校）を卒業。堺敷島会、浪速青年文学会（明治32年2月に関西青年文学会と改称）に参加。三十三年五月、「明星」に短歌を発表。八月、来阪した与謝野鉄幹（寛）を訪ね、山川登美子を知る。その後、鉄幹への思いを深め、三十四年上京。八月に歌集『みだれ髪』（東京新詩社、伊藤文友館）を刊行、恋愛と官能の世界を歌い上げ、「明星」の代表的歌人として注目される。三十五年、鉄幹と結婚。三十七年九月、日露戦争に際して、詩「君死にたまふことなかれ」を発表。翌年一月、登美子、増田雅子との合同詩歌集『恋衣』（本郷書院）を刊行。歌集は共著も含め、生涯に二十四冊刊行した。また、三十九年頃より、小説、童話、評論、随筆などを執筆し、四十一年に「明星」が終刊となってのちも旺盛な執筆活動を展開。四十四年九月、「青鞜」が創刊されると、詩編「そぞろごと」を寄せた。四十五年『新訳源氏物語』を刊行。大正期には、教育、婦人問題をはじめ、社会評論を執筆し、平塚らいてうと母性保護論争を展開した。大正十年、文化学院の初代学監に就任。昭和十年、夫である与謝野寛が死去。十三年、『新新訳源氏物語』全六巻を刊行した。十七年五月に死去。寛への挽歌も収録した遺稿歌集『白桜集』（昭和17年9月、改造社）が刊行された。

大正六年六月、晶子と寛は、六甲苦楽園に二週間ほど滞在し、友人の小林天眠（政治）の家族らとともに宝塚少女歌劇をみるなどしている。この旅行が歌の揮毫により収入を得ようとしたはじめであった。このとき〈武庫山のみどりの中にわれ立ちて打出の磯の白砂を愛づ〉などの歌を残している。昭和五年五月、寛とともに山陰方面への旅をしているが、その折、城崎の井筒屋に一泊し、〈日没を円山川に見て入れど夜明めきたり城の崎来れば〉などの歌を、翌日は、応挙寺と呼ばれる香住の大乗寺を訪れ、〈寛政の応挙の作か御法をば讃するごとき堂のうちかな〉という歌を詠んでいる。また、芦屋には晩年によく旅行を共にした歌人丹羽安喜子がおり、その山荘を何度か訪れている。

（田口道昭）

与謝野鉄幹　よさの・てっかん

明治六年二月二十六日〜昭和十年三月二十六日（1873〜1935）。歌人、詩人。山城国第四区岡崎村（現・京都市左京区岡崎）の浄土真宗本願寺派の願成寺に生まれる。本名寛。父礼厳は、勤皇の僧であり、歌人でもあった。十代の頃は、大阪府住吉郡（現・大阪市住吉区）安養寺の養子となったり、他家の養子となっていた兄たちのもとを転々とした。明治二十五年、上京。翌二十六年、落合直文の浅香社に参加する。二十七年五月、歌論「亡国の音」（「二六新報」）を発表し、旧派和歌を批判。二十八年、渡鮮するが、閔妃暗殺事件に遭遇し、帰国。二十九年七月、詩歌集『東西南北』（明治書院）を刊行。日清戦争前後の国粋主義的な空気を反映して、〈ますらをぶり〉を標榜した勇ましい歌を詠んだ。三十二年、新詩社を結成し、翌年四月、「明星」を創刊。同年、鳳晶子と出会い、恋愛や、自我の高揚と屈折とを歌い上げるようになった。その後、晶子と結婚し、ともに詩歌における浪漫主義の中心を担った。「明星」は四十一年十一月の百号で終刊。四十三年三月に刊行された歌集『相聞《あいぎこえ》』（明治書院）では屈折した内面を歌い上げた。四十四年に渡欧し、大正二年までパリに遊学。大正八年から昭和七年まで慶応義塾大学教授となり国文学を講じた。大正十年、西村伊作らと文化学院を創設。同年十一月、「明星」（第二次）を復刊した（～昭和2年4月まで）。十四年、晶子とともに『日本古典全集』（日本古典全集刊行会）の編者となった。昭和五年、「冬柏」を創刊。その他、詩歌集に『天地玄黄』（明治30年1月、明治書院）、『鉄幹子』（明治34年3月、矢島誠心堂）、『紫』（明治34年4月、東京新詩社）、『鴉と雨』（大正4年8月、東京新詩社）などがある。鉄幹は、「明星」を創刊したばかりの明治三十三年八月、神戸市内の山手倶楽部で関西青年文学会神戸支会主催の講演会で講演しているほか、翌年の関西文学同好者新年大会に出席している。その仲間に、後に鉄幹たちを後援し続けた小林天眠（政治）がおり、大正六年六月に晶子とともに六甲苦楽園に二週間ほど滞在し、天眠の家族らとともに宝塚少女歌劇をみるなどしているのをはじめ、関西に来た折にはしばしば会っている。兵庫県とのかかわりで特筆されるのは、昭和五年五月の山陰方面への旅行の際に丹波地方に立ち寄ったことである。城崎で寛は〈ひと夜のみねて城の崎の湯の香にも清くほのかに染むこころかな〉などの歌を残しているほか、翌日訪れた応挙寺と呼ばれる香住の大乗寺では、〈うらやまし香住の寺の筆のあと作者みづから楽めるかな〉という歌を詠んでいる。なお、美方郡諸寄村（現・新温泉町）出身で「明星」でも活躍した前田純孝の歌碑に寛も歌を寄せている。また、昭和六年に阪神地方を訪れた際の〈松立てる武庫のいただき馬のごと過ぐる風ある星月夜かな〉などの歌もある。

（田口道昭）

吉井勇　よしい・いさむ

明治十九年十月八日～昭和三十五年十一月十九日（1886～1960）。歌人、劇作家、小説家。東京市芝区（現・東京都港区）高輪に生まれる。父幸蔵は鹿児島藩士で、明治維新のとき西郷隆盛や大久保利通らとともに国事に奔走した。東京府立第一中学校（現・都立日比谷高等学校）に入学するが、三年のとき落第し、攻玉社中学校に編入。卒業後、肋膜を患い、転地療養して文学に親しむ。明治三十八年、与謝野寛、晶子夫妻の「明星」の歌風にひかれ、新詩社に入る。早稲田大学文学部中退。四十年、森鷗外の観潮楼歌会に出席して斎藤茂吉、伊藤左千夫、佐佐木信綱らを知る。その年、北原白秋らと新詩社脱退。四十一年、白秋、木下杢太郎、永井荷風、谷崎潤一郎、画家の石井柏亭らと、その結成に加わったパンの会は、耽美派芸術家の拠点となる。『東京・京都・大阪』（昭和29年11月、中央公論社）に当時の回想がある。四十三年五月、京都祇園に遊ぶ。同年九月、歌集『酒ほがひ』（昴発行所）を刊行。酒と愛欲の耽美の世界を歌い、歌人としての地位を確立した。大正十年、伯爵柳原義光の次女徳子と結婚。翌年長男滋が生まれるが、夫人の不行状による家庭の不和から、昭和八年別居し、翌年に離婚する。このような背景をもって『人間経』（昭和9年10月、政経書院）が出版される。初期の耽美、放蕩の世界から一転して、人生の悲哀、苦悩に直面した再出発の歌集となった。放浪の旅に出ることが多く、巻四（その一）の「昭和五年八月、わが世の煩ひを忘れむとして、浪速津より遠く四国路に遊ぶ。さすらひの身の夜ごとの夢の惝然たりしことといまに忘れず」と詞書をそえた作品から三首、〈妻わかれして友住まずなりしより秋はやく来る岡本の里〉〈君住めばいとなつかしく聴こゆるよむくつけき名の武庫の郡も〉〈去年の夏の六甲ゆきのおもひでも今ははかなと云ひて酔ひぬる〉。また（その三）には、八年に城崎に滞在した折の〈城の崎のゆとうやに来て思ふかな堅結ひ癖の妹の下紐〉〈城の崎の方壺の家の山陽の字にまづわれは酔ひにけるかな〉などの詠を収めている。十二年、国松孝子と結婚。翌年、京都北白川に移り住む。西宮の海清寺から円福寺に入って名を成した井沢寛洲（泥龍和尚）とも交流を深める。阪神間に住んでいた谷崎潤一郎に、〈われもまたしづかに老を楽しまむ土佐の黄平を半袖にして〉や〈倚松庵あるじごのみの鳥打の帽子も古りてせんすべもなし〉と詠んだ。戦後、友人の谷崎潤一郎、新村出、川田順とともに天皇陛下の前で文芸を語った（「新潮」昭和22年9月）。

（永栄啓伸）

吉岡美国 よしおか・よしくに

文久二年九月二十六日～昭和二十三年二月二十六日（1862～1948）。教育者、神学者。京都市に生まれる。欧学舎英学校（現・府立洛北高等学校）で英語及び和漢の学を学んだ。卒業後母校で五年間助教諭として勤め、明治十八年、英字新聞ヒョーゴ・ニュース社に入社。その後関西学院創設者ランバスと出会い、神戸中央教会（現・神戸栄光教会）で受洗。二十三年、関西学院神学部教授。二十五年、第二代院長に就任。「敬神愛人」を唱え、関西学院の基礎を築いた。

（細川正義）

吉川英治 よしかわ・えいじ

明治二十五年八月十一日～昭和三十七年九月七日（1892～1962）。小説家。神奈川県久良岐郡（現・横浜市）に生まれる。本名英次。少年期は、父の事業の失敗により高等小学校を中退し、活版工、給仕など職を転々とした生活を送る。このような少年期の経験が、大衆性と深い人間洞察に満ちた吉川小説の原点となった。明治四十三年に上京、大正初期より川柳の句作を始める。大正三年三月、「文芸の三越」に川柳一等当選。十月、「講談倶楽部」に「江の島物語」が一等当選。十一年、前年入社した東京毎夕新聞に、無署名で「親鸞記」を連載する。十四年一月に創刊された「キング」に「剣難女難」（大正14年1月～15年8月）を連載し、初めて吉川英治の筆名を使用する。その後、歴史に題材を得た多くの小説を発表。日本における大衆歴史作家の第一人者と言える。『新書太閤記』全九巻（昭和16年9月～20年2月、新潮社）の姫路、『新・平家物語』全二十四巻（昭和26年6月～32年5月、朝日新聞社）の福原、『私本太平記』全十三巻（昭和34年3月～37年3月）の湊川など、吉川の小説世界には兵庫が舞台となる場面が多数見られる。昭和三十五年、文化勲章受章。三十七年、七十歳で死去した。

＊宮本武蔵《みやもとむさし》　長編小説。〔初出〕「朝日新聞」昭和10年8月23日～14年7月1日。〔初収〕全六巻。昭和11年5月～14年9月、講談社。◇新免武蔵、本位田又八の二人の

よ

青年が関ヶ原で敗残兵となるところから物語は始まる。武蔵が剣の求道者として成長していく様子を、さまざまな人物を登場させながら地水火風空の五輪になぞらえて綴った大作である。何度も劇化・映画化、またテレビドラマ化された吉川文学の代表的作品でもある。京の吉岡一門との戦いや柳生石舟斎との出会い、佐々木小次郎との巌流島での決闘など、その波瀾万丈な武蔵の生涯が描かれている。人生の師とした、但馬出身の沢庵和尚に姫路城の天守閣に閉じ込められ、その天守閣の窓からお通の待つ花田橋の方を武蔵が臨む場面が、兵庫を描いた場面として印象的である。なお、沢庵と武蔵との関係は、史実ではなく吉川の創作である。

＊黒田如水《くろだじょすい》　中編小説。〔初版〕昭和18年11月、朝日新聞社。◇天正三年、黒田官兵衛、後の如水が御着城主小寺政職の家臣として織田信長のいる岐阜へ使者に旅立つ場面から始まる。天正八年、秀吉が三木城の別所長治を滅ぼし、官兵衛が播磨で大名となるまでの、その壮年時代を描いた作品である。小説は、すべて摂津、播磨での出来事が中心となっている。官兵衛は播磨の豪族たちを毛利方から織田方へと説き伏せ導いていく。しかし、荒木村重の謀反や別所氏の離反により苦難を嘗めることになる。羽柴秀吉との信頼関係や、信長を欺き官兵衛の一子松千代を救う竹中半兵衛との友情、また家臣母里太兵衛や栗山善助との心的交流など、官兵衛の実直な人間性が強調されている。村重謀反に際しての伊丹城での一年に及ぶ幽閉場面で、藤の花を心の支えに官兵衛が生き抜こうとする箇所が著名である。

（西尾宣明）

吉川幸次郎　よしかわ・こうじろう

明治三十七年三月十八日～昭和五十五年四月八日（1904～1980）。中国文学研究者。神戸市花隈町に生まれる。字《あざな》善之。唐学斎、箋杜室の号を持つ。兵庫県立第一神戸中学校（現・県立神戸高等学校）、第三高等学校（現・京都大学）を経て、大正十五年、京都帝国大学文学部文学科を卒業。昭和三年、中国北京へ留学。六年に帰国後、東方文化学院京都研究所（現・京都大学人文科学研究所）へ勤務するかたわら、京都帝国大学文学部講師を兼任する。二十二年、京都大学文学部長に就任、四十二年、京都大学を退官。中国文学の研究の発展と普及に大きく貢献し、日本芸術院会員（昭和39年）、文化功労者（昭和44年）となる。五十五年四月八日、京都大学病院にて死去。その学問研究は、思想から文学、古代から現代まで多岐に及び、特に「尚書」や唐詩、元雑劇などの研究を大きく進展させた。教育者として多くの後進を育て、学習者向けの啓蒙書も数多く執筆、また随想や紀行文も多い。『吉川幸次郎全集』全二十七巻（昭和59年3月～62年8月、筑摩書房）がある。

（松本陽子）

吉沢独陽　よしざわ・どくよう

明治三十六年（月日未詳）～昭和四十三年十月（日未詳）（1903～1968）。詩人。長野県に生まれる。本名舛男。丁稚奉公の傍ら明治薬学専門学校（現・明治薬科大学）に学び、薬剤師の免許を取得。ラジウム製薬会社を創設。大成中学校の講師を兼任。関東大震災後、兵庫県芦屋市に移住。西山町に聖樹薬局（聖樹薬詩園）を経営する傍ら詩を作る。芦屋を舞台とした詩に「芦屋裏山」等がある。戦前は古川則比古と「日本詩壇」を創刊。戦後は、「聖樹」を坂本勝と共に刊行。日本詩人クラブ、日本文芸協会に所属。詩集『地に潜る虫』（昭和3年、大地舎）ほか。

（舩井春奈）

吉田貫三郎《よしだ・かんざぶろう》
明治四十二年（月日未詳）～昭和二十年（月日未詳）（1909～1945）。挿絵画家。神戸市に生まれる。本名貫一。兵庫県立神戸商業学校（現・県立神戸商業高等学校）を卒業。東京漫画新聞社に勤務後、昭和七年から横山隆一らの新漫画家派集団に所属。吉川英治「大都の春」（「時事新報」昭和9年1月10日～7月6日）、『海防物語』（昭和18年、大日本雄弁会講談社）の挿絵等、数多くの著書に参加した。随筆集に『蟹の爪』（昭和21年4月、地平社）がある。
（小谷口綾）

吉武輝子《よしたけ・てるこ》
昭和六年七月二十七日～（1931）～。評論家。兵庫県芦屋市に生まれる。昭和二十九年三月、慶応義塾大学文学部卒業。同年四月、東映宣伝部入社。四十一年、東映退社。四十三年、婦人公論読者賞受賞。『女人 吉屋信子』（昭和57年1月、文芸春秋）、『炎の画家 三岸節子』（平成11年12月、文芸春秋）、『置き去り―サハリン残留日本女性たちの六十年』（平成17年5月、海竜社）など、女性の伝記をはじめ、多くの評論がある。
（花﨑育代）

吉田草平《よしだ・そうへい》
昭和十九年四月（日未詳）（1944～）。詩人。神戸市に生まれる。小説や映画のシナリオを執筆したのち、昭和五十八年頃から詩を書き始める。六十年、兵庫県神崎郡神崎町（現・神河町）に移り住み、住まいを耕虫舎と名づける。畑を耕しながら、神戸市から県中央部の過疎化がすすむ村で、若者や子どもたちに、詩の教室や文化講座をひらいている。詩のカルチュア（耕作）を平成三年から主宰。詩集に『天地返し』（平成元年9月、蜘蛛出版社）、『耕虫』（平成5年4月、蜘蛛出版社）などがある。
（田中　葵）

芳野昌之《よしの・まさゆき》
昭和五年八月二十六日～（1930～）。作家、ミステリー書評家。神戸市に生まれる。本名藤村健次郎。同志社大学文学部卒業。昭和三十一年、読売新聞社入社。三十六年、垂水堅二郎名義の作品が第七回江戸川乱歩賞最終候補作となる。新聞社を退社して文筆活動に入り、「ミステリマガジン」で翻訳ミステリーの書評を執筆する。著書にエッセイ『アガサ・クリスティーの誘惑』（平成2年6月、早川書房）、小説『夢を盗む女』（平成3年9月、早川書房）、『マルコ・ポーロ殿の探偵』（平成7年11月、出版芸術社）などがある。
（杲　由美）

吉村昭《よしむら・あきら》
昭和二年五月一日～平成十八年七月三十一日（1927～2006）。小説家。東京府北豊島郡日暮里町（現・東京都荒川区東日暮里）に生まれる。東京開成中学校（現・開成高等学校）を経て、昭和二十二年学習院高等科文科甲類に入学したが、翌年肺疾患のため休学、手術で左胸肋骨五本を切除。この闘病生活や、十代で経験した近親者の病死や戦死が、彼の文学観・死生観に強い影響を与えた。二十五年学習院大学文政学部に復学。在学中文芸部に所属して同人誌「学習院文芸」（のち「赤絵」と改称）に小説を発表。二十八年中退。「文学者」「Z」などの同人誌にも加わった。三十三年六月、「週刊新潮」に発表した「密会」が作家デビュー作となる。翌三十四年一月「鉄橋」、七月「貝殻」がそれぞれ第四十回、第四十一回芥川賞候補作となり、三十七年にも二度候補に挙げられるが、いずれも受賞はしなかった。四十一年六月「星への旅」（「展望」昭和41年8月）で第二回太宰治賞受賞、同年九月「新潮」に「戦艦武蔵」が一挙掲載されたことにより、文筆活動への自信を強めた。本作は記録文学に新境地を拓き、『関東大震災』（昭和48年8月、文芸春秋）などとともに四十八年第二十一回菊池寛賞を受賞。他に五十四年、『ふぉん・しいほるとの娘』上下（昭和53年3月、毎日新聞社）で第十三回吉川英治賞、五十九年、『破獄』（昭和58年11月、岩波書店）で第三十六回読売文学賞などを受賞。歴史小説、戦記小説、動物小説、医学小説、自伝的小説と幅広い作風で活躍し、徹底した調査取材と史実にこだわる姿勢には定評があった。兵庫県を舞台とする小説には「遠い日の戦争」（「新潮」昭和53年7月）がある。太平洋戦争末期、北九州で起きた米兵捕虜斬首事件、いわゆる油山事件に加わった青年将校清原琢也の逃亡生活と、その後の戦争責任を描いた作品である。捕虜を斬首した琢也は、戦後連合国軍側の戦争犯罪容疑者に対する追求をのがれ、大学の後輩である藤咲の父の紹介で、姫路のマッチ工場で働く事になる。空襲で焦土と化した姫路の街に屹立する白鷺城の姿は、連合軍側の追跡に怯えながら日を送る琢也の眼を慰め、束の間の安らぎを感じさせるものであった。

「アメリカ彦蔵」（「読売新聞」平成10年3月2日〜11年2月27日夕刊）は、播磨国加古郡阿閇村（現・加古郡播磨町）古宮生まれの、日本の民間新聞創設者である浜田彦蔵（洗礼名ジョセフ・ヒコ）が主人公。航海中の舟が難破、漂流していたところをアメリカの商船に救助され、のちアメリカに帰化した彦蔵は、慶応四年（1868）に十八年ぶりの帰郷を果たすが、自分が死者として戒名をつけられていた事実や思い描いていた故郷とは大きく異なる村の様子に、故郷喪失者の意識を強くする様子が描かれている。　（杲　由美）

吉村一夫　よしむら・かずお

明治四十年八月二十六日〜昭和六十年一月二十六日（1907〜1985）。音楽評論家。大阪府に生まれる。京都帝国大学でオーケストラ部に入り、その指揮者だった神戸在住の亡命ロシア人メッテルに、朝比奈隆らと共に師事。卒業後、兵庫県宝塚市に住み、銀行に勤める傍ら、西洋音楽の評論・解説の草分け的存在となり、関西を中心に、座談・講演・雑誌・ラジオ等で活躍した。帝塚山学院短期大学の教授も務め、昭和四十八年度、大阪文化賞を受賞した。　（細江　光）

吉本伊智朗　よしもと・いちろう

昭和七年十一月十七日〜（1932〜）。俳人。兵庫県美嚢郡吉川町（現・三木市）に生まれ、現在も在住。三田《さんだ》学園高等学校卒業。橋本鶏二、波多野爽波に師事。昭和四十年、「青」新人賞受賞。六十二年五月、「斧」創刊、主宰。『黙劇』（昭和49年5月、青発行所）から『藍微塵』（平成20年9月、本阿弥書店）まで七冊の句集、句評集に『樹下直心』（平成13年5月、天満書房）がある。句集『墨隈』（平成10年9月、本阿弥書店）の〈地震見舞共に氷柱を嚙みにけり〉等は阪神・淡路大震災被災時の句。　（宮川　康）

吉屋信子　よしや・のぶこ

明治二十九年一月十二日〜昭和四十八年七月十一日（1896〜1973）。小説家、俳人。新潟市営所通（現・中央区）に生まれる。幼くして、栃木県に移り、下都賀郡立栃木高等女学校（現・栃木県立栃木女子高等学校）卒業。在学中から童話等を雑誌に投稿し、掲載多数。大正四年、上京。五年七月、「花物語」を「少女画報」に連載開始（〜大正13年）。八年、長編「地の果てまで」が「大阪朝日新聞」の懸賞小説に当選し、連載（1月1日〜6月3日）される。昭和十一年、「良人の貞操」（「東京日日新聞」「大阪毎日新聞」10月6日～12年4月15日）が大衆的人気を博す。二十六年、短編「鬼火」（「婦人公論」2月）で第四回女流文学者賞受賞。四十二年、「半世紀にわたり読者と共に歩んだ衰えざる文学活動」を理由に第十五回菊池寛賞受賞。他に、「安宅家の人々」（「毎日新聞」昭和26年8月20日～27年2月13日）、「徳川の夫人たち」（「朝日新聞」昭和41年1月4日～10月24日）、「女人平家」（「週刊朝日」昭和45年7月14日～46年10月6日）。『ある女人像―女流歌人伝』（昭和40年12月、新潮社）の中の「淡路島の歌碑―川端千枝」（「小説新潮」昭和40年7月）は兵庫県出身の女流歌人の伝記として貴重である。俳人としては戦時中から句会に出席、のち高浜虚子に師事して「ホトトギス」に投句。没後、『吉屋信子句集』（昭和49年3月、東京美術）がある。

（宮川　康）

淀川長治　よどがわ・ながはる

明治四十二年四月十日～平成十年十一月十一日（1909～1998）。映画評論家。神戸市に生まれる。母親が新開地で活動写真を見ている時に産気づいたといわれ、幼年期には新開地にあった錦座で外国の様々な活動写真と接することになった。兵庫県立第三神戸中学校（現・県立長田高等学校）時代も映画に没頭し、学校で毎月実施される総見映画の選定も担当した。大正十四年に慶応義塾大学予科を受験するが、病気のため失敗。その後、日本大学予科に籍を置いたが出席せず、除籍となる。昭和二年、アルバイトとして映画世界社の編集部に入る。その後、神戸に戻って姉の美術品店を手伝うなどしたが、映画への思い強く、七年に映画配給会社ユナイテッド・アーティスツの大阪支社宣伝部に入社した。以後、映画宣伝の職に従事する。十一年、チャールズ・チャップリンが来日した際に面会しており、チャップリン映画の評論家としても知られるようになる。十三年には東京支社に転勤し、チャップリンの「モダン・タイムス」の宣伝を、十五年にはアメリカ西部劇映画の代表作「駅馬車」の宣伝を担当し、ともに大ヒットさせた。十六年にユナイテッド・アーティスツが解散した後は、十七年より東宝の宣伝部に移り、当時助監督だった黒澤明と交遊。黒澤の監督昇進第一作「姿三四郎」の宣伝文案も担当した。終戦後はセントラル映画社を経て、二十三年に映画世界社に再入社。同年、雑誌「映画之友」の編集長に就任し、映画ファンの育成に努めた。四十一年からはNETテレビ（現・テレビ朝日）の「土曜洋画劇場」（後「日曜洋画劇場」に番組変更）に出演。テレビでの映画解説という新しいジャンルを開拓し、この仕事は他界する直前まで続けられた。四十二年、「映画之友」編集長を退いた後はフリーの映画評論家として活動。平成四年には、映画文化の発展に貢献した人物や団体に贈られる淀川長治賞を設立した。『映画散策』（昭和25年5月、冬書房）をはじめ多数の著作がある。また、筈見有弘編『淀川長治集成』（昭和62年2月～11月、芳賀書店）なども刊行されている。昭和五十九年、勲四等瑞宝章を受章。六十一年の日本映画ペンクラブ賞など多くの受賞歴もある。永眠後、平成十一年に神戸文化栄誉賞を授与された。

（西村将洋）

米口實　よねぐち・みのる

大正十年十二月九日～（1921～）。歌人。兵庫県姫路市に生まれる。兵庫県立姫路中学校（現・県立姫路西高等学校）在学中の昭和十五年に「多磨」入会。東京大学文学部国語国文学科卒業。二十七年、東大短歌

会の設立発起人となる。二十八年に「形成」創刊同人となるが、作歌は一時中断し、三十八年、「形成」に復帰。平成五年、「眩」を創刊、同年、神戸市文化賞受賞。兵庫県文化賞受賞。兵庫県歌人クラブ顧問。短歌会眩代表。

（安藤香苗）

米満英男 よねみつ・ひでお

昭和三年三月十九日～（1928～）。歌人。大阪に生まれる。兵庫県宝塚市に在住。昭和三十三年、「短歌世代」創刊に参加。三十八年に吉田弥寿夫らと同人誌「鴉」を発刊。塚本邦雄らと関西青年歌人会議を、安国世らと現代歌人集会をつくった。「黒曜座」の編集代表として活躍している。日本現代詩歌文学館評議員。『父の荒地・母の沿岸』（昭和40年1月、短歌世代社）をはじめとして、五冊の歌集がある。また、歌論に『円虹への羇旅』（平成12年3月、洛西書院）。〈目にいたく天へつらなるきらめきの流河よぎりて来し花の種〉。

（島村健司）

四方田犬彦 よもた・いぬひこ

昭和二十八年二月二十日～（1953～）。評論家。兵庫県西宮市今津浜田町に生まれる。本名剛己《ごうき》。旧姓は小林で、両親の離婚後、母方の姓「四方田」を名乗るようになる。昭和三十一年大阪府箕面市半町に転居。翌年わかば幼稚園に入園。三十四年箕面市立南小学校に入学。三十八年父親の転勤により、東京都世田谷区に転居。目黒区立五本木小学校に転校。四十年東京教育大学（現・筑波大学）農学部附属駒場中学校に入学。四十三年同附属高校進学。四十六年、駿河台予備校（お茶の水）に通う。四十七年東京大学文科三類に入学。武蔵野市吉祥寺に転居。四十九年文学部宗教史宗教学科に進学、由良君美に師事。五十一年両親離婚。東京大学大学院比較文学比較文化専攻修士課程に進学。大学院では芳賀徹の門下、修士論文はスウィフト論。五十四年同大学院博士課程に進学、ソウルの建国大学校師範大学客員教授。五十八年、垂水《たるみ》千恵《ちえ》（昭和32年7月生、台湾日本文学研究者、平成20年現在横浜国立大学留学生センター教授）と結婚し、横浜市港北区に住む。五十九年東洋大学専任講師（英語）就任。六十二年コロンビア大学東アジア学科客員研究員。六十三年東京都中央区月島に転居。平成二年明治学院大学文学部芸術学科助教授（映画史）就任。五年『月島物語』（平成4年7月、集英社）で、斎藤緑雨文学賞を受賞。六年ボローニャ大学芸術学部客員研究員。七年東京都港区高輪に転居、明治学院大学教授就任。十年『映画史への招待』（平成10年4月、岩波書店）で、サントリー学芸賞（社会・風俗部門）を受賞。十二年『モロッコ流謫《るたく》』（平成12年3月、新潮社）で、伊藤整文学賞評論部門、講談社エッセイ賞を受ける。ソウルの中央大学校客員教授。十四年『ソウルの風景―記憶と変貌』（平成13年9月、岩波書店）で、日本エッセイスト・クラブ賞を受賞。十六年『白土三平論』（平成16年2月、作品社）で、日本児童文学学会特別賞を受賞。二十年『日本のマラーノ文学』（平成19年12月、人文書院）、『翻訳と雑神』（平成19年12月）で、桑原武夫学芸賞を受賞。文学、映画史、漫画論、文化論、記号学等の著作は、二十年六月現在で百冊に及ぶ。『四方田犬彦の引っ越し人生』（平成20年6月、交通新聞社）収録の「さあ、東京に行くんだ。」、「大阪の最初の家たち」の章では、西宮、箕面での幼少期の生活がその時代の雰囲気とともに回想されている。大阪市天王寺区の聖バルナバ病院で出生した四方田は、西宮市今津浜田町に祖父が用意した三十坪の平屋住宅で育つ。母方の祖父四方田保は大阪弁護士会会長も務めた高名な弁護士で、小林一三とも親交があり、箕面市箕面町に敷地三千坪の邸を構えていた。京都大学社会学科を卒業した父親は、ダイハツの輸出部門に勤めていた。母親に連れられて行った甲子園の海岸風景や甲子園球場で夏に打ち上げられる花火の音のことが、幼年期の微かな記憶として回想されている。三十一年の暮れに弟が生まれ家族四人と使用人が住むには手狭となったため、一家は箕面市半町に祖父が家作として持っていた六軒の一つに入居することになる。『食卓の上の小さな混沌』（昭和62年8月、筑摩書房）収録の「ひとりで食事をすることの孤独について」では、幼少年時代、家族で毎年避暑に訪れていた六甲のホテルで見かけた初老のドイツ人紳士の孤独な食事風景が、海外で一人食事をとる際に味わった自身の孤独感とあわせて描かれている。父親の転勤により十歳で東京に移ってからも、四方田は関西での幼少期の記憶を抱き続けている。（村田好哉）

【り】

龍一京《りゅう・いっきょう》

昭和十六年（月日未詳）～（1941～）。小説家。大分県別府市に生まれる。兵庫県警察司法警察官を退職後、コンサルタント業などを経験し、作家へと転身した。平成十年、戦前戦後にわたる時期に芸妓として売られた女性の運命を描いた『雪迎え』（平成10年2月、実業之日本社）で、第七回日本文芸家クラブ賞を受賞。警官時代の経験を活かした警察小説で人気を博す。「極道刑事」シリーズや「特捜女刑事官」シリーズなど、著書は百冊以上に及ぶ。（島村健司）

【ろ】

盧進容《ろ・じんよん》

昭和二十七年二月四日～（1952～）。詩人。兵庫県西脇市に生まれる。神戸朝鮮高級学校を卒業。十歳からハングルで詩作を始める。平成七年一月、神戸市長田区の自宅で阪神・淡路大震災に遭い、火災で亡くなった同級生とその幼子を悼んだ日本語詩集『赤い月』（平成7年7月、学習研究社）を出版。他の日本語詩集に『コウベドリーム』（平成10年1月、東方出版）、『蘇生紀』（平成11年5月、近代文芸社）などがある。（橋本正志）

【わ】

若一光司《わかいち・こうじ》

昭和二十五年十月十六日～（1950～）。小説家。大阪市淀川区三国に生まれる。昭和四十四年、大阪市立工芸高等学校卒業。五十八年、「海に夜を重ねて」で第二十回文芸賞を受賞。六十二年、咲くやこの花賞受賞。小説以外にも、アジアに関するルポルタージュや評論を多数発表。ノンフィクションも多く手掛ける等、その執筆活動は多岐にわたる。『記憶よ語れ 阪神大震災』（平成7年8月、作品社）では、「変質する「くやしさ」」と題した一稿で、阪神・淡路大震災の人災的側面を鋭く指摘している。一方、多くのテレビ番組にも出演し、人権や中東・アジア問題の論客として知られる。また化石採集と研究の道にも明るく、化石に関する著書は『化石のたのしみ―愛しき太古の生きものたち』（昭和62年5月、河出書房）等、三冊に上る。平成十八年夏に兵庫県篠山市で恐竜化石が発見され、その発見地が十九年二月に公開された際には、現地を取材。テレビ・新聞を通じリポートした。（西村真由美）

若杉慧《わかすぎ・けい》 明治三十六年八月二十九日～昭和六十二年八月二十三日（1903～1987）。小説家。本名恵。広島県に生まれる。大正十二年、広島師範学校本科（現・広島大学）卒業。小学校教員を経て、広島県立忠海高等女学校（現・忠海高等学校）、京都府の聖家族高等女学校（現・聖家族女子高等学校）、神戸市の成徳高等女学校（現・神戸龍谷高等学校）、広島県立商船学校（現・広島商船高等専門学校）で教鞭を取る。「微塵世界」（「文芸首都」昭和17年1月）で注目され、「エデンの海」（「朝日評論」昭和21年11月、22年2月、3月）で人気を博する。作品は、瀬戸内海の女学校を舞台とし、青年教師と女学生の恋を描き、石坂洋次郎「若い人」（「三田文学」昭和8年5月～12年12月）の影響を受けつつ、明るく開放的な恋愛模様を描いている。昭和二十三年、教壇を去り、文筆活動に専念。その後の著作に、『青春前期』（昭和29年6月、講談社）、『花を作る少年』（昭和32年7月、角川小説新書）などがある。また、『野の仏』（昭和33年9月、東京創元社）、『朝旅夕旅』（昭和35年9月、東都書房）、『石仏巡礼』（昭和35年11月、現代教養文庫）以下の、写真入りの紀行文集がある。評論として『長塚節素描』（昭和50年8月、講談社）があり、平林たい子賞を受賞している。（清水康次）

若山牧水《わかやま・ぼくすい》 明治十八年八月二十四日～昭和三年九月十七日（1885～1928）。歌人。宮崎県東臼杵郡坪谷村（現・日向市）に生まれる。本名繁。明治三十七年、宮崎県立延岡中学校（現・延岡高等学校）を卒業、上京して早稲田大学高等予科に入学。尾上柴舟を訪問、北原白秋と親交。翌年、柴舟・夕暮らと車前草社を結ぶ。三十九年七月、帰省の途次、神戸で、『海の声』に歌われることになる園田小枝子と出会う。小枝子は家庭に戻らず、牧水は烈しい恋に落ち、懊悩する。四十一年、早稲田大学卒業。第一歌集『海の声』を自費出版。四十三年には『独り歌へる』（八少女会）、『別離』（4月、東雲堂）を刊行し、雑誌「詩歌」を発刊するが、恋愛問題で心身ともに疲弊し、漂泊の旅に出る。四十四年、太田喜志子と出会い、翌年結婚。以後も、歌と旅と酒を熱愛し、多くの歌を残す。大正十三年からは、住居兼雑誌発行所の建築費用のために揮毫旅行を始め、北海道から朝鮮まで苦しい行脚を続ける。その途上、兵庫には、十四年一月と昭和二年七月に訪れている。前者では、大阪・京都での会に出席した後神戸に回り、午前に創作神戸支社の発会式、午後には神戸歌人大会、夜には懇親会に出席した（大悟法利雄『若山牧水伝』昭和51年7月、短歌新聞社）。野田宇太郎は、〈津の国の伊丹の里ゆはるばると白雪来るその酒来る〉（『朝の歌』大正5年6月、天弦堂書房）を引いて、訪れることのなかった伊丹の酒への愛好を記している（『関西文学散歩 大和・紀伊・兵庫篇』昭和52年11月、文一総合出版）。（清水康次）

和久峻三《わく・しゅんぞう》 昭和五年七月十日～（1930～）。小説家、弁護士。大阪市に生まれる。本名毛利峻三、旧姓滝井。昭和三十年、京都大学法学部を卒業後、中部日本新聞社に入社した。記者生活のかたわら、滝井峻三の名で「紅い月」（「宝石」昭和35年2月）を発表、作家デビューを果たし、三十六年に新聞社を退職する。四十二年、司法試験に合格、四十四年には滝井法律事務所を開設し、所長に就任。四十七年六月、「仮面法廷」（原題「華麗なる影」）で第十八回江戸川乱歩賞を受賞。平成元年には、「雨月荘殺人事件」（昭和63年4月、中央公論社）で第四十二回日本推理作家協会賞を受賞。代表作「赤かぶ検事奮闘記」シリーズは有名。『明治番外地』（カドカワノベルス、昭和59年7月、角川書店。後に『神戸異人街スキャンダル』と改題）は神戸が、『魚鱗荘の惨劇 C・NOVELS』（昭和62年9月、中央公論社）は芦屋が舞台となっている。（荒井真理亜）

鷲尾三郎 わしお・さぶろう

明治四十一年一月二十五日～平成元年十二月二日（1908～1989）。小説家。大阪市に生まれる。本名岡本道夫。同志社大学中退。江戸川乱歩の推薦を受けて、昭和二十四年七月、「疑問の指輪」を「宝石〈増刊号〉」に発表し、作家デビューを果たした。「疑問の指輪」は、神戸港で発見された溺死体の謎を追う、正統なシャーロック・ホームズ型の探偵談である。二十六年上京し、作家業に専念した。二十九年、「雪崩」（「宝石」昭和28年12月）で探偵作家クラブ新人奨励賞を受賞。四十年、江戸川乱歩の死によって絶筆するが、五十八年、再び筆を執り、長編小説『過去からの狙撃者』（7月、光文社）を発表した。主な著書として、『悪魔は見ていた』（昭和35年7月、小説刊行社）、『歪んだ年輪』（昭和39年1月、青樹社）などがある。トリックの利いた本格派でありながら、一方でスリラーやハードボイルドなど幅広い作風をもつ。兵庫県芦屋市で逝去した。（荒井真理亜）

和田栄子 わだ・えいこ

大正十五年（月日未詳）～（1926～）。詩人。神戸市に生まれる。昭和十九年、神戸市立第一高等女学校（現在は同窓会を神戸市立六甲アイランド高等学校が引き継ぐ）卒業後、三菱重工神戸造船所入社。詩誌「騒」同人。五十六年、『点景』（昭和56年9月、摩耶出版社）により、半どん賞受賞、翌五十七年、同詩集により第十五回小熊秀雄賞受賞。平成九年、『釦の在処』（平成8年9月、編集工房ノア）その他で、平成九年度神戸市文化賞を受賞。日記を元に、戦時中の神戸市立第一高等女学校時代を回想した『警報の鳴るまち わたしの戦中日記』（昭和60年8月、冬鵲房）、兵庫ゆかりの詩人との交流を軸に、関西詩壇点景を描いた『行きかう詩人たちの系譜』（平成14年12月、編集工房ノア）がある。（宮薗美佳）

和田垣謙三 わだがき・けんぞう

万延元年七月十四日～大正八年七月十八日（1860～1919）。経済学者。但馬国（現・兵庫県豊岡市）に生まれる。豊岡藩士和田垣譲の次男。明治六年開成学校（現・東京大学）鉱山学科に入り、のち文科に転じ、十三年東京大学文科大学を卒業。十四年イギリスに留学、ケンブリッジ大学で理財学（経済学）を修める。十九年、東京大学法科大学講師となり、理財学の講義を行う。二十四年、法学博士。三十一年、東京大学農科大学教授。そのかたわら、二十六年東京商業学校（現・一橋大学）校長、三十六年日本女子商業学校（現・嘉悦大学）校長を兼ね、実業教育の発展に努めた。著書に『世界商業史要』（明治42年10月、至誠堂）など。また吐雲と号し、『兎糞録』（大正3年7月、至誠堂書店）、『吐雲録』（大正4

年7月、至誠堂書店）などの随筆集がある。（宮薗美佳）

和田久太郎 わだ・きゅうたろう

明治二十六年二月六日～昭和三年二月二十日（1893～1928）。無政府主義者。兵庫県明石郡明石町（現・明石市）に生まれる。十二歳のとき大阪で株屋の丁稚となり、大正四年に上京、新聞配達や砲兵工廠の人夫など職を転々とする。七年、久坂卯之助、大杉栄らと「労働新聞」を発行、八年、大杉栄らと労働運動社を起こす。十三年、関東大震災の時の大杉栄の虐殺に対する復讐として、当時の戒厳令司令官福田雄太郎を狙撃したが失敗。無期懲役となり、秋田刑務所で獄中自殺した。獄中の俳句、短歌、書簡を収めた『獄窓から』（増補決定版、昭和5年11月、改造社）がある。（田口道昭）

和田悟朗 わだ・ごろう

大正十二年六月十八日～（1923～）。俳人。兵庫県武庫郡（現・神戸市東灘区）御影町に生まれる。兵庫県立第一神戸中学校（現・県立神戸高等学校）、第一高等学校（現・東京大学）、大阪帝国大学理学部卒業。理学博士。奈良女子大学名誉教授。昭和二十七年頃「白燕《びゃくえん》」に参加、のちに「俳句評論」「渦」等の同人を経て、「白燕」代表。平成二十一年六月、「白燕」終刊。「風来」を創刊。第十六回現代俳句協会賞（昭和44年）、兵庫県文化賞（平成4年）、神戸市文化賞（平成6年）、勲三等旭日中綬章（平成11年）、第七回現代俳句大賞（平成19年）などを受ける。句集に『七十万年』（昭和43年8月、俳句評論社）、『法隆寺伝承』（昭和62年1月、沖積舎）、『坐忘』（平成13年1月、花神社）、『人間律』（平成17年8月、ふらんす堂）など。評論随筆に『俳句と自然』（平成元年11月、裳華房）、『活日記』（平成12年1月、梅里書房）など。『活日記』には、子供時代や、阪神・淡路大震災の体験が記され、作者と神戸との結びつきや、事象への幅広い興味、視点の独自性が窺える。（吉川仁子）

和田三造 わだ・さんぞう

明治十六年三月三日～昭和四十二年八月二十二日（1883～1967）。画家。兵庫県朝来《あさご》郡生野町（現・朝来市）に生まれる。明治三十八年、白馬会展で「牧場の晩帰」が白馬会賞を受賞。四十年、文展で「南風」が二等賞受賞、四十一年にも再び受賞。四十二年に美術留学生として渡欧。大正四年に帰国。昭和二年、帝国美術院会員に、七年には東京美術学校（現・東京芸術大学）教授となる。二十五年に日本芸術院の会員に、三十三年に文化功労者となる。（宮山昌治）

わたせせいぞう わたせ・せいぞう

昭和二十年二月十五日～（1945～）。漫画家。神戸市に生まれる。本名渡瀬政造。昭和四十九年に第十三回ビッグコミック賞に入選。五十八年から「週刊モーニング」誌で代表作「ハートカクテル」を平成元年まで連載。昭和六十二年に漫画『私立探偵フィリップ』（昭和61年9月、実業之日本社）で第三十三回文芸春秋漫画賞を受賞。平成四年から「週刊モーニング」誌で「東京エデン」を十一年まで連載。その他多数の作品がある。（宮山昌治）

渡辺あや わたなべ・あや

昭和四十五年二月十八日～（1970～）。脚本家。兵庫県西宮市生まれる。甲南女子大学文学部卒業。ドイツに五年間滞在した後、夫の実家のある島根県に在住。平成十一年、映画監督岩井俊二のシナリオ応募コーナーで発掘され、十五年に犬童一心監督の「ジヨゼと虎と魚たち」（原作は田辺聖子）で脚本家デビュー。十七年、オリジナル脚本の「メゾン・ド・ヒミコ」が犬童一心監督により映画化。十九年には、原作くらもちふさこのマンガ「天然コケッコー」の脚本を担当し、山下敦弘監督によって映画化された。平成二十二年一月十七日NHKドラマで放映された「その街のこども」の脚本を担当。子どもの時に阪神・淡路大震災を経験した男女が「あの時の記憶」をよみがえらせるという内容で、大きな反響を呼び、劇場版も制作された。（信時哲郎）

渡辺均　わたなべ・きん

明治二十七年八月六日〜昭和二十六年三月十六日（1894〜1951）。小説家、新聞記者。兵庫県揖西郡龍野町（現・たつの市）に生まれる。親類等の間では「ひとし」と呼ばれていたという。京都帝国大学文学部の卒業論文は文化文政期の戯作者である瀧亭《りゅうてい》鯉丈《りじょう》に関するもの。教育学者・谷本富《とめり》の紹介で大正八年に大阪毎日新聞本社学芸部に入り、「サンデー毎日」等の編集に携わる。芥川龍之介も同年三月に同社の社員となっている。十年末には学芸部長であった薄田泣菫の薦めで夕刊に「久米仙」を発表して好評を博し、その後、「一茶の僻み」「梅暦由来」「西行」など、歴史上の人物を主人公とした小説を発表。以降は注文が多かったため、本人の意図とは別に花柳小説ばかりを執筆する。著書には『一茶の僻み』（大正12年4月、越山堂）、『蜘蛛』（大正13年7月、大阪毎日新聞社）、『祇園十二夜』（昭和2年9月、騒人社）、『祇園風景』（昭和4年11月、平凡社）などがある。昭和十六年十月に新聞社を退社すると、大阪厚生信用組合役員として勤務。上方落語の研究でも知られ、『落語の研究』（昭和18年1月、駸々堂書店）などの著書もある。二十五年には同組合組合長を辞任。大阪毎日新聞本社で部下だった井上靖は、渡辺をモデルに「楼門」（「文芸」昭和27年1月）を書き、「彼は常に自分を殻の中に閉じ込め、彼を知る総ての人に一種冷酷な自己本位の人間であるという印象を与えていた」。「しかし、と言って、木守欣は別段同僚や後輩から憎まれたり、怨恨の対象になったりするような事は一度もなかった、彼はただ終始一貫特殊な人間として特殊な場所に坐っていたのである」としている。二十六年三月には原稿用紙二百枚にわたる遺書を残し、父の実家のあった揖西郡神部村大門（現・たつの市揖保川町）で縊死。「私儀数年前より尿閉症を病み療養中、去る三月十六日無事死去致しましたから御安心下され度、生前の御交誼を深謝致します」という自らの死亡通知も残していた。（信時哲郎）

渡辺洋　わたなべ・ひろし

昭和十六年三月八日〜（1941〜）。小説家。鹿児島県日置郡市来町（現・串木野市）に生まれる。京都大学農学部博士課程終了。専門は応用遺伝学。神戸大学名誉教授。河北倫明から画家青木繁の母方の里をしらべるようにとすすめられて、福岡県久留米市や八女地方での調査に着手、評伝『底鳴る潮―青木繁の生涯』（昭和63年8月、筑摩書房）をまとめる。同作を小説化した『悲劇の洋画家 青木繁伝』（平成15年3月、小学館文庫）を刊行。（中尾　務）

渡辺良比呂　わたなべ・よしひろ

昭和十二年（月日未詳）〜（1937〜）。川柳作家。兵庫県多可郡八千代町（現・多可町八千代区）に生まれて、現在も在住。昭和五十年、たこつぼ川柳社で川柳作句を始める。平成元年、川柳誌「ふあうすと」同人になり、兵庫県川柳協会理事に推薦される。六年、へその川柳会会長に就任する。「ふあうすと」は昭和四年六月に、神戸独自の活動を目指して創刊された長寿の川柳誌である。

（杣谷英紀）

和辻哲郎 わつじ・てつろう

明治二十二年三月一日～昭和三十五年十二月二十六日（1889～1960）。哲学者。兵庫県神崎郡砥堀村（現・姫路市）仁豊野に生まれる。父瑞太郎は、旧幕府時代以来続いた村の医者で、「医は仁術なり」を実践の指針としていた。明治二十八年、神崎郡砥堀尋常小学校に入学、この年、神戸で東京の歌舞伎を見物し強い印象を受けた。三十二年、加古郡鳩里村北在家刀田山鶴林寺内宝生院の加古高等小学校に入学、親戚の家から一年あまり通学したが、翌年、姫路市立城東尋常高等学校へ転校し、以後兵庫県立姫路中学校（現・県立姫路西高等学校）時代も含めて六年間、往復三、四時間の道を歩いて通学した。この遠距離の徒歩通学が孤独な少年時代を形成し、自分の「性格や運命」に影響を及ぼしたと後に回想している。三十九年、第一高等学校（現・東京大学）に入学、四十二年に東京帝国大学文科大学哲学科に入学、在学中は、谷崎潤一郎、小山内薫らと交流、「新思潮」の同人となり、文学と演劇に情熱を傾けた。大正二年には夏目漱石に紹介され、十年ごろまで創作を続ける。また、奈良旅行のエッセイである『古寺巡礼』（大正8年5月、岩波書店）は、和辻の名を世に広く知らしめた。一方の哲学研究分野で、『ニイチェ研究』（大正2年10月、内田老鶴圃）、『ゼエレン・キエルケゴオル』（大正4年10月、内田老鶴圃）の、日本における実存哲学研究史の最初をかざる著作を発表した。九年には東洋大学教授に就任し、『日本古代文化』（大正9年10月、岩波書店）、『日本精神史研究』（昭和元年10月、岩波書店）、『原始基督教の文化史的意義』（昭和元年11月、岩波書店）、『原始仏教の実践哲学』（昭和2年2月、岩波書店）、『風土 人間学的考察』（昭和10年9月、岩波書店）など、文化史家としての優れた論考が発表された。昭和九年、東京帝国大学文学部教授に就任して以来、和辻倫理学の体系を確立すべく、主著『倫理学』（上・昭和12年4月、中・昭和17年6月、下・昭和24年5月、岩波書店）、『日本倫理思想史』（上・昭和27年1月、下・同12月、岩波書店）などの著作を刊行する。その他、『面とペルソナ』（昭和12年4月、岩波書店）、『鎖国 日本の悲劇』（昭和25年4月、筑摩書房）等が一般に知られる。三十五年十二月二十六日練馬の自宅で死去。中絶した『自叙伝の試み』（昭和36年12月、中央公論社）に姫路時代の回想が残されている。

（杣谷英紀）

和巻耿介 わまき・こうすけ

大正十五年十月十一日～平成九年十月十四日（1926～1997）。小説家。兵庫県三田市に生まれる。本名義一。明治学院大学文学部英文科を卒業。教職を経て、創作活動に専念する。代表作に兵庫を出港した永住丸の運命を描く『天保漂船記』（昭和52年3月、毎日新聞社）他、『草の巨人』（平成3年5月、毎日新聞社）、『評伝新居格』（平成3年12月、文治堂書店）などがある。『五二半捕物帳』（昭和58年12月、春陽堂書店）など〈五二半捕物帳〉シリーズの著作も多い。

（橋本正志）

わ

枝項目(作品名)索引

あ行

か行

さ行

た行

な行

は行

ま行

や行

ら行

わ行

兵庫県内文学館・美術館案内

館名、所在地、電話番号、ホームページURL（2011/7/14）の順に掲載

芦屋市谷崎潤一郎記念館	芦屋市伊勢町12-15　☎0797-23-5852	http://www.tanizakikan.com/
芦屋市立美術博物館	芦屋市伊勢町12-25　☎0797-38-5432	http://ashiya-museum.jp/
倚松庵《いしょうあん》（谷崎潤一郎旧居）	神戸市東灘区住吉東町1-6-50　☎078-842-0730	http://dna-office.com/isyouan/
植村直己冒険館	豊岡市日高町伊府785　☎0796-44-1515	http://www3.city.toyooka.lg.jp/boukenkan/
柿衞《かきもり》文庫	伊丹市宮ノ前2-5-20　☎072-782-0244	http://www.kakimori.jp/
霞城館　矢野勘治記念館	たつの市龍野町上霞城30-3　☎0791-63-2900	http://www.kajoukan.jp/
加藤文太郎記念図書館	美方郡新温泉町浜坂842-2　☎0796-82-5251	http://www.town.shinonsen.hyogo.jp/page/93e6f79aa3f465235290c7b3f8a1c7bd.html
城崎文芸館	豊岡市城崎町湯島357-1　☎0796-32-2575	http://www.kinosaki-spa.gr.jp/infomation/bungaku/bungekan/bungai.html
虚子記念文学館	芦屋市平田町8-22　☎0797-21-1036	http://www.kyoshi.or.jp/
神戸市立小磯記念美術館	神戸市東灘区向洋町中5-7　☎078-857-5880	http://www.city.kobe.lg.jp/culture/culture/institution/koisogallery/
神戸文学館	神戸市灘区王子町3-1-2　☎078-882-2028	http://www.kobe-np.co.jp/info/bungakukan/

神戸文学館

神戸ゆかりの美術館　神戸市東灘区向洋町中2-9-1（神戸ファッション美術館1F）　☎078-858-1520
http://www.city.kobe.lg.jp/culture/culture/institution/yukarimuseum/

コープこうべ協同学苑史料館　三木市志染町青山7-1-4　☎0794-85-5500
http://www.kobe.coop.or.jp/kouza/kyodogakuen/historical

手塚治虫記念館　宝塚市武庫川町7-65　☎0797-81-2970
http://www.city.takarazuka.hyogo.jp/tezuka/

富田砕花旧居　芦屋市宮川町4-12　☎0797-38-5432（芦屋市立美術博物館）
http://www.city.ashiya.lg.jp/gakushuu/shijin.html

西脇市岡之山美術館　西脇市上比延町345-1　☎0795-23-6223
http://www.nishiwaki-cs.or.jp/okanoyama-museum/

橋本忍記念館　神崎郡市川町西川辺715　市川町文化センター内
☎0790-26-0969
http://www.town.ichikawa.hyogo.jp/forms/info/info.aspx?info_id=16339

姫路文学館　姫路市山野井町84　☎079-293-8228
http://www.city.himeji.lg.jp/bungaku/

姫路文学館　左、南館。右、北館。いずれも、安藤忠雄氏の設計による。

兵庫県立美術館　神戸市中央区脇浜海岸通1-1-1　☎078-262-0901
http://www.artm.pref.hyogo.jp/

兵庫文学館（ネットミュージアム）　http://www.bungaku.pref.hyogo.jp/

柳田國男・松岡家顕彰会記念館　神崎郡福崎町西田原1038-12　☎0790-22-1000
http://www.kinenkan.town.fukusaki.hyogo.jp/

山田風太郎記念館　養父市関宮605-1　☎079-663-5522
http://futarou.ez-site.jp/

夢千代館　美方郡新温泉町湯80　☎0796-99-2300
http://www.refresh.co.jp/yumechiyo/

兵庫県の文学賞・文化賞

（賞の名称、主催者、開始～終了年度、の順に掲載）

赤とんぼ絵本賞（神戸新聞出版センター）	昭和54年～昭和60年
芦屋国際俳句祭（芦屋国際俳句祭実行委員会）	平成12年～平成18年
上田三四二記念「小野市短歌フォーラム」（小野市、小野市教育委員会、小野市文化連盟） ＊前身は、上田三四二賞（平成元年～平成17年）	平成18年～
虚子生誕記念俳句祭（虚子記念文学館）	平成20年～
グリーンリボン賞（伊丹映画祭実行委員会、伊丹市、兵庫県）	昭和59年～平成５年
小磯良平大賞展（小磯良平大賞展運営委員会、神戸市、神戸市民文化振興財団、読売新聞社）	平成16年～
神戸エルマール文学賞（神戸エルマール文学賞基金委員会） ＊前身は神戸ナビール文学賞（ひょうご芸術文化センター、平成５年～平成18年）、及び小島輝正文学賞（小島輝正著作集刊行委員会、平成２年～平成４年）	平成19年～
神戸女流文学賞（月刊神戸っ子）	昭和51年～昭和61年
神戸文学賞（月刊神戸っ子）	昭和51年～平成８年
宝塚映画祭（宝塚映画祭実行委員会、宝塚市、宝塚市教育委員会、宝塚市文化振興財団）	平成12年～
宝塚ファミリーランド童話コンクール（宝塚ファミリーランド）	昭和58年～平成15年
近松門左衛門賞（尼崎市）	平成13年～
富田砕花賞（芦屋市、芦屋市教育委員会）	平成２年～
西宮湯川記念賞（西宮湯川記念事業運営委員会、西宮市、西宮市教育委員会）	昭和61年～
のじぎく文庫出版文化賞（神戸新聞総合出版センター）	平成21年～
兵庫詩人賞（兵庫詩人発行所）	昭和53年～平成６年
フェリシモ文学賞（株式会社フェリシモ）	平成９年～
星の都絵本大賞（佐用町）	昭和63年～平成11年
前田純孝賞（新温泉町、新温泉町教育委員会、神戸新聞社）	平成７年～
三木露風賞新しい童謡コンクール（童謡の里龍野文化振興財団、日本童謡まつり実行委員会、たつの市・たつの市教育委員会、日本童謡協会、龍野青年会議所）	昭和60年～
和辻哲郎文化賞（姫路市）	昭和63年～

※　広義の文学賞にあたるもの、本事典に密接に関わりのある人物・場所にちなんだもの、主催者の拠点が兵庫県内にあるものを選んで掲載した。

（信時哲郎）

兵庫近代文学事典

和泉事典シリーズ 26

二〇一一年一〇月二〇日　初版第一刷発行

編　者　日本近代文学会関西支部
　　　　兵庫近代文学事典編集委員会

発行者　廣　橋　研　三

発行所　和　泉　書　院

〒543-0037　大阪市天王寺区上之宮町七―六
電話　〇六-六七七一-一四六七
振替　〇〇九七〇-八-一五〇四三

印刷　亜細亜印刷／製本　渋谷文泉閣

装訂　上野かおる／定価はカバーに表示

ISBN978-4-7576-0602-9　C1590